D. M. AVSONII MOSELLA

LA MOSELLE

D'AUSONE

SE TROUVE

A PARIS

CHEZ ALPHONSE LEMERRE
27-31, passage Choiseul, 27-31

A BORDEAUX

CHEZ FERET ET FILS   CHEZ Mme Vve MOQUET
15, cours de l'Intendance, 15   45, rue Porte-Dijeaux, 45

D. M. AVSONII MOSELLA

LA MOSELLE

D'AUSONE

Édition critique et Traduction française

précédées d'une Introduction
suivies d'un Commentaire explicatif
et ornées
d'une carte de la Moselle et de fac-similés d'éditions anciennes

PAR

H. DE LA VILLE DE MIRMONT

MAÎTRE DE CONFÉRENCES A LA FACULTÉ DES LETTRES DE BORDEAUX

BORDEAUX

IMPRIMERIE G. GOUNOUILHOU

11, rue Guiraude, 11

1889

INTRODUCTION

ESSAI

SUR

L'HISTOIRE DU TEXTE DE LA *MOSELLE*

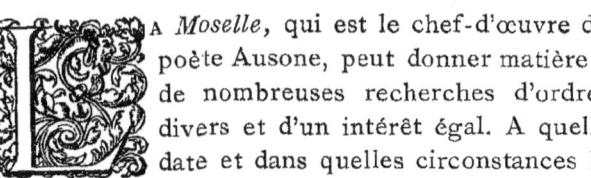

A *Moselle*, qui est le chef-d'œuvre du poète Ausone, peut donner matière à de nombreuses recherches d'ordres divers et d'un intérêt égal. A quelle date et dans quelles circonstances le poème a-t-il été composé; à quel genre défini semble-t-il appartenir; quel art et quelle industrie le poète dépense-t-il dans cet ouvrage de longue haleine et de grand style, si différent des courtes épigrammes et des épîtres familières dont Ausone a l'habitude; en quoi la langue, le style, le vers de la *Moselle* s'écartent-ils des procédés grammaticaux et métriques des autres poésies d'Ausone; quels poètes anciens l'auteur de la *Moselle* s'est-il principalement appliqué à imiter; par quels poètes postérieurs a-t-il été imité à son tour: autant de problèmes dont un autre travail¶, auquel la présente étude est un complément naturel, essaie de donner la solution.

Il a semblé bon de laisser ici toutes ces questions de côté, sauf à en indiquer l'indispensable dans le COMMENTAIRE EXPLICATIF, pour s'occuper uniquement des manuscrits et des éditions de la *Moselle*.

Je me propose, dans cette Introduction, de décrire et de classer les manuscrits de la *Moselle*, et d'étudier quel usage en ont fait les divers éditeurs d'Ausone depuis Ugolet qui, le premier, a publié la *Moselle*, à Venise, en 1499, jusqu'à Peiper dont l'édition d'Ausone a paru à Leipzig, en 1886.

¶ *De Ausonii Mosella*, thèse latine pour le doctorat ès lettres.

Première Partie

LES MANUSCRITS DE LA MOSELLE

A. LISTE DES MANUSCRITS DE LA *MOSELLE*.

V OICI la liste des manuscrits qui nous ont conservé le texte de la *Moselle :*

G 1° Le *codex Sancti-Galli* 899 (manuscrit de Saint-Gall, *Sangallensis,* que je désignerai par la lettre G), écrit sur parchemin au X⁰ siècle. En même temps que quelques poèmes de divers auteurs, il contient, avec la *Moselle* et la lettre écrite par Symmaque à l'occasion de cet ouvrage, d'autres pièces qui appartiennent à Ausone ou qui lui ont été attribuées.

B 2° Le *codex Bruxellensis* 5369/73 (manuscrit de la bibliothèque de Bruxelles, provenant de la bibliothèque des ducs de Bourgogne, que je désignerai par la lettre B), écrit sur parchemin au XIIᵉ siècle. Avec la *Moselle* et la lettre de Symmaque, il contient quelques autres pièces d'Ausone, les *Fastes* d'Ovide et les *Gesta Tancredi regis*.

Reg 3° Le *codex Reginensis* (*Vaticanus Reginae* 1650, que je désignerai par les lettres Reg), écrit sur parchemin au Xᵉ siècle. Il contient, au milieu d'une réunion de fragments disparates (Commentaires sur Orose, Extraits de Priscien, etc.), les vers 1-180 de la *Moselle*.

Rh 4° Le *codex Rhenaugiensis* (de Rheinau dans le canton de Zurich, qui porte aujourd'hui le n° LXII à la bibliothèque de l'Université de Zurich, et que je désignerai par les lettres Rh), écrit sur parchemin au XIIᵉ siècle. La plus

grande partie de ce ms. contient les œuvres de Prudence.
La *Moselle* vient ensuite.

L   5° et 6° Le *codex Laurentianus* LI, 13 (de la bibliothèque Laurentienne de Florence, que je désignerai par
la lettre L), et le *codex Harleianus* 2578, écrits tous
deux à la fin du XVᵉ siècle. Ce sont des copies du *codex
Magliabecchianus* de Florence, manuscrit du couvent de
Sᵗ-Marc, écrit sur parchemin au milieu du XIVᵉ siècle. Le
codex Magliabecchianus renferme une partie des œuvres
d'Ennode et quelques fragments d'Ausone. Il contenait
aussi, dans le principe, la lettre de Symmaque et la
Moselle : mais les pages où se trouvaient ces deux ouvrages ont été arrachées. C'est sur ce ms., alors qu'il était
complet, qu'un certain Alexander Verrazanus a copié les
œuvres d'Ausone qui y étaient contenues : en effet, dans le
Laurentianus, on lit, à la suite de l'ouvrage de Martianus
Capella, la *Moselle,* moins le dernier vers, avec ce titre :
« *Incipit fragmentum Ausonii poetae* », et cette suscription : « *Explicit Moysella Ausonii* » ; puis la lettre de Symmaque et les divers fragments d'Ausone contenus dans le
codex Magliabecchianus. Les titres communs et la collation des leçons de ces deux mss. montrent bien que le
second est une copie du premier. La suscription des fragments d'Ausone contenus dans le *Laurentianus* nous donne
le nom du copiste, et, ce qui est plus important, la date de
la copie : « *De hoc opere corrupto ut plurimum nil alte-
rius repperi et ideo explicit. Alexander Verrazanus
escripsit MCCCCLXXXX.* »

Le *codex Harleianus* 2578 date de la fin du XVᵉ siècle ;
il contient divers ouvrages, entre autres les *Bucoliques* de
Calpurnius, ensuite les fragments d'Ausone déjà imprimés
dans l'édition *princeps* procurée par Bartholomaeus Girardinus (Venise, 1472), et où la *Moselle* ne se trouve pas.
Ces fragments sont copiés par l'auteur du ms. d'après le
texte de l'édition : « *Hec sunt ea Ausonii fragmenta quae
sunt scripta in codicibus impressis. Quibus apposui alia*

quedam eiusdem quae leguntur in uetusto codice ex biblio-
theca diui marci florentiae. » Parmi ces autres pièces du
même auteur se trouvent la *Moselle* et la lettre de Symmaque ; le vieux ms. de la bibliothèque de St-Marc est
évidemment le *Magliabecchianus* actuel. Mais cette copie
est bien inférieure à celle d'Alexander Verrazanus ; dans la
Moselle, en particulier, il y a beaucoup de lacunes attribuées par Schenkl à l'ignorance du copiste qui n'a pas su
toujours lire le texte du ms., quoique ce texte n'offre pas
de difficultés particulières.

Le *codex Harleianus* a donc été mis de côté par la
critique, et les deux derniers éditeurs d'Ausone, Schenkl
et Peiper, aux *Préfaces* desquels j'emprunte ces renseignements sur les mss. de la *Moselle,* n'ont usé que des
cinq premiers. Schenkl mentionne encore un ms. de Vienne
(Autriche) où se trouvent la *Moselle* et la lettre de Symmaque (*cod. Vindobonensis lat.* 358, écrit au XVIe siècle).
Mais ce ms., simple copie du texte d'Ugolet, n'a aucune
importance.

On trouve, dans le *codex Sangallensis* 265, une lettre
en vers adressée à l'archichapelain Grimoldus par le moine
Ermenricus, qui avait entrepris, vers l'an 850, d'écrire la
vie de St Gall, et qui, tant dans cette lettre que dans une
épigramme qui la suit, s'approprie, en les modifiant parfois, un certain nombre de vers de la *Moselle.* Les leçons
adoptées par Ermenricus ne permettent pas de décider
s'il a usé d'un ms. semblable au *Sangallensis,* ou d'un
autre. L'auteur des *Gesta Trevirensium,* qui écrivait au
XIIe siècle, dit qu'il y avait un ms. de la *Moselle* à Trèves,
au couvent de St-Euchaire. Il n'est pas resté plus de traces
du ms. de Trèves, dont parle l'écrivain du XIIe siècle, que
de celui dont le moine Ermenricus se servait au IXe.

Enfin, deux éditeurs d'Ausone, Aleander (Aleandro) et
Pulmannus (Poelmann) auraient usé d'autres mss. Aléan-
der, suivant Schenkl, dit avoir eu entre les mains un ms.
du couvent de St-Victor, dans le faubourg de Paris, où se

trouvait la *Moselle*. Poelmann dit lui-même qu'il s'est servi d'un *codex Gemblacensis* et d'un certain *Cornelii Gualtheri Mosella, liber antiquus*. Nous verrons, en étudiant les éditions d'Aleander et de Poelmann, ce qu'il faut penser de ces mss.

B. ORIGINE DES MANUSCRITS DE LA *MOSELLE*.

Tout d'abord je crois utile de rechercher quelle est l'origine des mss. de la *Moselle* que nous possédons, et quelle est la valeur respective de chacun d'eux. Pour la première question, il suffira de résumer ce qui s'y rapporte dans les deux études que Peiper a consacrées à l'histoire des mss. d'Ausone ¶.

Suivant Peiper, Ausone a donné lui-même des éditions partielles de ses œuvres. Certaines pièces, comme la *Bissula*, revues et corrigées, n'ont été publiées que longtemps après la date de leur composition. La *Moselle,* précédée ou non d'une préface, qui, en tout cas, est perdue pour nous, a été éditée séparément par Ausone, qui en distribuait les exemplaires à ses amis, comme le prouve la lettre où Symmaque se plaint d'être le seul à ne pas avoir reçu le poème.

Les ouvrages, précédés d'une préface adressée à des amis désignés ou au public, ont paru soit avant qu'Ausone eût réuni en un tout complet l'ensemble de ses œuvres, soit plus tard, au moment où il en préparait une deuxième ou une troisième édition. Quant à ceux qui n'ont pas de préface, ils ont été simplement compris dans une édition générale, soit la première, soit la deuxième. Peiper établit en effet, au moyen des *Praefatiunculae,* qu'Ausone a donné lui-même deux éditions; il démontre aussi que le poète en préparait une troisième où seraient entrés les

¶ Die handschriftliche Ueberlieferung des Ausonius, von R. Peiper. (Separatabdruck aus dem elften Supplementbande für classische Philologie.) Leipzig, 1879. — *De codicibus opusculorum Ausonianorum* (Decimi Magni Ausonii Opuscula recensuit R. Peiper, Lipsiae 1886; *Praefatio,* p. V-LXXXV).

poèmes que leur date empêche d'avoir été compris dans la deuxième, et qui — on le voit par les dédicaces qui les précèdent — avaient déjà été édités séparément.

La première édition fut adressée par Ausone à Syagrius, la deuxième à Théodose. La troisième n'a pas été terminée par le poète lui-même, mais par quelqu'un de ses proches ou de ses amis, puisque nous n'avons pas la troisième préface dont Ausone aurait certainement fait précéder son édition s'il l'avait donnée lui-même. Le plan de l'édition complète devait avoir été entendu ainsi par l'auteur : d'abord, ses poèmes personnels, ayant trait à sa famille, ses amis, ses affaires; ensuite, ses exercices et fantaisies d'école; en troisième lieu, les lettres; enfin les épigrammes. La disposition des matières dans le *Vossianus* ¶ semble à Peiper une preuve convaincante de l'existence de ce plan d'édition : cependant, dit-il, le *Vossianus* ne contient pas toutes les œuvres que l'archétype devait avoir, puisque la *Moselle,* entre autres, manque dans ce ms.

On a voulu expliquer l'absence de la *Moselle* en prétendant soit que ce poème, déjà publié à part, ne fut pas compris par Ausone dans une édition complète, soit que l'ordre des ouvrages n'est pas dans le *Vossianus* le même qu'il devait être dans l'édition complète. Peiper répond à cela qu'il lui semble étrange de supposer que la *Moselle,* principal titre de gloire du poète, ait été volontairement écartée par lui de son édition définitive; qu'il est bizarre, d'autre part, de supposer que, parce que le *Vossianus* ne contient pas les *Obscena,* il doit être la copie d'un recueil fait pour les écoles : la *Moselle* n'aurait-elle pas eu nécessairement sa place marquée dans une Anthologie scolaire?

Non, la *Moselle* a dû être le centre des deux éditions, de celle de 383, comme de celle qui compléta la première en 390. Après sa deuxième édition, le poète mit quelques

¶ Le *Vossianus* 111 de la bibliothèque de l'Université de Leyde, autrefois ms. de l'Ile-Barbe, sur la Saône, dont il sera parlé à propos de l'édition de Lyon de 1558.

unes de ses pièces nouvellement composées à la place qu'elles devaient occuper dans une troisième édition préparée sur le plan des deux premières; quelques autres morceaux furent provisoirement laissés à la fin du recueil avant d'être placés comme il convenait; et les héritiers d'Ausone publièrent ce recueil tel qu'ils le trouvèrent à la mort du poète.

C'est de ce recueil que viennent tous les mss. d'Ausone, que Peiper divise en deux classes :

1° Ceux à qui on a enlevé les derniers cahiers qui terminaient ce ms. en préparation. Le type de cette classe est le *Vossianus*.

2° Ceux qui reproduisent ces derniers cahiers avec des additions se composant de pièces empruntées à d'autres parties du recueil. Le type de cette classe est le *Tilianus* ¶.

Les manuscrits de la première classe ont fait une perte importante : ils n'ont plus la *Moselle*. Comme le *Vossianus* commence aujourd'hui seulement au cinquième cahier *(quaternio),* on a supposé que la *Moselle* se trouvait quelque part dans les quatre premiers : c'est une erreur, dit Peiper. Les œuvres d'Ausone ne commençaient qu'au cinquième cahier, puisqu'en tête de ce qui reste du *Vossianus* on lit : « *Abhinc Ausonii opuscula.* » Dans les quatre premiers cahiers, il y avait des fragments d'autres auteurs; mais la *Moselle* ne s'y trouvait sûrement pas. Le *Vossianus* est donc la copie d'un ms. où la *Moselle* n'était déjà plus.

A cette première classe se rattachent deux séries de recueils de fragments d'Ausone dont on ne devine pas nettement l'origine et dont on ne comprend pas bien le plan. Parmi ces mss., les uns, dont le *Parisinus* est le type, n'ont pas la *Moselle,* qui se trouve dans les autres, les *Excerpta de opusculis Decimi Magni Ausonii,* à côté de morceaux médiocres et peu intéressants. Comment a-t-on pu comprendre dans un même choix des œuvres d'une

¶ Ou *Leidensis Voss. lat. Q 107*, manuscrit du xvᵉ siècle qui a appartenu à Jean du Tillet, d'Angoulême, évêque de Meaux, et qui a été consulté par Vinet et Scaliger.

valeur si inégale et qui font disparate? Ce n'est pas un choix, dit Peiper, mais une réunion de fragments dépareillés, empruntés à un ms. de la même famille que le *Vossianus*, et plus ancien que lui, puisque le ms. d'où l'on a tiré les *Excerpta* possédait encore la *Moselle* que n'avait plus l'original dont le *Vossianus* est une copie. Tous ces fragments proviennent d'un seul ms., plus voisin de l'archétype que le *Vossianus* : ils ont été dispersés au hasard dans le *Parisinus* et dans les *Excerpta*. Tous ces *Excerpta* composaient primitivement un seul recueil, constitué avant le VIIIe siècle, dont les diverses parties se trouvent maintenant disséminées dans des mss. plus ou moins complets : les mss. de la *Moselle,* que nous possédons, appartiennent à cette classe des *Excerpta de opusculis Decimi Magni Ausonii*.

C. VALEUR RESPECTIVE DES MANUSCRITS DE LA *MOSELLE.*

Cette question de l'origine des mss. de la *Moselle* étant ainsi résolue, d'après Peiper, il faut nous demander quelle est leur valeur respective.

Abstraction faite de l'*Harleianus*, qui, comme il a été déjà dit, est une copie, inférieure au *Laurentianus*, du *Magliabecchianus*, copie dont les éditeurs ne se sont jamais servis, le meilleur des cinq autres est le *Sangallensis*. C'est lui que je suis le plus souvent, ainsi que l'ont fait Bœcking, Schenkl et Peiper. Voici la liste des principales leçons qui lui sont particulières que j'abandonne pour adopter celle des autres mss. ¶ :

Vers	Vers
42 *colla,* pour *collo.*	52 *luxuria,* pour *luxuriatur.*
50 *dispectis,* pour *despectis.*	54 *fuguras,* pour *figuras.*

¶ Je ne cite ni les premières leçons fautives corrigées ensuite dans le texte du ms., ni les mots où je n'adopte pas l'orthographe du G; par exemple le G a, v. 36 *extantes,* v. 70 *concarum,* etc. Il a aussi beaucoup de fautes dans l'orthographe des noms propres : v. 106 *illiricum,* v. 159 *tracia,* etc. Je ne parle pas non plus ici des cas où j'abandonne les leçons

Vers.

. 61 *maneant*, pour *meant*.
. 76 *ludibrica piscis*, pour *lu-brica pisces*.
131 *flumineis*, pour *flumi-neas*.
160 *fluentem*, pour *flauen-tem*.
194 *montibus*, pour *motibus*.
196 *uites*, pour *uirides*.
198 *animi*, pour *amni*.
209 omission de *per*.
217 *locantes*, pour *iocantes*.
219 *pontes*, pour *pontus*.
258 *motuque*, pour *motoque*.

Vers

312 *quadra*, pour *quadro*.
360 *adlabere*, pour *adlambere*.
372 *cumque*, pour *quemque*.
391 *neos*, pour *neruis*.
399 *memerabo*, pour *memorabo*.
403 *protextati*, pour *praetex-tati*.
405 *retexere*, pour *rexere*.
407 *aquilogenas*, pour *uquilo-nigenas*.
419 *pando*, pour *pande*.
427 *prope litora*, pour *propel-lite*.
463 *santonicus*, pour *santonico*.

A côté de ces mauvaises leçons qui, pour la plupart, sem-blent dues à l'inadvertance du copiste, il en est d'autres que je n'adopte pas, mais dont quelques-unes sont acceptables et pourraient se défendre :

Vers

80 *iura* ¶.
93 *famae melioris in amnem* (cf. *Aen.*, IV, v. 221, *fa-mae melioris amantes*).

Vers

132 *geminis maior* (admis par Schenkl et Peiper).
166 *tenens*.
242 *defensus... piscis*.

D'ailleurs, en bien des cas, le G est le seul des mss. qui donne la bonne leçon :

Vers

35 *spirante*.
    properare.
60 *profundi*.
178 *aureus*.

Vers

198 *confundit*.
202 *oras*.
240 *faciles*.
247 *deiectas*.

Vers

249 *inductos*.
281 *conuerrere*.
285 *quas*.
297 *concurrens*.

du G sans adopter celles d'un autre ms. : en effet, pour les corrections, j'indique au bas des pages de mon texte le nom des éditeurs à qui je les emprunte ; quant à celles que j'ai hasardées moi-même, j'essaie de les jus-tifier dans le COMMENTAIRE qui termine ce volume. — Je cite les leçons du G, du B et du Rh, d'après Bœcking, Schenkl et Peiper ; celles du Reg et du L, d'après Schenkl et Peiper.

¶ A propos de ce mot, Schenkl écrit dans ses notes critiques : « iura G *volgo* ». — C'est par inadvertance qu'il attribue au texte vulgaire cette leçon que je ne trouve dans aucune édition.

Le *Bruxellensis* est, après le *Sangallensis,* le meilleur des mss. Quelquefois, il donne seul la bonne leçon : v. 79 *nominaque et cunctos;* v. 118 *nam neque;* v. 360 *allambere.* D'après Schenkl et Peiper, le B donne aussi, au v. 391, la bonne leçon, *netis,* suivie par ces deux éditeurs.

Mais il y a souvent des négligences dans la copie : mots substitués, omissions, etc. Par exemple :

Vers

10 *gelbarum,*pour *Belgarum.*
12 *campus,* pour *campis.*
20 *saxis,* pour *ripis.*
28 *imitante,* pour *imitate.*
52 *luxuriantur,* pour *luxuriatur.*
55 *uiteo,* pour *uitreo.*
63 *meatus,* pour *meatu.*
84 *cateruis,* pour *cateruas.*
91 *sauari,* pour *Saraui.*
92 *qualis,* pour *qua bis.*
103 *incorrupta,* pour *incorrupte.*
112 *sucus,* pour *fucus.*
113 *medium pinguescis* [   ] *at illum,* pour *medium fartim pinguescis, at illinc.*
115 *perta,* pour *perca.*
134 *barba,* pour *barbi.*
151 *multiplices satis enumerasse,* pour *multiplicesque satis numerasse.*
171 *nudas,* pour *Naidas.*

Vers

181 *cetas,* pour *coetu.*
184 *cum,* pour *dum.*
196 *deriuis,* pour *derisus.*
228 *similamine,* pour *simulamine.*
236 *auis,* pour *acus.*
241 *populatur,*pour *populatrix*
262 *anhelantis,*pour*anhelatis.*
264 *subremos,* pour *supremos.*
267 *tibi,* pour *ubi.*
269 *parua,* pour *parma.*
275 *solido,* pour *stolido.*
281 *nereus,* pour *Nereos.*
286 *alter* [   ] *petroria.*
307 *hebdomadas,* pour *hebdomas.*
317 *serato,* pour *ferrato.*
330 *aliam,* pour *altam.*
331 *concepto,* pour *consepto.*
342 *flumina,* pour *frigora.*
368 *loca* et la place d'une lettre, pour *uocat.*
387 *speculator,* les autres mss. ont *spectator.*

¶ J'essaie dans le COMMENTAIRE EXPLICATIF (p. 136, note au v. 470), de justifier l'introduction dans mon texte de la leçon *superno,* qui n'a été adoptée par aucun éditeur.

Vers
390 une lacune après *amore*,
   et, en marge, *tuo* au lieu
   de *tui*.

Vers
409 *Romam* est omis.
421 *uenies*, pour *ueniens*.
475 *in his* est omis.

Je ne donne pas dans cette liste les mauvaises leçons que
le B a en commun avec d'autres mss., et les fautes d'orthographe, comme *aganippe, auxona*, etc.

Le *Reginensis* se rapproche du *Sangallensis* (p. ex., v. 4,
le Reg a *sinopes*, leçon que le G avait avant d'être corrigé ;
v. 35, le G a *spirante*, le Reg, par une transposition de
lettres, *speranti*, alors que les autres mss. ont *sperante* ; le
G a *properare*, le Reg *preparare*, mauvaise copie, au lieu
que les autres mss. ont *reparare* qui est un autre mot ; v. 47,
le G a *sicca imprimores pergunt*, et le Reg, *siccamprimores pergunt* ; v. 100, le G a *aequo repulsus*, et le Reg,
equo repulsus ; v. 119, tous deux ont *secmentis* ; v. 144,
adlantiaco ; v. 156, *adsurgunt*, alors que les autres ont
assurgunt ; v. 167, *adstrepit*, alors que les autres ont *astrepit*). Mais ce ms., très négligemment écrit (des mots sont
omis, le v. 36 est passé, beaucoup de leçons sont absurdes :
v. 1 *nauem*, v. 4 *inflecteque... caterues*, v. 5 *aperuia*, etc.),
n'offre une utilité, d'ailleurs médiocre, que pour le commencement de la *Moselle* : car il s'arrête après le v. 180.

Le *Rhenaugiensis* a beaucoup de fautes matérielles et
de mauvaises variantes, entre autres :

Vers		Vers		Vers	
13	*reserabat sydus.*	86	*haristis.*	123	*letus.*
17	*aula.*	87	*cibaria.*	144	*athlanciaco.*
25	*odoriferi.*	90	*oculos hominum.*	145	*horas.*
27	*diuexus.*	92	*hostia.*	174	*fluctus.*
28	*et.*	95	*contigit uni.*	175	*furate.*
29	*aequiparare.*	101	*fronte.*	176	*panape.*
33	*precelapsus.*	102	*fercula mense.*	206	*spectant.*
51	*miramur.*	107	*natatu.*	225	*atque.*
56	*nichil... habes.*	113	*pinguescit.*	233	*uirgungula.*
59	*dimersa.*	116	*annigeros.*	237	*libratos.*
65	*frontibus.*	118	*nam que... so-*	252	*saera.*
77	*meatus.*		*lide.*	294	*plausu.*

Vers		Vers		Vers	
298	*cultus habitus-*	358	*hostia.*	418	*hialoque.*
	que.	360	*allabere.*	427	*tactu.*
309	*noctia.*	361	*celebratur.*	429	*nichil.*
313	*suos.*	369	*festa.*	436	*amne.*
316	*totus.*	376	*horis.*	469	*moselle per ho-*
323	*uendicat.*	389	*uaerum.*		*ras.*
326	*atque.*	395	*cana.*	471	*taurinthes.*
339	*flamas.*	396	*michi.*	474	*ualet.*
345	*horis.*	414	*ceptum.*		

Voici, parmi les leçons qui lui sont particulières, celles
que je lui emprunte: v. 80 *haud;* v. 149 *magnusque;* v. 312
quadro cui; v. 391 *neruis* (corrigé en *netis* dans le Rh²).

Le Rh se rapproche du B; voici un certain nombre de
leçons, communes à ces deux manuscrits, qui montrent
qu'ils doivent procéder l'un et l'autre du même original :

Vers		Vers		Vers	
21	et 25 *bacho.*	158	et 162 *lieo.*	354	*proneę.*
35	*reparare.*	196	*annumerat.*	372	*quenque.*
47	*sicca in primo*	227	*humentia.*	376	*symois.*
	respergunt.	249	*indutos... lęta-*	378	*ora.*
82	*horis.*		*libus.*	401	*presidium.*
111	*yris.*	260	*lętalia.*	442	*aquitania.*
144	*balena.*	293	*praelia.*	483	*garunnę.*

Le *Laurentianus* est le plus mauvais des cinq mss. :
fautes matérielles, variantes téméraires, mots vides de
sens, vers faux, rien ne lui manque pour lui enlever à peu
près toute autorité. Je ne cite pour le moment aucune des
leçons particulières au L : j'aurai à m'en occuper à propos
de l'édition d'Ugolet, constituée d'après ce ms. Je me borne
à citer un certain nombre de leçons communes au L et au
Rh, au L et au B, et à ces trois mss. Il y a en effet une identité évidente entre certaines leçons du Rh et du L :

Vers		Vers		Vers	
21	*amena.*	288	*littore.*	375	*smirna.*
187	*tegantur.*	303	*laudatur.*	377	*tibris.*
254	*consensit.*	369	*hostia.*		

et entre un plus grand nombre de leçons du B et du L :

Vers		Vers		Vers	
27	*deuexus.*.	272	*omne.*	368	*loca* (et la place
47	*limphas.*	307	*hebdomadas* B,		d'une lettre) B,
128	*utrunque.*		*ebdomadas* L.		*locat* L.
158	*panchea.*	320	*decoramine.*	384	*seuera.*
216	*cymbę.*	329	*irrupit.*	390	B a en marge, et L
224	*rediit.*	357	*nobilibus.*		dans le texte, *tuo*
266	*brantia.*	359	*erubrus.*	391	*netis* B, *necis* L.

Ces deux derniers mss. ont, de plus, un certain nombre de leçons communes, et la même lacune (*unde... credidisti*, ligne 5 de *Symmachus Ausonio*, édit. Schenkl, page 81) dans le texte de la lettre de Symmaque. Enfin, le B, le Rh et le L ont beaucoup de leçons identiques :

Vers		Vers		Vers	
35	*sperante.*	240	*facilis.*	329	*aethere.*
36	*exstantes.*	247	*subiectas.*	359	*belgis.*
53 et 243	*humentia.*	281	*conuertere.*	367	*mollis arauus.*
76	*inter ludentes.*	285	*quos.*	378	*mihi roma.*
93	*maioris.*	289	*calcedonio.*	414	*admodo.*
194	*motibus* (L, Rh², B²)	297	*concurrit.*	415	*detestatur.*
198	*confudit.*	306	*uolumina.*	417	*undis.*
202	*horas.*	309	*hictinus.*	426	*mox.*
215	*milasena.*	326	*diues.*	452	*tempora.*

Nous nous trouvons donc en face de deux groupes de mss. de la *Moselle* : d'une part les deux plus anciens, le G et le Reg, qui sont l'un et l'autre du Xe siècle, entre lesquels on constate bien des ressemblances sans pouvoir soutenir pourtant que le deuxième soit une copie du premier; d'autre part, le B, le Rh, mss. du XIIe siècle, et le L, ms. de la fin du XVe siècle, copie d'un ms. du XIVe siècle, qui ne procèdent pas évidemment du G, mais qui sont des copies du même archétype que le sien, lequel devait être déjà assez médiocre lui-même. Cette communauté d'origine des cinq mss. me semble démontrée par l'identité d'un certain nombre de leçons qui leur appartiennent à tous, et qui, corrigées ou laissées telles quelles par les éditeurs, ont été, en tout cas, discutées par la critique. En effet, on lit partout :

Vers		Vers		Vers	
29	*potes.*	277	*dirces.*	423	*nigrum...lupo-*
32	*munimine.*	290	*magnum.*		*nudum.*
57	*intuitu.*	307	*menecratos.*	438	*uiuifica.*
139	*defensa.*	316	*achates.*	440	*latius.*
176	*oreadas.*	321	*natura.*	450	*augustus...nati*
179	*ut.*	361	*celsis.*	462	*fines.*
218	*spectata.*	380	*romae tenuere*	463	*profluus.*
221	*amnis et.*		*parentes.*	468	*nomine.*
276	*boetia.*	409	*populique.*	472	*quaque.*

Je suis loin de prétendre que toutes ces leçons soient mauvaises; il en est que j'adopte moi-même (p. ex., v. 321 *natura*); d'autres se trouvent chez Schenkl et Peiper. Mais il en est d'inadmissibles *(Oreadas, Dirces, menecratos, celsis, Luponudum, uiuifica);* en outre, la plupart des éditeurs croient trouver une lacune au v. 206, et une autre après le v. 379 : comment expliquer que ces lacunes, ces leçons dont quelques-unes sont inacceptables, et qui toutes sont discutables, se trouvent à la fois dans les cinq mss., si l'on ne suppose qu'ils procèdent tous d'un même arché-type, dont le *Sangallensis* s'éloigne moins que ne font les autres?

MOSELLA AVSONII VIRI ILLVSTRIS ET CONSVLARIS INCIPIT.

RANSIERAM CELEREM NEBVLO
SO FLVMINE NAVAM
Addita miratus ueteri noua mœnia muro
Aequauit latias ubi' quondã gallia'cannas
Infletæ᷐ iacent inopes super arua caternæ
Vnde iter ingrediens nemorosa per auia solum
Et nulla humani spectans uestigia cultus
Prætereo arentem sitientibus undi᷐ terris
Dum nissum:riguas᷐ perenni fonte tabernas
Aruaq᷐ sauromatum nuper comitata colonis.
Et tandem primis belgarum conspicor oris
Niuomagum climeast   inclita constantini.
Purior hic campis aer.phœbus᷐ sereno
Lumine purpureum referat iam sudus olimpum.
Nec iam consertis per mutua uincula ramis
Quæritur exclusum uiridi caligine cælum:
Sed liquidum iubar & rutilam uisentibus æthram
Libera perspicui non inuidet aura diei.
In speciem cum me patriæ:cultuq᷐ nitentis
Burdigalæ blando pepulerunt omnia uisu:
Culmina uillarum pendentibus edita ripis.
Et uirides bacho colles:& amœna fluenta
Subter labentes tacto rumore mosellæ.
Salue amnis laudate agris:laudate colonis
Dignata imperio debent cui menia belge:
Amnis odorifero iuga uiter consite baccho:
Consite:gramineas amnis uiridissime ripas.
Nauiget ut pelagus deuexus pronus iu undas
Vt fluuius uitreoq᷐ lacus imitare profundo
Et riuos trepido potes æquiperare meatu:
Et liquido gelidos fontes præcellere potu:

Deuxième Partie

LES ÉDITIONS DE LA MOSELLE

I

Éditions fondées sur le LAURENTIANUS.

A. L'ÉDITION *PRINCEPS* D'UGOLET (1499).

L A liste complète des éditions d'Ausone, des recueils divers où se trouve la *Moselle,* et des éditions particulières de ce poème, jusqu'à 1845, a été donnée par Boecking, dans les pages 3-11 de sa troisième édition de la *Moselle* ¶. Je m'occuperai ici principalement des publications qui ont fait faire quelques progrès au texte.

La *Moselle* ne se trouve ni dans l'édition *princeps* d'Ausone, publiée à Venise par Bartholomaeus Girardinus (1472), ni dans l'édition donnée à Milan (1490), sous les auspices de Georges Mérula, par Jules-Emile Ferrarius, ni dans les deux autres éditions de Venise : la première (1494) qui reproduit celle de Milan, la seconde (1496) qui la corrige et la complète, par les soins d'Hieronymus Avantius.

L'édition *princeps* de la *Moselle* est celle d'Ugolet : c'est un in-4° intitulé 𝕺𝖕𝖊𝖗𝖆 𝖄𝖚𝖋𝖔𝖓𝖎𝖏 𝕹𝖚𝖕𝖊𝖗 𝕽𝖊𝖕𝖗𝖗𝖙𝖆; la *Moselle* occupe les feuillets LXI-LXVII. L'ouvrage est précédé d'un privilège accordé par « Ludovicus Maria Sfortia Anglus, dux Mediolani & cætera » à Ange Ugolet, citoyen de Parme,

---

¶ *Moselgedichte des Decimus Magnus Ausonius und des Venantius Honorius Clementianus Fortunatus,* dans *Jahrbücher des Vereins von Alterthumsfreunden im Rheinlande,* 1845.

pour faire imprimer la *Moselle* et autres opuscules d'Ausone découverts par Thadée Ugolet, frère d'Ange. (Cum Angelus Vgoletus ciuis Parmeñ. noſter dileĉtus fignificauerit nobis fe optare imprimi facere Moſellam Auſonii poetæ Opuſculū cum aliis eiuſdem quæ maiorum incuria delituiſſe & opera Thadei Vgoleti eius fratris reperta fuiſſe afferuit.) Le privilège daté de Milan, 28 juillet 1498, était accordé pour deux ans. On lit à la fin du volume (recto du feuillet LXXVIII): « Impreſſum Parmæ per Angelum Vgoletum Parmenſem Anno Domini 1499. Die. x. menſis Iulii ¶. »

On voit que, d'après Ugolet lui-même, la grande nouveauté de l'édition consistait dans les fragments inconnus jusqu'alors qui paraissaient pour la première fois. C'est à ces fragments que le titre « OPERA AUSONII NUPER REPERTA » fait allusion, quoique le recueil renferme aussi les œuvres déjà publiées. Et, parmi ces fragments nouveaux, c'est la *Moselle,* qui à juste titre tient la première place dans les préoccupations de l'éditeur; c'est la *Moselle* qui est expressément désignée dans le privilège : « fe optare imprimi facere Moſellam Auſonii poetæ Opuſculū... »

Pour ce qui est de la *Moselle,* Thadée Ugolet n'avait eu en mains qu'un ms., comme il l'apprenait au médecin Lazare Cassola, dans son épître dédicatoire : « Moſella uitiatus & mutilatus inlucē ₚdibit : ut pote eſcriptus ex unico exēplari: eodeq; ab indiligēte librario exarato. Nōnulla tñ in eo corrigere tētauimus : & ea potiſſimū quæ ratione emēdari poſſe uidebant'. Cætera q̄ uix conieĉt : aſſequebamur retulimus. »

L'unique ms. dont Ugolet s'est servi est évidemment le *Laurentianus :* dans le L, la *Moselle* se termine avec le v. 482; après le v. 482, Ugolet écrit « Deficit Reliquum Moſellæ ». Dans l'édition comme dans le ms., le v. 407 est omis, et les vers 418-420 se trouvent placés après le v. 445. Enfin Ugolet suit, le plus souvent sans les corriger, les leçons du L : pour rendre évidente l'étroite parenté qui unit

---

¶ Je cite l'édition d'Ugolet d'après l'exemplaire que M. Dezeimeris a bien voulu me communiquer.

l'édition au ms., il suffit de relever quelques-unes des leçons
mauvaises ou réellement absurdes du L — on n'a que
l'embarras du choix — qui ont passé dans l'édition :

Vers		Vers		Vers	
11	*climeaſt* ¶ [ ] *inclyta* (Ug., *inclita*).	191	*conſtitit.*	337	*ſubducta.*
22	*labentes tacto.*	214	*artes.*	338	*aperto.*
31	*riuus ianthis.*	217	*pulſos.*	350	*dignandum mari memoraſſe.*
33	*murmure.*	224	*rediit* (L, B).		
40	*cereres...remis.*	231	*expectantis.*	353	*uitę* (Ug., *uitæ*).
44	*ſegnis.*	234	*ſpectate.*	354	*pronea eſt... aducta.*
49	*maſmorum.*	236	*praetendat*(Ug., *pretendat*).		
54	*Nec renuent.*			357	*Nobilibus*(L,B).
65	*ingenis.*	240	*Nam uero.*	360	*alabere.*
80	*ſedere* ¶².	244	*uerret.*	370	*Non... tacitam.*
87	*thioria.*	246	*fena ſignis.*	381	*frigumqʒ... moſellam.*
89	*Thedo.*	249	*letabilis.*		
91	*uecate* (Ug., *Vecate*).	250	*ignota.*	389	*quod* (L, G).
		253	*inclytum* (Ug., *inclitum*).	390	*tuo.*
106	*illipicum.*			391	*necis.*
112	*focus.*	259	*undœ.*	392	*ora.*
117	*eſt tendere.*	275	*Impedit.*	401	*regis.*
120 et 123	*hinc.*	278	*moribundus.*	408	*Perfecturarum.*
124	*Eruet...nitore.*	296	*utrumqʒ.*	414	*ad modo* (B, L, Rh).
138	*corpora agmina ſoli.*	306	*uolumina* (L, B, Rh).		
				415	*dilata eſt.*
139	*ulli.*	308	*manus tibi.*	418	*haloyʒ.*
148	*balla.*	312	*cedro in faſtigia conor.*	422	*uinctos.*
158	*panchea* (L,B).			423	*ſupereſt.*
167	*Probra ſerunt.*	313	*ipſe.*	424	*latus.*
168	*Et rubens* ¶³.	314	*ab.*	448	*tanta.*
174	*Torrent.*	320	*decoramine* (L, B).	454	*tanto qui.*
185	*Membra ſpecūt.*			457	*nunc... horea.*
189	*fuenda... conclaueus.*	322	*procurrentes.*	464	*duraui.*
		324	*Vllatenus.*	465	*poſtponat... tandem.*
		332	*captate.*		
		336	*colonis.*	470	*celebranda.*

¶ D'après Schenkl, *climcast.*

¶² Un des anciens possesseurs de l'exemplaire de M. Dezeimeris a écrit
en marge *ſeuere.*

¶³ Le même a écrit en marge *ripa rubẽs,* conjecture qui se rapproche
de celle d'Avantius, *Terra rubens.* Les notes de cet anonyme sont d'une
écriture très ancienne, mais elles datent d'un temps où l'Ascensiana avait
paru, car le v. 483 est restitué de la même main au-dessous du dernier
vers du texte d'Ugolet.

Dans sa lettre à Lazare Cassola, Ugolet annonçait l'intention de corriger son texte. On voit qu'il en a laissé subsister les fautes les plus grossières : il en a même ajouté ; par une coïncidence singulière, quelques-unes de celles-ci se trouvent dans le G qu'Ugolet ne connaissait certainement pas : v. 96 *Spirantem* (L a *spirantum* et G, *spirantem* corrigé en *spirantum*) ; v. 160 *fluentem* (L a *flauentem*). On lit en outre dans le texte d'Ugolet entre autres fautes ajoutées à son ms. :

Vers

18 *cultuq3* (L *cultumque*).
21 *bacho*, comme B et Rh (L *baccho*).
27 *Nauiget* (L *nauiger*).
60 *fluentis* (L *fluenti*).
106 *binonis* (L *binominis*).
114 *Vfq3 ad* (L *usque sub*).
124 *famofis* (L *fumosis*).
171 *Naiadas* (L *naidis*, Schenkl ; *naidas*, Peiper).
215 *miffena* (L *milasena*).
220 *in fpeciem* (L *speciem*).
222 *perfunderit* (L *perfuderit*).
227 *Vnde* (L *unda*).
229 *redite* (L *redire*).
237 *extende* (L *extendere*).

Vers

292 *furentem* (L *furentum*).
321 *faui* (L *saxi*).
363 *farras* (L *serras*).
368 *loca*, comme B (L *locat*).
369 *anguftam* (L *augustam*).
370 *pingua* (L *pinguia*).
372 *quœq3* (L *quemque*).
374 *moles* (L *mores*) ...*tibi fi* (L *si tibi*).
390 *crede* (L *conde*).
403 *prœteftati* (L *praetextati*).
411 *primus* (L *primis*).
432 *extendit* (L *extendet*).
437 *uno* (L *unus*).
443 *circino* (L *concino*).
460 *Strigentem* (L *stringentem*).

Quelques-unes de ces fautes *(nauiget, moles, uno)* ont passé dans beaucoup d'éditions.

Parmi les corrections d'Ugolet, quelques-unes ne font que remplacer une faute du ms. par une autre :

Vers

45 *lagœis* (L *legenis*), pour *limigenis*.
66 *lutoq3 latofq3* (L *lucoque latosque*), pour *lucetque latetqe*.
127 *obfenio pleno* (L *obsenia pleo*), pour *obsonia plebis*

Vers

182 *Et cum fultantef* (L *et cum insultantes*), pour *Tunc insultantes*.
221 *Pupiartafq3* (L *puppi ertasque*), pour *Pubertasque*.
253 *tremendo* (L *tremō*), pour *tremori*, etc.

D'autres constituent un progrès :

Vers
2 *muro* (L a *mco*, surmonté d'une sorte d'ω entre le *m* et le *c*).
33 *prolapfus* (L *praelaxus*).
71 *locupletibus ufq̣ fub* (L *locupletibus sub*).
94 *facrof* (L *saxos*).
99 *Surgit & e* (L *surgite de*).
118 *Namq̣ &* (L *namque*).
204 *alacris* (L *alicris*).
249 *Implicitos* (L *inclytos*).

Vers
286 *comit* (L *contra*).
307 *Ebdomas* (L *ebdomadas*).
309 *foco* (L *faco*).
388 *ueteres qui clarat athenas* (L *ueteresque athenas*).
394 *uirorum* (L *uirum; que* est ajouté d'une autre main).
397 *tenui captas* (L *tenuique captas*).
398 *faftis* (L *fustis*).

Enfin, quelques corrections d'Ugolet sont d'accord avec le texte reçu des autres mss., ou même réparent des erreurs communes à tous, et subsistent définitivement :

Vers
131 *memorande* (*memorante* L).
164 *Vertice* (*uerticem* L).
166 *labens* (*lambens* L).
183 *natandi* (*natanti* L).
198 *confundit* (*confudit* L, Rh, B).

Vers
276 *boeotia* (les mss. ont *boetia*).
277 *circes* (les mss. ont *dirces*).
442 *aquitania*, comme Rh et B (*equitania* L).
468 *ibit aturrus* (*ibi aturrus* L).

On voit qu'il y a encore bien des fautes dans l'édition d'Ugolet ; plusieurs pourront être corrigées par les éditeurs qui viendront après lui. Mais beaucoup de ses propres corrections qui sont insuffisantes, et qui donnent cependant un sens à peu près satisfaisant, passeront dans les éditions suivantes, jusqu'au moment où l'usage de mss. meilleurs que le *Laurentianus* permettra de rétablir la vraie leçon.

B. LA CONTREFAÇON DE L'ÉDITION D'UGOLET (VENISE, 1501).

Un peu plus de deux ans après l'édition de Parme, une contrefaçon parut à Venise. On lit à la fin de ce volume in-4° qui n'est pas paginé : « Impreffum Venetiis Anno. M. CCCCCI Die. XXX Octobris. »¶ Cette nouvelle édition

¶ Je cite également cette édition d'après l'exemplaire de M. Dezeimeris.

ne portait aucune amélioration à la première; au contraire, pour la *Moselle* en particulier, si quelques fautes d'impression sont corrigées, beaucoup d'autres sont ajoutées au texte primitif par l'éditeur anonyme de Venise. Voici la liste des différences qu'on remarque dans le texte des deux éditions :

Vers	Édition 1499.	Édition 1501.
21	*bacho.*	*baccho.*
25	*uitev.*	*viter.*
27	*iu.*	*in.*
31	*riuus ianthis.*	*riuus lanthis.*
37	*ne.*	*nec ne.*
60	*arcaniq₃.*	*arcamq₃.*
61	*liquidarum.*	*loquidarum.*
67	*glarea.*	*galera.*
71	*Delitiafq₃.*	*Deliciafq₃.*
72	*monilia.*	*nonilia.*
77	*fpecies.*	*fpecis.*
79	*numerofœ.*	*nnmerofœ.*
84	*Differe.*	*Difcere.*
95	*contigit.*	*contingit.*
96	*inlaudata.*	*illaudata.*
99	*fummaf.*	*fumas.*
108	*mofellœ.*	*moffellœ.*
116	*Amnigenos.*	*Amnigenns.*
123	*menfarum.*	*menfurarum.*
134	*Propexiq₃.*	*Profpexiq₃ ¶.*
147	*decrefere.*	*dècrefcere.*
148	*mitis.*	*mittis.*
154	*tractn.*	*tractu.*
161	*tendentis.*	*tentdentis.*
162	*fluuialis.*	*fluialis.*
187	*Fas mihi fit pro.*	*Fas mihi pro.*
189	*fpeties.*	*fpecies.*
190	*fluuius.*	*fluius.*
193	*Hefperus.*	*Hfperus.*
202	*oras.*	*horas.*
208	*œqnore.*	*œquore.*
227	*alios.*	*alio.*

¶ C'est évidemment le simple hasard d'une faute d'impression et non l'usage du L qui a *prospexit*, ou du Rh et du Reg qui ont précisément *prospexi,* qui amène cette variante dans l'édition de 1501.

Vers	Édition 1499.	Édition 1501.
232	*alumnœ*.	*alumnœ*.
255	*predā*.	*prœdā*.
299	*predia*.	*prœdia*.
309	*Hic tinus*.	*Hictinus* (semble en un mot).
310	*perimitq₃*.	*peremitq₃*.
318	*dignum*.	*dignum*.
352	*differre*.	*differre*.
399	*mcmorabo*.	*memorabo*.
429	*potiere*.	*protiere*.
459	*boumq₃*.	*bonumq₃*.

Il y a aussi quelques variantes peu importantes dans la ponctuation, dans l'emploi des *v* ou des *u* au commencement des mots, et des *s* ou des *f* à la fin. L'éditeur de 1501 use aussi plus volontiers des abréviations que ne faisait Ugolet : il écrit, par exemple *mirat'* (v. 2), *cañas* (v. 3), *aquaʀ* (v. 61).

Dans l'Introduction de son édition de la *Moselle*, Tross cite parmi les ouvrages qu'il a eus entre les mains un *Ausone* d'Ugolet, daté de Venise 1500, réimpression de l'édition de Parme, 1498 : « Die Ausgabe des Thadaeus Ugoletus; Venedig 1500 4ᵗᵒ. Sie ist, wie die meisten Varianten ausweisen, ein so genauer Nachdruck der von Ugolet 1498 zu Parma besorgten¶. » Tross est généralement inexact: ici, il écrit évidemment 1498 et 1500 pour 1499 et 1501. La *Notitia Literaria* de l'édition des Deux-Ponts mentionne aussi un *Ausone* d'Ugolet publié en 1500 : « 1500 *Veneta* IV, 4. ed. Thad. *Ugoleto*. Hujus exemplum habuit Fabricius, quod fuit olim Alciati, qui loca quædam fua manu correxit. » Mais Fabricius (*Bibliotheca latina mediœ et infimœ œtatis*, lib. I, p. 421, *Hamburgi*, 1734) dit que cet exemplaire est de 1501 : « Poffideo editionem cum *Thaddœi Ugoleti* Parmenfis praefatione vulgatam Venetiis 1501. 4. paffimque notatam manu viri fummi *Andreœ Alciati*. »

Il ne semble donc pas qu'il y ait eu une édition d'Ausone publiée à Venise en 1500.

¶ *Des D. M. Ausonius Mosella* von Dʳ Ludwig Tross. — Zweite. — Hamm, 1824. *Einleitung*, X.

Ausonius

PER HIERONYMVM AVANTIVM VERONEN-
SEM AR. DOC. EMENDATVS.

Dictiones emendatæ hñt primas duas litteras maiusculas.

Ioannes Petrus Feretrius Rhauennas Hieronymo Auantio
Veronensi disciplinarûm Luce Fulgenti,

Auanti decus omnium:
Et Micarior omnibus.
Ingens oçeanum uidit:& Vltimos
Europæ:atq asiæ uidit:& Aphricæ.
Anfractus:ratis hæc tua
Non curat tumidi Maris
Scyllam:quo latio diuitias patet.
En en Ausonii pampineas comas:
Ridentesq Racemulos
Donat Pieridum choro.
Lætemur:nihil hoc munere clarius:
Bacchemur nimium plauabos.& Mero:
Nam iam suauius est nihil:
Ac nil est opulentius.

Fac-similé du titre de l'AUSONE d'Avantius.

C. L'ÉDITION D'AVANTIUS (1507).

Six ans après la contrefaçon de l'édition d'Ugolet, Avantius publiait un nouvel *Ausone* à Venise; c'était un in-4° intitulé : Aufonius || PER HIERONYMUM AVANTIUM VERONEN || SEM AR. DOC. EMENDATVS..... On lit à la fin du volume, *chart.* LXXXIII, au recto : **(**Impreffum Venetiis per Ioannem Tacuinum de Tri || dino : Anno Domini. MCCCCC. VII. Die. VII. Aprilis ¶.

Dans cette édition, Avantius ne suivait pas son propre texte de 1496, mais celui d'Ugolet.

Il explique lui-même, dans une dédicace adressée « MARCO Cornelio. S. M. in Porticu Cardinali », qu'il a ajouté à ce que l'on connaissait d'Ausone beaucoup de pièces inédites, et que, pour le reste, il s'est reporté à l'édition d'Ugolet dont il s'est attaché à corriger les nombreuses fautes dues à la négligence des imprimeurs : « ... cum nuper repererim aliquot Aufonii Carmina diu in fitu iacentia : & locis plærifq̃ deprauatiffima : Ea ftatim (ne prorfus perirent) pro uiribus Emendans reformaui,..... Iterum enim Emendandum fufcepimus Aufonii codicem non Venetiis fcilicet noftra caftigatione olim Impreffum : fed Tadei Ugoleti beneficio a parmenfibus imprefforibus ¶² nuper emiffum : hunc igitur ut pote locupletiorē Emaculandum adfumpfimus : diligentiam quidem non Tadei : quā uir ifte inter doctos optimus nequaquam potuit præftare : fed parmenfium aliorumq̃ omnium imprefforum pluribus locis defideramus... » Nous n'avons pas à nous occuper des pièces inédites ajoutées par Avantius, et dont il donne la liste à la première page de son édition : « Opera quæ nunc addidimus nō alias īpreffa fūt hæc : uidelicet... » *(suit la liste)*. A la

---

¶ Je cite l'édition d'Avantius d'après la collation que M. Jean Larocque a faite pour moi de l'exemplaire de la Bibliothèque nationale (*Réserve* Y, 1454 ; au dos du volume, m Y c, 608).

¶² On voit qu'Avantius ne tient aucun compte de la contrefaçon de Venise et qu'il s'occupe uniquement de l'édition de Parme.

même page, il donne aussi cette indication : « Dictiones emendatæ hñt primas duas litteras maiufculas. » Pour la *Moselle,* en particulier, cette indication n'est pas rigoureusement exacte : on peut relever plusieurs corrections au texte d'Ugolet qui ne sont pas signalées par ces deux majuscules initiales.

Il est assez curieux qu'Avantius ne se soit pas préoccupé de se procurer le *Laurentianus,* et qu'il ait mieux aimé corriger l'édition d'Ugolet d'une manière conjecturale que de recourir au ms. dont il devait se rendre compte que l'éditeur de 1499 avait tiré un parti insuffisant. J'ai donné la liste des fautes qu'Ugolet a ajoutées à son ms. en le transcrivant négligemment : la liste des corrections d'Avantius fera voir que celui-ci a laissé subsister beaucoup de ces mauvaises transcriptions. Un exemple de correction conjecturale prouve bien qu'Avantius n'a pas usé du L : au v. 390, ce ms. a *conde,* qui est la bonne leçon ; Ugolet en fait *crede* qui n'a pas de sens. Avantius corrige *crede* en *cede,* sans doute par un souvenir de ce passage de Stace: *Cedamus, chely* (*Silv.* I, v, 3, v. 119). D'autre part, quelques changements où Avantius, en s'éloignant du L et d'Ugolet, rétablit par hasard la leçon du B, du Rh ou du Reg, ne démontrent pas suffisamment qu'il ait usé de ces mss.: p. ex., v. 1 *nauem* (Reg), v. 101 *fronte* (Rh), v. 192 *protulit* (B, Rh'), v. 360 *allabere* (Rh), v. 391 *neruis* (Rh') : s'il avait connu le Rh ou le B, il aurait restitué les v. 407 et 483, et n'aurait pas laissé les v. 418-420 placés entre les v. 445 et 446, comme ils le sont dans le L et dans Ugolet.

C'est donc sans autre secours que sa propre inspiration et avec des succès divers qu'Avantius a corrigé le texte d'Ugolet : toutes ces corrections n'ont pas une égale valeur. Quelques-unes sont des conjectures définitives ; d'autres, en plus grand nombre, restituent le texte des mss.; d'autres encore essaient, sans y réussir, de faire disparaître les absurdités d'Ugolet. Il en est enfin qui ajoutent des fautes au texte de 1499.

Voici les corrections d'Avantius qui ont passé dans le texte de la *Moselle :*

V. 169 *homines* (correction définitive à la leçon *hominum* d'Ugolet et des mss.).

V. 237 *ceptat* (correction inutile à la leçon *captat*, passera dans le texte vulgaire).

V. 261 *Cuiq₃* (bonne correction au *Quiq₃* d'Ugolet et aux leçons des mss.).

V. 440 *latiū* (bonne correction au *latius* d'Ugolet et des mss.).

V. 450 *natus* (correction au *nati* d'Ugolet et des mss., passera dans le texte vulgaire).

Voici la liste des corrections d'Avantius qui restituent soit la bonne leçon des mss. dénaturée dans le texte du L, soit la leçon même du L inexactement rendue dans la mauvaise transcription d'Ugolet¶ :

Vers	UGOLET.	AVANTIUS.
21	*bacho.*	*baccho.*
22	*labentes tacto.*	*labentis tacito.*
25	*uitev.*	*uitea.*
40	*cereres... remis.*	*celeres... remi.*
45	*pretexeris.*	*prœtexeris.*
73	*leta.*	*lœta.*
80	*federe.*	*fecundœ.*
81	*œquores.*	*œquorei.*
87	*thioria.*	*trihoria.*
88	*Purpurifq₃... guftif.*	*Purpureifq₃... guttis.*
96	*Spirantem.*	*Spirantum.*
99	*Surgit & e.*	*Gurgite de.*
106	*illipicum... binonis.*	*illiricum... binominis.*
124	*Eruet... nitore.*	*Feruet... nidore.*
127	*obfenio pleno.*	*obfonia plebis.*
132	*police.*	*pollice.*
138	*corpora agmina.*	*corporis agmina.*
147	*decrefere.*	*decrefcere.*
148	*balla.*	*ballena.*
159	*trhacia.*	*thracia.*
160	*fluentem.*	*flauentē.*

¶ Je supprime dans cette liste l'indication des majuscules qui indiquent quelquefois les corrections d'Avantius : ainsi l'éditeur de 1507 écrit au v. 173 *trepidafQVe.*

Vers	UGOLET.	AVANTIUS.
161	*Sumis.*	*Sūmis.*
172	*leta.*	*læta.*
173	*trepidas.*	*trepidasque.*
174	*Torrent.*	*Terrent.*
183	*fatiros.*	*fatyros.*
185	*Membra fpecūt.*	*Membra petūt.*
189	*fuenda.*	*fruenda.*
207	*excludet.*	*excludit.*
208	*æquore.*	*æquore.*
211	*actiatis... leta.*	*actiacis... læta.*
213	*niliace.*	*niliacæ.*
214	*artes.*	*arces.*
217	*pulfos.*	*pulfus.*
229	*redite.*	*redire.*
234	*fpectate.*	*fpectare.*
237	*extende.*	*extendere.*
259	*undæ.*	*udæ.*
286	*pretoria.*	*prætoria.*
287	*feftiatum.*	*feftiacum.*
292	*furentem.*	*furentum.*
299	*predia.*	*prædia.*
309	*foco.*	*fuco.*
330	*faros.*	*pharos.*
332	*captate.*	*captare.*
350	*dignandum mari.*	*dignandūq₃ mari.*
354	*aducta.*	*adducta.*
362	*Precipiti.*	*Præcipiti.*
365	*læfuram.*	*lefuram.*
370	*pingua.*	*pinguia.*
374	*tibi fi.*	*fi tibi.*
381	*frigumq₃... mofellam.*	*frugumq₃... mofella.*
387	*equi.*	*æqui.*
391	*necis.*	*neruis.*
399	*mcmorabo.*	*memorabo.*
403	*prœteftati.*	*prætextati.*
408	*Perfecturarum.*	*Præfecturarum.*
414	*ad modo.*	*at modo.*
416	*leto.*	*læto.*
421	*mœnibus.*	*mœnibus.*
422	*uinctos.*	*iunctos.*
424	*latus... hiftri.*	*latiis... hiftri.*
434	*frantia.*	*francia.*
439	*federa.*	*fœdera.*

Vers	UGOLET.	AVANTIUS.
454	*qui.*	*quas,*
457	*nunc.*	*non.*
460	*Strigentem.*	*Stringētem.*
476	*letoꝫ.*	*lætoꝫ.*
481	*dextre... ripe.*	*dextræ... ripæ.*

A ces nombreuses corrections qui se trouvent dans le texte d'Avantius, il faut en ajouter quelques-unes qui se trouvent dans les *Emendanda* (*Chart.* LXIII-LXVIII) :

Vers		Vers	
27	*deuexas,* au lieu de *deuexus.*	418	*hyaloꝫ,* au lieu de *haloꝫ,* texte d'Ugolet, et de *hyalo,* texte de l'édition même d'Avantius.
33	*murmura,* au lieu de *murmure.*		
73	*haud,* au lieu de *aut.*		

Malgré toutes ces améliorations, il reste encore beaucoup de fautes qu'Avantius aurait pu aisément faire disparaître; certaines nous frappent d'autant plus qu'elles subsistent à côté de mots heureusement corrigés : ainsi, v. 124, Avantius conserve *famofis,* alors qu'il a corrigé *eruet* et *nitore;* v. 138, il conserve *foli,* au lieu d'admettre *foluis,* alors que *corpora* a été changé en *corporis;* v. 454, *qui* est corrigé en *quas,* mais *tanto* subsiste; v. 458, *horea* se lit à côté de *non* qui a bien remplacé *nunc.*

Voici la liste des passages où Avantius a essayé sans y réussir complètement, mais en faisant souvent preuve d'une finesse ingénieuse, de donner un sens aux leçons absurdes d'Ugolet :

Vers	UGOLET.	AVANTIUS.
11	*climeaft [ ] inclita.*	*climeaft domus inclita.*
43	*tuos... in amne recurfum.*	*tuo... in amne recurfum.*
44	*fegnis.*	*fegnes.*
65	*ingenis.*	*ingenitis.*
86	*prætenero fert imegeftuf ariftif.*	*præteneris fert imegiftus ariftis.*
113	*ad medium pinguefcis.*	*ad medium [ ] pinguefcis.*
114	*Vfꝗ ad.*	*Vfꝗ & ad.*
117	*facilis eft.*	*facile eft.*

Vers	UGOLET.	AVANTIUS.
123	*latus.*	*lœtus.*
167	*ferunt cultoribus.*	*ferunt* [ ] *cultoribus.*
168	*Et rubens.*	*Terra rubens.*
182	*Et cum fultantef.*	*Et confultantes.*
189	*conclaueus.*	*conclaufus.*
236	*pretendat.*	*prætendit.*
246	*fena fignis.*	*femina lignis.*
249	*efcis... letabilis.*	*efcæ... lœtabilis.*
312	*cedro in faftigia.*	*cedro* [ ] *in faftigia.*
324	*Vllatenus.*	*Villa tenus.*
390	*crede.*	*cede.*

Souvent, il tente de réformer l'orthographe, corrigeant p. ex. *prelia* en *prœlia* (v. 212), *incœfti* en *incœfti* (v. 314), etc.

Il faut également remarquer l'emploi peu utile d'une parenthèse aux v. 467-468 *(dominœ... adorato)*. Dans les *Emendanda*, Avantius reconnaît le manque de sens de la fin du v. 66 qu'il écrit comme Ugolet : *lutoq₃ latofq₃;* il met en note : «*falfum eft id hemiftichium*». Il corrige aussi dans ces *Emendanda* quelques fautes qui s'étaient glissées dans le texte : v. 435 *habebere limes* (texte : *habere limes*); v. 118 *guftus iners* (texte : *guftus ineris*); v. 274 *Quos impos damni* (texte : *dami*). Mais, dans ces *Emendanda* eux-mêmes, il ajoute des fautes : v. 28 *Vt fluuios uitreofq₃* (au lieu de *Vt fluuius uitreoq₃*); v. 431 *largitor utrinq₃* (au lieu de *utriq₃*); v. 304 *Clara fyracufii* (retour au texte d'Ugolet, au lieu de *Clara fyracofi*).

Avantius d'ailleurs, en outre des fautes du texte d'Ugolet qu'il laisse subsister, en ajoute quelques autres, qu'il faut attribuer soit à la négligence de l'imprimeur, soit à de malencontreux essais de correction :

Vers		Vers		Vers	
1	*nauem* (Reg).	245	*augmine.*	363	*lœuia... faras.*
39	*fortire* (L).	270	*lœti* (B, Rh).	367	*Nauiget.*
101	*fronte* (Rh).	310	*alicit.*	441	*cefamq₃.*
150	*liquidus.*	321	*agere.*	448	*tanta meri...fi.*
192	*protulit* (B, Rh¹).	345	*hic.*	461	*Saxona.*
232	*nuttix.*	346	*fimulachra* (B²).	469	*Gorniger.*
		360	*allabere* (Rh).		

Je mentionne à part, à cause de son importance, une variante qui doit être une faute d'impression : v. 442, Ugolet écrit *leta* : Avantius, qui corrige toujours *leta* en *lœta* (cf. v. 73, 123, 172, 211, 416, 476) admet ici, par erreur, je pense, *lata,* mot qui a un sens, et qui passera dans la Juntine et l'Aldine.

On voit qu'il reste encore bien des fautes dans la *Moselle* d'Avantius : mais l'éditeur de 1507 donne quelques corrections définitives ; il arrive souvent à rétablir les vraies leçons, et quand il n'y réussit pas, il a le mérite de l'avoir essayé, ou tout au moins de faire naître des doutes sur l'authenticité d'un texte qu'Ugolet admettait sans scrupules. Il semble difficile de mieux user qu'il ne l'a fait de la détestable édition d'Ugolet, plus mauvaise souvent que le *Laurentianus* lui-même.

Après l'édition de 1507, il fallait que la connaissance d'un ms. plus correct que le L permît à un nouvel éditeur de faire mieux.

II

Éditions fondées sur un manuscrit inconnu,
qui diffère du Laurentianus
et qui procède du Sangallensis et du Rhenaugiensis.

—

ÉDITIONS D'ASCENSIUS, DE R. CROCUS, DE JEHAN PETIT.

Ce sont les éditions d'Aleander qui succèdent à la deuxième publication d'Avantius. *Girolamo Aleandro,* né en 1480 dans la Marche-Trévisane, vint en France au printemps de l'année 1508, muni de lettres de recommandation d'Érasme qu'il avait connu à Venise. Il fut nommé recteur de l'Université de Paris (1508). Rentré plus tard en Italie, il devint secrétaire de Léon X (1513), bibliothécaire de la Vaticane (1520), archevêque de Brindes, cardinal, et mourut à Rome en 1542. C'est pendant son séjour à Paris qu'il fit

. paraître avec l'aide de son élève Michel Humelberg, chez
Iodocus Badius Ascensius, la première édition française
d'Ausone, en 1511 ¶. Deux autres éditions furent données en
1513 et en 1517 : il y a peu de différences entre ces trois recen-
sions. Peiper dit de l'édition de 1511 : « *Repetita est haec
editio Parisiis, A.* 1513 *et* 1517, *paucis tantum mutatis.* »

De retour en Italie, à partir de 1513, Aleander n'a pu
évidemment surveiller l'impression des éditions d'Ausone
de 1513 et de 1517. Quant à la part qu'il a prise à l'édition
de 1511, il est assez difficile de la distinguer nettement :
j'ai dit plus haut, suivant la tradition ordinaire, rapportée
en dernier lieu par Peiper ¶², qu'Aleander fit paraître la
première édition française d'Ausone avec l'aide de son élève
Michel Humelberg. Chevillier (*L'origine de l'Imprimerie
de Paris,* Paris, 1694, p. 252) rapporte au contraire l'honneur de cette édition au seul Humelberg. Voici, tel que
Maittaire le cite (*Annales Typographici,* t. II, pars I,
Hagæ Comitum, 1722, p. 306) le passage de Chevillier :
« Cette même année *(ann.* 1511*, intelligit uti ex antediĉtis
conjicio),* un Savant nommé *Michel Humelberge* entreprit
de travailler sur l'*Aufone* qu'il fit imprimer in-4° par *Joffe
Bade,* après l'avoir revû & corrigé fur plufieurs Manufcrits ;
il avoüa qu'il reftoit encore dans ce Poëte plufieurs endroits
obfcurs, qui avoient bien befoin d'être éclaircis & expliquez
par quelque habile homme. *Aléandre* promit de le faire
publiquement dans ses Leçons : *Non inficiamur non pauca
in omnibus Aufonii Codicibus menda inveniri magno
digna vindice : quæ* Hieron. Aleander *vir omni laudum
præfatione major, dum hæc imprimerentur, alibi occupatus, fibi in publico refervat auditiorio difcutienda.* »
Je crois que Chevillier fait une confusion : la citation qu'il
donne est tirée d'une note qui accompagne les *Castiga-*

¶ Josse Bade, né en 1462, près de Bruxelles, au village d'Assche, d'où
son surnom d'*Ascensius,* fonda à Paris, vers 1500, une célèbre imprimerie
qu'il dirigea jusqu'à sa mort (1535). Il eut pour gendres Robert Estienne
et Michel Vascosan.

¶² *Die handschriftliche Ueberlieferung,* etc., pp. 210-211.

tiones dont Humelberg a fait suivre l'édition de 15.11 : cette note qu'on trouvera plus loin, reproduite dans son intégrité, semble prouver, non pas, comme le dit Chevillier, qu'Humelberg est l'auteur de l'édition dont il espère que les endroits obscurs seront expliqués par Aleander, mais au contraire qu'Humelberg s'est chargé, en l'absence d'Aleander qui a préparé le texte, de faire paraître l'édition et d'y apporter des corrections provisoires que le véritable éditeur rendra définitives et complétera, quand, de retour à Paris, il pourra en faire l'objet de son cours public. Fixé en Italie, Aleander ne devait plus reprendre ce cours qu'il avait fait, dit le père Nicéron, « avec tant de fuccès et d'applaudiffemens ». Nous savons que Michel Humelberg (Michael Humelbergius Ravenspurgensis), né à Ravensburg en 1487, fut un élève et un ami d'Aleander : mais nous ignorons s'il eut quelque part aux éditions de 1513 et de 1517. Dans la préface de la première de ces éditions, préface reproduite en tête de la deuxième, Josse Bade attribue tout l'honneur des améliorations apportées au texte à un certain Homedeus qui aurait mis à profit les notes et l'enseignement oral d'Aleander. Quel est cet Homedeus ? Je n'ai trouvé sur son compte aucune indication. Quant à Aleander, ses principaux biographes, Bayle ¶ et le père Nicéron ¶², qui s'occupent en détail de sa vie et de ses œuvres, ne disent rien de son édition d'Ausone ¶³.

¶ *Dictionnaire historique et critique;* article *Aleandre (Jerôme).*

¶² *Mémoires pour servir à l'histoire des hommes illustres dans la République des lettres,* t. XXIV, Paris, M.DCC.XXXIII., article *Aleandre l'Ancien (Jerosme),* pp. 261-270.

¶³ Voir sur Aleander une intéressante étude de M. P. de Nolhac : « *Le grec à Paris sous Louis XII. Récit d'un témoin.* » (Revue des Études grecques, tome I, n⁰ 1, janvier-mars 1888.) Dans cette étude, M. de Nolhac annonçait un ouvrage sur la carrière littéraire d'Aleander, que M. Ernest Jovy préparait au moment où l'étude a paru. J'ai eu recours à l'obligeance de M. Jovy pour lui demander quel avait été le rôle d'Homedeus et d'Humelberg dans la préparation des éditions d'Ausone imprimées chez Bade. M. Jovy a bien voulu me répondre en ces termes: « Malgré d'actives recherches, je ne suis pas arrivé non plus à démêler d'une façon précise le rôle d'Aleandro et celui d'Humelberg dans la préparation des diverses éditions d'Ausone données par Badius et à établir l'identité de l'Homedeus dont parle la préface de Josse Bade. »

Il suffit de jeter les yeux sur le texte de la *Moselle,* tel qu'il se trouve dans l'Ascensiana, pour avoir la certitude qu'Aleander a consulté un manuscrit autre que le *Laurentianus :* car il restitue les vers 407 et 483 et met à leur vraie place les vers 418-420. Il a déjà été dit que, d'après Schenkl, Aleander lui-même affirmerait avoir usé d'un ms. du monastère de St-Victor; la petite histoire de Schenkl est quelque peu romanesque : le savant philologue viennois possède un exemplaire de la Juntine où sont ajoutées quelques feuilles de papier contenant des notes et des variantes; dans ces feuilles il est parlé d'un «*vetustus codex e bibliotheca divi victoris in suburbano parisiis erutus, in quo Ausonianae mosellae statim subditur hoc de rosis* εἰϐύλλιον.» Qui donc, dit Schenkl, pourrait, excepté Aleander, parler de ce manuscrit du monastère de St-Victor, où se trouve la *Moselle?* Sans doute les feuillets manuscrits ajoutés à cet exemplaire de la Juntine ne sont pas écrits de sa main; mais ce doit être une copie de ses notes ¶. Cette argumentation ne me semble pas concluante; elle n'a pas davantage convaincu Peiper, très sceptique à l'endroit de ce ms. de St-Victor, dont il n'est question nulle part. Le dernier éditeur d'Ausone se fonde sur la ressemblance des leçons du *Sangallensis* avec celles de l'Ascensiana pour supposer que Michel Humelberg a simplement transcrit à l'usage d'Aleander les leçons du *Sangallensis,* et que, dans l'Ascensiana, la *Moselle* n'est fondée directement sur aucun ms. ¶².

Avant d'essayer d'établir sur quel ms. le texte de la *Moselle* a été établi par Aleander, je crois utile de rechercher quelles corrections ce texte a subies dans les diverses éditions de l'Ascensiana. L'édition de 1517 est seule citée dans la «*Dissertatio*» qui précède l'édition *in usum Del-*

¶ Ausone, édit. Schenkl, *Prooemium*, pp. XXXV-XXXVI.
¶² Ausone, édit. Peiper, *Praefatio,* pp. LIII et LVIII. — Peiper identifierait-il Homedeus et Humelberg? C'est ce qu'on doit peut-être conclure de cette phrase (p. LIII de la *Praefatio*): « Ex S Gallensi Mosellae lectiones Aleandri in usum Homedeus (M Humelberg) ipse exscripsisse uidetur.»

phini, dans la «*Bibliotheca latina mediæ et infimæ latinitatis*» de Fabricius, et dans la «*Notitia literaria*» qui précède l'édition bipontine. Bœcking, dans l'«*Index codicum et manu scriptorum et editorum*» qui précède son édit. de la Moselle, publiée en 1845, donne le titre des deux exemplaires de l'Ascensiana qu'il a eus entre les mains : ce sont deux in-4°; voici la désignation du premier :

Aufonii Pæonii Burdegalenfis Medici Poetæ || Auguftorum præceptoris Viriq₃ || confularis : opera diligenter cafti || gata et in pulcherrimum ordinem || e priftina confufione || reftituta : in officina || Afcenfiana. (Prelū Afcēnfianū.)

On lit à la fin du volume :

Lvtetiae Parisiorvm || M. D. XI. || Ex Ædibus Afcenfianis.

Voici la désignation du second :

D. Aufonij Bur || degalenfis Poetæ.... || ..opera diligentius iterū caftigata, & in meliorem ordinē || per quinq₃ Tomos reftituta || ... ...(Prelū Afcēfianū) || Vænundatur in Officina Afcenfiana.

On lit à la fin du volume :

Afcenfiana Ad eidus Iulias. Anno. M. DXVII.

Parmi les textes de la *Moselle* qu'il regrette de n'avoir pu se procurer, Bœcking cite deux éditions d'Ascensius : l'une de 1513, l'autre de 1516. Cette dernière n'existe pas; Badius Ascensius a simplement édité en 1516 «Griphi Aufoniani Enodatio, per Francifcum Syluium Ambianatem». Bœcking se trompe quand il dit avoir trouvé l'indication de cette édition de 1516 (Paris. 4ⁿ. ex ædib. Ascensian, 1516) dans la *Notitia literaria de Ausonio* imprimée en tête de la Bipontine. On lit simplement, à la page XXI de cette *Notitia* : «1516 *Parif.* 4. ex ædibus Afcenfianis edita *Enodatio* Griphi.» L'édition de 1513 existe bien. Le titre est à peu près semblable à celui de 1517; et il n'y a dans la mention finale que cette différence : *Ascenfiana ad Kalendas Octobris. M. DXIII.*

VI

Je n'ai pu me procurer l'édition de 1511 : j'en cite les leçons d'après Bœcking que j'ai toujours trouvé exact dans ses relevés de variantes des éditions que j'avais entre les mains. Peiper a bien donné une collation de l'Ascensiana de 1511 et de l'Aldine ¶. Mais les grossières erreurs qu'il commet à propos de l'Aldine m'interdisent d'ajouter aucune créance aux leçons de l'Ascensiana citées par lui. Il lit en effet dans l'Aldine :

Vers

68 *calydcniis*, au lieu de *Calydonijs*.

84 *caeruleos*, au lieu de *caeruleo*; *fluitantes*, au lieu de *fluitanteis*.

193 *profundit*, au lieu de *profundi*.

Vers

198 *confudit*, au lieu de *confundit*.

207 *excludet*, au lieu de *excludit*.

242 *piscis*, au lieu de *piſces*.

278 *captas*, au lieu de *carptas*.

392 *otis*, au lieu de *otij*.

Je dois à M. Jean Larocque la collation des deux éditions de 1513 et de 1517 : la première, d'après l'exemplaire de la Bibliothèque Mazarine ; la seconde, d'après celui de la Bibliothèque Nationale.

Voici la description de l'édition de 1513 :

Le volume, in-4° parch., a porté les n°s 17411, 10579. Il est maintenant catalogué, comme édition du XV° siècle (grâce à l'*Ausone* d'Ugolet qui y est contenu), avec le n°919.

Il contient en effet :

AUSONE. *Ed. UGOLET. 1499.*

— *Ed. ASCENSIUS. 1513.*

— *Edyllion de reſurrectione a Fr. Sylvio expoſitum. 1518.*

— *Precatio matutina a Fr. Sylvio explicata. 1518.*

Titre de l'Asc. 1513 :

Auſonii Peonii Burde ‖ galenſis Poetæ : Auguſtoꝶ preceptoris : viriꝗ conſularis ‖ opera diligentius caſtigata & in meliorem ordinem per ‖ quinque Tomos reſtituta. ‖ In quorū primo ſunt epigrammata. ‖ In ſecundo Edyllia. ‖ In tertio Epiſtolæ. ‖ In quarto

¶ *Die handschriftliche Ueberlieferung*, etc., pp. 218-220.

Gratiarū actiones. Ludus fapientum. Catalo || gus vrbium nobilium.
Labores Herculis. Cæfarum. Xii. || defcriptiones. || In quinto Ilia-
dos & Odyffeæ Homeri in fingulos libros || periochæ.

PRELŪ ASCĒSIANŪ

On lit au verso du titre :

Iodocus   Badius   Afcenfius :   oībus   politioris   litteraturę ftudiosis : Salutem.

Plurimum quidem   debes   iuuētus   ftudiofa
Hieronymo Aleandro : viro (vt nofti) im-
pēfe docto : qui primus Aufonio Burdega-
len. Poetæ lepidiffimo, non folum nafum,
vngues, capillos, & id genus membra vetu-
ftati obnoxia reftituit : verū etiam caput ipfum cum pedibus, bonaꝗ reliqui corporis parte temporis eda-
citate & fæculorū incuria atꝗ iniuria abfumptū reformauit :
plus tamen eidē debitura : vbi quod olim cōcepit & iampridē
parturit (quod propediem futurū fperam') pariet : luculētas
videlicet enarrationes in eiufdē Aufonii tenebras. Interea aūt
grati animi fignificationē facies Homedeo ꝗ diligēter ab ipfo
Aleandro adnotata, aut ex eius prę legentis ore excepta aut
diuini ingenii bonitate a fe reperta : fic concinauit : vt Aufo-
nianę integritati parum deeffe merito conquerare. Boni itaꝗ
confules : & quod pręmonui gratum lectorē ages. Vale. Kalē-
dis Octobris. M. D. XIII.

Le texte de la *Mosella* commence à la dernière ligne de
la *charta* XXVIII, v° ; il est en rom. minusc. : « Mofella
Aufonii accuratiffima recognitus cenfura. »

Le poème occupe la suite jusqu'au milieu du r° de la
charta XXXVIII.

A la fin du volume (*charta* CXII, r°), on lit après le
mot *Finis :*

❬Habes lector Lucubrationes Aufonianas & infertitias longe
emendatius ac prius impreffas : in chalcographia Afcenfiana Ad
Kalendas Octobris. M. D. XIII.

D. Ausonij Peonij Bur

degalensis Poetæ: Auguſtorum Præceptoris: viriq̄ Conſu
laris opera diligentius iterū caſtigata, & in meliorem ordinē
per quinq̄ Tomos reſtituta.

In quorum primo ſunt Epigrammata.

In ſecundo Edyllia.

In tertio Epiſtolæ.

In quarto Gratiarū actiones. Ludus Sapientum. Catalogus
vrbium nobilium. Labores Herculis. Cæſarum. xii. deſcriptio
nes.

In quinto Iliados & OJyſſeæ Homeri in ſingulos libros Peá
riochæ.

Prælū Aſcēſianū

Vænundantur in Officina Aſcenſiana.

Fac-simile du titre de l'Ascensiana de 1517

On trouvera ci-contre le *fac-similé* du titre de l'édition de 1517, d'après l'exemplaire de la Bibliothèque Nationale qui porte au dos du volume : *Inv. Réserve. m* Y. *c.* 609, plus bas Y+ 1466, et au catalogue : 1466 *D. Ausonii opera, diligentius castigata à Iod. Badio Ascensio. Parisiis. Iodocus Badius Ascensius.* 1517, in-4°. Au verso du titre on lit la lettre de Iodocus Badius Ascensius qui se trouve dans l'édition de 1513, avec la même date, calendes d'octobre 1513.

. J'ai entre les mains une curieuse contrefaçon de l'Ascensiana de 1517, qui appartient à M. Dezeimeris. C'est un volume in-4° qui parut également en 1517, le 8 août, chez le libraire Jehan Petit. En voici le titre exact :

Aufonii Peonij Bur ‖ degalenfis Poetæ. Auguftorum pręceptoris : viriq; confula ‖ ris opera diligentius caftigata & in meliorem ordinem per ‖ quinq; Tomos reftituta ‖ In quorum primo funt epigrammata. ‖ In fecundo Edylia ¶. ‖ In tertio Epiftolæ. ‖ In quarto Gratiarum actiones. Ludus fapiētum. Catalogus ‖ vrbium nobiliuȝ. Labores Herculis. Cæfarum. xij. defcriptio ‖ nes. ‖ In quinto Iliados & Odyffeæ Homeri in fingulos libros peri- ‖ ochæ.

Au-dessous de ce titre se trouve la marque de Jehan Petit. On lit à la fin du volume (*Charta* CVI, r°), après le mot *Finis :*

(Habes cādide lector Lucubratiões Aufonianas & ifer- ‖ titias longe emendatius īpreffas : in chalcographia Iohan ‖ nis Petit Actum die octaua menfis Augufti. M. D. XVII.

Cette édition, qui porte le nom et la marque de Jehan Petit, l'imprimeur bien connu, est évidemment une contrefaçon, car on lit au verso du titre : (Iodocus Badius Afcensius : omnibus politioris litteraturę ftudiosis. Salutem. — Suit la préface où Ascensius expose dans un style bizarrement pédantesque qu'Aleander a rendu à Ausone mutilé son nez, ses ongles, ses cheveux, etc. Cette préface est, à quelques différences d'orthographe près, exactement

¶ Sic pour *Edyllia.*

la même que celle qui précède les éditions authentiques d'Ascensius. Mais la date (calendes d'octobre 1513) manque dans l'édition de Jehan Petit. — Dans le volume de M. Dezeimeris se trouvent d'autres ouvrages, en particulier « *Hesiodi Ascrei opera et dies* », imitation en hexamètres latins, et « *Pomponii Leti, viri clarissimi opuscula* » : ces deux éditions portent la marque de Jehan Petit et sont l'une et l'autre précédées de préfaces de Badius Ascensius.

La contrefaçon de l'*Ausone* d'Ascensius doit être fort rare, peu connue en tous cas : car Bœcking qui cite toutes les éditions d'Ausone où se trouve la *Moselle,* qu'il a possédées ou qu'il a eu le regret de ne pouvoir se procurer, n'en dit rien. Je n'en trouve mention nulle part : ni dans la liste des éditions d'Ausone, donnée par Bayle, ni dans Fabricius, ni dans Souchay, ni dans la *Notitia* de la Bipontine, ni à l'année 1517 des *Annales typographici* de Maittaire ¶. Dans les *Kritische Nachträge* de son édition de la *Moselle,* Tross dit qu'il a pu se servir d'un exemplaire de l'Ascensiana de 1517 : les variantes qu'il en donne prouvent qu'il avait entre les mains l'édition de J. Petit.

C'est l'Ascensiana de 1517 que je prendrai pour type commun des éditions sorties des presses de Iodocus Badius Ascensius, afin de déterminer quels progrès cet éditeur a fait faire au texte de la *Moselle.* Cette édition sera désignée sous le nom d'Ascensiana dans les pages qui suivront. Aussi, je crois utile, pour mettre en évidence les progrès effectués dans les diverses réimpressions de l'Ascensiana, de donner un tableau des variantes des éditions de 1511, 1513, 1517. Comme l'édition de Jehan Petit est peu connue et semble très rare, je ne crois pas inutile de donner le relevé des variantes de cette contrefaçon par rapport aux trois textes authentiques d'Ascensius. On trouvera donc

¶ M. J. Larocque me signale l'existence, à la Bibliothèque Mazarine, d'un exemplaire de l'édition de Jehan Petit, dans un volume qui porte au catalogue le n° C 10360, et qui commence par une édition de 1506 du *De Remedio Amoris.*

dans le tableau suivant les variantes des quatre éditions parisiennes de 1511, 1513, juillet 1517 et août 1517. (Je ne tiens pas compte des simples différences d'orthographe qui résultent de conventions typographiques; par exemple *Cānas* au lieu de *Cannas*, *quondā* au lieu de *quondam*, *infletęꝫ* au lieu de *infletæꝫ*, etc.).

Vers	Ascensiana 1511.	Ascensiana 1513.	Ascensiana 1517.	Édit. de Jehan Petit.
1	*Nauam.*	id.	id.	*Nauem.*
3	*latias.*	id.	id.	*lateas.*
6	*nulla.*	id.	id.	*nullum.*
8	*Dumniſſum.*	*Dum Niſſum.*	*Dumniſſum.*	*Dum Niſſum.*
11	*inclyta.*	id.	id.	*inclita.*
13	*ſudus.*	id.	id.	*ſydus.*
14	*conſertis.*	id.	id.	*conſerta.*
15	*cœlum.*	id.	id.	*cœlum.*
16	*vi ſenſibus* ¶.	*viſentibus.*	id.	id.
18	*nitentes* ¶².	*nitentis.*	id.	id.
21	*colles.*	id.	id.	*comes.*
28	*imitate.*	id.	id.	*imitare.*
35	*ſperante* ¶³.	*ſuperante.*	id.	id.
47	*Sicca in primo reſpergit veſtigia lymphas* ¶⁴.	*Sed ſicca... aſpergit... lymphas.*	*Sed ſicca... aſpergit... lympha.*	*Sedſicca... aſpergit... lymphas.*
65	*Vſq;... herbœ.*	*Vtq;... hęrbœ.*	*Vtq;... herbœ.*	*Vſq;... hęrbœ.*
67	*viridem.*	id.	id.	*viridens.*
71	*Delitiaſq;.*	id.	*Deliciaſq;.*	*Delitiaſq;.*
74	*herba.*	*hęrba.*	*herba.*	*hęrba.*
76	*Inter ludentes.*	id.	*Interludentes.*	*Inter ludentes.*
84	*cęruleos fluitantibus* ¶⁵.	*cęruleo fluitantibus.*	id.	id.
86	*prœteneris* ¶⁶.	*prœ tenero.*	id.	id.
104	*Prœſignis.*	id.	id.	*Preſignis.*
105	*opinatoq;*	id.	id.	*opinatoq;.*
106	*illiricū.*	*illyricum.*	*Illyricum.*	*illirycum.*
112	*perducit.*	id.	id.	*perdidit.*

¶ En marge: *aliter* viſentibus. — ¶² Dans les *Castig.*, nitentis. — ¶³ Dans les *Castig.*, ſuperante. — ¶⁴ Dans les *Castig.*, Sed ſicca *vel* Sicca ſed in primo aſpergit veſtigia lympha. — ¶⁵ Dans les *Castig.*, cęruleo fluitantes. — ⁰⁶ Dans les *Castig.*, prętenero. — Après le v. 95, le v. 93 est répété dans l'*Ascensiana* de 1511. Les *Castig.* relèvent cette faute qui ne se trouve plus dans les autres éditions d'Ascensius, ni dans celle de Jehan Petit.

.Vers	Ascensiana 1511.	Ascensiana 1513.	Ascensiana 1517.	Édit. de Jehan Petit.
117	*mullis.*	id.	id.	*mulis.*
128	*vtrunq;.*	*vtrumq;.*	*vtrunq;.*	*vtrumq;.*
140	*moliris.*	id.	id.	*molliris.*
144	*atlantiaco.*	id.	id.	*athlantiaco.*
153	*baccheia.*	id.	id.	*bacheia.*
154	*longo.*	id.	id.	*longos.*
158	*pangea lyeo.*	*Pangea lyeo.*	*Pangea Lyeo.*	*Pangea lyeo.*
159	*thracia.*	id.	*Thracia.*	*thracia.*
168	*amnis.*	id.	id.	*emnis.*
169	*delectat.*	id.	id.	*delectat.*
170	*agrestes fa-tyros.*		*agrestes Sa-tyros.*	*egrestes fa-tyros.*
172	*panas.*	id.	*Panas.*	*panas.*
175	*furatæ.*	*furata e.*	id.	*furatæ.*
176	*oreiadas.*	id.	*Oreiadas.*	*oreiadas.*
182	*fua per.*	id.	id.	*fuper.*
183	*merfare... ru-bidufq; ¶.*	*merfare... ru-dibufq;.*	id.	*merfere... ru-dibufq'.*
187	*pro parte.*	id.	id.	*parte.*
193	*Hefperus.*	id.	id.	*Hefpereus.*
201	*fulmine ¶².*	*flumine.*	id.	id.
204	*Pupibus.*	*Puppibus.*	id.	id.
208	*Cumano.*	id.	id.	*Cnmano*
214	*Leucados.*	id.	id.	*Laucados.*
216	*cumbœ.*	id.	*Cumbœ.*	*cumbœ.*
218	*ficulo...fpecta-ta.*	id.	*Siculo...fpec-tante.*	*ficulo... fpec-tata.*
224	*redegit ¶³.*	*redigit.*	id.	id.
227	*fimulachra.*	id.	*fimulacra.*	*fimulachra.*
231	*late.*	id.	id.	*lete.*
232	*charœ.*	id.	id.	*cherœ.*
237	*Vibratos cap-tos ¶⁴.*	*Vibratis cap-tos.*	id.	id.
240	*facilis.*	id.	*facileis.*	*facilis.*
254	*nutans.*	id.	id.	*mutans.*
255	*excufam ftri-denti.*	*excufam tri-denti.*	*excuffam ftri-denti.*	*excufam tri-denti.*
258	*adfibilitat.*	*adfibilat.*	id.	*abfibilat.*
259	*vdœ.*	*vdę.*	*vdœ.*	*vide.*
276	*claucus.*	*Glaucus.*	id.	id.

¶ Dans les *Castig.*, rudibufq;. — ¶² Dans les *Castig.*, flumine. — ¶³ Dans les *Castig.*, redigit. — ¶⁴ Dans les *Castig.*, captat *cod. habet* cœptat.

Vers	ASCENSIANA 1511.	ASCENSIANA 1513.	ASCENSIANA 1517.	Édit. de JEHAN PETIT.
281	*Nereos.*	id.	id.	*Nereos.*
288	*quis.*	id.	id.	*qui.*
289	*calcedonio.*	*calchedonio.*	*Calcedonio.*	*calchedonio.*
304	*fyracofij.*	*Syracofij.*	id.	*Syracufij.*
313	*ipfe.*	*ipfa.*	id.	*ipfe.*
316	*corus achates.*	id.	*Corus Achates*	*corus achates.*
321	*natura.*	id.	*natiui.*	*natura.*
322	*procurentis.*	*procurrentis.*	id.	id.
329	*æthere.*	*æthera.*	id.	id.
337	*fubftincta* ¶.	*fubftructa.*	id.	id.
356	*gratificata.*	id.	id.	*gratificato.*
359	*erubrus.*	*Erubrus.*	id.	*Erubus.*
360	*adlabere* ¶².	*adlambere.*	id.	id.
368	*Tota.*	id.	id. ¶³	id.
370	*hic tacitam... pingua* ¶⁴.	*hoc tacitum... pingua.*	*hoc tacitum... pinguia.*	*hoc tacitum... pingua.*
377	*thybris.*	*Thybris.*	*Tybris.*	*Thybris.*
385	*conceffiit.*	*conceffit.*	id.	id.
388	*veterefq; illuftrat.*	id.	*veteres qui luftrat.*	*veterefq; illuftrat.*
389	*fpaciatus.*	*fpatiatus.*	id.	id.
396	*fubrili.*	*fubtili.*	id.	id.
403	*prætextati.*	*prætexati.*	*prætextati.*	*prætexati.*
409	*populiq;.*	id.	*populumq;.*	*populiq;.*
413	*reddat.*	id.	*reddet.*	*reddat.*
414	*amodo* ¶⁵.	*at modo.*	id.	id.
415	*dilatet* ¶⁶.	*dilata.*	id.	id.
429	*nihil.*	*nil.*	id.	id.
441	*pirenen.*	*Pyrenen.*	id.	id.
464	*durauide... volatus.*	*Duranide... volutus.*	id.	id.
465	*poftponat.*	*poftponet.*	id.	id.
469	*celebranda.*	id.	*celebrande.*	*celebranda.*
483	*garunnæ.*	*Garunnæ.*	id.	*Garumnæ.*

Cette liste de variantes montre que les différences entre ces quatre éditions ne sont pas considérables. On a vu que certaines erreurs de l'édition de 1511 sont corrigées dans

¶ Dans les *Castig.*, fubftructa. — ¶² Dans les *Castig.*, adlambere. — ¶³ En marge, Torta. — ¶⁴ Dans les *Castig.*, hoc tacitum. — ¶⁵ Dans les *Castig.*, at modo. — ¶⁶ Dans les *Castig.*, dilata.

des *Castigationes*. Ces Castigationes se trouvent à la fin du volume, à la suite du mot *Finis*, précédées de ce titre : « Caftigationes errorum infigniorum quos inter imprimendum opifices præ nimia celeritate admiferunt », et suivies de cette conclusion :

Michael Humelbergius. R.

Lectori. S.

Hæc obiter recognouimus omiffis quibufdam labeculis, quas unufquifq; vel femidoctus lector per fe caftigare poteft. Non inficiamur tamen non pauca in omnibus Aufonij codicibus menda inueniri magno digna vindice : Quæ Hieronymus Aleander vir omni laudum præfatione maior Dum hæc imprimerentur alibi occupatus fibi in publico referuat auditorio difcutienda.

VALE candidiffime Lector.

LVTETIAE PARISIORVM

M. D. XI.

Ex ædibus Afcenfianis.

La plupart de ces *Castigationes*, pour ce qui a rapport au texte de la *Moselle*, sont bonnes : une, cependant, est inutile (v. 35 *fuperante*); une seconde, insuffisante (v. 415 *dilata*); une troisième, mauvaise (v. 45 *in primo afpergit*).

Ces corrections ont presque toutes passé dans le texte des autres éditions d'Ascensius, à l'exception d'une (v. 237 *Vibratos captat*), qui était d'ailleurs empruntée au texte d'Ugolet. Humelberg écrit, dans ses *Castig.*: «captat, *cod. habēt* cœptat» : mais aucun ms. n'a *cœptat;* l'édition d'Avantius a *ceptat*. Une autre correction a été suivie d'une manière imparfaite par les éditions de 1513 et 1517 : v. 84, Humelberg corrige *cęruleos fluitantibus* en *cęruleo fluitantes ;* les éditions suivantes n'admettent que *cęruleo* et conservent *fluitantibus*. Les *labeculae* dont Humelberg laisse la correction à l'initiative des lecteurs sont assez nombreuses dans le texte de la *Moselle* :

Vers		Vers		Vers	
204	*Pupibus.*	322	*procurentis.*	441	*pirenen.*
255	*excuſam.*	370	*pingua.*	464	*durauide...*
258	*adſibilitat.*	385	*conceſſiit.*		*volatus.*
276	*claucus.*	396	*ſubrili.*		

Il suffit de se reporter au tableau des variantes qui précède pour se rendre compte que toutes ces fautes ont été corrigées, sinon par l'édition de 1513, du moins par celle de 1517.

On a vu plus haut la préface de l'édition de 1513; il n'y est pas question d'Humelberg. Badius Ascensius attribue à Homedeus, aidé des conseils et des leçons d'Aleander, tout le mérite de cette édition *diligentius caſtigata*. Pour ce qui regarde le texte de la *Moselle*, il ne semble pas qu'Homedeus soit digne de très grands éloges : s'il corrige la plupart des *labeculae* de 1511, il en laisse subsister; il en ajoute même : v. 8 *Dum Niſſum;* v. 74 *herba;* v. 255 *tridenti;* v. 403 *prœtexati*.

L'édition de 1513 fait cependant faire des progrès au texte : v. 313 *ipſa;* v. 329 *œthera;* v. 465 *poſtponet*. — *Ipsa* et *postponet* se trouvent dans tous les mss. autres que le L; *aethera* n'est que dans le G. Ces trois corrections permettraient de penser qu'Homedeus a eu entre les mains un ms., peut-être le même que l'éditeur de 1511 avait consulté. Ce ms. est-il le G? On pourrait le croire à cause de la leçon *calchedonio*, qui lui appartient en propre comme *aethera*, et qu'Homedeus introduit dans l'édition de 1513. Enfin cette édition admet deux conjectures (v. 65 *vtq;*, v. 429 *nil*), qui ne sont fondées sur aucun ms., et qui passeront dans le texte vulgaire à partir de Vinet (1551).

Est-ce Homedeus qui a soigné l'Ascensiana de 1517 « *diligentius iterū caſtigata*»? On peut le supposer puisque Badius Ascensius reproduit exactement, en 1517, la préface de 1513, et qu'il n'est parlé nulle part dans cette nouvelle édition d'un autre reviseur qui l'aurait procurée. Quoi qu'il en soit, le texte de la *Moselle* est supérieur dans cette édition à ce qu'il était dans les précédentes, sorties des mêmes presses. L'orthographe est changée (*œ* au lieu de *ę; cum* au lieu de *cū* etc.); les noms propres sont écrits avec des majuscules initiales; la ponctuation est bien plus satisfaisante; les fautes d'impression de 1511, conservées par l'édition de 1513, ainsi que celles qui sont propres à cette dernière, sont en général corrigées. En plusieurs endroits, le texte revient à celui de 1511 (v. 128 *vtrunq;*, v. 289 *Calcedonio*); l'emploi des majuscules initiales conduit l'éditeur de 1517 à une erreur (v. 216 *Cumbœ*), qui passera dans d'autres éditions. Mais l'Ascensiana de 1517 contient trois bonnes corrections (v. 76 *Interludentes*, leçon du G et du Reg; v. 413 *reddet*, leçon du Rh[1]; v. 469 *celebrande*, leçon du B et du Rh), et quatre conjectures dont deux bonnes (v. 218 *ſpeĉtante;* v. 409 *populumq;*), et deux inutiles (v. 321 *natiui;* v. 388 *veteres qui luſtrat*). Elles seront toutes reprises par Vinet (1551).

C'est évidemment d'après l'édition de 1513 que la contrefaçon de Jehan Petit a été imprimée : il n'y aurait pas eu le temps matériel de composer ce volume entre le 15 juillet, date de l'achevé d'imprimer de l'Ascensiana, et le 8 août, date de l'édition de Jehan Petit. D'ailleurs, l'orthographe et la communauté des fautes (v. 255 *excuſam tridenti;* v. 370 *pingua;* v. 403 *prœtexati*) font bien voir quelle est l'origine de l'*Ausone* de Jehan Petit. Le tableau des variantes montre que le texte de la *Moselle,* fort mauvais dans cette dernière édition, fourmille de fautes d'impression. Quand il s'éloigne de celui de l'Ascensiana, pour reproduire le texte d'Ugolet et d'Avantius ou se rapprocher de quelque ms., il semble que ce soient de simples rencontres dues à l'inadvertance du typographe, plutôt que le résultat des efforts du reviseur dont la négligence et l'inaptitude sont extraordinaires. On trouve bien : v. 1 *nauem*, dans le Reg, dans Avantius et dans la Juntine, qui est de mai 1517;

v. 28 *imitare,* dans Ugolet et Avantius ; v. 140 *molliris,*
dans le L, Ugolet et Avantius ; v. 304 *fyracufii,* dans le G,
le B, le L et Ugolet ; v. 483 *Garumnœ,* dans la Juntine.—
Enfin, v. 13 *fydus,* et v. 153 *bacheia,* sont deux mauvaises
leçons du Rh, et v. 144 *athlantiaco,* se rapproche bien de
la leçon de ce ms., *athlanciaco :* mais, étant donné le grand
nombre des fautes involontaires qui souillent le texte de
Jehan Petit, il me semble qu'on doit y joindre ces concor-
dances toutes fortuites avec le Rh et les éditions d'Ugolet,
d'Avantius et de Junta. Il serait en effet curieux que l'éditeur n'eût pris que le mauvais dans ce ms. et dans ces
éditions. J'aime mieux supposer que la leçon *Garumnœ,* la
seule bonne de Jehan Petit qui ne soit pas dans l'Ascensiana,
provient d'une faute d'impression intelligente.

Aux diverses éditions de Badius Ascensius se rattache
l'édition de Leipzig dont il convient de ne pas exagérer
l'importance. « Une autre édition digne d'être étudiée —
dit M. Dezeimeris ¶ — serait celle de Leipzig, 1515 ; ni
Vinet, ni Scaliger, ni Tollius, ni Souchay ne paraissent
l'avoir rencontrée ; mais peut-être la trouverait-on dans
quelque bibliothèque publique d'Allemagne. » On la trou-
verait sans doute facilement, puisque Tross (édit. de la
Moselle, Einleitung, XI) parle des exemplaires de Dresde
et de Göttingue, puisque Bœcking a collationné cette
édition, dont Peiper connaît l'exemplaire qui se trouve à
Göttingue ; mais il semble inutile de se mettre en peine
de la chercher, car Bœcking montre que c'est une simple
réimpression, assez négligemment faite, de l'Ascensiana.

En voici le titre exact d'après Bœcking :

AVSONII PAEONII BVRDE- || galenfis Medici Poetæ Augu- ||
ftorum præceptoris Viriq; || confularis : opera diligenter cafti- || gata
& in pulcherrimum ordinem || e priftina confufione reftitu- || ta.
 εντυπωθη εν λυψια παρα ουαλεντινω || τω δαμαντηρω τησ αυτησ
πολεωσ || πολιτι ετει τω απο τησ χρηστου || γννησεωσ χιλιοσω
πεντα- || κοσιοστω πεντω και || Δεκατω.

_____

¶ A propos d'un Manuscrit d'Ausone, lettre à M. H. Barckhausen,
Bordeaux, 1883 ; p. 6, note 1.

. A la fin du vol., qui est un in-4°, on lit, fol. 113 b :

Impreffum Liptzk per Valētinū Schuman, ‖ Anno Domini, Millefimo quingen- ‖ tefimo decimoquinto.

Cette édition fut faite par un Anglais (Richardus Crocus Anglus), d'après l'Ascensiana de 1511, comme le prouve la collation donnée par Bœcking. En effet si l'éditeur de 1515 profite des *Castigationes* d'Humelberg, il laisse subsister les fautes les plus grossières de la première Ascensiana, celles, sans doute, dont l'auteur des *Castigationes* confiait la correction à l'initiative des demi-savants (p. ex. v. 258 *adfibilitat;* v. 464 *durauide... volatus,* etc.). Il n'adopte jamais le texte particulier à l'Ascensiana de 1513 ; il écrit, par exemple : v. 175 *furatœ,* v. 276 *claucus,* v. 322 *pcurentis,* v. 385 *conceffiit* : toutes leçons qui ne se trouvent que dans l'édition de 1511. Il ajoute enfin, d'après la collation de Bœcking, de nombreuses fautes d'impression au texte de 1511 :

Vers	Vers
5 *aula,* pour *auia.*	244 *Nodofit... vertit,* pour *Nodofis... verrit.*
97 *tutilantem,* pour *rutilantem.*	264 *Turpida,* pour *Torpida.*
	292 *tabies,* pour *rabies.*
223 *iurgite,* pour *gurgite.*	468 *carbellius,* pour *tarbellius.*

Des mots sont omis. L'édition, en somme, est négligeable. Des corrections, cependant, lui ajoutaient peut-être un certain prix : en effet, d'après la *Notitia* de l'édition bipontine, on lit, après la table des œuvres d'Ausone, en tête du livre : *Subdentur caftigationes in uniuerfum opus ad calcem operis.* Mais ces *Castigationes* n'étaient pas dans l'exemplaire d'Ernesti ; personne ne les a vues. Tross ne les a pas trouvées dans les exemplaires de Dresde et de Göttingue ; et le Dr Ebert, de Dresde, lui écrivait qu'il fallait sans doute entendre par ces *Castigationes* une liste des fautes d'impression. Cette explication est plausible : mais, n'ayant pas entre les mains l'édition de Leipzig, je ne sais pas si elle est ou non suivie d'*Errata* que Bœcking ne mentionne pas.

Quoi qu'il en soit, il faut conclure que l'édition de Crocus, mauvaise copie de l'Ascensiana de 1511, et que celle de Jehan Petit, mauvaise copie de l'Ascensiana de 1513, n'ont fait faire aucun progrès à la constitution du texte de la *Moselle*. C'est à l'examen des trois éditions authentiques sorties des presses d'Ascensius qu'il faut demander sur quel ms. ce texte a été fondé.

On a vu que les variantes de 1513 et 1517 introduisent dans le texte de 1511 deux leçons *(ipsa* et *postponet)* qui appartiennent à tous les mss. excepté le L ; une leçon du Rh¹ *(reddet);* une leçon commune au B et au Rh *(celebrande);* une leçon commune au G et au Reg *(interludentes);* deux enfin qui appartiennent au G en propre *(calchedonio, aethera).*

Peut-on admettre, comme Peiper, que le texte de la *Moselle* a été établi dans l'édition de 1511 d'après des leçons empruntées au G par Humelberg?

Tout d'abord l'examen des *Castigationes* introduites dans l'édition une fois faite est loin de le prouver : v. 18 *nitentis* est dans le G, mais aussi dans le B² et dans Ugolet ; v. 84 *fluitantes* et v. 224 *redigit* sont dans le Rh comme dans le G ; v. 86 *praetenero,* v. 201 *flumine,* v. 237 *captat* se trouvent dans tous les mss. ; v. 337 *substructa,* et v. 370 *tacitum,* dans tous, excepté dans le L. De plus, tous les mss., excepté le L, ont v. 415 *dilata et,* et Humelberg écrit *dilata;* v. 414 *at modo* est bien une leçon particulière au G, mais elle se trouve déjà dans Avantius. Enfin, v. 360, la leçon du G, mauvaise il est vrai, *adlabere,* est corrigée en *adlambere,* leçon du B. Le v. 47, tel que les *Castigationes* l'établissent, s'éloigne bien plus des leçons du G, que le texte même de l'édition.

Quant au texte même de 1511, les leçons particulières au G s'y trouvent-elles en assez grand nombre pour que l'on puisse en conclure que ce texte a été fondé sur ce ms.? De toutes les leçons particulières au G, l'Ascensiana de 1511 n'admet que : v. 202 *oras,* qui se trouve déjà dans Ugolet ; v. 242 *defensus... piscis ;* v. 306 *uolumine ;* v. 360 *adlabere ;* v. 415 *detexatur.* On trouve aussi dans cette édition v. 106 *illiricum* qui est l'orthographe du mot dans le G, mais qui se trouve déjà dans Avantius, et v. 365 *drachonum* qui se rapproche plus de *drahonum,* leçon du G, que de *draconum,* leçon du L, admise par Ugolet, et de *drabonum* et *trachorum,* leçons du Rh et B. Ces emprunts sont peu nombreux, et il semble que si l'éditeur de 1511 avait eu à sa disposition le texte même du G ou un extrait de ses leçons, il aurait mis à profit certaines bonnes leçons qui semblent s'imposer, en particulier *mole sarauus.* L'éditeur n'admet aucune des leçons qui ne se trouvent que dans le Reg, excepté des similitudes d'orthographe, comme v. 125 *uolgi,* qui sont peu probantes, ce qui permet de supposer qu'il n'a pas eu entre les mains ce ms., d'ailleurs peu utile puisqu'il s'arrête après le v. 180, et d'attribuer à l'usage du G la leçon v. 27 *deuexas,* commune à ces deux mss. : cette leçon, d'ailleurs, se trouve déjà dans les *Emendanda* de l'édition d'Avantius. Il n'admet pas davantage de leçons particulières au B : v. 144 *atlantiaco,* cependant, n'est que dans le B ; mais ce mot a déjà été restitué par Ugolet, à qui Aleander a dû le prendre. Il ne semble pas avoir non plus usé du L, quoiqu'il ait v. 115 *parca,* mauvaise leçon du L, corrigée par Ugolet, et qui doit être dans l'Ascensiana une simple faute d'impression. C'est donc au G qu'il aura pris v. 33 *praelapsus,* leçon du G, du B et du Reg.

Mais il admet des leçons qui ne sont que dans le Rh : v. 29 *aequiparare,* v. 80 *haud,* v. 175 *furatae,* v. 312 *quadro cui in,* v. 361 *celebratur,* v. 391 *neruis ;* les cinq premières ne sont ni dans Ugolet, ni dans Avantius ; la dernière, qui appartient au Rh[1], se trouve dans Avantius ; il en admet quelques-unes qui appartiennent à d'autres mss. que le G, et qui n'ont pas été adoptées par Ugolet et Avantius : v. 18 *nitentes* (B[1], Rh, Reg) ; v. 35 *reparare* (B, Rh) ;

v. 249 *indutos* (B, Rh); v. 354 *Proneae* (B, Rh); il en admet d'autres qui appartiennent au G et au Rh et qui ne se trouvent pas dans les éditions d'Ugolet et d'Avantius : v. 158 *pangea;* v. 320 *decoramina;* v. 171 *Naidas* (aussi dans le Reg); il en admet enfin qu'on trouve dans tous ou dans presque tous les mss. et qui n'avaient pas été adoptées par Ugolet et par Avantius :

Vers		Vers	
120 et 123 *hic* (G, B, Rh, Reg).		288 *miretur* (G, B, Rh).	
128 *species geminas* (G, B, Rh, Reg).		296 *utrinque* (G¹, B, Rh).	
		324 *illa tenens* (G, B, Rh).	
193 *perfundit* (G, B, Rh).		354 *adiuta* (G, B, Rh).	
221 *pubertasque amnis et* (G, B, Rh).		388 *ueteresque illustrat* (G, B, Rh).	
236 *praetemptat* (G, B, Rh; l'orthographe du mot est, dans l'Ascensiana, *prętētat*).		394 *uiritim* (G, B, Rh).	
		448 *quanta* (G, B, Rh).	
		222 *perfuderit* (G, B, Rh, L).	
		295 *permiscent* (G, B, Rh, L).	
246 *retia* (G, B, Rh).		363 *serras* (G, B, Rh, L).	
256 *dexter* (G, B, Rh).		437 *unus* (G, B, Rh, L).	

Ces nombreux exemples prouvent que l'éditeur de 1511 use des leçons du Rh comme de celles du G; et qu'il ne connaît probablement pas le B, sans quoi il lui emprunterait ses bonnes leçons des vers 79, 118 et 360. Il a déjà été dit qu'il ne devait pas connaître directement le G, puisqu'il laisse de côté certaines de ses meilleures leçons, alors qu'il adopte presque toutes celles du Rh qui semblent correctes, excepté *magnusque* (v. 149), leçon qui peut d'ailleurs être rejetée, comme elle l'a été par Peiper.

Je conclurai donc que l'édition de 1511 a été établie d'après des leçons extraites du G et du Rh, et non pas du G seulement, comme le voudrait Peiper. Les *Castigationes* d'Humelberg, les corrections de l'édition de 1513, dues à Homedeus, et celles de l'édition de 1517 marquent peut-être une influence plus spéciale du G. Si l'on admet l'hypothèse de Schenkl relative à l'existence du ms. du monastère de Sᵗ-Victor, il faut supposer que ce ms. dérivait du G et du Rh.

VIII

Toute la discussion précédente et le tableau des variantes des trois éditions d'Ascensius ont montré les progrès successifs du texte de la *Moselle* dans l'Ascensiana et sa qualité déjà bien supérieure en 1511 à celle des éditions d'Ugolet et d'Avantius. L'éditeur de 1511 a en effet de bonnes corrections :

Vers		Vers	
176	*oreiadas.*	377	*thybris.*
281	*tethyn.*	465	*tarnē.*
304	*fyracofii.*	473	*portubus* ¶.

Il en propose qui sont médiocres ou mauvaises :

Vers		Vers		Vers	
43	*quoties.*	316	*corus.*	380	*Romœq; tuere.*
298	*qui.*	317	*afflictamq;.*	392	*oci.*
311	*ptolemaidos.*	337	*fulphurea.*	397	*fub tegmine.*
314	*incerti.*	365	*drachonum.*	423	*fuperet.*

Il doit avoir usé de l'édition d'Ugolet : l'adoption de la correction v. 277 *Circes* ne prouve évidemment rien : il suffisait de connaître la légende de Glaucus pour en prendre l'initiative. Mais, sans parler de v. 370 *pingua*, barbarisme d'Ugolet qui se retrouve dans l'Ascensiana où il peut n'être qu'une faute d'impression, et de mauvaises leçons, comme v. 336 *colonis,* qu'Aleander a prises plutôt à l'édition de 1499 qu'au L qu'il ne semble pas avoir connu, la persistance dans l'édition de 1511 de certaines mauvaises corrections particulières à celle de 1499 semble prouver que celle-ci a été mise à profit pour l'établissement de celle-là : v. 71 *locupletibus ufq;,* v. 118 *Namq; &,* v. 278 *captas.* Par contre, Aleander paraît ne pas avoir connu l'édition d'Avantius : s'il admet en général les corrections de cette édition qui sont confirmées par le texte des mss. et qu'il peut avoir prises dans ceux-ci et non dans l'édition, il néglige les bonnes conjectures de l'éditeur de 1507 qu'il suffisait, semble-t-il, de connaître pour les adopter : v. 169 *homines;* v. 237 *ceptat*

¶ Voir, pour *portubus*, COMMENTAIRE, p. 136.

(conjecture médiocre, sans doute, mais bien préférable à celle d'Aleander, *captos*); v. 261 *cuiq;*, v. 440 *latium;* v. 450 *natus* (conjecture qui, si elle me paraît mauvaise, est du moins plus séduisante que la leçon des mss.).

L'Ascensiana, de son côté, a beaucoup de fautes encore : le tableau des variantes a montré quel avait été le progrès du texte dans la seconde et la troisième édition. C'est d'après cette dernière (1517) que je cite les principales fautes qui restent dans la recension définitive publiée chez Badius Ascensius :

Vers	Vers	Vers
35 *fuperante.*	115 *Parca.*	317 *Afflictamq;.*
45 *lunigenis* (mauvaise lecture de *limigenis* G ?).	118 *Namq; &.*	337 *fulphurea.*
	216 *Cumbœ.*	380 *Romœq; tuere.*
	237 *Vibratiscaptos.*	392 *oci.*
47 *Sed ficca in primo afpergit veftigia lympha.*	263 *inualidos.*	397 *fub tegmine.*
	278 *captas.*	415 *dilata laude.*
	298 *Qui.*	422 *vinctos.*
65 *Vtq;.*	311 *Ptolemaidos.*	423 *fuperet.*
71 *locupletibus ufq;.*	314 *incerti.*	429 *nil.*
111 *luthea.*	316 *Corus Achates.*	464 *Duranide.*

A ces leçons qui s'éloignent des mss.¶ sans les corriger, il faut joindre un certain nombre de mots où la bonne orthographe des mss. n'est pas suivie (v. 43 *quoties*, v. 48, 53, 363 *leuia*, v. 70 *baccas*, v. 85 *herbofas*, v. 114 *fquallet*, v. 478 *Pagorum*, etc.).

D'autre part, on a déjà vu (p. LII) que l'Ascensiana de 1517 a en propre plusieurs bonnes corrections et quatre conjectures, dont deux sont inutiles et les deux autres définitives.

En dernière analyse, le texte de la *Moselle* a effectué de notables progrès dans cette dernière édition d'Ascensius; les éditions qui vont suivre seront inférieures, et c'est seulement en 1551 que Vinet, marchant sur les traces des divers reviseurs de l'Ascensiana, parviendra, sans l'usage de mss., à constituer un texte meilleur.

¶ Le L a *parca*, et, d'après Schenkl, *uinctos.*

III

Éditions fondées sur le RHENAUGIENSIS.

——

LA JUNTINE ET L'ALDINE.

En 1517, année où étaient publiées à Paris les deux
éditions d'Ascensius et de Jehan Petit, il paraissait en Italie
aussi deux éditions d'Ausone, la première à Florence, le
20 mai, «*fumptu Philippi Iuntœ*», la deuxième à Venise,
en novembre, «*in œdibus Aldi & Andreœ foceri*»; celle-ci,
qui est la troisième recension d'Avantius, est précédée d'une
épître dédicatoire de l'éditeur au cardinal Marcus Cornelius.
On ne sait pas qui a soigné la Juntine : cette édition est
simplement précédée d'une dédicace «*Federico Conti Val-
montonio principi*», qui est censée l'œuvre d'Ausone lui-
même. Le poète s'y félicite, avec de pédantesques facéties,
de voir ses œuvres corrigées et mises en ordre, grâce aux
sollicitations de *Federicus Contes, eruditorum principum
longe princeps* : «*Tu .n. unus (ut Anchifes olim apud nos¶
de Q. Fabio, longe ante Ennium¶², mihi crede, prœdixerat)
non cunctando nobis fed ₚcunctando¶³ rem reftituifti.*»

Voici les titres exacts de ces deux éditions que j'ai entre
les mains. Les exemplaires de la Juntine sont très rares :
Boecking n'a pu s'en procurer. M. Dezeimeris a bien voulu
mettre le sien à ma disposition.

AVSONII GALLI POETÆ DISERTIS || SIMI OMNIA
OPERA NVPER || MAXIMA DILIGENTIA || RECO-
GNITA ATQVE || EXCVSA.

¶ C'est-à-dire aux Champs-Élysées où se trouve Ausone qui termine sa
lettre par ces mots : *Vale, ex Elysijs campis.*
¶² Allusion au v. 846 du l. VI de l'*Énéide.*
¶³ Mauvaise orthographe, qui permet un jeu de mots, du verbe *percon-
tor*, lequel vient de *contus*, gaffe avec laquelle les bateliers sondent le
fond d'un fleuve, et n'a aucun rapport avec *cunctor*, temporiser.

A la fin du vol., qui est un in-8°, on lit : *Florentiæ, fumptu Philippi Iuntæ. Anno Dn̄i. M. D. || XVII. Die. XX. Mai. Leone. X. Pōtifice.*

AVSONIVS. || ALDVS (La marque des Aldes, l'ancre et le serpent, au-dessous d'AVSONIVS entre AL et DVS).

A la fin du vol., qui est aussi un in-8°, on lit : VENETIIS IN AEDIBVS ALDI || ET ANDREAE SOCERI || MENSE NOVEMBRI || M. D. XVII.

Schenkl et Peiper trouvent, pour le texte de la *Moselle*, entre l'Aldine et la Juntine des ressemblances étonnantes qu'ils expliquent, le premier en supposant qu'Avantius a usé de la Juntine qui avait déjà paru au moment où il préparait son édition ; le second, en supposant que les deux éditeurs ont usé d'un même ms. qui procédait du *Rhenaugiensis*. Schenkl cite à l'appui de sa thèse ¶ les leçons suivantes qui se trouvent dans la Juntine et dans l'Aldine : v. 11 *Nouomagum* (qui ne se trouve dans aucun ms., ni dans aucune édition antérieure) ; v. 185 *ferunt* (qui ne se trouve dans aucun ms., ni dans aucune édition antérieure) ; v. 210 *Vefeui* (leçon des mss. et des éditions d'Ugolet et d'Avantius) ; v. 224 *rediget* (qui ne se trouve dans aucun ms., ni dans aucune édition antérieure) ; v. 261 *Cuiq;* (qui ne se trouve pas dans les mss., mais déjà dans l'édition d'Avantius de 1507) ; v. 289 *Chalcedonio* (bonne leçon qui ne se trouve ni dans les mss., ni dans les éditions antérieures) ; v. 312 *quadro cui in* (leçon du Rh qui se trouve déjà dans l'Ascensiana) ; v. 324 *Villa tenus* (qui se trouve déjà dans l'édition d'Avantius de 1507) ; v. 336 *nutantia* (leçon qui ne se trouve ni dans les mss., ni dans les éditions antérieures) ; v. 345 *hic* (leçon qui se trouve déjà dans l'édition d'Avantius de 1507) ; v. 360 *allabere* (leçon du Rh qui se trouve déjà dans l'édition d'Avantius de 1507) ; v. 407 *Britanos* (telle est, il est vrai, la leçon de l'Aldine ; mais la Juntine a *Britannos* comme les mss. ¶²) ;

¶ *Prooemium*, p. XXXI.
¶² De même, au v. 68, l'Aldine a *Britanis*, et la Juntine *Britannis*.

v. 461 *Saxona* (l'Aldine a bien *Saxona,* qui se trouve déjà dans l'édition d'Avantius de 1507, mais la Juntine a *faxona*); v. 465 *Tagum* (mauvaise leçon qui ne se trouve ni dans les mss., ni dans les éditions antérieures).

A l'appui de l'opinion de Schenkl, j'ajouterai même un certain nombre de mauvaises leçons (dans le genre de *Tagum*), qui se trouvent dans l'Aldine et dans la Juntine, qui ne se trouvent pas avant, et dont, par conséquent, la communauté semble bien caractéristique. On lit en effet dans les deux éditions : v. 49 *Trudens* (pour *Tendens*); v. 61 *leue* (pour *lene*); v. 71 *locupletes quæq; fub undis* (leçon qui n'est pas fondée sur les mss. ; l'Aldine admet une virgule avant *quæq;*); v. 86 *furtim* (pour *fartim;* mais v. 113, les deux éditions ont bien *fartim,* comme il convient); v. 114 *cauda* (pour *caudam*); v. 118 *Nanq; &* (leçon qui n'est pas fondée sur les mss. ; les premières éditions ont *Namq₃ &*); v. 130 *Fario* (pour *fario*); v. 193 *profundi;* v. 277 *Dirces* (leçon des mss. corrigée dès l'édition d'Ugolet); v. 363 *feras;* v. 421 *anguftæ* (le L a bien *anguste,* qui a été corrigé en *augufæ,* dès l'édition d'Ugolet); v. 441 *cæfamq;* (Avantius, dans son édition de 1507, écrivait *cefamq₃*). — Ces fautes prouvent suffisamment que l'édition de novembre 1517 a usé mal à propos de celle de mai.

Beaucoup d'autres leçons, la plupart fautives, qui sont communes à la Juntine et à l'Aldine et qui proviennent des éditions d'Ugolet et d'Avantius, sans se trouver dans celles de Badius Ascensius, semblent prouver que les éditeurs italiens de 1517 n'ont pas connu l'Ascensiana :

Vers	Vers
1 *nauem* (Reg, Av.).	120 *Hinc* (L, Ug., Av.).
39 *fortire* (L, Av.).	128 *geminas fpecies* (L, Ug., Av.).
72 *Affimilant* (G², B, L, Ug., Av.).	150 *liquidus* (Av.).
80 *aut* (G, B, Reg, L, Ug., Av.)	169 *homines* (Av.).
89 *thedo* (L, Ug., Av.).	171 *Naiadas* (Ug., Av.).
101 *fronte* (Rh, Av.).	176 *Oreadas* (cod., Ug., Av.).

Vers
187 *tegantur* (Rh, L, Ug., Av.).
192 *protulit* (B, Rh¹, Av.).
198 *confundit* (G, Ug., Av.).
207 *excludit* (G, B, Rh, Av.).
215 *Miſſena* (Ug., Av.).
218 *ſpeĉtata* (cod., Ug., Av.).
222 *perfunderit* (Ug., Av.).
236 *prætendit* (Av.).
249 *Implicitos* (Ug., Av.).
256 *Dextera* (Ug., Av.).
266 *brancia* (G, Rh, Ug., Av.).
281 *Thetim* (B, Ug., Av.).
288 *miratur* (L, Ug., Av.).
295 *promiſcent* (Ug., Av.).
300 *Gortinius* (G, B, L, Ug., Av.).
304 *Syracuſij* (G, B, L, Ug., Av. dans les *Emend.*).

Vers
309 *Hic tinus* (Ug., Av.).
310 *Alicit* (Av.; au v. 348, Av. et les deux édit. de 1517 ont *allicit*).
320 *decoramine* (B, L, Ug., Av.).
335 *adſita* (G², L, Ug., Av.).
359 *Belgis* (Rh, B, L, Ug., Av.)
365 *Draconum* (L, Ug., Av.).
374 *moles* (Ug., Av.).
389 *quod* (G, L, Ug., Av.).
394 *uirorum* (Ug., Av.).
409 *populiq;* (cod., Ug., Av.).
415 *Deteſtatur* (B, Rh, L, Ug., Av.).
442 *lata* (Av.).
448 *tanta meri dederit ſi* (Av.).
473 *portibus* (cod., Ug., Av.).

La Juntine et l'Aldine n'ont que deux leçons propres à l'Ascensiana, qui ne se trouvent ni dans les mss., ni dans les éditions de 1499 et de 1507. Je ne parle pas d'*utrinq;* (v. 296), qui n'est ni dans Ugolet ni dans Avantius, mais qui se trouve dans le G¹, le B et le Rh, ms. auquel les éditeurs italiens auront emprunté cette leçon; ils n'ont pu emprunter à aucun ms. connu les deux mauvaises leçons *inualidos* (v. 263) et *ſub tegmine* (v. 397), qui ne se trouvent dans aucune autre édition que l'Ascensiana. Cette communauté peu importante de leçons doit n'être que fortuite ¶. Si les éditeurs italiens de 1517 avaient usé de l'Ascensiana, ils lui auraient sans doute pris autre chose.

Je n'ai noté jusqu'ici que les points de ressemblance des deux éditions italiennes de 1517; il est évident qu'elles ont eu toutes deux recours au Rh : mais l'Aldine emprunte bien davantage au ms., et la Juntine, plus fidèle au texte

¶ Il faut d'ailleurs se rappeler que le L et les édit. d'Ugolet et d'Avantius ont *ſubtegmine*, écrit en un seul mot. — V. 389 l'Ascensiana de 1517 a *quid;* celles de 1511 et 1513, *q;* je pense que cette abréviation est pour *quid* et non pour *quod*, leçon de la Juntine et de l'Aldine.

d'Ugolet, se montre nettement conservatrice. Cette tendance de la Juntine se manifeste d'abord en ce qui a rapport à l'orthographe ; car elle admet, comme l'édition d'Ugolet: v. 62, 84, 112, 141, 219, 283, 418, 477, 482 *cerulea*, etc.; v. 47, *limphas* (mais v. 360 *lymphis*); v. 53, 63, 85 *hare-næ*, etc.; v. 254 *harundo;* v. 74 *admixtos;* v. 92, 351, 358, 473 *oftia* (mais v. 369 et 433 *hoftia*, d'ailleurs comme Ugolet); v. 114 *fquallet;* v. 153 *Baccheia;* v. 158 *Rhodo-pem;* v. 158, 162 *Lyeo;* v. 209 *fulphurei;* v. 216 *cimbœ;* v. 220, 288 *ephœbis, ephœbi;* v. 221 *fafelli;* v. 225 *leuaq;;* v. 227, 346 *fimulacra;* v. 293 *commertia;* v. 311 *Ptolomai-dos;* v. 323 *uindicat;* v. 330 *Menphitica;* v. 357 *permixta;* v. 371, 417, 458 *fœlix;* v. 377 *Tibris;* v. 389 *fpaciatus;* v. 413, 420 *premia* (Ugolet a v. 413 *prœmia;* v. 420 *pre-mia*); v. 441 *Pirenem* ¶. L'Aldine a, au contraire, *cœruleus, lymphas, arena, arundo, hoftia* (Rh), *admiftos, fqualet* (cod.), *Bacchea, Rodopen* (Rh), *lyœo, fulfurei, cymbœ, ephebis, fafeli, lœuaq;, fimulachra, commercia, Ptolemai-dos* (comme l'Ascensiana), *uendicat* (Rh), *Memphitica, permifta, felix, Tybris* (G, B), *prœmia, Pyrenen.* — V. 68, la Juntine a *Calidonijs,* l'Aldine, *Calydonijs :* les deux ortho-graphes sont mauvaises et ne se fondent sur aucun ms. ni sur aucune édition antérieure; v. 84, la Juntine a *fluitantis,* l'Aldine, *fluitanteis :* la leçon du G et du Rh est *fluitantes;* v. 260 et 270, la Juntine a *lœtalia, lœti* (B, Rh), l'Aldine, *letalia, leti* (Ugolet), mais, v. 249, les deux éditions ont *letalibus:* v. 244, la Juntine a *decœpta,* l'Aldine, *decepta;* v. 253, la Juntine a *inditium,* l'Aldine, *indicium ;* v. 314, la Juntine a *incefti,* l'Aldine, *incœfti* (Ugolet, *incœfti*); v. 232, la Juntine écrit *charœ,* comme l'Ascensiana; l'Aldine, *carœ,* comme Ugolet et les mss. L'Aldine écrit d'ailleurs, comme Ugolet, v. 356 *interceptis,* v. 437 *Cumq;,* v. 475 *otia,* et la Juntine, *intercœptis, Cunq;, ocia.* V. 392, la Juntine a *ocij,* l'Aldine, *otij.*

¶ Les noms propres ne commencent par une majuscule que dans la Juntine.

Les variantes proprement dites sont d'ailleurs assez nombreuses entre les deux éditions. Elles viennent :

1° Des leçons particulières au Rh, ou communes au Rh et à d'autres mss., que l'Aldine emprunte au Rh, alors que la Juntine reste fidèle au texte d'Ugolet :

Vers	JUNTINE.	ALDINE.
45	*lenigenis* (faute d'impression ? Ug. *lagœis*).	*limigeris* (Rh).
56	*habens* (Ug.).	*habes* (Rh).
74	*excolor* (Ug. *eſt color*).	*concolor* (G, B, Rh, Reg).
79	*Nomina quœ cunĉtos* (Ug.).	*Nomina quœ & cunĉtos* (Rh).
95	*omni* (Ug.).	*uni* (Rh).
113	*pingueſcis* (Ug.).	*pingueſcit* (Rh).
136	*Aĉtea... oliua* (Ug.).	*Aĉteo... oliuo* (G, B, Rh, Reg).
149	*magnoq;* (Ug.).	*magnusq;* (Rh).
190	*uidetur* (Ug.).	*uidentur* (cod.).
191	*conſtitit* (Ug.).	*conſitus* (G, B, Rh).
201	*fulmine* (Ug.).	*flumine* (cod.).
227	*Vnde* (Ug.).	*Vnda* (cod.).
231	*expeĉtantis* (Ug.).	*explorantis* (G, B, Rh).
237	*Vibratos* (Ug.).	*Libratos* (Rh).
240	*Nam* (Ug.).	*Iam* (G, B, Rh).
286	*alternans comit* (Ug.).	*alternas comunt* (G, Rh).
294	*pulſu* (Ug.).	*plauſu* (Rh).
306	*mergei* (Ug.).	*margei* (G, B ; *mar* Rh).
313	*ipſe* (Ug.).	*ipſa* (G, B, Rh).
314	*ab* (Ug.).	*ob* (G, B, Rh).
316	*chorus* (Ug.).	*totus* (Rh).
326	*Vtq;* (Ug.).	*Atq;* (Rh).
329	*irrupit* (Ug.).	*irrumpit* (G, Rh).
336	*colonis* (Ug.).	*columnis* (G, B, Rh).
337	*ſubduĉta* (Ug.).	*ſubſtruĉta* (G, B, Rh).
338	*aperto* (Ug.).	*operto* (G, B, Rh).
350	*memoraſſe* (Ug.).	*memorare* (G, B, Rh).
354	*pronea* (Ug.).	*pronecœ* (G, B, Rh).
354	*nemoſœq;* (Ug.).	*nemeſœq;* (cod.) ¶.
359	*Erubrus* (Ug.).	*Erubris* (G, Rh).
361	*celebratus* (Ug.).	*celebratur* (Rh).
368	*loca* (Ug.).	*uocat* (G, Rh).
369	*Feſſa* (Ug.).	*Feſta* (Rh).

¶ Les deux éditions conservent *eſt* (L, Ug).

Vers	JUNTINE.	ALDINE.
370	*tacitam* (Ug.).	*tacitum* (G, B, Rh).
372	*quœq;* (Ug.).	*quēq; (quemque* L ; *quenque* B, Rh).
390	*tuo* (Ug.).	*tui* (G, Rh).
401	*regis* (Ug.).	*reis* (G, B, Rh).
411	*primus* (Ug.).	*primis* (cod.).
413	*honores* (Ug.).	*honoris* (G, B², Rh²).
423	*ſupereſt* (Ug.).	*ſuperet* (G, B, Rh.)
432	*extendit* (Ug.).	*extendet* (cod.).
436	*amni* (Ug.).	*amne* (Rh).
439	*nunc* (Ug.).	*non* (G, B, Rh).
443	*circino* (Ug.).	*concino* (cod.).
446	*ſolicitare* (Ug.).	*ſollicitare* (cod.).
464	*Duraui* (Ug.).	*Durani* (G, B, Rh).
465	*poſtponat* (Ug.).	*poſtponet* (G, B, Rh).
468	*Aturrus* (Ug.).	*Aturnus* (Rh).
469 et 470	*celebranda* (Ug.).	*celebrande* (B, Rh).
471	*taurinœ.* (Ug.).	*taurinthes* (Rh).

2° Des leçons de l'édition de 1507 que la Juntine conserve :

Vers	JUNTINE.	ALDINE.
22	*Subter labentis* (Av. 1507).	*Subterlabentis* (G, Rh, Reg).
440	*Latium* (Av. 1507).	*Latius* (cod.).

3° Des leçons de l'édition de 1507 que l'Aldine conserve :

Vers	JUNTINE.	ALDINE.
28	*Vt fluuius uitreoq;* (Ug.).	*Vt fluuios uitreosq;* (Av. 1507).
431	*utriq;* (Ug.).	*utrinq;* (Av. 1507 *Emend.*).

4° Des leçons d'Ugolet que l'Aldine conserve :

Vers	JUNTINE.	ALDINE.
3	*Cānas* (Ascens. *Cannas*).	*cannas* (Ug.).
8	*Tabernas* (correction).	*tabernas* (Ug.).
27	*Nauiger* (cod.).	*Nauiget* (Ug.).
29	*œquiparare* (Rh).	*œquiperare* (Ug.).

5° Des fautes de l'une ou de l'autre des deux éditions :

Vers	JUNTINE.	ALDINE.
10	*conſpicor.*	*conſpicior* (faute).
16	*œthram.*	*œtrham* (faute).

Vers	JUNTINE.	ALDINE.
73	*placide* (faute).	*placidæ.*
90	*Effugiensq;.*	*Effigiensq;* (faute).
173	*trepidas, quæ* (faute).	*trepidasq;.*
189	*Glaucus* (faute).	*glaucus.*
275	*captat.*	*cœptat* (faute).
309	*perlita.*	*per lita* (faute).
318	*aut horum.*	*authorum* (faute).
369	*anguſtis* (faute).	*auguſtis.*
443	*fides* (faute).	*fide.*
454	*ſubter laberis* (faute).	*ſubterlaberis.*

6° Des essais de correction plus ou moins heureux de l'une ou de l'autre des deux éditions :

Vers	JUNTINE.	ALDINE.
35	*ſperante* (Rh, B, L, Ug.).	*ſuperante* (Ascens.).
47	*in primo reſpergit* (Ug.).	*in primores ſpargis.*
307	*hebdomadas* (B).	*hebdomade* (mauv. correct.).
388	*ueteresq;* (cod.).	*ueteres qui* (mauv. correct.).
391	*uentis* (mauv. correct.).	*neruis* (Rh¹, Av. 1507).
415	*dilata* (Ascensiana).	*dilata &* (G, B, Rh).
426	*iunEti* (cod., Ug.).	*uinEti* (mauv. corr. ou faute).

Enfin, la Juntine a, au v. 483, une bonne correction, *Garumnœ*, adoptée par l'Aldine.

Après cet examen des variantes de la Juntine et de l'Aldine, nous ne pouvons répéter pour la première de ces éditions, à propos du texte de la *Moselle*, ce que Peiper dit de l'ensemble de la recension : « Sumptu Philippi Iuntae carmina edita quis curauerit quibusque auxiliis adiutus, non comperi ¶. » L'éditeur inconnu a évidemment usé du Rh, des éditions de 1499 et de 1507, peut-être même de l'Ascensiana. Schenkl a raison de dire : « Videtur, is qui in Iuntina Mosellam recensuit, librum similem Rhenaugiensi ad manus habuisse ¶². » Mais il devrait ajouter que le recenseur a tiré peu de profit du Rh, aux leçons duquel il a bien souvent préféré le texte d'Ugolet.

¶ Peiper. *Praefatio*, p. LXXXVIII.
¶² Schenkl. *Prooemium*, p. XXXII.

. Quant à Avantius, il est facile de se rendre compte que, dans son édition de 1517, il rompt résolument avec la tradition d'Ugolet qu'il avait suivie en 1507, en essayant d'en corriger les mauvaises leçons d'une manière conjecturale, et qu'il se sert avec plus ou moins de critique d'un ms. qui, s'il n'est pas le *Rhenaugiensis,* lui ressemble beaucoup.

Avantius a-t-il usé de l'Ascensiana? Peiper affirme que non ¶ : il semble cependant difficile de trancher la question. V. 312, l'Ascensiana, avant l'Aldine, a *quadro cui in;* mais on peut soutenir qu'Avantius a pris cette leçon au Rh, ou à la Juntine, et non à l'édition d'Ascensius. V. 246, Avantius qui, en 1507, écrivait *femina lignis,* a sans doute corrigé dans l'Aldine en *retia fignis,* d'après le Rh ou la Juntine, et non d'après l'Ascensiana. V. 176, Avantius conserve, comme la Juntine, *Oreadas,* leçon des mss., qui fait le vers faux, alors que l'Ascensiana donne déjà la correction *Oreiadas.* D'autre part, v. 263, Avantius écrit au lieu d'*inualido,* leçon d'Ugolet et de son édition de 1507, *inualidos,* qui ne se trouve ni dans le Rh, ni dans aucun autre ms., et qui est une mauvaise correction de l'Ascensiana : mais cette correction se lit aussi dans la Juntine, où l'Aldine peut l'avoir prise. V. 303, au lieu de *laudatur,* leçon du L et du Rh, adoptée par Ugolet et sa propre édition de 1507, Avantius écrit *laudatus,* leçon du G et du B, adoptée par l'Ascensiana, mais qui est aussi dans la Juntine. L'Aldine a cependant, v. 35 *fuperante,* et v. 311 *Ptolemaidos,* corrections de l'Ascensiana qui ne se trouvent pas dans la Juntine.

Avantius a-t-il tiré du Rh tout le profit possible? J'ai déjà montré qu'en même temps que de bonnes leçons, il lui en empruntait de mauvaises. Il a du moins évité un certain nombre de leçons inacceptables du Rh :

Vers	Vers	Vers
13 *reserabat sydus.*	18 *nitentes.*	25 *odoriferi.*
17 *aula.*	20 *uillis.*	27 *diuexas.*

¶ *Praef.,* p. LXXXVIII : « Ascensianum exemplar, cuius prorsus nullam notitiam habuisse videtur...»

Vers		Vers		Vers	
28	*et.*	116	*amnigeros.*	233	*uirgungula.*
29	*aequiparare.*	118	*nam quę... so-lidę.*	236	*horam.*
33	*precelapsus.*			254	*consensit.*
35	*sperante.*	123	*letus.*	261	*quique* ¶².
51	*miramur.*	134	*prospexiquê.*	298	*cultus habitus-que.*
59	*dimersa.*	144	*athlanciaco.*		
65	*frontibus.*	145	*horas.*	309	*noctia.*
77	*meatus.*	162	*lieo.*	365	*drabonum.*
82	*horis.*	169	*hominum* ¶.	371	*alisentia.*
87	*cibaria.*	172	*panos.*	376	*yliacis... horis.*
90	*hominum* (au lieu de *celeri*).	174	*fluctus.*	378	*ora.*
		175	*furatę.*	412	*libitaque.*
102	*mensae.*	198	*confudit.*	461	*anxona.*
107	*natatu.*	202	*horas.*	469	*moselle per horas.*
110	*finxit.*	206	*spectant.*		
111	*yris.*	216	*cimbae.*	474	*ualet.*

Mais, en même temps qu'Avantius évitait ces fautes du Rh, il aurait pu user de ce ms. pour corriger le v. 354 *Namq; & proneæ eſt, nemeſæq; adducta,* dont les mauvaises leçons rappellent plutôt celles de l'édition de 1507, que celles du Rh, et pour enlever de l'Aldine un certain nombre de fautes qui viennent de l'édition de 1507 :

Vers		Vers		Vers	
1	*nauem.*	215	*Miſſena.*	374	*moles.*
27	*Nauiget.*	222	*perfunderit.*	384	*ſeuera.*
28	*fluuios uitreosq;.*	236	*prætendit.*	389	*quod.*
39	*ſortire.*	237	*cœptat.*	394	*uirorum.*
80	*aut.*	249	*implicitos.*	431	*utrinq;.*
89	*Thedo.*	256	*dextera.*	437	*uno.*
120	*Hinc.*	295	*promiſcent.*	441	*cæſamq;.*
122	*Lutius.*	310	*alicit.*	442	*lata.*
140	*Aut.*	320	*decoramine.*	448	*tanta meri dederit ſi.*
171	*Naiadas.*	324	*Villa tenus.*		
204	*alacris.*	345	*hic.*	450	*Natus.*

De plus l'Aldine a été imprimée négligemment : on a déjà vu que les fautes d'impression y abondent ; Avantius

¶ *et* ¶² Leçons communes au Rh et à d'autres mss., déjà corrigées par Avantius dans son édit. de 1507.

.n'y a pas fait preuve d'un grand esprit critique : ayant à sa disposition un ms., il n'en use pas assez, alors qu'il fait à la Juntine trop d'emprunts détestables (par exemple, *Fario*); quand il préfère le ms. à l'édition qu'il a sous les yeux, il joue vraiment de malheur : car il abandonne (v. 440) l'ingénieuse correction, *Latium,* qu'il avait faite, en 1507, au texte d'Ugolet et dont la Juntine s'est emparée, pour reprendre au ms. la mauvaise leçon *Latius.*

Pour être cependant meilleure que la Juntine, l'Aldine est donc loin d'être une bonne édition; mauvaises conjectures, erreurs ajoutées, fautes d'impression, retour inutile aux leçons abandonnées des mss., mauvaises leçons du Rh adoptées et bonnes négligées, les taches de tout genre y abondent. Il semble étonnant qu'Avantius, qui, en 1507, avait donné une édition relativement si satisfaisante d'après le seul texte d'Ugolet, n'ait pas mieux profité du ms. qu'il avait entre les mains. Quoi qu'il en soit, sa publication de 1517 a fait faire un grand progrès au texte de la *Moselle* en y introduisant un certain nombre de leçons du *Rhenaugiensis.*

IV

Éditions de la MOSELLE qui ne sont fondées
sur aucun manuscrit
et travaux critiques se rapportant au texte de la MOSELLE
(1523-1564).

—

A. L'ÉDITION DE BALE (1523).

Entre l'Aldine qui avait introduit l'usage du Rh dans la correction du texte de la *Moselle,* et l'édition de Poelmann qui devait mettre à profit deux autres mss., il se passe une période de cinquante ans, pendant laquelle les nombreuses éditions d'Ausone qui se succèdent ne font que reproduire, du moins pour la *Moselle,* le texte de l'Ascensiana, de la

Juntine et de l'Aldine, plus ou moins amélioré au moyen de conjectures qui ne se fondent sur les leçons d'aucun ms.

En janvier 1523, paraît l'édition de Bâle in-8° :

DECII ‖ AVSO ‖ NII BVRDIGALEN ‖ *fis uiri confularis uaria* ‖ *opufcula diligenter* ‖ *recognita.* ‖ *Bafileæ apud Valentinum Curio-* ‖ *nem. Ann. M.D.XXIII.*

Cette édition, au dire de Bœcking, « *Aldinum exemplum multis locis emendatum repraesentat*». Peiper ¶ juge sévèrement l'édition de Bâle : « *Basileae,* apud Valentinum Curionem, anno 1523, mense Ianuario edita Ausoni opuscula, quo iure dicantur diligenter recognita et num quid ex codicibus petitum sit auxilii nescio : noui nil accessit opusculis. » Je ne connais de l'*Ausone* de 1523 que ce que Bœcking en dit. D'après le relevé qu'il donne des variantes de l'édition de Bâle, on voit qu'elle corrige un certain nombre de fautes d'impression de l'Aldine, qu'elle revient souvent au texte de la Juntine et de l'Ascensiana et qu'elle fait quelques innovations, surtout au point de vue de l'orthographe. — Voici ses innovations orthographiques : v. 204 *alacreis* (l'édition de Bâle a aussi, comme l'Aldine, v. 84 *fluitanteis*); v. 242, 331 *pifceis*. — Elle abandonne souvent le texte de l'Aldine et de la Juntine pour adopter celui de l'Ascensiana, par exemple :

Vers	Vers	Vers
80 *haud.*	198 *confudit.*	304 *Syracofii.*
86 *præ tenero.*	210 *Vefœui.*	317 *Afflictamq;.*
118 *Namq; &.*	240 *facileis.*	370 *hic* (Asc. 1511).
125 *uolgi.*	256 *Dexter.*	380 *Romaeq; tuere.*
150 *liquidas.*	261 *Quiq;.*	423 *Luponudum.*

Parfois elle abandonne le texte de l'Aldine pour adopter des leçons communes à la Juntine et aux édit. antérieures :

Vers	Vers
56 *habens.*	338 *aperto* (Ug.).
149 *magnoq;...additus.*	389 *fpaciatus* (Ug., Av., Asc. 1511).
294 *pulfu.*	415 *dilata laude* (Asc.).

¶ *Praefatio,* p. LXXXVIIII.

Voici enfin ses innovations dans le texte :

Vers

47 *Sicca fed in primas fpargis.*
56 *atq;,* pour *utque.*
171 *Naiades.*
223 *Reddet,* pour *Reddit.*
309 *Hic Tinus* (édit. antér., *Hictinus* ou *Hic tinus*).

Vers

337 *fulfurea* (Asc., *fulphurea*).
354 *Namq; & Proneæ Nemefæq; adducta.*
367 *mollis Arauus* (édit. antér. *mollis arauus*).
465 *Tarni* (édit. antér., *tandem, Tarnè Tagum*).

L'édition de 1523 est donc une édition éclectique qui corrige les fautes grossières de l'Aldine (*confpicior, œtrham, Effigiensq;,* etc.) quoiqu'elle en conserve un bon nombre, et qu'elle en ajoute à l'occasion (v. 263 *in ualidos;* v. 358 *coufunderet*). Elle prend son bien où elle le trouve, de manière à former un texte à peu près passable. Mais les corrections qui lui sont particulières ont peu contribué aux progrès du texte.

B. LES DIATRIBES D'ACCURSE (1524).

C'est un an après l'édition de Bâle que parut l'ouvrage de Marie-Ange Accurse, où la *Moselle* était l'objet de nombreuses remarques :

MARIANGELI || ACCVRSII || DIATRIBAE.

On lit à la fin de ce volume in-folio : ROMAE. OCTAVO KALENDAS APRILIS. || M. D. XXIIII. || IN AEDIBVS. MARCELLI. ARGENTEI. Je cite les diverses remarques et corrections d'Accurse d'après Bœcking et l'édition de Tollius ; ce dernier prétend donner les notes du critique de 1524 dans toute leur intégrité. Souchay, au contraire, dit, après Fabricius, (page XXXVII de la *Dissertatio Editoris* qui précède l'édition *in usum Delphini*) que Tollius est inexcusable d'annoncer qu'il donne l'ensemble des remarques d'Accurse, alors que son édition n'en contient qu'un choix : « *Nullam fane habet in eo excufationem, quod, cum integras Mariangeli Accurfii animadverfiones in*

titulo polliceretur, feleƐtas duntaxat ediderit.» Pour la
Moselle, je crois que Tollius a reproduit toutes les remarques essentielles d'Accurse : car dans les notes manuscrites
ajoutées par Poelmann à un exemplaire de son édition,
exemplaire qui sera étudié plus loin, je trouve beaucoup de
citations d'Accurse; Poelmann semble avoir extrait toutes
les notes des *Diatribae* concernant la *Moselle,* et je n'en
trouve qu'une seule qui n'est pas dans l'édition de Tollius.

Pour le texte de la *Moselle,* Accurse n'avait à sa disposition aucun ms. ¶ : aussi ses corrections sont-elles toutes des
conjectures; quelques-unes sont heureuses et ont passé dans
le texte; d'autres s'accordent avec le texte des mss. que
l'on ne connaissait pas encore au temps où parurent les
Diatribae. Laissant de côté toutes les notes explicatives
d'Accurse, dont l'essentiel se trouvera dans mon COMMEN-
TAIRE EXPLICATIF, je ne cite de ses observations que celles
qui ont rapport à l'établissement du texte.

V. 167 Accurse qui a sous les yeux les textes d'Ugolet et
d'Avantius (1507), *probra ferunt* [   ] *cultoribus,* et qui croit
que *probra canunt feris cultoribus* qu'il lit dans les éditions postérieures est simplement une conjecture (*aliis,* dit-il, *ita locum
farcientibus*), propose à son tour une correction : *probra ferunt
duris cultoribus,* qu'il fonde sur ce passage d'Horace, *durus Vin-
demiator et inviƐtus,* etc. (*Sat.* I, VII, v. 29).

V. 193 *profundit,* leçon du L suivie par Ugolet; Accurse propose, en se fondant sur des raisons de quantité, *perfundit,* qui est
en effet la leçon des autres mss. (adoptée par l'Ascensiana) :
« *ReƐtius* perfundit. *Nam* profundo *uix eft, ut arbitror, inuenire,
quin primam corripiat* ».

V. 215 *Miffena,* leçon d'Ugolet; Accurse préfère écrire *Meffana,* disant avec raison que le nom de Messine en latin est
Meffana. Mais il ne s'agit pas de Messine, et l'Ascensiana avait
déjà rétabli la vraie leçon *Mylafena.*

V. 218 *quales fpeƐtata Peloro* : « *Scribendum* qualis, *ut ad
naumachiam referatur.* » *Quales,* en effet, est inintelligible si l'on
garde la leçon des mss., *fpeƐtata.*

V. 224 *Et rediit pandas* (leçon du L, du B, et des premières

¶ Cf. Peiper, *Praefatio,* p. LVIII.

·édit.) : « *Lego* redigit, *uel potius* reddit. » *Redigit*, leçon du G et du Rh, se trouve déjà dans les corrections de l'Ascensiana.

V. 227 *Vnda refert :* « *Sic legendum.* » Accurse avait sous les yeux le texte d'Ugolct, *Vnde refert.*

V. 240 *Iam uero,* Accurse pense qu'il faudrait peut-être écrire *uere,* au printemps, moment favorable à la pêche.

V. 242 *Heu male defenfas* (leçon d'Ugolet) : « *In recentioribus uoluminibus imprimi curatum eft* defenfos *non* defenfas. » Accurse semble ne pas connaître l'Ascensiana qui a *defenfus... pifcis;* il pense qu'Ausone a bien pu écrire *defenfas,* s'il adopte l'opinion de ceux qui croient que tous les poissons, excepté les cartilagineux, appartiennent au sexe féminin.

V. 245 *agmine,* Avantius (1507) écrit *augmine.* Ce mot se trouve souvent dans Lucrèce, mais Accurse le juge inutile ici : « *quod non augmentum hic aquarum, fed iuftus ipfe curfus impetufque exprimatur* », et il conserve *agmine,* justifié par le vers de Virgile, *leni fluit agmine Thybris (Aen.,* II, v. 782), imité lui-même du vers d'Ennius, *leni fluit agmine flumen.*

V. 277 Accurse défend *Circes* contre *Dirces* « *quod in recentioribus codicibus* (par ex. l'Aldine) *fcriptum eft* ». Il cite, pour la rejeter, la leçon *pabula :* « *In peruulgatis codicibus* pabula, *non,* gramina *legitur. Librariorum errore.* » Je ne trouve *pabula* dans aucun ms. ni dans aucune édition. Il repousse aussi *carptas,* leçon des mss. rétablie par l'Aldine, et se demande s'il ne faudrait pas *taĉtas :* « *An legendum fit non captas, fed* taĉtas, *addubito. Ipfe enim Ouidius ait :*

Gramine contaĉto cœpit mea prœda moueri.

» *Nam* carptas, *quod nouiffime excufum eft, omnino displicet.* » Il suppose également qu'Ausone a pu écrire *incola,* à cause du passage d'Ovide, *nouus incola ponti* ¶.

V. 281 Accurse préfère *conuerrere* à *conuertere,* leçon de toutes les éditions qu'il pouvait connaître; il préfère aussi, pour des raisons de quantité, *Tethyn,* leçon de l'Ascensiana, à *Thetim,* leçon d'Ugolet.

V. 288 *miratur,* leçon du L et des premières éditions; Accurse préfère *miretur* qui se lit en effet dans le G, le B, le Rh, et l'Ascensiana.

¶ Le mérite de cette conjecture ne semble pas assez grand pour qu'on soit tenté de l'envier à Accurse. C'est cependant ce que fait Schenkl qui écrit, dans ses notes critiques, au v. 279 « incola *Schrader* ». Tross disait avec raison, dans son *Kritischer Commentar,* que Schrader (*in Emend.,* p. 180) avait été précédé par Accurse.

V. 309 C'est Accurse qui le premier, d'après un passage du livre VII de Vitruve, pense qu'il faut lire *Ictinus,* au lieu de *Hictinus* ou *Hic tinus* des éditions. Le G a *bictinus,* et les autres mss., *hictinus.*

V. 312 Accurse se demande si, au lieu de *Dinochares,* Ausone n'a pas écrit *Dinocrates,* comme l'ont fait d'autres auteurs, par exemple Vitruve.

V. 313 Il suppose que ce vers n'est pas à sa place : « *Carmen hoc perperam huc reiectum arbitramur, quando & unde pendeat non habet, & quæ hic de* Dinocrate *architecto, & ferreo* Arſinoës ſimulacro *dicuntur confundit & intercipit.* »

V. 323 « *Lege* uendicat. » C'est la leçon du Rh suivie par l'Aldine.

V. 380 « *Verſus hic (ni deſint aliqui) huius ſane loci non uidetur. Poſſit autem eſſe ſpurius.* » Schenkl et Peiper pensent aussi qu'il y a une lacune après le v. 379.

V. 392 *...ignobilis ora* (leçon d'Ugolet) : « *Legendum* ignobilis oci (c'est la leçon de l'Ascensiana). *Neque enim probo quod non nulli,* ocii (la Juntine a *ocij) emendauere.* » Suivant le même principe, il veut lire, v. 304, Sȳrācūſī et non Sȳrācūſī̆, ce qui évite en effet que le vers ne soit faux.

V. 397 Accurse, au lieu de *tenui captas* qu'on lit dans Ugolet, voudrait *tenui cœptas.*

V. 461 *non Saxona præceps* : « Saxonam *qui ſit fluuius, nuſquam equidem comperi. Aut ſi inueniam, priorem lectionem non mutarim, quæ fuit* Axona. » Cette première leçon d'Ugolet *(axona)* se retrouve, améliorée *(Axona)* dans l'Ascensiana. Accurse cite l'édition de 1507 ou l'Aldine, qui ont toutes deux *Saxona.*

V. 468 C'est Accurse qui a changé le texte des mss. *Tarbellius* en *Tarbellicus :* correction qui est restée.

Ces observations d'Accurse dénotent du sens critique, de l'érudition, et un souci de la quantité qui lui fait corriger plusieurs vers faux; il conjecture quelquefois par avance le texte des meilleurs mss. qu'il ne connaît pas, et il donne des corrections *(Ictinus* et *Tarbellicus)* qui sont définitives. Il semble étonnant qu'Accurse, qui était en rapports suivis avec Aleander ¶, ait l'air d'ignorer l'existence de l'Ascensiana. Le texte qu'il cite pour le corriger est celui d'Ugolet

¶ Voir édit. Schenkl, *Prooemium,* p. XXXIV.

ou ceux d'Avantius; et quelquefois les corrections qu'il propose se trouvent déjà dans l'édition préparée par Aleander. Il est probable que ces *Diatribae* ont été composées longtemps avant l'année où elles furent publiées.

C. LES ÉDITIONS LYONNAISES DE SÉB. GRYPHE
(1535 [?], 1537, 1540, 1548, 1549 [?]).

Le célèbre imprimeur de Lyon, Séb. Gryphe, a publié plusieurs éditions d'Ausone pendant la première moitié du XVIe siècle.

Schweiger, cité par Bœcking, mentionne les éditions de 1535, 1537 et 1549; la *Notitia* de la Bipontine indique les éditions de 1540 et de 1549, comme le faisait déjà Fabricius. Bayle ne parle que de l'édition «que Ducheri procura & à la louange de laquelle Nicolas Bourbon fit quatre vers que l'on voit au revers du titre de l'édition de Lion chez Sébastien Griphius, en 1549». Bœcking a eu entre les mains l'édition in-8° de 1540, et l'édition in-16 de 1548 : M. Dezeimeris a bien voulu me prêter ses exemplaires des éditions de 1540 et de 1548, et je dois à l'obligeance de M. Bonnefon communication de l'exemplaire de l'édition de 1537 conservé à la Bibliothèque de l'Arsenal (catalogué 3182 *bis* B. L.).

Je n'ai trouvé aucune trace de l'édition de 1535, et je ne puis en affirmer l'existence. Quant à l'édition de 1549, elle m'est inconnue et je crois qu'elle n'est autre que celle de 1548 : les quatre vers de Nicolas Bourbon «que l'on voit au revers du titre» de l'édition de 1548, comme Bayle prétendait les voir au revers du titre de l'édition de 1549, le prouvent, semble-t-il, suffisamment. Bayle commet d'ailleurs de nombreuses erreurs dans la liste qu'il donne des éditions d'Ausone : nous le verrons en particulier à propos de la prétendue Lyonnaise de 1557. Cependant Tross dit, dans l'*Einleitung* de son édition de la *Moselle*, avoir eu entre les mains un *Ausone* in-12 de chez Gryphe qu'il désigne ainsi :

« *Ausonii opera;* Lugduni ap. Seb. Gryph. 1549, 12 mo. »
Et il ajoute : « Cette édition fournit beaucoup d'excellentes
leçons. Est-ce une simple répétition de l'édition donnée par
le même imprimeur en 1540, je ne peux le déterminer, car
je ne possède que l'édition que je viens d'indiquer. » Cet
in-12 n'est évidemment pas l'édition de 1548 qui est un in-16 :
l'examen des variantes que Tross cite comme empruntées
à son *Ausone* nous montre bien que ce n'est pas une réimpression des éditions de 1537, 1540 et 1548 :

Vers	Édit. de GRYPHE 1549 (d'après Tross).	Édit. de GRYPHE 1537, 1540, 1548.
1	*Nauam.*	*nauem.*
28	*imitare.*	*imitate.*
47	*primos... limphas.*	*primas... lymphas.*
51	*nec cura.*	*non cura* (1537, 1540).
71	*Deliciasq;.*	*Delitiasq;.*
76	*Intercludentes.*	*Interludentes.*
115	*parca.*	*perca.*
118	*Namq; &.*	*Nanq; &* (1537, 1548).
130	*Sario.*	*Fario* (1540), *fario* (1537, 1548).
159	*threcia.*	*Thracia.*
171	*Najades.*	*Naiades.*
198	*confudit.*	*confundit* (1540).
210	*Vefaevi.*	*Vefeui* (1540).
390	*uti.*	*tui.*
452	*tempus.*	*tempora.*

Parmi ces variantes, il y a d'importantes fautes d'impression : *Intercludentes, threcia, uti, tempus.* Malgré les
nombreuses inexactitudes que Tross commet en citant les
leçons des textes qu'il a sous les yeux, je ne puis supposer
qu'il ait lu assez mal son édition de 1549 pour y trouver
ces fautes grossières si elles n'y étaient pas. Il faut donc
admettre l'existence d'un *Ausone* in-12 sorti des presses
de Gryphe en 1549, beaucoup plus négligemment imprimé
que les éditions de 1537, 1540 et 1548. Tross aura été le
seul à connaître cette mauvaise réimpression que Bœcking
lui-même n'a pu se procurer.

Des trois éditions que je connais, il en est une, la dernière, qui au premier abord semblerait avoir une importance particulière. « En tête d'une édition publiée à Lyon en 1548, — dit M. Dezeimeris ¶ — et soignée, paraît-il, par Ducherius, poète latin de la Limagne, Nicolas Bourbon de Vandœuvre constate ce mauvais état du texte. Rien n'était plus vrai. Mais lorsqu'il ajoute que son ami Ducherius *(Duchier)* y a mis ordre et correction, il me semble s'avancer beaucoup. Je n'ai jusqu'à ce jour constaté aucune correction importante datant de cette édition. Il serait bon toutefois d'en faire une collation complète. » J'ai fait cette collation pour ce qui concerne le texte de la *Moselle* : le tableau suivant des variantes des trois éditions de Gryphe que je connais montre que l'édition de 1548 diffère peu de celles de 1537 et de 1540, et ne mérite guère l'éloge enthousiaste que lui décernaient les deux distiques de Nicolas Bourbon, imprimés au verso du titre :

NICOLAVS BORBONIVS
Vandoperanus ad Lectorem.

Aufonium multis maculis mendisq; fcatentem
Mufa legi indigne Ducheriana tulit :
Deterfoq; omni fquallore, fituq;, Poëtam
Confpicuum, Lector, reddidit ecce tibi.

VARIANTES DES ÉDITIONS DE S. GRYPHE.

Vers	1537.	1540.	1548.
3	*Cannas.*	id.	*cannas.*
28	*uitreoq;.*	*uitreosq;.*	*uitreoq;.*
48 et 363	*leuia.*	id.	*lœuia.*
51	*non.*	id.	*nec.*
65	*agitatœ.*	*agirœ.*	*agitatœ.*
85	*capito.*	id.	*Capito ¶².*
114	*fqualet.*	id.	*fquallet.*
115	*delicias.*	id.	*delitias.*

¶ *A propos d'un Manuscrit*, etc., p. 6, note 1.
¶² Dans l'édition de 1548 tous les noms de poissons sont écrits avec une majuscule initiale, excepté *umbra* (v. 90), la première fois qu'ils sont cités. Au v. 130, cependant, l'édition de 1540 a *Fario*, les deux autres, *fario*.

Vers	1537.	1540.	1548.
118	*Nanq;.*	*Namq;.*	*Nanq;.*
125	*Quis non &...* *uolgi.*	*Quis & non...* *uulgi.*	*Quis non &...uolgi.*
126	*Norit? & albur-* *nos.*	*Norit? Alburnos.*	*Norit? & alburnos.*
198	*confudit.*	*confundit.*	*confudit.*
210	*uaporiferi.*	*uaporifera.*	*uaporiferi.*
210	*Vefœui.*	*Vefeui.*	*Vefœui.*
227 et 346	*fimulachra.*	id.	*fimulacra.*
234	*Germanœ.*	*Germanœq;.*	*Germanœ.*
261	*Quiq;.*	*Cuiq;.*	*Quiq;.*
298	*Qui.*	*Quis.*	*Qui.*
381	*parens.*	id.	*pares.*
479	*increta.*	id.	*incerta.*

On voit que ces variantes sont peu importantes : la plus grande différence entre les trois éditions de Lyon, c'est que les deux premières sont in-8° et la troisième, in-16 ; cette dernière, plus coquette d'aspect, est imprimée en caractères plus petits et plus agréables à l'œil. D'ailleurs, la disposition du texte est la même : dans les trois éditions, la *Moselle* commence en haut de la page 70 et finit avec la page 86. Le titre est le même à peu de chose près :

1° DECII || AVSONII || BVRDEGALENSIS, || VIRI CON-SVLARIS || OPVSCVLA || VARIA. || (Marque de Gryphe) APVD SEB. GRYPHIVM || LVGDVNI, || 1537. ||

2° DECII || AVSONII || BVRDEGALENSIS, || VIRI CON-SVLARIS || OPVSCVLA VA- || RIA. || (Marque de Gryphe) LVGDVNI APVD SEB. || GRYPHIVM, || 1540. ||

3° DECII || AVSONII || BVRDIGALENSIS || VIRI CONSV-LARIS || OPVSCVLA || VARIA. || (Marque de Gryphe) APVD SEB. GRY- || PHIVM LV- || GDVNI, || 1548. ||

L'édition de 1537 a une faute d'impression (v. 234 *Germanœ,* pour *Germanœq;*) qui se retrouve dans celle de 1548, et une autre (v. 479 *increta,* pour *incerta*) qui se retrouve

. dans celle de 1540. L'édition de 1540 en a quatre qui lui appartiennent en propre (v. 65 *agiræ*, pour *agitatæ;* v. 125 *Quis & non*, pour *Quis non &;* v. 126 *Norit? Alburnos*, pour *Norit? & alburnos;* 210 *uaporifera*, pour *uaporiferi*); l'édition de 1548, deux (v. 3 *cannas* pour *Cannas;* v. 381 *pares*, pour *parens*) qui ne se trouvent pas dans les précédentes. **V.** 28, l'édition de 1540 conserve. seule la leçon de l'édition de Bâle; les deux autres reviennent à celle de la Juntine ou de l'Ascensiana. V. 118, l'édition de 1540 conserve seule, aussi, la leçon de l'édition de Bâle. V. 198, 210 et 261, ce sont les éditions de 1537 et de 1548 qui conservent la leçon de l'édition de Bâle. V. 298, l'édition de 1540 conserve seule la leçon de l'édition de Bâle. — Les autres variantes ne concernent que l'orthographe.

La ponctuation est sensiblement la même dans les trois éditions. Enfin, si le texte de 1548 admet certaines abréviations qui ne sont pas dans les autres (v. 200 *celebrāt... p̄ōpas;* v. 407 *Britānos*) c'est simplement, je crois, parce que les vers 200 et 407 sont trop longs pour le petit format in-16 de la dernière édition de Gryphe.

Le texte commun des trois éditions de Gryphe ne se sépare que rarement de celui de l'édition de Bâle ¶ :

Vers	Édit. de Bâle.	Édit. de 1537, 1540, 1548.
8	*Dum Niſſum.*	*Dumniſſum.*
29	*æquiperare.*	*æquiparare.*
55	*lœuia.*	*leuia.*
62	*cœrulea.*	*cœrulea ¶.*
68	*Britanis.*	*Britannis.*
79	*Nomina quœ &.*	*Nominaq; &.*
84	*fluitanteis.*	*fluitantes.*
136	*Aĉteo.*	*Aĉtœo.*
144 et 148	*Ballena.*	*balœna.*
221	*faſeli.*	*phaſeli.*

¶ Dans l'édition de Bâle les noms des poissons sont écrits avec une majuscule initiale. On a vu (page LXXVIII, note 2) quelles variantes se remarquent à ce propos dans le texte des diverses éditions de Gryphe.

¶² Les éditions de Gryphe écrivent toujours ce mot par un œ, et l'édition de Bâle, par un œ.

Vers	Édit. de Bâle.	Édit. de 1537, 1540, 1548.
263	*in ualidos.*	*inualidos.*
281	*Thetim.*	*Tethyn.*
306	*margei.*	*Margei.*
358	*coufunderet.*	*confunderet.*
389	*quod... ſpaciatus.*	*quid... ſpatiatus.*
407	*Britanos.*	*Britannos.*
448	*meri.*	*mei.*

Presque toujours, quand les éditions de Gryphe abandonnent le texte de Bâle, c’est pour emprunter à d’autres des leçons meilleures. Je n’ai à noter que quatre innovations : trois qui ont rapport à l’orthographe, dont deux, *Actæo* et *phaſeli,* sont bonnes, et la troisième, *balæna,* mauvaise ; la dernière, beaucoup plus importante, restitue par une heureuse conjecture la leçon *Nominaq; &* du B, ms. évidemment inconnu à l’éditeur lyonnais. Ces trois éditions, on le voit, n’améliorent guère le texte de la *Moselle ;* Bœcking disait des deux qu’il connaissait : *« Utrumque exemplum per omnia fere Basileensem sequitur. »* Je dirai la même chose des trois que je connais, et je pense que la collation de l’édition de 1535 ne ferait que confirmer ce jugement.

En dernière analyse, si ces trois éditions de Gryphe, sagement éclectiques, valent mieux que l’édition de Bâle, qui était elle-même en progrès sur la Juntine et sur l’Aldine, elles se ressemblent beaucoup toutes trois, et ce n’est pas la dernière qui est la meilleure. La correction la plus importante (v. 79) se trouve déjà dans le texte de 1537 : comment donc expliquer l’éloge enthousiaste donné par Bourbon de Vandœuvre à l’*Ausone* de Duchier ? C’est je crois que cet éloge s’applique aux trois éditions de Gryphe, qui doivent avoir été toutes soignées par Duchier. En effet, d’après le *Supplément de la Biographie Michaud* ¶, Gilbert *Ducher* (et non Duchier), originaire d’Aigueperse dans la Limagne, se trouvait, en 1537, à Belley, comme secrétaire ou précepteur chez

¶ Article *Ducher* (tome LXIII) signé des initiales de Labouderie et Weiss. Cet article renvoie à une étude de Breghot, *Archives du Rhône,* tome XI, p. 401 et suiv., année 1829), étude que je n’ai pu me procurer.

François Lombard, lieutenant du roi pour le Bugey. En 1538, de hautes protections le firent nommer professeur au collège de la Trinité, à Lyon. On ignore la date de sa mort; mais il est resté de lui un recueil de poésies latines : «*Epigrammaton libri duo*», Lyon, 1538, in-8° de 137 pages, dont les 14 dernières contiennent des vers grecs et latins composés à sa louange par ses amis. « Ducher, dans l'Épître qui précède le premier livre de ses épigrammes (p. 4), promet de mettre au jour trois livres de *Sylves* qu'il s'occupe de revoir avec soin. Ces livres n'ayant point paru, on pourrait conjecturer qu'il mourut peu de temps après la publication de son recueil. » Cette supposition est vraisemblable : les auteurs de l'article que je cite ne parlent pas de l'*Ausone* de Duchier; mais ils disent qu'il soigna à Paris, en 1522, une édition in-4° des *Commentaires de César*, et, en 1526, une édition petit in-8° de *Martial*. Il est très possible que, dès le moment où l'éditeur de César et de Martial se trouva à Belley, Gryphe lui ait demandé une édition d'Ausone; ce serait celle de 1537¶; les deux autres, éditées peut-être après sa mort, ne seraient que des réimpressions de la première, à peine modifiées. Les vers de Bourbon de Vandœuvre seraient alors un simple hommage à la mémoire de l'éditeur de 1537. Je ne sais en quelle année ces vers ont été écrits; je les ai cherchés en vain dans un récent travail consacré à la biographie et aux œuvres de Bourbon, et je n'y ai pas trouvé davantage le nom de Duchier parmi ceux des amis à qui Bourbon a adressé des poésies¶². Quoi qu'il en soit, pour que ces vers aient un sens raisonnable, il faut qu'ils se rapportent non à l'édition de 1548, qui n'est pas en progrès sur celles de 1540 et 1537, mais au texte même de 1537, qui valait beaucoup mieux que celui de l'édition de Bâle.

¶ La *Biographie Michaud* ne dit pas si Duchier se trouvait à Belley dès 1535. Aurait-il été, dès cette époque, en relations avec Gryphe et aurait-il soigné l'*Ausone* publié en 1535 par le libraire lyonnais, si tant est que cette édition existe ?

¶² *De vita et scriptis Nicolai Borboni Vandoperani*, Paris, Hachette, 1888; thèse latine de M. L.-G. Carré.

D. LA PREMIÈRE ÉDITION DE VINET (Paris, 1551).

En 1551, parut à Paris, chez Kerver, une édition d'Ausone, bien plus importante que celles de Lyon. C'est le premier *Ausone* soigné par Vinet. Il est nécessaire de s'y arrêter, car ce volume doit être fort rare ; Bœcking lui-même ne le connaît pas. De plus, la première édition de Vinet, que celle de 1575-1580 a fait sans doute oublier, renferme, pour la *Moselle* notamment, un certain nombre de corrections généralement heureuses ; elle reprend plusieurs leçons de l'Ascensiana, qui ont passé dans l'édition de Lyon de 1558, à laquelle Schenkl et Peiper en attribuent à tort la nouveauté.

Dans la préface de l'édition de 1575-1580, sur laquelle il y aura lieu de revenir longuement, Vinet explique pourquoi il a fait imprimer son *Ausone* à Paris dès 1551 ; il insiste avec soin sur la date, probablement pour montrer que certaines corrections dont on devait déjà faire honneur, et dont la critique allemande fait encore honneur aux érudits lyonnais et à Scaliger, appartiennent à l'édition de 1551, et non pas à l'édition lyonnaise de 1558, ou aux *Ausonianae Lectiones* de 1573. Pendant qu'il mûrissait ses commentaires sur Ausone déjà entrepris depuis quelques années, Vinet, qui veut prendre date pour les résultats acquis, fait imprimer à Paris son édition, en 1551 : « *Quæ noſtra commentaria dum matureſcerent, placuit primo quoque tēpore ſola Auſonij ſcripta, vt reſtitueram* (remarquer le mot), *emittere. Itaque Lutetiā miſi Iacobo Gupylo Piƈtoni, amico Latinis Græciſque litteris doƈtiſſimo : qui edenda curauit anno Chriſti milleſimo quingenteſimo & quinquageſimo primo : eamque editionem illuſtriſſimo eruditiſſimoque Cardinali Bellaio, Burdigalenſi Archiepiſcopo dedicauit ¶.* »

¶ Édit. de 1575-1580, *Præfatio*, 1 B.

L'édition de Kerver est un in-16 où le texte de la *Moselle* occupe les pages 101-119. Voici le *fac-simile* du titre ¶ :

D. MAGNI

A V S O N I I

P A E O N I I _ B V R-

D E G A L E N S I S

POETAE, AV.

OV STORVM PRAECEPTORIS,

VIRIQVE CONSVLARIS

Opera

Diligétius iterum caftigata,
& in meliorem ordinem
reftituta.

Δα'περα φρονῖδες σοφώτεροα

P ARISII s,

Apud Iacob. Keruer via Iacobæa.

M. D. L I.

Cum priuilegio Regio.

Le privilège « *donné à Paris le XXVIII iour de May, lā de grace mil cinq cēs cinquante et ung* » est accordé à « *Iacques Keruer marchāt libraire iure de l'univerfité de Paris, et Guillaume Morel auffi libraire demourāts en cefte ville de Paris* »; il concerne « *ung liure nōmé Aufonij Poetæ Galli poemata nouuellemēt reueu corrigé et aug-*

¶ Je dois à l'obligeance de M. Bonnefon, sous-bibliothécaire à l'Arsenal, communication de l'exemplaire de sa bibliothèque, catalogué 3177 *bis* B. L.

menté par la diligēce et eſtude de maiſtre Helie vinet regēt en la faculté des arts en l'uniuerſité de Bordeaulx.» L'achevé d'imprimer est des calendes de juillet. L'Épître dédicatoire confirmerait, si la parole de Vinet avait besoin de preuves à l'appui, que, comme le dit la préface de 1580, Goupyl s'occupa seulement de surveiller l'impression ; celui-ci écrit en effet au cardinal Du Bellay, à qui l'épître est adressée : « *...cum Elias Vinetus Santonenſis bonarum artium profeſſor in gymnaſio quod Burdigalæ regia benignitate conſtitutum eſt, homo ad vtilitatem publicam natus, poëmata ſuperiorum ʒemporum inſcitia ſic neglecta videret, vt in his multa peruerſa eſſent, incredibili diligentia omnia quæcunque eorum exemplaria extant, cōquiſiuit : ad quæ cum poetā hunc accurate recognouiſſet, mecum pro pari et inter nos mutua amicitia, quod præſtitiſſet communicandum putauit, et etiam vt ederem permiſit.* » L'édition de 1551 n'a pas de préface de Vinet.

Vinet établit le texte de la *Moselle* d'après celui de l'Ascensiana : il use surtout de la dernière édition de Badius Ascensius. Il rompt beaucoup plus résolument que ne l'avaient fait, depuis 1523, les éditeurs de Bâle et de Lyon, avec la tradition de la Juntine et de l'Aldine ; non content de choisir pour base de son édition le meilleur texte imprimé, il corrige souvent ce texte, et, en général, d'une manière heureuse. Le sens critique de Vinet se montre très vif et très sûr : on regrette que l'éditeur de 1551 n'ait pas eu à sa disposition de mss. dont il aurait su faire un meilleur usage qu'Aleander, Homedeus, Humelberg et Avantius. Mais il nous dit lui-même, dans son *Commentaire* de 1580, qu'il n'a pu user, pour le texte de la *Moselle,* d'aucun ms. et d'aucune édition antérieure à l'Ascensiana et à l'Aldine : « *Vetuſtioribus egebat codicibus vnde reſtitueretur : ſed ego Aldinis, Aſcenſianiſq; antiquiores nanciſci hauddū potui.* » (*Comment.,* 242 A.)

Comme l'édition de 1575-1580 est très connue et que celle de 1551 semble ne pas l'être du tout, quand j'en viendrai à la

· seconde recension de Vinet, je ferai la collation complète du texte de la *Moselle* dans les deux *Ausones* de l'érudit Saintongeais. Je me borne, pour le moment, à montrer comment l'édition de 1551 restreint singulièrement la portée de celle de 1558, dont l'importance a été exagérée hors de mesure par les critiques qui ne connaissaient pas le premier *Ausone* de Vinet. Je donnerai ensuite la liste des leçons où Vinet abandonne le texte de l'Ascensiana.

Dans les notes critiques placées au-dessous de leur texte de la *Moselle,* Schenkl et Peiper attribuent à l'édition de Lyon ou à Scaliger beaucoup de corrections qui appartiennent à Vinet, ou qui sont des corrections de l'Ascensiana reprises par Vinet :

V. 65 *Vtq;* se trouve déjà dans l'Ascensiana (1513, 1517), et dans l'édit. de Vinet.

V. 218 *fpectante* se trouve déjà dans l'Ascensiana (1517), et dans l'édit. de Vinet.

V. 307 *Menecratis* est une correction de Vinet et non de Scaliger ¶.

V. 316 *corus,* correction attribuée par Schenkl et Peiper à la Lyonnaise de 1558, ne se trouve pas dans cette édition où on lit *Corus.* L'Ascensiana fait les corrections *corus* (1511, 1513), et *Corus* (1517) : c'est cette dernière que Vinet reprend avant l'édition de Lyon.

V. 321 *natiui* est une correction de l'Ascensiana (1517), reprise par Vinet.

V. 409 *populumq;* est une correction de l'Ascensiana (1517), reprise par Vinet.

V. 413 *reddet* est une correction de l'Ascensiana (1517), reprise par Vinet.

V. 429 *nil* est une correction de l'Ascensiana (1513, 1517), reprise par Vinet.

V. 463 *refluus* est une correction de Vinet.

V. 468 *Numine* est aussi une correction de Vinet.

¶ D'ailleurs Scaliger, dans le passage des *Auson. Lect.* (I, 4) où il cite le v. 307 ne s'attribue nullement le mérite de la correction *Menecratis.* Il semble bizarre que Schenkl et Peiper qui citent à tout propos et hors de propos les innovations de la Lyonnaise de 1558, n'aient pas remarqué qu'on y lit *Menecratis* et ne lui aient pas attribué cette correction, comme ils lui attribuent *Vtq;, fpeĉtante, corus,* etc.

Enfin Peiper seul attribue à la Lyonnaise la correction v. 237 *Vibratis*, qui se trouve déjà dans l'Ascensiana (1513, 1517) où Vinet l'a reprise; et Schenkl seul attribue à cette même édition la correction v. 47 *Sicca fed in prima adfpergis veftigia lympha*, qui n'y est pas. La Lyonnaise a simplement emprunté au texte de 1551 la correction : *Sicca fed in prima afpergis*, etc.

Ces corrections, soit qu'elles appartiennent à Vinet, soit qu'il les ait prises à l'Ascensiana où les éditeurs de Bâle et de Lyon avaient négligé d'aller les chercher, sont presque toutes acceptables et, quelques-unes, définitives.

Il faut encore mettre à l'actif de Vinet un certain nombre de bonnes corrections où la sagacité du critique se rencontre avec le texte des mss. qui lui étaient inconnus :

V. 118 *Nam neq;* (B).

V. 285 *Quas* (G).

V. 309 *Ictinus* (correction d'Accurse qu'aucune édition n'avait encore adoptée).

V. 366 *Salmonœ* (Rh).

V. 423 *Nicrum fuper, &.* Cette correction est sans doute empruntée à Beatus Rhenanus de Schlestadt, philologue et historien, né en 1485 et mort en 1547, auteur en particulier des *Res Germanicae*. Vinet connaissait-il, en 1551, cet ouvrage historique, qui avait paru dès 1531? Sans doute, dans son texte de 1575, il admet *Nicrum fuper & Lupodunum*, et il écrit, dans son *Commentaire* de 1580 : « *Vltra Nicrum, inquit Rhenanus libro primo rerum Germanicarum, & tertio. Vbi fcribit hunc oriri non procul fontibus Danubii in Germania, &* Neccer *hodie vulgo dici... Lupodunum & Lupondum apud Rhenanum.* » (*Comment.*, 269.) Entre 1551 et 1580, aucun éditeur d'Ausone ne cite Rhenanus, à l'exception de Poelmann, qui, comme nous le verrons, fait des *Res Germanicae* une citation inexacte qui sera scrupuleusement répétée après lui. La phrase du *Commentaire* de Vinet prouve bien qu'au moment où il l'écrivait, il connaissait l'ouvrage de Rhenanus. Rien ne démontre qu'il le connût dès 1551 : la Bibliothèque de Bordeaux possède deux exemplaires des BEATI RHENANI SELESTADIENSIS || RERVM GERMANICARVM LIBRI TRES || BASILEAE || EX OFFICINA FROBENIANA, l'un de 1531, l'autre de 1551, provenant tous deux d'un couvent bordelais, où l'exemplaire de la première édition pouvait se trouver dès le moment où

Vinet préparait son *Ausone* de 1551. On lit dans les deux exemplaires des *Res Germanicae* (p. 6 de l'édit. de 1531, p. 9 de celle de 1551) le même passage, où Rhenanus après avoir cité la leçon vulgaire *nigrum ſuper & Luponudum,* propose de lire :

... Nicrum ſuper & Lupondum.

Il ajoute : « *Quod ſi quæras, Lector, quid ſibi uelit Lupondum, ſcito quantū ego coniectura aſſequi poſſum Lupondum ſiue Lupodunum, aut Luponum, eam arcem eſſe quæ noſtratibus hodie Lupff dicitur.* » Si Vinet connaissait la correction de Rhenanus avant 1551, il lui a emprunté *Nicrum,* en négligeant d'admettre *Lupondum,* qui rend le vers spondaïque, ce qui n'est pas dans l'usage d'Ausone ; s'il ne la connaissait pas, il a changé de lui-même *nigrum,* en *Nicrum,* nom latin d'un fleuve connu, et conservé *Luponudum* qu'il pouvait supposer être le nom de quelque ville allemande obscure.

L'édition de 1551 est imprimée avec soin ; je n'y trouve guère que deux fautes dans la *Moselle :* v. 476 *letoq;* (pour *lætoq;*) et v. 483 *Omnibus aquoreæ* (pour *Amnibus æquoreæ*). Pour ce qui est de la ponctuation, la collation du texte de la *Moselle* de 1551 avec celui de 1575 montrera que dans le premier elle laisse souvent à désirer ; l'orthographe donnera lieu aussi à quelques observations de même ordre.

J'ai déjà dit que l'édition de 1551 est faite d'après l'Ascensiana de 1517. Vinet, qui lui emprunte quelques fautes contre lesquelles il semble que son sens critique aurait dû le mettre en garde (p. ex., v. 111 *luthea,* pour *lutea ;* v. 115 *Parca,* pour *perca*), abandonne parfois le texte d'Ascensius : tantôt pour faire place à ses propres corrections qui ont déjà été énumérées, tantôt pour adopter les leçons de l'Aldine ou celles des autres éditions qu'il pouvait consulter à défaut des mss. qui lui manquaient.

Voici les leçons où Vinet abandonne le texte de l'Ascensiana pour prendre celui d'une autre édition :

V. 33 *prolapſus* (Aldine).
V. 45 *limigeris* (Aldine, leçon préférable à celle de l'Ascensiana, *lunigenis*).

V. 71 *locupletes quæq;* (Aldine).

V. 115 *delicias* (édit. de Lyon 1537 et 1540, qui ont v. 71 *Deli-tiasq;*. A ce vers, Vinet écrit *Deliciaſq;,* comme l'Ascensiana de 1517).

V. 130 *Sario,* dans le texte, comme l'Ascensiana, mais en marge *fario,* comme l'Aldine.

V. 163 *plebes* (orthographe de l'Aldine, préférable à celle de l'Ascensiana, *plẹbes*).

V. 169 *ſcena* (leçon de l'Aldine, au lieu de *ſcẹna,* leçon de l'Ascensiana).

V. 215 dans le texte *Mylaſena,* comme l'Ascensiana, en marge *Meſſana,* conjecture d'Accurse.

V. 256 *Dextera* (Aldine).

V. 278 *carptas* (Aldine).

V. 289 *Calchedonio* (Ascensiana de 1513).

V. 314 *inceſti* (Aldine).

V. 319 *ſcenas* (Aldine).

V. 336 *nutantia ...columnis* (Aldine).

V. 359 dans le texte *Gelbis, Erubrus,* comme l'Ascensiana, en marge *Belgis, Erubris,* comme l'Aldine.

V. 368 *Tota* comme l'Ascensiana, et, en marge, *torta,* qui est aussi dans la marge de l'Ascensiana de 1517.

V. 370 dans le texte *hoc* (Ascensiana de 1513 et de 1517); en marge *hic* (Ascensiana de 1511).

V. 371 *felix* (leçon de l'Aldine, préférable à celle de l'Ascensiana, *fœlix*).

V. 388 *veteres qui luſtrat* (Ascensiana de 1517), et en marge, *vetereſq; illuſtrat* (Ascensiana de 1511 et de 1513).

V. 389 *ſpaciatus* (Juntine ¶).

V. 397 *ſubtegmine* (édit. d'Ugolet que Vinet ne connaissait pas ; édit. de Lyon 1537, 1540, etc., où il aura pris cette leçon).

V. 419 *ſpaciumq;* (mauvaise innovation orthographique inspirée sans doute à Vinet par le *ſpaciatus* du v. 389).

V. 422 *iunctos* (leçon de l'Aldine préférable à celle de l'Ascensiana, *vinctos*).

V. 437 *uno* (Aldine).

V. 439 dans le texte *non* comme l'Ascensiana et, en marge, *nunc,* leçon que la Juntine emprunte à l'édition d'Ugolet.

V. 475 *ocia* (Juntine).

¶ Vinet connaissait-il la Juntine ? Il ne le dit pas ; mais il est probable qu'il la comprend, sans la nommer, dans les éditions contemporaines de l'Aldine et de l'Ascensiana, les plus anciennes qu'il eût à sa disposition. En tout cas, ce n'est pas à Ugolet qu'il a pris la leçon *ſpaciatus,* qui se trouve aussi dans l'édition *princeps* de la *Moselle.*

. Cette liste prouve que Vinet suit le plus souvent le texte de l'Ascensiana de 1517, le meilleur qui ait été publié avant 1551, et qu'il ne l'abandonne que pour introduire ses corrections personnelles, qui sont en général très bonnes, ou pour prendre à d'autres éditions quelques leçons qui sont le plus souvent préférables aux leçons correspondantes de l'Ascensiana. On peut cependant regretter qu'il ait gardé, sans compter *luthea* et *Parca* dont il a déjà été question, quelques mauvaises leçons de l'édition parisienne de 1517 que le texte de l'Aldine ou celui de l'Ascensiana de 1513 lui aurait permis, à défaut de ms., sinon de corriger, du moins d'améliorer. Par exemple : v. 216 *Cumbœ* (l'Ascensiana de 1511 et celle de 1513 ont la bonne leçon, *cumbœ*); 298 *Qui;* v. 317 *Afflictamq;;* v. 337 *fulphurea;* v. 415 *dilata laude;* v. 464 *Duranide.*

Quoiqu'il en soit, l'édition de la *Moselle* donnée par Vinet, en 1551, sans le secours d'un ms., est bien supérieure à toutes celles qui l'ont précédée,

E. L'ÉDITION LYONNAISE DE 1558 ET LA PRÉTENDUE
ÉDITION LYONNAISE DE 1557.

La seconde époque de l'histoire du texte d'Ausone en général est inaugurée par la célèbre édition dont le privilège est daté de Saint-Germain-en-Laye le xv de décembre, l'an de grâce 1557, et qui parut, en 1558, chez Jean de Tournes, imprimeur et libraire de Lyon; c'est un in-8° intitulé :

D. MAGNI AVSONII || BVRDIGALENSIS POETAE, || AVGVSTORVM PRÆCEPTO- || ris, virique Confularis || opera, || Tertiæ fere partis complemento auctiora, || & diligentiore quam hactenus, || cenfura recognita. || Cum Indice rerum memorabilium. || LVGDVNI, || APVD || IOAN. TORNÆSIVM. || M. D. LVIII. || *Cum Priuilegio Regis.*

Cette édition où se trouvent pour la première fois l'*Éphé-*

méride, le livre entier des *Parentales,* celui des *Professeurs Bordelais,* les *Épitaphes des héros,* etc..., était faite
en grande partie d'après un ms. qu'un prêtre de Lyon,
Etienne Charpin, venait de découvrir dans le monastère de
l'Ile-Barbe, sur la Saône. L'édition de 1558 fut soignée par
Charpin, Guillaume de la Barge et Antoine d'Albon : elle
ajoute aux textes anciens « *Auſonii opuſcula varia quœ
haɛlenus delituerant »,* et nous donne ainsi le premier
Ausone complet que nous connaissions.

Le ms. de l'Ile-Barbe, dont M. Dezeimeris a fait l'intéressante histoire ¶, et qui est aujourd'hui le *codex Leidensis
Vossianus lat. III,* ne contenait pas, comme on sait, la
Moselle ¶². Aussi l'édition de 1558 n'a-t-elle pas pour le
poème en particulier qui nous occupe la même importance
que pour beaucoup des autres œuvres d'Ausone.

Vinet, dit M. Dezeimeris, ne fut pas émerveillé de cette
édition lyonnaise : « ...lorsqu'il eut reçu l'édition de Charpin, il comprit que ce lettré et ses collaborateurs avaient
dû ne tirer que médiocrement parti du ms. de l'Ile-Barbe ¶³».
D'autre part, pour ce qui est du texte de la *Moselle,* il dut se
rendre compte qu'on n'avait pas tiré médiocrement parti de sa
propre édition de 1551 : toutes ses corrections, ses variantes
marginales passent dans le livre de Charpin, qui ne dit pas
à qui il les emprunte. L'édition de 1558 « qui donne, la première, la collection totale de ce qui nous est parvenu des
œuvres d'Ausone ¶⁴», eut, sans doute, tout de suite une réputation qui fit oublier celle de l'édition de 1551 : c'est ce qui
explique que Schenkl et Peiper, qui ne se sont pas enquis de
la première publication de Vinet, attribuent, comme je l'ai
déjà fait remarquer, à l'édition de Charpin, de Guillaume
de la Barge et d'Antoine d'Albon, la majeure partie des
corrections dont Vinet est le véritable auteur.

¶ *A propos d'un Manuscrit d'Ausone,* Bordeaux, 1882.
¶² Voir page XIII.
¶³ Opuscule cité, p. 6.
¶⁴ *Ibidem.*

Je ne vois guère, en effet, que deux corrections qui appartiennent réellement à l'édition de 1558 :

V. 281 *conuerrere* (au lieu de *conuertere*); mais *conuerrere*, qui
se trouve dans le G, avait déjà été proposé par Accurse ¶.

V. 423 *Nicrum fuper et Luponudum* (comme Vinet), mais en
marge *Lupodunŭ*. Il est probable que les éditeurs de Lyon, ont
emprunté leur correction marginale *Lupodunum* à la liste des
noms que Rhenanus donne comme synonymes à *Lupondum*, correction qu'il adopte ¶².

On peut donc faire remarquer que, sur les deux seules
corrections qui appartiennent en réalité au texte de la
Moselle de 1558, texte auquel on en a attribué un si grand
nombre, l'une est d'Accurse, et l'autre a grandes chances
d'être de Beatus Rhenanus.

Constitué évidemment d'après le texte de la *Moselle*
donné par Vinet en 1551, celui de l'édition de 1558 s'en
éloigne peu. Voici les leçons de la Lyonnaise qui diffèrent
de l'édition de Vinet :

V. 27 *Nauiget* (comme toutes les éditions excepté l'Ascensiana,
la Juntine et Vinet ¶³).

V. 111 *lutea* (comme toutes les éditions, excepté l'Ascensiana
et Vinet).

V. 111 *Iris* (mauvaise leçon de la Juntine, de l'Aldine, etc., au
lieu d'*iris*).

V. 115 *Perca* (comme toutes les éditions, excepté celles d'Ascensius et de Vinet).

V. 160 *Garumnam* (comme toutes les éditions, excepté celles
d'Ascensius et de Vinet).

V. 162 *Lyœo* (Vinet qui a, comme la Lyonnaise, v. 158 *Lyœo*,
a, v. 162 *lyœo*).

V. 177 *Paganica* (mauvaise innovation au lieu de *paganica*).

¶ Voir p. LXXIV.
¶² Voir p. LXXXVIII.
¶³ A propos de *Nauiget,* il faut citer une légèreté de Vinet, qui n'est pas
coutumier du fait : dans son *Commentaire* (243), il dit : « *Quid hic autem
verbum* nauiget *in cunctis codicibus ?*» Vinet, qui ne connaît pas de mss.
de la *Moselle,* entend par *codices* les vieilles éditions : il nous dit d'autre
part qu'il a usé de l'Ascensiana, ce dont il est d'ailleurs facile de s'assurer,
et l'Ascensiana a *Nauiger,* aussi bien en 1517 qu'en 1511 et 1513.

V. 182 *Nymphas* (comme la Juntine, l'Aldine, etc., au lieu de *nymphas*).

V. 198 *confundit* (bonne leçon d'Ugolet, d'Avantius, de l'Aldine, de la Juntine, et de l'édition de Lyon de 1540).

V. 204 *alacreis* (leçon de l'édition de Bâle et des Lyonnaises de 1537, 1540, 1548).

V. 220 *Nam aliam* (faute d'impression pour *Non aliam*).

V. 256 *Dextra* (pour *Dextera,* faute d'impression qui fait le vers faux).

V. 374 *moles* (comme toutes les éditions, excepté celle d'Ascensius et de Vinet).

V. 389 *ſpatiatus* (Ascensiana, 1513, 1517, Aldine, éditions de Gryphe).

V. 419 *ſpatiumq;* (comme toutes les éditions, excepté celle de 1551).

V. 476 *lœtoq;* (au lieu de *letoq;,* faute d'impression de Vinet).

V. 483 *Amnibus æquoreæ* (au lieu de *Omnibus aquoreæ,* double faute d'impression de Vinet).

V. 483 *Garumnæ* (comme toutes les éditions, excepté celles d'Ascensius et de Vinet).

On voit que ces variantes sont fort peu importantes. Les deux textes de la *Moselle,* dans les éditions de 1551 et de 1558, offrent d'ailleurs le même aspect. Ils n'ont tous deux qu'un seul alinéa, au v. 418 ; la ponctuation est presque identique ; l'orthographe est la même. L'éditeur de Lyon suit Vinet en tout : celui-ci, par exemple, écrit les noms des poissons avec une majuscule initiale, excepté le mot *umbra;* il en est de même dans l'édition de 1558. La seule différence orthographique consiste en ce fait que tous les mots commençant par *v* ou par *u* minuscules ont indistinctement un *v* initial, dans l'édition de 1551, et un *u,* dans celle de 1558. L'éditeur lyonnais reprend toutes les variantes marginales de Vinet : v. 130 *fario;* v. 215 *Meſſana;* v. 359 *Belgis, Erubris;* v. 370 *hic;* v. 388 *que illuſtrat;* v. 439 *nunc.* V. 368, Vinet avait en marge, comme l'Ascensiana de 1517, *Torta,* qui se trouve, dans l'édition lyonnaise, sans doute par suite d'une faute d'impression, transformé en *Terra,* mot qui n'offre dans ce passage aucun sens. L'édition de 1558 a encore quelques variantes marginales que celle de 1551 n'avait pas : j'ai déjà dit quelle me semble être la source de la correction *Lupodunū,* qui se trouve dans la marge. Le v. 216 garde dans son texte la mauvaise leçon de l'Ascensiana et de Vinet, *Cumbœ :* mais on lit en marge la leçon vulgaire, *cymbœ.* Le v. 218 a dans le texte *quales,* dans la marge *qualis,* et au-dessous de ce mot, *Marian.,* ce qui indique sans doute que la correction vient de Mariang. Accurse. Ce dernier, je l'ai déjà dit, avait raison de rejeter *quales* qui ne se comprenait pas avec le texte qu'il connaissait, *qualis ſpeEtata Peloro;* mais la Lyonnaise admet *ſpectante :* c'est maintenant *qualis* qui devient inintelligible. L'édition de 1558 emprunte encore, mais cette fois sans en dire l'origine, une autre variante marginale à Accurse : *Dinocrates* (v. 312).

Cet examen du texte de la *Moselle* dans l'*Ausone* de Jean de Tournes prouve qu'il n'a rien de bien original, qu'il doit à peu près tout à l'édition parisienne de Vinet ; si celle-ci avait été connue des critiques qui attribuent tant de mérites à la Lyonnaise, elle aurait certainement bénéficié des éloges qui lui reviennent légitimement et qu'on a eu tort d'accorder à l'édition de 1558.

Parmi les éditions d'Ausone que Bœcking regrette de n'avoir pas pu se procurer, il en cite une qui aurait paru à Lyon en 1557 : si je n'ai rien dit de cette édition avant d'arriver à celle de 1558, c'est que je soupçonne fort qu'elle n'existe pas, ou plutôt qu'elle n'est autre que l'édition de 1558, désignée d'une manière inexacte.

En effet, Bœcking ne connaît cette édition que par la « *Notitia literaria* » de la Bipontine, où on lit bien après l'indication de l'*Ausone* de Vinet (1551), et avant celle de l'*Ausone* de Jean de Tournes (1558) : « 1557 *Lugduni.* 8°. Lud. *Mirœi.* » Il semble donc que les deux éditions de 1557 et de 1558 ne se confondent pas, puisque la *Notitia* consacre un article séparé à chacune d'elles. Mais c'est le seul endroit où il soit parlé des deux éditions à la fois : dans sa *Bibliotheca latina mediæ et infimæ æ!atis* (Hamburg., 1734, lib. I, p. 421), parlant des éditions d'Ausone, Fabricius dit : *Omitto...Lugdunenſem Ludovici Mirœi. 1557. 8.* S'il cite, du moins par prétérition, l'*Ausone* de 1557, il ne dit absolument rien de celui de 1558 : cette omission de l'ouvrage de Jean de Tournes ne viendrait-elle pas d'une confusion établie par Fabricius entre ces deux éditions lyonnaises ? Le *Dictionnaire* de Bayle nous donne, je crois, la solution de la difficulté. On y lit (article *Ausone,* note G) : « Celle [l'édition] que Louis Mireus fit faire à Lyon, chez Jean de Tournes, l'an 1557, eſt meilleure que les précédentes : les Bibliographes en font mention...» C'est cette note du *Dictionnaire* de Bayle qui aura conduit Fabricius à mentionner l'édition de Miræus ; mais l'auteur de la *Bibliotheca latina* néglige de dire que cette édition de 1557 a été imprimée chez Jean de Tournes. Le rédacteur de la *Notitia,* reproduisant textuellement les paroles de Fabricius, est incapable d'identifier cette édition de Miræus avec celle de Jean de Tournes qu'il voit d'autre part citée par les bibliographes. Il imagine alors deux éditions, l'une de L. Miræus (1557), l'autre de Jean de Tournes (1558). Cette erreur est naturelle de sa part, et la responsabilité en remonte à Bayle. Quelle est la cause de la double inexactitude de ce dernier, concernant la date et le nom de l'éditeur ? Pour la date, j'ai déjà dit que le « Priuilege du Roy » est de 1557 ; d'où, peut-être, la première inexactitude. Pour le nom de l'éditeur, l'indication de *Ludovicus Mirœus* doit provenir d'une défaillance de mémoire de Bayle. Le nom de Ludovicus Miræus se trouve bien dans l'édition de 1558 : mais au nombre de ceux dont sont signées les pièces de vers latins qui célèbrent le grand service rendu par les éditeurs à Ausone. Huit vers élégiaques — dont un, le sixième, a une faute de quantité — consacrés à chanter les louanges d'Etienne Charpin, sont précédés de ces lignes : AD STEPHANVM CHARPINVM AVSONII POETAE ASSERTOREM LVDOVICVS MIRAEVS.

. C'est évidemment tout ce qu'on peut trouver de Ludovicus Miræus dans l'édition de 1558; et si, comme la phrase de Bayle semble à première vue le donner à entendre, il avait fait paraître l'année précédente un *Ausone* chez le même Jean de Tournes, ce serait un acte de vertu et de modestie rare de la part d'un érudit que d'aller ainsi vanter l'édition venue après la sienne, sans rien dire de celle-ci. L'imprimeur qui, dans la préface au lecteur *(Typographus Lectori)*, proteste de son dévouement aux progrès de la science qu'il veut favoriser sans épargner sa peine et ses frais, ne manquerait pas, s'il avait réellement imprimé pour Miræus un *Ausone* l'année précédente, avant la découverte du ms. de l'île Barbe, de le rappeler pour faire valoir son zèle et montrer qu'une édition à peine terminée, il n'hésite pas à en entreprendre une autre.

Le silence du prétendu auteur et du prétendu éditeur d'un *Ausone* lyonnais de 1557 me fait douter absolument de l'existence d'une édition qui n'est, à ma connaissance, mentionnée dans les catalogues d'aucune bibliothèque.

F. LES ADVERSARIA DE TURNÈBE (1564).

Avant d'arriver à l'édition de Poelmann, il faut mentionner les « *Adversaria* » de Turnèbe (Tournebœuf) qui datent de 1564 ¶. Cet ouvrage a, pour ce qui concerne le texte de la *Moselle*, une bien moindre importance que les *Diatribæ* d'Accurse. Le petit nombre de vers du poème cités par l'auteur des *Adversaria* ne permet pas de décider de quelle édition il a usé ¶². On trouve (*lib.* II, *cap.* 1) des rapprochements entre les v. 29-31 de la *Satire* VII du Iᵉʳ livre

¶ Je n'ai des *Adversaria* que l'édition de Bâle (1581); la dédicace au chancelier de l'Hospital, qui se trouve en tête de ce volume, est datée de « Lutetiæ Parisiorum, Idibus Quintilibus, anno c I ɔ. I ɔ. LXIV ».
¶² Le ms. de l'Ile-Barbe, où ne se trouve pas la *Moselle*, a servi à Turnèbe pour plusieurs de ses conjectures qui ne concernent pas notre poème. Voir la *Præfatio* de Vinet (1 Č).

d'Horace et les v. 165-167 de la *Moselle* : ceux-ci sont écrits
comme dans toutes les éditions, à partir de l'Ascensiana ; on
trouve aussi (*lib.* XIX, *cap.* XVII) des rapprochements entre
les v. 30 et suiv. du VIᵉ livre de l'*Énéide* et les v. 300-302
de la *Moselle* : il faut remarquer qu'au v. 300 Turnèbe
écrit *Gortynius,* comme l'Ascensiana et Vinet. Citant d'autre
part (*lib.* XVII, *cap.* IX) la fin du v. 468, il écrit *Tarbellicus*
(correction d'Accurse qu'aucune édition n'avait encore adoptée) *ibit Aturnus* (leçon de l'Aldine). Ailleurs (*lib.* XXII,
cap. XXII), il cite les v. 337-340, et écrit v. 337 *fulfurea*
comme l'édition de Bâle et les Lyonnaises de 1537, 1540 et
1548. Les autres citations de la *Moselle* sont sans importance ;
il n'y a que deux corrections à noter : à propos des « *Actiaci
ludi* », Turnèbe (*lib.* XVIII, *cap.* V) rappelle les v. 208-214
de la *Moselle* qu'il écrit ainsi :

> *Tales Cumano defpeĉtat in œquore ludos*
> *Liber, fulphurei cum per iuga confita Gauri,*
> *Perque vaporiferi graditur vineta Vefeui :*
> *Cum Venus Aĉtiacis Augufti lœta trophœis,*
> *Ludere lafciuos fera prœlia iuffit amores :*
> *Qualia Niliacœ claffes, Latiœque triremes,*
> *Subter Apollineœ gefferunt Leucados arces.*

Or, *trophœis* ne se trouve dans aucun ms. et dans aucune
édition, et l'auteur des *Adversaria* ne dit pas pourquoi il
fait cette correction ¶. Enfin, il propose (*lib.* XIX, *cap.* XII)
de lire au v. 312 *cuui* au lieu de *cui* : « Quin & in heroo
carmine apud Aufoniũ *cuui* pro *cui* fcribendum eft, vt
verfus ruina hoc tãquam tibicine hacque deftina fulciatur. »
Le mot *cuui* est insolite, et la correction semble peu
heureuse ¶².

On voit que les *Adversaria* de Turnèbe ne contribuent
guère à la correction du texte de la *Moselle*.

¶ Voir COMMENTAIRE EXPLICATIF, p. 78.
¶² Voir COMMENTAIRE EXPLICATIF, note au v. 312, p. 94.

V

L'Édition de Poelmann
fondée
sur le « Cornelij Gualtheri Mofella, liber antiquus »
et sur le « Gemblacenfis liber » *(1568).*

———

Fondé principalement sur deux mss. jusqu'alors inconnus, ou qui du moins semblaient l'être tous deux, le texte de la *Moselle* donné par Poelmann dans son édition complète des œuvres d'Ausone, a une grande importance pour l'histoire de ce texte que nous essayons de constituer.

Voici le titre de l'édition de Poelmann :

D. MAGNI || AVSONII || BVRDIGALENSIS || OPERA, || A || THEOD. PVLMANNO CRANE- || burgio in meliorem ordinem reſtituta, || correċta, & ſcholijs illuſtrata : || ADIECTIS GRAECIS QVIBVS- || *dam epigrammatibus, vt conferri cum || Latinis poſſint. || Cum Latina Græcorum interpretatione, & || duplici Indice.*

(Au-dessous, la marque de Plantin.)

ANTVERPIAE, || Ex officina Chriſtophori Plantini, || AN. CIƆ. IƆ. LXVIII.

On lit à la fin du volume, qui est un in-16 :

ANTVERPIAE EXCVDE- || BAT CHRISTOPHORVS || PLANTINVS ANNO CIƆ. IƆ. || LXVII. MENSE NOVEMBRI.

L'édition est précédée d'une dédicace adressée à Thomas Redigerus, de Breslau, par Theodorus Pulmannus, de Cranenburg. Dans cette dédicace, Poelmann nous apprend que forcé par la nécessité de prendre un métier manuel, il n'a jamais négligé les lettres qui lui ont permis de supporter les labeurs ingrats de ce qu'il appelle son esclavage. Toutes les heures qu'il a pu dérober au travail quotidien, il les a consacrées aux poètes antiques ; corriger avec l'aide des mss. les textes corrompus par l'injure du temps ou gâtés par les témérités des prétendus savants, joindre à ces textes quelques notes des érudits : tel a été son dessein pour certains poètes et en particulier pour Ausone.

Cette épître dédicatoire est ainsi datée : « Ex noſtro Muſognapheo, XVI. Kalend. Decembreis, anno᾽ cIↃ. IↃ. LXVII. Antuerpiæ ¶. » Je n'ai pu trouver de renseignements sur Poelmann dans aucun dictionnaire biographique, dans aucune encyclopédie. C'est dans son « Muſognapheum » d'Anvers qu'il a écrit sa dédicace : comme le mot γναφεῖον ou ϰναφεῖον signifie *boutique, atelier de foulon,* j'en conclus que c'est le métier de foulon que Poelmann exerçait, contraint par la nécessité *(tandem non mea quidem voluntate, ſed fato quodam ad mechanicam artē fui deiectus).*

Cette conclusion a été confirmée par les renseignements suivants que M. Max Rooses, conservateur du *Musaeum Plantin-Moretus* d'Anvers a eu l'extrême obligeance de m'envoyer :

« Voici quelques données sur ce latiniste, puisées à nos archives et utilisées déjà dans mon *Christophe Plantin, imprimeur Anversois,* pp. 106-107 :

» Pulmannus s'appelait Théodore Poelmann ; il naquit à Cranenburg, dans le duché de Clèves, en 1511 ; il vint s'établir à Anvers au mois de janvier 1532. Il était foulon de son métier et s'occupait dans ses heures de loisir de philologie latine. Il n'était ni correcteur ni employé à aucun titre chez Plantin, mais fournit à l'imprimeur anversois le texte de plusieurs classiques. En retour il recevait quelques livres et de minces cadeaux en argent. Il épousa Elisabeth Herman qu'il perdit en 1569. Il eut d'elle cinq enfants dont deux fils, Corneille et Jean. Ce dernier fut employé de Plantin et alla fonder une succursale de la librairie plantinienne à Salamanque. Théodore Poelmann mourut en 1581.

¶ M. Dezeimeris a bien voulu mettre à ma disposition son exemplaire de l'*Ausone* de Poelmann.

·A la fin de sa vie il était employé à la perception des droits de sortie du vin. Ses papiers de toute nature, y compris ses manuscrits d'auteurs classiques, devinrent la propriété de Plantin et sont conservés dans la bibliothèque de notre musée.

» Philippe Galle a gravé son portrait. On y lit, dans le cadre *Ph^s Gallacus 1572 — Aetatis suae 61*. Et sous le portrait les vers

THEODORVS PVLMANNVS CRANEBVRGENSIS

« Dum veterum certam effe ftudes Pulmanne librorum
Et morum puram cupis effe fidem :
Ifte tibi candor nomen laudemque paravit,
Fortuna at merito eft non fatis aequa tuo. »

Ce quatrain part d'un bon naturel ; il est plein d'excellentes intentions à l'endroit de l'éditeur d'*Ausone*. Mais il semble que l'érudit et consciencieux Poelmann, qui a consacré des loisirs péniblement gagnés à rendre plus correct le texte des vieux auteurs latins, aurait mérité d'être loué en vers latins moins incorrects et moins plats. *Fortuna at merito est non satis aequa tuo.* Ces deux distiques en sont une preuve de plus.

Quoi qu'il en soit, l'examen du texte de la *Moselle,* le seul dont je doive m'occuper, montre que Poelmann est fidèle au programme qu'il expose dans sa dédicace. Les marges de son édition renferment des notes nombreuses empruntées à M. Accurse, A. Turnèbe, etc., et l'indication des variantes des deux mss. de la *Moselle* qu'il a eus entre les mains, et qu'il intitule, l'un (C.) *Cornelij Gualtheri Mofella, liber antiquus;* — l'autre (G.) *Gemblacenfis liber, in quo Mofella, Herculis œrumnœ, & de XII. Cœfaribus.*

Le titre seul de ce second ms. nous apprend qu'il est question du B qui contient en effet fol. 72 recto-79 verso, la *Moselle,* fol. 80 recto-82 verso *« Caesares »,* fol. 82 verso *« Monostica de ęrumnis Herculis ».* — De plus, on lit à l'intérieur de la couverture de ce ms.: *« Provenant de l'abbaye de Gembloux* ¶ ». D'ailleurs les leçons que Poelmann cite comme appartenant au *Gemblacensis* appartiennent presque toutes au *Bruxellensis* actuel :

Vers		Vers		Vers	
11	*Noiomagum.*	167	*canunt seris.*	367	*mollis Arauus.*
20	*saxis.*	198	*confudit.*	368	*Tota.*
33	*praelapsus.*	237	*Vibratos captat.*	374	*dia.*
35	*sperante.*	242	*defensos.*	388	*veteresque*
45	*limigenis.*	263	*inualido.*		*illustrat.*
65	*Usque.*	278	*carptas.*	415	*dilata et.*
79	*Nominaque et.*	279	*accola.*	423	*nigrum super*
80	*aut.*	317	*Afflatamque.*		*et luponudum*
130	*sario.*	359	*Belgis.*	434	*Chamaues.*
140	*At.*	365	*Trachorum.*	437	*unus.*

Toutes ces leçons se trouvent dans le B ; et c'est dans le B seul qu'on lit *saxis, nominaque et* et *trachorum.* Il est vrai que Poelmann dit avoir lu dans le *Gemblacensis,* v. 89 *Rhœdo,* v. 304 *Syracusi ;* et qu'il attribue au seul livre de Cornelius Gualtherus la leçon v. 380 *Romœ tenuere.* Or, le B a, lui aussi, *Romae tenuere ;* mais il a *Syracusii,* au lieu de *Syracusi,* et *rhedo,* au lieu de *Rhœdo.* Ces divergences peu importantes n'empêchent pas de reconnaître l'identité du B actuel avec le *Gemblacensis* de Poelmann, et on s'étonne que Bœcking n'ait pas vu que ces deux mss. ne font qu'un.

Quant au *Liber antiquus Cornelij Gualtheri,* il est plus difficile de l'identifier avec l'un des mss. que nous connaissons. D'après Peiper, suivi par Schenkl ¶², ce ms. serait un relevé des leçons du G que Cornelius Gualtherus (Wouters) aurait reçu du comte Hermann de Nuenaar, et qu'il aurait communiqué à Poelmann ; celui-ci se serait quelquefois trompé en confondant les leçons de ce ms. avec celles du ms. de Gembloux. Il est certain que Poelmann donne,

---

¶ Gembloux est une petite ville des environs de Namur, qui possédait une célèbre abbaye de Bénédictins.

¶² Peiper, *Die Handschriftliche Ueberlieferung,* etc., p. 217 ; *Praefatio,* p. LIII ; Schenkl, *Prooemium,* p. XLV-XLVI.

. comme extraites de ce ms. de Wouters, beaucoup de leçons
identiques à celles du G :

Vers		Vers		Vers	
11	*Noiomagum.*	192	*propulit.*	388	*veteresque*
33	*praelapsus.*	237	*Vibratoscaptat*		*illustrat.*
45	*limigenis.*	263	*inualido.*	389	*quod.*
65	*Usque.*	278	*carptas.*	415	*dilata et.*
80	*aut.*	279	*accola.*	423	*nigrum super*
130	*sario.*	317	*Afflatamque.*		*et luponudum*
140	*At.*	368	*Tota.*	434	*Chamaues.*
167	*canunt seris.*	380	*Romæ tenuere.*	437	*unus.*

Il en cite même deux (v. 368 *Drahonum*, v. 452 *munera*)
qui ne se trouvent que dans ce ms.

D'autre part, quelques leçons que Poelmann dit emprunter au *Liber Gualtheri*, et qui ne se trouvent pas dans le
G, le font accuser de négligence par Schenkl : v. 198 *confudit* (*confundit* G); v. 367 *mollis arauus* (*mole sarauus* G).
Schenkl aurait pu ajouter v. 35 *sperante* (*spirante* G);
v. 89 *Rhœdo* (*rhedo* G); v. 374 *diua* (*dia* G). Mais j'hési-
terais à accuser de négligence Poelmann qui semble avoir
la conscience et l'admirable bonne foi de notre Vinet. La
note qu'il met en marge du v. 367 nous est une preuve que,
s'il a attribué au G la leçon *mollis arauus,* la faute n'en
est pas à lui : « *Hunc locū clarifsimus comes Hermānus
Nuenarius, vti à Corn. Gualtero* (sic pour *Gualthero*)
*viro integerrimo ante multos annos accepi, primus reſti-
tuit, nō Marian.* (Mariang. Accurse) *cui tamen Gifanius
hoc adſcribere maluit, quàm id ipſum in meo libro anno-
tatū ſe vidiſſe fateri. C., G. & vulgati,* mollis Arauus
mendoſè ». Ainsi donc, c'est le comte Hermann de Nuenaar,
qui, trouvant ingénieuse la leçon du G, a mieux aimé s'attribuer l'honneur d'une correction destinée à entrer dans le
texte des éditions que d'avouer que *mole sarauus* se trouvait
dans un ms. Quant au reproche que Schenkl et Peiper
adressent à Poelmann d'avoir confondu les leçons du *Gemblacensis* avec celles du *Liber Gualtheri,* il ne repose

que sur l'attribution de *confudit* (v. 198) qui se trouve dans le B, au G où il ne se trouve pas. C'est peu : et j'aime mieux attribuer au comte de l'..enaar, qui est sujet à caution, une faute dans ses relevés des leçons du G, qu'à Poelmann une négligence de lecture. D'ailleurs, il ne semble pas que le *Liber antiquus* ait renfermé toutes les leçons propres au G : si elles s'y étaient trouvées, l'éditeur de 1568 n'aurait pas manqué de citer en marge tout au moins les bonnes leçons qui devaient peu à peu passer dans le texte des éditions :

Vers		Vers		Vers	
60	*profundi.*	297	*concurrens.*	417	*undas.*
178	*aureus.*	326	*felix.*	426	*hinc.*
247	*deiectas.*	378	*da Roma.*	470	*superno.*
249	*Inductos.*	384	*serena* (G, Rh).		

Ce que l'on peut reprocher à Poelmann, c'est sa réserve et sa modestie excessive. Il suit avec une étonnante déférence l'édition de Lyon; il craint de faire entrer dans son texte les leçons de ses mss. et les relègue dans les marges à côté des conjectures d'Accurse et de Turnèbe; quand il les admet, c'est le plus souvent qu'elles se trouvent dans d'autres éditions qui les avaient devinées (par exemple, il admet bien au v. 79 *Nominaque &*, sur l'autorité du *Gemblacensis* : mais cette leçon se trouve déjà dans les éditions de 1537, 1540 et 1548); enfin Poelmann ne hasarde que rarement des conjectures qui lui soient propres.

L'édition de 1568 est faite d'après celle de 1558; la plupart des leçons de la Lyonnaise sont conservées, quand même elles sont en désaccord avec celles des mss. de Poelmann, qu'il cite quelquefois en marge :

Vers	Texte.	En marge.	
11	*Niuomagum.*	C, G ¶ *Noiomagum.*	
20	*ripis.*	G *faxis.*	

¶ Je désigne dans les listes qui vont suivre, comme Poelmann lui-même, par C le *Liber antiquus*, et par G, le *Gemblacensis*. Pour éviter toute confusion, le ms. de St-Gall sera désigné par *Sang.* et celui de Bruxelles, par *Brux.*

Vers	Texte.	En marge.
33	*prolapſus.*	C, G *prelapſus.*
35	*ſuperante.*	C, G *ſperante.*
70	*baccas* (mss. *bacas*).	
71	*locupletes, quœque* (le *Sang.* a *locu-* *pletibus atque;* le *Brux.*, *locuple-* *tibusque*).	
80	*haud.*	C, G *aut.*
89	*Redo.*	C, G *Rhœdo.*
106	*Iſtri* (mss. *Histri*).	
192	*protulit.*	C *propulit.*
198	*confundit.*	C, G *confudit.*
207	*excludet* (*Sang.* et *Brux.*, *excludit*).	
242	*defenſus.*	G *defenſos.*
263	*inualidos.*	C, G *inualido.*
304	*Syracoſij.*	G, *Syracuſî.*
317	*Afflictamque.*	C, G *afflatamque.*
321	*natiui* (mss. *natura*).	
336	*nutantia* (mss. *nitentia*).	
337	*ſulfurea* (édit. de 1558 *ſulphurea*, mss. *fluminea*).	
359	*Gelbis.*	G *Belgis.*
365	*Drachonum.*	C *Drahonum,* G *Tra-* *chorum.*
380	*Romœque tuere.*	C *Romę tenuere.*
388	*qui luſtrat.*	C, G *que illuſtrat.*
389	*quid.*	C *quod.*
409	*populumque* (mss. *populique*).	
413	*reddet* (mss. *reddai*).	
415	*dilata laude.*	C, G *dilata & laude.*
429	*nil* (mss. *nihil*).	
434	*Camaues.*	C, G *Chamaues.*
437	*uno.*	C, G *unus.*
452	*tempora.*	C *munera.*
463	*refluus* (mss. *profluus*).	
468	*Numine* (mss. *nomine*).	

Poelmann emprunte même à l'édition de 1558 une leçon qui est absurde (v. 27 *Nauiget*) et une autre qui fait le vers faux (v. 256 *Dextra in*)¶. S'il corrige, au v. 220, la faute

---

¶ Ces fautes sont, il est vrai, corrigées en *Nauiger* et *Dextera,* à la fin du volume dans la « *Quorundam erratorum, & locorum recognitio* » où l'on trouve aussi *fluitantibus* (v. 84) corrigé en *fluitātes.*

d'impression de l'édition de 1558, *Nam aliam,* pour écrire *Non aliam,* il garde comme ses prédécesseurs lyonnais des leçons heureusement corrigées par Avantius dès 1507 : v. 169 *hominum* (*homines* Avant.) ; v. 261 *quique* (*cuique* Avant.).

Voici la liste des passages où Poelmann se décide à abandonner le texte de l'édition de 1558 :

1º Pour adopter les leçons de ses mss.

Vers
45 *limigenis.*
46, 53 et 295 *litora* (G).
65 *Vfque* (dans plusieurs édit.).
79 *Nominaque &* (déjà dans les édit. de Gryphe).
96 *illaudata* (G).
102 *cenœ* (G).
107 *Muftela* (*mustela,* G, et probablement *Cornelij Liber*).
114 *fqualet* (*squalet,* G; probablement *Cornelij Liber*).
128 *Vtrumque* (probablement *Cornelij Liber;* Ugol.).
140 *At.*
168 *filua.*
196 *Annumerat* (G, Ugol., etc.)
210 *Vefeui.*
212 et 293 *prœlia* (probablement *Cornelij Liber,* comme le *Sang.*).
216 *cumbœ* (probablement *Cornelij Liber,* comme le *Sang.,* et l'Ascensiana de 1513).

Vers
221 *phafeli* (mss., édit. de Gryphe).
232 *carœ* (mss., Aldine).
237 *Vibratos captat* (mss., Ug.)
296 *pœne* (probablement *Cornelij Liber,* comme le *Sang.;* les édit. antér. ont *pène*).
296 *utrimque* (probablement *Cornelij Liber,* comme le *Sang.²;* aucune édit. antér. n'a *utrimque*).
313 *pyramis* (mss., Ugol., etc., au lieu de *Pyramis,* Lyonnaise).
360 *allambere* (G).
395 *inclita* (G, Ugol.).
397 *fubtemine* (G, et probablement *Cornelii Liber*).
410 *quamuis* (mss., Ugol., etc.).
423 *nigrum* (mss. et édit. antér. à 1551).
474 *Camenœ* (mss. *camenae*).
475 *otia* (mss. et édit., en général).

2º Pour adopter les leçons d'éditions antérieures.

Vers	Édition de 1558.	Édition de POELMANN.
21 et 25 *baccho.*		*Baccho* (Juntine, Aldine, etc.).
53, 63 et 85 *harenœ, harena, harenas.*		*arenœ, arena, arenas* (Aldine, etc.).
74 *admixtos.*		*admiftos* (Aldine, etc.).

Vers	Édition de 1558.	Édition de Poelmann.
144 et 148	*Ballena.*	*Balœna* (*balœna,* éditions de Gryphe).
153	*baccheia.*	*Baccheia* (Juntine, édit. de Gryphe).
178 et 222	*fol.*	*Sol* (Juntine, Aldine).
209	*fulphurei.*	*fulfurei* (Aldine, etc.).
254	*harundo.*	*arundo* (Aldine, etc.).
289	*Calchedonio.*	*Chalcedonio* (Juntine, Aldine).
290	*euripus.*	*Euripus* (Juntine, Aldine).
331	*pifces.*	*pifceis* (édit. de Bâle et de Gryphe).
337	*fulphurea.*	*fulfurea* (édit. de Bâle et de Gryphe).
357	*permixta.*	*permifta* (Aldine, etc.).
367	*mollis Arauus.*	*mole Sarauus* (leçon du *Sangallensis,* que Poelmann croit être une corr. de Hermannus Nuenarius).
368	*Tota.*	*Torta* (note marginale de l'Asc. 1517¶)
372	*quenq;.*	*quemque* (Ascensiana, etc.).
377	*Tybris.*	*Thybris* (Ascensiana, 1511, 1513).
392	*ocî.*	*otî* (les édit. de Gryphe ont *oti*).
424	*latijs.*	*Latijs* (Juntine et édit. de Gryphe).
453	*arĉloi.*	*Arĉloi* (Juntine, Aldine, etc.).
464	*Duranide.*	*Durani de* (Juntine, Aldine, etc.).
468	*Tarbellius.*	*Tarbellicus* (corr. d'Accurse).
478	*Pagorum.*	*pagorum* (mss. et la plupart des édit.).

Les corrections personnelles de Poelmann sont peu importantes, quoique nombreuses. Elles ont toutes rapport à l'orthographe : l'édition de Lyon use de l'*u* initial, Poelmann emploie toujours le *v;* l'édition de Lyon use de l'abréviation *q;,* Poelmann écrit *que,* excepté v. 459 *Teq;.* L'édition de Bâle écrit *pifceis* au v. 331 ; la même édition et la Lyonnaise écrivent v. 204 *alacreis,* et v. 240 *facileis;* Poelmann généralise cet usage orthographique ; à l'exception du v. 150 où il écrit *pifces,* il attribue la désinence *eis* à tous les accusatifs pluriels des participes présents et des substantifs et adjectifs masculins et féminins de la troisième déclinaison qui ont le génitif pluriel en *ium.* Il écrit ainsi :

Vers	Vers	Vers
30 *fonteis.*	69, 125, 196, 202 *virideis.*	127, 363 *Stridenteifque.*
36 *exftanteis.*		

¶ Voir p. CX.

Vers	Vers	Vers
116, 331 *pifceis*.	208 *Taleis*.	270 *trementeis*.
131 *cohorteis*.	217 *iocanteis*.	273 *potienteis*.
170 *agrefteis*...	218 *qualeis*.	305 *infigneis*.
tuenteis.	223 *nautaleis*.	318 *fimileis*.
182 *infultanteis*.	237 *crineis*.	332 *noualeis*.
196 *viteis*.	240, 325 *facileis*.	405, 454 *vrbeis*.
200 *dulceis*.	267 *fabrileis*...	406 *fecureis*.
204 *alacreis*.	*igneis*.	

Partout, excepté aux v. 306 et 307, il donne à l'adverbe
hîc la forme archaïque *heic* : d'ailleurs dans les deux cas
où il admet *hic,* il écrit en marge « fortè hinc ». *Heic* se lit
aux vers 12, 53, 120, 123, 148, 170, 292, 293, 311 : au
v. 123, il faut évidemment *hic,* pronom démonstratif, mais
Poelmann s'est laissé induire en erreur par le texte de la
Lyonnaise où il lisait *hîc.* Il introduit encore la diphtongue
ei dans le mot *Aristides,* qu'il écrit *Arifteides* ('Αριστείδης).

Poelmann apporte encore quelques utiles réformes orthographiques :

Vers	Vers	Vers
36 *exftanteis*.	259 *Exfultant*.	340 *exfpirante*.
47 *adfpergis*.	266 *exfpirans*.	474 *adfpirare*.

Par contre, il est aussi le premier à écrire v. 258 *affibilat*
(pour *adfibilat*), et v. 279 *Sumfit* (pour *Sumpfit*).

Il écrit, le premier, suivant la bonne orthographe, *Pangœa*
(v. 158). Mais il écrit aussi, le premier, *lethalibus* (v. 249),
lethalia (v. 260), *lethi* (v. 270), mauvaise orthographe que
les mss. ne justifient pas, et qu'aucun éditeur n'avait admise
avant lui. C'est à tort également qu'au lieu de s'en tenir aux
leçons ordinaires, il préfère écrire *Quinctiliani* (v. 404),
gnatique (v. 422), *pulcerrime* (v. 428); il fait une autre
innovation inutile en écrivant *Mufis* (v. 475) au lieu de
mufis. L'édition de Lyon avait v. 106 *Iftri*, et v. 424 *Hiftri* :
voulant écrire ce mot d'une manière uniforme dans les deux
passages, il a le tort de l'écrire les deux fois *Iftri,* puisque
la vraie orthographe est *Hiftri* qu'il devait lire dans le

Gemblacensis au moins, sinon dans le *Cornelij Liber*. Enfin la virgule qu'il place entre *Corus* et *Achates* (v. 3 16 *Corus, Achates*) ne facilite pas l'intelligence de ce passage obscur.

Il faut remarquer d'autre part que Poelmann est le premier à écrire v. 122 *cenoque*, comme le *Rhenaugiensis* et le *Reginensis*, et v. 339 *flamas*, comme le *Rhenaugiensis*: il ne connaissait aucun de ces deux mss. Peut-on supposer que ces deux leçons du *Rhenaugiensis* se trouvaient dans le *Liber Cornelij,* auquel Poelmann les aurait empruntées, ou faut-il voir simplement dans l'orthographe attribuée à ces deux mots, et qui n'est pas sans exemple, une innovation, d'ailleurs mauvaise, apportée au texte de la *Moselle?*

Les conjectures personnelles de Poelmann sont peu nombreuses; il les présente modestement en marge, souvent précédées d'un timide *forte* « peut-être! », et escortées des autorités qui les recommandent; il en est cependant de fort bonnes :

V. 37 en marge *Interſeptus* (pour *Interceptus*) semble inutile.
V. 306 et 307 en marge *fortè, hinc* (pour *hîc*) semble mauvais.
V. 306 en marge *fortè, Marci* (pour *Marcei*). *Nā M. Varronem Hebdomadôn libros ſcripſiſſe ex Nonio palam eſt.* — Très bonne correction.
V. 370 en marge *heic* (correspond à la variante marginale de la Lyonnaise, *hic*).
V. 462 en marge *fortè, finis* (pour *fines*). *In lexico poetico, in vocabulo Matrona legitur, Gallosque, Belgosq; interſita fines.* — La correction *finis* est très bonne.

On voit que la leçon tirée par Poelmann de ce lexique poétique n'est citée par lui qu'à titre documentaire, et ne lui a servi en rien pour sa correction *finis*. Peiper cite cette note d'une manière inexacte qui enlève à Poelmann le mérite de sa découverte : « Gallos Belgasque intersita finis, *lexicon poeticon a Pulmanno laudatum sub verbo Matrona.* » Il n'y a dans le lexique ni *Belgasque,* ni *finis.* Schenkl dit bien « *fines* Codd., *finis* Pulmannus » : mais il note aussi « *Gallos Belgasque* anonym. apud Pulmannum, volgo ». Encore une fois, il n'y a pas *Belgasque;* les deux derniers éditeurs d'Ausone s'en seraient rendu compte s'ils avaient regardé plus attentivement, je ne dis pas la note de Poelmann, mais la copie que Bœcking en donne dans son édition.

Poelmann cite religieusement en marge les conjectures et remarques de ses devanciers pour que le lecteur puisse faire son choix entre ces variantes et son propre texte, et profiter de ces notes :

V. 95 *Tu melior peiore œuo... (id eſt, in ſeneƐtute. Turneb. lib. XXII. ca. XXI).*

V. 167 *Probra canunt feris... (Ita C. G. & Turneb. lib. II. ca. I. M.* [Mariangelus Accursius] *duris reponendum credit.)*

V. 201 *Remipedes... (Remi enim pedes videntur quibus naues ambulant. Turneb. lib. XVIII. cap. XV.)*

V. 211 *...triumphis... (tropæis, vide Turneb. lib. 18, cap. 5.)*

V. 215 *...Mylaſena... (M. Meſſana.)*

V. 216 *...cumbœ... (M. cymbœ.)*

V. 218 *...qualeis... (M qualis, vt ad naumachiam referatur.)*

V. 224 *...redigit... (M. reddit.)*

V. 240 *...verò... (M. vere, id eſt, verno tempore.)*

V. 242 *...defenſus... piſcis... (M. defenſas, G. defenſos. Sic infrà, clauſos conſepto gurgite piſcei. M. piſceis.)*

V. 245 *...agmine... (M. augmine.)*

V. 278 *...carptas... (Ita C. & G. taƐtas, M. Ouid. Gramine contaƐto cœpit mea præda moueri. al. captas.)*

V. 279 *...accola (Sic C. & G. incola, M. Ouid. alti nouus incola Ponti.)*

V. 312 *Dinochares, quadro cui in... (Dinocrates. Vide Mariang. Turneb. lib. XIX. cap. XII. cuui, inquit, pro cui ſcribendum eſt, vt verſus ruina hoc tanquam tibicine, hacque deſtina fulciatur. Ioann. Goropius Becanus¶, vir multarū linguarum, antiquitatisque peritiſsimus, & medicus longè doƐtiſsimus, cui quadrato, legendum exiſtimat.)*

V. 313 *Surgit, &...(Carmen hoc perperā huc reieƐtū arbitratur Mariang. quādo & vnde pendeat nō habet, & quę heic de Dinocrate architeƐto, & ferreo Arſinoes ſimulacro dicuntur, cōfudit & intercipit.)*

¶ On lit à la fin du volume une petite pièce de cinq distiques élégiaques, intitulée « *Ioann. Goropii Becani, de D. Auſonio Theod. Pulmanni opera reſtituto, Epigramma* ».

V. 327 ...*humili pede*... *(Planus pes eſt area : humilis pes eſt locus cuius area humilis eſt. Turneb. lib. XXI. cap. XXI.)*

V. 337 *Quid quæ*... *(Thermarum & balnearum ſudationes ſic veteres ædificabant, vt per teĉtoria earum tubi eſſent caui undiq; per quos ex hypocauſto erraret fiamma, & omnia latera calefaceret. Turneb. lib. XXIJ. ca. XXJ.)*

V. 367 ...*mole Sarauus*... (la note déjà citée, page CII).

V. 368 *Torta*... *(Torta, ex editione Aſcenſiana ad orā libri expreſſum, heic repoſuimus. C. G. & vulgati, Tota. alij, Terra. malè.)*

V. 380 ...*Romǽque tuere*...*(C. Romę tenuere. Verſus hic, inquit Mariang. ni deſint aliqui, huius fanè loci nō videtur. poſſit eſſe ſpurius.)*

V. 397 ...*tenuique aptas*... *(M. tenui cœptas).*

V. 423 ...*nigrum*... *(Ita C. & G. Nicrum ſuper, & Lupodunum, legit Rhenanus rerum Germanicarum lib. I. Ioan. Heroldus verò in commētariolo de Stationibus legionum in veteri Germania cap. XXIII. legēdum contendit, nigrū ſuper & Lepontum ¶.)*

V. 462 ...*fines*... (la note déjà citée, page CVIII).

V. 468 ...*Tarbellicus*... *(Sic epiſtol. X. Tarbellica iam tenet arua. Lucanus lib. I. Molliter admiſſum claudit Tarbellicus æquor. vulgati Tarbellius.)*

V. 468 ...*Aturrus*...*(Ita Mariang. Aturnus, Turneb. lib. XVIJ. cap. IX.)*

Telle est cette édition de Poelmann : tout ce qui vient d'en être dit prouve que c'est une œuvre de bonne foi où se montre la conscience, l'exactitude de l'éditeur aussi bien que sa grande modestie. Ces qualités se manifestent dans les notes marginales où Poelmann rappelle les remarques et les corrections de ses devanciers, dans celles où il risque ses propres conjectures et enfin dans le soin qu'il donne à l'orthographe : de ses innovations en ce sens quelques-unes sont très bonnes, d'autres arbitraires et inutiles. Pour ce qui est du texte de la *Moselle*, l'éditeur de 1568 a eu la bonne fortune de posséder deux manuscrits, dont l'un, le *Gemblacensis*, qui est mis aujourd'hui au nombre des meilleurs, n'avait pas encore été utilisé, et dont l'autre le

¶ Voir la citation exacte de B. Rhenanus, p. LXXXVIII.

Cornélij Liber, sans valoir le *Sangallensis,* dont il semble procéder, pouvait cependant donner plus complètement les leçons de ce ms. (p. ex. *mole Sarauus*), que ne le faisait le ms. d'Humelberg, extrait lui aussi, d'après Peiper, du *Sangallensis,* et qui aurait servi à établir le texte de l'*Ascensiana.* Poelmann a-t-il su user de ces mss. ? Si son excessive réserve l'a empêché d'introduire dans son texte la plupart de leurs bonnes leçons qu'il se borne à donner en marge, cette réserve ne nuit qu'à son édition même. Les éditeurs de la *Moselle* qui viendront après lui, et qui n'auront plus à leur disposition les mss. qu'il a eus entre les mains, trouveront dans les marges de l'*Ausone* de 1568 nombre de bonnes leçons qu'ils pourront ainsi faire entrer dans leur texte.

Poelmann n'a pas procuré d'autre édition d'Ausone que celle de 1568. M. Rooses m'écrivait qu'il n'a pas rencontré une édition publiée par cet érudit en 1567, édition citée par Paquot dans ses *Mémoires pour servir à l'Histoire litté-raire des Pays-Bas* (tom. XVI, p. 343), et par Ruelens, dans les *Annales Plantiniennes.* Je suppose que si M. Rooses n'a pu trouver cette édition, c'est qu'elle n'existe pas plus que la prétendue Lyonnaise de 1557 : comme l'achevé d'imprimer de l'édition de Poelmann est de novembre 1567, on aura attribué à cette édition la date de 1567 ; et comme la première page porte la date de 1568, on aura vu à tort deux éditions, l'une de 1567, l'autre de 1568, alors qu'il n'en existe qu'une, imprimée en 1567 et publiée en 1568.

Mais si Poelmann n'a fait paraître qu'une seule édition d'Ausone, il a pensé, après 1575, à en donner un seconde, modifiée d'après les résultats acquis par les *Ausonianae Lectiones* et le premier *Ausone* de Scaliger : le Musaeum Plantin-Moretus possède en effet un exemplaire de l'édition de 1568, ayant appartenu à Poelmann lui-même et qui est rempli de notes et de corrections de sa main ; ce livre était évidemment destiné à servir de copie pour une édition nou-

. velle. M. Rooses a bien voulu me communiquer ce précieux exemplaire, dont aucun éditeur d'Ausone n'a parlé.

Voici ce que le dépouillement que j'en ai fait donne d'intéressant pour le texte de la *Moselle ;* il est tout d'abord incontestable que l'*Ausone* en question a appartenu à Poelmann ; on lit au verso d'une des feuilles de garde :

Sum Theodori Pulmanni Craneburgij.

Au-dessous, cette note :

Digeſta   Scalig.
Redaɛ̃a Pul.

En effet, nous constaterons que Poelmann n'a eu que trop souvent la malencontreuse inspiration d'emprunter à Scaliger, pour les faire entrer dans ses notes ou dans son texte, des leçons qui ne valent pas celles de l'édition de 1568. C'est après la publication des *Ausonianae Lectiones* et de l'*Ausone* lyonnais de 1575, et en grande partie sous l'influence de ces deux ouvrages de Scaliger, que Poelmann a rédigé les notes manuscrites qui nous occupent. Au-dessous des « *Notae Librorum* » qui se trouvent dans l'édition de 1568, il a ajouté l'indication manuscrite des éditions dont il s'est servi ; voici la liste de celles qui contiennent le texte de la *Moselle :*

S. *Auſonius a Stephano Charpino auɛtus, et Lugduni apud Ioann. Tornaeſium excuſus, anno cIɔ. Iɔ. LVIII.*

E. *Auſonius ab Elia Vineto caſtigatus, et Pariſiis apud Iacob. Keruer impreſſus, anno cIɔ. Iɔ. LI.*

D. *Auſonius à Gilberto Ducherio Vultone emaculatus, quem Seb. Gryphius excudebat anno cIɔ. Iɔ. LVIII*¶.

Gr. *Auſonius apud Seb. Gryphium excuſus, anno cIɔ. Iɔ. XXXVII.*

A. *Auſonius à Hieronymo Aleandro reſtitutus, quem Iod. Badius Aſcenſius imprimebat, anno cIɔ. Iɔ. XVII.*

¶ C'est évidemment une erreur de copie, au lieu de 1548. — Duchier ajoutait en effet à son nom celui de *Vulto* ou *Vulton*, qui était, pense-t-on, le nom de famille de sa mère.

Poelmann est mort en 1582; c'est sans doute peu de temps après la publication de l'*Ausone* lyonnais, sous le coup de l'admiration qu'il ressentait pour cette édition et pour les *Lectiones,* en tout cas avant la publication du second *Ausone* de Vinet (1580), dont il n'est pas question dans ce supplément aux « *Notae Librorum* », qu'il ordonnait les matériaux d'une nouvelle édition, corrigée et enrichie de notes plus complètes et plus développées; dans cette édition, la *Mosella,* au lieu d'être l'*Eidyllium IX,* comme en 1568, devait devenir l'*Eidyillium X.*

Poelmann emprunte à ses mss. de nouvelles variantes qu'il inscrit en marge:

Vers		Vers	
84	*Differe cœruleo fluitanti-* *bus amne cateruis* (G).	281	*conuertere G.*
193	*perfundit rectius C. G.* et *Mariangelus quam pro-* *fundit.*	306	*Margei fic C.* et *G.*
		307	*Menecratos C. Aldus.*
198	la note de 1568 « *C. G.con-* *fudit* » est effacée.	316	*chorus C. G.*
		321	*natura C. G.*
218	*qualis G.* et *fic Mariange-* *lus.*	336	*nitentia C. G.*
		337	*fluminea C. G.*
224	*Ita C. redigit, vel potius* *reddit M. rediit G.* et *libri quidam vulgati* *perperam.*	359	*Erubrus C. G.*
		361	*celebratus G.*
		380	*Romę tenuere C. G.*
		387	*fpeculator G.*
228	*fimilamine G.*	397	*tenuique aptas. Ita C. G.*
242	*defenfus fic G.* *pifceis G.*	413	*reddat C.*
		429	*nihil C. G.*
248	*conexa C. G.*	440	*Latius C. G.*
256	*dexter C. G.*	468	*nomine C. G.*
277	*gramina fic C.G. Marian-* *gelus, non Pabula* ¶.		*Tarbellus C.*
			Tarbellius G.
			Aturrus C. G. et *Marian-* *gelus.*

Il ne semble pas que, dans ce relevé de variantes, Poelmann se montre rigoureusement exact. Celles qu'il emprunte à son *Gemblacensis* se retrouvent en général dans le *Bruxellensis* : mais ce ms. n'a pas *qualis, pifceis;* de

¶ Allusion à une note d'Accurse, que j'ai citée p. LXXIV.

plus des leçons attribuées au seul *Cornelij liber* se trouvent aussi dans le B : *Menecratos, reddat.* Enfin, si l'éditeur de 1568 se trompait, au dire de Schenkl, en attribuant au *Cornelij liber,* reproduction présumée du G, la leçon *confudit,* qui ne s'y trouve pas, Poelmann, dans sa revision, commet une erreur manifeste en effaçant complètement la mention « C. G. *confudit* » : si l'on peut supposer que le *Cornelij liber,* que nous ne connaissons pas, n'avait point *confudit,* il est du moins permis d'affirmer que cette leçon se trouve dans le *Gemblacensis* que nous connaissons.

Les variantes tirées du *Cornelij liber* montrent que ce ms. s'éloigne du *Sangallensis* d'une manière encore plus sensible que l'édition de 1568 ne permettait de le supposer : le *Sangallensis* n'a pas *Erubrus, Tarbellus,* mais il a *celebratus,* comme le *Bruxellensis.*

Poelmann fait entrer dans son texte revisé quelques bonnes leçons de ses mss. que l'édition de 1568 se contentait de citer en marge :

V. 317 *Afflatamque.*
V. 365 *Drahonum.*
V. 368 *veteresque illuſtrat.*

Il admet quelques corrections et modifie surtout l'orthographe de son édition :

V. 39 *cùm,* au lieu de *cum.*
V. 48, 55 et 363 *leuia,* au lieu de *lœuia.*
V. 84 *fluitanteis,* au lieu de *fluitantibus.* En marge: *Aldi editio, fluitanteis. Gr. fluitantes.* (L'*Errata* de l'édition de 1568 avait *fluitātes.*)
V. 86 *prœtenero,* au lieu de *prœ tenero.*
V. 123 *hic,* au lieu de *heic.* Cette correction était nécessaire, puisque nous avons déjà remarqué (page CVII) qu'il faut ici le pronom démonstratif et non l'adverbe de lieu.
V. 129 *nec dum* au lieu de *necdum.*
V. 256 *Dextera* au lieu de *Dextra.* En marge: *dextera Ald. dexter C. G.* (L'*Errata* de l'édition de 1568 avait déjà *dextera.*)
V. 306 et 307 Poelmann corrige *hîc* en *heic.*
V. 354 *Namque,* au lieu de *Nanque.*

Il écrit par *Æ*, au commencement des vers, tous les mots qu'il écrivait par *Ae* en 1568 (*Æſtus, Æquora, Æquor, Æmula*). Ce changement est logique, puisque le texte de 1568 admet toujours, dans les minuscules *æ* et jamais *ae*. D'ailleurs, en écrivant comme il le fait le caractère *Æ*, Poelmann se conforme à l'usage de l'édition de Scaliger.

C'est également l'influence de l'édition de Scaliger qui amène un certain nombre de modifications dans l'orthographe :

V. 122 *cœnoque,* au lieu de *cenoque.*

V. 136 *Aĕtæo,* au lieu de *Aĕteo.*

V. 354 *Pronœœ,* au lieu de *Proneœ.* (Mais Poelmann remarque en marge que Scaliger, dans ses *Auson. Leĕt.,* I, 2, écrit *Pronea, Nemoſa.*)

V. 395 *inclyta,* au lieu de *inclita.* (Poelmann écrivait bien, en 1568, v. 11 *caſtra inclyta.*)

Dans l'emploi des majuscules et des minuscules :

Vers	Édition de POELMANN.	Corrections manuscrites de POELMANN.
11	*Diui.*	*diui.*
90	*vmbra.*	*Vmbra.*
177	*Numina.*	*numina.*
178 et 222	*Sol.*	*ſol.*
402	*Senatum.*	*ſenatum.*
431	*Nymphis.*	*nymphis.*

D'ailleurs Poelmann corrige v. 182 *Nymphas* en *nymphas,* alors que Scaliger admet *Nymphas,* comme l'édition de 1568. Il écrit *Cerealia* (v. 362) et *Aquilonigenaſque* (v. 407), alors que l'édition de 1568 et Scaliger ont *cerealia* et *aquilonigenasq;.* Il écrit toujours *Pontus, Ponto, Pontum* (v. 32, 219, 279, 289, 358) au lieu de *pontus, ponto, pontum,* admis par son édition de 1568 et par celle de Scaliger.

C'est à l'édition de Scaliger qu'il emprunte la division en alinéas qu'il indique aux vers 48, 82, 85, 150, 240, 298,

349, 381, 418; et un certain nombre de changements dans la ponctuation :

Vers	Édition de POELMANN.	Notes manuscrites de POELMANN.
42	*nautæ,*	*nautæ.*
44	*meatus.*	*meatus?*
51	*opus,*	*opus :*
56	*habens,*	*habens.*
58	*venti.*	*venti :*
63	*meatu,*	*meatu :*
64	*fundo,*	*fundo.*
66	*lucetque*	*lucetque,*
68	*Tota,*	*Tota*
85	*arenas*	*arenas,* (Scal. *harenas,*)
94	*Liberior,*	*Liberior*
113	*pinguefcis,*	*pinguefcis :*
126	*hamis?*	*hamis,*
133	*teres*	*teres,*
148	*tamen*	*tamen,*
151	*cateruas,*	*cateruas.*
196	*viteis,*	*viteis :* (Scal. *vites :*)
207	*Pofthabet,*	*Pofthabet :*
218	*Naumachiæ,*	*Naumachiæ :*
264	*tremores,*	*tremores.*
271	*animas,*	*animas :*
300	*aliger*	*aliger,*
329	*tecto.*	*tecto,*
356	*fluentis.*	*fluentis :*
361	*pifcibus*	*pifcibus :*
362	*rotatu :*	*rotatu,*
370	*hoc*	*hoc,*
378	*pulfa oro*	*pulfa, oro,*
379	*linguæ :*	*linguæ*
391	*chelyn*	*chelyn,*
394	*honos,*	*honos :*
404	*Quinctiliani :*	*Quinctiliani* (Scal.*Quint...*)
410	*nomine,*	*nomine :*
411	*primis,*	*primis.*
422	*triumphos.*	*triumphos,*
430	*fratrem famæ fecurus*	*fratem, famæ fecurus,*
438	*ego... gentem*	*ego,... gentem,*
445	*peto :*	*peto.*
456	*Addam,*	*Addam*
478	*Flumina,*	*Flumina :*

Poelmann fait d'ailleurs d'autres changements dans la ponctuation de son édition de 1568 ; il se sépare, le plus souvent avec raison, du texte de Scaliger :

Vers	Édition de POELMANN.	Notes manuscrites de POELMANN.
36	*Cogeris,* (Scal. *Cogeris.*)	*Cogeris :*
50	*deſpeƈtis quœ cenſus* (Scal. *deſpeƈtis, quœ cenſus*)	*deſpeƈtis, quœ cenſus,*
57	*aër :* (Scal. *id.*)	*aër,*
60	*fluenti :* (Scal. *id.*)	*fluenti,*
67	*muſcum* (Scal. *id.*)	*muſcum,*
80	*fas,* (Scal. *id.*)	*fas :*
92	*pilis :* (Scal. *id.*)	*pilis,*
112	*fucus,* (Scal. *id.*)	*fucus :*
116	*dignande, marinis* (Scal. *id.*)	*dignande marinis,*
133	*aluo :* (Scal. *id.*)	*aluo,*
137	*reor,* (Scal. *reor.*)	*reor :*
199	*Collis* (Scal. *id.*)	*Collis,*
256	*puer,* (Scal. *puer.*)	*puer :*
260	*diei.* (Scal. *id.*)	*diei,*
263	*plauſus,* (Scal. *plauſus.*)	*plauſus :*
265	*riƈtus,* (Scal. *riƈtus.*)	*riƈtus :*
268	*ventos* (Scal. *id.*)	*ventos,*
301	*Euboicœ,* (Scal. *Euboicœ.*)	*Euboicœ :*
307	*artes :* (Scal. *id.*)	*artes ;*
321	*ſaxi,* (Scal. *ſaxi.*)	*ſaxi :*
352	*amnes,* (Scal. *amnes ?*)	*amnes :*
356	*Sura* (Scal. *id.*)	*Sura,*
398	*Percurrent ;* (Scal. *Percurrent.*)	*Percurrent :*
401	*reis,* (Scal. *reis.*)	*reis :*
429	*habet,* (Scal. *habet.*)	*habet :*
445	*affeƈto,* (Scal. *affeƈto.*)	*affeƈto :*
473	*ſoluis.* (Scal. *ſoluis :*)	*ſoluis,*

Si Poelmann se sépare quelquefois de Scaliger pour la ponctuation, il adopte presque toujours ses corrections. C'est sans doute pour conformer l'édition qu'il prépare à celle de 1575 qu'il fait de la *Mosella* l'*Eidyllium X,* alors qu'elle était, en 1568, l'*Eidyllium IX.*

V. 27 il change *Nauiget* en *Nauiger,* en s'appuyant sur l'autorité de Scaliger qu'il cite en marge. (J'ai fait remarquer, note de la p. CIV, que cette correction se trouve déjà dans l'*Errata* de 1568.)

V. 65 il change *Vfque* en *Vtque,* cédant sans doute à la même autorité, supérieure pour lui à celle des mss., cités en marge, sur lesquels il se fondait en 1568.

V. 130 il abandonne *Sario* pour *Fario* (en marge *Fario* Gr., et la phrase des *Lectiones* I, 3, qui justifie cette leçon).

V. 206 il admet dans son texte la correction *fpectat tranfire, dein,* que Scaliger propose dans ses *Lectiones,* mais ne fait pas entrer dans son édition.

V. 207 il écrit *excludit,* comme Scaliger. (En marge, *excludit,* Scaliger.)

V. 237 il renonce à la leçon de ses mss. pour écrire, comme Scaliger, *Vibratis cœptat.*

V. 242 à l'appui de la leçon *defenfus... pifcis,* qu'il conserve, il donne comme argument que c'est aussi celle de Scaliger.

V. 290 il adopte la correction de Scaliger, *Magni.*

V. 306 les railleries que Scaliger a prodiguées à sa correction *Marci* (voir COMMENTAIRE, p. 89) lui font effacer la note où il l'indiquait.

V. 361 il adopte les deux corrections de l'édition de Scaliger *Gelbis* et *celebratus,* en faisant remarquer que la première appartient aussi à Bois (*Gelbis,* Chryfanthius Bois et Scaliger, recte), et que la seconde est confirmée par le *Gemblacensis* (*celebratus* G).

V. 368 il trouve un nouvel argument pour la valeur de la leçon *Torta,* dans ce fait que Scaliger l'adopte : « *Tota* C. G. *Torta* ad oram A. Quo modo recitat Rob. Cænalis de Re Gallica, lib. II, Perioche III; quam lectionem Gifanius in collectaneis in Lucretium comprobat. *Terra* quidam libri vulgati, male. *Torta* Scaliger.»

V. 380 il conserve la leçon *Romœque tuere,* en s'autorisant de l'exemple de Scaliger; de même pour la leçon *dilata laude* (v. 415).

V. 423 c'est l'exemple de Scaliger qui l'amène à admettre *Nicrum fuper et Lupodunum.* Il rectifie en marge le texte de la note concernant B. Rhenanus, qui se trouve dans l'édition de 1568¶ : «Lupondum legit Rhenanus rerum Germanicarum lib. I. Eft autem Lupondum, fiue Lupodunum aut Luponum, arx quæ hodie Lupff dicitur. »

V. 438 il adopte la correction *Viuifca* qu'il attribue à Scaliger; mais il note en marge *Vibifca* Gr. L'édition de Gryphe de 1537 a *uiuifca.* La note de Poelmann « *Viuifca* Scal. primo, *Vibifca* Gr. » signifierait-elle que Scaliger, qui écrit, d'abord, dans ses *Lectiones, Viuifca,* écrit ensuite *Vibifca* dans son édition publiée par Gryphe, en 1575? Je le croirais volontiers; mais, en ce cas, Poelmann aurait commis une erreur, car on lit dans l'édition de 1575 VIVISCA.

¶ Voir p. CX, lignes 15-19.

V. 439 il remplace *non* par *nunc* pour se conformer au texte de Scaliger. Il écrit en marge «*nunc* ad oram E.».

V. 450 au lieu de *nati mea maxima cura Faſcibus*, il écrit (à l'imitation de Scaliger, qui a *natus, mea maxima cura, Faſcibus*), *gnatus, mea maxima cura, Faſcibus*.

V. 462 il avait dans son texte de 1568 *Gallis Belgiſque interſita fines*, et il faisait remarquer en note : « In lexico poetico, in vocabulo Matrona legitur *Gallos Belgosq; interſita fines*. » L'édition de Scaliger admet cette leçon incorrecte, puisqu'il faudrait *Belgas* ou *Belgicos, Belgus* semblant ne pas se trouver en latin. C'est sans doute à la citation marginale de l'édition de 1568 que Scaliger emprunte cette mauvaise leçon ; et l'autorité de Scaliger fait que Poelmann reçoit à son tour dans son texte la leçon du Lexique poétique qu'il ne donnait en 1568 qu'à titre de document.

V. 464 et 481 il admet les corrections de Scaliger, *Concedes* et *Dextræ*.

Quand Poelmann admet un autre texte que celui de Scaliger, il met en marge la variante qu'il n'accepte pas. S'il conserve v. 11 *Niuomagum*, alors que l'édition de Scaliger a *Nouomagum*, c'est que « Scal. in annot. [Lect. Aus. I, 1] *Niuomagum* notat». V. 45, il conserve *limigenis*, malgré l'autorité de Scaliger : «Non *limigeris* vt Scaliger et vulgati. » V. 107, il conserve *Muſtela*, mais il note en marge : « Scal. *Muſtella*. » V. 331, il maintient la leçon *conſepto*, mais il écrit en marge : « *concepto* Scal. infrà 356 *interceptis fluentis*. » V. 359, il conserve *Gelbis*, parce que Scaliger l'admet dans son texte, mais il met en marge « *Celbis* Scal. I, 2, hodie Kelh. » Au même vers, il conserve aussi *Erubrus*, pour la même raison, et il met en marge : « *Erubris* Gr. et Aldi editio. *Erubris* Scal. I, 2. » Poelmann cite même des leçons de Scaliger qui semblent inadmissibles et qui doivent être des fautes d'impression :

V. 69 *nuda* Scal. male.
V. 225 *frequentent* Scal. male, nam alternant, ſtatim ſequuntur.
V. 388 *quæ illuſtrat* Scal.; *qui illuſtrat* Ald.

Poelmann pensait enrichir sa nouvelle édition d'un certain nombre de courtes notes explicatives, dont beaucoup sont

empruntées aux *Ausonianae Lectiones,* p. ex. v. 103 : «Voca-
tiuus pro nominatiuo incorruptus. Scal. I, 11. » Beaucoup
aussi sont empruntées à Accurse : je ne les cite pas, car on
les trouve dans l'édition de Tollius, à l'exception cependant
d'un passage où Accurse dit que les v. 418-420 lui semblent
ne pas être à leur place : on sait en effet qu'Accurse n'a pas
eu de mss. de la *Moselle* à sa disposition ¶, et que dans les
éditions d'Ugolet et d'Avantius, les seules qu'il connût,
ces trois vers sont placés entre les v. 445 et 446. Juste en
elle-même, l'observation d'Accurse eût été fausse, transcrite
dans l'édition de Poelmann, en face des v. 418-420 qui y
occupent leur place légitime. — A ces notes de Scaliger et
d'Accurse s'en joignent d'autres de divers critiques. V. 19,
une conjecture, que Canterus propose à la place d'*omnia,*
est indiquée : « *Omina* Canterus Emendatorum locorum
Ciceronis lib. II, Epiſt. XVJI. » Poelmann adopte même
dans son texte une conjecture de Daurat, v. 316 : « *Cous
Achates,* Auratus teſte Cantero legit. » Cette correction
ingénieuse serait acceptable si l'île de Cos eût été célèbre
pour ses pierres précieuses comme elle l'était pour son vin et
ses tissus. Poelmann n'ajoute rien aux notes tirées de Turnèbe, mais il rectifie des indications inexactes : il renvoyait
(v. 95) au lib. XXII, cap. XXI des *Adversaria* ¶²; il corrige
et écrit cap. XXII. Il pousse le scrupule de l'exactitude à
ses dernières limites : alors qu'il désignait d'ordinaire par
des chiffres romains le numéro du livre et du chapitre cités
de Turnèbe, il avait laissé imprimer, dans la note au v. 211,
lib. 18, cap. 5 : une correction manuscrite rétablit lib. XVIII,
cap. V. Il rétablit de même *Gualthero* au lieu de *Gualtero,*
faute d'impression dans la note du v. 365. On avait imprimé,
en 1568, dans la note au v. 218 : «*M qualis, vt ad naumachiam referatur.* » Le minutieux reviseur a soin d'ajouter à
la plume le point qui manque après M : «*M. qualis,* etc. ¶³».

¶ Voir p. LXXIII.
¶² Voir p. CIX, ligne 11.
¶³ Voir p. CIX, ligne 16; p. CII, ligne 25; p. CIX, ligne 19.

Poelmann n'ajoute que peu de notes explicatives, qui lui appartiennent; elles sont peu importantes v. 1 *Nauam,* die Nahe; v. 11 *Niuomagum,* Neumagen, etc. Il donne sur les poissons quelques renseignements qui sont complétés par une liste générale des poissons d'Ausone avec leurs noms allemands, rédigée surtout d'après les indications de Scaliger et écrite sur une des pages de garde du volume. Trois de ces notes ont seules quelque importance. V. 69, changeant *corallia* en *coralia,* il justifie ainsi cette correction : « Sic Claud. in nupt. Honorij et Mariae : Mergit fe fubito vellitque coralia Dotho. [v. 179.] Ouid. XV Met. primam producit et fecundam corripit : Sic et coralium quo primum contigit auras tempore durefcit. [v. 416]. Item Virg. Ciri. Coralio fragili ac electro lacrymofo. [v. 434.]» Dans une note au v. 80, il commet une erreur : « Aut pro haut C. G. more antiquo.» *Haut* est une autre forme de *haud :* jamais *haut* n'a été une forme archaïque de la conjonction *aut.* Enfin, v. 312, il ajoute dans le texte même l'indication de la quantité *cŭĭ ĭn,* et il écrit en marge *cŭĭ.* Il fait donc de *cui* un mot de deux syllabes brèves dont la dernière ne s'élide pas devant *in.*

Telles sont les notes manuscrites ajoutées par Poelmann à son texte de 1568 : si l'*Ausone* qu'il préparait avait paru, la première édition *variorum* de notre poète aurait été donnée près d'un siècle avant celle de Tollius. L'apparition en 1580 du texte de Vinet, suivi du *Commentarius* a-t-elle détourné Poelmann de publier son édition ? En tout cas, les deux ouvrages n'auraient pas fait double emploi : les notes de l'éditeur d'Anvers seraient toujours restées utiles à côté du commentaire perpétuel de Vinet.

Une dernière question se pose à propos des mss. dont Poelmann s'est servi : qu'est devenu le *Cornelij liber antiquus?* La lecture d'un passage des *Adversaria* de Barth (lib. XIII, cap. III) pourrait faire croire que cet érudit a eu en sa possession les mss. de Poelmann : «Cum Mofellam Aufonianam commentatur Elias Vinetus, doctus & probiffi-

mus homo, magnoperè dolet animo, nullos vidiffe luculen-
tiffimi illius Poëmatis libros calamo exaratos. Ego qui duos
trefve manu Pulmani *(sic)*, laboriofi in talibus & accurati
viri, collatos emerim in Belgio, variantibus ex iis fcripturis
fatisfacere fortaffis ftudiofis egregij Poetæ potero... Illud
verô dubium me habet aĉtumne agam an agendum cùm in
Catalogis librorum Plantinianis typis editorum offendam
Aufonium Pulmanni, anne ille more fuo ei editiorii lectiones
iftas appinxerit? nam ipfam nullo pretio & ftudio indi-
pifci poffum... Exemplaria manu exarata his nominibus à
Theodoro noftro cenfentur. *Gemblacenfe* continens Mofellam, XII. Cæfares & totidem labores Herculis. *Cornelij
Gualteri* (sic) *Codex* continens folam Mofellam.» Il est
curieux que Barth ait pu se procurer des *manuscrits* de
Poelmann, alors que l'édition a été introuvable pour lui.
Mais que faut-il entendre par ces « libros calamo exaratos...
manu Pulmanni... collatos»?

Il ne s'agit pas des mss. eux-mêmes : car, si l'on ne sait
rien du *liber Cornelij*, on sait du moins que le *Gemblacensis* n'a quitté le monastère de Gembloux que pour la
Bibliothèque royale de Bruxelles. Barth n'a pas sans doute
acheté le *liber Cornelij* plus que le *Gemblacensis*, lequel
n'a pas été en la possession de Poelmann. Celui-ci avait la
coutume d'annoter minutieusement sur des éditions imprimées les variantes des mss. qu'il consultait. La Bibliothèque
royale de Bruxelles possède un *Prudence* interfolié où se
trouvent les matériaux de l'édition plantinienne de 1564:
M. Ruelens, le savant conservateur des mss. de la Bibliothèque de Bruxelles, à l'obligeance duquel je dois ces
renseignements, pense, en conséquence, que les collations
de mss. dont parle Barth sont des exemplaires imprimés où
Poelmann avait réuni, en vue de son édition, les variantes
des mss. qu'il avait pu avoir entre les mains. Ce devait être
sur des exemplaires de la Lyonnaise de 1558, dont il suit le
texte le plus souvent, que Poelmann avait fait, avant 1567,
ce travail de collation semblable à celui qu'il fit, après

1575, dans les marges de l'exemplaire de sa propre édition que je viens d'étudier.

L'indication de Barth ne peut donc nous rien apprendre sur la destinée du *liber Cornelij* : ce ms. ne se trouve ni à la Bibliothèque de Bruxelles où est conservé le *Gemblacensis,* ni au musée Plantin d'Anvers, où l'on a recueilli tout ce que l'on a pu retrouver des papiers de Poelmann.

VI

L'établissement du texte vulgaire.

—

LES ÉDITIONS DE SCALIGER ET DE VINET (1575-1612). LES *AUSONIANAE LECTIONES* DE SCALIGER (1573) ET LE *COMMENTARIVS* DE VINET (1580).

Les éditions bordelaises de Vinet et les éditions de Scaliger suivent de près celles de Poelmann dont elles ont profité. Vinet et Scaliger ont publié leurs *Ausones* à peu près en même temps : le premier *Ausone* de Scaliger est même beaucoup celui de Vinet. L'érudit Saintongeais *«diligentiſſimus Vinetus »*, comme l'appelle N. Heinsius (*Adversar.*, p. 352), était modeste et réservé ; il n'avançait que ce dont il était sûr, il ne donnait comme sien que ce qu'il avait découvert, il osait rarement affirmer d'une manière absolue. La mauvaise fortune s'acharnait après lui : au milieu des troubles qui désolent la Guyenne, le papier manque à son imprimeur, qui ne peut en faire venir ; impossible de mettre sous presse les *Commentaires* qui devaient accompagner le texte d'Ausone ; *pendent opera interrupta...*

Pendant ce temps, Scaliger avait tous les bonheurs comme toutes les impudences. Son père, Jules-César, fils lui-même du miniaturiste Bordoni, prétendait descendre de la noble maison *della Scala,* dont il latinisait le nom pour se l'approprier, larron de noblesse en même temps que pédant.

. Digne fils de Jules César, Joseph qui devait disserter *de vetustate gentis Scaligerae,* introduit dans la philologie des manières de hobereau spadassin. Comme les *bravi,* ses contemporains, tranchaient d'un coup de rapière les nez trop longs ou les oreilles qui leur déplaisaient, Joseph Scaliger estropie les textes anciens, vrais manants qui n'en peuvent mais. Rien de commun entre lui et le charitable Aleander qui, au dire de Badius Ascensius, avait rendu à Ausone mutilé par le temps, son nez, ses ongles, ses cheveux, sa tête même et ses pieds ¶. Scaliger exécute sans appel : il faut lire ce vers de telle manière, celui-là de telle autre. *Sic volo, sic iubeo : sit pro ratione voluntas.* Le fameux *limae labor et mora* lui est inconnu. Il prend Dieu à témoin qu'il n'a pas mis un mois entier à préparer une édition de Catulle, Tibulle et Properce ¶². A la vérité, comme M. Plessis le fait spirituellement remarquer, « en disant que c'est l'œuvre de moins d'un mois, il ne ment pas si l'on veut, mais il trompe » ¶³, car ses notes sont toutes prêtes et il n'a qu'à les rédiger. Il ne ment pas, mais il trompe, c'est l'appréciation la plus indulgente qu'on puisse faire de l'éditeur d'Ausone aussi bien que de celui de Catulle.

D'ailleurs, comme Scaliger est très sagace, très audacieux, comme la fortune sourit aux audacieux, comme la sagacité est souvent heureuse, quand elle ne s'embarrasse d'aucun scrupule bourgeois, le philologue spadassin a fréquemment de jolis coups d'épée. Il n'est pas de nœud gordien qu'il ne tranche, quelquefois avec habileté, alors que l'honnête patience de Vinet se consume en efforts consciencieux, trop souvent sans succès. Mais Vinet met loyalement en lumière toutes les difficultés de la question, nous indique dans quel sens on doit essayer de la résoudre, et donne à ceux qui viendront après lui de précieux éléments pour arriver à la

¶ Voir la préface de l'Ascensiana, reproduite p. XLIII.
¶² Paris, 1577, page 3 de la Préface.
¶³ *Études sur Properce,* Paris, 1884, p. 55, note 2. Voir les passages consacrés par M. Plessis aux éditions de Properce que Scaliger a procurées.

solution. Scaliger impose sa volonté : telle est l'explication qu'il donne ; c'est la seule bonne... Il a parfois raison, surtout quand la solution qu'il présente comme sienne est de quelque prédécesseur. L'édition de Properce donnée par Scaliger est, dit encore M. Plessis, « féconde en résultats presque tous détestables ». S'il a fait moins de mal au texte d'Ausone qu'à celui de Properce, c'est que, pour Ausone, il a pu emprunter, sans l'avouer, beaucoup de découvertes de Vinet qui étaient bonnes.

Scaliger a eu souvent des affaires avec ses contemporains : aujourd'hui l'érudition allemande s'incline devant sa science. Pour ce qui est de la *Moselle* en particulier, comme on ne prête qu'aux riches, les derniers éditeurs allemands d'Ausone s'empressent d'attribuer à Scaliger bien des corrections qui ne sont pas de lui. Nous avons vu, par exemple, que *Menecratis* (v. 307) est une correction de l'édition parisienne de Vinet¶ : Schenkl et Peiper l'attribuent à Scaliger et nous verrons qu'ils lui font honneur de bien d'autres, qui ne lui appartiennent pas davantage.

Qu'on ne s'étonne pas de l'engouement germanique pour Scaliger : les érudits allemands ont à peu près ses habitudes de critique, avec la finesse en moins. Il y a une curieuse affinité entre le ton dogmatique et tranchant de Scaliger et celui de tels savants hommes d'Outre-Rhin qu'il n'est pas besoin de nommer. En 1882, M. Dezeimeris disait à propos de la confusion que Scaliger a réussi à établir entre sa propre part et la part de Vinet dans l'établissement du texte d'Ausone : « En somme, pour bien distinguer en cette œuvre philologique ce qui revient à chacun, il faut regarder de très près, et je crois que Vinet n'a rien à perdre à une enquête scrupuleuse de cette nature¶². » Dans une note de la préface de son édition d'Ausone, Peiper s'exprime ainsi : « Quelles sont les corrections de Scaliger, quelles sont celles de Vinet, je n'ai pu en faire le départ aussi soigneusement

¶ Voir p. **LXXXVI**.
¶² *A propos d'un Manuscrit...*, etc., p. 7, note 2.

que M. Dezeimeris le demandait et que je le voulais moi-même, n'ayant pu user que de l'édition de Vinet commencée d'imprimer par Millanges en 1575 ¶ ». La défaite est jolie! Peiper, qui a pu collationner les manuscrits et se procurer des éditions plus rares que celles de Vinet, aurait pu facilement, s'il l'avait voulu, faire collationner l'édition parisienne de 1551 et les éditions bordelaises de 1590 et de 1604 ¶². D'ailleurs, en l'espèce, ces dernières lui auraient été inutiles puisque les réimpressions de Millange diffèrent peu, et puisque Vinet étant mort en 1587, les autres éditions que celles de 1575-1580 ne sont pas, à proprement parler, son œuvre. Peiper a sans doute eu d'autres raisons de continuer à chanter la gloire immortelle de Scaliger : certaines *Remarques et corrections* obligeamment communiquées par M. Dezeimeris, et dont les résultats ont été publiés sous le nom de Peiper ou d'autres, dans l'édition de 1886, ne permettent-elles pas de comprendre pourquoi l'éditeur allemand, qui aime Scaliger, comme il imite ses procédés à l'égard de Vinet, a craint de rechercher ce qui dans les corrections signées Scaliger appartient à Vinet, de peur que, par un juste retour des choses d'ici-bas, quelque indiscret ne s'avisât d'aller chercher ce qui, dans les corrections signées Peiper, appartient à Dezeimeris?

C'est au moyen de l'édition de 1551 et de celle de 1575-1580, que je vais essayer de rechercher ce que Scaliger a volé à Vinet, pour ce qui est de la *Moselle*. Il ne faut pas oublier d'ailleurs que le texte de la *Moselle* établi par Vinet, en 1551, a été reproduit par l'édition de 1558, dont Poelmann a usé plus encore que de ses deux mss., et enfin que le texte sur lequel Scaliger travaille en 1573 pour ses *Auso-*

¶ *Praefatio*, p. LXXXVIIII, note: Vineti quae essent, quae Scaligeri emendationes, non potui, quanta et ipse uolebam et flagitabat Dezeimeris cura discernere, cum Vineti eo tantum exemplari uti liceret, quod Simon Millangius suis coepit formis edere VII. Id. Febr. MDLXXV.

¶² Les éditions bordelaises ne sont pas rares; la parisienne de 1551 est loin d'être introuvable : sans compter l'exemplaire de la Bibliothèque de l'Arsenal, dont j'ai pu me servir, la Bibliothèque Mazarine en possède un (catalogué 21540), et je crois qu'il en existe à la Bibliothèque Nationale.

nianae Lectiones est dû, soit à l'édition que Vinet faisait
paraître en 1551, alors que lui, Scaliger, n'était qu'un écolier
de onze ans, soit au texte envoyé à Gryphe en 1567, et dont
Vinet avait eu la malencontreuse inspiration de confier la
surveillance au peu honnête philologue.

Je commence par analyser deux documents importants :
une lettre de Scaliger à Vinet, datée de Bâle le quatrième
jour avant les calendes de septembre 1573 (lettre imprimée
en tête des Avsonianarvm lectionvm libri dvo), et la
préface de Vinet (Eliæ Vineti Santonis præfatio in sva
commentaria in Avsonii Bvrdigalensis scripta ¶),
préface qui précède l'édition de 1575-1580.

Scaliger raconte que le libraire Antoine Gryphe lui avait
écrit de Lyon, vers la fin de mai 1573, pour lui demander,
au nom de Vinet, de lui communiquer les notes et remarques
qu'il pourrait avoir, afin de rendre meilleure une édition
d'Ausone que le libraire préparait. Scaliger se rappela alors
qu'il avait promis à Vinet le concours de ses notes ; toutes
sortes de difficultés où il s'était débattu avaient rendu son
retard excusable ; maintenant encore, il se trouvait fort au
dépourvu, étant loin de chez lui, et n'ayant pas emporté
ses papiers. Enfin, il fait venir quelques-unes de ses notes :
pressé par Gryphe, il s'exécute et rédige à la hâte, par
amour pour Vinet et par respect pour Ausone, quelques
remarques sur le vieux poète bordelais. Ce ne sont certes
pas des commentaires suivis : sachant que Vinet travaille
lui-même depuis longtemps à un commentaire sur Ausone,
Scaliger aurait-il eu l'effronterie d'espérer trouver à glaner
après cette moisson *(quod eſſet os meum, poſt tuã meſſem,
vel ſpicilegiũ ſperare ?).* Ce ne sont que de simples notes,
jetées sans ordre sur le papier, suivant qu'elles se présen-
taient à sa plume. *(Quare hoc genere ſcribendi vſus ſum
vt quicquid ſub acumen ſtili incideret, chartæ illinerem.)*

¶ On voit que, dans la Préface, Vinet appelle ses Commentaires « Commentaria »; il donne le nom de « Commentarius » à chacun des Commentaires destinés à expliquer les *Parentales,* les *Idylles,* etc.

Quant à la mise en ordre des opuscules contenus dans l'édition, il a veillé à ce que la disposition indiquée par Vinet fût respectée. *(Libelli poëmatū, ita vt à te concepti fuerant, Epigrammatum, Parentalium, Profefforum Burdigalenf., Epiftolarum, vt fedibus fuis fecuri, & incolumes manerent, curauimus.)* Enfin — et c'est par cet aveu que la lettre se termine — Scaliger reconnaît qu'il n'a entrepris son travail que sur les avis de Vinet : aussi il le lui dédie, avec l'espoir que son savant ami corrigera les fautes et comblera les lacunes de ses commentaires. *(Cœterum, mi Vinete, quia tu primus me ad hœc fcribenda impulifti, neq; aliter, quam à te admonitus, videbar ea fcripturus fuiJJe, hoc quicquid eft lucubratiūculœ meœ, tibi do dedicóq;, his legibus, hisq; conditionibus, vtquœ tibi difplicuerint, quœ perperā à me dicfa fuerint, quœ melius dici poterant, quam à me dicfa fint, quœ me fefellerint, ea pro tua fingulari eruditione, & amore in me, ne indicfa neue inemendata relinquas.)*

Il semble donc, d'après les termes de cette lettre du 29 août 1573, que Joseph Scaliger s'occupe simplement de surveiller l'impression d'une édition d'Ausone préparée par Vinet : or, l'édition parut en 1575. Le nom de Vinet ne s'y trouvait pas, et, à la première page, l'outrecuidance de Scaliger s'étalait sans gêne.

Voici en effet quel est le titre de cette édition in-16 :

D. MAGNI ‖ AVSONII BVR- ‖ DIGALENSIS, VI- ‖ RI CONSVLARIS, ‖ AVGVSTORVM ‖ præceptoris, ‖ *Opera in meliorem ordinem digefta.* ‖ Recognita funt à Iofepho Scaligero Iulij Cæs. F. & ‖ infinitis locis emendata. ‖ *Eiufdem Iofephi Scaligeri Aufonianarum lecfionū* ‖ *libri duo, ad Eliam Vinetum Santonem : in qui-* ‖ *bus Caftigationum rationes redduntur, & dif-* ‖ *ficiliores loci Aufoniani explicantur.* ‖ (Marque de Gryphe.) LVGDVNI, ‖ APVD ANT. GRYPHIVM. ‖ M. D. LXXV.¶

¶ La *Notitia* de la Bipontine cite deux éditions de l'*Ausone* de Scaliger, chez Gryphe, en 1575, l'une in-8°, l'autre in-24, toutes les deux suivies des *Lectiones*, et, en outre, une édition lyonnaise des *Lectiones* seules, publiée en 1573. Fabricius ne parle que d'une édition in-12. Bœcking n'a pas eu entre les mains l'édition de 1575 : mais il cite, d'après Schweiger, deux

Le modeste Vinet se garda des récriminations violentes qui n'étaient pas dans son caractère. Mais qu'on lise soigneusement la *Préface* de son édition de 1575-1580 : la simple constatation qu'il fait de la date de ses travaux, la mention de ses notes communiquées à Scaliger, tout cela permet de comprendre que, pour ne pas crier au voleur, Vinet n'en tenait pas moins à montrer sans bruit qu'il se sentait volé.

Vinet, dans sa *Préface*, commence par nous dire, non sans un certain accent de découragement, que ce sont les sollicitations des Bordelais, plus que son propre désir, qui l'ont poussé à s'occuper d'Ausone. Les difficultés d'une édition étaient grandes : aucune des nombreuses bibliothèques locales ne possédait d'anciens exemplaires de l'illustre Bordelais. *(Mirabar equidem vehementer, quod quum in antiquiſſima opulentiſſimaque ciuitate, multæ eſſent bibliothecæ, varijs ſcriptoribus inſtruƈtæ, in nulla extarent ciuis tam nobilis ſcripta.)* Vinet se met cependant à collationner les éditions qu'il peut se procurer *(cœpi, quę habui formis exarata exemplaria aliquot conferre...)*, et à rédiger des commentaires pour justifier ses corrections et expliquer, autant qu'il le peut, les passages les plus difficiles. C'est alors qu'il fait imprimer à Paris, par les soins de Jacques Goupyl, son ami, le texte seul de ce que l'on connaissait d'Ausone (1551). Pendant ce temps, il mûrit ses commentaires ¶.

Quelques années plus tard, Etienne Charpin lui annonce la découverte du ms. de l'Ile-Barbe. C'est avec bonheur qu'il reçoit l'édition lyonnaise de 1558 ; c'est avec une certaine déception qu'il la lit : il lui semble que les éditeurs

---

éditions in-16, l'une de 1575, l'autre de 1574. La Préface de Vinet prouve bien que l'édition n'a paru qu'en 1575 ; les *Lectiones* seules ont été publiées en 1574 ; leur titre porte cette date particulière dans l'édition in-16 de 1574, la seule que je connaisse, où elles se trouvent avec une pagination spéciale à la suite du texte d'Ausone daté de 1575, comme le prouve le titre reproduit plus haut.

¶ Vinet aurait bien dû faire violence à sa modestie et dire quelles corrections il avait apportées au texte de la *Moselle,* en particulier, dans cette édition de 1551 ; cela aurait épargné de lourdes erreurs à l'érudition allemande qui ne connaît que l'édition lyonnaise de 1558.

de Lyon auraient pu tirer un meilleur parti de ce ms., qu'il ne connaît pas encore ¶. Il se hâte de demander qu'on le lui communique : mais le précieux ms. est à Bourges, aux mains du savant juriste Cujas, qui s'en occupe avec ses amis, A. Turnèbe en particulier, qui devait y trouver l'occasion de plusieurs remarques pour ses *Adversaria*. Cujas envoie cependant à Vinet le manuscrit qui lui permet plusieurs corrections qu'il communique à ses amis *(...multa, quę ex eo reſtituerā communicaſſem cum amicis Burdigalēſibus philologis...)*. Les prières des Bordelais deviennent plus pressantes : Vinet s'exécute, et comme, dans son excessive modestie, il ne juge pas encore ses Commentaires dignes de l'impression, il fait seulement publier chez Marnef, à Poitiers (1565), la partie des Commentaires qui avait trait aux *Clarae Urbes,* et où il était beaucoup question de Bordeaux, sujet bien choisi pour intéresser les Bordelais.

Peu de temps après, le libraire lyonnais Antoine Gryphe demande à Vinet son *Ausone* avec promesse de l'imprimer sans retard. Vinet envoie le texte à Lyon (vers 1566 ou 1567), en gardant encore, pour les perfectionner, ses Commentaires.

C'est alors que, pour son malheur, il est mis en rapport par un ami commun, Jacques Salomon de Narbonne, avec Joseph Scaliger, à qui Salomon indique quelques-unes des plus remarquables corrections apportées par Vinet au texte d'Ausone *(...locâque aliquot ex ijs, quae emēdaueram, inſigniora indicauit)*. Scaliger admire surtout la restitution de *Viuiſca* au lieu de *viuifica (quū Scaliger... mihi multa ſalute aſcripta, locū illū de Viuiſca, pro viuifica mire probaſſet...);* il ajoute que, de son côté, dans ses voyages en Belgique, il a fait de nombreuses observations au sujet de la *Moselle*. Sur ces entrefaites, il va suivre à Valence les cours de Cujas, et Vinet, confiant dans son nouvel ami, prie le disciple et le maître de surveiller l'impression de

¶ Voir p. XCI.

son Ausone que Gryphe avait en mains depuis cinq ans. Scaliger promet de donner tous ses soins à l'édition : il s'engage à collationner avec le texte de Vinet le ms. de l'Ile-Barbe qui était rentré en la possession de Cujas ; il recherchera ce qui aura pu échapper à son devancier ; il publiera le texte et les commentaires de Vinet *(meis commentarijs illuſtratus).* Il fait même plus qu'il n'avait promis, comme ajoute Vinet, avec une certaine mélancolie. *(At plus etiam ſibi duxit faciendum Scaliger quam promiſerat.)* Car il compose ses *Ausonianae lectiones,* et les dédie *(pro ſua in me beneuolentia,* dit Vinet, peut-être sans ironie) à celui qui lui avait demandé simplement de hâter une édition en souffrance : sans le concours de Scaliger, la publication de l'*Ausone* de Vinet n'avançait pas ; aussitôt que Scaliger s'en occupe, l'édition paraît, mais elle ne porte pas le nom de celui qui avait fourni le texte à imprimer.

Vinet se doutait probablement de ce que Scaliger lui préparait : tenant à avoir son édition, puisque celle de Lyon, si elle paraissait enfin, ne serait plus la sienne, il céda sans peine aux sollicitations de Millanges qui venait d'établir à Bordeaux une imprimerie importante. Le manuscrit fourni à Millanges était mis sous presse en février 1575 et achevé d'imprimer au commencement de l'été, au moment même où l'édition de Gryphe, si longtemps attendue, arrivait enfin de Lyon. *(Cœpit itaque Auſonius edi Burdigalœ, menſe Februario... abſoluebaturque ineunte œſtate, quum a Gryphio accepimus quod nimiū diu expeɛlaueramus.)* Mais le papier vint à manquer : mis par les troubles politiques qui désolaient la Guyenne dans l'impossibilité de s'en approvisionner, Millanges dut retarder jusqu'en juillet 1579 l'impression des *Commentaires,* qui étaient destinés à accompagner le texte. Vinet en profita pour une nouvelle collation du ms. de Cujas.

On trouvera ci-contre le *fac-similé* un peu réduit du titre de l'*Ausone* de Bordeaux : c'est un volume grand in-4°, dont la page a 0^m 290 de long sur 0^m 198 de large.

AVSONII
BVRDIGALENSIS,
VIRI CONSVLARIS, OMNIA, QVÆ AD-HVC IN VETERIBVS BIBLIOTHECIS INVENIRI POTVERVNT, OPERA,

ADHAEC,

Symmachi, & Pontij Paulini litteræ ad Ausonium scriptæ: tum Ciceronis, Sulpiciæ, aliorúmque quorundam veterum carmina nonnulla,

Cuncta ad varia, vetera, nouáque exemplaria, emendata, commentariísque illustrata per ELIAM VINETVM *Santonem.*

INDICES PRAEFATIONI TRES SVBIVNCTI, Scriptorum hic contentorum, rerum, & verborum.

Burdigalæ,
Apud Simonem Millangium Typographum Regium.
CVM PRIVILEGIO REGIS.

On lit au verso de ce titre :

SENATV, P. Q. BVRDIGALEN.
AVCTORE, AC AVSPICE, AVSO-
NII BVRDIGALEN. VIRI CONSV-
LAR. SCRIPTA AB ELIA VINE-
TO SANT. EMENDATA, COMMEN-
TARIISQ. ILLVSTRATA, SIMON
MILLANG. LEMOVIX, CLARISSI-
MÆ CIVITAT. TYPOGRAPHVS
AC CIVIS, SVIS COEPIT FORMIS
EDERE, VII. ID. FEBR. AN. CHR.
M. D. LXXV.

A la dernière page des *Commentaires* :

SIMON MILLANGIVS, TYPOGRA-
PHVS REGIVS, EXCVDEBAT
BVRDIGALÆ, ANNO CHRISTI
M̄. D̄. L̄X̄X̄X̄.

Rien ne prouve que les deux parties de l'ouvrage aient
été publiées séparément, le texte en 1575, les Commentaires
en 1580. La *Préface* semble dire le contraire ; c'est donc
sans fondement, je crois, que Fabricius (*op. cit.,* p. 421)
distingue une édition du texte en 1575, une autre du texte
et des Commentaires, en 1580 : «*Luculenta Auſonii editio,
cura viri doɛti* Eliæ Vineti *vulgata, Burdegalœ A. 1575.
4. una cum commentariis ejusdem A. 1580.*» La première
édition de la *Bibliotheca* de Fabricius plaçait la publication
des Commentaires en 1575 : « Si l'on veut parler exaɛtement,
il ne faut point dire que la meilleure Edition d'Auſone eſt celle
qui fut publiée à Bourdeaux, l'an 1575, avec les Commentaires d'Elie Vinet. *Prœ reliquis vero laudanda luculenta
Auſonii Editio cum Commentariis viri doɛti Eliœ Vineti
vulgata Burdigalœ A. 1575 ; & poſt ejus obitum A. 1590.*
(Joh. Albert. Fabricius, Bibl. lat., p. 177.) Car, encore
un coup, ces Commentaires ne parurent qu'en 1580... La

· Bibliothèque de M^r l'Archevêque de Reims fait mention
d'un Aufone imprimé chez Millanges à Bourdeaux, l'an
1575, avec les Commentaires d'Elie Vinet. Je m'imagine
que cette faute eft venue de ce qu'on a appliqué à toutes
les Pièces reliées enfemble la date de 1575 qui ne convient
qu'aux Œuvres d'Aufone qui sont à la tête du Volume ¶.»
La *Notitia* de la Bipontine admet l'existence d'une édition
de Vinet, in-4°, 1575 *(Serius,* ajoute-t-elle, *ob belli pericula
prodiit.)*; d'une édition in-4° des Commentaires, 1580, et,
la même année, d'une édition petit in-folio, du texte et des
Commentaires: je crois que tout cela se réduit à l'édition,
commencée en 1575, terminée et publiée en 1580.

Vinet mourut le 14 mai 1587. Le 1er août 1590, Simon
Millanges donnait une réimpression de son *Ausone,* précédé
des *Ausonianae Lectiones* de Scaliger et de quelques
extraits des travaux de divers érudits. Par suite d'une ironie
de la mauvaise fortune qui s'attache à Vinet, même après sa
mort, Scaliger met son nom à côté de celui du défunt savant
saintongeais sur le titre de l'édition bordelaise de 1590,
comme il l'avait imposé, en son lieu et place, à la première
page de l'édition lyonnaise de 1575. Le titre en effet ne
porte plus : « *Cunĉta... illuftrata per* ELIAM VINETVM »,
mais : «*Cunĉta...illuftrata per* ELIAM VINETVM Santonem,
IOSEPHVM SCALIGERVM & alios...». On lit d'autre part,
dans l'édition de 1590, à la suite des trois premières lignes
semblables à celles de l'inscription de 1575, à cette différence près que, ligne 3, BVRDIGALEN. devient BVRDIGAL.,

SCRIPTA AB ELIA VINETO
SANT. ET IOSEPHO SCALIGE-
RO EMENDATA, COMMENTA-
RIISQ. ILLVSTRATA, SIMON
MILLANG. LEMOVIX, CLARIS-
SIMÆ CIVITAT. TYPOGRAPHVS
AC CIVIS, SVIS FORMIS EDE-
BAT. ANN. CHR. M. D. XC.

¶ Bayle, *Dictionnaire,* article *Ausone,* note G.

Millanges trouve nécessaire de faire précéder cette édition d'une Préface où il dit que, les Commentaires de Vinet ne lui semblant pas suffisants *(quia vero commentaria illa, etiam emendata & aucta ab auctore fuo paucis annis ante quā è viuis excederet, non videbātur fatis explicare Poëtæ noftri opera obfcura mutila & corrupta in multis...),* il avait demandé aux savants de Paris s'il ne serait pas bon d'y joindre une compilation de tout ce que les critiques avaient écrit à propos d'Ausone *(eis adiungere quæcunque audirē viros doctos fcripfiffe in ea).* On eut le bon esprit de détourner Millanges de cette entreprise; l'éditeur se borna donc à extraire sept pages de notes « *ex Adriani Turnebi aduer-fariis, Iufti Lipfii criticis, Iunii, & Canteri libris* » : mais s'il avait agi sans se soucier des conseils qui lui furent donnés, Vinet aurait été après sa mort dépouillé à peu près complètement par son éditeur lui-même de son édition bordelaise, comme il avait été, de son vivant, chassé par Scaliger de l'*Ausone* de Lyon.

L'édition bordelaise de 1590 fut réimprimée à Bordeaux, sans changements, en 1598 et en 1604.

Le texte de la *Moselle,* qui doit seul nous occuper, est, à bien peu de différences près, le même, dans l'édition de 1575 et dans celle de 1590. Voici le relevé des variantes :

Vers	1575.	1590.
25	*baccho.*	*Baccho.*
106	*Iftri* ¶.	*Hiftri.*
140	*quum.*	*cum.*
167	*Proba* (faute d'impr. ¶²).	*Probra.*
168	*filua.*	*fylua.*
225	*læuaque.*	*leuaque.*
271	*Collegiffe.*	*Colligiffe* (faute d'impr.).
289	*Chalcedonio.*	*Calcedonio.*
293	*caurorum. Licet.*	*Caurorum, Licet* ¶³.
300	*Gortynius.*	*Gortinius* ¶⁴.

¶ Dans le *Comment., Hiftri.*
¶² Dans le *Comment., Probra.*
¶³ Dans le *Comment.,* (1580 et 1590) *caurorum.*
¶⁴ Dans le *Comment., Gortynius.*

Vers	1575.	1590.
322	*crepidinæ* (faute d'impr).	*crepidine.*
367	*molle* ¶.	*mole.*
376	*oris.*	*orsı* (faute d'impr.).
392	*otij.*	*otj.*
410	*Tantumnon* ¶².	*Tantum non.*

A l'exception de v. 289 *Calcedonio,* qui est peut-être un retour au texte de l'Ascensiana, ces variantes n'ont aucune importance. On peut aussi remarquer quelques différences de ponctuation, qui sont en général des fautes dans l'édition de 1590 :

Vers	1575.	1590.
52	*egeſtas.*	*egeſtas,*
196	*vites,*	*vites.*
237	*crines.*	*crines,*
244	*verrit.*	*verrit,*
261	*vigor,*	*vigor*
283	*traЕtu*	*traЕtu.*
361	*piſcibus.*	*piſcibus :*
377	*honores.*	*honores,*
406	*ſecures.*	*ſecures,*
422	*triumphos,*	*triumphos.*
445	*peto. Sunt*	*peto, Sunt*

L'édition de 1590 est loin d'être un progrès ¶³. On voit que Vinet n'était plus là pour en surveiller l'impression. Aussi pouvons-nous la négliger et ne tenir compte que de l'*Ausone* de 1575-1580. C'est celui-là qu'il convient de mettre en parallèle avec l'édition de Gryphe qui parut en 1575, et sur le titre de laquelle s'étale le nom de Scaliger. On a vu ¶⁴ que l'édition de Millanges était déjà imprimée quand arrivèrent à Bordeaux les exemplaires de l'*Ausone* que Vinet avait confié à Gryphe et dont Scaliger ne s'était que trop occupé. Ce simple rapprochement de dates prouve bien que,

¶ Faute d'impression, corrigée dans les *Emendanda.*
¶² Dans le *Comment.*, (1580 et 1590) *Tantum non.*
¶³ On peut remarquer que, dans cette édition, chaque section du texte est immédiatement suivie de la section correspondante du Commentaire.
¶⁴ P. CXXXI. Cf. édit. de Vinet, *Præfatio,* I F.

Le modeste Vinet se garda des récriminations violentes qui n'étaient pas dans son caractère. Mais qu'on lise soigneusement la *Préface* de son édition de 1575-1580 : la simple constatation qu'il fait de la date de ses travaux, la mention de ses notes communiquées à Scaliger, tout cela permet de comprendre que, pour ne pas crier au voleur, Vinet n'en tenait pas moins à montrer sans bruit qu'il se sentait volé.

Vinet, dans sa *Préface*, commence par nous dire, non sans un certain accent de découragement, que ce sont les sollicitations des Bordelais, plus que son propre désir, qui l'ont poussé à s'occuper d'Ausone. Les difficultés d'une édition étaient grandes : aucune des nombreuses bibliothèques locales ne possédait d'anciens exemplaires de l'illustre Bordelais. *(Mirabar equidem vehementer, quod quum in antiquiſſima opulentiſſimaque ciuitate, multæ eſſent bibliothecæ, varijs ſcriptoribus inſtruĉtæ, in nulla extarent ciuis tam nobilis ſcripta.)* Vinet se met cependant à collationner les éditions qu'il peut se procurer *(cœpi, quę habui formis exarata exemplaria aliquot conferre...)*, et à rédiger des commentaires pour justifier ses corrections et expliquer, autant qu'il le peut, les passages les plus difficiles. C'est alors qu'il fait imprimer à Paris, par les soins de Jacques Goupyl, son ami, le texte seul de ce que l'on connaissait d'Ausone (1551). Pendant ce temps, il mûrit ses commentaires¶.

Quelques années plus tard, Etienne Charpin lui annonce la découverte du ms. de l'Ile-Barbe. C'est avec bonheur qu'il reçoit l'édition lyönnaise de 1558 ; c'est avec une certaine déception qu'il la lit : il lui semble que les éditeurs

---

éditions in-16, l'une de 1575, l'autre de 1574. La Préface de Vinet prouve bien que l'édition n'a paru qu'en 1575 ; les *Lectiones* seules ont été publiées en 1574 ; leur titre porte cette date particulière dans l'édition in-16 de 1574, la seule que je connaisse, où elles se trouvent avec une pagination spéciale à la suite du texte d'Ausone daté de 1575, comme le prouve le titre reproduit plus haut.

¶ Vinet aurait bien dû faire violence à sa modestie et dire quelles corrections il avait apportées au texte de la *Moselle*, en particulier, dans cette édition de 1551 ; cela aurait épargné de lourdes erreurs à l'érudition allemande qui ne connaît que l'édition lyonnaise de 1558.

de Lyon auraient pu tirer un meilleur parti de ce ms., qu'il ne connaît pas encore ¶. Il se hâte de demander qu'on le lui communique : mais le précieux ms. est à Bourges, aux mains du savant juriste Cujas, qui s'en occupe avec ses amis, A. Turnèbe en particulier, qui devait y trouver l'occasion de plusieurs remarques pour ses *Adversaria*. Cujas envoie cependant à Vinet le manuscrit qui lui permet plusieurs corrections qu'il communique à ses amis *(...multa, quę ex eo reſtituerā communicaſſem cum amicis Burdigalēſibus philologis...)*. Les prières des Bordelais deviennent plus pressantes : Vinet s'exécute, et comme, dans son excessive modestie, il ne juge pas encore ses Commentaires dignes de l'impression, il fait seulement publier chez Marnef, à Poitiers (1565), la partie des Commentaires qui avait trait aux *Clarae Urbes,* et où il était beaucoup question de Bordeaux, sujet bien choisi pour intéresser les Bordelais.

Peu de temps après, le libraire lyonnais Antoine Gryphe demande à Vinet son *Ausone* avec promesse de l'imprimer sans retard. Vinet envoie le texte à Lyon (vers 1566 ou 1567), en gardant encore, pour les perfectionner, ses Commentaires.

C'est alors que, pour son malheur, il est mis en rapport par un ami commun, Jacques Salomon de Narbonne, avec Joseph Scaliger, à qui Salomon indique quelques-unes des plus remarquables corrections apportées par Vinet au texte d'Ausone *(...locáque aliquot ex ijs, quae emēdaueram, inſigniora indicauit)*. Scaliger admire surtout la restitution de *Viuiſca* au lieu de *viuifica (quū Scaliger... mihi multa ſalute aſcripta, locū illū de Viuiſca, pro viuiſca mire probaſſet...);* il ajoute que, de son côté, dans ses voyages en Belgique, il a fait de nombreuses observations au sujet de la *Moselle.* Sur ces entrefaites, il va suivre à Valence les cours de Cujas, et Vinet, confiant dans son nouvel ami, prie le disciple et le maître de surveiller l'impression de

¶ Voir p. XCI.

son Ausone que Gryphe avait en mains depuis cinq ans. Scaliger promet de donner tous ses soins à l'édition : il s'engage à collationner avec le texte de Vinet le ms. de l'Ile-Barbe qui était rentré en la possession de Cujas ; il recherchera ce qui aura pu échapper à son devancier ; il publiera le texte et les commentaires de Vinet *(meis commentarijs illuſtratus).* Il fait même plus qu'il n'avait promis, comme ajoute Vinet, avec une certaine mélancolie. *(At plus etiam ſibi duxit faciendum Scaliger quam promiſerat.)* Car il compose ses *Ausonianae lectiones,* et les dédie *(pro ſua in me beneuolentia,* dit Vinet, peut-être sans ironie) à celui qui lui avait demandé simplement de hâter une édition en souffrance : sans le concours de Scaliger, la publication de l'*Ausone* de Vinet n'avançait pas ; aussitôt que Scaliger s'en occupe, l'édition paraît, mais elle ne porte pas le nom de celui qui avait fourni le texte à imprimer.

Vinet se doutait probablement de ce que Scaliger lui préparait : tenant à avoir son édition, puisque celle de Lyon, si elle paraissait enfin, ne serait plus la sienne, il céda sans peine aux sollicitations de Millanges qui venait d'établir à Bordeaux une imprimerie importante. Le manuscrit fourni à Millanges était mis sous presse en février 1575 et achevé d'imprimer au commencement de l'été, au moment même où l'édition de Gryphe, si longtemps attendue, arrivait enfin de Lyon. *(Cœpit itaque Auſonius edi Burdigalæ, menſe Februario… abſoluebaturque ineunte œſtate, quum a Gryphio accepimus quod nimiū diu expeĉtaueramus.)* Mais le papier vint à manquer : mis par les troubles politiques qui désolaient la Guyenne dans l'impossibilité de s'en approvisionner, Millanges dut retarder jusqu'en juillet 1579 l'impression des *Commentaires,* qui étaient destinés à accompagner le texte. Vinet en profita pour une nouvelle collation du ms. de Cujas.

On trouvera ci-contre le *fac-similé* un peu réduit du titre de l'*Ausone* de Bordeaux : c'est un volume grand in-4°, dont la page a 0ᵐ 290 de long sur 0ᵐ 198 de large.

AVSONII

BVRDIGALENSIS,

VIRI CONSVLARIS, OMNIA, QVÆ ADHVC IN VETERIBVS BIBLIOTHECIS
INVENIRI POTVERVNT, OPERA,

ADHAEC,

Symmachi, & Pontij Paulini litteræ ad Ausonium scriptæ: tum Ciceronis, Sulpicia, aliorúmque quorundam veterum carmina nonnulla,

Cuncta ad varia, vetera, nouáque exemplaria, emendata, commentariísque illustrata per ELIAM VINETVM *Santonem.*

INDICES PRAEFATIONI TRES SVBIVNCTI, Scriptorum hic contentorum, rerum, & verborum.

Burdigalæ,

Apud Simonem Millangium Typographum Regium.

CVM PRIVILEGIO REGIS.

On lit au verso de ce titre :

SENATV, P. Q. BVRDIGALEN.
AVCTORE, AC AVSPICE, AVSO-
NII BVRDIGALEN. VIRI CONSV-
LAR. SCRIPTA AB ELIA VINE-
TO SANT. EMENDATA, COMMEN-
TARIISQ. ILLVSTRATA, SIMON
MILLANG. LEMOVIX, CLARISSI-
MÆ CIVITAT. TYPOGRAPHVS
AC CIVIS, SVIS COEPIT FORMIS
EDERE, VII. ID. FEBR. AN. CHR.
M. D. LXXV.

A la dernière page des *Commentaires :*

SIMON MILLANGIVS, TYPOGRA-
PHVS REGIVS, EXCVDEBAT
BVRDIGALÆ, ANNO CHRISTI
M̄. D̄. L̄X̄X̄X̄.

Rien ne prouve que les deux parties de l'ouvrage aient
été publiées séparément, le texte en 1575, les Commentaires
en 1580. La *Préface* semble dire le contraire; c'est donc
sans fondement, je crois, que Fabricius (*op. cit.,* p. 421)
distingue une édition du texte en 1575, une autre du texte
et des Commentaires, en 1580 : « *Luculenta Aufonii editio,
cura viri docti* Eliæ Vineti *vulgata, Burdegalæ A. 1575.
4. una cum commentariis ejusdem A. 1580.* » La première
édition de la *Bibliotheca* de Fabricius plaçait la publication
des Commentaires en 1575 : « Si l'on veut parler exactement,
il ne faut point dire que la meilleure Edition d'Aufone eft celle
qui fut publiée à Bordeaux, l'an 1575, avec les Commentaires d'Elie Vinet. *Præ reliquis vero laudanda luculenta
Aufonii Editio cum Commentariis viri docti Eliæ Vineti
vulgata Burdigalæ A. 1575; & poft ejus obitum A. 1590.*
(Joh. Albert. Fabricius; Bibl. lat.; p. 177.) Car, encore
un coup, ces Commentaires ne parurent qu'en 1580... La

Bibliothèque de M^r l'Archevêque de Reims fait mention d'un Aufone imprimé chez Millanges à Bourdeaux, l'an 1575, avec les Commentaires d'Elie Vinet. Je m'imagine que cette faute eft venue de ce qu'on a appliqué à toutes les Pièces reliées enfemble la date de 1575 qui ne convient qu'aux Œuvres d'Aufone qui sont à la tête du Volume ¶.» La *Notitia* de la Bipontine admet l'existence d'une édition de Vinet, in-4°, 1575 *(Serius,* ajoute-t-elle, *ob belli pericula prodiit.)*; d'une édition in-4° des Commentaires, 1580, et, la même année, d'une édition petit in-folio, du texte et des Commentaires : je crois que tout cela se réduit à l'édition, commencée en 1575, terminée et publiée en 1580.

Vinet mourut le 14 mai 1587. Le 1er août 1590, Simon Millanges donnait une réimpression de son *Ausone,* précédé des *Ausonianae Lectiones* de Scaliger et de quelques extraits des travaux de divers érudits. Par suite d'une ironie de la mauvaise fortune qui s'attache à Vinet, même après sa mort, Scaliger met son nom à côté de celui du défunt savant saintongeais sur le titre de l'édition bordelaise de 1590, comme il l'avait imposé, en son lieu et place, à la première page de l'édition lyonnaise de 1575. Le titre en effet ne porte plus : « *Cunĉta… illuſtrata per* ELIAM VINETVM », mais : «*Cunĉta…illuſtrata per* ELIAM VINETVM Santonem, IOSEPHVM SCALIGERVM & alios…». On lit d'autre part, dans l'édition de 1590, à la suite des trois premières lignes semblables à celles de l'inscription de 1575, à cette différence près que, ligne 3, BVRDIGALEN. devient BVRDIGAL.,

SCRIPTA AB ELIA VINETO SANT. ET IOSEPHO SCALIGERO EMENDATA, COMMENTARIISQ. ILLVSTRATA, SIMON MILLANG. LEMOVIX, CLARISSIMÆ CIVITAT. TYPOGRAPHVS AC CIVIS, SVIS FORMIS EDEBAT. ANN. CHR. M. D. XC.

¶ Bayle, *Dictionnaire*, article *Ausone*, note G.

Vers	1575.	1590.
322	*crepidinæ* (faute d'impr).	*crepidine.*
367	*molle* ¶.	*mole.*
376	*oris.*	*orsị* (faute d'impr.).
392	*otij.*	*otj.*
410	*Tantumnon* ¶².	*Tantum non.*

A l'exception de v. 289 *Calcedonio*, qui est peut-être un retour au texte de l'Ascensiana, ces variantes n'ont aucune importance. On peut aussi remarquer quelques différences de ponctuation, qui sont en général des fautes dans l'édition de 1590 :

Vers	1575.	1590.
52	*egeſtas.*	*egeſtas,*
196	*vites,*	*vites.*
237	*crines.*	*crines,*
244	*verrit.*	*verrit,*
261	*vigor,*	*vigor*
283	*traƐtu*	*traƐtu.*
361	*piſcibus.*	*piſcibus :*
377	*honores.*	*honores,*
406	*ſecures.*	*ſecures,*
422	*triumphos,*	*triumphos.*
445	*peto. Sunt*	*peto, Sunt*

L'édition de 1590 est loin d'être un progrès ¶³. On voit que Vinet n'était plus là pour en surveiller l'impression. Aussi pouvons-nous la négliger et ne tenir compte que de l'*Ausone* de 1575-1580. C'est celui-là qu'il convient de mettre en parallèle avec l'édition de Gryphe qui parut en 1575, et sur le titre de laquelle s'étale le nom de Scaliger. On a vu ¶⁴ que l'édition de Millanges était déjà imprimée quand arrivèrent à Bordeaux les exemplaires de l'*Ausone* que Vinet avait confié à Gryphe et dont Scaliger ne s'était que trop occupé. Ce simple rapprochement de dates prouve bien que,

¶ Faute d'impression, corrigée dans les *Emendanda*.
¶² Dans le *Comment.*, (1580 et 1590) *Tantum non.*
¶³ On peut remarquer que, dans cette édition, chaque section du texte est immédiatement suivie de la section correspondante du Commentaire.
¶⁴ P. CXXXI. Cf. édit. de Vinet, *Præfatio*, I F.

Vers	Édit. parisienne de 1551.	Édit. bordelaise de 1575.
207	*Posthabet, excludet*	*Posthabet : excludit* ¶
209	*Liber sulphurei*	*Liber, sulfurei* ¶²
210	*Vesœui :*	*Veseui :* ¶³
211	*triumphis*	*triumphis,*
212	*prœlia... amores.*	*prœlia... amores :* ¶⁴
216	*Cumbœ :*	*cymbœ :* ¶⁵
218	*Naumachiœ,*	*Naumachiœ :*
219	*pontus :*	*pontus.*
223	*formas,*	*formas :*
225	*dextra*	*dextra,*
227	*nautas,*	*nautas.*
231	*honorem,*	*honorem*
232	*charœ*	*carœ* ¶⁶
233	*ludo,*	*ludo :*
234	*puellœ :*	*puellœ.*
235	*metallo.*	*metallo :*
236	*acus,*	*acus :*
237	*captos*	*cœptat* ¶⁷
238	*ludibria*	*ludibria,*
240	*facileis*	*faciles* ¶⁸
242	*piscis :*	*piscis ?*
243	*lina*	*lina,*
245	*flumen*	*flumen,*
247	*vndas*	*vndas,*
248	*connexa*	*conuexa* ¶⁹
251	*inuasit,*	*inuasit :*
252	*ferri,*	*ferri :*
253	*indicium*	*indicium :*
254	*harundo.*	*harundo :*
255	*mora,*	*mora*
256	*puer,*	*puer.*
258	*crepat,*	*crepat :*
259	*rapinœ,*	*rapinœ :*
262	*anhelatis*	*anhelantis* ¶¹⁰

¶ *Comment.*, 255 : « *Excludet*. Mallem præsenti tempore excludit. » L'édition de Lyon et Poelmann ont *excludet*. Vinet emprunte *excludit* à l'Aldine et aux éditions de Séb. Gryphe. — ¶² Leçon de Poelmann. — ¶³ Leçon de Poelmann. — ¶⁴ Leçon de Poelmann. — ¶⁵ Conjecture d'Accurse admise en marge par l'édition de Lyon et par Poelmann; *cymbœ* se trouve aussi dans le texte de l'Aldine, etc. — ¶⁶ Leçon de Poelmann. — ¶⁷ Leçon de l'Aldine. — ¶⁸ *faciles*, que je ne trouve dans aucune édition antérieure, semble être une correction de Vinet. — ¶⁹ *conuexa* est une correction de Vinet. — ¶¹⁰ *anhelantis* est une correction de Vinet qui se rencontre avec la leçon du B qu'il ne connaissait pas.

Vers	Édit. parisienne de 1551.	Édit. bordelaise de 1575.
263	*inualidos ...plaufus,*	*inualido ...plaufus.* ¶
264	*tremores;*	*tremores.*
265	*rictus,*	*rictus :*
267	*Sic*	*Sic,*
271	*animas,*	*animas :*
278	*Expertus*	*Expertus,*
281	*conuertere*	*conuerrere* ¶²
284	*faxis ...culmine villæ :*	*faxis, ...culmine, villæ.*
286	*Amnis,*	*Amnis :*
289	*Calchedonio*	*Chalcedonio* ¶³
290	*magnum, ...vndis*	*magni, ...vndis,* ¶⁴
291	*Europæq;*	*Europæque,*
293	*Caurorum :*	*caurorum.*
296	*pene manus,*	*pœne manus.* ¶⁵
298	*potis... retexens*	*potis, ...retexens,*
300	*aliger*	*aliger,*
301	*Euboicæ,*	*Euboicæ.*
303	*Cecropius, ...hofte*	*Cecropius : ...hofte,*
306	marqué d'un * dans l'édition de 1575 ¶⁶.	
307	*Hebdomas, ...artes :*	*Hebdomas. ...artes,*
308	*Atq; ...manus,*	*Atque ...manus :*
309	*Ictinus,*	*Ictinus.*
310	*volucres, perimitq;*	*volucres : perimitque*
312	*Dinochares,*	*Dinochares :*
314	*amoris*	*amoris,*
316	*Corus Achates,*	*totus Achates,* * ¶⁷
318	*ergo ...fimiles*	*ergo, ...fimiles,*
320	*villas,*	*villas.*
321	*faxi,*	*faxi.*
322	*crepidine ripæ,*	*crepidinæ ripæ.* ¶⁸

¶ L'édition de Lyon et Poelmann gardent *inualidos*; mais ce dernier note en marge la leçon *inualido* de ses mss., que Vinet adopte. — ¶² *conuerrere,* conjecture d'Accurse (confirmée par le texte du G), admise par l'édition de Lyon et par Poelmann. — ¶³ *Chalcedonio,* leçon de Poelmann. — ¶⁴ *Comment.,* 261 : « *Regis opus magnum. magni,* mallem. Darius Perfarum rex, Xerxis pater, cōftrato in nauibus ponte, exercitum in Europā hac traijecit *(sic)*... Opus autem hoc magnum ait, vt mirum atq; ingens facinus, quum propter peruicax maris ingenium, tum ob pontis magnitudinem. » On attribue d'ordinaire cette correction à Scaliger qui écrit *Magni.* — ¶⁵ *pœne* orthographe de Poelmann. — ¶⁶ *Comment.* 262 : « Ego de ifto Margeo, feu Mergeo, vt aliter fcribitur, nihil comperi... Marci pro Margei legendum effe, funt quidam fufpicati... ». — ¶⁷ Vinet ne dit pas pourquoi il revient à *totus,* leçon de l'Aldine : « Quam incertæ periculofæque funt conjecturæ. » (*Comment.,* 263 C.)— ¶⁸ *crepidinæ* est une faute d'impression qui ne reparaît ni dans le *Comment.* de 1580, ni dans l'édit. de 1590.

Vers	Édit. parisienne de 1551.	Édit. bordelaise de 1575.
323	*refugit, captumq; ...amnem:*	*refugit: captumque ...amnem.*
324	*collem*	*collem,*
325	*aspera visus,*	*aspera, visus :*
328	*montis,*	*montis :*
329	*Sublimiq; ...tecto*	*Sublimique ...tecto,*
330	*altam ...Memphitica*	*altam, ...Memphitica,*
337	*sulphurea*	*sulfurea* ¶
341	*lauacri*	*lauacri,*
353	*Possent,*	*Possent :*
354	*Proneæ*	*PRONÆÆ* ¶²
356	*fluentis,*	*fluentis :*
357	*permixta*	*permista* ¶³
359	*Gelbis ...Erubrus*	*GELBIS, ...ERVBRVS,*
361	*celsis ...piscibus*	*Gelbis ...piscibus.* ¶⁴
362	*rotatu :*	*rotatu,* ·
365	*tenuemq; Drachonum :*	*tenuemque DRAHONVM,* ¶⁵
366	*fluores.*	*fluores :*
367	*mollis Arauus*	*molle SARAVVS* ¶⁶
368	*vocat,*	*vocat :*
369	*augustis ...muris*	*Augustis ...muris,*
370	*hoc... labēs*	*hoc, ...labens,*
372	*alij*	*alij,*
373	*cupiunt,*	*cupiunt.*
374	*mores :*	*moles.* ¶⁷
376	*oris,*	*oris :*
377	*Tybris*	*Tibris* ¶⁸
378	*mihi ...potens, pulsa oro*	*mihi, ...potens. pulsa, oro,*
379	*Inuidia, ...linguæ :*	*Inuidia : ...linguæ,*
381	*frugumq; virumq;*	*frugumque, virumque*
385	*Ingenium*	*Ingenium,*
386	*Catones,*	*Catones :*
388	*qui lustrat*	*qui illustrat* ¶⁹

¶ Leçon de Poelmann. — ¶² Tous les noms de fleuves, jusques et y compris ALISONTIA, sont en capitales dans l'édit. de 1575. *Comment.*, 265 : « Quidam libri *Pronœæ* (faute d'impression dans l'édit. de 1590 : *Prænæœ*) scribunt, media diphthongo. » Je ne trouve *Pronœæ*, dans aucune édition antérieure à celle de 1575. — ¶³ *permista* est la leçon de Poelmann. — ¶⁴ *Comment.*, 266 A : « Legendum prorsus, vt ante, Gelbis, nisi forte malis cum Scaligero nostro Celbis. » — ¶⁵ Leçon du *liber C. Gualtheri* que Poelmann donne en marge. — ¶⁶ *molle* est une faute d'impression, corrigée dans les *Emendanda*, à la fin du volume. « Annotauit Pulmannus, Comitē Nuenariū, locum hunc sic emendasse. » (*Comment.*, 266 C.) — ¶⁷ Leçon de l'édition de Lyon et de Poelmann. — ¶⁸ Leçon de la Juntine. — ¶⁹ Leçon de l'Aldine.

Vers	Édit. parisienne de 1551.	Édit. bordelaise de 1575.
389	*ſpaciatus*	*ſpatiatus* ¶
391	*chelyn*	*chelyn,*
392	*oci*	*otij* ¶²
394	*honos,*	*honos :*
395	*mores,*	*mores.*
397	*Pierides,*	*Pierides :*
398	*Percurrent,*	*Percurrent.*
401	*reis,*	*reis.*
404	*Quintiliani :*	*Quinctiliani.* ¶³
406	*ſecures :*	*ſecures.*
410	*Tantū non*	*Tantumnon* ¶⁴
411	*primis,*	*primis.*
412	*ſuum,*	*ſuum :*
415	*virorum,*	*virorum.*
417	*fluuium, Rheniq;*	*fluuium : Reniqᵤₑ* ¶⁵
418	*Rhene*	*Rene*
419	*peplum, ſpaciumq;*	*peplum : ſpatiumque* ¶⁶
	...fluenti	*...fluenti,*
420	*aquis :*	*aquis.*
421	*vrbis*	*vrbis,*
422	*triumphos.*	*triumphos,*
423	*Luponudum,*	*Lupodunum,* ¶⁷
424	*latijs*	*Latiis* ¶⁸
425	*belli :*	*belli.*
426	*feret, ...iuncti,*	*feret. ...iuncti :*
428	*Rhene videri :*	*Rene videri,*
429	*habet,*	*habet.*
430	*Nomine : tu fratrem ...*	*Nomine. tu fratrem, ...,*
	adopta,	*adopta.*
432	*ripis,*	*ripis :*
435	*tremant,*	*tremant.*
436	*amni,*	*amni.*
438	*viuifica... gentem*	*VIVISCA... gentem,* ¶⁹
439	*hoſpitijs, non* (en marge *nunc*).	*hoſpitiis nunc* ¶¹⁰
442	*mores*	*mores,*

¶ Leçon de l'édit. de Lyon et de Poelmann. — ¶² Leçon de l'Aldine. — ¶³ Leçon de Poelmann. — ¶⁴ Le *Comment.* de 1580 a *Iantum non* (faute d'impression); le *Comment.* et l'édit. de 1590 ont *Tantum non.* — ¶⁵ *Renique, Rene* (v. 418 et 428), leçon particulière aux édit. de 1575 et 1590. — ¶⁶ Leçon de l'édit. de Lyon et de Poelmann. — ¶⁷ Correction admise en marge par l'édit. de Lyon et par Poelmann. — ¶⁸ *Latijs,* leçon de Poelmann. — ¶⁹ Correction de Vinet. — ¶¹⁰ L'édit. de Lyon et Poelmann ont *non* dans le texte, *nunc* en marge.

Vers	Édit. parisienne de 1551.	Édit. bordelaise de 1575.
443	*concino fas*	*concino. Fas*
444	*Muſœ.* ¶	*muſœ.* ¶
445	*affeĉto, veniam peto,*	*affeĉto. veniam peto.*
446	*amnis*	*amnis,*
447	*Aganippen :*	*Aganippen.*
450	*Auguſtus,... nati... cura*	*Auguſtus... natus... cura,* ¶²
451	*decoratum*	*decoratum,*
452	*disciplinœ :*	*disciplinœ,*
454	*ſubter laberis alueo,*	*ſubterlaberis alueo :*
455	*muris :*	*muris.*
456	*Addam, ...rerum ꞉*	*Addam... rerum,*
458	*colonos,*	*colonos.*
459	*labores*	*labores,*
462	*non Gallis*	*non, Gallis,*
463	*œſtu*	*œſtu.*
464	*Duranide*	*DVRANI de* ¶³
465	*Amnis, ...Tarnem,*	*Amnis : ...TARNEM.*
471	*honorem,*	*honorem :*
472	*meatus,*	*meatus :*
473	*ſoluis :*	*ſoluis,*
474	*Camœnœ,*	*camenœ,* ¶⁴
475	*ocia*	*otia* ¶⁵
476	*letoq; ¶⁶*	*lœtoque*
477	*fontes*	*fontes,*
478	*Flumina, ...Pagorum* ¶⁷	*Flumina : ...pagorum*
479	*ripis,*	*ripis.*
481	*meat... Rhodanus*	*meat, ...Rodanus* ¶⁸
483	*Omnibus aquoreœ* (faute d'impression).	*Amnibus œquoreœ*
483	*Garunnœ.*	*Garumnœ* ¶⁹

Pour que cette collation des deux éditions soignées par Vinet soit complète dans tous ses détails, il faut ajouter que l'édition de 1551 n'a qu'un seul alinéa, au v. 418.

¶ Leçon de l'Aldine. — ¶² Les édit. de Bâle et de Séb. Gryphe ont *natus.* — ¶³ Leçon de Poelmann ; tous les noms de fleuves, cités dans les vers 461-479, excepté *Moſella, Rodanus, Garumna,* sont écrits en capitales dans l'édition de 1575. — ¶⁴ Poelmann écrit *Camenœ.* — ¶⁵ Leçon de Poelmann. — ¶⁶ Faute d'impression qui se retrouve dans l'édition d'Ugolet que Vinet ne connaissait pas. — ¶⁷ Leçon de l'Ascensiana de 1517. — ¶⁸ *Rodanus* ne se trouve que dans l'édit. d'Ugolet que Vinet ne connaissait pas. — ¶⁹ Leçon de l'édit. de 1558 et de Poelmann.

Le texte de la *Moselle,* donné par Vinet en 1575, est donc, à peu de différences près, ce qu'il était vingt-quatre ans auparavant dans l'édition parisienne. Ces différences portent principalement :

1° Sur la ponctuation. — Vinet semble abuser en 1575 des signes de ponctuation qu'il multiplie sans nécessité. Il n'y a guère d'amélioration en ce sens qu'au vers 116; par contre le point introduit au milieu du v. 204 constitue une véritable faute.

2° Sur l'orthographe. — Vinet évite les abréviations : il écrit toujours *que* et non *q;,* comme en 1551, *pompas* et non *pōpas,* etc. L'orthographe de Poelmann a sensiblement influé sur celle de l'édition bordelaise ; la tradition de l'Ascensiana se fait beaucoup moins sentir qu'en 1551 ; plusieurs changements orthographiques sont empruntés à l'Aldine, alors que Poelmann reste fidèle au texte d'Ascensius. Les seules corrections orthographiques qui appartiennent à Vinet sont : v. 43 *quotiens,* v. 481 *Rodanus* (qui se trouvent déjà dans l'édition d'Ugolet qu'il ne connaissait pas ; la première est bonne, la seconde, mauvaise); v. 144, 148 *ballæna,* v. 354 *Pronæœ,* v. 417, 418, 428 *Renique, Rene* (mauvaises corrections); v. 204 *alacres,* v. 240 *faciles,* v. 474 *camenœ* (*Camenæ,* Poelmann) : ces trois dernières sont bonnes.

Pour ce qui est des changements proprement dits dans le texte, Vinet prend à Poelmann surtout et aux éditions antérieures quelques bonnes leçons (v. 79, 84, 198, 207, 281, 365, 367, 423, 464), et quelques mauvaises (v. 374, 392, 439). Cinq corrections lui sont personnelles :

V. 262 *anhelantis* (leçon du B, que Vinet ne connaissait pas); cette correction est mauvaise et Vinet ne l'explique pas dans son *Comment.* C'est peut-être une faute d'impression.

V. 361 *Gelbis.* Cette correction, que je n'adopte pas, est la seule où l'on puisse noter l'influence des *Lectiones.* Vinet cite et discute le texte proposé par Scaliger, sans s'y conformer (voir p. CXLVII, note 4).

Les trois autres constituent des améliorations très impor-

tantes : v. 248 *conuexa;* v. 290 *magni;* v. 438 VIVISCA.
La première de ces corrections est bien attribuée à Vinet
par Schenkl et Peiper; il a été dit plus haut (voir p. CXL)
pour quelles raisons la deuxième semble due à Vinet et non
à Scaliger; enfin tous les critiques font honneur de la
troisième à Scaliger.

Scaliger, d'ailleurs, se vante en termes exprès de cette
correction; il s'exprime ainsi au commencement du chapitre V du livre I de ses *Ausonianae Lectiones* : « *Non patiar
infignem labem in tam excellenti poëmate refidere, quœ
hodie in epilogo eiufdem operis legitur :*

> *Hœc ego viuifica ducens ab origine gentem.*

« *Legendum enim* Viuifca. *Burdigala enim Caput Bitu-
rigum Viuifcorum; & ita in infcriptione Burdigalenfi
legitur :*

> AVGVSTO SACRVM
> ET GENIO CIVITATIS
> BIT. VIV.

« *Alioqui Vibifci, & Biuifci fcriptum legitur.* » Voici le
texte exact de cette inscription qui se trouve à Bordeaux
au dépôt d'antiques de l'hôtel Jean-Jacques Bel, tel qu'il a
été reproduit par M. Jullian :¶

> AVGVSTO·SACRVM
> ET·GENIOCVITATIS
> BIT·VIV·

Cette inscription était connue longtemps avant Scaliger :
« La première mention de ce monument se trouve en 1534,
dans le recueil d'Apianus... Vinet qui vit le monument

¶ *Histoire d'une Inscription;* lecture faite à la Société archéologique
de Bordeaux, le 12 novembre 1886, et *Inscriptions romaines de Bordeaux,*
Bordeaux, 1887, t. I, p. 1.

dès 1552, en ignora toujours l'origine : *Ie ne ſaurois dire* — dit-il dans son *Antiquité,* éd. de 1574, s. 28 — *commēt s'eſt trouué cete antiquité.* » ¶ Sans doute, *L'antıquité de Bourdeaux,* || *Preſentee au Roy le trezieſme iour d'Auril,* || *l'an mille cinq cens ſoixante & cinq.* || *A Poitiers,* || *de l'Imprimerie d'Enguilbert de Marnef.* || *1565.* ¶² || ne renferme pas la phrase concluante qui se trouve dans la deuxième édition de l'*Antiquité.*

On lit, en effet, dans L'ANTIQVITÉ || DE || BOVR-DEAVS, || *Et de* BOVRG, *preſentée au Roi Charle neu-fieſme, le trezieſme* || *iour du mois d'Auril, l'an mille cinq cens ſoixante & cinq,* || *a Bourdeaus, & lhors premierement publiée, mais* || *depuis reueüe, & augmentée, & a ceſte au-* || *tre impreſſion enrichie de pluſieurs* || *figures, par ſon auĉteur* || ELIE VINET. || ...... || A BOVRDEAVS, || par Simon Millanges, rüe Saint Iamme, pres || la maiſon de la ville. || 1574. || , à la suite d'une discussion sur le fait que, dans l'antiquité, « ceus qui lors tenoint Bourdeaus ſ'appelloint BITVRIGES VIVISCI » (s. 22), ces lignes où Vinet revendique hautement la paternité de la fameuse correction : « Nul ne doute, que le poëte AVSONIVS n'ait eſté enfant de Bourdeaus. Il s'appelle *Viuiſque* ſur la fin de la Moſelle, en cette ſorte.

Hæc ego Viuiſca ducens ab origine gentem.

» Il eſt vrai, qu'en tant que l'on a veu encore de liures imprimés, il i a *Viuifica,* pour ce *Viuiſca,* mais que pourroit eſtre la ce ſot mot de *Viuifica ?* lequel ie n'ai onques douté, qu'il n'euſt eſté fait par quelqu'vn qui n'auoit onque leu, ni oui parler du nom de *Viuiſcus :* & ainſi n'ai fait difficulté de ſoudain le rechanger. » Quand Vinet écrivait ces lignes qui furent publiées en 1574, il ne connaissait pas encore le « liure imprimé », les *Ausonianae Lectiones* où l'impudent Scaliger se posait en correcteur de *Viuifica;* mais, alors qu'il

---

¶ Jullian, *Inscript. rom. de Bordeaux,* t. I, p. 5.
¶² In-4⁰ Biblioth. Nation. — Rés. L K 7 1112.

a en mains et les *Lectiones* de 1574 et l'édition lyonnaise de 1575, il répète son affirmation avec plus de force; dans son Commentarivs in Avsonii *VRBES* (208, C), il dit encore, à propos des Bituriges Vivisques : « *Verū altero illo Burdigalenſiū vocabulo etiā Auſoni' Burdigalenſis ſe appellarat in extremo Moſella, vbi nos repoſuimus* Vivisca, *pro Viuiſica, mēdoſo verbo : quod in ōnibus noſtris exeplarib'.* » En 1580, dans sa *Préface*, Vinet fait encore allusion à sa correction : sans s'abandonner à des récriminations qui ne conviennent pas à son caractère, il se borne à rappeler que Scaliger lui-même a beaucoup approuvé le changement de *vivifica* en *vivisca*: « *Quū reſcripſiſſet Scaliger, ac mihi multa ſalute aſcripta, locū illū de Viuiſca pro viuiſica mire probaſſet...*» (1, D.) Cette simple constatation de fait est une exécution sommaire et sans appel de Scaliger ¶.

Nous avons essayé de faire, pour ce qui concerne les corrections apportées au texte de la *Moselle* par Vinet et par Scaliger cette « enquête scrupuleuse » que demandait M. Dezeimeris dans une note de sa lettre « *A propos d'un manuscrit d'Ausone* », note citée plus haut. Quel est le résultat de cette enquête?

Vinet, dès 1551, a emprunté à l'Ascensiana les corrections suivantes :

Vers		Vers	
65	*Vtq;.*	321	*natiui.*
218	*ſpectante.*	409	*populumq;.*
237	*Vibratis captos.*	413	*reddet.*
316	*Corus.*	429	*nil.*

corrections attribuées par Schenkl et Peiper à l'édition de Lyon de 1558 qui les a simplement prises dans l'*Ausone* de 1551. Schenkl attribue en outre à la Lyonnaise la correction *Sicca ſed in prima aſpergis veſtigia lympha* (v. 47), qui appartient à la première édition de Vinet.

¶ Voir p. CXXX.

XX

Schenkl et Peiper attribuent à Scaliger la correction *Menecratis* (v. 307), qui appartient à la première édition de Vinet.

Schenkl et Peiper attribuent à la Lyonnaise les corrections *refluus* (v. 463) et *Numine* (v. 468), qui appartiennent à la première édition de Vinet.

Peiper attribue à Scaliger la correction *magni* (v. 290) qui appartient à la deuxième édition de Vinet. Scaliger proposait *Magni*.

Schenkl et Peiper reconnaissent à Vinet la paternité de la correction *conuexa* (v. 248), qui se trouve dans sa deuxième édition.

Schenkl et Peiper attribuent à Scaliger la correction *Vivifca* qui appartient à la deuxième édition de Vinet.

Voilà la part de Vinet : quant à Scaliger, dans ses *Lectiones,* il propose v. 1 *lumine,* correction inutile qu'il n'adopte pas dans ses éditions, pas plus que ne l'ont fait Schenkl et Peiper. (Voir mon COMMENTAIRE, p. 49.) V. 359 et 361, Scaliger propose *Celbis* (voir mon COMMEN-TAIRE, p. 103), qu'il n'adopte pas dans ses éditions, mais que j'admets comme l'ont fait Schenkl et Peiper. V. 464, Scaliger admet *Concedes,* correction que j'adopte; V. 481, *Dextræ,* correction qui me semble mauvaise. En somme, quatre corrections en tout pour les 483 vers de la *Moselle;* et sur les quatre, deux en tout qui me paraissent acceptables. On voit que, pour la *Moselle,* qui seule nous occupe, « Vinet n'a rien à perdre à l'enquête scrupuleuse » que M. Dezeimeris demandait.

J'ai extrait du *Commentaire* de Vinet et des *Leçons* de Scaliger tout ce qui a rapport à l'établissement du texte. L'essentiel des remarques historiques, géographiques, etc., contenues dans ces deux ouvrages se trouvera dans mon COMMENTAIRE EXPLICATIF. Réimprimés plusieurs fois, ils l'ont été tous deux sans changement, tout au moins pour ce qui concerne la *Moselle.* En tête du texte des *Lectiones,* contenu dans cet *Ausone* de 1590, qui renferme à la fois la

Préface où Vinet établit qu'il est l'auteur de la correction Vivisca et les *Lectiones* où Scaliger prétend que l'honneur lui en revient, Millanges annonce au lecteur que s'il y a des modifications, la responsabilité en revient à Scaliger lui-même : « *His meis precibus ille commotus... correxit quæ iam scripserat & detraxit nonnulla ¶.* » Pour ce qui a rapport à la *Moselle,* je ne trouve qu'un mot changé : le texte de 1575 avait *Narbonam* (I, 5); celui de 1590 a *Massiliam.* La modification est au moins malencontreuse ¶². Quant aux *Commentaires* de Vinet, une lettre de Scaliger citée par Fabricius ¶³ prétend qu'ils ont été considérablement modifiés après 1580, grâce aux *Lectiones: « Ejus secundæ editionis commentarii meminit Josephus Scaliger p. 403. Epist. Gryphum ternarii Ausoniani expositurus ad Nicolaum Michaëlium :* Scis quam non vulgaris eruditio sit in poëmatis Ausonii. In quibus Gryphus ternarii melioribus æui nostri Grammaticis crucem fixit, quamquam conatus omnium elusit recondita & velo ænigmatum summota doctrina : Nam Syluius Ambianus nihil nisi triuiali moneta percussit. Bonus Vinetus non solum sibi, sed & eruditioribus, etiam in iis, quæ plana sunt, diffidit. Et quamuis in commentario secundo, quod nuper post ejus mortem recoctum est, multa de nostris lectionibus Ausonianis in suas diatribas transcripserit, nihil tamen quo doctioribus Ausonius familiarior fieret exprompsit.* » Que veut dire Scaliger par le *second Commentaire* de Vinet? Désigne-t-il le Commentaire de 1590? Mais celui-ci ne diffère en rien du Commentaire de 1580 ¶⁴. Est-ce à ce commentaire de 1580 qu'il fait allusion, et entend-il par premier commentaire celui que Vinet préparait dès avant 1551, comme il le dit dans sa *Préface,* celui qu'il

---

¶ « *Simon Millangius typographus Lectori* », au verso du titre où on lit : « *Omnia ab Auctore recognita & emendata hac postrema editione.* »

¶² Voir Commentaire explicatif, p. 138.

¶³ *Bibl. Med. et Inf. Lat.,* l. I, p. 421-422.

¶⁴ J'ai cité (p. CXXXV) la phrase de Millanges qui prétend que Vinet a corrigé et augmenté ses Commentaires après 1580 : mais les Commentaires de la *Moselle* et de quelques autres pièces que j'ai collationnés minutieusement (p. ex. celui du *Gryphus*) sont exactement en 1590 ce qu'ils étaient en 1580.

gardait dans ses cartons alors qu'il envoyait le texte seul à Gryphe, en 1567, celui que Jacques Salomon communiqua à Scaliger, et où se trouvait la correction *Vivisca* que ce dernier admirait tant? Le *second Commentaire* serait alors le travail revu et corrigé entre 1575 et 1580 pendant les loisirs forcés que le manque de papier faisait à Vinet : c'est pour ce travail que nous connaissons seul, qui a été seul publié, que Vinet aurait pillé les *Lectiones*. Scaliger le prétend au moment où Vinet ne peut plus répondre et alors que nous ne connaissons pas, pour le comparer au Commentaire de 1580, le premier travail inédit préparé entre 1551 et 1575. Mais, nous savons que Scaliger a volé la correction VIVISCA ; il en a pris d'autres probablement aux notes de Vinet que Salomon avait eu l'imprudence de lui communiquer. Nous ne pouvons attacher aucune créance à ces imputations calomnieuses : Scaliger n'use-t-il pas du procédé familier aux filous qui après avoir dérobé quelque objet à un étalage, sont les premiers à courir dans la rue en criant au voleur? Souchay, qui rapporte ce passage de la lettre à N. Michaëlius¶, est partagé entre son respect pour Scaliger et son estime pour la consciencieuse érudition de Vinet : «*Severum quidem ac paulo iniquius judicium. Etsi enim verbosus est Vinetus ut qui maxime, atque habet longe plurima quæ nihil ad rem faciant, in eo tamen laudandus venit, quod multum operæ ac laboris in emendando Poëta nostro consumpserit.*» La verbosité de Vinet! C'est le grand reproche qu'on lui adresse : dans son avis au lecteur, Tollius parle du mal qu'il a pris à couper l'inutile de ces trop longs Commentaires : «*Plurimus labor exhaustus est in circumcidendis verbosissimis* VINETI *commentariis.*» Vinet est verbeux comme l'était son contemporain Lambin, le savant commentateur de Lucrèce, comme le sont tous les érudits consciencieux qui veulent expliquer leur auteur à grand renfort de preuves et de rapprochements,

¶ *Edit. in us. Delph., Dissert*, p. XXXVj.

qui ne craignent pas les longs développements quand ils
leur semblent nécessaires pour amener la persuasion dans
l'esprit du lecteur. Scaliger a beau jeu à ne pas être verbeux, lui qui affirme sans prouver, lui qui impose son opinion
infaillible en style d'oracle : douter, après qu'il a daigné
parler, serait un sacrilège. Les traditions du prophète des
Ausonianæ Lectiones sont suivies fidèlement par les critiques allemands qui font précéder leurs corrections d'un
ego sacramentel, sans les faire suivre d'une justification
nécessaire. « Moi, dis-je, et c'est assez! » Mais le lecteur
français, qui veut être respecté, comme l'on sait, ne se paie
pas de mots : une bonne démonstration à l'appui ferait bien
mieux son affaire. C'est pourquoi aux aphorismes concis de
Scaliger nous préférons les verbeux développements où
Vinet nous donne la raison de ses corrections et de ses
doutes ; car il sait douter et confesser qu'il hésite et qu'il
ignore. D'autre part, il est bien flatteur pour le lecteur de
s'entendre dire, surtout par Scaliger, qu'il est plus docte
qu'un laborieux commentateur : « *Bonus Vinetus non solum
sibi sed & eruditioribus etiam in iis quæ plana sunt
diffidit.* » Après avoir parcouru les patients commentaires
de Vinet, on trouve facile et indigne d'explication ce que
Vinet a permis de comprendre ; on s'indigne contre ce
bonhomme qui se défie du sens de plus érudit que lui. On
méprise l'esprit terre à terre de Vinet ; Géronte, qui admire
les mots latins de Sganarelle, priserait peu la science du
médecin qui lui expliquerait tout simplement pourquoi sa
fille est muette. Les Gérontes sont légion, et le pédantisme
de Scaliger les éblouit : on admire l'audacieux qui tranche
le nœud gordien, on prend en pitié le travailleur qui le
dénoue laborieusement et qui a même l'honnêteté de s'avouer
impuissant à s'en tirer.

Sans compter l'édition de Lyon (1575), où Scaliger met son
nom à la place de celui de Vinet, et les éditions de Bordeaux
(1590, 1598, 1604), où il l'impose à ses côtés, en vrai

parasite, un grand nombre d'*Ausones* « ex recognitione Iofephi Scaligeri » ont paru, de son vivant et même après sa mort, à Genève, à Heidelberg, à Leyde, peut-être à Anvers. L'auteur des *Lectiones* mourut en 1609 : une édition, qui porte son nom, était encore publiée par la maison Plantin en 1612.

Parmi ces éditions, j'ai pu collationner les suivantes :

1) D. MAGNI ‖ AVSONII ‖ BVRDIG. VIRI ‖ CONSVLA- ‖ RIS ‖ OPERA. ‖ A Iofepho Scaligero & Elia ‖ Vineto denuo recognita, di- ‖ fpofita, & variorum notis il- ‖ luftrata : Cetera Epiftola ad ‖ lectorem docebit. ‖ ..... ‖ TYPIS ‖ IACOBI STOER. ‖ M. D. XIIC ¶. ‖ in-16.

2) D. MAGNI ‖ AVSONII ‖ BVRDIGALENSIS, ‖ VIRI CONSVLARIS, ‖ AVGVSTORVM ‖ praeceptoris, ‖ *Opera in meliorem ordinem digefta.* ‖ Recognita funt a IOSEPHO SCALIGERO Iulij ‖ Caes. F. & infinitis locis emendata. ‖ ..... ‖ HEIDELBERGAE, ‖ cIɔ. Iɔ. LXXXVIII. ‖ in-8o¶².

3) D. MAGNI ‖ AVSONII ‖ BVRDIGALENSIS, ‖ VIRI CONSVLARIS, ‖ AVGVSTORVM ‖ praeceptoris, ‖ *Opera in meliorem ordinem digefta.* ‖ Recognita funt a IOSEPHO SCALIGERO Iulij ‖ Caes. F. & infinitis locis emendata. ‖ ..... ‖ IN OFFICINA SANCTANDREANA. ‖ cIɔ. Iɔ. LXXXVIII. ‖ in-8o.

¶ Cette notation insolite signifie 1588. — Je dois à l'obligeance de M. E. Labadie communication des éditions 1), 3), 4), 6).

¶2 La *Notitia* de la Bipontine qui donne exactement le titre de cette édition dit qu'elle parut chez Commelin, ce que répète Bœcking qui ne la connaît pas. Je ne trouve nulle part, dans l'Ausone d'Heidelberg, mention du nom de Commelin. D'autre part le titre de l'édition, imprimée « in officina Sanctandreana » est exactement semblable à celui de l'édition d'Heidelberg, que j'ai entre les mains. Or, on sait que la maison de Commelin est souvent désignée par le nom d'« officina Sanctandreana ». Les deux éditions de 1588 que je note 2) et 3) sont deux ouvrages identiques, différant seulement par les indications du titre. La justification est absolument la même, il n'y a pas une variante à noter, pas un détail typographique qui diffère. Ainsi, v. 284, le dernier *e* de *Pendentes* est peu lisible dans les deux; elles ont l'une et l'autre v. 273 *Defper atarum.* Bœcking a négligemment collationné son édition publiée « *in officina Sanctandreana* »; en effet elle a bien v. 203 *attunfis*, v. 355 *degener ire*, v. 462 *interfita*, alors que Bœcking prétend que *attunfis* ne se trouve que dans les éditions de Raphelengius et que tous les *Ausones* « *ex recognitione J. Scaligeri* » qu'il connaît ont les leçons *degenerare* et *inter fita*. Il aurait dû noter de plus que l'édition de 1588 a, v. 214, la mauvaise leçon *Laucados.*

4) D. MAGNI || AVSONII || BVRDIGALENSIS, || viri confu-
laris,   Augg. || præceptoris || OPERA, || *Ex recognitione* ||
IOSEPHI SCALIGERI || IVL. CÆS. F. || LVGDVNI BATAVORVM, ||
EX OFFICINA PLANTINIANA, || Apud Francifcum Raphelengium.
|| cIɔ. Iɔ. XCV. || in-16.

5) D. MAGNI || AVSONII || BVRDIGALENSIS || V. C. ||
OPERA, || *Ex recognitione* || IOSEPHI SCALIGERI || IVL. CÆS.
F. || Ex Officina Plantiniana || *RAPHELENGII.* || cIɔ.Iɔ.
CV. || in-16.

6) Même titre, même format; la date seule change : cIɔ. Iɔ.
CXII. ¶.

Bœcking a collationné, parmi ces éditions, celles que je
désigne par les numéros d'ordre 1), 3), 4), 5), et en outre,
une seconde édition de Stoer, dont le titre et le format sont
identiques à ceux de la première, et qui porte la date de
« M. D. XCV.». Il cite encore, sans les avoir eues entre les
mains, deux éditions qui parurent chez Stoer en 1598 et
en 1608. Schweiger et la *Notitia* de la Bipontine ne mentionnent pas d'autres éditions de Scaliger que celles que
je viens de décrire ou de citer.

On comprend que Scaliger n'ait pu soigner lui-même les
diverses réimpressions de l'*Ausone* de 1575 qui paraissaient
à Genève, à Heidelberg, à Leyde à peu près en même temps.
Il ne semble donc pas utile de donner une collation complète

¶ La première édition de Raphelengius est de Leyde, comme son titre
même le prouve. La *Notitia* de la Bipontine cite ce titre tel que je le
connais ; mais elle indique un autre *Ausone* qui aurait paru chez le même
Raphelengius la même année, in-24 et non in-16, à *Lugdunum* et non à
Lugdunum Batavorum : « 1595. *Lugd.* 24. ap. Rapheleng. » Cette seconde
indication est évidemment erronée. — Quant aux deuxième et troisième
éditions de Raphelengius, le titre ne dit pas où elles furent publiées. La
Notitia, qui se trompe au sujet du format du volume, indique Anvers comme
lieu d'origine : « 1605 *Antv.* 12 ex off. Plantin. » Pour l'édition de 1612,
elle donne cette indication incomplète : « 1612 ex recogn. Jos. *Scaligeri.*
12. » Cette édition est in-16. Bœcking, qui ne la connaît pas, dit, d'après
Schweiger, que c'est un volume in-12 publié à Anvers. Mais on sait que
François Raphel006, gendre de Plantin, dirigea à partir de 1585 l'imprimerie plantinienne établie à Leyde : il est donc probable que les éditions
de 1605 et de 1612 qui portent son nom ont été imprimées à Leyde, comme
celle de 1595.

de toutes les éditions qui portent le nom de Scaliger. Toutes celles que je connais, soit pour les avoir examinées moi-même ¶, soit par les renseignements de Bœcking ¶², ont emprunté à l'*Ausone* lyonnais de 1575 un certain nombre de leçons communes, différentes de celles de Vinet (1575), parmi lesquelles on peut citer, entre autres :

Vers		Vers.	
11	*Nouomagum.*	337	*fulphurea.*
33	*prolapfus.*	357	*permixta.*
48, 55 et 363	*lœuia.*	365	*Drachonum.*
204	*alacreis.*	368	*Torta.*
240	*facileis.*	464	*Concedes.*
290	*Magni.*	475	*ocia..*
331	*concepto.*	481	*Dextrœ.*

L'édition de Stoer (1588) est la plus incorrecte que je connaisse. Elle conserve toutes les fautes d'impression et toutes les mauvaises leçons du premier *Ausone* de Scaliger que j'ai déjà signalées (pp. CXXXVII et CXXXVIII). D'ailleurs l'édition genevoise de 1588 semble faite d'après la lyonnaise de 1575. Le format et la justification sont identiques ; dans les deux éditions composées en italiques de même force et de même aspect, la *Moselle* commence à la cinquième ligne de la p. 141 et finit à la vingt-quatrième de la p. 157. L'édition de 1588 a une faute d'impression, v. 319 *fenas,* que n'a pas celle de 1575 ; elle écrit avec des majuscules initiales deux mots v. 290 *Euripus,* v. 402 *Senatum,* qui sont en minuscules dans le texte de 1575 ; elle emploie tantôt l'abréviation *q;,* tantôt elle écrit *que;* elle admet v. 16 *œthram,* mais elle écrit v. 298 *retexēs,* alors que la lyonnaise a *œthrā* et *retexens.* Elle sépare A E (p. ex. v. 3 édition de 1575 : *Æquauit;* édition de 1588 : *AEquauit*); les points et les virgules disparaissent quelque-

---

¶ Édition de Lyon 1575, les deux d'Heidelberg 1588, celle de Genève (Stoer, 1588), celles de Leyde (Raphelengius, 1595, 1605, 1612).
¶² Édition de Stoer (1595). — Je ne connais pas les éditions de Stoer (1598 et 1608), que Bœcking cite sans les avoir vues.

fois : v. 123 et 187, on ne voit pas après *Obſidet* et *loqui* le point qui est nettement marqué dans l'édition de 1575.

A la suite de l'*Ausone* de Stoer, se trouve, avec la date de « M. D. LXXXVIII », une édition des *Ausonianae Lectiones « Adieƈtis prœterea, Doƈtiſsimorum id. genus authorum : vtpote Adriani Turnebi, Hadriani Iunij, Guilelmi Canteri, Iuſti Lypſij* (sic), & *Eliœ Vineti notis »*. Les notes de tous ces érudits, exception faite de celles de Vinet, sont religieusement reproduites par Millanges, à la suite des *Lectiones* de Scaliger, dans son édition de 1590. Quant à Vinet, son Commentaire est réduit à la plus simple expression ; Tollius, et tous ceux que nous verrons se plaindre de la *verbosité* de l'érudit saintongeais, auront été charmés, s'ils ont eu entre les mains l'édition genevoise où les notes sur les *Épigrammes,* qui occupaient soixante-deux pages dans le volume gr. in-4° de 1580, tiennent dans cinquante pages du volume in-16 de 1588. Je ne sais comment Stoer aurait résumé le Commentaire consacré à la *Moselle :* il s'arrête après les notes sur les *Épigrammes,* disant : « *Et hœc haƈtenus in librum Epigrammatū Auſonij. plura aliquando ſi Deus permiſerit : cū ab ipſo Vineto, tū ab aliis excepta daturi.* » Peut-être Stoer a-t-il donné ces nouvelles notes dans son édition de 1595 : je ne connais celle-ci que par Bœcking, qui ne dit rien des notes qui peuvent l'accompagner. D'après lui, l'édition de 1595 ajouterait deux fautes d'impression v. 111 *quia* (au lieu de *qua*), v. 144 *Atlantico* (au lieu de *Atlantiaco*), et corrigerait v. 128 *vtrunq;* en *vtrumq;*. Mais le texte de 1595 a-t-il v. 355 *degenerare* et v. 462 *inter ſita,* leçon que Bœcking attribue à toutes les éditions de Scaliger indistinctement ? Je n'en sais rien ; ce que je puis affirmer, c'est que ces leçons ne se trouvent pas dans les éditions publiées en 1588 à Heidelberg et à Genève, éditions que Bœcking dit avoir collationnées. Quant aux textes publiés par Stoer en 1598 et en 1608, je n'ai rien à en dire, n'ayant trouvé nulle part aucun renseignement à leur sujet.

L'édition d'Heidelberg est bien supérieure à celles de Lyon (1575) et de Genève (1588) : elle corrige la plupart des mauvaises leçons du texte de 1575 et n'en ajoute que deux : l'une v. 214 *Laucados,* qui se trouve déjà dans l'édition de J. Petit ; l'autre, v. 203 *attunſis,* qui passera dans les éditions de Raphelengius. Celles-ci sont à peu près identiques au texte d'Heidelberg : les variantes proprement dites sont rares : v. 21 et 25 *Baccho* (pour *baccho*) ; v. 355 *degenerare;* v. 462 *inter ſita.* Mais les textes de Raphelengius imprimés en très petits caractères sont d'une lecture difficile ; beaucoup de lettres à peu près effacées se distinguent mal. Les fautes d'impression paraissent nombreuses ; je lis, en particulier, dans l'édition de 1595 : v. 27 *pronus rn undas;* v. 398 *pupura;* v. 475 *in his in dignabitur;* v. 481 *Rodauus* ; dans celle de 1612 : v. 194 : *ruga motibus.* Cette dernière a en propre quelques variantes d'orthographe : v. 36 *exſtantes;* v. 266 *exſpirans* (mais v. 340 *expirante,* v. 471 *Exeris*); v. 260 *lethalia* (mais v. 249 *letalibus;* v. 270 *leti*) ; v. 263 *vibratus;* v. 293 *Prœlia;* v. 372 *quemq.* (les éditions de Raphelengius abrègent *que* en *q.,* au lieu d'admettre l'abréviation ordinaire *q;*). Les textes sortis de l'imprimerie Plantin sont, en somme, comme ceux de Genève, inférieurs à l'*Ausone* d'Heidelberg qui est, à ma connaissance, le meilleur de tous ceux qui portent le nom de Scaliger.

La Bibliothèque de Bordeaux possède un exemplaire de l'édition genevoise de 1588 dont les marges contiennent de nombreuses annotations de la main de Gilles Ménage. La plupart sont des notes explicatives tirées et résumées des *Lectiones* de Scaliger, ou des corrections apportées grâce à d'autres textes à celui de Stoer (p. ex., v. 140 *At,* v. 248 *connexa,* v. 317 *Afflatamque,* v. 319 *ſcenas,* v. 331 *conſepto,* v. 336 *nitentia,* v. 368 *Tota :* au lieu de *Aut, connexa, Afflictamque, ſenas, concepto, nutantia, Torta);* des remarques peu importantes : v. 68-72 *ſuperflui ſunt hi quinque verſus;* v. 279 *malim* incola; v. 405 sqq. *de ſe ipſo Auſonius loquitur,* etc. On peut enfin relever quelques essais de corrections :

V. 32 *munimine.* Ménage veut lire *molimine.* N. Heinsius a inscrit la même conjecture dans la marge d'un *Ausone* de 1558. Ménage et Heinsius étaient en rapports : je ne sais si la coïncidence de cette conjecture commune est fortuite, ou si cet essai de correction appartient à l'un des deux qui en aura fait part à l'autre.

V. 35 *Non ſuperante. Exuberante;* correction inadmissible qui ferait le vers faux.

v. 269 *alludens.* Ménage propose *allidens,* correction inutile; *allidere* indiquerait un heurt et non le jeu de la soupape.

V. 349-350. Ménage propose de lire :

> *Sed mihi qui tandem ſinis tua, glauca, fluenta*
> *Dicere, dignandumque mari memorare, Moſella?*

Cette correction est mauvaise; elle ressemble beaucoup à celle que Bœcking devait proposer, évidemment sans connaître la note de Ménage.

On voit que ces notes n'ont pas grand intérêt; celles qui concernent les autres poèmes d'Ausone ne semblent pas plus importantes.

Enfin, avant de laisser de côté les éditions de Joseph Scaliger « *Iulij Cæs. F.* », il peut paraître curieux de rechercher ce que Jules César a fait pour le texte de la *Moselle :* aussi bien la faveur admirative dont il est de mode aujourd'hui d'entourer le fils semble s'étendre jusqu'au père. On a essayé récemment de réhabiliter le pédant auteur de la *Poétique :* il serait, en France, le fondateur de la *discipline classique,* et si Voltaire l'a écarté du Temple du Goût, la postérité doit se souvenir que Jules César Scaliger, un des premiers, a frayé la route qui conduit à ce temple : « *Equidem minime querimur illum prohiberi « Judicii templo » a Voltario edito, dummodo posteri meminorint* (sic) *e primis fuisse qui ad illud Templum viam affectaverint... Nonne habes in Scaligeri Poetice expressum ex Aristotelis commentatione et Virgilii cultu quidquid præcipuum in hac*

disciplina inest quœ classica vocatur? ¶ » Voyons comment
cet homme de goût parle de la *Moselle* : dans les deux pages
qu'il lui consacre ¶², après avoir accordé de grands éloges
à l'art du poète, il refait un certain nombre des vers de la
Moselle, sans doute pour montrer que son art est encore
plus délicat que celui d'Ausone. Voici les vers que Scaliger
veut mettre à la place de ceux du texte :

V. 63. *Quod fublata leui flexu crifpatur arena...*
V. 82 sqq. *Tu mihi cœruleis ludens lafciua fub undis,*
        Lubrica fluminece Nais vetus accola ripœ
        Squamigeri gregis ede choros : patrioq; fub alueo
        Differe perpetuo florentes amne cateruas.
V. 159-160 *Sic viret Ifmarius late fuper œquora collis*
        Thracia. Sic celerem pingunt vineta Garumnam.
V. 161-162 *Quippe iugis pronus qua tendit in vltima cliuus*
        Conferitur viridi margo fluuialis Iaccho.

Ou bien (car il laisse le choix) :

        Quippe iugis qua deuexus petit vltima cliuus,
        Pingitur amnicola margo fluuialis Iaccho.

Scaliger ne pousse pas plus loin le corrigé des vers de
l'élève Ausone. Il suppose en avoir assez dit pour éveiller
le goût de sa classe : « *Verum fatis hœc futura fpero ad
acuendam eius, quem formamus, poetœ diligentiam.* »
Si Jules César Scaliger n'a d'autres titres que des corrections de ce genre au grand nom de fondateur de la discipline
classique en France, on peut donner le nom de fondateur de
l'orthopédie au légendaire Procruste. D'autre part, l'héré-
dité et l'exemple paternel sont des circonstances atténuantes
pour le pédantisme de Joseph, fils et élève de Jules César.
Qualis pater, talis filius, dit la grammaire latine que
connaissaient si bien les Scaliger, père et fils.

¶ *De J.-C. Scaligeri Poetice,* thèse latine de E. Lintilhac, Paris, Hachette,
1887; *Procemium,* p. 3; *Conclusio,* p. 83.
¶² Je cite d'après l'« editio quinta, in Bibliopolio Commeliano », cIↃ IↃc
XVII. lib. VI, p. 768-769.

VII

Le texte vulgaire et les travaux des érudits pendant le XVIIe et le XVIIIe siècle.

—

Après les travaux de Vinet et de Scaliger, la *Moselle* est publiée nombre de fois, soit séparément, soit avec d'autres pièces d'Ausone dans des recueils, soit dans les éditions complètes des œuvres du poète bordelais; les érudits s'occupent à diverses reprises de corriger et d'expliquer le texte. Mais ces études et ces éditions ne sont fondées sur aucun ms. Entre l'édition de Poelmann (1568), qui avait eu en mains le B, et celle de Tross (1821), qui reçoit communication du G alors que son édition est presque entièrement imprimée, et qui doit se borner à en citer les leçons dans les dernières pages de son Commentaire et dans un Appendice, il se passe deux siècles et demi ; pendant ce long espace de temps, les éditeurs ne font que réimprimer sans notables changements le texte de Vinet ou celui de Scaliger.

Une édition, au XVIIe siècle, et deux, au XVIIIe, méritent qu'on s'y arrête : celle de Tollius (1671) qui est la première *editio variorum;* l'*editio in usum Delphini* (1730) et la Bipontine (1785), qui appartiennent l'une et l'autre à des collections célèbres, et qui ont exercé une grande influence sur les textes d'Ausone publiés pendant la deuxième partie du XVIIIe siècle et la première du XIXe.

A. ÉDITIONS ANTÉRIEURES A L'ÉDITION DE TOLLIUS.

α. — *Les divers* « Corpus » *ou* « Chorus Poetarum latinorum ».

Pendant la première moitié du XVIIe siècle paraissent de nombreux recueils qui renferment l'ensemble des œuvres des poètes latins anciens. Bœcking cite les éditions du

«Corpus omnium veterum poetarum latinorum» publiées à
Genève en 1603, 1611, 1627, 1646. Il a collationné le texte
de 1611 qu'il trouve identique au texte des éditions de
Scaliger: «Has duas variantes enotavi: v. 248 *connexa*,
v. 355 *degener ire*. Nam v. 87 *duraturis*, v. 144 *Atlantico*,
v. 198 *omni*, v. 232 *Quam*, v. 237 *cœptas*, v. 239 *fruitus*,
v. 247 *fcopulis* (Bœcking veut dire *fcopulis*), v. 374 *molles*
meri operarum errores habendi sunt.» Bœcking ne connaît
pas la première édition de Scaliger, sans quoi il se rendrait
compte que *connexa* et *degener ire* ne sont pas des variantes, mais bien la reproduction des leçons de l'édition de
1575 ¶; *degener ire* se trouve également dans les éditions
d'Heidelberg et de Genève (1588); *molles* se lit aussi, non
seulement dans l'édition de 1575, mais dans les deux
Ausones de Stoer que Bœcking connaît. Les éditions du
«Corpus» me paraissent avoir été faites d'après les textes de
Gryphe (1575) et de Stoer; celle de 1603 a paru à Lyon,
et non à Genève, comme le dit Bœcking, d'après la *Notitia*
de la Bipontine, qui ne cite que les éditions de 1603, de
1611 et de 1627; enfin ces éditions doivent être plus
nombreuses que Bœcking ne le croit, car en outre de celles
qu'il cite, je trouve dans les catalogues l'indication d'un
«Corpus» de 1640: «Poett. Latt. sec. seriem temp. ed.
Bassæus. ed. II, Aureliæ Allobrogum, 1640. 4°.»

Voici les titres des éditions du «Corpus» que j'ai consul-
tées à la Bibliothèque de Bordeaux:

1° CORPVS || OMNIVM VETERVM || poetarum lati-
norum... || LVGDVNI || In officina Hug. A Porta. Sumptibus
Ioan. || Degabiano & Sam. Girard. || M. D. C III.

2° Même titre, avec ces indications d'origine:

SECVNDA EDITIO PRIORE || MVLTO EMENDATIOR || *Aure-
liæ Allobrogum,* || EXCVDEBAT SAMVEL CRISPINVS
|| M. D. CXI.

¶ Bœcking lui-même fait d'ailleurs observer, dans ses notes critiques,
que v. 144 *Atlantico* se lit dans l'édition de Stoer de 1595; v. 248 *connexa*,
et 374 *molles*, dans les deux éditions de Stoer de 1588 et 1595.

Le texte de la *Moselle* occupe dans la première édition les pp. 645, col. 2 — 649, col. 2, et dans la deuxième, les pp. 648, col. 2 — 653, col. 2, *pars II* de ces volumineux in-4°. Les titres des deux éditions portent cette mention : *Poſtremo acceſſerunt variæ leƈtiones, ſinon omnes præcipuæ tamen, magisque neceſſariæ.*» Il y a en effet des variantes au-dessous du texte de certains auteurs, mais il n'y en a aucune au-dessous de celui d'Ausone.

La Bibliothèque de Bordeaux possède enfin un recueil, qui, pour ne pas avoir le même titre que les diverses réimpressions du « Corpus », ne laisse pas cependant de lui ressembler beaucoup ; c'est le

CHORVS || POETARVM || CLASSICORVM || DVPLEX, SACRORVM || ET PROFANORVM || Luſtratus illuſtratus... || *LVGDVNI* || Apud LVDOVICVM MVGVET, in vico Mercatorio, || ad inſigne Prouidentiæ diuinæ || M. DCXVI || CVM PRIVILEGIO REGIS¶.

Dans ces trois recueils, le texte de la *Moselle* n'est qu'une réimpression peu soignée des plus mauvais *Ausones* de Scaliger, celui de Gryphe ou ceux de Stoer. Les textes de 1603 et de 1611 ont toutes les leçons de l'édition lyonnaise de 1575 qui ont été déjà relevées¶², à l'exception de v. 388 *veteres quæ*, corrigé en *veteres qui;* elles ont aussi de mauvaises leçons qui viennent du texte de Stoer, p. ex. v. 111 *quia*, v. 144 *Atlantico*, v. 319 *ſenas*, etc.

L'édition de 1603 a en outre beaucoup de fautes grossières :

Vers		Vers	
23	*tigris,* pour *agris.*	86 et 113	*furtim,* pour *fartim.*
45	*vlnis,* pour *vluis.*	121	*vt,* pour *vis.*
56	*vtiq; alnus,* pour *vtq; almus.*	122	*vluas,* pour *vlua.*
76	*Intercludentes*¶³, pour *Interludentes.*	144	*Bellœna,* pour *Ballœna.*
		162	*Lycœo,* pour *Lyœo.*
		189	*ſpeƈtes,* pour *ſpecies.*

¶ Ce recueil est ainsi désigné dans la *Notitia* de la Bipontine : « 1616 *Lugd.* 4. in corp. poet. latin. ab. Alex. Ficheto. S. J. edito. »

¶² Voir pp. CXXXVII et CXXXVIII.

¶³ C'est la faute que Tross trouvait dans son édition de Gryphe de 1549, et que je ne rencontre nulle part ailleurs.

Vers

191 *Fulminei*, pour *Fluminei*.
222 et 232 *quam*, pour *quum*.
237 *cœptas*, pour *cœptat*.
239 *fruitus*, pour *fruitur*.
247 *ſcopulis*, pour *ſcopulis*.
273 *Deſperaturum*, pour *Deſ-
      peratarum*.

Vers

281 *Nereas*, pour *Nereos*.
284 *ſauis*, pour *ſaxis*.
290 *Eurippus*, pour *euripus*.
359 *Ter*, pour *Te*.
360 *Feſtimant*, pour *Feſti-
      nant*.
413 *Premia*, pour *Prœmia*.

La seconde édition « priore multo emendatior » corrige
v. 69 *nuda* en *nudat;* v. 86 *Intercludentes* en *Interludentes;* v. 359 *Ter* en *Te;* v. 360 *Feſtimant* en *Feſtinant;*
v. 413 *Premia* en *Prœmia*. Mais elle garde les autres fautes
de 1603, et en ajoute quelques-unes : v. 87 *duraturis* (pour
duraturus); v. 291 *Æſiœq;* (pour *Aſiœq;*); v. 369 *otia* (pour
oſtia). Elle ne diffère d'ailleurs de la première que par quelques signes de ponctuation; elle a de plus v. 21 *Baccho*,
alors que le texte de 1603 avait *baccho*. Je ne sais si ces
fautes grossières ont été reproduites dans les autres réimpressions du « Corpus » que je ne connais pas. Mais l'état
misérable des deux premières éditions d'un recueil dont les
nombreux tirages prouvent la vogue montre à quel degré
de décadence est arrivée la correction des textes au commencement du XVIIᵉ siècle.

Le « Chorus » est peut-être plus déplorable encore : il garde
la plupart des fautes qui souillent les textes de 1603 et de
1611 (*tigris, vlnis, vtiq; alnus, Intercludentes, Ter*, etc.);
il reprend de plus une mauvaise leçon de l'Aldine (v. 8 *Dum
Niſſum*), et une autre d'Ugolet (v. 314 *Iuſſus ab*); il ajoute
de plus une série de barbarismes, d'inepties, de mots qui
font les vers faux : v. 22 *taciturno;* v. 47 *Circa ſed;* v. 85
Squammeus; v. 94 *Balbe;* v. 97 *puniceus;* v. 124 *propinis;*
v. 152 *ſpeɛtacula vitrea;* v. 172 *lata proteruia;* v. 224 *Et
redigit paulas;* v. 266 *Redidit mortiferos;* v. 367 *Sara-
nus*, etc.

Si ces pitoyables éditions n'étaient pas datées de 1603,
1611 et 1616, si elles n'avaient pas dans leur texte, en

capitales, la correction de Vinet, VIVISCA, on se croirait en
face d'ouvrages contemporains de l'*Ausone* d'Ugolet. Il était
difficile de tirer un plus mauvais parti que ne l'ont fait les
éditeurs de Lyon et de Genève, de tous les progrès que le
texte de la *Moselle* avait réalisés depuis un siècle.

β et γ. — *Les Éditions de Caen (1610) et de Pont-à-Mousson (1615).*

Fabricius cite une édition de la *Moselle* publiée à Pont-
à-Mousson en 1615 : « *Decimum* [*Idyllium*] *five Mofella...
cum feleEtis Tibulli Propertiique elegiis illuftratum a
Paulo Duizio, Muffiponti 1615. 8°... prodiit.*»

La *Notitia* de la Bipontine, qui reproduit cette indication, ajoute : « *Sed ibidem quoque Aufonii epigrammata
plurima, cum feleEtis veterum ac recentiorum, illuftrata
prodiere, annotante Souchœo in diff. prœmiffa Aufonio
fuo p. XXXVII.* »

Voici en effet ce que dit Souchay, dans sa dissertation :
« *Non Mofellam tantum, uti vult Fabricius, fed & plurima
cum feleEtis veterum ac recentiorum, petito ex optimis
quibufque Commentario, illuftravit anno 1615. epigrammatum eleEtor Muffipontinus. Qui an fit Paulus Duizius,
ut Fabricio placet, indagare non potui, cum in exemplari,
quod unum habere licuit, quamvis eo anno quem ille
memorat, non eadem tamen forma edito, nufquam Ele-
Etoris nomen appareret.* »

Quant à l'édition de Caen, je ne la trouve mentionnée
que par Tross qui la désigne ainsi dans son *Einleitung* :
« *Die Mosella ; bei Catull, Tibull, u. Properz, Cadomi,
1610.*» Tross ne connaît pas l'édition de Pont-à-Mousson,
et il suppose que c'est une simple réimpression de celle de
Caen. Bœcking ne connaît ni l'une ni l'autre ; il cite la
première d'après Tross, et la seconde d'après la *Notitia* de
la Bipontine.

Les deux recueils de Caen et de Pont-à-Mousson se
trouvent à la Bibliothèque nationale : ce sont deux in-16

catalogués, le premier Y. 1539, et le second, Y. 1540¶.
Voici leurs titres :

EX TIBVLLO ET || PROPERTIO || ELEGIÆ || EX CA-
TVLLO, MARTIALE, || AVSONIO, alijſque ſcriptoribus || tum
antiquis tum recentibus || EPIGRAMMATA SELECTA || *Et petito
ex optimis interpretibus commen-* || *tario breviſſimè illuſtrata.* ||
CADOMI || Apud ADAMVM CAVELLIVM || 1610.

Le titre du recueil de Pont-à-Mousson est le même à ces
différences près :

Le mot ET est transporté à la seconde ligne ; le mot *com-
mentario* est divisé ainsi : *com-* || *mentario ;* le nom de l'éditeur
de 1615 est ainsi désigné : Muſſiponti || Apud Melchiorem
Bernardum Vni- || uerſitatis Typographum. || 1615.

Dans le premier recueil, le texte de la *Moselle* occupe les
pp. 451-468, et les notes, les pp. 468-511 ; dans le second,
le texte occupe les pp. 443-460, et les notes, les pp. 460-503.
Une longue préface « Lectori Benevolo », exactement la
même dans les deux éditions, ne donne aucun renseignement
sur les éléments qui ont servi à établir le texte des divers
auteurs dont les fragments composent l'ouvrage. Le nom de
Paulus Duizius n'est pas plus mentionné dans le volume de
1615 que dans celui de 1610. Souchay a eu raison de faire
observer que le recueil de 1615 n'est pas in-8° comme le
prétendait Fabricius ; ce recueil n'est qu'une simple réimpression de celui de 1610, avec quelques variantes en fait
de fautes d'impression, tout au moins pour ce qui concerne
la *Moselle,* le seul texte dont nous ayons à nous occuper.

Tross, que je n'ai presque jamais consulté sans trouver
chez lui une indication fausse, prétend que l'éditeur de Caen
propose v. 32 *molimine :* « Der Editor Cadom. schlägt
molimine vor ¶². »

S'il en était ainsi, c'est à l'édition de 1610 que Ménage
et Heinsius auraient emprunté leur conjecture *molimine.*

¶ Je dois à M. J. Larocque la collation des textes de la *Moselle* contenus
dans ces deux recueils.
¶² Kritischer Commentar, p. 136.

Mais M. J. Larocque me dit n'avoir trouvé cette conjecture
ni dans les notes, ni dans le texte des deux éditions, où on
lit *munimine*.

Le texte de la *Moselle,* dans les deux recueils, est
constitué d'après les éditions de Scaliger et non d'après
celles de Vinet, comme le prouvent les leçons suivantes :

Vers		Vers		Vers	
33	*prolapſus.*	262	*anhelatis.*	368	*Torta.*
48, 55, 363	*lœuia.*	290	*Magni.*	404	*Quintiliani.*
102	*cœnæ.*	316	*Corus Achates.*	410	*Tantum non.*
204	*alacreis.*	337	*ſulphurea.*	444	*Muſœ.*
209	*ſulphurei.*	357	*permixta.*	454	*ſubter laberis.*
225	*frequentent.*	361	*celebratus.*	462	*Gallos Belgosq;.*
240	*facileis.*	365	*Drachonum.*	481	*Dextrœ.*

D'ailleurs les deux textes corrigent les fautes d'impression
de la première édition bordelaise de Vinet (v. 167 *Proba;*
v. 322 *crepidinœ;* v. 367 *molle),* mais ils en ajoutent bien
d'autres, dont certaines, comme v. 86 *ſurtim,* v. 413 *Premia,* semblent trahir l'influence du « Corpus », de 1603 ; ils
en ont en propre un grand nombre :

Vers			
79	*Nommaq;,* pour *Nominaq;.*	244 *dicepta,* pour *decepta.*	
193	*mente,* pour *monte.*	434 *Camanes,* pour *Camaues.*	
242	*famine poſcit,* pour *flu-*	470 *fronte,* pour *fonte.*	
	mine piſcis.	471 *auris tum,* pour *auratum.*	

On pourrait noter d'autres fautes dans ces textes dont le
caractère est, paraît-il, souvent illisible. L'édition de 1615
a quelques leçons différentes de celles de l'édition de 1610;
elle corrige surtout plusieurs de ses fautes grossières :

Vers	Texte de 1610.	Texte de 1615.
26	*vindiſſime.*	*viridiſſime.*
53	*arenœ.*	*harenœ.*
63	*arena.*	*harena.*
78	*Quaq;.*	*Quœq;.*
89	*Rhedo.*	*Redo.*
117	*fucilis.*	*facilis.*

Vers	Texte de 1610.	Texte de 1615.
197	*caudicio ...æquor alembo.*	*caudiceo ...æquora lembo.*
223	*nauales.*	*nautales.*
243	*humantia.*	*humentia.*
281	*conuertere.*	*conuerrere.*
283	*deſpeĉtans.*	*deſpeĉtant.*
288	*Abyden fretæ.*	*Abydeni freta.*
298	*inumeros.*	*innumeros.*
352	*quamquam.*	*quanquam.*
354	*Namq;.*	*Nanq;.*
372	*quemq;.*	*quenq;.*
381	*magnæ.*	*magne.*
389	*ſpaciatus.*	*ſpatiatus.*
468	*Numen.*	*Numine.*

Une seule de ces variantes, *nauales,* pourrait mériter qu'on s'y arrêtât, car Barth la proposera sans d'ailleurs y tenir : mais l'incorrection du texte de 1610 permet de supposer que c'est une simple faute d'impression résultant de l'omission du *t.* Au demeurant, ces deux éditions semblent à peu près aussi négligées que les divers « Corpus ».

Les nombreuses notes explicatives qui suivent le texte expliquent peu de choses. Souchay en a extrait quelques-unes. La seule qui semble avoir quelque importance essaie de donner un sens à la leçon des mss., v. 221 *Pubertasque amnis* que Barth devait corriger : Souchay la cite pour combattre la correction *Pubertasque amnisque* : « *Nihil autem immutandum cenſeo. Etenim* pubertas amnis *ſunt herbæ & arbores quæ ripas veſtiunt, ut reĉte annotat Muſſipont.* » Cette interprétation ne semble pas admissible.

En somme les recueils de Caen et de Pont-à-Mousson donnent un texte misérable ; les éditeurs ont tiré un très mauvais parti des résultats acquis par Vinet et par Scaliger. Leur texte conserve les traditions barbares du « Corpus » que le « Chorus » de 1616 devait encore dépasser. C'est seulement avec l'édition de Freher que nous trouverons un texte soigneusement établi et des notes sérieuses.

δ. — *La* Mosella *de Marquard Freher (1619).*

En 1619, l'imprimeur Gotthardus Voegelinus publiait une édition de la *Moselle* très importante, sinon par son texte, qui suit d'assez près celui de Vinet, du moins par ses Commentaires, très intéressants surtout au point de vue historique et géographique. L'auteur de cette édition de la *Moselle,* Marquard Freher, connaissait, en effet, parfaitement la géographie du bassin de la Moselle, où il avait souvent voyagé, et l'histoire des régions dont Ausone s'occupe. Freher, né en 1565 à Augsbourg, fut professeur de droit à Nuremberg ; il remplit diverses missions diplomatiques et publia un certain nombre d'ouvrages historiques sur la Bohême, l'Allemagne et la Moscovie. Il était mort depuis cinq ans lorsque son édition de la *Moselle* parut. Dans la préface qu'il a placée en tête de l'ouvrage posthume de Freher, Voegelinus expose quel soin il a mis à recueillir et à éditer les opuscules d'un savant estimé, à qui J. Scaliger avait fait l'honneur d'adresser une lettre très élogieuse en 1604. Cette préface est datée du 15 mars 1619 ; la date ne se trouve pas sur le titre de l'in-folio imprimé par Voegelinus.

D. MAGNI || AVSONII || BVRDIGA- || LENSIS || MOSEL-|| LA. || CVM || COMMENTARIO || MARQ. FREHERI || P. M. CONSILIARII AR- || CHIPALATINI ET CVRLÆ || PRÆSIDIS VI- || CARII : || *In quo prœter* AVSONII, *multa* AV- || CTORVM *aliorum, multa veteris* || GERMANIÆ, *illuſtran-* || *tur & expli-* || *cantur.* || *Cum Priuilegio quindecenni* S. ROM. || IMP. VICARII. || TYPIS GOTTHARDI VOEGELINI ¶.

Dans le volume C. 6139 de la Bibliothèque Mazarine, l'édition de la *Moselle* est précédée de la dissertation de Freher sur *Lupodunum* ¶².

¶ Je dois à M. J. Larocque la collation de l'exemplaire de Freher conservé à la Bibliothèque Mazarine et catalogué C. 6139.
¶² Voir COMMENTAIRE EXPLICATIF, pp. 123-124. — La Bibliothèque Mazarine possède un autre exemplaire de l'édition de Freher (catalogué 263 A.) auquel la dissertation sur *Lupodunum* n'est pas jointe.

Voici le titre de cet opuscule :

DE LVPODVNO ANTIQVISSIMO ALEMANIÆ
OPPIDO COMMENTARIOLVS.

Marquardo Frehero P. M. Confiliario
Archi-Palatino et Curiæ præfidii
Vicario avctore.

AVSONIVS MOSELLA :

Hoftibvs exàctis Nicrvm fvper et LVPODVNVM
Et fontem Latiis ignotvm annalibvs Iftri.
Cvm privilegio qvindecenni S. ROM.

IMP. VICARII
TYPIS GOTTHARDI VOEGELINI.

Quant à l'édition de la *Moselle,* elle forme un volume
de 140 pages environ, dont le texte et les commentaires,
intercalés avec les vers qu'ils expliquent, en occupent 128.
Freher suit en général les leçons de Vinet, celles de 1575 de
préférence ; il ne les abandonne que pour corriger les fautes
d'impression, comme l'édition de 1590 (v. 167 *Probra;*
v. 322 *crepidine;* v. 367 *mole;* v. 410 *Tantum non*), et
pour écrire avec des majuscules initiales, comme cette
édition, v. 25 *Baccho;* v. 293 *Caurorum.* Freher emploie
le plus souvent le *j* initial (v. 4 *jacent,* v. 14 *jam,* etc.); il
écrit cependant v. 25 *iuga,* v. 155 *iugi* : mais, v. 157
jugum. La ponctuation est sensiblement la même, mais il
abuse du point-virgule. Quand l'éditeur de 1619 s'écarte
du texte de Vinet, c'est en général pour adopter celui de
l'édition d'Heidelberg de 1588.

Vers	Texte de VINET.	Texte de FREHER.
1	*flumine.*	*lumine* (Aus. Lect. I, 1).
14	*confertis.*	*connexis* ¶.
15	*cœlum.*	*cœlum.*
24	*imperio.*	*Imperio.*
48, 55 et 363	*leuia.*	*lœuia.* (Scal.).

¶ Conjecture de Freher : « *Imitatur Lucanum. Alii legunt,* confertis. »

Vers	Texte de Vinet.	Texte de Freher.
62	cærulea.	cærulea ¶.
85	interlucet.	inter lucet (Scal.).
102	cenæ.	cœnæ (Scal.).
111	iris.	Iris (Scal.).
128	vtrunque.	vtrumq; (Scal.).
129	necdum.	nec dum.
144 et 148	ballæna.	Ballæna (Scal.).
153	baccheïa.	Baccheïa (Poelmann).
173 et 179	forores.	Sorores.
187	tegatur.	legatur (faute d'impression).
206	diem.	dein (Aus. Lect., I, 4).
209	fulfurei.	fulphurei (Scal.).
240	faciles.	facileis (Scal.).
262	anhelantis.	anhelatis (Scal.).
271	citatos.	citates (faute d'impression).
281	Tethyn.	Thetyn (faute d'impression?).
290	magni.	Magni (Scal.).
297	concurrit.	concurrens ¶².
313	pyramis.	Pyramis (Scal.).
316	totus.	Corus (Scal.).
317	Afflictamque.	Afflatamque ¶³.
327 et 384	Quinetiam.	Quin etiam ¶⁴.
337	fulfurea.	fulphurea (Scal.).
357	permifta.	permixta (Scal.).
358	ponto.	Ponto.
360	quam primum.	quamprimum (Seb. Gryph.).
361	celebratur.	celebratus (Scal.).
368	Tota.	Torta (Scal.).
369	Auguftis.	auguftis (Poelmann).
372	quenque.	quemq; (Poelmann).
404	Quinctiliani.	Quintiliani (Scal.).
410	quanuis.	quamuis (Scal.).
417, 418 et 428	Renique...Rene.	Rhenique...Rhene (Poelmann).
422	natique patrifque.	Natique Patrisq;
434	Camaues.	Chamaues (Seb. Gryph.).
435	tunc.	tum.

¶ Freher écrit toujours ce mot par un œ comme l'Aldine, etc.

¶² Freher restitue par conjecture la leçon du G.

¶³ « Corus Achates, verior Scaligeri lectio quam totus Achates. Afflatamque. Ita idem Scaliger ex prifca fcriptura reponit pro Afflictamque. »

¶⁴ Quin etiam en deux mots comme dans les lyonnaises de 1537, 1540, 1548, et auparavant dans l'édit. d'Ugolet, la Juntine et l'Aldine. — V. 384 Quin etiam ne se trouve que dans l'édit. d'Ugolet, la Juntine et l'Aldine.

Vers	Texte de Vinet.	Texte de Freher.
437	*bicornis.*	*Bicornis.*
444	*muſœ.*	*Muſœ* (Scal.).
449	*quum.*	*quuum* (faute d'impression).
450	*natus.*	*Natus* (Juntine, Aldine).
453	*arĉtoi.*	*Arĉtoi* (Juntine, Aldine, etc.).
462	*Gallis Belgiſque.*	*Gallos, Belgosque* (Scal.).
462	*interſita.*	*inter ſita* (Scal., édit. Raphel.).
464	*Concedet.*	*Concedes* (Scal.).
467	*dominœ.*	*Dominœ.*
474	*camenœ.*	*Camenœ* (Poelmann).
475	*muſis.*	*Muſis* (Poelmann).
481	*dextrœ.*	*Dextrœ* (Scal.).
481	*Rodanus.*	*Rhodanus* (vulgo).
483	*te.*	*Te.*

Le texte de Freher est composé en italiques un peu plus fortes que celles de Vinet. Le mot Avsonius (v. 440) y est seul en capitales : à l'imitation de Scaliger, Freher écrit en caractères ordinaires les noms des poissons et des fleuves et même le mot *viuiſca,* que Scaliger écrivait en capitales ; il emploie tantôt l'abréviation *q;* et le signe &, tantôt *que* et *et.* Il abuse du tréma (*vigüere, Ptolemaïdos,* etc.) et des majuscules (*Imperio, Sorores, Ponto, Bicornis, Natus, Dominœ, Te*). Il n'admet pas d'alinéa au v. 85.

Freher n'introduit dans son texte, correct en général (cf. *legatur, citates, quuum,* et *Thetyn,* qui doit être aussi une faute d'impression) et sagement établi d'après ceux de Vinet et de Scaliger, que deux conjectures, v. 14 *connexis,* qu'il fonde sur un vers de Lucain (*Phars.,* III, 400), et v. 297 *concurrens,* qui est la bonne leçon du G. Les Commentaires de l'édition de 1619 sont très utiles, surtout au point de vue de l'histoire et de la géographie : on en trouvera l'essentiel dans le COMMENTAIRE EXPLICATIF. Freher connaît bien la région de la Moselle (voir COMMENT., p. 55, note au v. 38 ; p. 75, note au v. 200 ; p. 99, note aux v. 337-348, etc.). Il est inspiré par un patriotisme local (voir en particulier COMMENT., p. 53 note au v. 12) qui donne de l'intérêt et de la vie à ses observations, quelquefois aux dépens de l'impartialité. Il aime à dire : « J'étois là, telle chose m'avint », comme Bœcking, dont les remarques rappellent souvent celles que faisait au commencement du XVIIe siècle le savant diplomate d'Augsbourg.

ε. — *Les éditions d'Amsterdam (1621, 1629, 1631).*

A la suite de la *Mosella* de Freher, la *Notitia* de la Bipontine mentionne les éditions suivantes d'Ausone : « 1621 *Amftel*. 24. » et « 1629 *Amftel*. 16. D. Magni Aufonii Burdigal. opera apud Jo. Janffonium. » Schweiger cite ces deux éditions (la seconde, d'après lui, est un in-24); il indique en outre un *Ausone* in-12 publié à Amsterdam en 1631 chez Blaeu. Ces trois éditions que j'ai entre les mains ¶, sont toutes trois des in-16. Les deux premières ont été publiées chez Janssonius. Le format des éditions de 1621 et de 1629 est identique, mais le texte est plus fin dans la seconde. La *Moselle* qui occupe les pp. 100-111 de l'édition de 1621, occupe les pp. 95-105 de celle de 1629. Le titre est le même : le prénom seul de l'éditeur, l'orthographe du nom latin d'Amsterdam, et la date diffèrent.

1) D. MAGNI || A VSONII || Burdigalenfis || OPERA || *Amftel-redami* || *Apud Guiljel: Ianffo.* || A°. c I ɔ. I ɔc xxi.

2) D. MAGNI || A VSONII || Burdigalenfis || OPERA. || *Amftel-rodami,* || *Apud Ioann. Ianffonium* || A°. c I ɔ I ɔc xxix.

Les variantes du texte de la *Moselle* dans ces deux éditions sont insignifiantes; la deuxième corrige une faute d'impression de la première (v. 188 *comiffa*); elle écrit v. 372 *quemq;,* au lieu de *quenq;,* v. 392 *otii,* au lieu de *otij,* v. 397 *fub tegmine,* au lieu de *fubtegmine,* v. 417, 418, 428 *Rhenique, Rhene* au lieu de *Renique, Rene,* v. 12, 57, 315 *aër, aëre* au lieu de *aer, aere,* et modifie en quelques

¶ Je dois à l'obligeance de MM. G. Bouchon et E. Labadie communication des *Ausones* de 1629 et de 1631.

endroits la ponctuation. Le texte de 1629 conserve encore certaines fautes d'impression: v. 45 *ulnis* ¶, pour *uluis;* v. 112 *ceruleus* (ce mot est écrit partout ailleurs avec un *œ*); v. 401 *nos*, pour *quos* (le texte de 1621 avait *uos*); v. 456 *dubitarum*. Elle en ajoute une : v. 438 *Hec,* pour *Hæc.*

La *Moselle,* dans les éditions de Janssonius, est constituée d'après le texte des meilleures éditions de Scaliger; l'éditeur d'Amsterdam corrige toutes les fautes de Gryphe et de Stoer (v. 10 *tamen,* v. 69 *nuda,* etc.); il suit les leçons de Commelin et de Rapheleng (v. 203 *attunfis,* v. 225 *frequentant,* v. 248 *conuexa,* v. 263 *inualido*), plus spécialement peut-être celles de Rapheleng (v. 21 et 25 *Baccho,* v. 354 *Namque,* v. 355 *degenerare*). Il ne s'en sépare que pour admettre quelques leçons de Freher, p. ex., v. 15 *cœlum,* v. 481 *Rhodanus.* Il écrit encore, contrairement à l'orthographe de Scaliger, v. 304 *Syracufii.* Il emploie le *j* et l'*u* initial *(jacent,* non *iacent; ut,* non *vt),* le *v* au milieu des mots *(convexa, invalido),* et le *V* initial *(Vmbra, Vtque).* Enfin, par inadvertance, sans doute, il écrit v. 144 *balœna* et v. 148 *Ballœna,* v. 212 *prœlia* et v. 293 *Prœlia :* cette dernière inconséquence d'orthographe se trouve aussi dans quelques éditions de Scaliger.

L'édition de 1631, donnée par G. Blaeu, est exactement semblable de format et d'aspect à celles de G. et de J. Janssonius; en voici le titre :

3) D. MAGNI ‖ AVSONII ‖ Burdigalenfis ‖ OPERA ‖ *Amftelredami* ‖ *Apud Guiljel: Blaeu* ‖ A°. cIɔ Iɔc xxxi.

Le frontispice des trois éditions est le même : le titre est inscrit sur une sorte de bannière dont les deux coins supérieurs sont levés par deux Satyres, accroupis à droite et à gauche. En bas, de part et d'autre du titre, se tiennent un guerrier antique et un personnage vénérable à grande barbe

¶ Cette faute se trouve déjà dans les éditions du *Corpus* de 1603 et 1611.

coiffé d'un turban, un gros livre à la main, et qui semble
un docteur de la loi. La *Moselle* occupe les pp. 98-108 de
l'édition de 1631. Le texte est à peu près le même que ceux
de Janssonius ; Blaeu corrige les fautes d'impression des
éditions de 1621 et 1629, à l'exception de v. 401 *nos,* faute
de la première, à laquelle il revient ; il en ajoute de son
côté : v. 69 *Quun,* pour *Quum;* v. 114 *extremum,* pour
extremam; il écrit, comme Janssonius, v. 212 *prœlia,*
v. 293 *Prœlia,* mais il change v. 144 *balœna* en *ballœna.*
Il revient aux leçons de 1621, modifiées en 1629 : *aer, aere,*
quenque, otii, fubtegmine, Renique, Rene. Il admet v. 440
Nomen Latium, alors qu'on lit, dans les éditions de 1621
et de 1629, *nomen Latium.*

Blaeu semble avoir donné plus de soin que Janssonius à
l'élégance typographique de l'édition. Il ne double qu'un
seul vers (v. 128) alors que les éditeurs de 1621 et de 1629
avaient souvent recours à ce procédé quand ils rencontraient
des vers trop longs. Blaeu use des abréviations pour faire
tenir de tels vers dans une seule ligne ; p. ex., v. 200 *Hœc*
quoq; quā dulces, etc.

Les éditions d'Amsterdam, on le voit, reviennent à peu
près au même ; elles n'ont fait faire aucun progrès au texte
de la *Moselle;* elles n'ont pas un commentaire utile comme
l'édition de Freher : mais, du moins, leur texte est presque
correct et ne ressemble en rien à ceux de Caen, de Pont-
à-Mousson et des diverses réimpressions du misérable
« Corpus ».

B. — L'ÉDITION *VARIORUM* DE TOLLIUS
(1671).

Les éditions de Tollius (1669 et 1671) et les travaux des érudits
du XVIIᵉ siècle.

Iacobus Tollius (1630-1696) a donné chez le libraire Ioann.
Blaeu d'Amsterdam deux éditions d'Ausone ; la première,
est un vol. in-16 dont l'aspect rappelle celui de l'édition

donnée en 1631 par Guiljel. Blaeu; le frontispice est le même. Voici le titre :

D. MAGNI || AVSONII || Burdigalenfis || OPERA || Iacobus Tollius || *ex vett. Codd. reftituit.* || *Amftelredami* || *Apud Ioan. Blaeu.* || A°: cIↄ Iↄc LXIX ¶.

La seconde est un vol. in-8°, dont voici le titre :

D. MAGNI || AVSONII || BVRDIGALENSIS || OPERA, || IACOBVS TOLLIVS, M. D. recenfuit, || ET INTEGRIS || SCALIGERI, MARIANG. ACCVRSII, || FREHERI, SCRIVERII; || SELECTIS || VINETI, BARTHII, ACIDALII, || GRONOVII, GRÆVII, || Aliorumque NOTIS accuratiffime digeftis, || nec non & fuis animadverfionibus || illuftravit. || AMSTELODAMI, || Apud IOANNEM BLAEV, || M DC LXXI.

Tollius fait précéder l'édition de 1669 qu'il dédie à son père « *Viro jufto & morum veterum Ioanni Tollio* » d'une intéressante préface « *Leƈtori benevolo* », où il explique le but de son *Ausone* et les ressources dont il a usé : pendant qu'il prépare une grande édition « *cum integris plerifque Doƈtiffimorum Virorum commentariis* », il a cru utile de publier une *editio minor,* sans notes, où il se borne à corriger le texte autant qu'il est en son pouvoir. Il a consulté deux mss., celui de l'Ile-Barbe et celui de du Tillet, qui étaient déjà aux mains d'Isaac Vossius ; aucun des deux, comme on sait, ne contient la *Moselle* qui nous occupe. C'est l'édition de Scaliger, corrigée en maints passages, qui lui a servi après les mss. à établir son texte : « *Poft exaratos manu libros prima mihi fuit Scaligeri editio, quam etiam nunc tibi exibimus, fed ab innumeris typothetarum primum vitiis repurgatam, dein locis circiter oƈtoginta tam ipforum librorum ope, quam ex conjeƈtura reftitutis accuratiorem.* » Il professe d'ailleurs la plus vive admiration pour Scaliger « *ingenium cœlefte illud ac vere* θεῖον» ; il met bien au-dessous de lui Vinet « *hominem probum atque eruditum* », et, au-dessous de Vinet, Poel-

¶ Je dois à M. E. Labadie communication de son exemplaire de l'édition de 1669.

mann, dont il se plaît toutefois à reconnaître le mérite et le
zèle. Il cite également tous les érudits qui se sont occupés
d'Ausone, depuis Accurse «*maturum ac senile Mariangeli
Accursii judicium*», jusqu'à Barth, qui «*sparsim insignem
in Adversariis suis operam conferre potius conatus est,
quam contulit*», sans oublier, pour la *Moselle*, le «*politissi-
mum commentarium*» de Freher. D'ailleurs, il se réserve de
donner dans les notes de sa grande édition les plus utiles des
remarques de ces érudits, ces *médecins* du texte d'Ausone,
comme il les appelle, unies aux siennes propres.

Le texte de la *Moselle* est presque identiquement le même
dans les deux éditions de Tollius; quelques signes de
ponctuation diffèrent; le petit format de l'édition de 1669
nécessite des abréviations qui ne paraissent pas en 1671 :
p. ex., v. 200 *Hęc quoq; quā dulces*, etc. Mais je relève
seulement les vraies variantes dont la liste suit :

Vers	Édit. Tollius 1669.	Édit. Tollius 1671.
32	*munimine.*	*manamine.*
111	*quœ.*	*qua.*
179	*Vt ...freto.*	*Ad ...fretum.*
279	*Sumpsit.*	*Sumsit.*
308	*arte.*	*arce.*
323	*vindicat.*	*vendicat.*
331	*concepto.*	*consepto.*
350	*dignandumque.*	*dignandamque.*
355	*degenerare.*	*degener ire.*
365	*Drachonum.*	*Drahonum.*
368	*Torta.*	*Tota.*
422	*natique patrisque.*	*Natique Patrisque.*
469 et 470	*celebrande.*	*celebranda.*

L'examen de ces variantes montre qu'en 1671 Tollius
abandonne un certain nombre de leçons qui se trouvent dans
la plupart des éditions de Scaliger : *Sumpsit, concepto,
degenerare, Drachonum, Torta.* C'est d'après l'autorité
d'Ugolet qu'il adopte *consepto* : « Lege cum Vgoletto,
consepto gurgite. » *Quœ* est une innovation à laquelle il
semble ne pas renoncer tout à fait dans une note où il

rappelle le v. 111 en écrivant *quia,* leçon d'une des éditions de Scaliger, au lieu de *qua,* leçon qu'il adopte dans son texte : « *Quia lutea circuit Iris*] Lege & diftingue : *Atra fuperne Punɛɫa notant tergum; quæ lutea circuit Iris.* Nempe atra punɛta. Sed Vgolettus aliique ediderunt : *Punɛɫa notant tergum; quà lutea circuit iris,* quam leɛtionem vulgatæ ceu corruptæ prætulerim. » C'est encore d'après l'autorité d'Ugolet que Tollius écrit *celebranda :* « Et hoc, & fequente verfu, *celebranda* fuit in Vgoletti editione; quod ideo amplexus fum, quia omnia fluviorum nomina in *a* exeuntia ab Aufonio fequiore fexu proferuntur. » C'est sans doute pour le même motif qu'il écrit *dignandamque,* innovation sur laquelle il ne s'explique pas. Il ne justifie pas non plus les majuscules initiales de *Natique Patrisque,* qui semblent d'autant plus déplacées qu'il écrit v. 450 *pater, & natus.* C'est d'après Accurse qu'il écrit *vendicat;* d'après deux corrections de Gronovius qu'il écrit *manamine* et *Ad...fretum.* Enfin *arte* semble être une simple faute d'impression de sa première édition qu'il corrige dans la seconde.

L'édition de 1671 est la première édition *variorum* d'Ausone que nous possédions. Tollius en expose le plan dans un avis au lecteur placé au commencement du volume immédiatement après une « *Dedicatio Perilluftri, Magnifico ac Generofo Viro, D. Florentio Cant, Reip. Goudanæ Senatori etc.* », dédicace qui ne nous apprend rien sur l'édition et ne contient que de grands éloges à l'adresse de Cant ¶. L'avis au lecteur renferme au contraire de précieux renseignements. Tollius rappelle d'abord qu'il a promis son édition un an et demi auparavant : on pourra maintenant voir s'il a rempli ses promesses : « *Sefquiannus eft, Benivole Leɛtor, quum Aufonius, multo quam haɛtenus fuerat opera mea emendatior, minori forma excufus eft. Promififfe*

¶ Cette dédicace est datée « GOUDÆ in Batavis, cIɔ Iɔc LXXI. a. d. Kal. Iulias ». Tollius était alors directeur du collège de Gouda, après avoir été commis chez le libraire Blaev, d'Amsterdam, qui publiait les éditions d'Ausone de 1669 et 1671.

*tum temporis memini, daturum me propediem editionem
aliam, quæ tibi integros Scaligeri, Accurfii, Freheri,
circumcifos inutili mole Vineti, & hinc inde felectos
Barthii & Variorum feu commentarios, feu notas, una
cum meis animadverfionibus exhiberet. Liberaverim
fidem, nec ne, ubi hæc perlegeris, cognofces.* » J'ai déjà
dit¶ qu'on a reproché à Tollius de ne pas avoir exécuté sa
promesse en ce qui concerne les *Diatribæ* d'Accurse, et j'ai
expliqué pourquoi il me semble qu'il doit avoir, au moins
pour la *Moselle,* donné l'essentiel de ce qu'elles contiennent. Tollius se plaint de l'ennui que lui ont causé, du grand
travail que lui ont rendu nécessaire *(devoratum tædium
...plurimus labor exhauftus)* la mise en ordre des notes
d'Accurse et de Scaliger et le soin des coupures à faire dans
le Commentaire de Vinet. Il a reproduit toutes les remarques
de Freher, et fait un choix dans celles de divers autres
érudits, Barth en particulier : « *Collegi præterea ex diverfis,
& inprimis* GASPERE BARTHIO *non omnia, fed quæ cenfe-
bam felectiora : imo nec ex omnibus.* » Ce qui l'a empêché
d'être plus complet, c'est la pénurie de sa bibliothèque et
le peu de ressources qu'il trouvait dans la bibliothèque
publique qu'il avait à sa disposition : « *Non enim mea
bibliotheca tam locuples, ut in hos ufus fufficiat; & civitatis noftræ publica ejufmodi eft, ut, qui illius adornandæ
curam gefferint, humaniores literas haud multum amaffe
cenfeas. Atque hac quidem occafione non poffum non
deplorare fortem meam, qui in condenfa fcholaftici pul-
veris nebula adeo hic nulla alieni fideris luce colluftror,
ut in meris me verfari tenebris exiftimem. Solus igitur &
abfque ullo in his literis elegantioribus exercitati hominis
confortio, librorum cum fcriptorum, tum editorum copia
defraudatus, negotiis cumplurimis obrutus, unica melioris fortunæ fpe fubnixus, doctorum hominum veftigia
follicite lego, & per fpinofam, & nimis quam difficilem*

¶ Voir p. LXXII.

viam lentis paſſibus ad Eruditionis templum feſtino. Quid hæc ad nos? inquies. Haud multum fateor. » Tollius a raison : ses doléances et ses récriminations nous touchent d'autant moins que nous savons qu'il s'était attiré par sa faute les malheurs qu'il déplore ; son indélicatesse lui avait déjà aliéné un puissant protecteur, le grand pensionnaire Heinsius, comme elle devait plus tard lui aliéner l'électeur de Brandebourg. Ce qu'il y a à retenir de ce passage, c'est qu'il n'a pas eu en mains d'autres mss. d'Ausone que ceux dont il s'était servi pour sa première édition : quant aux textes imprimés, ses notes prouvent que, sans compter les *Ausones* les plus récents, tels que ceux de Vinet, de Scaliger, etc., il a mis à profit de vieilles éditions, celle d'Ugolet, l'Aldine, etc. Après les plaintes, viennent les remerciements : Tollius témoigne sa reconnaissance à Graevius, qui lui a donné des notes, et surtout à Gronovius « *cujus Viri ea fuit benignitas, ut quem olim ad humaniora ſtudia informaverat, nunc quoque doctiſſimis ſuis Emendationibus ad exornandas haſce laboris mei primitias impertiverit* ». Déjà, dans sa préface de 1669, il comparait au divin Scaliger l'érudit qu'il nomme maintenant «*incomparabilis Gronovius* ». L'édition renferme enfin quelques notes de l'éditeur : «*Vltimum locum obtinent (nec merentur alium) animadverſiones aliquot meæ.* » Ce sont des notes hâtives, qui se sont présentées d'elles-mêmes à son esprit, pendant qu'il rassemblait celles des érudits, «*forte oblatæ, atque adeo inter colligendum deproperatæ, tantum veniæ merentur quantum habuere feſtinationis* ». L'excuse est médiocre, car «le temps ne fait rien à l'affaire».

Comme l'édition de 1671 est avant tout une édition *Variorum,* il semble utile, avant d'examiner le texte de la *Moselle* qui y est donné, d'étudier tout d'abord, soit d'après leurs recueils de remarques eux-mêmes, soit d'après les extraits que Tollius en rapporte, ces travaux des érudits du XVII⁰ siècle que l'éditeur hollandais a mis à profit pour établir son texte.

On trouve dans les notes placées au-dessous du texte de la *Moselle* des extraits de Barth, de Gronovius, de Salmasius (Saumaise), de Graevius et de Reinesius, sans compter des passages d'Accurse, Vinet, Scaliger, etc., dont nous avons déjà examiné les travaux.

Gaspard Barth (1587-1658) avait, au dire de Fabricius, composé des remarques sur Ausone, qui n'ont pas vu le jour : «Nec *Casparis Barthii* animadverſiones ad Auſonium ...unquam viderunt lucem, quod ſciam ¶.» Si ces remarques n'ont pas été publiées dans leur intégrité, nous en possédons cependant un certain nombre. Il a déjà été parlé (p. CXXII) des mss. de Poelmann que Barth dit avoir achetés en Belgique : ces mss. lui donnent l'occasion de faire sur le texte de la *Moselle* des observations auxquelles sont consacrés le chapitre III du livre XIII et le chapitre XII du livre XIV des *Adversaria* ¶². Dans ces deux chapitres, l'examen du texte va jusqu'au v. 84. Barth fait plusieurs remarques littéraires dont je n'ai pas à m'occuper; voici quelles sont ses observations critiques :

V. 1 il adopte la conjecture de Scaliger, *lumine* ¶³.

V. 18 il propose de changer *cultumque* en *vultumque*. «*Mihi dubium non eſt Auſonium ſcripſiſſe* :

>   *...vultumq; nitentis*
>   Burdigalæ.

Traductione à facie hominis, quàm in alio recognoſcere ex intervallo videmur. Vultum de regione dici fruſtra fefellit librarios. Sic maris vultus apud Virgil. lib. V.» Cette conjecture subtile ne semble pas admissible.

V. 28 Barth n'est pas éloigné d'admettre la leçon du B, *imitante*. «*Optimum exemplar habuit* imitante, *quod ego contemnendum non arbitror.*»

V. 32 Barth repousse le mot *munimine* : «τὸ munimine *ſuſpectum nobis eſt; quæ enim* munimina *reflui ponti? quæ quidem*

¶ *Bibl. lat. med. et infim. æt.*, Hamburgi, MDCCXXXIV, lib. I, p. 424.
¶² Les *Adverſariorum Commentariorum libri LX* ont été publiés pour la première fois à Francfort en 1624. J'ai en mains l'édition de 1648.
¶³ Voir COMMENTAIRE, p. 49.

Mofella habeat.» Mais il est peu heureux dans le choix des mots, *undamine, unimine* qu'il propose à la place de la leçon des mss. ¶
V. 35 au texte de Poelmann :

Non fuperante vado rapidos reparare meatus,

Barth préfère la leçon des *« fcripti libri in quibus » :*

Non fperante vado rapidos præparare meatus...

Je ne sais à quels mss. il fait ici allusion : *fperante* se trouve dans le B, le Rh et le L, et *preparare* dans le Reg. La leçon *præparare* se trouve-t-elle dans le *Cornelij Liber?* Poelmann, en tout cas, ne la cite pas dans son édition; peut-être l'indiquait-il dans les papiers que Barth avait achetés.

V. 37 Barth adopte *interfeptus,* conjecture marginale de Poelmann qu'il semble prendre pour une leçon des mss. « *Illud vero certum* interfeptus *ex iifdem libris reducendum; major enim res eft intercipi fluvium quàm quæ hîc innuitur; ubi tantùm de obftaculis interjectis fermo eft.»*

V. 44. — J'ignore dans quel ms. se trouve « *legitimisq;* non *legitimos* », leçon, qui d'après Barth « *in libro uno eft* ». Poelmann ne la cite pas non plus, et l'auteur des *Adversaria* ne se prononce pas sur sa valeur : « *Videant argutatores.* »

V. 45 Barth adopte la leçon des mss. de Poelmann : « *Lege cum* MS. *Limigenis, quæ enafcuntur putri limo.* »

V. 47 Barth donne exactement la leçon du G et du B qui n'est pas reproduite dans l'édition de Poelmann, et propose une conjecture : « *Fortaffis legas :*

Sicca, nifi prima, fpargas vefligia lymfa.

Sicca fint vefligia littore fpâtiantium, nifi prima, hoc eft, primo loco, ea fpargas limfâ. Vulgata lectio fi ab libris non interpolare eft, longe melior eft. Sane τῷ *prima ego* puram lymfam *ad contrarium oftendendum fubftituere non verear.* » — Ces conjectures ne semblent pas utiles. La leçon des mss. est plus simple et vaut mieux.

V. 65 Barth rejette la leçon des mss. adoptée par Poelmann : « *Vitiofe duo Codices : ufque.* » Il propose de l'expression *ingenui fontes* une explication qui a été généralement reproduite ¶².

V. 68 il propose *Nota* au lieu de *Tota* ¶³.

¶ Voir COMMENTAIRE, p. 54.
¶² Voir COMMENTAIRE, p. 57.
¶³ Voir COMMENTAIRE, pp. 57-58.

V. 71 il propose *locupletibus æqua ſub undis*. « *Hoc eſt paria, paris coloris & variationis.* » Encore une conjecture bien subtile : Barth prête à Ausone, qui en est déjà assez riche, des finesses auxquelles le poète ne songeait guère.

V. 73-74. Barth lit *haut* dans les deux mss. où il lit aussi *ammixtos*. Il propose *immiſtos* : « *Ego verò* immiſtos, *hoc eſt, non permiſtos temerè, ſed ordine quodam naturali aut ingenuo legendum duco.* »

V. 80 il constate que la leçon des mss. est *aut*.

V. 84 « *MSS. duo claris litteris : fluitantibus amne catervis.* » Le B est le seul ms. connu qui ait cette leçon ; le L a *fluitantibus... cateruas* ; le Reg, *fluitantibus... carteruas*. Le *Cornelij liber* serait donc ici identique au B. Barth ne trouve rien à changer à la leçon des deux mss. : « *Me auctore nihil mutabitur.* » Il admet cependant qu'on modifie la ponctuation, pour écrire :

> *Squamigeri gregis, ede, choros, liquidoq; ſub alveô*
> *Diſſere cœruleo fluitantibus amne catervis.*

C'est avec cette remarque sur les v. 83-84 que s'arrête le commentaire de Barth ; il est regrettable qu'il ne soit pas poussé plus loin, moins sans doute à cause de la subtilité extrême de ses conjectures que parce qu'il donne sur les mss. de Poelmann des renseignements qu'on ne trouve pas dans les marges de l'édition de 1568. Les leçons du *Cornelij liber*, citées par Barth, s'éloignent sensiblement de celles du G et des autres mss. pour se rapprocher cependant quelquefois de celles du Reg. Il faut, à propos de ces mss., remarquer que Bœcking, qui n'a pas su identifier le *Gemblacensis* de Poelmann avec le *Bruxellensis,* ne se rend pas compte davantage que les mss. cités par Barth sont simplement ceux de Poelmann : il a le tort, dans ses Notes critiques, de citer à part les « *2 codd. Barth*».

On trouve çà et là, dans les *Adversaria,* d'autres remarques sur le texte de la *Moselle*. Elles sont généralement peu importantes.

Lib. I, cap. II. Le v. 396 est cité parmi les exemples de « *tranſlatio à texentibus, aut lanam in fila ducentibus* ».

Lib. VIII, cap. XVIII. Le mot *cui,* v. 312, est cité comme

exemple des *voculae* dont on peut se dispenser de faire l'élision : « *Porro eadem etiam vocula jus hoc habet ut aliquando non elidatur.* »

Lib. IX, cap. X. A propos du v. 66, Barth dit : « *Lucere autem eft calculorum ob clarum & profpicuum colorem.* »

Lib. XV, cap. II. Le v. 84 est cité comme exemple du sens peu classique de *disserere* : « *Differere abfolutè pofitum pro dicere aut fcribere, quod rarò apud bonos fcriptores ita pofitum invenies.* »

Lib. XXIII, cap. XIV. Le v. 372 est cité comme un exemple des licences prosodiques d'Ausone : « *In contrahendis nonnullis etiam prifcorum licentiam Aufonius fequitur.* Prout *una fyllaba eft Mofellæ verfu* CCCLXXII. »

Lib. XXVII, cap. X. Barth revient sur le sens de *tacito rumore* (v. 22) : « *Tacitum rumorem pro clementi murmure ufurpat Aufonius* », qu'il expliquait déjà (Lib. XIII, cap. III) par « *aquæ obfcurus fonus* ». (Voir aussi, Lib. XXV, cap. VIII « rumorem *Mofellæ* pro fonitu feu murmure », et Lib. XLI, cap. XXI « rumor *obfcurum fonum fonat* ».)

Tollius donne enfin d'autres remarques de Barth, empruntées sans doute aux notes de sa grande édition de Claudien (Hambourg, 1650), ou à celles de son édition de Stace (Zwickau, 1664), que je n'ai pu me procurer ; je cite la seule qui soit importante :

V. 221 « *Neceffario fcribendum :*

    Pubertafque, amnifque, & piĉti roftra phafeli. ¶.

... *In altero* [v. 223] *minime fana eft & inufitata vox* nautales. *Credo fcripfiffe Poëtam :* non tales. *Inverfas nimirum de proximo ludentium epheborum formas reddit fol medium cœlum tenens... An fimpliciter fcripfit* navales ? *Navales nautæ, & navigantes in mari, apud Romani oris fcriptorem Iulium Obfeq. Pròdig. cap.* XXVI. »

De ces diverses conjectures de Barth, une seule est bonne celle qui concerne le v. 221 ; partout ailleurs, il montre trop de subtilité ; il veut changer le texte à tout propos, il

¶ Voir COMMENTAIRE, p. 81.

affirme son opinion d'un ton tranchant, qui rappelle la manière de Scaliger ¶.

Dans les *Variarum Lectionum libri tres priores* (Altenburgi, MDCXL) de Thomas Reinesius (1587-1667), parmi quelques notes sur Ausone, je n'en trouve que deux concernant le texte de la *Moselle* : l'une (lib. I, cap. xxv, p. 118) prouve qu'il lisait *Erubris* (v. 359); l'autre (lib. II, cap. I, p. 129) soutient contre Scaliger la conjecture *Marci* (v. 306), proposée par Poelmann ¶².

Les *Observationum libri tres* (Lugd. Batavorum, anno 1662) de J. Fred. Gronovius (1611-1672) contiennent deux chapitres (lib. I, cap. xix; lib. II, cap. xvii) entièrement consacrés à corriger, défendre et expliquer le texte de la *Moselle*. Le premier a pour titre : *Aufonius ter correctus;* le second, *Aufonius defenfus, alibi correctus & illuftratus*.

V. 22 Gronovius défend longuement la propriété de l'expression *tacito rumore,* employée dans le sens de «*murmur labentis fluvii*». (Lib. II, cap. xvi, p. 345-346.)

V. 29 Gronovius propose l'importante correction *potis,* qui a été admise par toutes les éditions à partir de celle de Tollius. « *Ver-*

¶ Je dois pourtant citer une remarque de Barth, rapportée par Tollius, pour rectifier une inexactitude de mon COMMENTAIRE, où je dis (page 136, note au v. 470) : Tous les éditeurs écrivent *supremo* que Freher explique par « *sacro* », et Barth, par « Διιπετεῖ ». On lit en effet dans l'édit. Tollius (page 438, note 317) : « *Laudo hoc loco fcriptam fcripturam, fonte fupremo, id eft* Διιπετεῖ, *ut Homerus ait de Sperchio. Barthius.* » Mais l'*Errata* nous avertit qu'il faut lire dans cette citation *fuperno.* J'avais donc, sans le savoir, l'autorité de Barth pour moi, quand je proposais d'adopter la leçon du G; il est vrai que si je préfère *fuperno,* c'est pour une raison géographique et non à cause d'une ressemblance que je ne trouve pas entre ce mot et le mot Διιπετής (qui vient de Zeus, qui tombe des cieux, grossi par les eaux du ciel). — Il faut ajouter à ces diverses remarques de Barth la correction qu'il propose (*ad Magnetem Claudiani,* v. 22) au v. 316 *torvus Achates.* (Voir le COMMENTAIRE, p. 98.) C'est d'après Wernsdorf (*Excursus II ad Mosellam, Poet. Min.,* édit. Lemaire, vol. I, p. 280) que je cite cette conjecture de Barth : je ne la trouve ni dans Tollius, ni dans les « *Cafp. Barthii ad Cl. Claudiani quæ exftant, animaduerfiones; jufti Commentarii præmetium, Hanoviæ, anno* cIↃↃc. Iↄc. *XII.* » Je n'ai pas entre les mains le « gros volume de *Notes sur Claudien,* imprimé l'an 1650, *in-4o* », dont parle Bayle (article *Barthius*) et où se trouve sans doute cette conjecture. Le « *præmetium* » ne contient, au sujet de la *Moselle,* que deux remarques peu importantes sur le sens de « *tacito rumore* » (pp. 35 et 461).

¶² Voir COMMENTAIRE, p. 91.

bum, potes, *hic importunum eſt*. Naviger, pronus, imitate, *(neque, enim patitur ſenſus* τὸ imitante, *quod ex Ms. probat Barthius lib. XIII Adverſ. cap. 11.) ſimile adjectivum requirunt, quod fuit olim,* potis: rivos trepido potis æquiperare. *Ut infra : Quis potis innumeros...*» (Lib. I, cap. XIX, p. 148.)

V. 35. Gronovius propose une correction beaucoup moins heureuse que la précédente. Il conclut d'une longue discussion sur le sens de *vadum* que ce mot signifie « *locus brevibus aquis* ». Ce sens du mot le détermine à modifier le vers : « *Scripſit vero Auſonius* :

> *Non ſperante vado rapidos ſuperare meatus*
> *Cogeris.*

Hoc eſt, non in actum agit te vadum ſperans emicare, emergereque & inhibere liberos rapidoſque meatus fluminis, quia prope abeſt ab ejus ſuperficie.» (Lib. I, cap. XIX, pp. 149-151.)
— L'explication me semble forcée, et la correction inutile.

V. 316 Gronovius se moque de l'interprétation de *Corus Achates* donnée par Scaliger *(de Coro Achate habet aliquid vir illuſtris in lectionibus, & hiſtoriolam profert, quæ tamen non eſt ex veterum theſauris),* il rejette la conjecture de Saumaise, et suppose qu'Ausone avait écrit ses vers tout autrement qu'on ne les lit dans les mss. « *Puto autem ſcriptum fuiſſe olim* :

> *Spirat enim tecti teſtudine vera magnetis,*
> *Afflictamque trahit ferrato crine puellam.*

Ὁ Μάγνης *& ὁ* μαγνήτης *& ἡ* μαγνῆτις *dicunt Græci... Eſt autem duplex hoc nomine lapis : verus ille qui ferrum trahit... & alius quidem facie argentea... Ad diſtinctionem igitur horum dixit Auſonius* vera magnetis. *Ut* veræ iaſpides, veræ ſmaragdi... *Corripuitque primam propter mutam cum liquida.* Afflictam *malo ex Vineti libris quam* afflatam *ex Pulmannianis. Videntur enim hoc ſuppoſuiſſe, tum ut reſponderet* τῷ ſpirare, *tum quod illud eſſet inſoletius.*» (Lib. I, cap. XIX, p. 152-153.) — *Vera magnetis* fait le vers faux ; cette leçon s'éloigne du texte des mss. et n'offre pas un sens satisfaisant. Vinet dit bien que des exemplaires récents portent « *afflicta & afficta* » ; mais je ne trouve *afficta* dans aucune édition, et Gronovius est le premier qui admette cette mauvaise leçon.

V. 405-414 Gronovius commente et modifie tout ce passage. Comme il fonde ses corrections sur des raisons historiques, ce n'est pas ici le lieu de les discuter: je renvoie aux pp. 117 et 118 du COMMENTAIRE où ce long passage des *Observationes* (Lib. II, cap. XVII, pp. 346-353) est examiné.

Telles sont les remarques, concernant le texte de la *Moselle,* qui se trouvent dans les *Observationes.* Tollius en donne plusieurs autres dont j'ignore l'origine; peut-être étaient-elles inédites, et est-ce de leur communication qu'il témoigne tant de reconnaissance à Gronovius :

V. 32 « *Lego :* & bivio refluus manamine pontus. *Id eſt, mare : quod non una ſolum via commeat ſine reditu, ut flumina, ſed quod acceſſum habet & receſſum. Deleɛtatur ea forma vocabulorum, ut hoc ipſo carmine :* Gaudet ſimulamine. *Et :* celſas fluvii deco‑ramina villas. *& :* tenui libamine Muſæ. » — Cette correction excellente a passé dans presque toutes les éditions.

V. 179 « *Lego :* Ad commune fretum. *In ripa quaſi communis aquæ.* » — Excellente correction, presque universellement adoptée.

V. 206 « *Dum ſpeɛtat. Quis ille? videtur ſcripſiſſe :* Qui ſpeɛtat tranſire. » — Cette conjecture a le tort de s'éloigner du texte des mss.; il semble qu'on peut rendre le vers intelligible sans y introduire le mot *qui*¶.

V. 213 « *Malim :* Niliacæ claſſis latiæque triremes. » — Cette correction, inspirée sans doute à Gronovius par le v. 675 *In medio classes aeratas, Actia bella,* du livre VIII de l'*Énéide,* me semble d'autant plus inutile qu'Ausone veut, je crois, établir un contraste entre les galères d'Octave et les innombrables flottes de Cléopâtre.

V. 215 « *Scribendum :* Mylæa. » ¶²

V. 218 Gronovius écrit *qualis,* comme Accurse : « *Qualis, inquit, naumachiæ pulſus innocuos, & pugnas jocantes reparat pontus, &c.* »

Tollius n'emprunte que quatre notes à Saumaise : l'une (p. 376, n. 84) concerne la *mustela ;* la seconde (p. 396, n. 184) défend la correction *Marci* contre l'audacieuse conjecture de Scaliger ¶³ : « *Lege :* Marci *pro quo codices ſcripti vitioſe* Margi *vel* Marges *præferunt, ex quo neſcio quem* Μαργέα *ſibi hariolatus eſt Scaliger.* » La troisième (p. 398, n. 190) a trait à la confusion qui s'est établie entre *Dinochares* et *Dinocrates* ¶⁴. La dernière (p. 399, n. 191) est la conjecture *cubi* (v. 312) que Tollius cite sans l'adopter.

¶ Voir COMMENTAIRE, pp. 76‑77.   ¶³ Voir COMMENTAIRE, pp. 88‑91.
¶²Voir COMMENTAIRE, pp. 79‑80.   ¶⁴ Voir COMMENTAIRE, pp. 92‑94.

Il aurait pu tirer encore des *Claudii Salmasii Exercitationes in Solinum* (2 vol. in-fol., Paris, 1629) un certain nombre de conjectures et de corrections que Bœcking rapporte dans les notes critiques de son édition de la *Moselle* :

V. 136 *corpora* au lieu de *tergora* (*Exercit.*, p. 940).
V. 149 *magnoque honor additus* [leçon du G] (*Exercit.*, p. 940).
V. 316 *Dorus Achates, Afflatamque* (*Exercit.*, p. 575).

L'éditeur de 1671 ne cite de Graevius qu'une correction inutile : v. 467 *Dominæ*] Leg. *Domini*.

Ce sont ces notes empruntées à divers érudits qui font l'intérêt de l'*Ausone* de Tollius. L'éditeur annonce, comme on l'a vu, dans sa Préface qu'il en ajoute peu de personnelles. Parmi ces dernières, voici celles qui ont rapport à la constitution du texte de la *Moselle* :

V. 35 Tollius défend la leçon *fuperante* : « τò fperante *venit a librariis non advertentibus literam* v, *quæ per compendium folet fuperfcribi.* »
V. 37 il approuve, sans l'adopter pourtant, la conjecture de Poelmann, *Interfeptus* : « Interfeptus *Pulmann. ad oram fuæ edit. Quod non difplicet.* »
V. 68 il admet dans son texte la conjecture de Barth, *Nota* au lieu de *Tota* : « *Probo*, Nota. *Facile, ut alibi notaffe memini, primæ verfus literæ depravari potuere.* »
V. 71 « *Malim :* Delicias hominum locupletum : quæque sub undis... »
V. 111 il justifie par l'autorité d'Ugolet la leçon *qua*, qu'il reprend, après avoir hasardé *quæ* dans son texte de 1669.
V. 140 il admet *at,* d'après Poelmann.
V. 193 il propose, sans l'adopter, *perfudit* à la place de *perfundit.* Schenkl fera entrer dans son texte la conjecture de Tollius[1].
V. 206 il voit une lacune dans ce passage et propose un vers supplémentaire[2].
V. 223 il défend *nautales* contre Barth : « *Nihil mutandum Nam nec* nautarum, *nec* nauticas, *nec* navales *poffit vim novi hujus vocabuli exprimere.* »

[1] Voir COMMENTAIRE, p. 74. — [2] Voir COMMENTAIRE, pp. 75-76.

V. 242 il supprime toute ponctuation entre le v. 241 et le v. 242, qu'il écrit ainsi :

Heu male defenſos penetrali flumine piſceis!

Il s'applaudit avec raison d'avoir supprimé le point, le point-virgule, ou la virgule, qui, dans les éditions précédentes, séparait les deux vers et les rendait peu intelligibles : « *Ita ut diſtinxi, & emendavi, legendum eſſe nemo niſi* ἀμουσώτερος *negaverit.* Piſcis *in* piſceis *mutavi ne iterum errori præberet anſam, quamvis veteres ita ſcripſiſſe Grammatici notent.* » Les éditions de Bâle et de Lyon (1537, etc.) avaient déjà *piſceis*. Tollius ne semble pas les connaître.

V. 281 il donne plusieurs exemples à l'appui de la leçon *converrere*.

V. 297 il approuve, sans l'admettre dans son texte, la leçon *concurrens*.

V. 312 il propose de lire *quadro cuji* : « *Ego* cuji *præferam. Antiquos enim* quis, quuius, & quoius, quuji & quoji *declinaſſe certum eſt, quæ deinde in* quoi & cui *contraĉta ſunt.* » Mais il garde, dans son texte, *quadro cui*.

V. 331 « *Lege cum Vgoletto,* conſepto gurgite. »

V. 337 « *Proxime ad verum editio Vgoletti, quæ* fulminea *pro* ſulphurea *exhibuit. Lego* fluminea. » Tollius a raison de reprendre *fluminea*, qui est la leçon des mss. Mais il se trompe, quand il dit que l'édition d'Ugolet admet *fulminea;* c'est bien *fluminea* qu'on y lit.

V. 388 il abandonne le texte vulgaire, *ueteres qui illuſtrat*, pour admettre celui des mss. de Poelmann : « *Multo præſtantius, quod in duobus Pulmannianis,* vetereſque illuſtrat Athenas. *Quapropter ita edere non dubitavi.* »

V. 437 il approuve ici encore le texte des mss. de Poelmann, *unus*, qu'il adopte.

V. 452 *Poſt tempora*] « *In Pulmanniano fuit,* munera. *Vtra gloſſa ſit, non liquet.* »

V. 469-470 il écrit *celebranda* en se fondant sur l'autorité d'Ugolet, confirmée par ce fait que, dans Ausone, tous les noms des fleuves terminés en *a* sont du genre féminin.

On trouve enfin, dans les *Omissa Commissa* (p. 798) une conjecture à propos du v. 302 *patrii pepulere dolores :* « *malim* repulere ».

Dans ces remarques, Tollius fait souvent preuve de sens

critique ¶; mais, comme il convient au compilateur d'une édition *variorum,* il se défie de ses propres conjectures et n'ose guère les admettre dans son texte, qui est, à vrai dire, celui de Vinet et de Scaliger. Son édition de la *Moselle* est fondée sur celle de Vinet; quand il l'abandonne, c'est le plus souvent pour suivre les leçons de celle de Scaliger. Il use encore assez souvent des textes de Poelmann, de Freher. et d'Ugolet.

Dans le tableau de variantes qui suit, je cite le texte de Vinet d'après l'édition de 1575-1580, celui de Scaliger, d'après l'édition d'Heidelberg de 1588.

Vers	Édit. Vinet 1580.	Édit. Tollius 1671.
1	*flumine.*	*lumine* (Freher).
15	*cœlum.*	*cœlum* (Freher).
25	*baccho.*	*Baccho* (Poelmann).
29	*potes.*	*potis* (correct. Gronov.).
29	*œquiparare.*	*œquiperare* (Gronov., Aldine).
32	*munimine.*	*manamine* (correct. Gronov.).
33	*prœlapfus.*	*prolapfus* (Scal.).
36	*extantes.*	*exftantes* (Poelmann *exftanteis*).
45	*limigeris.*	*limigenis* (Poelmann).
62	*cœrulea.*	*cœrulea* (Freher) ¶².
68	*Tota.*	*Nota* (correct. Barth).
85	*interlucet.*	*inter lucet* (Scal., Freher).
100	*quum.*	*cum* (Scal.).
102	*cenœ.*	*cœnœ* (Scal., Freher).
111	*iris.*	*Iris* (Scal., Freher).
128	*vtrunque.*	*utrumque* (Scal., Freher).
140	*Aut.*	*At* (Poelmann).
144	*ballœna.*	*balœna* (Poelmann *Balœna*).
148	*ballœna.*	*Ballœna* (Freher).
158	*Rodopen.*	*Rhodopen* (Poelmann).
167	*Proba* (faute d'impression).	*Probra.*
168	*filua.*	*fylva* (Vinet 1590 *fylua*).
178	*Sol.*	*fol* (Scal.).

¶ Dans sa note au v. 65, il commet une singulière inadvertance. Poelmann, qui admet *Vfque,* écrit en marge : « Ita C. G. non Vtque. » Tollius qui écrit *Vtque,* et qui ne dit rien d' *Vfque,* écrit en note : « *Duo Pulmanniani* Ita *legunt pro* utque. » Il semble croire que la leçon des mss. de Poelmann est *Ita.*

¶² Tollius écrit toujours *cœrulea, cœruleo,* etc.

Vers	Édit. Vinet 1580.	Édit. Tollius 1671.
179	*Vt.*	*Ad* (correct. Gronov.).
204	*alacres.*	*alacreis* (Scal.).
206	*tranfire diem.*	*tranfire, dein* (Freher).
209	*fulfurei.*	*fulphurei* (Scal.).
212	*amores.*	*Amores.*
221	*amnis, &.*	*amnifque, &* (correct. Barth).
240	*faciles.*	*facileis* (Scal., Freher).
242	*defenfus...pifcis.*	*defenfos...pifceis* (Seb.Gryphe)
259	*Exultant.*	*Exfultant* (Poelmann).
262	*anhelantis.*	*anhelatis* (Scal., *vulgo*).
266	*expirans.*	*exfpirans* (Poelmann).
279	*Sumpfit.*	*Sumfit* (Poelmann).
290	*magni.*	*Magni* (Scal.).
293	*Prœlia caurorum.*	*Prœlia Caurorum* (Scal.).
296	*pœne.*	*penè* (édit. Lyon, 1558).
306	*Margei.*	*Marci* (d'après Saumaise).
313	*pyramis.*	*Pyramis* (Scal., Freher).
316	*totus Achates.*	*vera Magnetis* (corr. Gronov.).
317	*Afflictamque.*	*Afflictamque* (correct. Gronov.).
322	*crepidinœ* (faute d'impr.).	*crepidine.*
323	*vindicat.*	*vendicat* (d'après Accurse).
337	*fulfurea.*	*fulphurea* (Scal.).
340	*expirante.*	*exfpirante* (Poelmann).
350	*dignandumque.*	*dignandamque.*
354	*Nanque.*	*Namque* (Seb. Gryphe, etc.).
357	*permifta.*	*permixta* (Scal.).
361	*Gelbis.*	*Celbis* (Scal., *Aus. Lect.*).
361	*celebratur.*	*celebratus* (Scal.).
367	*molle* (faute d'impression).	*mole.*
372	*quenque.*	*quemque* (Freher).
388	*veteres qui.*	*vetere/que* (d'après les mss. de Poelmann).
404	*Quinctiliani.*	*Quintiliani* (Scal., *vulgo*).
410	*Tantumnon... quanuis.*	*Tantum non...quamvis* (Scal.).
411	*Par fuerit.*	*Prœfuerit* (correct. Gronov.).
415	*dilata laude.*	*dilata & laude* (note en marge de l'édit. Poelmann).
417	*Renique.*	*Rhenique* (Freher).
418 et 428	*Rene.*	*Rhene* (Freher).
422	*natique patrifque.*	*Natique Patrifque* (Freher).
434	*Camaues.*	*Chamaves* (Freher).
437	*vno.*	*unus* (ms. de Poelmann).
444	*mufœ.*	*Mufœ* (Scal.).

Vers	Édit. Vinet 1580.	Édit. Tollius 1671.
453	*arctoi.*	*Arctoi* (Freher).
462	*Gallis, Belgifque.*	*Gallos, Belgafque.*
464	*Concedet.*	*Concedes* (Scal.).
468	*Tarbellius.*	*Tarbellicus* (d'après Accurse).
469 et 470	*celebrande.*	*celebranda* (d'après Ugolet).
471	*Exeris.*	*Exferis.*
474	*afpirare camenæ.*	*adfpirare* (Poelmann) *camœnæ* (édit. Lyon, 1558).
481	*dextræ Rodanus.*	*Dextræ* (Scal., Freher) *Rhodanus* (Freher).

On voit que toutes les fois que Tollius se sépare du texte de Vinet, c'est pour adopter celui de Scaliger, de Freher, de Poelmann, d'Ugolet, ou ses propres corrections et celles des érudits qu'il cite dans ses notes. Je relève deux innovations orthographiques, sur lesquelles il ne s'explique pas dans ses notes : *Amores,* et *Exferis.* C'est sans doute pour être conséquent avec lui-même qu'écrivant *celebranda,* il corrige v. 350 *dignandumque* en *dignandamque,* et je pense qu'il emprunte la correction qu'il admet, v. 462 *Gallos, Belgafque,* au texte légèrement amélioré de Freher, *Gallos, Belgofq;.*

Tollius conserve la même division en alinéas que Vinet ; il écrit comme lui *Iftri* (v. 106) et *Hiftri* (v. 424), *cum* (v. 100 et 172) et *quum,* partout ailleurs : mais Freher, avant Tollius, avait reproduit ces singularités. La ponctuation de Vinet et de Tollius est à peu près la même : v. 242 cependant, Tollius, comme on l'a vu, explique dans une note pourquoi il change la ponctuation adoptée avant lui. Enfin, il y a quelques différences dans l'emploi des *i* et des *u :* Vinet écrit *vt, conuerrere, maior, iubas,* etc., et Tollius : *ut, converrere, major, jubas,* etc. Tollius écrit *Pompejani, Bajas,* alors que Vinet admet *Pompeiani, Baias.*

En somme, malgré la timidité dont il fait preuve, Tollius donne un texte de la *Moselle* assez satisfaisant : c'est le texte de Vinet habilement amélioré, grâce aux notes et aux corrections des érudits du XVIIe siècle.

Nous aurions une édition d'Ausone bien plus audacieuse que celle de Tollius, si le célèbre Nicolas Heinsius avait publié celle qu'il projetait, comme nous l'apprend son biographe P. Burmann : « Si longior ipſi ſuperfuiſſet vita, edere in animo habuerat... Auſonium, ut patet ex Gronovii Epiſt. 430 ad Heinſ. T. III Syllog.¶.» Les *Adversaria* d'Heinsius publiés en 1742, plus de soixante ans après sa mort (7 octobre 1681), par les soins de P. Burmann, ne contiennent que peu de remarques se rapportant au texte de la *Moselle :* ces quelques essais de correction ne peuvent permettre de préjuger ce qu'aurait été l'édition. Voici, en effet, tout ce que je trouve dans les *Adversaria :*

Lib. I, cap. VIII, p. 83 : « *Idem* [Auſonius] *Moſella* (vſ. 372.)
Mille alii, prout quemque ſuus magis impetus urguet.

Eundem loquendi modum in hoc ipſo Auſonii poëmate (vſ. 79.) *librariorum culpa opinor exſulare,*

Nomina quae cunĉtos numeroſae ſtirpis alumnos
Edere fas.

Editio Aldina, Nomina quae & cunĉtos. *Poſſis,* nomina quae cunĉtis alumnis, *vel* nominaque & cunĉtos alumnos. *Arridet tamen impenſe,*

Nomine quemque ſuo numeroſae ſtirpis alumnos
Edere fas. »

Lib. III, cap. XVI, p. 533 : « *Etiam apud Auſonium Moſella reponendum videtur :*

Ille autem ſcopulis ſubjeĉtas pronus in undas
Inclinat lentae convexa cacumina virgae
Inſutos eſcis jaciens letalibus hamos.

Non connexa cacumina, *nec* Indutos eſcis hamos. *Etſi nec illud damnandum plane, aut* Implicitos, *quod Aldi Manutii editio expreſſit. Sed ipſe Auſonius non alio videtur vocare, qui epiſtola ad Theonem,*

Et jacula & fundas & nomina villica lini,
Colaque & inſutos terrenis vermibus hamos. »

¶ *P. Burmanni... de Vita... Nicolai Heinſii... Commentarius,* p. 56, en tête de NICOLAI HEINSII... ADVERSARIORVM LIBRI IV, NVNQVAM ANTEA EDITI, Harlingae, cIↄ Iↄ cc XLII.

Enfin, Heinsius cite (Lib. III, cap. xvii, p. 547) le v. 337 *Quid quae fulphurea* (Ald. *fluminea*) *fubftructa*, etc., de manière à montrer qu'il ne connaît pas de mss. de la *Moselle*, puisqu'il prend *fluminea* pour une simple variante de l'Aldine.

Les deux essais de corrections au texte de la *Moselle* qui se trouvent dans les *Adversaria* ont peu d'importance; il est cependant probable que si Tollius les avait connus, il en aurait fait son profit pour son édition. Mais l'ouvrage était inédit, à supposer même qu'en 1671 il fût déjà composé, et il aurait été imprudent de confier de l'inédit à un homme aussi peu délicat que Tollius; au demeurant, Heinsius connaissait bien Tollius, puisque, au moment de son départ pour l'Italie, il avait pensé à se l'attacher comme secrétaire : on l'en avait détourné, en lui disant que Cornelius Tollius, le frère du futur éditeur d'Ausone, avait été chassé pour vol, de chez Isaac Vossius, *quod Lavernae facris manu finiftra effet operatus*, dit Burmann, le biographe de N. Heinsius. Tollius semble ne pas avoir gardé rancune à Heinsius : il le cite souvent avec éloges dans ses notes; en particulier, dans une note au v. 312 de la *Moselle*, il renvoie le lecteur au *Prudence* que N. Heinusis venait de faire paraître en 1667 : «*Vide, fi lubet, Eruditiff. Heinfium in fuis ad iftum poëtam notis.*»

En même temps que N. Heinsius rédigeait ses *Adversaria*, il jetait de nombreuses notes sur les marges d'un exemplaire de la Lyonnaise de 1558, qui est aujourd'hui conservé à la Bibliothèque de Leyde ¶ et dont Bœcking a eu communication. Il est évident que les conjectures que l'on y trouve ne doivent pas être considérées comme définitives; ce n'est qu'un premier brouillon auquel il ne faut pas attacher une importance exagérée, sous peine de faire, du savant qu'on a appelé le restaurateur des poètes latins, un destructeur du texte de la *Moselle*.

¶ Peiper, qui s'est servi de cet exemplaire, dit qu'il est catalogué 758 F 11 (*Praefatio*, p. LXXXVIIII).

Voici, en effet, les notes manuscrites de N. Heinsius que Bœcking reproduit :

Vers
12 forte *his,* pour *hic.*
32 forte *molimine,* pour *munimine.*
37 *Interſeptus,* pour *Interceptus.*
42 leg. *mulorum,* & ſic Scheffer de milit. naüali ¶.
47 leg. *in prima radis* vel *pateris, feruas lympha.*
49 forte *Sternens.*
51 *cara,* pour *cura.*
52 *Foetaque iaƈuris cui.*
65 *inriguis,* pour *ingenuis.*
66 forte *Vibrant fi patiuntur aqua.*
68 *'Lota* vet. ms.' ¶².
73 leg. *lenta.*
79 *Nomine quemque ſuo* (comme dans les *Advers.*).
80 forte *aut ille finat.*
83 forte *liquidique.*
84 *fluitantis.*

86 leg. *praeteneris... ariſtis, vel Viſcera praeteneris.*
91 *vix aƈe Saraui.* Mais H. renonce à cette correction, et ajoute : « Nil opus » ¶³.
359 *Molibus hic caefis* (?).
374 *die,* pour *dia.*
378 forte *parens,* pour *potens.*
387 forte *feƈator,* p. *fpectator.*
391 leg. *extrema* (ou *externa*) *ad carmina.*
402 forte *procerumque fenatum.*
425 *Hic,* pour *Haec.*
433 *findet,* pour *fundet.*
435 *certus,* pour *verus.*
439 *Belgarum, hospitii non* ¶4.
446 *furores,* pour *fluores.*
448 *mihi,* pour *mei.*
457 *Quae modo.*
467 *domini.*
468 *Tarbellicus.*

La simple lecture de cette liste de corrections, proposées par Heinsius, montre qu'elles sont pour la plupart inutiles. Il en est même qui me semblent absurdes, par exemple, v. 359 *Molibus hic caefis.* Heinsius a-t-il réellement proposé cette variante ? J'ai cité la remarque de Schenkl, à

¶ Scheffer, *De Militia nauali veterum,* Upsalae, 1654, p. 326. — Voir COMMENTAIRE, p. 55.
¶² Il paraît que Bœcking a lu à tort *vet. ms.* au lieu de *vel mo.* C'est Schenkl qui l'affirme : « Ne quis ex Bœckingii adnotatione ad v. 68 coniciat Heinsium veteri quodam Mosellae libro usum esse, scito Heinsium in exemplari Lugdunensi 'Lota vel Mo' scripsisse, itaque aut 'Lota' aut 'Mota' proposuisse, utrumque absurde. » (*Prooemium,* p. XLVI.)
¶³ V. 294 *lufu,* d'après Schenkl et Peiper. — V. 216 *Cumae,* v. 332 *canales* (pour *nouales*) et v. 340 *aeftu expirante* (pour *aestu spirante*), d'après Peiper qui admet cette dernière correction.
¶4 Bœcking ajoute : « *Quid pro praec. vocab.* uiuifica *positum sit legi nequit.* »

propos de la manière fantaisiste dont Bœcking a lu la note au v. 68. Je serais tenté de croire que l'éditeur de 1845 a aussi mal lu ce qu'Heinsius avait écrit en marge du v. 359. En tout cas, Heinsius aurait souvent bien fait d'ajouter à ses conjectures le « *Nil opus* » que Bœcking relève à la suite de la correction au v. 91. La note au v. 32 se rencontre avec celle de Ménage, comme je l'ai déjà fait remarquer ¶. La conjecture au v. 37 *Interſeptus* et la correction au v. 468 sont déjà dans l'édition de Poelmann. La conjecture *œſtu expirante* (v. 340) a été adoptée par Peiper; v. 387 Heinsius n'admet pas *spectator,* ce dont je ne saurais le blâmer, puisque je n'admets pas davantage cette leçon : il préfère *sectator,* qui diffère peu du texte des principaux mss., et qui peut bien être la vraie leçon, mais que je n'adopte pas. (V. COMMENTAIRE, p. 111). En somme, ces notes marginales n'ajouteront rien à la réputation d'Heinsius, et je suis persuadé que, s'il avait donné l'édition qu'il projetait, il n'en aurait fait passer que bien peu dans son texte.

L'édition de 1671 a servi de base à un certain nombre d'*Ausones* publiés au XVIIIᵉ siècle, et même au commencement du XIXᵉ. Je ne m'occupe pour le moment que du texte de Maittaire qui parut en 1713. Maittaire suit, en effet, à peu près exactement les leçons de Tollius dans son recueil des anciens poètes latins, intitulé :

OPERA || ET || FRAGMENTA || VETERUM || POETARUM LATINORUM || profanorum & ecclefiafticorum. || *LONDINI* || Apud J. NICHOLSON, B. TOOKE & J. TONSON. || MDCCXIII.

La *Moselle* occupe les pp. 1307 col. 1 — 1310 col. 1 du vol. II de ce recueil in-folio. Bœcking, qui fait observer

¶ Voir p. CLXIII. — On peut supposer que Ménage a eu connaissance de la conjecture de N. Heinsius, car ces deux érudits étaient en rapports. Je trouve, dans les *Ægidii Menagii Miſcellanea* (Pariſiis, MDC. LII.), p. 78, une épigramme grecque adreſſée par Ménage à N. Heinsius, et, dans le *Liber adoptivus,* qui eſt imprimé à la suite, pp. 48 et 49, deux poésies latines dédiées par N. Heinsius à Ménage.

que Maittaire adopte même la ponctuation de Tollius, ne
relève que ces variantes :

Vers	Édit. de Tollius.	Édit. de Maittaire.
29	*œquiperare.*	*œquiparare.*
193	*perfundit.*	*profundit.*
392	*otii.*	*otî.*
441	*extremos inter,.*	*extremos, inter,.*

Le texte de Maittaire est évidemment une reproduction
de celui de Tollius; mais, pour être complet, il faut, en
outre des variantes relevées par Bœcking, noter deux fautes
d'impression : v. 122 *obfcuros* (au lieu de *obfcuras*) et
v. 266 *brachia* (au lieu de *branchia*). On peut aussi
remarquer deux fois l'usage de l'*i* au lieu du *j* (v. 215
Pompeiani, v. 346 *Baias*) alors que Tollius écrivait *Pompejani* et *Bajas*, et, deux fois aussi, l'usage de l'accent
circonflexe, v. 256 *Dexterâ*, v. 370 *hôc*, alors que Tollius
écrivait *Dextera* et *hoc*.

C. L'*EDITIO IN USUM DELPHINI* (1730)
ET LES ÉDITIONS QUI EN PROCÈDENT (1750-1782).

Cinquante-neuf ans après l'édition de Tollius, en 1730,
paraissait à Paris un *Ausone* qui est le dernier ouvrage
dont se compose la collection *in usum Delphini*, qu'avait
inaugurée en 1671, l'année même de l'édition de Tollius, la
publication des *Panegyrici veteres*, due à J. de la Beaune.
Voici le titre de cet *Ausone* destiné à l'instruction du
Dauphin, et qui ne fut publié qu'une trentaine d'années
après la mort de l'élève de Bossuet :

D. MAGNI ‖ AUSONII ‖ BURDIGALENSIS ‖ OPE-
RA. ‖ INTERPRETATIONE ET NOTIS ‖ ILLUSTRAVIT ‖
JULIANUS FLORIDUS, CAN. CARNOT. ‖ *JUSSU* ‖ CHRIS-
TIANISSIMI REGIS ‖ *IN USUM* ‖ SERENISSIMI DEL-
PHINI. ‖ *Recenfuit, fupplevit, emendavit, Differtationem de
Vita & Scriptis Aufonii ‖ fuafque Animadverfiones adjunxit*

XXVI

Joannes-Baptista Souchay, || *Regiæ Infcript. & Human. Litter. Academiæ Socius.* || PARISIIS, || Typis Jacobi Guerin, ad Ripam Auguftinianorum. || M. DCC. XXX.

Dans la *Præfatio Editoris,* Souchay raconte par quelles vicissitudes cette édition a passé. Julien Fleury, chanoine de Chartres, qui avait déjà donné à la collection un *Apulée* en 1688, travaillait à l'*Ausone* : on avait composé et tiré les cent soixante premières pages de cet in-4°, quand le mariage du Dauphin mit un terme aux éditions entreprises à son usage. Les libraires, qui n'étaient plus soutenus par la subvention royale, reculèrent devant les frais, et on cessa d'imprimer l'*Ausone,* qui en resta à sa vingtième feuille. L'édition semblait définitivement condamnée, Fleury lui-même était mort depuis trois ans, lorsque en 1728 l'imprimeur Jacques Guérin, plus désintéressé que ses confrères, confia le soin de parfaire l'œuvre de Fleury à Jean-Baptiste Souchay, chanoine de Rodez, qui était alors âgé de quarante ans, et qui faisait partie depuis 1726 de l'Académie des Inscriptions.

Souchay reprit le travail de son prédécesseur, corrigeant le texte, complétant et améliorant les Commentaires de Fleury. Pour corriger le texte, il use des éditions qu'il peut se procurer et de deux mss. de la Bibliothèque Royale, où, bien entendu, la *Moselle* ne se trouvait pas ; pour compléter et améliorer les Commentaires de Fleury, il a recours à tous les travaux des érudits depuis Accurse jusqu'à Tollius. Une Dissertation préliminaire est consacrée à une étude sur la vie, les œuvres et les éditions d'Ausone : il a déjà été dit que Souchay est un de ceux qui reprochent à Tollius de ne pas avoir reproduit, comme il le promettait, toutes les notes d'Accurse[1]. Il se montre très sévère pour l'édition de Tollius : « *Quæ res duæ, fides minime liberata, & complura quæ Poëtæ lucem attuliffent, propter librorum penuriam, omiffa, efficere mihi videntur, ne Tolliana editio fit omnibus numeris abfoluta.* » Ce jugement semble d'une

[1]. Voir p. LXXII.

sévérité d'autant plus déplacée que l'édition de 1730 doit beaucoup à celle de 1671. Bœcking a pu dire avec raison : « *Prope ad exemplum Tollianum accedit hæc editio nimis laudata.* » Mais Souchay juge l'édition de Tollius si peu définitive qu'il ne s'étonne pas de voir que des érudits en aient promis d'autres : « *Itaque non miror curiofam fed hactenus exfpectatam, ut docet Olaus Borrichius differt. de Poëtis, fpopondiffe Ioannem Blafium Jurifconfultum Amftelodamenfem; ac etiamnum fpondere unum e Burdigalenfis Academiæ fociis.* » L'académicien bordelais qui préparait un *Ausone* se nommait Belet. La *Bibliothèque Françoife* (*Mai & Juin* 1726, p. 52) annonçait ainsi son ouvrage : « Il fixe le temps auquel ils [les ouvrages d'Ausone] ont été compofés, il rappelle les occafions qui les ont fait naître ; les perfonnes qui y ont donné lieu. Et tout cela eft rempli de traits de critique et de perfonalités litteraires fort intereffantes. » L'*Ausone* de Belet n'a pas paru, non plus que celui du jurisconsulte hollandais ¶ : pour ce dernier, Souchay, d'ailleurs, aurait dû désespérer absolument de le voir publier, puisque Borrichius place la promesse de cette édition « *hactenus exfpectata* » avant la publication de celle de Tollius : « Aufonii *editio felectior eft* Jof. Scaligeri, & Eliæ Vineti. *Spopondit curiofam* Jo. Blafius, *JCtus Amftelredamenfis, quæ, quantum conftat, nondum vidit publicam lucem. Editus quoque eft Aufonius Amftelr. ex recenfione* Jacobi Tollii *cum notis variorum, Anno* 1671 ¶².»

L'édition de 1730 se termine par un certain nombre de remarques personnelles de Souchay « *Editoris Animadverfiones* », qui sont souvent en désaccord avec les notes qui accompagnent le texte. La *Moselle* commence au bas de la p. 295 et se termine en haut de la p. 333. Les leçons sont

---

¶ La Bibliothèque de Bordeaux possède un volume de manuscrits de Belet, qui contient une vie d'Ausone et des notes sur plusieurs ouvrages du poète bordelais ; mais on n'y trouve pas les matériaux de l'édition annoncée dans la *Bibliothèque Françoife.*

¶² *Olai Borrichii Differtationes Academicæ de Poetis,* anno 1683, Francofurti ; *Differt.* II, p. 73-74.

presque toujours les mêmes que celles du texte de Tollius.
Voici le tableau des variantes de ces deux éditions :

Vers	Édition de 1671.	Édition de 1730.
29	*æquiperare.*	*æquiparare.*
36	*exſtantes.*	*extantes.*
48	*levia.*	*lævia* ¶.
62	*cærulea.*	*cærulea* ¶².
71	*Deliciaſque hominum locupletes.*	*Delicias hominum locupletum.*
85	*inter lucet.*	*interlucet.*
111	*qua.*	*quæ.*
117	*mullis.*	*Mullis.*
140	*At.*	*Aut.*
144	*balæna.*	*Balæna.*
148	*Ballæna.*	*Balæna.*
168	*ſylva.*	*ſilva.*
178 et 222	*ſol.*	*Sol.*
206	*tranſire, dein.*	*tranſire diem.*
212	*præia.*	*præia* ¶³.
215	*Pompejani.*	*Pompeïani.*
221	*amniſque.*	*amnis.*
242	*defenſos... piſceis!*	*defenſus... piſcis!*
279	*Sumſit.*	*Sumpſit.*
290	*Magni.*	*magni.*
297	*concurrit.*	*concurrens.*
309	*noĉtua.*	*Noĉtua.*
316	*vera Magnetis.*	*Corus Achates.*
317	*Affiĉtamque.*	*Affliĉtamque.*
323	*vendicat.*	*vindicat.*
336	*nutantia.*	*nitentia.*
337	*ſulphurea.*	*fluminea.*
350	*dignandamque.*	*Dignandumque.*
361	*Celbis.*	*Gelbis.*
392	*otii.*	*otî.*
412	*fortuna ſuum.*	*fortuna, tuum.*
413	*Præmia, jam.*	*Præmia jam,.*
431	*nymphis.*	*Nymphis.*
469 et 470	*celebranda.*	*celebrande.*
474	*adſpirare camœnæ.*	*aſpirare camenæ.*

¶ Dans l'édit. de 1730, ce mot est toujours écrit avec un æ. — ¶² Dans
l'édit. de 1730, *cærulea, cæruleus*, etc., sont toujours écrits avec un æ. —
¶³ Par une inconséquence bizarre, l'édit. de 1671 a v. 293 *Prælia,* et celle
de 1730, *Prælia.*

L'édition *in usum Delphini* a presque toujours la même ponctuation que celle de Tollius : j'ai signalé une variante (v. 413); on peut remarquer aussi que v. 241, Fleury n'admet pas la suppression des deux-points due à Tollius. Fleury attribue des majuscules initiales aux mots qui commencent une phrase après un point, un point d'exclamation ou un point d'interrogation (p. ex. v. 350 *Dignandumque*), ce que son précécesseur ne fait pas toujours; enfin, l'éditeur français écrit toujours *Unde, Jam,* etc., et non *Vnde, Iam,* etc.

Quand l'éditeur de 1730 abandonne les leçons de Tollius, c'est le plus souvent pour adopter celles de Vinet. Il emprunte à Scaliger les leçons *lœvia, Corus Achates ;* à Poelmann, les leçons *Mullis, Balœna, otî, Nymphis.* Les autres variantes ont pour origine des notes de Tollius que l'éditeur de 1730 résume dans les siennes; mais, plus audacieux que Tollius, il fait entrer dans son texte des leçons que son prédécesseur se bornait à proposer sans les admettre.

V. 71 *Delicias* etc... « *Ita fcribe cum Tollio.* » (Voir p. CXCII.)

V. 111 *quæ.* « *Sic lege, & interpunge cum Tollio.* Quæ *refertur ad* punĉta *illa atra.* » *Quæ* est la leçon de la première édition de Tollius, leçon qu'il abandonne en 1671, pour écrire comme Ugolet. (Voir p. CXCII.)

V. 297 *concurrens.* L'éditeur de 1730 ne dit pas pourquoi il adopte cette correction de Freher. Il est probable que c'est à cause de la note où Tollius approuve *concurrens,* sans l'admettre dans son texte.

V. 336 *nitentia.* Tollius, qui écrit *nutantia,* se borne à citer une note de Vinet : « *Legitur &* nitentia. » L'éditeur de 1730 explique pourquoi il adopte la leçon *nitentia : « Id eſt fulta. Leĉtionem hanc malo, quam* nutantia, *quod mihi parum appoſitum videtur.* »

V. 337 *fluminea.* L'éditeur de 1730 dit qu'il reprend la leçon d'Ugolet; il fait d'ailleurs remarquer que Tollius la cite inexactement. (Voir p. CXCIII.)

V. 412 *Errorem fortuna, tuum.* Tollius citait cette conjecture de Gronovius, sans l'adopter. L'éditeur de 1730 s'en empare : « *Sic lego & expono ad mentem Gronovii.* »

facile, à lui-même, de la consulter à la Bibliothèque royale. J'ai déjà dit (p. CLXXII) que Souchay lui emprunte en particulier une explication inadmissible du sens de *Puber-tafque amnis,* destinée à défendre la leçon des mss. contre la correction de Barth.

En somme, malgré les efforts de Fleury et de Souchay l'«editio in usum Delphini» ne donne guère qu'une répétition du texte de la *Moselle* de Tollius et des notes qui accompagnent ce texte. Cependant, probablement à cause de la célébrité de la collection à laquelle elle avait l'heureuse fortune d'appartenir, cette «editio nimis laudata», comme dit Bœcking, a exercé une influence prolongée. Corpet disait encore, en 1842, dans la *Notice* qui précède sa traduction: «C'est sans contredit, malgré ses défauts, la meilleure édition d'Ausone.» Bœcking a établi la liste des éditions de la *Moselle* du XVIIIe et du XIXe siècles dont le texte est fondé sur celui de Fleury et de Souchay.

Je vais passer en revue celles de ces éditions qui ont paru au XVIIIe siècle, en commençant par l'*Ausone* de Wetsten, que Bœcking n'a pas collationné. Cet *Ausone,* publié en 1750, fait partie d'une collection in-16, élégamment imprimée, sans notes ni préfaces, et qui comprend les principaux auteurs latins: César, Horàce, Juvénal et Perse, Ovide, Plaute, Salluste, Tacite, Térence, Virgile, etc.

Voici le titre de l'*Ausone :*

D. MAGNI || AUSONII || BURDIGALENSIS || OPERA, || *ex doctor: Virorum* || *Emendatione.* || AMSTELÆDAMI || *apud J. WETS-TENIUM, 1750* ¶.

Le texte de la *Moselle* qui occupe les pp. 113-124, est constitué d'après celui de 1730. Il ne s'en écarte que rarement; l'orthographe est la même à peu de choses près: v. 48, 55, 363 l'édition de 1750 a *levia* (Tollius) au lieu de *lœvia;* en général *cœrulea* (Tollius), etc., au lieu de *cœrulea,* etc., excepté v. 112, 141, 283, où elle admet *cœru-*

¶ Je dois à l'obligeance de M. Dezeimeris communication de son exemplaire de l'*Ausone* de 1750.

leus, etc., comme l'édition de 1730; v. 168 *sylva* (Tollius), au lieu de *silva;* v. 212 *prœlia* (Tollius), au lieu de *prœlia;* v. 215 *Pompejani* (Tollius), au lieu de *Pompeïani.* Il y a quelques différences dans l'emploi des majuscules : v. 178 et 222 *sol* (Tollius), v. 290 *Euripus,* v. 475 *Musis,* au lieu de *Sol, euripus, musis.* Wetsten n'emploie les abréviations que lorsque l'exiguïté de son format les rend nécessaires (p. ex., v. 127 *Teq;,* v. 272 *amnē*). La ponctuation serait identique, si Wetsten n'abusait des deux-points (v. 25 *Baccho:,* v. 45 *ulvis:,* etc.); les variantes peu nombreuses, sont, excepté v. 337 *sulphurea,* leçon empruntée à Tollius, de simples fautes d'impression :

Vers	Édit. de 1730.	Édit. de 1750.
42	*malorum.*	*majorum.*
78	*succedunt.*	*secedunt.*
194	*absens.*	*absena.*
224	*redigit.*	*redegit.*
258	*aëre.*	*aëre.*
397	*subtegmine.*	*sub tegmine.*

Le texte de 1750 n'est donc qu'une répétition, souvent incorrecte, de celui de 1730.

Il faut mentionner pour mémoire l'édition de l'abbé Jaubert, qui est accompagnée d'une traduction extraordinaire, « ein elendes Machwerk », dit Tross qui, cette fois, ne se trompe pas. La *Notitia* de la Bipontine donne ainsi le titre de cette édition : « 1770. *Paris.* 12, 4 voll. cùm gallica versione *Tauberti,* Abbatis, & auctoris vita. » L'inepte traducteur se nomme *Jaubert* et non *Taubert;* son ouvrage est daté de 1769 et non de 1770; en voici le titre :

ŒUVRES ‖ D'AUSONE ‖ TRADUITES EN FRANÇOIS ‖ par M. l'abbé JAUBERT, de l'Académie ‖ Royale des Belles-Lettres, Sciences & ‖ Arts, établie à Bordeaux. ‖ *A PARIS,* chez DELALAIN..... ‖ MDCCLXIX.

Le texte de la *Moselle* et la traduction qui lui fait face occupent les pp. 2-75 du troisième de ces quatre volumes in-12. L'abbé Jaubert nous dit (*Discours préliminaire*, p. lxviij) qu'il a suivi le texte de l'édition de 1730 : « La meilleure [édition] & c'eſt celle que nous avons ſuivi *(sic)* eſt celle qu'a donné *(sic)* à Paris M. l'Abbé Souchay, avec l'interprétation latine de M. l'Abbé Fleuri. » Cependant, le texte de 1769 s'écarte quelquefois de celui de 1730 (p. ex., v. 45 *limigeris* au lieu de *limigenis*). La traduction ne permet pas de deviner si le traducteur lisait *limigenis* ou *limigeris*. Il est inutile d'insister sur un texte établi sans critique; quant à la traduction, elle est honteuse. Il suffira de dire que, gêné sans doute par ses souvenirs bibliques et animé d'une foi robuste aux miracles, l'abbé croit que v. 427 *mare purpureum* signifie *la mer Rouge,* où le Rhin accru de la Moselle va déverser ses flots.

En 1770, la *Moselle* était imprimée à Mannheim, pp. 43-77 du premier volume in-8° des actes d'une Société savante de l'Allemagne occidentale. Voici, tel que le donne Bœcking, le titre de cette édition que je ne connais pas :

Beitræge || zur Sittenlehre, Oeconomie, Arze- || neiwissenschaft, Naturlehre und Geschichte || Aus den || Westlichen Gegenden Teutschlands. || Erstes Stück. || Mannheim, || Bei C. F. Schwann. || 1770 ¶.

Bœcking relève dans cette édition les variantes suivantes par rapport au texte de 1730 :

Vers	Édit. de 1730.	Édit. de 1770.
29	*œquiparare.*	*œquiperare.*
32	*manamine.*	*munimine.*
48 etc.	*lævia.*	*levia.*
62 etc.	*cœrulea.*	*cœrulea.*
71	*locupletum.*	*locupletes.*
140	*Aut.*	*At.*
148	*Balœna.*	*Ballœna.*
168	*filva.*	*fylva.*
179	*Ad commune fretum.*	*Vt commune freto.*

¶ Bœcking écrit ce titre en caractères gothiques; la *Notitia* de la Bipontine le donne en caractères romains.

Vers	Édit. de 1730.	Édit. de 1770.
206	*ſpectat, tranſire diem.*	*ſpectat tranſire, dein.*
221	*Pubertaſque amnis, &.*	*Pubertaſque, amnis, &.*
232	*alumnœ.*	*alumnœ.*
242	*defenſus ...piſcis!*	*defenſos ...piſceis!*
259	*Exſultant.*	*Exultant.*
293	*Prœlia.*	*Prœlia.*
297	*concurrens.*	*concurrit.*
300	*hoc.*	*hac.*
308	*arce.*	*arte.*
316	*Corus Achates.*	*vera Magnetis.*
317	*Afflictamque.*	*Afflictamque.*
331	*conſepto.*	*concepto.*
336	*nitentia.*	*nutantia.*
337	*fluminea.*	*ſulphurea.*
355	*degener ire.*	*degenerare.*
365	*Drahonum.*	*Drachonum.*
368	*Tota.*	*Torta.*
392	*otî.*	*otii.*
412	*fortuna, tuum.*	*fortuna, ſuum.*
413	*Prœmia jam, veri.*	*Prœmia, jam veri.*
474	*camenœ.*	*camœnœ.*

Abstraction faite de deux fautes d'impression évidentes
(v. 232 *alumnœ*, v. 300 *hac*), presque toutes les fois que
l'éditeur de Mannheim s'écarte du texte de 1730, c'est pour
adopter les leçons des deux éditions de Tollius : les variantes
des v. 32, 179, 308, 331, 355, 365, 368 sont empruntées à
l'édition de 1669, les autres au texte commun des deux
éditions de 1669 et de 1671, à l'exception de la leçon
v. 259 *Exultant,* qui appartient aux éditions vulgaires, antérieures à Tollius. V. 221, il n'y a qu'une simple différence
de ponctuation entre les éditions de 1730 et de 1770. V. 241,
l'éditeur de Mannheim supprime, comme Tollius, tout signe
de ponctuation après *profundo.* V. 412, il écrit *fortuna,
ſuum*, comme l'édition de 1669 ; celle de 1671 n'a pas de
virgule entre *fortuna* et *ſuum.* Bœcking fait remarquer
qu'il y a d'autres variantes dans la ponctuation des éditions
de 1730 et de 1750, mais il ne les juge pas assez importantes pour les relever.

V. 367 *Sarauus*. Christ reproduit la note où Poelmann attribue au comte de Nuenaar la correction *mole Sarauus ;* il ajoute : « *Iftud autem memoriae Nuenarii fanctae dedimus, de eo viro qualis effet, quondam Noctium Academicarum libro tertio quaedam non protrita commentati. Dein v. 369. mallem fcribi*, vt folueret oftia. » J'ai déjà dit (p. cii) ce que je pense du comte de Nuenaar et de sa prétendue correction; quant à la conjecture *vt folueret oftia*, elle me semble bonne, et je l'admets, comme Tross. (Voir COMMENTAIRE, p. 106.)

V. 380 *Romaeque tuere*. « *Non dubito quin fit emendandum,* Imperii hanc fedem Romae tenuere parentes. *id eft, Augufti patriae vrbisque patres appellati*. » (Voir COMMENTAIRE, p. 109.)

V. 409 *Quique caput*. « *Non fe dicit poeta, fed Auguftum futurum aut Confulem origine Belgam, in quo errorem fuum Fortuna abfolueret. Belgas enim viros fe promittit fcripturum, non alios*. » Cette interprétation me paraît erronée. (Voir COMMENTAIRE, p. 116 et suiv.)

V. 411 *Par fuerit*. « *Recentia exempla*, Praefuerit. *Sed illud vetus multo eft rectius*. »

V. 452 *tempora*. « *Vnus Pulmani liber*, munera, *quod placet*. »

Ces notes de Christ sont intéressantes. J'adopte deux de ses conjectures que je trouve très bonnes. Quant aux autres, si elles paraissent inutiles ou mauvaises, elles témoignent du moins d'un esprit critique, rare au XVIII⁰ siècle. Alors que l'on se contente de réimprimer Ausone d'après les éditions de Tollius et de Souchay, l'auteur du *Villaticum* discute les leçons de ces deux textes à la mode. Il est animé à leur endroit d'une sage défiance, dont l'excès cependant l'amène par esprit de réaction à préférer *a priori* ce qu'il trouve dans les anciennes éditions, qu'il ne connaît d'ailleurs que d'une manière incomplète. S'il avait eu à sa disposition les mss. de *Moselle*, il en aurait donné une édition bien supérieure à toutes celles qui ont paru au XVIII⁰ siècle.

δ. — *Les notes de l'*Anthologie *de Burmann (1759-1773).*

Dans les notes des deux volumes de son *Anthologie*, qui ont paru à Amsterdam, le premier en 1759, le second en 1773, Burmann *(Petrus Burmannus Secundus)* propose un certain nombre de conjectures au sujet de divers passages de la *Moselle*.

V. 111 *circuit*. « *Legi poſſet* circinat; *nam* circuit & circinat *etiam aliis in locis confundi notavi ad Lib. IV, p. 212.*» (Vol. II, lib. V, p. 309.)

V. 139 Burmann appuie la leçon *defenſa*. (Vol. II, lib. V, p. 412.)

V. 160 *flaventem*. Burmann propose *labentem*, «*frigidius*», comme Bœcking le remarque avec raison. (Vol. II, lib. VI, p. 657.)

V. 194 *Tota natant.* «*Forte* Laeta, Fota, *vel* Foeta *praeſtiterit.*» (Vol. II, lib. VI, p. 657.)

V. 198 *amni confundit imago.* « *Scribe :*

anni confundit imago
Collis & umbrarum confinia proferit amni.

Vel umbrato amni... Proferere *malo quam* conferere, *quod & magis id appoſitum & ad rem praeſentem. & concurſus durior* τῶν confundit, confinia, & conferit. palmite confitus amnis *jam praeceſſerat.*» (Vol. II, lib. VI, p. 657.) Bœcking a raison de dire : «*Burmannus qui totum locum corrupturus fuit.*» Mais il se trompe quand il ajoute : v. 198 *animi* (pro *amni*) G *(defend. Burm. l. c.).* Le G a bien la leçon *animi,* mais Burmann ne défend pas cette leçon : il propose *anni,* qui me semble une conjecture subtile et inadmissible.

V. 396 *nebunt mihi carmina. Vulgo* ſubtegmine (au y. 395; Burmann a raison d'écrire *ſubtemine*). *Ubi forte etiam praeſtiterit* nebunt mihi ſtamina.» (Vol. I, lib. III, p. 649.) Cette conjecture a le double tort de remplacer l'image d'Ausone par une expression prosaïque et d'introduire un sigmatisme dans le vers.

Ces quelques conjectures de Burmann sont sans valeur; la manie de corriger le texte sans nécessité l'entraîne à modifier des passages intelligibles qui ne demandent aucun changement. Il aurait mieux fait de réserver ses corrections hypothétiques pour les vers de la *Moselle* dont le sens est au moins douteux.

ε. — *L'édition de Lucrèce de Wakefield (1796-1797).*

Je n'ai pu me procurer le *Lucrèce* publié par Wakefield en 1796 et 1797 (Londres, 3 vol. in-4°); je ne connais celles de ses notes qui ont rapport au texte de la *Moselle* que par

Tross, autorité sujette à caution, s'il en fût, *fallax saepe ante repertus*. C'est donc sous toutes réserves que je transcris les remarques de Wakefield que je trouve citées dans son « Kritischer Commentar » :

V. 1 Wakefield (*ad Lucret.*, V, v. 464) défend la leçon *flumine* contre la conjecture de Scaliger, *lumine*.

V. 62 Wakefield (*ad Lucret.*, II, v. 143) propose *respersas* au lieu de *dispersas*.

V. 83 Wakefield (*ad Lucret.*, V, v. 469) propose *liquidoque sub arvo* : « *Vulgo* alveo liquido ; *sed* liquido arvo *respondet* flumineis oris *ut* fluitantes (Tross imprime *fluiantes*) catervae τοῖς squamigeri greges. »

V. 86 Wakefield (*ad Lucret.*, II, v. 538) propose *conseptus* au lieu de *congestus*.

V. 129 « *Qui nondum Salmo, nec jam Salar, ambiguusque es. Sic rescribendum putem, addito* es *et distinctione posita post* τὸ es. » (Wakefield, *ad Lucret.*, V, v. 837.)

V. 219 Wakefield (*ad Lucret.*, II, v. 42) propose de lire : reparet *sub* margine.

V. 444 Wakefield (*ad Lucret.*, VI, v. 621) propose *praestrinxisse* au lieu de *perstrinxisse*.

Aucune de ces conjectures ne me semble acceptable.

E. L'ÉDITION DES DEUX-PONTS (1785).

C'est en 1785 qu'un *Ausone* paraissait dans la célèbre collection des Deux-Ponts.

Cette édition in-8° est intitulée :

D. MAGNI || AUSONII || BURDIGALENSIS || OPERA || AD OPTIMAS EDITIONES COLLATA || PRÆMITTITUR || NOTITIA LITERARIA || STUDIIS SOCIETATIS BIPONTINÆ || *EDITIO ACCURATA* || BIPONTI || Ex TYPOGRAPHIA SOCIETATIS || CIƆ IƆ CC LXXXV.

L'*Ausone* de 1785 est précédé de la vie du poète tirée des *Lectiones* de Scaliger et de la « *Notitia Literaria* » empruntée à Fabricius, qui est complétée par l'« *Index editionum* » que j'ai souvent cité, principalement pour en relever

les erreurs. Après avoir indiqué l'édition la plus récente :
« 1782 Mannhemii, 8. ex editione in ufum Delphini recifa »,
l'éditeur de la Bipontine ajoute : « *Nos quidem textum ed. in
ufum Delphini pariter fecuti fumus, fed denuo collatum
cum Scaligeriana & Tolliana.* » C'est donc un texte éclectique qui nous est promis ; mais il semble que la collation
avec les *Ausones* de Scaliger et de Tollius n'ait pas donné
de résultats notables, car, du moins pour la *Moselle*, l'éditeur de 1785 suit fidèlement celui de 1730 ; il ne s'en sépare
que pour l'orthographe de quelques mots et la ponctuation
de quelques passages :

Vers	Édit. de 1730.	Édit. de 1785.
11 et 395	*inclyta.*	*inclita.*
18	*quum.*	*cum* ¶.
36	*extantes.*	*exftantes.*
46, 53, etc.,	*littora.*	*litora.*
53, etc.,	*harenæ.*	*arenæ.*
96	*inlaudata.*	*illaudata.*
125	*volgi.*	*vulgi.*
127	*opfonia.*	*obfonia.*
153	*baccheïa.*	*Baccheïa.*
178 et 222	*Sol.*	*fol.*
179	*Ad.*	*At.*
196	*Adnumerat.*	*Annumerat.*
204	*alacreis.*	*alacres.*
212	*prœlia.*	*prœlia.*
215	*Pompeïani.*	*Pompejani.*
240	*facileis.*	*faciles.*
254	*harundo.*	*arundo.*
258	*adfibilat.*	*affibilat.*
262	*anhelatis.*	*anhelantis.*
279	*Sumpfit.*	*Sumfit.*
296	*pene.*	*pœne.*
309	*Noctua.*	*noctua.*
360	*adlambere.*	*allambere.*
384	*Quinetiam.*	*Quin etiam.*
422	*Natique Patrifque.*	*natique patrifque.*
474	*camenæ.*	*Camœnæ.*
475	*mufis.*	*Mufis.*

¶ La Bipontine admet toujours l'orthographe *cum.*

fausses et les renvois erronés, tout s'accorde pour faire de ce volume, qui contient pourtant de bonnes choses, un guide qu'il faut consulter avec la plus extrême défiance et en en contrôlant soigneusement toutes les assertions.

On peut appliquer à Tross le vers connu :

Πόλλ' ἠπίστατο ἔργα, κακῶς δ'ἠπίστατο πάντα.

γ. — L'édition de Valpy (1823).

Valpy a publié à Londres (1823), en 3 vol. gr. in-8°, une édition complète d'Ausone dont le titre même indique les sources et le plan :

D. MAGNI AUSONII ‖ BURDIGALENSIS ‖ OPERA OMNIA ‖ EX EDITIONE BIPONTINA ‖ CUM NOTIS ET INTERPRETATIONE ‖ IN USUM DELPHINI ‖ VARIIS LECTIONIBUS ‖ NOTIS VARIORUM ‖ RECENSU EDITIONUM ET CODICUM ‖ ET ‖ INDICE LOCUPLETISSIMO ‖ ACCURATE RECENSITA. ‖ ..... ‖ LONDINI : ‖ CURANTE ET IMPRIMENTE A. J. VALPY, A. M. ‖ 1823.

La pagination est continue pour les trois volumes : la *Moselle*, qui se trouve au commencement du deuxième, occupe les pp. 455-505. Le texte est établi d'après celui de la Bipontine dont il ne diffère que par quelques détails d'orthographe et de ponctuation. Valpy écrit v. 11, 395 *inclyta;* v. 36 *extantes*, v. 46, etc., *littora, littore;* v. 127 *opsonia;* v. 178, 222 *Sol*, comme l'éditeur de 1730. Écrivant *extantes*, il admet de même v. 259 *Exultant*, v. 266 *expirans*, v. 340 *expirante*, v. 471 *Exeris*. Il écrit v. 293, comme v. 213, *Prœlia;* mais il garde, à l'exemple de ses prédécesseurs, v. 106 *Istri*, alors qu'il a v. 424 *Histri*. Il écrit, comme Tollius, v. 168 *sylva*, v. 290 *Magni*, et partout *cœrulea, cœruleo*, etc. Il écrit avec raison v. 114 *squalet*, v. 215 *Pompeiani*, v. 346 *Baias*, v. 296 *utrimque*. Mais, v. 170, 179, 183, il attribue au mot *Satyros* la mauvaise orthographe *Satiros*. Valpy conserve comme ses prédécesseurs les œ et les æ, mais il n'emploie pas les ſ et les &. Il se sépare aussi des habitudes de l'éditeur des Deux-Ponts dans l'usage du tréma qu'il attribue, à l'exemple de l'éditeur de 1730, aux mots *aër, aëre, Arsinoën,* et qu'il supprime, à l'exemple de ce dernier, dans le mot *Simois.* Mais il écrit sans tréma, contre l'usage des éditeurs de 1671, 1730 et 1785 : *Nais, Baccheia, Oreiadas, Euboicæ, Euboicas.*

La ponctuation de Valpy est la même que celle de l'éditeur des Deux-Ponts, à ces différences près :

V. 132 *major geminis...* et non *major, geminis.*
V. 133 *alvo; Propexique...* et non *alvo: Propexique.*
V. 216 *cymbæ, Innocuos...* et non *cymbæ. Innocuos.*
V. 225 *dextra lævaque...* et non *dextra, lævaque.*
V. 481 *meat, et...* et non *meat &.*

De plus, chaque fois que dans la Bipontine une phrase nouvelle commence, après un point, par un mot dont la première lettre n'est pas une majuscule, et le cas se présente fréquemment, Valpy remplace le point par deux-points (p. ex., v. 80 la Bipontine écrit *Edere fas. haud...* Valpy écrit *Edere fas : haud...*).

Au-dessous de ce texte, on trouve l'*Interpretatio* de l'édition de 1730, puis un choix assez médiocre de variantes extraites des anciennes éditions. Enfin, au-dessous de ces variantes, on lit les notes de l'édition de 1730, qui remplissent la majeure partie des pages. Celles de l'édition de Tollius occupent, sous le nom de «Notæ variorum in D. Magni Ausonii opera », le troisième volume presque en entier.

Valpy donne ainsi la plus complète des éditions *variorum* qu'on puisse souhaiter; son *Ausone* tient lieu, à lui seul, de ceux de 1671, de 1730 et de 1785. Il est curieux que Bœcking n'ait pas cité ce modèle des éditions vulgaires.

δ. — *La* Mosella *de Bœcking (1828).*

C'est au jurisconsulte Édouard Bœcking (1802-1870) que revient l'honneur d'avoir donné la première édition critique de la *Moselle*. Né à Trarbach, sur la Moselle, il semble vouloir se distraire des travaux arides de la jurisprudence en consacrant ses loisirs au fleuve qui arrose sa ville natale. Alors qu'après de fortes études à Heidelberg, à Bonn, à Berlin, à Göttingue, il occupe à Berlin les fonctions d'agrégé, il fait paraître sa première édition de la *Moselle,* brochure gr. in-4° de 73 pages qu'il intitule :

DES || DEC. MAGNUS AUSONIUS || MOSELLA. || *Lateinisch und Deutsch.* || NEBST || EINEM ANHANGE, || ENTHALTEND || EINEN ABRISS VON DES DICHTERS LEBEN, || ANMERKUNGEN ZUR MOSELLA, || DIE GEDICHTE AUF BISSULA. || VON || DR. EDUARD BÖCKING. || BERLIN. || IN VERLAGE DER NICOLAISCHEN BUCHHANDLUNG. || 1828.

Ce n'est pas encore une édition critique : Bœcking s'est procuré le plus de textes anciens d'Ausone qu'il a pu ; dans sa préface, datée du 23 mars 1828, il nous dit qu'il a réuni toutes les éditions importantes, excepté celle d'Ugolet; mais les mss. lui manquent. Il n'en connaît qu'un seul, le G, et il le connaît mal, par le relevé incomplet des leçons de ce ms. que donne Tross. C'est l'édition de Tross que Bœcking est réduit à prendre pour type, mais il améliore singulièrement le modèle qu'il suit, grâce à ses conjectures personnelles, grâce surtout à l'usage intelligent qu'il sait faire des leçons du G que Tross a connues trop tard pour les faire entrer dans son texte.

Le texte de Bœcking diffère de celui de Tross :

1° Par la correction. — Bœcking corrige toutes les fautes d'impression de Tross, et n'en laisse échapper lui-même qu'une, v. 444 *Pertrinxisse.*

2° Par l'orthographe de certains mots. — Tross écrit toujours *quum* (excepté v. 338), et Bœcking, *cum;* Tross écrit v. 48 *levia,* v. 55, 363 *laevia,* Bœcking admet partout *levia.* Tross écrit v. 22 *Subter labentis* et v. 454 *Subterlaberis,* Bœcking, *Subterlabentis* et *Subterlaberis ;* Tross ne fait pas l'assimilation dans les mots composés, Bœcking, au contraire, fait presque partout l'assimilation: il écrit *immundo, Assimulant, illaudata, assurgunt,* etc. Cepen-

dant, il admet *exstantes, admixtos, adstrepit,* etc. Il écrit
v. 107 *Mustela,* v. 127 *opsonia,* v. 221 *phaseli,* v. 352 *quamquam,* v. 397 *subtemine,* leçons qui sont pour la plupart
préférables à celles qui leur correspondent dans l'édition
de Tross : *Mustella, obsonia, phaselli, quanquam, subtegmine.* Il écrit v. 106 et 424 *Istri.* Enfin Bœcking ne
se conforme pas à l'usage assez variable de Tross, en ce
qui concerne les majuscules initiales. Il écrit avec raison
v. 251 *fauces,* v. 260 *diei,* v. 313 *pyramis,* v. 407 *Italum,*
v. 424 *Latiis.* Mais il a v. 178 *sol,* v. 222 *Sol,* v. 412 *fortuna,* alors que Tross écrivait avec raison *sol,* dans les deux
passages, et *Fortuna.*

3° Par les variantes proprement dites qu'il introduit dans
son texte et par les conjectures qu'il propose dans ses notes :

V. 1 Bœcking rétablit *flumine* au lieu de *lumine,* leçon de Tross,
parce que *flumine* est la leçon des mss., comme Tross lui-même
le constatait : *Die Codices hatten* flumine. (Bœck., not. v. 1-4,
p. 45-46.)

V. 11 *Nivomagum* (Tross, *Novomagum*). Bœcking restitue la
leçon de la plupart des éditions, qui, croit-il à tort, est aussi celle
des mss. D'ailleurs, avec *Nŏvomagum,* le vers serait faux. (Bœck.,
not. v. 10-11, p. 47-48.)

V. 32 *munimine,* au lieu de *manamine,* correction de Gronovius
adoptée généralement par les éditeurs, par Tross en particulier.
C'est, dit Bœcking, le critique de l'édition de Tross, dans les
Annales d'Heidelberg (Heidelb. Jahrb., 1822), qui a le premier
prouvé l'inutilité de la correction de Gronovius. (Bœck., not. v. 32,
p. 49-50.)

V. 39 *sortite,* leçon des mss. et des meilleures éditions, au lieu
de *sortire,* que Tross emprunte à l'Aldine et aux textes qui en
procèdent. (Bœck., not. v. 39-44, p. 50.)

V. 47 *Sicca in primores pergunt vestigia lymphas.* Bœcking
donne ce vers d'après les leçons du G, transcrites par Tross.
(Bœck., not. v. 47, p. 50.)

V. 57 *obtentibus,* au lieu de *obtutibus,* leçon de toutes les éditions connues de Bœcking. Cette correction est due au critique
d'Heidelberg. (Bœck., not. v. 57, p. 50.)

V. 68 *Nota,* au lieu de *Tota,* d'après la correction de Barth.
(Bœck., not. v. 68, p. 51.)

V. 108 *laeta,* au lieu de *lata.* Bœcking ne s'explique pas dans

ε. — *La* Mosella *de Klausen (1832).*

Klausen a publié à Altona, en 1832, une édition in-4° de la *Moselle;* je ne la connais que par Bœcking. En voici le titre :

DES || *Decimus Magnus Ausonius* || MOSELLA. || ..... || von Gottlieb Ernst Klausen, || ... || ALTONA, || ... || Hammerich und Lesser. 1832.

Le texte est constitué d'après celui de l'édition de 1828; il n'y a que quelques différences de ponctuation. En fait de variantes, Klausen écrit partout *quum,* au lieu de *cum;* v. 11 et 395 *inclyta,* au lieu de *inclita;* v. 196 et 345 *Adnumerat, adforet,* au lieu de *Annumerat, afforet;* v. 178 *Sol,* v. 358 *Ponto,* v. 399 *Memorabo,* v. 412 *Fortuna,* v. 481 *Dextrae,* au lieu de *sol, ponto, memorabo, fortuna, dextrae.* Klausen revient à la leçon ordinaire v. 57 *obtutibus.* Il admet v. 256 *Dextera,* et v. 350 *dignandamque,* au lieu de *Dexter* et *dignandumque.* Enfin, il n'accepte pas dans son texte le vers additionnel (v. 206-207) de Bœcking; il corrige une faute d'impression de l'éditeur de 1828, v. 444 *Pertrinxisse,* mais il en laisse échapper une autre à ce même vers, *libaminae.*

Bœcking ne dit pas si l'édition de Klausen est suivie de notes critiques et explicatives.

ζ. — *La* Mosella *d'Oppen (1837).*

C'est d'après Bœcking également, que je cite l'ouvrage in-8° d'Oppen intitulé :

MOSELLA. || Uebersetzt von O. H. A. von Oppen. || Mit revidirtem Texte. || (Manuscript.) || Köln, 1837. || Du Mont-Schauberg'sche Buchdruckerei.

Le texte d'Oppen suit à peu près exactement celui de Lassaulx, qui est lui-même constitué d'après l'édition de 1730. Oppen semble même revenir au texte de 1730 dans les rares passages où Lassaulx l'abandonnait (p. ex. v. 22

Lassaulx : *Supterlabentis;* Oppen : *Subterlabentis*). Il s'écarte quelquefois des leçons de Fleury pour adopter celles de Tross : v. 11 *Novomagum;* v. 140 *At;* v. 204 *alacres;* v. 240 *faciles;* v. 261 *Cuique;* v. 279 *Sumsit;* v. 309 *noctua;* v. 312 *Dinocrates;* v. 316 *totus;* v. 335 *adsita;* v. 345 *adforet;* v. 412 *suum.* Il emprunte à d'autres éditions les leçons v. 317 *Affictamque,* v. 370 *heic,* v. 481 *dextrae.* Il corrige les fautes d'impression de Lassaulx, mais il en a lui-même : v. 121 *quaerulis* (pour *querulis*), v. 126 *Novit* (pour *Norit*). La ponctuation d'Oppen semble fantaisiste.

Bœcking ne dit pas si des notes explicatives ou critiques accompagnent le texte de 1837.

Corpet a publié dans la « Seconde série de la bibliothèque latine-française de Panckoucke » une édition d'Ausone, avec traduction française en deux volumes in-8° datés, l'un de 1842, l'autre de 1843, et intitulés :

ŒUVRES || COMPLÈTES || d'AUSONE || TRADUCTION NOU-VELLE || PAR E.-F. CORPET || PARIS.

Corpet dit, dans la Notice qui précède le premier volume, que l'édition de 1730 est la meilleure qui existe¶ : rien d'étonnant qu'il en suive le texte. C'est ce qu'il fait en particulier pour la *Moselle.* Il s'en sépare quelquefois :

1° Pour adopter les leçons de la Bipontine (v. 36 *exstantes,* v. 46, 53, etc., *litora, litore,* v. 53, 63 *arenæ, arena,* v. 96 *illaudata,* v. 125 *vulgi,* v. 153 *Baccheia,* v. 178, 222 *sol,* v. 212 *prœlia,* v. 254 *arundo,* v. 296 *pœne,* v. 309 *noctua,* v. 384 *Quin etiam,* v. 422 *natique patrisque,* v. 473 *Camœnæ,* v. 475 *Musis*). En outre, Corpet adopte souvent la ponctuation de la Bipontine : p. ex., il met, comme cette édition, entre deux virgules les noms des poissons qui sont au vocatif; cf. v. 94 *exerces, Barbe, natatus.*

¶ Voir p. CCVIII.

2º Pour emprunter à d'autres éditions, des leçons qu'il justifie dans ses notes :

V. 71 *Delicias hominum locupletes...* « leçon de Tross et de M. Bœcking, que j'ai suivie ». (Note 19, p. 375.)

V. 316 *Corus Achates, Afflatamque...* « C'est la leçon des plus anciens mss., qui portent aussi *Affatam* [sans doute faute d'impression, pour *Afflatam,* qui se lit dans tous les mss. de la *Moselle*], et non *Afflictam* ou *Affictam,* adoptés par quelques éditions. » (Note 54, p. 381.)

V. 380 *Romæ tenuere parentes...* « On lit dans d'autres éditions *Romæque tuere parentes,* ce qui s'adresse à Némésis et s'accorde moins avec l'idée du poète. » (Note 65, p. 383 ¶.)

V. 481 *dextræ* ¶².

3º Pour adopter des leçons qui ne sont ni dans l'édition de 1730 ni dans celle de 1785, et sur lesquelles il ne s'explique pas :

Corpet écrit v. 47 *adspergis,* v. 345 *adforet,* v. 473 *adspirare :* il devrait alors écrire v. 72 *Adsimulant,* au lieu de conserver *Assimulant.*

Il écrit, à l'exemple de Bœcking, *Istri* au v. 424 comme au v. 106.

Il emprunte à Tollius trois bonnes leçons v. 140 *At,* v. 221 *amnisque,* v. 242 *defensos...pisces,* et une mauvaise v. 297 *concurrit.*

Il écrit sans majuscules v. 313 *pyramis,* v. 369 *augustis,* v. 421 *augustæ.*

Il admet avec raison v. 86 *prætenero,* comme Tross et Bœcking, et à tort v. 43 *quoties,* v. 361 *celebratur.*

Les notes critiques qui accompagnent le texte de Corpet sont peu nombreuses et généralement médiocres. En outre de celles qu'il a écrites pour justifier certaines de ses leçons, et qui ont déjà été citées, on en trouve un certain nombre qui montrent qu'il a surtout usé, mais sans grand profit, des éditions de Tross et de Bœcking (1828). Il parle des « variantes inédites d'un ms. du Xᵉ siècle, conservé à la Bibliothèque de St-Gall », variantes données dans l'édition de Tross, mais il ne s'inquiète pas autrement de la valeur

¶ Voir COMMENTAIRE, p. 109.
¶² Voir COMMENTAIRE, pp. 137-139.

que ce ms. peut avoir. Il cite, sans les adopter, de bonnes corrections de Tross et de Bœcking (p. ex. v. 2 *Vinco*); dans la *note* au v. 35, il parle de la difficulté de donner un sens raisonnable à *spirante*, leçon du G, adoptée par Tross et Bœcking. Il se livre à des plaisanteries faciles et déplacées au sujet de Bœcking: «Le docteur allemand dit positivement que, dans l'été de 1824, il a mangé sa part d'une *Mustella* de la Moselle, qu'un pêcheur avait tuée sur le rivage. C'est bien heureux pour Ausone!» (*Note* 40.) Il montre une profonde ignorance des éditions : «*Note* 48. *Quique* (v. 162). Cannegieter propose *cuique,* qui me paraît préférable et qui a été adopté par Tross d'après l'édition Aldine.» L'édition de 1507 proposait déjà *Cuique.* Il ne connaît pas mieux les mss., puisqu'il parle des «manuscrits de Vinet» (*note* 10), et «du plus ancien des manuscrits de Vinet» (*note* 13): il suffit de lire les premières lignes du Commentaire de Vinet pour comprendre que l'éditeur de 1575 ne connaissait aucun ms. de la *Moselle.* En somme, le texte et les notes de Corpet n'ont aucune valeur critique ; l'éditeur de l'*Ausone* de la collection Panckoucke devait donner dans la même collection, en 1845, un *Lucilius* où se trouvent consciencieusement citées et habilement discutées la plupart des conjectures présentées par les érudits qui s'étaient occupés du vieux satirique latin ; — en 1849, les Œuvres de Paulin de Périgueux et le poème de Fortunat sur la vie de Saint-Martin, éditions établies d'après les mss. et les meilleurs textes imprimés. Il est regrettable que Corpet n'ait pas fait pour Ausone ce qu'il a fait depuis pour Paulin et pour Fortunat. S'il s'était enquis des mss. et des anciennes éditions, il aurait pu procurer une édition critique du poète bordelais, quarante ans avant celle de Schenkl.

Les notes explicatives, historiques et géographiques sont souvent utiles ; la lecture de mon COMMENTAIRE prouvera que j'en ai beaucoup usé. Corpet se dit «peu rassuré sur le mérite de la traduction» qui se trouve en face de son texte, comme c'est l'usage dans les volumes de la collection

une vie d'Ausone et des remarques de tout genre sur le texte de son poème complètent dignement cette première édition critique de la *Moselle*.

Il faut examiner quels progrès le texte de 1845 a faits sur celui de 1828. Je ne parle pas de l'édition de 1842, que je connais seulement par les renseignements que Bœcking en donne dans son *Index* de 1845 : c'est un in-8º imprimé à Bonn et publié, sans indication de lieu ni de date, avec ce simple titre :

AVSONII MOSELLA.‖RECOGNOVIT EDVARDVS BÖCKING.

L'édition de 1842 ne donne pas évidemment un texte critique, puisque Bœcking n'a collationné le G qu'en 1843. D'ailleurs les variantes citées au bas des pages de l'édition de 1845 montrent que le texte de 1842 est une simple répétition de celui de 1828; il ne s'en éloigne que pour admettre v. 46 *littora*, etc., v. 125 *volgi*, v. 248 *connexa*, v. 261 *Cuique*, v. 293 *Praelia*. Le texte de 1845 ne garde que *Cuique* et revient, pour le reste, aux leçons de 1828.

C'est d'après le G que Bœcking constitue son texte nouveau : « *Hunc optimum omnium codicem* — dit-il — *nisi ubi necessarium videretur, non deserui.*» La collation qu'il donne du G me semble exacte et complète, autant que j'en puis juger par les deux relevés de Schenkl et de Peiper, qui se contrôlent l'un l'autre. Bœcking n'a guère omis que les bonnes leçons v. 247 *deiectas*, et v. 426 *Hinc* qu'il aurait citées dans ses notes et sans doute admises dans son texte s'il les avait remarquées dans le ms. Il cite, sans les admettre, les leçons v. 249 *inductos*, et v. 470 *superno,* mais il en admet bien d'autres qui semblent n'avoir d'autre mérite que de se trouver dans le ms. Bœcking a le zèle d'un néophyte : autant en 1828 il essayait de corriger, autant en 1845, brûlant ce qu'il avait adoré, et adorant la vérité qui vient de lui être révélée, il se montre conservateur du texte des mss. Les conjectures lui paraissent presque des hérésies, et il ne les hasarde guère que soutenu de l'approbation de Lachmann.

Voici les leçons empruntées au G, qui modifient le texte de 1828 ; beaucoup parmi elles ne se trouvaient auparavant dans aucune édition :

Vers	Vers	Vers
33 *praelapsus* ¶.	156 *adsurgunt.*	326 *felix.*
35 *properare.*	160 *Garonnam.*	335 *adsita* (G²).
36 *extantes.*	178 *aureus.*	340 *expirante* ¶6.
60 *profundi.*	192 *propulit.*	378 *da, Roma.*
93 *melioris* ¶².	196 *Adnumerat* ¶4.	417 *undas.*
96 *inlaudata.*	216 *cumbae.*	454 *subter laberis* ¶7.
102 *caenae.*	266 *expirans* ¶5.	483 *Garonnae.*
122 *caenoque* ¶3.	296 *utrimque* (G²).	

Bœcking renonce souvent à des leçons de son texte de 1828 pour admettre des leçons communes au G et aux autres mss. dont il s'est procuré la collation :

Vers	Vers
11 *Noiomagum* (codices) ¶8.	89 *Rhedo* (*rhedo,* codices).
15 *caelum* (G, B).	95 *omni* (G, B).
29 *aequiperare* (G, B).	106 et 424 *Histri* (G, B).
53, 63, 85 *harenae,* etc. (cod.).	108 *lata* (codices).
65 *Usque* (*Vsque,* codices).	114 *squalet* (codices).
68 *Tota* (codices).	127 *obsonia* (codices).
70 *bacas* (codices).	130 *Sario* (*sario,* codices).
71 *locupletibus atque* (G, Rh).	209 *cum* (codices).
74 *ammixtos* (G, B).	223 *nautales* (G ¶9).

¶ « *prelapsus* G, *prolapsus* Rh, B » : c'est une erreur, le B a *praelapsus* et le Rh, *precelapsus.*

¶² Voir COMMENTAIRE, p. 63.

¶3 « *cenoq;* G, *coenoque* Rh, B » : d'après Schenkl et Peiper, le B a aussi *caenoque.*

¶4 D'après Schenkl et Peiper, le G a *admunerat,* corrigé en *adnunerat.*

¶5 « *exſpirans.* [Bœcking use tantôt des *ſ,* tantôt des *s,* dans la reproduction des leçons de ses mss.] Rh, B » : d'après Schenkl et Peiper, la leçon commune de tous les mss. est *expirans.*

¶6 « *exspirante* Rh, B » : d'après Schenkl et Peiper, la leçon commune de tous les mss. est *expirante.*

¶7 « *ſubterlaberis* Rh, B » : Bœcking semble indiquer implicitement que le G a *subter laberis.* Schenkl et Peiper écrivent tous deux ce verbe en un seul mot ; ils ne disent ni l'un ni l'autre si la leçon du G est contraire à celles qu'ils adoptent.

¶8 Par *codices,* j'entends, dans cette liste, les trois mss. que Bœcking connaît.

¶9 La leçon *nautales* se trouve dans tous les mss.

<table>
<tr><td>Vers</td><td>Vers</td></tr>
</table>

Vers

236 *praetemptat* (codices).
237 *captat* (codices).
254 *harundo* (codices).
258 *adsibilat* (codices).
259 *Exultant* (codices).
279 *Sumpsit* (codices).
298 *Quis* (codices).
304 *Syracusii (syracusii, G, B)*.
352 *quanquam* (codices) ¶.
359 *Erubris (erubris, G, Rh)*.

Vers

369 *volveret* (codices).
374 *mores* (codices).
384 *serena* (codices) ¶².
388 *veteresque* (codices).
413 *reddat* (codices).
423 *Nigrum (nigrum, cod.)*.
439 *non* (G, Rh) ¶³.
450 *Nati (nati, codices)*.
465 *Tarnen* (codices).
471 *Exeris* (codices).
474 *Camenae (camenae, cod.)*.

Il emprunte rarement au B ou au Rh, qu'il ne connaît pas par lui-même, des leçons qui remplacent celles de son texte de 1828 :

Vers

80 *haut*, d'après le Rh qui a *haud*.
149 *additur* B.
169 *scaena* Rh : c'est une erreur, tous les mss. ont *scena*.
215 *Mylasena*, d'après le B et le Rh qui ont *milasena*.
254 *saetae* Rh.

Vers

294 *plausu* Rh « probante Lachmanno ».
319 *scaenas* Rh : c'est une erreur, tous les mss. ont *scenas*.
360 *adlambere* B : c'est une erreur, le B a *allambere*.
361 *celebratur* Rh.

L'introduction de ces diverses leçons dans le texte de 1845 en fait disparaître la plupart des conjectures proposées par Bœcking en 1828. Il en ajoute quelques-unes inspirées ou approuvées presque toutes par Lachmann :

Vers

18 *tum* ¶⁴.
46 *caeno*, Bœcking croit corriger *coeno*, leçon de tous les mss.; mais le B et le Rh ont *ceno*.

Vers

68 *picta ora* ¶⁵.
134 *imitaris* scripsi Lachm. suadente.
203 *gramina* posui prob. Lachm.

¶ Le B a *quamquam*.
¶² Le B a *seuera*.
¶³ Le B a lui aussi *non*. La collation du B, telle que Bœcking la donne, ne semble pas très exacte ; p. ex., v. 452, il attribue à ce ms. la leçon *munera*.
¶⁴ Voir COMMENTAIRE, p. 53.
¶⁵ Voir COMMENTAIRE, p. 57.

Vers
312 *cui quadrata* ¶.
350 *memorare, Mosella, Innumeri*, etc. ¶².

Vers
380 *Romae tueare parentis* ¶³.
411 *festinet.*
472 *Quave.*

Il y a enfin quelques différences peu importantes entre les deux textes de Bœcking : n'admettant plus la lettre *j*, dont il usait en 1828, il écrit maintenant : *Pompeiani, Baias*. Il admet v. 261 la correction d'Avantius *Cuique*, v. 290 le texte de Scaliger *Magni*, v. 462 la correction de Poelmann *Gallis Belgisque intersita finis*, v. 481 la conjecture de Scaliger *Dextrae :* en outre, il écrit *Ripae* avec une majuscule initiale. Il supprime la majuscule initiale des mots suivants : v. 117 *mullis*, v. 129 *salmo... salar*, v. 134 *barbi*, v. 137 *delphina*, v. 453 *arctoi*. Par contre, il attribue une majuscule à ceux-ci : v. 358 *Ponto*, v. 385 *Natura*, v. 412 *Fortuna*, v. 422 *Natique Patrisque;* mais il conserve v. 178 *sol*, v. 222 *Sol*, comme dans son premier texte, et il admet v. 144 *balaena*, v. 148 *Balaena*, alors qu'en 1828 il écrivait les deux fois *Balaena*. Il écrit v. 372 *pro ut*, ce qui est contraire à l'usage, et il supprime avec raison toute ponctuation entre les v. 241 et 242.

Bœcking consigne dans ses notes critiques quelques conjectures de lui ou de Lachmann qu'il ne fait pas entrer dans le texte :

Vers
68 *Pictum ora* prop. Lachmann.
139 *deprensa* vult Lach.; possis facilius *defessa*, sed nihil muto ¶⁴.

Vers
196 *At numerat* coniec. Lach.
232 *Tum* vult Lach ¶⁵.
253 *in digitum* (pour *indicium*) prop. Lach., sed nihil mutandum est.

¶ Voir COMMENTAIRE, p. 94.
¶² J'ai déjà dit (p. CLXIII) que cette conjecture se rapproche beaucoup de celle de Ménage. Peiper a trouvé la même conjecture dans un « exemplar Gryphianum a. 1675 (sans doute 1575) quod est in Bibl. ciuit. Wratislauiensis »; il attribue les notes manuscrites de cette édition à un membre de la « gens Sebisiana » dont les armes sont imprimées sur ce volume. (Peiper, *Praefat.*, p. LXXXVIIII).
¶³ Voir COMMENTAIRE, p. 109.
¶⁴ Voir COMMENTAIRE, p. 70.
¶⁵ Voir COMMENTAIRE, note au v. 230, p. 82.

Schenkl rejette certaines conjectures adoptées par Bœcking pour leur en préférer d'autres :

Vers	Bœcking.	Schenkl.
2	*Vinco* (Minola).	*Vingo* (Mommsen) ¶.
57	*obtentibus* (anonym. Heidelb.).	*optentibus* ¶².
261	*Cuique* (Avantius) ¶³.	*quoique ego* ¶⁴.
306	*Marci* (Poelmann).	*Marcei* (Schenkl) ¶⁵.
312	*cui quadrata* (Bœcking).	*quadro cui* (Tollius) ¶⁶.
354	*Pronaeae* (Vinet, 1575).	*Promeae* (Schenkl).
359 et 361	*Gelbis* (Vinet, vulgo).	*Celbis* (Scaliger).

Schenkl cite, dans ses notes critiques, sans les adopter dans son texte, quelques autres conjectures dues à des philologues modernes :

V. 1 *flamine* (Mommsen) : conjecture aussi peu utile que les deux autres de Mommsen, *Vingo* et *tantum,* qu'il admet.

V. 68 *tali specie ora* (Speck) : citation inexacte ¶⁷.

V. 354 *et aquis Promae* (Bergk, *Jahrb. des Ver. v. Alt. im Rheinl.,* LVII, 15).

V. 423 *et Lupodunum*] fortasse *ad Lupodunum,* quod coniecit Mommsen : conjecture inutile.

Je ne trouve pas mentionnées par Schenkl deux conjectures de L. Urlich ¶⁸, que Peiper ne mentionnera pas non plus, et qui méritent pourtant d'être discutées : v. 307 *Mnesiclis* et v. 316 *tutus achates* ¶⁹.

On peut enfin noter quelques différences de moindre

¶ Voir COMMENTAIRE, p. 50.

¶² Je pense que Schenkl modifie l'orthographe de ce mot à cause du *p* de *optutibus* (G, B). — Voir COMMENTAIRE, p. 56.

¶³ Schenkl a tort d'attribuer à la Juntine la priorité de cette correction. Il attribue de même à l'édition de Bâle la priorité de la correction v. 473 *portubus,* qui se trouve déjà dans l'Ascensiana.

¶⁴ Voir COMMENTAIRE, p. 84.

¶⁵ Voir COMMENTAIRE, p. 88.

¶⁶ Voir COMMENTAIRE, p. 94.

¶⁷ Voir COMMENTAIRE, p. 58.

¶⁸ *Rheinisches Museum,* 1862, p. 471-472.

¶⁹ Urlich rejette, comme moi, les leçons *Menecratis* et *corus* ou *totus achates. Mnesiclis* est ingénieux, mais ne me semble pas acceptable pour des raisons de quantité ; *achates* me semblant un mot parasite, je ne puis pas admettre *tutus* plus que *corus, curvus, totus* et autres mots de même ordre.

importance qui distinguent l'édition de Schenkl de celle de Bœcking : l'éditeur de 1883 supprime avec raison les majuscules initiales que son prédécesseur, suivant l'usage des anciennes éditions, attribuait aux noms de poissons, aux mots *baccho* (v. 21-25), *baccheia* (v. 157), *sol* (v. 222), etc.; Schenkl va même trop loin, semble-t-il, dans cette voie : il n'attribue pas de majuscules aux mots qui commencent les vers; souvent il n'en donne pas non plus aux mots qui commencent une phrase après un signe de ponctuation qui voudrait être suivi d'une majuscule (p. ex., v. 390 Bœcking : *detero? Conde;* Schenkl : *detero? conde*). Il n'y a guère à signaler en fait de différences de ponctuation que le v. 450 où une virgule admise par Schenkl après *nati* donne à la phrase un sens autre que celui que Bœcking lui donnait¶.

Schenkl croit, comme Accurse, qu'il y a, après le v. 379, une lacune dont Bœcking n'admettait pas l'existence. Il en voit une autre v. 205-206, mais il a raison de rejeter le vers additionnel de Bœcking : la critique moderne ne peut pas admettre plus un vers pastiche que les deux livres de suppléments dont J. Freinsheim trouvait utile de faire précéder ce qui nous reste de Quinte Curce, ou les sept chants additionnels au moyen desquels Th. May espérait compléter la Pharsale.

On voit, en somme, que les différences entre les textes de la *Moselle* publiés en 1845 et en 1883 ne sont ni très nombreuses ni très importantes. Mon COMMENTAIRE, auquel plusieurs notes des pages précédentes renvoient, montre qu'à mon avis les changements du dernier éditeur sont loin d'être tous des progrès. Deux, entre autres, me semblent tout à fait mauvais : v. 230 *sicuti*, qui prête à Ausone une faute de quantité dont il n'est pas coutumier, et v. 257 *tractis,* qui fait perdre à la phrase du poète sa vivacité elliptique, pour y introduire une tournure lourde et prosaïque.

¶ Voir COMMENTAIRE, p. 129.

γ. — *L'édition de R. Peiper (1886).*

R. Peiper, après C. Schenkl, et souvent d'après lui, a donné en 1886 une édition critique, gros volume petit in-8º de 556 pages, qui fait partie de la Bibliothèque Teubner, et qui est intitulé :

DECIMI MAGNI AVSONII ‖ BVRDIGALENSIS ‖ OPVSCVLA ‖ ʀᴇᴄᴇɴsᴠɪᴛ ‖ RVDOLFVS PEIPER ‖ ᴀᴅɪᴇᴄᴛᴀ ᴇsᴛ ᴛᴀʙᴠʟᴀ ‖ LIPSIAE ‖ ɪɴ ᴀᴇᴅɪʙᴠs ʙ. ɢ. ᴛᴇᴠʙɴᴇʀɪ ‖ MDCCCLXXXVI.

L'*Ausone* de Peiper comprend une *Praefatio* de ᴄxxᴠɪɪɪ pages consacrée presque entièrement à une étude du texte, qui résume et complète sur certains points le travail que l'éditeur avait publié en allemand dès 1879. Puis vient le texte (pp. 1-436), et enfin on trouve une liste des auteurs qui ont été imités par Ausone ou qui l'ont imité (pp. 436-499), et des *Index* (pp. 500-556).

Le texte de la *Moselle* (pp. 118-141) diffère peu de celui de Schenkl.

Peiper revient au texte de Bœcking :

Vers		Vers	
2	*Vinco*.	193	*perfundit.*
21 et 25	*Baccho.*	209	*cum.*
42	*malorum.*	230	*Sic*¶², *ubi.*
125	*uulgi* ¶.	261	*Cuique.*
127	*obsonia.*	328	*Compensat.*
153	*Baccheia.*	347	*tantus.*

Il évite, à l'exemple de Tross, l'assimilation et l'accommodation dans les mots composés ; il écrit, comme lui, v. 269 *adludens,* v. 345 *adforet,* v. 445 *adfecto,* v. 474 *adspirare;* et s'il n'admet pas son orthographe v. 205 *Inpubemque,* il admet l'orthographe des mots suivants qu'on ne trouve pas

¶ Peiper n'emploie jamais la lettre *v*.
¶² Peiper attribue, comme Bœcking, une majuscule initiale au premier mot de chaque vers.

dans l'édition de Tross : v. 310 et 348 *Adlicit,* v. 388 et 406 *inlustrat* et *inlustravere.*

Il revient, sans utilité, semble-t-il, à certaines leçons des mss. que Schenkl n'adoptait pas :

V. 22 *Subter labentis* (B) : pourquoi écrire v. 454 *Subterlaberis ?*

V. 149 *magnoque* (G, B, Reg, L).

V. 178 *igneus* (B, Rh, Reg, L) : *aureus* (G) semble la bonne leçon.

V. 221 *amnis* (codices) : pourquoi rejeter la correction de Barth *amnisque ?*

V. 326 *diues* (B, Rh, L) : *felix* (G) semble la bonne leçon.

V. 331 *proprium* (G¹, Rh) : toutes les éditions ont *proprium est* (G², B, L).

Suivant la méthode allemande, Peiper se garde bien de nous dire pourquoi il adopte ces leçons : on peut supposer que c'est simplement pour que son texte diffère un peu de celui de Schenkl.

D'autre part, il reprend avec raison quelques leçons négligées par Schenkl : v. 57 *obtutibus* (Rh, Reg, L), v. 144 *ballena* (G, Reg, L), v. 148 *ballena* (G, B, Rh, Reg), v. 321 *natura* (codices ¶), v. 361 *celebratus* (G, B, L ¶²).

Il écrit avec raison v. 453 *Arctoi,* et adopte la bonne correction de Scaliger v. 464 *Concedes,* sans dire à qui il la prend.

Il emprunte, par contre, deux mauvaises conjectures, l'une à l'anonyme d'Heidelberg, v. 108 *laeta,* l'autre aux notes d'Heinsius, v. 340 *spirante.* Il essaie enfin plusieurs corrections : une seule v. 57 *introitu* me semble bonne ¶³. Les autres sont négligeables.

Vers	Vers	Vers
18 *quin* ¶⁴.	146 *exundat* ¶⁶.	312 *quadrata cui* ¶⁹
51 *dira.*	208 *Quales* ¶⁷.	316 *uirus* ¶¹⁰.
68 *patet ora* ¶⁵.	257 *raptis* ¶⁸.	433 *pandet.*

¶ Schenkl dit d'ailleurs : *natura* codd. (quod fortasse defendi potest).

¶² Schenkl dit encore : quod fortasse defendi potest.

¶³ Voir COMMENTAIRE, p. 56.

¶⁴ Voir COMMENTAIRE, p. 53.

¶⁵ Voir COMMENTAIRE, p. 58.

¶⁶ Voir COMMENTAIRE, p. 70.

¶⁷ Voir COMMENTAIRE, p. 78.

¶⁸ Voir COMMENTAIRE, p. 84.

¶⁹ Voir COMMENTAIRE, p. 94.

¶¹⁰ Voir COMMENTAIRE, p. 98.

donné la réponse. Mon ami d'école, mon cher collègue Jullian, le savant éditeur des *Inscriptions Romaines de Bordeaux,* a bien voulu dessiner la carte du bassin de la Moselle qu'on trouvera plus loin. Mais sa collaboration ne se borne pas à cela : c'est lui qui m'a enseigné l'histoire du IVᵉ siècle, si nécessaire pour mon COMMENTAIRE. Je ne veux pas compromettre son renom d'historien : je me hâte de dire que, s'il m'a rendu capable de faire mes notes historiques, il ne m'a aidé en rien à leur rédaction. J'ai encore à remercier M. Tannery, qui m'a donné une savante note sur l'ombre des Pyramides, M. Max Rooses, d'Anvers, qui m'a communiqué l'édition Poelmann du Musée Plantin-Moretus, M. Ruelens, conservateur des manuscrits à la Bibliothèque de Bruxelles, dont j'avais déjà mis la bienveillance à contribution, quand j'ai été consulter en 1883 le B à Bruxelles, et qui m'a, depuis, fourni de précieux renseignements sur certains points importants de la bibliographie d'Ausone.

Que mes dernières lignes soient consacrées au remerciement que j'adresse à M. Charles Lévêque, qui a bien voulu accepter la dédicace de l'œuvre du fils d'un de ses amis d'enfance : il convient qu'en tête de cette édition d'Ausone on lise le nom d'un Bordelais qui honore Bordeaux.

H. DE LA VILLE DE MIRMONT.

1ᵉʳ Mars 1888. — 14 Mai 1889.

ADDITIONS ET CORRECTIONS

Page XXIII, ligne 3 du texte, lire : *Bœcking,* comme partout ailleurs, et non *Boecking*.

Page XLI, ligne 11, lire : *(Prelū Afcēſianū.),* et non *(Prelū Afcēnſianū.).*

Addition aux pp. LXX-LXXII et LXXVI-LXXXII.

Mon Introduction était déjà terminée quand j'ai appris que M. Labadie possède un exemplaire de l'édition de Bâle ; il a bien voulu me le communiquer. L'étude du texte de la *Moselle* dans ce volume me permet de compléter et de rectifier le relevé, assez peu exact, donné par Bœcking, et les renseignements que j'avais eu l'imprudence d'emprunter à Tross : il est faux, comme j'ai dit d'après ce dernier (p. LXXII, ligne 6), que l'édition de 1523 ait v. 171 *Naiades :* elle a *Naiadas,* comme l'Aldine.

D'autre part elle s'éloigne beaucoup plus de l'Aldine que Bœcking ne le dit :

1º Par des retours aux leçons de l'Ascensiana : *lœuia, Aſſimulant, Interludentes* (Asc. 1517), *Lucius, Rhodopen, Lyœo, adſtrepit, Oreiadas, petunt, perfundit, Adnumerat, perfuderit, miretur, permiſcent, Gortynius, uolumine, Hebdomas, Illa tenens, œthera, adforet* (Asc. 1513), *Gelbis, adlambere, Detexatur, Quinetiam, lœta, portubus.*

2º Par des retours aux leçons des éditions antérieures : *uitreoq;, frontem* (Ug., Asc.), *caudam* (Ug., Asc.), *utrumq;* (Ug., Asc. 1513), *Baccheïa, Vtq;, Vibratos* (Ug., Junt.), *harundo, Allicit* (Ug., Asc.), *pyramis* (Ug.), *aut horum, Feſſa, Latiœ* (Junt.), *ueteresq;* (Asc. 1513, Junt.), *auguſtœ* (Ug., Asc.), *iunɛti, traɛtu, utriq;, celſamq;* (Ug., Asc.), *ſubter laberis* (Junt., Asc.), *Axona* (Ug., Asc.), *taurinœ.*

Ces deux listes doivent compléter celles de la p. LXXI.

Enfin, aux innovations apportées dans le texte par l'édition de Bâle et que je citais (p. LXXII) d'après Bœcking, il faut ajouter la liste suivante :

Vers		Vers	
79	*Nominaq; &* (B).	221	*phaſeli* (G, B, Rh).
115	*delicias*.	392	*oti* (G, Rh).
136	*Aɛ̃tœo*.	397	*ſubtemine* (G, B,
144 et 148	*Balœna*.		Rh).

Cette liste nous donne trois conjectures dont deux bonnes, et quatre bonnes leçons des mss.

De plus l'éditeur de Bâle écrit avec des majuscules initiales *Olympum, Phrygiis* (Asc.), *Cerealia,* ce dernier mot sans nécessité. Il corrige, comme je l'ai dit (p. LXXII) presque toutes les fautes d'impression de l'Aldine, parmi lesquelles je place la mauvaise leçon *hoſtia* pour *oſtia,* et ne commet lui-même, en outre des deux que je cite, p. LXXII, que les suivantes : v. 131, *puoque* pour *quoque;* v. 166, *uauita* pour *nauita;* il contribue, en somme, bien plus aux progrès du texte que je ne le disais d'après les renseignements empruntés à Bœcking.

Par suite, il faut enlever aux éditions de Lyon, pour les reporter à celle de Bâle les quatre innovations que j'attribuais au texte de Gryphe (p. LXXXI). Ce que j'appelle le texte commun des trois éditions de Gryphe (p. LXXX) diffère à peine de celui de l'édition de Bâle : abstraction faite des fautes d'impression de l'édition de 1548, que les Lyonnaises corrigent, je n'ai à ajouter à la liste de la p. LXXX que les variantes suivantes :

Vers	Édit de Bâle.	Édit. de 1537, 1540, 1548.
106	*Hiſtri*.	*Iſtri*.
171	*Naïadas*.	*Naïades*.
178, 222	*Sol*.	*ſol*.
232	*carœ*.	*charœ*.
254	*harundo*.	*arundo*.
397	*ſubtemine*.	*ſubtegmine*.
421	*auguſtœ*.	*Auguſtœ*.

D'autre part, il faut effacer de la même liste les variantes concernant les v. 79, 136, 144, 148, 221 où le texte de Gryphe est identique à celui de Curion, à cette différence près que l'éditeur de Bâle écrit *Balœna,* et celui de Lyon, *balœna.*

Pour ce qui est des variantes des éditions de Gryphe (liste des pp. LXXVIII-LXXIX), l'éditeur de Bâle a écrit :

cannas (1548), *uitreoq;* (1537, 1548), *non* (1537, 1540), *agitatœ* (1537, 1548), *ſqualet* (1537, 1540), *delicias* (1537, 1540), *Namq;* (1540), *Quis non &... uolgi* (1537, 1548), *Norit &* (1537, 1548), *confudit* (1537, 1548), *uaporiferi... Veſœui* (1537, 1548), *ſimulachra* (1537, 1540), *Germanœq;* (1540), *Quiq;* (1537, 1548), *Quis* (1540), *parens* (1537, 1540), *incerta* (1548).

Page LXXII, lignes 29 et 30 : effacer la virgule qui suit le mot *Fabricius* et en mettre une après le mot *Delphini).*

Page LXXIV, ligne 25, lire : *An legendum ſit.*

Page XCII, lignes 23-24, lire : *au lieu de iris),* et non *au lieu d'iris).*

Page XCIII, ligne 10, lire : *excepté celles.*

Page CIII, ligne 24, lire : *dans les éditions de 1523, 1537, 1540, 1548).*

Page CX, ligne 12, lire : *ſanè.*

Page CXIII, ligne 1, lire : *en 1581.*

Page CXIII, ligne 14, lire : *celle de Poelmann.*

Page CXXX, ligne 26, lire : *quœ.*

Page CXLIII, ligne 17, lire, les deux fois : *vſus.*

Page CXLIX, ligne 9, lire : *diſciplinœ.*

Page CLXIII, ligne 14, lire : *finis.*

Addition aux pages CLXXIII-CLXXVII.

J'ai enfin reçu, après l'impression de l'*Introduction,* un exemplaire de la *Mosella,* de Freher, que je demandais depuis longtemps.

La collation du texte de 1619 qui m'avait été fournie

est exacte, et je n'ai que peu de choses à ajouter à la liste de variantes des pages CLXXIV-CLXXVI :

Vers	Texte de VINET.	Texte de FREHER.
25	*baccho.*	*Baccho.*
222	*fol.*	*Sol.*
298	*Qui.*	*Quî.*
378	*pulfa, oro, faceffat.*	*pulfa (oro) faceffat.*
407	*aquilonigenafque.*	*Aquilonigenasq;*
450	*pater, & natus.*	*Pater, & Natus.*

La ponctuation de Freher est meilleure que celle de Vinet; il remplace par des virgules et des points-virgules les deux-points dont l'éditeur de 1575 abusait; il met entre virgules les noms de poissons qui sont au vocatif. Les notes critiques de Freher sont nulles : j'ai déjà dit (p. CLXXVI) qu'il fonde sur un vers de Lucain la conjecture *connexis* qu'il admet. Quant à sa bonne correction *concurrens*, il n'en dit rien : il l'abandonne même dans la note au v. 297 où il écrit CONCVRRIT FLVCTIBVS ECCHO (sic). V. 281 *Thetyn* est peut-être une mauvaise leçon et non une faute d'impression, car, dans la note au v. 281, il donne à ce mot exactement la même orthographe qu'il lui attribuait dans le texte.

Page CLXXVIII, ligne 16, lire : *Syracufii.*
Page CLXXX, ligne 12, lire : *animadverfionibus.*
Page CCXXII, ligne 18, lire : *Cumulata.*

Addition à la page CCXXXIV.
Voici, d'après un exemplaire que j'ai pu me procurer, le titre exact de la première édition de Tross, titre que je donnais incomplètement d'après les indications de Bœcking :
DES || D. M. AUSONIUS || MOSELLA, || mit verbesfertem Texte, metrischer Ueber- || setzung, erklärenden Anmerkungen, || einem kritischen Commentar und || historisch - geographischen || Abhandlungen || von || LUDWIG TROSS, || Conrector am Gymnasio zu Hamm, in der Grafschaft Mark und || der lateinischen Gesellschaft zu Jena Ehrenmitglied. || HAMM, || SCHULTZ und WUNDERMANN. || 1821.

Le volume de 1821 est identique à celui de 1824, à ces différences près : il n'a pas le supplément (pp. 249 et suiv.) où se trouvent les poèmes de Fortunat, l'appendice critique, etc., et l'*Errata* qui corrige quelques fautes du texte. L'ouvrage de 1821 contenait un « Vorwort » insignifiant qui a été remplacé, en 1824, par celui que j'ai analysé (p. CCXXXV), et, sous le nom d'*Addenda,* une liste de variantes du G, qui a été refondue dans l'appendice critique de 1824. On peut aussi remarquer que le nom de l'éditeur *Schultz* devient *Schulz,* sur le titre de 1824.

Page CCXLI, ligne 8, lire Claudien (la lettre *l* cassée sous presse).

Page 7, ligne 27, 2ᵉ col., lire : *Pictum.*

Page 9, ligne 26, 1ʳᵉ col., lire : *L'édit. de Bâle (1523).*

Page 16, ligne 20, lire : *les* (la lettre *l* cassée sous presse).

Page 17, ligne 15, lire : *pleins* (la lettre *l* cassée sous presse).

Page 29, ligne 15, lire : *l'ennemi* (la lettre *l* cassée sous presse).

Page 58, ligne 28, lire : *Pictum.*

CARTE POUR SERVIR A L'INTELLIGENCE
DE LA **MOSELLA** D'AUSONE

Les noms modernes en noir
Les noms anciens en rouge.

PROVINCIA

COBLENTZ
Confluentes

Rhin
Rhenus

Elz r.
Alisontia

Moselle
Mosella

Nett r.

Via

Fl.

romana

Uss r.

Alf r.

PROVINCIA

Our r.

Eifel r.

Nims r.
Prüm r.
Nemesa
Prüma
Prūma

Salm r.
Salmona

Lieser r.
Lesura

Zell

Via

romana

GERMANIA

Dumnissus

SECUNDA

Kyll r.
Celbis

Berncastel
Tabernae

Neumagen
Noiomagus

Drohn riv.
Drahonus

PRIMA

Nahe r.
Nava

BELGICA

Sauer r.
Sura

TRÈVES
Col. Augusta
Treverorum

Conz
Contionacum

Ruwer r.

Moselle riv.
Mosella

Gabis r.

Saar r.
Saravus

N

S

Echelle de $\dfrac{1}{925,000}$

| 0 | 5 | 10 | 15 | 20 | 30 | 40 | 50 kilom. |

| 0 1 2 3 4 5 | 10 | 20 | 30 millia passuum |

| 0 1 2 3 4 5 | 10 | 20 leugas |

D. M. AVSONII

MOSELLA

RANSIERAM celerem nebuloso flumine Navam,
Addita miratus veteri nova moenia Vinco,
Aequavit Latias ubi quondam Gallia Cannas,
Infletaeque iacent inopesque per arva catervae.
Unde, iter ingrediens nemorosa per avia solum,   5

LA MOSELLE D'AUSONE

J'avais traversé la rapide Nava, dont le cours est assombri par
les brouillards; j'avais admiré les nouvelles murailles ·données
à l'antique Vincum, où jadis la Gaule éprouva un désastre
semblable à la défaite romaine de Cannes, où gisent dans la
campagne des troupes de morts qui n'ont obtenu ni larmes ni
honneurs funèbres. De là, je m'engage dans une route solitaire,
qui traverse une région boisée, déserte, où l'on ne voit plus trace

Codices. — 1) *nauem* Reg. — 2)
Les cod. ont *uico*, excepté L qui a
inco, avec une sorte de ω au-dessus
de la ligne entre *m* et *c*. — 4) *sinopes*
G (une seconde main a effacé le *s*),
Reg; *inopes* B, Rh, L; tous les cod.
ont *super*.

Editiones.—1) Scaliger, dans ses
Auson. Lect., propose *lumine*, qu'il
n'adopte pas dans ses édit., mais qui
se lit dans les édit. vulgaires au
lieu de *flumine*, leçon reprise par
Bœcking, Schenkl, Peiper; Mommsen propose *flamine*. — 2) Ugolet
écrit *muro*, conservé par Avantius
(1507); les édit. vulgaires, *vico*;
Minola, Tross, Bœcking, Peiper,
Vinco; Mommsen, Schenkl, *Vingo*.
— 4) Christ propose *inopesque per*.

Et nulla humani spectans vestigia cultus,
Praetereo arentem sitientibus undique terris
Dumnissum, riguasque perenni fonte Tabernas,
Arvaque Sauromatum nuper metata colonis,
Et tandem primis Belgarum conspicor oris   10
Noiomagum, divi castra inclita Constantini.
Purior hic campis aer, Phoebusque sereno
Lumine purpureum reserat iam sudus Olympum.
Nec iam, consertis per mutua vincula ramis,
Quaeritur exclusum viridi caligine caelum,   15
Sed liquidum iubar et rutilam visentibus aethram
Libera perspicui non invidet aura diei.

de cultures faites par l'homme ; je dépasse ainsi l'aride Dumnissus, entouré de terres qui ont soif, et Tabernes, arrosée par une source qui ne tarit jamais, et les champs délimités naguère aux colons Sarmates : enfin, dès les frontières des Belges, j'aperçois Noiomagum, illustre camp du divin Constantin. Dans ces campagnes, l'air est plus pur ; et, à sa lumière sereine, Phébus, maintenant vainqueur des nuages, découvre l'Olympe éclatant. Ce ne sont plus ces branches enlacées par des liens mutuels, au milieu desquelles on cherche le ciel que dérobe une obscurité verdoyante ; rien désormais n'envie aux yeux le clair rayonnement du soleil et l'éclatante pureté du ciel : l'air est libre et le jour transparent. Alors, tout dans ce spectacle qui me charmait, émut mon cœur, et me rappela l'aspect et la beauté de la brillante

Cod. — 8) *dumnissum* G, B ; *dumnissam* Rh ; *dumnisum* Reg ; *dumnixum* L. — 9) *comitata* L. — 10) *gelbarum* B ; *horis* Rh, Reg. — 11) *noiomag·um* (un *i* effacé) G ; *nogomagum* Reg ; *niuomagum* L ; *noiomagum* B, Rh. — 12) *campus* B ; *aer campis* Rh. — 13) *iamsidus* G ; *reserabat sydus* Rh ; *olympum* (*i* corrigé en *y*) G ; *olimpum* Rh ; *olimphum* Reg. — 15) *et clusum* Reg ; *coelum* Rh. — 17) *noniuidet*

G ; *non inuidat* Reg ; *aula* Rh. — 18) *cum* codices ; *nitentis* G ; *nitentes* Rh, Reg ; *nitentes* (corrigé en *nitentis*) B ; L, d'après Peiper, a *nitentis*, d'après Schenkl, *nitentes.* — 19) *burdegalae* B. — 20) *uillis* Rh ; *saxis* B. — 21) *bacho* B, Rh. — 22) *subterlabentes tacto* L ; *tacitorum ore* Reg. — 23) *Salue* G, B ; *salue* Rh, Reg, L. — 25) *odoriferi* Rh ; *bacho* B, Rh. — 27) *diuexas* Rh ; *deuexus* B, L. — 28) *et* Rh ; *imitante* B. —

In speciem tum me patriae cultumque nitentis
Burdigalae blando pepulerunt omnia visu :
Culmina villarum pendentibus edita ripis,   20
Et virides baccho colles, et amoena fluenta
Subterlabentis tacito rumore Mosellae.

  Salve, amnis laudate agris, laudate colonis,
Dignata imperio debent cui moenia Belgae,
Amnis odorifero iuga vitea consite baccho,   25
Consite gramineas, amnis viridissime, ripas!
Naviger ut pelagus, devexas pronus in undas
Ut fluvius, vitreoque lacus imitate profundo,
Et rivos trepido potis aequiperare meatu,

Burdigala, ma patrie; tout : ces villas dont le faîte s'élève sur les
rives qui dominent le fleuve, ces collines vertes de vignes, ces
belles eaux de la Moselle qui coule à leurs pieds avec un murmure presque insensible.

  Salut, fleuve dont les bienfaits sont célébrés par les campagnes
et par les cultivateurs, fleuve à qui la Belgique doit ces murailles
que les chefs de l'empire ont jugées dignes de les recevoir;
ô fleuve dont les coteaux plantés de vignes produisent un vin
parfumé, fleuve verdoyant dont les rives sont semées de gazon!
Comme l'Océan, tu portes les navires; comme une rivière, tu
as un lit en pente où descendent tes eaux; par tes profondeurs
transparentes tu es le rival des lacs; ton courant qui frémit te
fait ressembler aux ruisseaux; et, grâce à l'eau potable que tu

29) *potes* codices (G avait *pontes*, le *n* a été effacé); *aequiparare* Rh.

Edit.—11) Les édit. antér. à celles de Bœcking, Schenkl et Peiper ont *Niuomagum, Nivomagum, Nouo-magum* ou *Novomagum.* — 15) Les édit. vulg. ont *cœlum.* — 18) *tum* est une correction de Bœcking, admise par Schenkl; Peiper écrit *quin;* Barth propose *vultumque.*—21) Ugo-let écrit *bacho;* l'emploi de la minus-cule initiale des mots *baccho*(v.21,25) et *baccheia* (v. 153) varie beaucoup suivant les éditions; le texte vulg. a d'ordinaire *Baccho, Baccheia,* que Bœcking conserve. Schenkl écrit avec raison *baccho, baccheia;* Peiper revient au texte vulg.—29) *potis,* cor-rection de Gronovius, adoptée par toutes les éd., à partir de celle de Tol-lius; le texte vulg. a ordinairement *aequiparare;* Bœcking, Schenkl et Peiper admettent *aequiperare.*

Et liquido gelidos fontes praecellere potu :   30
Omnia solus habes, quae fons, quae rivus et amnis,
Et lacus, et bivio refluus manamine pontus.
Tu, placidis praelapsus aquis, nec murmura venti
Ulla, nec occulti pateris luctamina saxi.
Non spirante vado rapidos properare meatus   35
Cogeris, exstantes medio non aequore terras
Interceptus habes, iusti ne demat honorem
Nominis, exclusum si dividat insula flumen.
Tu, duplices sortite vias, et cum amne secundo

fournis si limpide, tu l'emportes sur les sources les plus fraîches : seul, tu possèdes réunis tous les privilèges des sources, des ruisseaux, des fleuves, des lacs, et de la mer qui par son double flux offre aux navires une double voie. Tes eaux paisibles glissent rapidement sans avoir à subir le bruit sourd du vent, sans avoir à lutter contre les écueils cachés. Aucun bas-fond qui, par son bouillonnement, te force à précipiter ton courant devenu impétueux; aucun amas de terre qui, s'élevant au milieu de ton lit, s'oppose à ton cours et t'enlève l'honneur d'un nom mérité, par la formation d'une île qui chasse le fleuve et le divise en deux branches. Le sort t'a permis de donner une double voie aux navires : soit que, là où ton courant seconde la navigation, les

Cod. — 31) *riuus ianthis* L. — 32) *munimine* codices. — 33) *praelapsus* G, B, Reg; *precelapsus* Rh; *praelaxus* L. — 34) *occulta* Reg. — 35) *spirante* G; *speranti* Reg; *sperante* B, Rh, L; *properare* G; *preparare* Reg ; *reparare* B, Rh; *remeare* L.—36) Le vers manque dans Reg; *exstantes* B, Rh, L; *extantes* G. — 42) *colla* G. — 43) *recursum* L. — 44) *segnis* L. — 45) *limigenis* G, B, Reg; *limigeris* Rh; *legenis* L; *ulnis* L. — 46) *inmundo* Rh, Reg; *immundo* G, B, L; *littora* cod., excepté B, Reg; *coeno* G, L; *ceno* B, Rh, Reg. — 47) *imprimo-*

res G; *siccamprimores* Reg; *sicca in primo respergunt* B, Rh; *sicca in primo respergit* L; *uertigia* Reg. — 48) *frigiis* G, Rh; *phrigiis* B, Reg; *frigus* L.

Edit. — 32) Heinsius a proposé *molimine;* Gronovius, *manamine,* adopté par les édit., excepté celles de Christ et de Bœcking, qui gardent *munimine.* — 33) L'Ascensiana, Vinet (1575) et Freher gardent *praelapsus;* tous les autres éditeurs à partir d'Ugolet écrivent *prolapsus;* Bœcking, Schenkl et Peiper ont rétabli *praelapsus.* — 35) Ugolet, Avantius

Defluis, ut celeres feriant vada concita remi,   40
Et cum per ripas, nusquam cessante remulco,
Intendunt collo malorum vincula nautae;
Ipse tuos quotiens miraris in amne recursus
Legitimosque putas prope segnius ire meatus!
Tu neque limigenis ripam praetexeris ulvis,   45
Nec piger immundo perfundis litora caeno :
Sicca in primores pergunt vestigia lymphas.

I nunc, et Phrygiis sola levia consere crustis,
Tendens marmoreum laqueata per atria campum :

rames rapides frappent tes flots qu'elles agitent; soit que, remontant tes rives, sans cesser un instant de remorquer leur embarcation, les mariniers raidissent sur leurs épaules les câbles fixés aux mâts. Toi-même, étonné de la course rétrograde que tes eaux faisaient dans ton fleuve, combien de fois n'as-tu pas pensé que ton cours naturel en semblait ralenti! Tu ne couvres pas tes rives de ces herbes nées dans la vase, et tu ne répands pas d'un flot paresseux une bourbe immonde sur tes bords : on peut s'avancer à pied sec jusqu'à l'endroit où tes eaux commencent.

Allez, maintenant! Tapissez un sol uni d'incrustations phrygiennes, étendez une plaine de marbre dans vos salles lambrissées! Quant à moi, dédaigneux des splendeurs qu'ont procurées la

(1507) et la Juntine ont *sperante;* l'Ascensiana écrit *superante*, qui a passé dans le texte vulg. Gronovius propose *sperante* et *superare*. Tross, Bœcking, Schenkl, et Peiper rétablissent *spirante;* les trois derniers édit. ont seuls *properare.* — 36) Tous les édit. écrivent *extantes*, excepté Poelmann qui a *exstanteis*, et Tollius, Wernsdorf, la Bipontine et Tross qui ont *exstantes.*—42) Scheffer propose *mulorum*, adopté par Schenkl. — 43) Christ propose *tuo... legitimoque... meatu.* — 45) Ugolet et Avantius (1507) ont *lagaeis;* l'Ascensiana, *lunigenis;* la Juntine a *ienigenis;* l'Aldine, *limigeris*, leçon généralement adoptée; Poelmann a *limigenis*, leçon admise par Tollius, et les édit. qui ont suivi la sienne. — 47) Les anciennes édit. ont ou *sed sicca in primo aspergit* (Ascensiana) ou *sicca in primo respergit* (Ugolet, Avantius, Juntine); ou *sicca in primores spargis* (Aldine); ou *sicca sed in prima aspergis* (Vinet 1551, Poelmann, édit. vulg.). Cannegieter propose *sicca sed in pura adspergis vestigia lympha.* Lachmann préfère *seu qua in...;* Bœcking, Schenkl et Peiper écrivent *sicca in primores pergunt.*

Ast ego, despectis quae census opesque dederunt, 50
Naturae mirabor opus, non cura nepotum
Laetaque iacturis ubi luxuriatur egestas.
Hic solidae sternunt umentia litora harenae,
Nec retinent memores vestigia pressa figuras.
Spectaris vitreo per levia terga profundo, 55
Secreti nihil amnis habens : utque almus aperto
Panditur introitu liquidis obtutibus aer,
Nec placidi prohibent oculos per inania venti,
Sic demersa procul durante per intima visu
Cernimus, arcanique patet penetrale profundi, 60

fortune et les richesses, j'admirerai l'œuvre de la nature, et non
pas ce luxe chéri des dissipateurs, ces excès fous d'une indigence
qui se réjouit de sa ruine!... Ici, un sable résistant recouvre les
grèves humides ; les pieds ne s'y impriment point et n'y laissent
pas de traces qui rappellent leur forme. A travers ta surface
polie, on voit tes profondeurs transparentes : tu n'as rien de
caché, ô fleuve! Tel l'air bienfaisant offre un libre accès aux
regards qui le pénètrent, alors que les vents au repos ne gênent
point la vue dans l'espace : de même notre vue s'étend jusqu'aux
régions intimes du fleuve, nous apercevons, loin de nous, les
fonds les plus bas au-dessous des eaux, et les retraites de ces

Cod. — 50) *dispectis* G ; *despe-*
ctus Reg. — 51) *miramur* Rh. —
52) *luxuria* G ; *luxuriantur* B ; *luxo-*
riatur Reg. — 53) *sternant* Reg ;
humentia B, Rh, L ; *litora* B ; *lit-*
tora G, Rh, Reg, L. — 54) *renuent* L ;
fuguras G. — 55) *uiteo* B ; *uitre*
Reg. — 56) *nichil... habes* Rh. —
57) *intuitu* codices (*intituli quidis*
Reg) ; *optutibus* G, B ; *obtutibus* Rh,
Reg, L. — 59) *dimersa* Rh. — 60)
archani G, B, Rh, L ; *arcani* Reg ;
profundi G ; *fluenti* B, Rh, Reg, L.
— 61) *maneant* G ; *lipidarum* Reg ;
est L. — 62) *cerule adis persas* Reg.
— 63) *meatus* B. — 64) *uiri quod*
Reg. — 65) *ingenis* L ; *frontibus* Rh.

— 66) *lucoque latosque* L ; *latetque*
(le *t* du milieu ajouté au-dessus de la
ligne à la place d'une lettre effacée)
G. — 67) *et uandem... glare* Reg.
— 68) *talis pictura* cod. — 70) *con-*
carum G, L. — 71) *deliciasque* Rh,
Reg, L ; *locupletibusque* B, Reg ;
locupletibus subundis L.

Edit.— 51) Heinsius propose *non*
cara, Cannegieter *secura,* Lachmann *non certa,* Peiper *non dira.*
— 52) Heinsius, *Foetaque iacturis*
cui... — 53) Schenkl et Peiper ont
seuls *umentia litora harenae ;* les
autres édit. ont *humentia ;* la plupart, *littora harenae ;* Bœcking,

Cum vada lene meant, liquidarum et lapsus aquarum
Prodit caerulea dispersas luce figuras :
Quod sulcata levi crispatur harena meatu,
Inclinata tremunt viridi quod gramina fundo ;
Usque sub ingenuis agitatae fontibus herbae   65
Vibrantes patiuntur aquas, lucetque latetque
Calculus, et viridem distinguit glarea muscum.
Tota Caledoniis tali specie ora Britannis,
Cum virides algas et rubra corallia nudat
Aestus, et albentes, concharum germina, bacas,   70
Delicias hominum, locupletibus atque sub undis

mystérieuses profondeurs nous sont découvertes, lorsque le courant est paisible, lorsque les eaux qui glissent transparentes,
dévoilent, éclairées d'une lumière azurée, les formes des objets
répandus çà et là ; tantôt c'est le sable qui se ride, sillonné par la
vague légère ; tantôt c'est le gazon qui tremble et s'incline sur le
fond verdoyant. Au-dessous des eaux où elles sont nées, les
herbes agitées subissent l'action du courant qui les ébranle ; le
caillou brille, puis se cache, et le gravier fait ressortir la mousse
verte. La côte tout entière des Bretons de Calédonie offre un
spectacle semblable quand le reflux laisse à nu les algues vertes,
et ces rouges coraux, et ces blanches perles, végétations des

litora harenae ; Tross, litora are-
nae. — 57) obtentibus, conjecture
d'un anonyme citée et admise par
Bœcking ; Schenkl écrit optentibus ;
Peiper écrit obtutibus, et corrige
intuitu en introitu. — 60) fluenti est
la leçon admise jusqu'à Bœcking,
Peiper et Schenkl. Ugolet avait
fluentis. — 62) Wakefield propose
respersas. — 65) utque, correction
de l'Ascensiana, reprise par Vinet
(1551) et l'édit. de Lyon (1558), généralement adoptée, excepté par Poelmann Christ, Bœcking, Schenkl et
Peiper. — 68) Tross met une parenthèse, déjà indiquée par Vinet : Tota
(Caledoniis...cultus). Heinsius propose lota ; Barth, nota (qu'adoptent
Tollius, Souchay, etc.). L'anonyme
cité par Bœcking, torta. L'Ascensiana (1517) écrit Tota. Caledoniis... Lachmann propose pictum
ora ; Bœcking admet talis picta ora ;
Speck, tali est specie ora ; Peiper,
talis patet ora ; Schenkl, talis pictura. — 70) Bœcking, Schenkl et
Peiper écrivent seuls bacas. — 71)
Ugolet, Avantius (1507) et l'Ascensiana ont locupletibus usque ; les
édit. antérieures à celles de Bœcking, Schenkl et Peiper, ont locupletes ou locupletum quaeque. Barth
préférait locupletibus aequa sub, et
Cannegieter, locupletes. Ista.....

Adsimulant nostros imitata monilia cultus.
Haud aliter placidae subter vada laeta Mosellae
Detegit admixtos non concolor herba lapillos.

Intentos tamen usque oculos errore fatigant   75
Interludentes, examina lubrica, pisces.
Sed neque tot species obliquatosque natatus,
Quaeque per adversum succedunt agmina flumen,
Nominaque, et cunctos numerosae stirpis alumnos
Edere fas : haud ille sinit, cui cura secundae   80
Sortis et aequorei cessit tutela tridentis.

Tu mihi, flumineis habitatrix Nais in oris,

coquillages, délices de l'humanité, qui, sous des eaux si fécondes en richesses, rivalisent, comme de véritables colliers, avec les objets de notre luxe. C'est ainsi qu'au-dessous des ondes charmantes de la paisible Moselle, l'herbe, par le contraste de sa couleur, découvre les cailloux dont elle est mêlée.

Cependant, les yeux attentifs se fatiguent à suivre les allées et venues des troupes de poissons qui glissent et jouent entre eux. Mais toutes ces espèces qui nagent en traçant des courbes sinueuses, toutes ces armées qui remontent le courant du fleuve : leurs noms, le dénombrement des enfants de cette race immense, il n'est pas permis de les publier. Il ne le tolère pas, le dieu qui a obtenu en partage la charge du second lot du monde et la garde du trident des mers.

O Naiade, toi qui habites les rives fluviales, fais-moi connaître

Cod. — 72) *inmitata monialia* Reg. — 74) *ammixtos* G, B; *non est color* L. — 75) *erro refaciant* Reg. —76) *inter ludentes* B, Rh, L; *exagmina* L; *ludibrica piscis* G. — 77) *natatus* (*ta* au-dessus de la ligne) Reg; *meatus* Rh. — 78) *succedunt* L. — 79) *nomina quae cunctos* G; *nomina quae et* Rh; *nominaque cunctos* Reg, L; *nominaque et cunctos* B. — 80) *aut* cod.; Rh seul a *haud; aederes aut* Reg; *iura* G; *sedere* L. — 82) *horis* B, Rh; *naissi-*

noris Reg. — 83) *siquamigeri* L.— 84) *fluitantibus* B, Reg, L; *cateruis* B; *carteruas* Reg.—85) *Squameus* B; *squameus* G, Rh, Reg, L. — 86) *uiscera... egestus* L; *haristis* Rh. — 87) *trioria* Reg; *thioria* L; *cibaria* Rh. — 88) *purpureus* Rh. — 89) *rhedo* G, B, Rh; *raedo* Reg; *thedo* L.— 90) *oculos hominum* Rh. —91) *uexatae* G[1]; *uecate* L; *sauari* B.— 92) *qua his* G[1]; *qualis* B; *hostia* B[1], Rh.—93) *maioris* B, Rh, L; *maiores* Reg; *melioris* G.

Squamigeri gregis ede choros, liquidoque sub alveo
Dissere caeruleo fluitantes amne catervas.

Squameus herbosas capito inter lucet harenas　　85
Viscere praetenero, fartim congestus aristis,
Nec duraturus post bina trihoria mensis ;
Purpureisque salar stellatus tergora guttis,
Et nullo spinae nociturus acumine rhedo,
Effugiensque oculos celeri levis umbra natatu.　　90
Tuque per obliqui fauces vexate Saravi,
Qua bis terna fremunt scopulosis ostia pilis,
Cum defluxisti famae maioris in amnem,

les divers groupes de ce troupeau couvert d'écailles ; dis-moi
quelles sont les bandes de poissons qui nagent dans le lit du
fleuve azuré.

Revêtu d'écailles, le meunier brille parmi les sables couverts
d'herbages ; sa chair est très tendre ; les arêtes s'y entassent à
rangs serrés ; il ne peut attendre plus de deux fois trois heures
pour être servi sur les tables. Ensuite, voici la truite dont le dos
est constellé de taches de pourpre, et la loche qui ne peut faire de
mal au moyen de l'aiguillon d'aucune épine ; et l'ombre légère, qui
échappe aux regards, tant elle nage avec rapidité ; et toi, ballotté
naguère dans les passages étroits du Saravus au cours sinueux,
là où ses six branches mugissent entre les piles rocheuses d'un
pont, du moment que tu as glissé dans un fleuve plus illustre, tu
peux, ô barbeau, plus libre maintenant, te permettre en nageant

Edit.—79) L'édit. de Lyon (1537) est la première qui ait *Nominaque et...;* Heinsius propose *nomine quemque suo.* — 80) Ugolet, Avantius (1507), la Juntine, l'Aldine, Schenkl et Peiper admettent *aut;* les autres édit. ont *haud,* que Bœcking écrit *haut.* — 83) Wakefield propose *liquidoque sub arvo,* et Christ, *liquidaque sub alvo.* — 84) Quelques vieilles édit. et Christ ont *fluitantibus.*—85) Plusieurs vieilles édit. ont *interlucet,* que Tross et Bœcking admettent.—86) La plupart des anciennes édit. écrivent *prae tenero;* d'autres ont *praeteneris* ou *prae teneris;* la Juntine et l'Aldine ont *furtim.* —89) Ugolet, Avantius (1507), la Juntine, l'Aldine, l'édit. de Bâle (1523) et les édit. de Lyon (1537, 1540, 1548) ont *thedo;* les autres édit., à partir de l'Ascensiana, ont *redo;* seuls Bœcking, Schenkl et Peiper écrivent *rhedo.*—90) L'Aldine a *Effigiensque,* et au v. 92, *hostia.* — 93) Bœcking a, seul, *melioris.*

· *Liberior laxos exerces, barbe, natatus.*
Tu melior peiore aevo, tibi contigit omni   95
Spirantum ex numero non inlaudata senectus.
Nec te puniceo rutilantem viscere, salmo,
Transierim, latae cuius vaga verbera caudae
Gurgite de medio summas referuntur in undas,
Occultus placido cum proditur aequore pulsus.   100
Tu, loricato squamosus pectore, frontem
Lubricus et dubiae facturus fercula cenae,
Tempora longarum fers incorrupte morarum,
Praesignis maculis capitis, cui prodiga nutat
Alvus, opimatoque fluens abdomine venter.   105

de vastes ébats. C'est dans le plus mauvais âge que tu es le meilleur au goût; et c'est ton heureux privilège que, seul de tous les êtres qui respirent, ta vieillesse ne soit pas dédaignée. Et toi dont la chair se distingue par son éclat pourpré, ô saumon, je ne te passerai pas sous silence : les coups vagabonds de ta large queue qui s'agite au fond des eaux se répercutent à leur surface, alors que tes mouvements qu'on n'aperçoit pas se trahissent sur le fleuve calme. Les écailles de ta poitrine te font une cuirasse, et ton front est lisse; tu es un mets digne des festins où l'abondance rend le choix difficile; tu supportes, sans te corrompre, les délais d'une longue attente; les taches qui brillent sur ta tête te font remarquer; ton ventre énorme se balance et ondule sous la

Cod. — 94) *saxos* L. — 95) *uni* Rh. — 96) *spirantum* (e corrigé en *u*) G; *illaudata* B, Rh. — 98) *transierim* (le premier *i* ajouté au-dessus de la ligne) G. — 99) *surgite* L. — 100) *occultais* G[1]; *occultas* Rh[1] (tous deux corrigés en *occultus*); *aequo repulsus* G; *equo repulsus* Reg. — 101) *fronte* Rh. — 102) *mensę* Rh; *cęnę* G; *cęne* Reg; *coenae* L; *cenae* B. — 103) *incorrupta morarum* (corrigé de *mororum*) B. — 106) *illiricum* G; *illipicum* L. — 107) *incidiis* Reg; *mustella* L; *natatu* Rh. —

109) *defrudarentur* Reg; *defraudarentur* G, B, Rh, L. — 110) *finxit* Rh; *colorata* Reg. — 111) *cuncta* Reg; *yris* B, Rh. — 112) *sucus* B; *focus* L. — 113) *fastim* Reg; *fartim* est omis dans B, où sa place est laissée vide, et dans L ; *pingescis* Reg; *pinguescit* Rh. — 115) *perta* B; *parca* L ; *sibebo* Reg. — 116) *amnigeros* Rh. — 117) *piniceis* Reg; *est tendere* L; *multis* Reg.

Edit. — 94) Ugolet, corrigeant L, écrit *sacros*. — 95) L'anonyme, cité

Quaeque per Illyricum, per stagna binominis Histri,
Spumarum indiciis caperis, mustela, natantum,
In nostrum subvecta fretum, ne lata Mosellae
Flumina tam celebri defraudarentur alumno.
Quis te naturae pinxit color! Atra superne   110
Puncta notant tergum, qua lutea circuit iris;
Lubrica caeruleus perducit tergora fucus :
Corporis ad medium fartim pinguescis, at illinc
Usque sub extremam squalet cutis arida caudam.
Nec te, delicias mensarum, perca, silebo,   115
Amnigenos inter pisces dignande marinis,
Solus puniceis facilis contendere mullis :

charge de ton gras abdomen. Et toi qui te laisses prendre en
Illyrie, dans les eaux de l'Hister au double nom, dénoncée par
l'écume qui surnage, tu passes aussi dans notre fleuve, ô lotte,
pour que la large Moselle ne se voie pas refuser un aussi célèbre
habitant. Quelles couleurs la nature n'a-t-elle pas employées à te
peindre! Des points noirs marquent la partie supérieure de ton
dos; un demi-cercle jaune orange les entoure; ton corps poli est
teint d'azur. Farcie de graisse jusqu'à mi-corps, tu es ensuite
recouverte jusqu'à l'extrémité de la queue d'une peau maigre et
sèche. Je ne tairai pas non plus ton nom, ô perche, délices des
tables, poisson de rivière digne des poissons de mer, toi qui es
seule capable de le disputer aux surmulets pourprés. Car tu n'es

par Bœcking, propose *cui* au lieu de *tibi;* l'Aldine, les édit. de Bâle (1523) et de Lyon (1537, 1540, 1548) ont *uni*, repris par Tross. — 99) Ugolet, corrigeant L, écrit *surgit et e medio.* — 101) Avantius, la Juntine et l'Aldine ont *fronte.* — 102) Poelmann et Vinet (1575), seuls avant Schenkl et Peiper, écrivent *cenae.* — 106) Beaucoup d'anciennes édit. ont *Istri;* Bœcking, Schenkl et Peiper, *Histri.* — 107) Christ propose *raperis;* Poelmann, seul, avant Bœcking, Schenkl et Peiper, écrit *mustela;* les anciennes éditions ont *Mustella* ou *mustella.* — 108) *laeta,* conjecture attribuée par Bœcking à l'anonyme de Heidelberg, revendiquée comme sienne par Tross, et admise par Peiper seul. — 109) Schenkl et Peiper écrivent *defrudarentur.* — 111) Tollius écrit *qua,* dans son texte, *quia* dans ses notes où il dit d'ailleurs de lire *quae,* leçon adoptée par Souchay, Wernsdorf et la Bipontine. — 114) Bœcking, Schenkl et Peiper écrivent *squalet;* les édit. antérieures ont généralement *squallet.*

. *Nam neque gustus iners, solidoque in corpore partes*
Segmentis coeunt, sed dissociantur aristis.
Hic etiam, Latio risus praenomine, cultor   120
Stagnorum, querulis vis infestissima ranis,
Lucius, obscuras ulva caenoque lacunas
Obsidet. Hic nullos mensarum lectus ad usus
Fervet fumosis olido nidore popinis.
Quis non et virides, vulgi solacia, tincas   125
Norit, et alburnos, praedam puerilibus hamis,
Stridentesque focis, obsonia plebis, alausas?
Teque inter species geminas neutrumque et utrumque,

pas fade au goût, ton corps est ferme : toutes les parties, formées
de segments qui s'unissent, sont séparées par des arêtes. Et ce
poisson aussi, auquel on a donné par dérision un prénom latin,
cet hôte des étangs, ennemi violent et acharné des plaintives
grenouilles, le *Lucius* s'installe dans les creux que l'herbe et la
vase rendent obscurs. Dédaigné pour l'usage des tables, on le
fait bouillir dans les gargotes enfumées que l'odeur de sa cuisson
empuantit. Qui ne connaît les tanches vertes, ressource du vulgaire, et les ablettes, proie des hameçons d'enfants, et les aloses,
mets favori de la plèbe, qui grillent avec un bruit perçant sur les
foyers ! Et toi qui fais la transition entre deux espèces, qui n'es
complètement ni de l'une ni de l'autre et qui appartiens à toutes

Cod. — 118) *nam neque* B ; *nam-que* G, Reg, L ; *nam quae* Rh ; *solidae* Rh. — 119) *secmentis* G, Reg.— 120) *hinc* L.— 122) *coeno* L ; *ceno* Rh, Reg.— 123 *hinc* L ; *nullus* Reg ; *letus* Rh ; *latus* L. — 124) *eruet... nitore* L ; *propinus* Reg. — 125) *uolgi* Reg ; *solatia* cod.; *so-lacia* Reg. — 126) *pueribus amis* Reg. — 127) *obsenia* L ; *obsonia* G, B, Rh, Reg ; *plēo* L. — 128) *geminas species* L ; *utrunque* B, L. — 129) *quę* (au lieu de *qui*) Reg ; *necam* Reg. — 130) *intercepto* Reg. — 131) *flumineis* G ; *memorante* L. — 132)

geminis maior G ; *maior geminis* B, Rh, Reg, L ; *police* L. — 134) *prospexi* Rh, Reg ; *prospexit* L ; *barba* B.— 135) *celebrare* B ; *sulure* Reg. — 136) *uelud* Reg ; *acteo* cod.; *oliua* L. — 137) *delfina* B. — 138) *magni uis* (pour *longi uix*) Reg ; *corpora* L ; *soli* L. — 139) *defensa* cod.; *ulli* L.

Edit. — 118) Toutes les édit. anté-rieures à la première de Vinet (1551) ont *namque et.*— 119) Cannegieter propose *segmenti.*— 122) Bœcking, Schenkl et Peiper écrivent seuls

Qui nec dum salmo, nec iam salar, ambiguusque
Amborum medio, sario, intercepte sub aevo?   130
Tu quoque, flumineas inter memorande cohortes
Gobio, non maior geminis sine pollice palmis,
Praepinguis, teres, ovipara congestior alvo,
Propexique iubas imitatus, gobio, barbi.   134
Nunc, pecus aequoreum, celebrabere, magne silure :
Quem velut Actaeo perductum tergora olivo
Amnicolam delphina reor : sic per freta magnum
Laberis et longi vix corporis agmina solvis,
Aut brevibus defessa vadis, aut fluminis ulvis.

deux, toi qui n'es pas encore saumon et qui n'es plus truite, toi
qui tiens le milieu, ô truite saumonnée : on te pêche alors que ton
âge est intermédiaire entre celui de ces deux poissons. Toi aussi,
il faut te rappeler parmi ces armées fluviales, ô goujon ; tu n'es
pas plus grand que les deux mains sans les pouces ; tu es très gras,
arrondi, rendu plus gros encore par ton ventre gonflé d'œufs.
O goujon, tes barbillons imitent les barbes pendantes du barbeau !
A toi maintenant d'être chanté, animal marin, énorme silure : ton
corps semble enduit de l'huile attique ; je te regarde comme le
dauphin des fleuves : telle est ta majestueuse allure en pleine eau ;
telles sont les difficultés que tu éprouves à déployer en t'avançant
l'étendue de ton long corps, fatigué par les eaux trop basses ou

caeno. — 125) Schenkl et la plus
grande partie des édit. qui précèdent
la sienne ont *volgi;* Tross, Bœcking
et Peiper, *vulgi;* Schenkl et Peiper
ont seuls *solacia,* leçon du Reg; tous
les autres éditeurs écrivent *solatia*
comme les autres manuscrits.—127)
Schenkl écrit *opsonia;* Avantius, la
Juntine, l'Aldine, les édit. de Bâle
(1523) et de Lyon (1537, 1540, 1548),
la Bipontine, Tross, Bœcking et
Peiper, *obsonia.* — 129) *ambige-*
risque, conjecture proposée par
Lachmann ; Wakefield préférait
ambiguusque es. — 130) La Juntine

écrit *fario,* leçon suivie depuis lors
par les édit., excepté par Vinet (1551),
l'édit. de Lyon (1558), Poelmann,
Christ, Bœcking, Schenkl et Peiper.
— 132) Schenkl et Peiper écrivent
seuls *geminis maior.* — 134) Bœcking, sur les conseils de Lachmann,
écrit *imitaris.* — 138) Cannegieter
propose *volvis* au lieu de *solvis.*—
139) Cannegieter propose *detenta,* et
Lachmann, *deprensa;* Bœcking
pense à écrire *defessa,* mais garde
defensa. Schenkl et Peiper adoptent
deprensa; tous les autres éditeurs
conservent *defensa.*

At, cum tranquillos moliris in amne meatus,   140
Te virides ripae, te caerula turba natantum,
Te liquidae mirantur aquae : diffunditur alveo
Aestus et extremi procurrunt margine fluctus.
Talis Atlantiaco quondam ballena profundo,
Cum vento motuve suo telluris ad oras   145
Pellitur, exclusum fundit mare, magnaque surgunt
Aequora, vicinique timent decrescere montes.
Hic tamen, hic nostrae mitis ballena Mosellae
Exitio procul est, magnusque honor additur amni.
   Iam liquidas spectasse vias, et lubrica pisces   150

les herbes du fleuve. Mais quand tu poursuis dans le courant ta
route tranquille, à ta vue les rivages verdoyants, à ta vue la
troupe azurée des poissons, à ta vue les eaux limpides s'émer-
veillent. Le flot qui bouillonne se répand hors du lit du fleuve, et
les dernières vagues courent sur le bord. Telle, dans le profond
océan Atlantique, la baleine, poussée par les vents ou par son
propre élan vers la terre, répand au loin la mer qu'elle chasse de
son domaine : immenses se gonflent les flots, et les monts voisins
craignent de paraître moins élevés. Mais le silure, inoffensive
baleine de notre Moselle, bien loin de devenir une cause de
désastre, n'est qu'un grand honneur de plus pour le fleuve.
   C'est avoir assez contemplé les routes liquides, et les troupes

Cod. — 140) *aut* Reg, L ; *molliris*
L ; *magnae* (pour *in amne*) Reg.—
144) *adlantiaco* G, Reg ; *adantiaco*
L ; *athlanciaco* Rh ; *condam* Reg;
ballena G, Reg, L ; *balena* B, Rh ;
profunda Reg[1].— 145) *horas* Rh. —
146) *pelitur* Reg; *fundit* (pour *surgunt*) Reg. — 148) *mittis* Reg;
ballena cod. (L a *mitis* corrigé en
mitissima balla); *mossollae* Reg.—
149) *magnoque* G,B,Reg,L; *additus*
G,Rh,L.— 150) *Iam* G; *iam* B, Rh,
Reg,L.—151) *multiplicesquae* Reg;
multiplices satis enumerasse B; *nu-
merassacatur uas* G[1]. — 152) *uitae*

corrigé en *uitea* G ; *ponpam* Reg.—
153) *bacheia* Rh; *bachea* L; *bachaia*
B ; *bacche* (le *h* ajouté) Rh. — 154)
agmina (corrigé en *ardua*) Rh. —
155) *apica* Reg ; *flexuque sinuque*
L. — 156) *assurgunt* B, Rh, L ; *adsurgunt* G, Reg. — 157) *almo* Reg ;
nectit (corrigé en *uestit*) Rh.— 158)
hrodopen Reg ; *rodopen* Rh ; *rhodo-
pem* L ; *pangea* G, Rh; *pagea* Reg;
panchea B, L; *lieo* B,Rh.—159) *uret*
Reg ; *tracia* G, Rh ; *thracia* (le *h*
ajouté) B ; *tratia* Reg.— 160) *fluentem* G ; *garonnam* G ; *garumnam*
Rh;*garūnam* L;*garunnam* B,Reg.

Agmina, multiplicesque satis numerasse catervas.
Inducant aliam spectacula vitea pompam,
Sollicitentque vagos baccheia munera visus,
Qua sublimis apex longo super ardua tractu,
Et rupes, et aprica iugi, flexusque sinusque   155.
Vitibus adsurgunt naturalique theatro.
Gauranum sic alma iugum vindemia vestit
Et Rhodopen, proprioque nitent Pangaea lyaeo;
Sic viret Ismarius super aequora Thracia collis;
Sic mea flaventem pingunt vineta Garumnam.   160·
Summis quippe iugis tendentis in ultima clivi

des poissons qui y glissent; c'est avoir assez dénombré leurs
multiples cohortes. Que l'aspect des vignobles présente d'autres
objets à notre vue; que les dons de Bacchus fixent nos regards
indécis sur cette longue suite de coteaux escarpés que domine
une crête élevée, sur ces roches, ces hauteurs exposées au soleil
avec leurs sinuosités et leurs enfoncements, qui s'élèvent, cou-
vertes de vignes, en forme d'amphithéâtre naturel. C'est ainsi
qu'une féconde vendange revêt le mont Gaurus et le Rhodope, et
que le Pangée brille de l'éclat de ses raisins; c'est ainsi que la
colline de l'Ismarus verdit au-dessus de la mer de Thrace; ainsi
mes vignobles se reflètent dans les eaux blondes de la Garonne.
Car une suite de vignes verdoyantes unit les bords du fleuve aux

Edit. — 140) Poelmann, Tollius, Christ, Wernsdorf, Tross, Bœcking, Schenkl, Peiper écrivent *at*. Les autres éditeurs, à partir d'Ugolet, admettent *aut*. Christ, tout en conservant *tranquillos*, préfère *tranquillo*, que Tross et Bœcking adoptent. — 144) Wernsdorf, Christ, Tross, Bœcking, Schenkl écrivent *balaena*, comme les édit. de Lyon (1537 etc.); Peiper, *ballena*, comme Ugolet, l'Ascensiana, Poelmann, Vinet (1551), etc.; Vinet (1575), Tollius, etc., ont *ballaena*.—146) Peiper écrit *exundat* au lieu de *fundit*. —

148) Les diverses éditions écrivent respectivement *balaena*, *ballena*, *ballaena*, comme au v. 144. — 149) La leçon ordinaire des éditions est *magnoque honor additus amni;* Bœcking écrit *magnusque honor additur amni;* l'Aldine et Schenkl *magnusque honor additus amni.*— 156) La leçon vulg. est *assurgunt;* Tross, Bœcking, Schenkl et Peiper écrivent *adsurgunt*. — 160) Ugolet écrit *fluentem*, et Burmann propose *labentem;* la leçon vulg. est *Garumnam;* l'Ascensiana et Vinet (1551) ont *Garunnam,* et Bœcking *Garonnam.*

Conseritur viridi fluvialis margo lyaeo.
Laeta operum plebes festinantesque coloni
Vertice nunc summo properant, nunc deiuge dorso,
Certantes stolidis clamoribus. Inde viator 165
Riparum subiecta terens, hinc navita labens,
Probra canunt seris cultoribus : adstrepit ollis
Et rupes, et silva tremens, et concavus amnis.

Nec solos homines delectat scaena locorum :
Hic ego et agrestes Satyros et glauca tuentes 170
Naidas extremis credam concurrere ripis,

plus hauts sommets du coteau qui, à partir de la rive, s'élève jusqu'aux dernières cimes. La foule qui travaille joyeuse, les cultivateurs empressés se hâtent, maintenant au sommet, maintenant sur les flancs inclinés de la montagne : ils font assaut de grossières clameurs. Ici le voyageur qui suit sa route, en bas, le long de la rivière, là le batelier qui glisse sur les eaux chantent des refrains moqueurs aux cultivateurs en retard pour leurs travaux; les rochers résonnent au bruit de leurs voix, et la forêt frissonnante, et le fleuve profond.

Et les hommes ne sont pas seuls à se laisser charmer par l'aspect de ces lieux. Là aussi, je le croirais volontiers, les Satyres agrestes et les Naïades, aux yeux verts comme la mer, accourent ensemble

Cod. — 162) *uiride* Reg; *lieo* B, Rh; *margalia eo* Reg. — 164) *uerticem* L; *dōso* L. — 165) Ce vers manque dans le Reg. — 166) *tenens* G; *hic* Reg; *lambens* L. — 167) *probra serunt cultoribus* L ; *astrepit* B, Rh, L. — 168) *rubens* (pour *rupes*) L. — 169) *Nec* G, B; *nec* Rh, Reg, L; *hominum* cod.; *scena* cod. (excepté Reg qui, d'après Peiper, aurait *scaena*). — 170) *ad agrestes satiros* Reg; *glaca* L.— 171) *nudas* B. — 172) *proteruia* (le *i* ajouté) G; *propteruia* Reg; *panos* Rh. — 173) *uadas* Reg.— 174) *torrent* L; *fluctus* Rh.— 175) *furatę* Rh; *furate* Reg, L (tous trois omettent la préposi-

tion *e*). — 176) *oreadas* cod.; *panāpe* Rh. — 177) *sugit* L ; *funos* L. — 178) *igneus* cod.; (G seul a *aureus*). — 179) *ut* cod.; *satiros* Reg. — 180) Reg s'arrête après ce vers. — 181) *cetas* B; *cętu* Rh.

Edit. — 158 et 162) Je préférerais écrire *lyaeo* avec une minuscule, comme j'ai écrit *baccho* aux v. 21 et 25. Bœcking, Schenkl et Peiper écrivent *Lyaeo*, comme la plupart des anciennes édit. Ugolet et Avantius ont *lyeo*. L'Ascensiana de 1511 et celle de 1513 ont *lyeo;* celle de 1517, *lygo*, et l'Aldine, *lyaeo*, conservé par l'édit. de Vinet (1551) au v. 162,

Capripedes agitat cum laeta protervia Panas,
Insultantque vadis, trepidasque sub amne sorores
Terrent, indocili pulsantes verbere fluctum.
Saepe etiam, mediis furata e collibus uvas,   175
Inter Oreiadas Panope fluvialis amicas
Fugit lascivos, paganica numina, Faunos.
Dicitur et, medio cum sol stetit aureus orbe,
Ad commune fretum Satyros vitreasque sorores
Consortes celebrare choros, cum praebuit horas   180
Secretas hominum coetu flagrantior aestus.

sur ces rives, quand une joyeuse pétulance entraîne les Pans aux
pieds de chèvre; ils bondissent dans le courant, effraient leurs
sœurs tremblantes au fond du fleuve : si grossiers sont les mouvements dont ils battent les flots. Souvent même, après avoir
dérobé des raisins en pleins coteaux, la nymphe fluviale Panopé
se réfugie au milieu des Oréades amies, par crainte des Faunes,
ces lascifs dieux villageois. On prétend aussi qu'au moment où le
soleil d'or s'arrête au milieu de sa course, les Satyres et leurs
sœurs brillantes comme le cristal des eaux vont former des chœurs
au bord du fleuve qui leur est commun : c'est l'heure où la chaleur
ardente les met à l'abri du contact des hommes. Alors, bondissant
dans ces eaux qui sont à elles, les Nymphes jouent, plongent les

alors que le v. 158 a *Lyaeo*. La
Juntine admet *Lyeo*. — 167) Ugolet
et Avantius écrivent *probra serunt;*
ce dernier laisse un espace vide
après *serunt*. Vinet dans le texte de
son édition de 1575 a *proba*, faute
d'impression qui n'est ni dans le
commentaire de cette édit., ni dans
le texte des édit. de 1551 et de 1590;
Accurse propose d'écrire *serunt du-*
ris, pour suppléer à la lacune de L,
à cause du passage d'Horace (*Serm.*,
I, 7, 29). — 169) *homines* est une
correction d'Avantius (1507), qui a
passé dans la Juntine, l'Aldine,
l'édit. de Bâle (1523), et les édit. de
Lyon (1537, 1540, 1548). Mais les
autres édit. gardent *hominum*, jusqu'à Bœcking, Schenkl et Peiper;
toutes les édit. antérieures à celles
de Bœcking, Schenkl et Peiper ont
scena. — 171) Ugolet écrit *Naiadas*
qu'Avantius, la Juntine et l'Aldine
conservent. Les édit. de Bâle (1523)
et de Lyon (1537, etc.) ont *Naiades*.
— 176) La correction *Oreiadas* appartient à l'Ascensiana de 1511; la
Juntine et l'Aldine gardent *Oreadas*.
— 178) Bœcking et Schenkl écrivent
seuls *aureus*. — 179) *Ad* est une
correction de Gronovius, généralement adoptée depuis lui. Christ
garde cependant *ut;* la Bipontine
écrit *at*.

c

. *Tunc insultantes sua per freta ludere Nymphas,*
Et Satyros mersare vadis, rudibusque natandi
Per medias exire manus, dum lubrica falsi   184
Membra petunt, liquidosque fovent pro corpore fluctus.

  Sed non haec spectata ulli nec cognita visu
Fas mihi sit pro parte loqui : secreta tegatur
Et commissa suis lateat reverentia rivis.
Illa fruenda palam species, cum glaucus opaco
Respondet colli fluvius, frondere videntur   190
Fluminei latices et palmite consitus amnis.
Quis color ille vadis, seras cum propulit umbras
Hesperus, et viridi perfundit monte Mosellam!

Satyres au fond du courant et échappent entre les mains de ces
nageurs maladroits, qui, toujours déçus, alors qu'ils saisissent
leurs membres glissants, n'étreignent au lieu de leurs corps que
les flots limpides.

  Mais ces spectacles n'ont jamais eu de témoins; aucun regard
ne les a vus. Qu'il me soit permis d'en parler pour ma part; qu'il
reste cependant secret, que le fleuve garde caché avec respect le
mystère qui lui est confié... Voici un tableau dont on peut jouir
ouvertement: quand le fleuve azuré reflète la forêt obscure, ses
eaux semblent se couvrir de feuillage, son courant semble planté
de vignes. Quelle couleur nouvelle prennent les eaux, alors
qu'Hespérus, ayant poussé devant lui les ombres du soir, couvre la
Moselle d'une verte montagne ! Les coteaux tout entiers flottent,

Cod. — 182) *et cum insultantes*
L. — 183) *rapidusque* B¹; *rapidos-*
que B²; *natanti* L. — 184) *cum* B.
— 185) *specunt* L. — 186) *Sed* G,
Rh; *sed* B, L. — 187) *tegantur* Rh,
L. — 189) *fuenda... conclaueus* L.
— 191) *constitit* L. — 192) *protulit*
B, Rh¹; *propulit* G, Rh², L. — 193)
perfundit G, B, Rh; *profundit* L. —
194) *montibus* G, B¹, Rh¹; *mo tibus*
(l'*n* effacée) B², Rh²; *motibus* L. —
195) *terget* L. — 196) *admunerat*
(corrigé en *adnunerat*) G; *annume-*
rat B, Rh; *anumerat* L; G a *uites*
(pour *uirides*); B, *deriuis* (pour.
derisus). — 197) *cadiceo* L. — 198)
animi (pour *amni*) G; *confundit* G;
confudit B, Rh, L. — 200) *Haec* G,
B; *haec* Rh, L. — 202) *oras* G; *ho-*
ras Rh, L; *oras* B¹; *horas* B².—204)
alacris B; *alicris* L; *gestare* B¹.

  Edit. — 182) Ugolet écrit *Et cum*
sultantes; Avantius (1507), *Et con-*

Tota natant crispis iuga motibus, et tremit absens
Pampinus, et vitreis vindemia turget in undis. 195
Adnumerat virides derisus navita vites,
Navita caudiceo fluitans super aequora lembo,
Per medium, qua sese amni confundit imago
Collis et umbrarum confinia conserit amnis. 199
Haec quoque quam dulces celebrant spectacula pompas,
Remipedes medio certant cum flumine lembi,
Et varios ineunt flexus, viridesque per oras
Stringunt attonsis pubentia germina pratis!
Puppibus et proris alacres gestire magistros
Impubemque manum super amnica terga vagantem 205

agités par l'ondulation des eaux, le pampre absent tremble, et la vendange se gonfle au sein des ondes transparentes. Le batelier, jouet d'une illusion, compte les ceps verdoyants; le batelier qui sur sa barque creusée dans un tronc d'arbre vogue au milieu du courant, à l'endroit où l'image de la colline se confond avec le fleuve, et où le fleuve semble planté de vignes jusqu'à la limite des ombres.

Quel charme aussi pour les regards que la vue de ces jeux : ces barques qui marchent à la rame, qui joutent au milieu du fleuve, qui exécutent des courbes variées, qui sur les rives vertes effleurent la végétation renaissante au milieu des prairies déjà fauchées. Sur les poupes et sur les proues les alertes patrons bondissent; ces équipes de jeunes gens s'ébattent sur le dos du fleuve : à les

sultantes. — 185) La Juntine et l'Aldine ont *ferunt* pour *petunt*.— 186) Cannegieter propose *cognita ab usu*. — 187) Ugolet, Avantius, la Juntine, l'Aldine, les édit. de Bâle (1523) et de Lyon (1537, 1540, 1548), ont *tegantur*, conservé par Bœcking (édit. de 1842).—188) Bœcking, (édit. de 1828), a proposé *ripis*.—192) Ugolet, Bœcking, Schenkl, Peiper ont seuls *propulit*. — 193) Tollius écrit *perfundit*, mais propose *per-* *fudit* que Schenkl adopte. — 194) Burmann, au lieu de *Tota*, voudrait *Laeta, Foeta* ou *Fota*.— 196) Lachmann propose *At numerat*. — 199) Ugolet écrit *conferit*; Burmann propose *proserit* au lieu de *conserit*. — 201) Ugolet, Avantius, l'Ascensiana (1511) et la Juntine ont *fulmine*. —203) Bœcking, d'après les conseils de Lachmann, écrit *gramina*, au lieu de *germina*.—204) Cannegieter propose *alacris gestire magister*.

. *Dum spectat, transire dies; sua seria ludo*
Posthabet; excludit veteres nova gratia curas.
Tales Cumano despectat in aequore ludos
Liber, sulphurei cum per iuga consita Gauri
Perque vaporiferi graditur vineta Vesevi,   210
Cum Venus, Actiacis Augusti laeta triumphis,
Ludere lascivos fera proelia iussit Amores,
Qualia Niliacae classes Latiaeque triremes
Subter Apollineae gesserunt Leucados arces;
Aut Pompeiani Mylasena pericula belli   215

regarder, le jour s'écoule; on préfère aux occupations sérieuses
le spectacle de ces joutes, et ce plaisir nouveau chasse la pensée
des soucis anciens. Tels sont les jeux que Bacchus contemple à
ses pieds, dans la mer de Cumes, alors qu'il parcourt les sommets
riches en vignes du Gaurus sulfureux et les vignobles du Vésuve
qui lance la fumée : ces jeux où Vénus, en réjouissance des
triomphes remportés par Auguste à Actium, fait représenter par
les Amours folâtres les terribles combats que les flottes du Nil et
les trirèmes latines se sont livrés sous les murs de Leucade,
consacrée à Apollon. Tels sont aussi les jeux que les barques de
Cumes l'Eubéenne célèbrent sur l'Averne sonore, à l'imitation

Cod. — 206) *spectant* Rh; *diem* cod.; *serica* Rh¹. — 207) *excludet* L. — 209) *per* est omis par G. — 212) *proelia* G; *prelia* B; *p̄lia* Rh, L. — 213) *miliacae* L. — 214) *artes* L. — 215) *mylesana* (corrigé en *malesana*) G; *milasena* B, Rh, L. — 216) *sonatia* G¹; *cumbae* G ; *cimbae* Rh ; *cymbe* B, L. — 217) *pulsos* L; *locantes* G.— 218) *syculo* B; *spectata* cod. — 219) *pontes* G. — 220) *ephoebis* G; *ephebis* L.— 221) *puppi ertasque* L ; *amnis* cod.; *faselli* L. — 222) *yperionio* (suivant Schenkl), *yperiono* (suivant Peiper) Rh. —224) *rediit* B, L ; *ubus* (pour *umbras*) L. — 225) *atque* Rh ; *leuaque* cod.

Edit.— 205 et 207) Ces deux vers, jugés inintelligibles, ont été écrits suivant la lettre des manuscrits par plusieurs éditeurs, ou en changeant *diem* en *dein* (Scaliger); on a aussi supposé le vers 205 formé de morceaux de deux vers disparus, et Schenkl et Peiper ont écrit :

Dum spectat. . . . .
. . . . transire diem, etc.

Gronovius a refait le vers : *Qui spectat transire, diem et sua. . . . .* Knebel a proposé : *Dum spectat transire sator, sua seria ludo. . . . .* Un vers supplémentaire a été imaginé par Tollius *(Dum spectat, dum porro cupit spectare viator, Non*

Euboicae referunt per Averna sonantia cumbae ;
Innocuos ratium pulsus˜pugnasque iocantes
Naumachiae, Siculo quales spectante Peloro
Caeruleus viridi reparat sub imagine pontus :
Non aliam speciem petulantibus addit ephebis 220
Pubertasque amnisque et picti rostra phaseli.
Hos Hyperionio cum sol perfuderit aestu,
Reddit nautales vitreo sub gurgite formas,
Et redigit pandas inversi corporis umbras.
Utque agiles motus dextra laevaque frequentant 225

des manœuvres navales qui ont précédé la bataille de Myles, dans la guerre contre Pompée : ces navires se heurtant sans dommage, ces combats pour rire, vraie naumachie livrée en vue du Pélore, promontoire de Sicile, et dont la mer azurée réfléchissait une verte image. Tel est aussi l'aspect que donnent à ces éphèbes pétulants leur jeunesse et le fleuve, et les rostres de leurs embarcations aux couleurs éclatantes. Lorsque le soleil les a inondés de ses rayons qui tombent d'aplomb, il reproduit dans le cristal des eaux les formes des matelots en figurant en raccourci les ombres de leur corps renversé. Et suivant que leurs agiles mouvements se multiplient à droite ou à gauche, suivant que l'échange des rames

sentit transire diem.....), par Bœcking *(Dum spectat, viridis qua surgit ripa colonus, Non sentit transire diem.....).* — 208) Peiper propose *quales.* — 209) Schenkl propose *dum* au lieu de *cum.* — 211) Poelmann conjecture *tropaeis,* en marge de son édit. — 213) Gronovius préférerait *Niliacae classis Latiaeque triremes.* — 215) Ugolet, suivi par Avantius, écrit *missena ;* la Juntine, l'Aldine, l'édit. de Bâle (1523), les édit. de Lyon (1537, 1540, 1548) ont *Missena ;* Accurse propose *Messana ;* Gronovius et Lachmann, *Mylaea.* — 216) La leçon vulg. des édit. est *cymbae.* L'Ascensiana, Vinet (1551), l'édit. de Lyon (1558), Poelmann, Christ, Bœcking, Schenkl et Peiper ont *cumbae ;* Christ propose *Cumae,* conjecture dont Peiper attribue la priorité à Heinsius. — 218) Accurse et Gronovius écrivent *qualis ; spectante* est une correction de l'Ascensiana (1517). — 219) Wakefield propose *reparet sub margine.* — 221) Barth écrit *amnisque,* correction généralement admise; cependant Souchay, la Bipontine, Christ et Peiper conservent *amnis.* — 223) Barth, au lieu de *nautales,* voudrait *non tales* ou *navales.* — 224) Accurse préfère à *rediit,* leçon d'Ugolet, *redigit,* ou mieux encore *reddit.*

Et commutatis alternant pondera remis,
Unda refert alios, simulacra umentia, nautas.
Ipsa suo gaudet simulamine nautica pubes,
Fallaces fluvio mirata redire figuras.
Sic, ubi compositos ostentatura capillos   230
Candentem late speculi explorantis honorem
Cum primum carae nutrix admovit alumnae,
Laeta ignorato fruitur virguncula ludo,
Germanaeque putat formam spectare puellae :
Oscula fulgenti dat non referenda metallo,   235
Aut fixas praetemptat acus, aut frontis ad oram

qu'ils opèrent entre eux impose un dur fardeau alternativement à ceux-ci ou à ceux-là, l'onde retrace d'autres matelots, humides fantômes. Les jeunes bateliers s'amusent de voir ainsi apparaître leur image, et s'étonnent de ces trompeuses figures qui se reproduisent dans le fleuve. De même, quand, pour lui faire voir l'arrangement de ses cheveux, une nourrice vient approcher de sa chère fille l'éclatante blancheur d'un miroir qui rayonne au loin, la jeune vierge charmée se plaît à ce jeu qu'elle ignorait ; elle croit contempler le visage d'une sœur ; elle donne au métal brillant des baisers qui ne lui seront pas rendus. Ou bien, elle essaie de toucher les aiguilles fixées dans la chevelure de cette image ; ou

Cod. — 227) *refer* (*t* final ajouté ensuite) G ; *umentia* (*h* initial ajouté ensuite) G ; *humentia* B, Rh ; *humentius* L. — 228) *similamine* B ; *simul agmine* L.— 231) *expectantis* L. — 233) *uirgungula* Rh. — 234) *putant* L ; *spectate* L. — 236) *praetendat* L; *auis* (pour *acus*) B; *oram* L ; *horam* G, B, Rh. — 237) *libratos* Rh ; *captat* (le premier *t* ajouté ensuite) G.— 239) *ueri* Rh. — 240) *Iam* G ; *iam* B, Rh ; *nam* L ; *faciles* G ; *facilis* B, Rh, L. — 241) *populatur* B. — 242) *defensus... piscis* G. — 243) *umenta* (corrigé en *humentia*) G; *humentia* B, Rh, L. — 244) *exag-*

mina L; *uertit* G[1]; *uerret* L.—245) *hi* L. — 246) *fena signis* L. — 247) *deiectas* G; *subiectas* B, Rh, L.

Edit. — 227) Schenkl et Peiper ont seuls *umentia* (voir au v. 53). — 230) Speck propose *sicuti,* que Schenkl admet. — 231 et 232) Ces deux vers sont mis entre parenthèses par Peiper. Lachmann propose *tum* à la place de *cum.* — 236) Ugolet a *pretendat ;* Avantius (1507), la Juntine, l'Aldine, les édit. de Bâle (1523), de Lyon (1537, 1540, 1548), *praetendit ;* la leçon ordinaire est celle de l'Ascensiana, *praetentat* ou *prae-*

Vibratos captat digitis extendere crines :
Talis ad umbrarum ludibria nautica pubes
Ambiguis fruitur veri falsique figuris.

Iam vero accessus faciles qua ripa ministrat, 240
Scrutatur toto populatrix turba profundo
Heu male defensos penetrali flumine pisces.
Hic medio procul amne trahens umentia lina
Nodosis decepta plagis examina verrit :
Ast hic, tranquillo qua labitur agmine flumen, 245
Ducit corticeis fluitantia retia signis :
Ille autem scopulis deiectas pronus in undas,

bien, portant les doigts au bord du front, elle tente de lisser les boucles de cheveux qu'elle aperçoit dans le miroir. Ainsi, en face de ces ombres qui se jouent d'eux, les jeunes matelots s'amusent de ces formes indécises entre le réel et l'imaginaire.

Cependant, aux places où la rive permet un accès facile, une foule, empressée à détruire, recherche jusqu'au fond des abîmes les poissons, hélas ! bien mal protégés dans les retraites cachées du fleuve. Celui-ci, traînant au loin en pleine eau ses humides filets, balaie les essaims de poissons qui se laissent prendre dans les mailles noueuses. Celui-là, dans un endroit où le fleuve roule tranquillement la masse de ses eaux, dirige ses rets flottants que

tētat ; Bœcking, Schenkl et Peiper, ont *praetemptat.* L'anonyme, cité par Bœcking, propose *fictas* au lieu de *fixas.* — 237) L'Ascensiana écrit *vibratis captos,* leçon admise par Vinet (1551) et l'édit. de Lyon (1558). Ugolet a *vibratos captat;* Avantius, *vibratos ceptat;* la Juntine et les édit. de Bâle (1523) et de Lyon (1537, 1540, 1548), *vibratos coeptat.* Le texte vulg. est *vibratis coeptat.* Christ écrit *vibratis captat;* l'Aldine, *libratos coeptat ;* Poelmann, Tross, Bœcking, Schenkl, Peiper, *vibratos captat.* — 240) Accurse pense qu'on pourrait écrire *vere,* c'est-à-dire *verno tempore.* — 242) L'Ascensiana, Vinet (1551, 1575), l'édit. de Lyon (1558), Poelmann, Scaliger, Souchay, Christ et la Bipontine admettent *defensus.....* *piscis.* Accurse approuve *defensas,* qui se trouve dans Ugolet, et dans Avantius (1507). — 243) Schenkl et Peiper ont seuls *umentia* (voir au v. 53).—244) Ugolet, Avantius (1507) et la Juntine ont *uerret.* — 245) Avantius a *augmine,* approuvé par Accurse. — 246) Ugolet écrit *fena signis,* et Avantius (1507), *semina lignis.* — 247) Schenkl et Peiper ont seuls *deiectas.*

Inclinat lentae convexa cacumina virgae,
Inductos escis iaciens letalibus hamos.
Quos ignara doli postquam vaga turba natantum 250
Rictibus invasit, patulaeque per intima fauces
Sera occultati senserunt vulnera ferri,
Dum trepidant, subit indicium, crispoque tremori
Vibrantis saetae nutans consentit harundo :
Nec mora, et excussam stridenti verbere praedam 255
Dexter in obliquum raptat puer : excipit ictum

leurs plaques de liège signalent. Cet autre, penché du haut des rocs vers les eaux qu'il domine, incline l'extrémité recourbée de sa ligne flexible, jetant ses hameçons recouverts d'appâts mortels. Ignorante des ruses du pêcheur, à peine la troupe vagabonde des poissons a-t-elle englouti les hameçons dans des gueules béantes, les gorges dilatées ont déjà senti jusqu'en leurs profondeurs, mais trop tard, les blessures qui viennent du fer dissimulé ; l'animal se débat, et la preuve de ses mouvements se trahit à la surface : des secousses qui rident les eaux font vibrer la soie, et le roseau lui obéit en se balançant. Aucun retard : aussitôt la proie est arrachée du fleuve ; d'un coup de sa ligne qui siffle, l'enfant adroit l'enlève obliquement ; une vibration de l'air répond à ce choc : ainsi, au

Cod. — 248) *inclina* G[1] ; *conexa* G, B, Rh ; *cōnexa* L. — 249) *inductos* G ; *indutos* B, Rh ; *inclytos* L ; *aescis* G, B ; *loetalibus* G ; *letalibus* B, Rh ; *letabilis* L ; *amos* G[1] ; *hamis* L. — 250) *ignota* L. — 251) *faucis* (l'*u* au-dessus de la ligne) G. — 252) *saera* Rh ; *occultanti* L. — 253) *inclytum* (pour *indicium*) L. — 254) *uibrantes* G[1] ; *setae* G, B, L ; *sętae* Rh ; *consensit* Rh, L ; *arundo* L.—255) *praedas* L.—256) *dextra* L. — 258) *motuque* G.— 259) *Exultant* G ; *exultant* B, Rh, L ; *u·dae* (un *i* effacé) G ; *undae* L.— 260) *loetalia* G ; *lętalia* B, Rh ; *letalia* L. — 261) *quique* G, Rh, L ; *quęque* B. — 262) *anhelantis* B. — 264) *subremos* B.

Edit. — 248) Les premières édit. ont *connexa ; convexa* est une correction de Vinet (1575), suivie par Scaliger (1588), Tollius, Souchay, Wernsdorf, la Bipontine, Tross, Bœcking, Schenkl, Peiper. — 249) Ugolet fait de *inclytos, implicitos,* qu'adoptent Avantius (1507), la Juntine, l'Aldine, les éditions de Bâle (1523) et de Lyon (1537, 1540, 1548). Heinsius propose *insutos.* La leçon ordinaire est *indutos ;* Schenkl et Peiper écrivent seuls *inductos.* — 253) Ugolet écrit *inclitum crispoque tremendo.* Lachmann propose *in digitum.* — 254) La leçon ordinaire est *setae ; saetae* se trouve dans l'édition de Leipzig (1515), et dans

Spiritus, ut fractis quondam per inane flagellis
Aura crepat, motoque adsibilat aere ventus.
Exsultant udae super arida saxa rapinae
Luciferique pavent letalia tela diei. 260
Cuique sub amne suo mansit vigor, aere nostro
Segnis anhelatis vitam consumit in auris.
Iam piger invalido vibratur corpore plausus,
Torpida supremos patitur iam cauda tremores,
Nec coeunt rictus, haustas sed hiatibus auras 265

fracas des fouets qui éclate dans l'espace, la brise gémit, l'air
s'ébranle et le vent siffle. Le butin humide bondit au-dessus des
arides rochers, redoutant les traits mortels de la lumière du jour.
Ce poisson, qui, au fond de son fleuve, conservait sa vigueur,
s'affaiblit au milieu de notre atmosphère ; sa vie s'épuise à respirer
notre air. Déjà son corps alourdi n'est plus secoué que de batte-
ments sans force ; voici déjà les derniers tremblements de sa queue
engourdie ; sa gueule ne se ferme plus, et ses branchies, exhalant
le souffle de la mort, rejettent l'air qu'elles ont absorbé en s'ouvrant. Ainsi, quand le mouvement de l'air excite les feux des
forgerons, la soupape de laine qui joue dans la cavité du soufflet
de hêtre, reçoit et chasse le vent en dégageant ou en bouchant

Bœcking, Schenkl et Peiper ; *ha-*
rundo est la leçon de l'Ascensiana,
la Juntine, Vinet, l'édit. de Lyon
(1558), Scaliger, Tollius, Souchay,
Christ, Bœcking, Schenkl et Peiper.
— 255) Cannegieter propose de supprimer *et.*—256) De *dextra*, leçon de
L, Ugolet a fait *dextera*, leçon
admise par la plupart des édit.
L'édit. de Lyon (1558) et Poelmann
ont *dextra*. L'Ascensiana, les édit.
de Leipzig (1515), de Bâle (1523)
et de Lyon (1537, 1540, 1548) ont *dex-*
ter, que Tross, Bœcking, Schenkl et
Peiper rétablissent. — 257) Schenkl
écrit *tractis*, et Peiper, *raptis.*—258)
Tross propose d'écrire *aeri*, mais
conserve *aere*. — 259) Les anciens
éditeurs (Ugolet, Avantius, l'Ascensiana, la Juntine, l'Aldine, etc.),
écrivent *exultant*, orthographe reprise par Christ, Bœcking, Schenkl
et Peiper.— 261) *cuique* est une correction d'Avantius (1507), adoptée
par la Juntine, l'Aldine, l'édit. de
Lyon (1540), Tross, Bœcking et
Peiper. Les autres édit. conservent
quique. Schenkl admet *quoique.*—
262) Vinet (1575) et la Bipontine
admettent *anhelantis*. — 263) L'Ascensiana, la Juntine, l'Aldine, les
éditions de Leipzig (1515), de Bâle
(1523), de Lyon (1537, 1540, 1548,
1558), de Vinet (1551), de Poelmann,
de Scaliger (1575) et de Christ ont
invalidos.

Reddit mortiferos exspirans branchia flatus.
Sic, ubi fabriles exercet spiritus ignes,
Accipit alterno cohibetque foramine ventos
Lanea fagineis alludens parma cavernis.
Vidi egomet quosdam leti sub fine trementes   270
Collegisse animas, mox in sublime citatos
Cernua subiectum praeceps dare corpora in amnem,
Desperatarum potientes rursus aquarum.
Quos, impos damni, puer inconsultus ab alto
Impetit, et stolido captat prensare natatu.   275
Sic Anthedonius Boeotia per freta Glaucus,
Gramina gustatu postquam exitialia Circes

tour à tour l'ouverture. J'ai vu, quant à moi, des poissons palpitants, aux limites de la mort, recueillir leurs dernières forces, se lancer en l'air pour se précipiter la tête la première dans le fleuve au-dessous d'eux, maîtres de ces eaux qu'ils désespéraient de posséder encore. Et l'enfant étourdi qui ne peut se résigner à cette perte, se jette à leur poursuite du haut des rochers, et tente sottement de les ressaisir à la nage. Tel Glaucus d'Anthédon, le pêcheur des mers de Béotie, après avoir goûté les plantes funestes de Circé, prit des herbes qu'il avait vu dévorer par les poissons mourants, et s'élança dans la mer de Carpathos dont il devint un habitant nouveau. Cet homme que ses hameçons et son filet rendaient puissant, lui qui fouillait jusqu'au fond les abîmes de

Cod. — 266) *expirans* G, L; *exspirans* B, Rh; *brancia* G, Rh; *brantia* B, L. — 267) *tibi* (pour *ubi*) B. — 268) *alterno*‹ (s effacé) B. — 269) *sic ubi lanea* Rh[1]; *parua* B. — 270) *laeti* Rh, B; *loeti* G. — 272) *omne* (pour *amnem*) B, L. — 274) *impios* G[1]. — 275) *impedit* L; *solido* B; *stalido* L. — 276) *boetia* cod. — 277) *exitiatlia* L[1]; *dirces* cod. — 278) *moribundus* L. — 279) *carpatium* Rh; *acola* L. — 281) *nereus* B; *conuertere* B, Rh, L; *tethin* G; *thetim* B; *theū* L. — 282) *pręda* B. —

283) *Talia* G; *talia* B, Rh, L. — 284) *instantes* Rh[1]; *tullae* (pour *uillae*) L. — 285) *quos* B, Rh, L; *fluctibus* Rh[1]. — 286) *ammis* G[1]; *alternans contra* L; *alter* (lacune de 8 à 10 lettres) *petroria* B. — 287) *Quis* G; *quis* B, Rh, L. — 288) *miratur* L; *ephoebi* G. — 289) *calchedonio* G; *calcedonio* B, Rh, L; *littore* Rh, L.

Edit. — 266) Poelmann, Tollius, Souchay, Wernsdorf, la Bipontine et Tross ont seuls *exspirans*. — 269)

Expertus carptas moribundis piscibus herbas
Sumpsit, Carpathium subiit novus accola pontum.
Ille, hamis et rete potens, scrutator operti   280
Nereos, aequoream solitus converrere Tethyn,
Inter captivas fluitavit praedo catervas.

Talia despectant longo per caerula tractu
Pendentes saxis instanti culmine villae,
Quas medius dirimit sinuosis flexibus errans   285
Amnis, et alternas comunt praetoria ripas.

Quis modo Sestiacum pelagus, Nepheleidos Helles
Aequor, Abydeni freta quis miretur ephebi?
Quis Chalcedonio constratum ab litore pontum,

Nérée, et qui avait coutume de balayer les flots de Téthys marine,
il alla, ce pillard des mers, flotter au milieu des troupes de
poissons, naguère ses captifs.

Tels sont les tableaux qui se déroulent sur le long parcours
azuré de la Moselle, en vue des villas suspendues à la crête des
rochers qui le dominent, séparées par les sinuosités du fleuve
vagabond qui passe au milieu d'elles ; des deux côtés, des maisons
de plaisance ornent les rives.

Et qui, maintenant, admirerait la mer de Sestos, les eaux de
la Néphéléïde Hellé, ou le détroit de l'éphèbe d'Abydos? Qui
pourrait admirer le Bosphore couvert par un pont de bateaux à
partir de la côte de Chalcédoine, cette œuvre du grand roi

Tross et Peiper écrivent *adludens.*
— 275) L'Aldine, les édit. de Bâle
(1523) et de Lyon (1537, 1540, 1548)
ont *cooptat.* — 277) Ugolet fait déjà
la correction de *dirces* en *Circes,*
généralement adoptée, excepté par
la Juntine, l'Aldine, et les édit. de
Bâle (1523) et de Lyon (1537, 1540,
1548). — 278) Ugolet, Avantius et
l'Ascensiana ont *captas,* qu'Accurse
voulait corriger en *tactas;* Cannegieter supposait ce vers apocryphe.
— 279) Accurse propose *incola.* —
281) Les plus anciennes édit. ont
convertere; Accurse propose déjà
converrere, correction admise pour
la première fois par l'édit. de Lyon
(1558); *Tethyn* est une correction de
l'Ascensiana. — 284) Cannegieter
propose *exstanti.* — 285) Les plus
anciennes édit. admettent *quos.*
L'édit. parisienne de Vinet (1551)
est la première où l'on trouve *quas.*
— 286) *alternans comit,* Ugolet;
alternae comit praetoria ripae,
conjecture de l'anonyme cité par
Bœcking. — 289) *Chalcedonio* est
une correction de la Juntine.

Regis opus magni, mediis euripus ubi undis   290
Europaeque Asiaeque vetat concurrere terras ?
Non hic dira freti rabies, non saeva furentum
Proelia caurorum : licet hic commercia linguae
Iungere, et alterno sermonem texere pulsu.
Blanda salutiferas permiscent litora voces,   295
Et voces et paene manus : resonantia utrimque
Verba refert mediis concurrens fluctibus echo.
    Quis potis, innumeros cultusque habitusque retexens,

exécutée en un lieu où les eaux d'un détroit entre deux continents
empêchent l'Europe et l'Asie de se réunir? On n'éprouve ici ni
la rage féroce des mers, ni les terribles combats des vents en
fureur. Ici, on peut, d'une rive à l'autre, engager des entretiens,
et, parlant four à tour, entrelacer des conversations. Ces aimables
rivages unissent les voix de ceux qui se saluent, leurs voix et
presque leurs mains. Les paroles qui résonnent des deux côtés
sont répétées par les échos, volant l'un vers l'autre de chaque
rive jusqu'au milieu du fleuve.
    Qui pourrait, évoquant ces ornements sans nombre, ces aspects,
publier les merveilles architecturales de chacun de ces domaines?

Cod. — 290) *magnum* cod.— 293) *praelia* B, Rh; *chaurorum* G; *caucrorum* L.— 294) *plausu* Rh.— 296) *utrinque* G, B, Rh (une seconde main a corrigé G en *utrimque*); *utrūque* L. — 297) *concurrit* B, Rh, L. — 298) *Quis* G; *quis* B, Rh, L ; *potest* L ; *cultus* (omission de *que*) Rh.—300) *gortinius* G, B, L; *gertinius* Rh.—302) *iacarios* G[1]; *ycarios* Rh.— 303) *laudatur* Rh, L. — 304) *syracusii* G, B, L ; *siracusii* Rh. — 306) *uolumina* B, Rh, L ; *margei* G, B ; *mar* (le reste déchiré) Rh ; *mergei* L. — 307) *hebdomadas* B ; *ebdomadas* L ; *menecratos* codices.

Edit. — 290) Vinet corrige *ma-* *gnum*, leçon des mss., en *magni;* la correction *Magni* est attribuée à Freher par Schenkl, à Scaliger par Peiper. Elle est évidemment de Scaliger qui la propose, dès 1574, dans ses *Auson. lect.*, I, IV.— 294) D'après Rh, Bœcking, approuvé par Lachmann, a écrit *plausu,* qui se trouve déjà dans l'Aldine. Heinsius a proposé *lusu.* — 295) Ugolet, Avantius, la Juntine et l'Aldine ont *promiscent;* Markland (*ad Stat. Silv.* I, 3, 30) a proposé *salutigeras permittunt.* — 297) *concurrit* est la leçon de la plupart des édit.; Freher, Souchay, la Bipontine, Tross, Bœcking, Schenkl, Peiper ont *concurrens;* Tollius approuve cette leçon sans

Pandere tectonicas per singula praedia formas?
Non hoc spernat opus Gortynius aliger, aedis   300
Conditor Euboicae, casus quem fingere in auro
Conantem Icarios patrii pepulere dolores :
Non Philo Cecropius, non qui, laudatus ab hoste,
Clara Syracosii traxit certamina belli.   304
Forsan et insignes hominumque operumque labores
Hic habuit decimo celebrata volumine Marci
Hebdomas; hic clari viguere Metagenis artes

Non, il ne mépriserait pas ces œuvres, celui qui se fabriqua des
ailes pour s'envoler de Crète, lui qui construisit le temple de
Cumes, lui qui essaya de représenter dans l'or la chute d'Icare,
et qui dut s'arrêter, vaincu par sa douleur de père. Ces œuvres
ne seraient dédaignées, ni par Philon d'Athènes, ni par ce génie,
objet des louanges de l'ennemi lui-même, qui prolongea les nobles
combats de la guerre de Syracuse. Peut-être ces chefs-d'œuvre
du travail humain sont-ils dus à la réunion des sept architectes
que célèbre le dixième volume de Varron; ici peut-être ont paru
dans tout leur éclat l'habileté de Métagène, la main bien connue
de l'artiste d'Éphèse, et le talent de cet Ictinus grâce auquel,

l'admettre dans son texte.—298) *qui*
est la leçon ordinaire des éditions
depuis l'Ascensiana (1511); Bœcking, Schenkl, Peiper ont *quis*,
comme Ugolet, Avantius, la Juntine,
l'Aldine, l'édit. de Bâle (1523), l'édit.
de Lyon (1540). — 299) Christ suppose, à tort, que quelque ms. doit
avoir *tectorum* au lieu de *tectonicas*.
—302) Tollius, dans les *Omissa commissa, ad Mosellam*, dit : « …*pepulere*… Malim : *repulere*. » Cette
conjecture a été reprise par Cannegieter. — 304) Avantius écrit *Syra-
cosi*, mais dans ses *Errata*, il revient
à *Syracusii;* l'Ascensiana a corrigé
en *Syracosii;* correction adoptée par
presque tous les éditeurs. Bœcking

revient à *Syracusii*. — 305) Lachmann propose *hominesque*. — 306)
Cannegieter propose *hic habeat, decimo celebranda;* Ugolet, Avantius,
et la Juntine écrivent *uolumina mergei;* l'Aldine, *uolumina margei*.
Les autres édit., jusqu'à Poelmann,
uolumine Margei. Poelmann, qui
garde *Margei* dans son texte, propose en marge *Marci*, correction
généralement adoptée; Schenkl et
Peiper écrivent *Marcei*. — 306 et
307) Au lieu de *hic*, Poelmann propose *hinc*.—307) *Menecratis* est une
correction de l'édit. parisienne de
Vinet (1551), attribuée par Schenkl et
Peiper à Scaliger, et généralement
adoptée; je préfère *Metagenis*.

Atque Ephesi spectata manus, vel in arce Minervae
Ictinus, magico cui noctua perlita fuco
Allicit omne genus volucres, perimitque tuendo. 310
Conditor hic forsan fuerit Ptolomaidos aulae
Dinochares, quadro cui in fastigia cono
Surgit, et ipsa suas consumit pyramis umbras,
Iussus ob incesti qui quondam foedus amoris
Arsinoen Pharii suspendit in aere templi.   315
Spirat enim tecti testudine caerula cautes,
Afflatamque trahit ferrato crine puellam.

dans la citadelle de Minerve, une chouette enduite d'une subs-
tance magique attire les oiseaux de toute espèce que son regard
fait mourir. Ici peut-être est venu l'architecte du palais des
Ptolémées, Dinocharès : grâce à son art, élevant vers un sommet
en pointe ses quatre pans triangulaires, se dresse une pyramide
qui absorbe son ombre. Il avait jadis reçu l'ordre, en mémoire des
liens d'un amour incestueux, de suspendre dans les hauteurs
aériennes du temple de Pharos l'image d'Arsinoé. Car, sous la
voûte du toit, une pierre bleuâtre d'aimant aspire et attire au
moyen d'un cheveu de fer la jeune femme qu'elle atteint de
ses effluves.

Cod. — 308) *tibi marce* L. — 309)
bictinus G ; *hictinus* B, Rh, L ; *'cui'*
magico noctia Rh. — 311) *Conditor*
hinc G; *ptolomaido* G; *ptolomaidos*
B, Rh, L. — 312) *quadra cui* G;
quadre cui B; *quadro cui* Rh; *cedro*
(*cui* omis) L; *chono* Rh; *conor* L. —
313) *ipse* L; *suos* Rh. — 314 *ab* (pour
ob) L. — 315) *phariis* Rh. — 316)
chorus achates G, B, L; *totus acha-*
tes Rh. — 317) *serato* B; *ferato* L. —
318) *Hos* G; *hos* B, Rh, L. — 319)
scenas cod. — 320) *decoramine* B,
L. — 322) *procurrentes* L. — 323)
uendicat Rh. — 324) *ullatenus* L. —
326) *atque* Rh; *felix* G; *dines* B,
Rh, L. — 327) *irriguis* B.

Edit. — 309) *Ictinus* est une
correction d'Accurse, admise pour la
première fois par l'édit. parisienne
de Vinet. — 311) Ugolet, Avantius
(1507) et la Juntine ont *ptolomaidos;*
à partir de l'Ascensiana (1511), toutes
les autres éditions, celle même de
Bœcking, écrivent *Ptolemaidos ;*
Schenkl et Peiper rétablissent *Pto-*
lomaidos. — 312) Turnèbe propose
cuui; Saumaise, *quadro cubi in;*
Tollius, *cuii* (ou *cuji*); Christ, *qua-*
dro cuius fastigia cono Urget. La
plupart des édit. gardent la leçon
de Rh; Goropius Becanus, cité par
Poelmann, écrit *cui quadrato;* Bœcking écrit *cui quadrata;* Schenkl,

Hos ergo aut horum similes est credere dignum
Belgarum in terris scaenas posuisse domorum,
Molitos celsas, fluvii decoramina, villas. 320
Haec est natura sublimis in aggere saxi,
Haec procurrentis fundata crepidine ripae;
Haec refugit, captumque sinu sibi vindicat amnem.
Illa tenens collem, qui plurimus imminet amni,
Usurpat faciles per culta, per aspera, visus, 325
Utque suis fruitur felix speculatio terris.
Quin etiam riguis humili pede condita pratis

Certes, ce sont ces artistes ou leurs pareils qui, il faut le croire, ont disposé sur le sol des Belges le plan de ces demeures, qui ont bâti ces hautes villas, ornements du fleuve. L'une d'elles, sur un massif de rochers, est très élevée, grâce à sa position naturelle. Celle-ci est établie sur une pointe saillante du rivage; celle-là est retirée, et réclame comme sien le fleuve qu'elle prend dans une baie. Cette autre, occupant une colline qui domine au loin la Moselle, s'approprie une vue facile sur les terres cultivées et sur les lieux sauvages; celui qui a le bonheur de regarder le pays du haut de cette villa en jouit comme s'il lui appartenait. L'habitation, elle-même, qui est construite sur un sol bas au milieu des prairies

quadro cuii, et Peiper, *quadrata cui.* — 316) Ugolet, Avantius et la Juntine admettent *chorus;* l'Aldine, les éditions de Bâle (1523), de Lyon (1537, 1540, 1548), de Vinet (1575, qui met une*), de Tross, gardent la leçon de Rh. L'Ascensiana propose *corus* (1511, 1513), et *Corus* (1517); cette dernière correction est adoptée par Vinet (1551), par l'édit. lyonnaise de 1558, Poelmann, Scaliger, Freher, Souchay, Christ, Wernsdorf, la Bipontine, Bœcking, Schenkl (celui-ci écrit *corus*); Gronovius propose *vera magnetis,* adopté par Tollius; Saumaise, *dorus achates;* Barth, *torvus;* Cannegie-ter, *curvus;* Wernsdorf, *Chloridos ales* (dans un *Excursus* à la *Mosella* des *Poet. Min.*); Peiper, *virus.* Je préfère *caerula cautes.* — 317) L'Ascensiana admet *afflictamque,* conjecture adoptée par le texte vulg.; Gronovius, suivi par Tollius, écrit *affictamque.* — 321) Markland propose *stat;* l'Ascensiana (1517), suivie par l'édition parisienne de Vinet (1551), écrit *nativi,* qu'admettent toutes les édit., depuis celle de Lyon de 1558, jusqu'à celle de Peiper, qui reprend *natura.* — 326) Les édit., y compris celle de Peiper, ont *dives;* Bœcking et Schenkl, *felix;* Lachmann propose *speculamine.*

Compensat celsi bona naturalia montis,
Sublimique minans irrumpit in aethera tecto,
Ostentans altam, Pharos ut Memphitica, turrim. 330
Huic proprium est clausos consaepto gurgite pisces
Apricas scopulorum inter captare novales.
Haec, summis innixa iugis, labentia subter
Flumina despectu iam caligante tuetur.
Atria quid memorem viridantibus adsita pratis, 335
Innumerisque super nitentia tecta columnis ?
Quid quae fluminea substructa crepidine fumant

arrosées par le fleuve, sait trouver une compensation aux avan-
tages naturels de la haute montagne : menaçante, son faîte hardi
s'élance dans les airs ; et, telle Pharos dans le pays de Memphis,
elle montre avec orgueil sa haute tour. A celle-ci le privilège de
capturer les poissons attirés et enfermés dans des passages clos
de toutes parts, au milieu des rochers dont les plateaux sont
occupés par des cultures exposées au soleil. Cette autre dont les
fondements s'appuient sur le sommet des monts ne voit qu'au
milieu d'un brouillard confus le fleuve qui coule bien bas au-
dessous d'elle. Ai-je besoin de citer ces édifices qui s'élèvent au
milieu de vertes prairies, ces toits soutenus par des colonnes sans

Cod. — 328) *compensat* G, B, L ;
conpensat Rh. — 329) *irrupit* B, L ;
aethere B, Rh, L. — 330) *aliam* B ;
alta L ; *faros* G, B, L. — 331) Rh et
G¹ n'ont pas *est*, qui se trouve dans
G², B, L ; *concepto* B ; *consepto* G,
Rh, L. — 332) *captate* L. — 335) *assita*
G¹, B, Rh ; *adsita* G², L. — 336) *co-*
lonis L. — 337) *subducta* L. — 338)
aperto L. — 339) *flamas* Rh. — 340)
expirante cod. — 341) *lauachri* B. —
342) *flumina* (au lieu de *frigora*) B.
345) *horis* Rh. — 346) *simulachra* B².

Edit. — 328) Schenkl est seul à
admettre la leçon de Rh ; toutes les
édit. ont *compensat*, orthographe

meilleure. — 329) Ugolet, Avantius,
la Juntine et l'Aldine ont *aethere.* —
331) Tous les éditeurs, excepté Peiper, admettent *est ;* les édit. de Scaliger, la première de Tollius (1669),
celle de Christ, ont *concepto ;* les
autres, *consepto ;* Peiper et Schenkl
écrivent *consaepto,* véritable orthographe du mot. — 332) Heinsius propose *canales.* — 336) Les anciens édit.,
excepté Ugolet, l'Ascensiana, Souchay et la Bipontine, écrivent *nutan-*
tia. Bœcking, suivi par Schenkl et
Peiper, a rétabli la leçon des cod.
Ugolet, Avantius (1507), l'Ascensiana et la Juntine ont *colonis.* — 337)
La plupart des anciennes édit. écri-

Balnea, ferventi cum Mulciber haustus operto
Volvit anhelatas tectoria per cava flammas,
Inclusum glomerans aestu exspirante vaporem ? 340
Vidi ego defessos multo sudore lavacri
Fastidisse lacus et frigora piscinarum,
Ut vivis fruerentur aquis, mox amne refotos
Plaudenti gelidum flumen pepulisse natatu.
Quod si Cumanis huc afforet hospes ab oris, 345
Crederet Euboicas simulacra exilia Baias
His donasse locis : tantus cultusque nitorque

nombre ? Que dire de ces bains construits sur la grève du fleuve ? Une épaisse fumée s'en échappe, alors que Vulcain, englouti au fond de l'étuve brûlante, roule les flammes qu'il exhale dans les canaux pratiqués à l'intérieur des murailles revêtues de chaux, et condense la vapeur enfermée dont les tourbillons s'élancent au dehors. J'ai vu des baigneurs fatigués à force d'avoir sué dans la salle de bains, dédaigner les bassins et les piscines glacées pour jouir des eaux courantes, et, ranimés bientôt par le fleuve, frapper à grand bruit ses ondes fraîches dans les ébats de leur natation. Si un étranger, venant du pays de Cumes, arrivait en ces lieux, il croirait qu'ils ont reçu en petit les charmes de Baies l'Eubéenne :

vent *sulfurea* ou *sulphurea*. Tollius, suivi par Souchay et la Bipontine, tout en gardant *sulphurea* dans son texte, admet, dans ses notes, *fluminea,* qu'on lit déjà dans Ugolet, Avantius, la Juntine et l'Aldine (Tollius croyait qu'Ugolet avait écrit *fulminea* qu'il corrigeait en *fluminea*), et qui est repris par Bœcking, Schenkl et Peiper. Ugolet, Avantius et la Juntine conservent *subducta,* leçon de L. L'Ascensiana de 1511 admet *substincta.* — 338) Ugolet, Avantius, la Juntine, l'édit. de Bâle, les éditions de Lyon (1537, 1540, 1548) conservent *aperto,* leçon de L.—340) Peiper adopte *spirante,* correction d'Heinsius; Bœcking, Schenkl et beaucoup d'anciennes éditions écrivent *expirante.* — 341) Bœcking a proposé *multos udore,* tout en gardant la leçon ordinaire dans son texte. — 345) Avantius (1507) écrit *hic,* adopté par la Juntine, l'Aldine, l'édit. de Bâle (1523), les édit. de Lyon (1537, 1540, 1548). Peiper écrit *adforet,* comme l'Ascensiana (1511, 1513), les éditions de Bâle (1523), de Lyon (1537, 1540, 1548) et de Tross. — 346) Tross voudrait, bien à tort, remplacer *exilia* par *eximia.* — 347) D'après une correction de Mommsen, Schenkl change *tantus* en *tantum.*

Allicit et, nullum parit oblectatio luxum.

Sed mihi qui tandem finis tua glauca fluenta 349
Dicere, dignandumque mari memorare Mosellam,
Innumeri quod te diversa per ostia late
Incurrunt amnes? Quamquam differre meatus
Possent, sed celerant in te consumere nomen.
Namque et Promeae Nemesaeque adiuta meatu
Sura tuas properat non degener ire sub undas, 355
Sura interceptis tibi gratificata fluentis,

telle est leur beauté ; tel est leur éclat qui séduit, et le plaisir qu'on y goûte n'entraîne à aucun faste.

Mais comment cesser enfin de célébrer ton courant azuré, de rappeler que tu es la rivale de l'Océan, ô Moselle, toi vers qui des fleuves sans nombre viennent se précipiter, tout le long de ton cours, par des embouchures qui s'ouvrent sur tes deux rives ? Ils pourraient mener leurs eaux plus loin, mais ils sont pressés de perdre leur nom en toi. En effet, aidée de la Proméa et de la Némésa, ses affluents, la Sura s'empresse de se jeter dans ton fleuve : elle le peut sans honte ; la Sura qui te fait don gracieux des rivières qu'elle a reçues, trouve plus d'honneur à se mêler à

Cod. — 350) *dignandum mari memorasse* L. — 351) *ostia* G², B²; *hostia* G¹, B¹, Rh, L. — 352) *quanquā* G, Rh, L. — 353) *uitę* (pour *in te*) L. — 354) *nanque* cod. ; *pro•neę* G; *proneę* B, Rh; *pronea est* L ; *adducta* L. — 357) *nobilibus* B, L ; *quasi* L. — 358) *hostia* Rh. — 359) *gelbis* G; *belgis* B, Rh, L; *erubrus* B, L. — 360) *adlabere* G; *allabere* Rh; *alabere* L; *allambere* B. — 361) *celsis* cod.; *celebratur* Rh. — 362) *precipiti* G. — 365) *drahonum* G; *drabonum* Rh ; *trachorum* B ; *draconum* L.

Edit. — 348) Peiper écrit *adlicit* ; Christ préférerait *nullo perit oblectatio luxu.* — 350) On lit *dignandamque* dans les édit. de Tollius et de Wernsdorf. Bœcking écrit : *...memorare, Mosella, Innumeri...* — 351) Cannegieter veut *quot.* — 354) *nanque* est conservé par l'Ascensiana, la Juntine, l'Aldine, les édit. de Lyon (1558), de Poelmann, de Vinet (1551, 1575) et de Scaliger. Ugolet, Avantius et la Juntine conservent la leçon de L, *pronea est;* les autres édit. ont *Proneae* ou *Pronaeae.* Bergk propose *Namque et aquis Promae;* Schenkl et Peiper écrivent *Namque et Promeae;* Ugolet écrit *aducta;* Avantius, la Juntine, l'Aldine, les édit. de Bâle (1523) et de Lyon (1537, 1540, 1548) ont *adducta,* comme L. — 359) *Celbis* est une correction de Scaliger (qui dans ses édit. écrit *Gelbis*), adoptée par Schenkl et Peiper ; les édit. en

Nobilius permixta tuo sub nomine, quam si
Ignoranda patri confunderet ostia Ponto.
Te rapidus Celbis, te marmore clarus Erubris 359
Festinant famulis quam primum adlambere lymphis
Nobilibus Celbis celebratus piscibus, ille,
Praecipiti torquens cerealia saxa rotatu,
Stridentesque trahens per levia marmora serras,
Audit perpetuos ripa ex utraque tumultus. 364
Praetereo exilem Lesuram, tenuemque Drahonum,

toi, participant à la communauté de ton nom, qu'à aller, comme toi, se jeter dans les flots de l'Océan, père des fleuves, par une embouchure particulière, qui resterait ignorée. C'est toi que le rapide Celbis, c'est toi que l'Erubris, célèbre par ses marbres, se hâtent d'aller au plus tôt effleurer de leurs ondes, tes servantes : le Celbis qu'illustrent ses poissons fameux, cet autre fleuve qui, mettant dans un mouvement précipité de rotation les pierres à moudre le grain, et faisant aller les scies stridentes à travers les marbres polis, entend continuellement les bruits qui viennent de ses deux rives. Je laisse de côté la faible Lésura et le chétif Drahonus; je ne m'occupe pas du cours méprisé de la Salmona;

général ont *Gelbis* (Ugolet, Avantius, la Juntine et l'Aldine ont *Belgis*) et *Erubrus;* Scaliger préférait *Erubris,* leçon de l'Aldine, des édit. de Bâle (1523), de Lyon (1537, 1540, 1548), adoptée par Bœcking, Schenkl et Peiper. — 360) Ugolet écrit *alabere;* Avantius, la Juntine, l'Aldine, *allabere;* l'Ascensiana (1511) *adlabere,* (1513, 1517) *adlambere.* Les édit. postérieures ont *allambere* ou *adlambere.* Christ propose *lambere.* — 361) Les édit. antérieures à Scaliger ont *celsis. Celbis* est une correction de Scaliger (voir au v. 359), qui cependant, dans ses édit., écrit comme au v. 359, *Gelbis,* conservé par la plupart des édit. postérieures. Tollius et Wernsdorf qui au v. 359, avaient *Gelbis,*

écrivent *Celbis,* au v. 361. Schenkl et Peiper seuls ont *Celbis* dans les deux passages; *celebratus* se trouve dans Ugolet, Avantius, la Juntine, Scaliger, Freher, Tollius, Souchay, Wernsdorf, Tross, Peiper. Schenkl écrit *celebratur,* mais admet *celebratus.* — 365) Ugolet écrit *laesuram,* tous les autres édit., *Lesuram.* Ugolet et Avantius écrivent *draconum;* la Juntine, l'Aldine, les édit. de Bâle (1523), de Lyon (1537, 1540, 1548), *Draconum;* l'Ascensiana, les édit. de Vinet (1551), de Lyon (1558), de Poelmann, de Scaliger, de Christ, *Drachonum;* Vinet (1575) écrit le premier, d'après une note marginale de Poelmann, *Drahonum,* qui a passé dans presque toutes les édit. postérieures.

Nec fastiditos Salmonae usurpo fluores :
Naviger undisona dudum me mole Saravus
Tota veste vocat : longum qui distulit amnem,
Fessa sub Augustis ut solveret ostia muris.   369
Nec minor hoc, tacitum qui per sola pinguia labens
Stringit frugiferas felix Alisontia ripas.
Mille alii, prout quemque suus magis impetus urget,
Esse tui cupiunt. Tantus properantibus undis
Ambitus aut mores. Quod si tibi, dia Mosella,

dès longtemps le Saravus, fleuve navigable aux ondes abondantes
et sonores, m'appelle et me fait signe en déployant tous les plis de
sa robe. Il a prolongé au loin son cours pour venir déverser ses
eaux fatiguées dans la Moselle, sous les murs d'un palais Auguste.
Aussi important que lui dans son cours silencieux au milieu des
grasses campagnes, l'heureux Alisontia effleure des rives fertiles
en moissons. Mille autres montrent en raison de l'élan qui pousse
chacun d'eux le désir qu'ils ont de devenir tiens. Telle est l'ambition de ces cours d'eau qui se hâtent, telles sont les lois de leur
volonté. Que si, divine Moselle, Smyrne ou l'illustre Mantoue

---

Cod. — 366) *salmone* G, B, L.—
367) *mollis arauus* B, Rh, L.— 368)
loca (et l'espace vide d'une lettre ou
deux) B; *locat* L. — 369) *festa* Rh;
augustā L; *uolueret* cod.; *hostia*
Rh, L.— 370) *non* L; *tacitam* L. —
371) *frugiferas* (*if* ajouté au-dessus
de la ligne par un correcteur) G;
foelix L; *alisentia* Rh.— 372) *quemque* L; *quenque* B, Rh; *cūque* G. —
375) *smirna* Rh, L. — 376) *cederet*
G, B; *yliacis* Rh; *symois* B, Rh;
horis Rh.— 377) *tybris* G, B; *tibris*
Rh, L.— 378) *mihi roma* B, Rh, L;
ora B, Rh; *facessa* B.— 380) *romae
tenuere parentes* cod. — 381) *Salue*
G, B; *salue* Rh, L ; *frigumque...
mosellam* L. — 383) *faecundia* L.

Edit. — 366) L'édition parisienne

de Vinet (1551) est la première qui
ait *Salmonae,* au lieu de *Salmone.*
—367) Toutes les éditions antérieures à celle de Poelmann, qui restitue
mole Sarauus, ont *mollis arauus*
ou *Arauus;* Vinet a *molle Saravus* (édit. 1575); dans le commentaire et dans les édit. posthumes
on lit *mole Saravus.* — 368) Vinet
parle de cod., où il a trouvé *tetra*
ou *torta;* l'édit. de Lyon (1558) a en
marge *terra,* qui n'a pas de sens.
L'Ascensiana (1517) et l'édit. parisienne de Vinet (1551) ont en marge
torta qui a passé dans le texte de
Poelmann, de Scaliger et de Freher.
Je ne connais pas et Bœcking ne cite
pas d'éditions où on lise *tetra.*—369)
solveret est une correction de Christ
que Tross approuve, sans l'admettre

Smyrna suum vatem vel Mantua clara dedisset, 375
Cederet Iliacis Simois memoratus in oris,
Nec praeferre suos auderet Thybris honores.
Da veniam, da, Roma potens! Pulsa, oro, facessat
Invidia, et Latiae Nemesis non cognita linguae
Imperii sedem, Romamque tuere parentem!   380
  Salve, magne parens frugumque virumque, Mosella!
Te clari proceres, te bello exercita pubes,
Aemula te Latiae decorat facundia linguae.

t'eût donné son poète, devant toi céderait le Simoïs tellement
vanté sur les plages d'Ilion, et le Tibre n'oserait préférer ses
honneurs aux tiens. Pardonne, pardonne-moi, ô Rome puissante!
Que l'Envie — c'est ma prière — se retire, chassée de ces lieux! Et
toi, ô Némésis, qui n'as pas de nom dans la langue latine, protège
à la fois le siège actuel de l'empire, et Rome sa mère!
  Salut, illustre mère des moissons et des hommes, ô Moselle! —
Une noblesse célèbre, une jeunesse exercée à la guerre, une
éloquence qui rivalise avec celle des orateurs du Latium : voilà
tes titres de gloire. Que dire de ces mœurs, de cet esprit enjoué,

cependant dans son texte. — 372) Ugolet, Avantius et la Juntine ont *quaeque;* les édit. de Bâle (1523), de Lyon (1537, 1540, 1548, 1558), de Vinet (1551, 1575), de Scaliger et de Christ, *quenque.* Les autres édit. ont *quemque.* — 374) *moles,* leçon d'Ugolet, se lit dans la plupart des édit.; la première édit. de Scaliger (1575) a *molles.* Bœcking, Schenkl et Peiper rétablissent *mores,* qui se trouve déjà dans l'Ascensiana et dans l'édit. parisienne de Vinet (1551). — 376) Les édit. posthumes de Vinet (1590, 1604) ont *orsṭ.* — 377) l'Ascensiana, Poelmann, Schenkl et Peiper ont *Thybris;* la leçon ordinaire est *Tibris;* l'Aldine, les édit. de Bâle (1523), de Lyon (1537, 1540, 1548, 1558), de Vinet (1551) ont

Tybris. — 378) Toutes les éditions, moins celles de Bœcking, Schenkl et Peiper, écrivent *mihi Roma.* Heinsius écrit *parens* au lieu de *potens.* — 380) Accurse pense qu'il y a une lacune après le v. 379, ou que le v. 380 est apocryphe; la leçon ordinaire du v. 380 est *Romaeque tuere parentes,* correction de l'Ascensiana; Ugolet, Avantius, la Juntine et l'Aldine gardent la leçon des manuscrits, reprise par Schenkl et Peiper qui supposent, comme Accurse, qu'il y a une lacune entre les v. 379 et 380; Bœcking écrit *Imperii sedem Romae tueare parentis.* Christ propose *Imperii hanc sedem Romae tenuere parentes.* Cannegieter suppose le v. 380 (où il lit *Romaeque tuere*) interverti avec le v. 381.

Quin etiam mores et laetum fronte serena
Ingenium natura tuis concessit alumnis. 385
Nec sola antiquos ostentat Roma Catones,
Aut unus tantum iusti servator et aequi
Pollet Aristides, veteresque illustrat Athenas.

Verum ego quid, laxis nimium spatiatus habenis,
Victus amore tui, praeconia detero? Conde 390
Musa, chelyn, pulsis extremo carmine nervis.
Tempus erit, cum me studiis ignobilis oti
Mulcentem curas seniique aprica foventem

de ce front riant que la Nature a accordé à tes enfants? Rome
n'est pas seule à faire parade de ses Catons antiques; il n'y a
pas que le seul Aristide qui se distingue par l'observation de la
justice et de l'équité, Aristide, l'illustration de la vieille Athènes.

Mais, où vais-je? Tel un conducteur de chars qui lâche les rênes
et se laisse emporter, je suis dominé par l'amour que j'ai pour toi,
et mon éloge affaiblit ta gloire. Muse, mets ta lyre de côté : mon
chant arrivé à son terme cesse de faire résonner tes cordes. Un
temps viendra où par les travaux studieux de mes loisirs sans
gloire, je charmerai mes soucis, je ranimerai ma faiblesse, pauvre

Cod.—384) *serena* G, Rh; *seuera*
B, L. — 387) *spectatur* G, Rh, L;
speculator B. — 388) *ueteresque
illustrat* G, B, Rh, (L a omis *illustrat*). — 389) *Verum* G; *uerum* B,
L; *uuerum* Rh; *quod* G, L. — 390)
·*tuo* L; une lacune dans B après
amore; en marge, *tuo.* — 391) *mus*
(pour *musa*) L; *chelin* Rh; *chelim*
B; *neos* G; *netis* B; *necis* L; *neruis*
(corrigé en *netis*) Rh. — 392) *otii*
B; *ora* L. — 394) *uirum* (*que* ajouté
d'une autre main) L. — 395) ·*cana*
Rh. — 396) *michi* Rh. — 397) *pye-
rides* Rh; *captas subtegmine* L. —
398) *fustis* L. — 399) *memerabo*
G. — 401) *presidium* B, Rh; *prae-
sidum* L; *regis* L. — 403) *protextati* G.

Edit. — 384) La leçon ordinaire
des édit. est *severa;* Hontheim écrit
serena dans son *Hist. Trevir. di-
plomat. et pragmatic.*, 1750, t. I,
p. 7; mais dans son *Prodromus*,
1757, t. I, p. 241, il a *severa.* Bœcking, Schenkl et Peiper ont *serena.*
— 387) *sectator,* Heinsius. — 388)
Ugolet écrit *veteres qui clarat;* les
édit. anciennes ont *veteres quae
illustrat* (Scaliger, 1575, Vinet,
1590), *veteres qui illustrat* (l'Aldine,
Vinet, 1575, Scaliger, 1588, Tross),
ou *veteres qui lustrat* (l'Ascensiana,
1517, Vinet, 1551, Lyon, 1558, Poelmann : ces trois dernières éditions
ont en marge *veteresque illustrat*).
L'Ascensiana (1511, 1513), la Juntine,
l'édit. de Bâle (1523), les édit. de Lyon

Materiae commendet honos; cum facta viritim   394
Belgarum, patriosque canam, decora inclita, mores:
Mollia subtili nebunt mihi carmina filo
Pierides, tenuique aptas subtemine telas
Percurrent : dabitur nostris quoque purpura fusis.
Quis mihi tum non dictus erit? Memorabo quietos
Agricolas legumque catos, fandique potentes,   400
Praesidium sublime reis; quos curia summos
Municipum vidit proceres propriumque senatum;
Quos praetextati celebris facundia ludi

vieillard avide de la chaleur du soleil. La noblesse du sujet sera
une recommandation pour mon œuvre; je chanterai en particulier
les exploits de chaque héros belge, et ces mœurs, héritage des
ancêtres, qui sont leur gloire illustre. D'un fil léger les Piérides me
tisseront d'agréables poèmes; leurs doigts parcourront la trame
fixée à une chaîne délicate; la pourpre aussi sera donnée à nos
fuseaux. Qui ne chanterai-je pas alors? Je rappellerai les paisibles
laboureurs, et les jurisconsultes, et les avocats habiles, sublime
sauvegarde des accusés; ces hommes que la curie municipale a
vus, chefs suprêmes de leurs concitoyens, former leur propre Sénat;

(1537, 1540, 1548), Tollius, Souchay, Christ, Wernsdorf, la Bipontine, Bœcking, Schenkl ont *veteresque illustrat;* Peiper, *ueteresque inlustrat.* — 391) Ugolet admet *necis;* Schenkl et Peiper écrivent *netis* au lieu de *nervis,* leçon ordinaire des édit., à partir de célle d'Avantius. La Juntine a *uentis.* Heinsius lisait *extrema ad carmina.* — 392) Ugolet et Avantius admettent *ora;* Tollius garde *otii;* l'Aldine, Vinet (1575), Scaliger (1575, 1588) ont *otij;* Vinet (1590) a *otj.* Accurse veut *oci,* qui est déjà dans l'Ascensiana, et plus tard dans Vinet (1551), et dans l'édit. de Lyon (1558). La Juntine a *ocij;* la leçon des autres éditions est *oti.* — 394) Ugolet, Avantius, la Juntine et l'Aldine ont *uirorum;* Cannegieter propose *Quiritum.* — 395) *inclyta* est la leçon ordinaire des éditions. Mais Ugolet, Avantius, Poelmann, l'édit. des Deux-Ponts, Tross, Bœcking, Schenkl et Peiper écrivent *inclita.* — 396) Burmann propose *stamina* au lieu de *carmina.* — 397) Ugolet et Avantius ont *tenui captas;* Accurse propose *coeptas.* Les édit. ont *subtegmine,* écrit *sub tegmine,* en deux mots, par l'Ascensiana, la Juntine et l'Aldine. Poelmann, Christ, Wernsdorf, Bœcking, Schenkl et Peiper écrivent *subtemine.* —398) De *fustis,* leçon de L, Ugolet a fait *fastis,* adopté par Avantius (1507). —401) Ugolet, Avantius et la Juntine écrivent *regis.*

Contulit ad veteris praeconia Quintiliani,
Quique suas rexere urbes purumque tribunal   405
Sanguine et innocuas illustravere secures ;
Aut Italum populos aquilonigenasque Britannos
Praefecturarum titulo tenuere secundo ;
Quique caput rerum Romam, populumque patresque
Tantum non primo rexit sub nomine, quamvis   410
Par fuerit primis : festinat solvere tandem
Errorem Fortuna suum, libataque supplens
Praemia iam veri fastigia reddet honoris

ceux que leur éloquence, célèbre dans les écoles où se réunissent les jeunes gens vêtus de la robe prétexte, a élevés jusqu'à la gloire du vieux Quintilien; ceux qui ont administré leurs propres villes, et illustré les tribunaux qui ne font pas couler de sang et les haches inoffensives; ou ceux qui, vicaires des préfets, ont gouverné en sous-ordre les peuples d'Italie et les Bretons, fils du Nord; et cet homme enfin qui a administré la capitale du monde, Rome, son peuple et ses sénateurs : égal aux premiers de l'empire, son nom cependant n'était pas le premier; mais la fortune se hâte de réparer son erreur, et, complétant les distinctions qu'il a à peine effleurées,

Cod. — 404) *ueteres* Rh¹. — 405) *retexere* G. — 406) *innocuos* L. — 407) Ce vers manque dans L; *aquilogenasque* G.— 408) *perfecturarum* L. — 409) *romam* manque dans B; *populique* cod. — 412) *libitaque* G, Rh. — 413) *reddat* G, B, Rh², L; *honores* B¹, Rh¹. — 414) *admodo* B, Rh, L ; *ceptum* Rh. — 415) *detestatur* B, Rh, L; *est* (pour *et*) L. — 417) *undas* G; *undis* B, Rh, L. — 418) Les v. 418, 419 et 420 sont placés dans L entre les v. 445 et 446. *Ceruleos* G; *caeruleos* B, Rh, L; *hialoque* Rh ; *haloque* L. — 419) *pando* G. — 420) *cumulandis* L¹. — 421) *anguste* L ; *uenies* B. — 422) *uinctos* L.— 423) *nigrum* cod.; *superest* L ; *luponudum* cod.

Edit. — 404) Poelmann et Vinet (1575 et édit. suiv.), ont *Quinctiliani*. — 406) Peiper écrit *inlustravere* (voir au v. 388). — 407) Ce vers manque dans Ugolet et Avantius. — 409) *populumque* est une correction de l'Ascensiana (1517), reprise par l'édition parisienne de Vinet (1551), et entrée dès lors définitivement dans le texte. — 411) Ugolet, Avantius et la Juntine écrivent *primus;* Gronovius propose *praefuerit*, adopté par Tollius, Souchay, Wernsdorf et la Bipontine; *festinat*, leçon des manuscrits, a été changé en *festinet* par Bœcking, Schenkl et Peiper, qui écrivent aussi *reddat*, leçon d'Ugolet, d'Avantius, de l'Ascensiana (1511 et

Nobilibus repetenda nepotibus. At modo coeptum
Detexatur opus, dilata et laude virorum   415
Dicamus laeto per rura virentia tractu
Felicem fluvium, Rhenique sacremus in undas.

Caeruleos nunc, Rhene, sinus hyaloque virentem
Pande peplum, spatiumque novi metare fluenti,   419
Fraternis cumulandus aquis. Nec praemia in undis
Sola, sed Augustae veniens quod moenibus urbis
Spectavit iunctos natique patrisque triumphos,
Hostibus exactis Nicrum super et Lupodunum,

elle l'élèvera réellement, comme elle le doit, au faîte de ces honneurs qui reviendront un jour à sa noble descendance... Mais, maintenant, accomplissons l'œuvre commencée; que l'éloge des hommes soit différé, célébrons le fleuve fécond et son cours charmant au milieu des vertes campagnes : consacrons-le à la divinité des eaux du Rhin.

A toi maintenant, ô Rhin, d'ouvrir les plis de ta robe d'azur, de déployer ton manteau verdoyant; mesure une place suffisante à ce fleuve nouveau dont les eaux fraternelles vont te combler. Et ses eaux ne sont pas le seul avantage qu'il t'apporte; mais lui qui vient des murs de la ville Auguste, il a vu les triomphes réunis

1513), de la Juntine, de l'Aldine, de l'édit. de Bâle (1523) et des édit. de Lyon (1537, 1540, 1548). L'Ascensiana (1517) a *reddet*, leçon reprise par l'édition parisienne de Vinet, et entrée dès lors définitivement dans le texte. Bœcking met entre parenthèses *festinet... nepotibus.* — 412) Souchay et la Bipontine admettent la correction de Gronovius : *Errorem, Fortuna, tuum.*—415) Ugolet, Avantius, la Juntine et l'Aldine ont *detestatur* ; Ugolet et Avantius ont *dilata est laude.* L'Ascensiana (1513 et 1517; celle de 1511 avait dans le texte *dilatet,* mais dans les corrections, *dilata*), la Juntine, les édit. de Leipzig (1515), de Bâle (1523), de Lyon (1537, 1540, 1548, 1558), de

Poelmann, de Vinet (1551 et les autres), de Scaliger et de Christ ont *dilata laude.* — 417) Bœcking, Schenkl et Peiper ont seuls *undas.* — 421) La Juntine et l'Aldine ont *angustae.* — 422) Ugolet et l'Ascensiana ont *uinctos.* — 423) Rhenanus écrit *Nicrum* et *Lupondum* ou *Lupodunum : Nicrum* est généralement admis à partir de l'édit. parisienne de Vinet (1551); *Lupodunum,* à partir de l'édit. de Lyon (1558). Bœcking écrit *Nigrum.* Herold proposait *nigrum super et Lepontum.* Mommsen voudrait *ad Lupodunum.* Ugolet, Avantius et la Juntine ont *superest.* L'Ascensiana, l'Aldine, les édit. de Bâle (1523) et de Lyon (1537, 1540, 1548) ont *superet.*

f

Et fontem Latiis ignotum annalibus Histri.
Haec profligati venit modo laurea belli :   425
Hinc alias aliasque feret. Vos pergite iuncti,
Et mare purpureum gemino propellite tractu.
Neu vereare minor, pulcherrime Rhene, videri :
Invidiae nihil hospes habet. Potiere perenni
Nomine : tu fratrem, famae securus, adopta.   430
Dives aquis, dives Nymphis, largitor utrique
Alveus extendet geminis divortia ripis,
Communesque vias diversa per ostia fundet.

du père et du fils qui ont chassé l'ennemi sur le Nicer, à Lupodunum et aux sources de l'Hister inconnues dans les annales du
Latium. La lettre couronnée de lauriers qui annonçait l'heureux
succès de la guerre est arrivée récemment : de Trèves, la Moselle
t'en portera d'autres semblables, et d'autres encore. Vous, suivez
votre route, unis ; et, de votre double courant, refoulez la mer
sombre comme la pourpre foncée. O beau fleuve du Rhin, ne
redoute pas de sembler amoindri ! Ton hôte ne doit en rien exciter
ta jalousie. Maître incontesté de ton nom éternel, adopte ton
frère, et ne crains rien pour ta gloire. Riche en eaux, riche en
nymphes, votre lit, prodigue pour chacun de vous, s'élargira,
séparant de plus en plus les deux rives, et déversera votre cours
commun par diverses embouchures. Unies aux tiennes, les forces

Cod. — 424) *latus* L ; *hystri* Rh.
— 426) *Hinc* G ; *mox* B, Rh, L ; *re-*
fert Rh¹. — 427) *prope litora* G ;
tactu Rh. — 428) *heu* (pour *neu*) L.
— 429) *nichil* Rh. — 433) *hostia* G¹,
B, Rh, L. — 436) *amne* Rh. — 438)
uiuifica cod. — 439) *nunc... notos*
L. — 440) *latius* cod. — 441) *pyrenem*
G. — 442) *aquitanica* G ; *aquitania*
B, Rh ; *equitania* L. — (L place entre
445 et 446 les v. 418, 419 et 420).

Edit. — 426) Les édit. ont d'ordinaire *mox ;* Schenkl et Peiper seuls
ont *hinc ;* l'Aldine a *uincti* (au lieu
de *iuncti*) et *tactu* (pour *tractu*),
au v. 427. — 429) L'Ascensiana écrit
nil, repris par l'édit. parisienne de
Vinet (1551), et dès lors entré définitivement dans le texte vulgaire ;
nihil a été rétabli seulement par
Schenkl et Peiper. — 431) Avantius,
dans les *Emendanda,* et l'Aldine
dans le texte, ont *utrinque.* — 432)
Ugolet, Avantius et la Juntine ont
extendit. — 433) Heinsius écrit
findet, et Peiper, *pandet.* — 434)
L'Ascensiana, les éditions de Lyon
(1558), de Poelmann et de Vinet
(1551, 1575), qui, dans son commen-

Accedent vires, quas Francia quasque Chamaves,
Germanique tremant : tunc verus habebere limes. 435
Accedet tanto geminum tibi nomen ab amni,
Cumque unus de fonte fluas, dicere bicornis.
  Haec ego, Vivisca ducens ab origine gentem,
Belgarum hospitiis non per nova foedera notus,
Ausonius, nomen Latium, patriaque domoque 440
Gallorum extremos inter celsamque Pyrenen,
Temperat ingenuos qua laeta Aquitania mores,
Audax exigua fide concino. Fas mihi sacrum

de la Moselle seront capables d'effrayer les Francs, les Chamaves
et les Germains : tu seras alors regardé comme la vraie barrière
de l'empire ; ce si grand affluent te fera avoir un nom qui montre
que tu es double ; et, quoique tu sortes, fleuve unique, de ta
source, on t'appellera le Rhin aux deux cornes.
  Tels sont les chants que moi, originaire de la race Vivisque,
mais connu des Belges par les liens anciens de l'hospitalité, moi,
Ausone, dont le nom est latin, mais dont la patrie et la demeure
se trouvent entre l'extrémité des Gaules et les Pyrénées élevées,
dans cette riante Aquitaine où s'adoucit la rudesse des mœurs
primitives — tels sont les chants que j'ose essayer sur ma faible
lyre. Que ce ne soit pas un crime pour moi d'avoir effleuré ce
fleuve sacré par une légère atteinte de la Muse. Je ne prétends pas

taire a *Chamaues,* écrivent *Ca-*
maues. — 435) Heinsius a *certus*
(pour *verus*).—437) Ugolet écrit *uno*
de fonte, leçon ordinairement adop·
tée; l'Ascensiana, Tollius, Souchay,
Wernsdorf, la Bipontine, Tross,
Bœcking, Schenkl et Peiper ont
unus. — 438) *Vivisca* est une correc·
tion de Vinet (édit. de 1575), universellement adoptée. Christ est peut·
être le seul qui continue à écrire
vivifica. — 439) *nunc* est la leçon
vulg. L'Ascensiana, l'Aldine, les
édit. de Bâle (1523), de Lyon (1537,
1540, 1548, 1558), Vinet (1551), Poelmann, Christ, Tross, Bœcking,
Schenkl et Peiper ont *non.* Vinet
(1551), l'édit. de Lyon (1558) et Poelmann écrivent en marge *nunc.*—440)
latium est une correction d'Avantius (1507); l'Ascensiana écrit *latius*
(1511, 1513) et *Latius* (1517); l'Aldine, l'édit. de Bâle (1523), les édit.
de Lyon (1537, 1540, 1548), écrivent
Ausonius nomen, Latius. — 441)
Avantius écrit *cesamque;* la Juntine
et l'Aldine, *caesamque.* — 442)
Aquitania est la leçon de toutes les
édit.; seuls, Schenkl et Peiper écrivent *Aquitanica.*

. Perstrinxisse amnem tenui libamine Musae.
· Nec laudem affecto, veniam peto. Sunt tibi multi, 445
Alme amnis, sacros qui sollicitare fluores
Aonidum, totamque solent haurire Aganippen.
Ast ego, quanta mei dederit se vena liquoris,
Burdigalam cum me in patriam nidumque senectae
·Augusti, pater et natus, mea maxima cura,   450
Fascibus Ausoniis decoratum et honore curuli
Mittent emeritae post munera disciplinae,
Latius Arctoi praeconia persequar amnis.
Addam urbes, tacito quas subterlaberis alveo,

à la gloire, je demande mon pardon. Bien d'autres, ô fleuve bienfaisant, ont coutume de puiser en ton honneur aux sources d'Aonie
et d'engloutir l'Aganippé entière. Quant à moi, toute l'abondance
que pourra avoir ma veine poétique, aussitôt que je me trouverai à
Burdigala, ma patrie, le nid de ma vieillesse, après que les Augustes, le père et le fils, cet objet de ma sollicitude suprême, m'auront
congédié, paré des faisceaux italiens et de l'honneur curule, la
charge de mon préceptorat une fois arrivée à son terme, — toute
cette abondance, je la dépenserai à poursuivre dans de plus vastes
proportions l'éloge de ce fleuve du Nord. J'ajouterai la mention de
ces villes au pied desquelles glisse ton courant silencieux, et de ces

Cod. — 447) *aganippem* G; *aganippe* B. — 448) *tanta* L. — 450)
augustus cod.; dans G, le premier
u au-dessus de la ligne, remplace
une lettre effacée; *nati* cod. — 452)
munera G; *tempora* B, Rh, L. —
454) *tanto qui subterlaberis* L (le *s*
final ajouté au-dessus de la ligne).
— 455) *menia* Rh.—457) *nunc* (pour
non) L; *horea* L. — 461) *liget* L;
anxona Rh; *auxona* B.— 462) *fines*
cod.—463) *santonicus* G; *xantonico*
L; *profluus* cod. — 464) *concedet*
cod.; *duraui* L. — 465) *postponat*
L; *tandem* L; *tarnen* G, B, Rh.

Edit. — 445) Tross et Peiper écri-

vent *adfecto*. — 446) Heinsius a *furores*, et, au v. 448, *mihi* pour *mei*.
Ugolet écrit *tanta mei...si*. Avantius (1507), la Juntine, l'Aldine et
l'édit. de Bâle (1523) ont *tanta
meri... si*. Les édit. de Lyon (1537,
1540, 1548) ont *tanta mei...si.*—450)
Depuis Avantius (1507), les édit. admettent d'ordinaire *Augustus pater
et natus;* l'Ascensiana, Vinet (1551),
l'édit. de Lyon (1558), Poelmann,
Christ, Bœcking, Schenkl et Peiper
écrivent comme les manuscrits *Augustus pater et nati*. — 452) *tempora* est la leçon ordinairement
adoptée. Tross, Bœcking, Schenkl
et Peiper écrivent *munera*.—454)

Moeniaque antiquis te prospectantia muris;   455
Addam praesidiis dubiarum condita rerum,
Sed modo securis non castra, sed horrea Belgis;
Addam felices ripa ex utraque colonos,
Teque inter medios hominumque boumque labores
Stringentem ripas et pinguia culta secantem.   460
Non tibi se Liger anteferet, non Axona praeceps,
Matrona non, Gallis Belgisque intersita finis,
Santonico refluus non ipse Carantonus aestu.
Concedes gelido, Durani, de monte volutus
Amnis, et auriferum postponet Gallia Tarnem,   465

forteresses qui, du haut de leurs antiques murailles, te contemplent
au loin; je parlerai encore de ces refuges construits pour les
moments de danger et qui ne servent plus aujourd'hui de camps
retranchés, mais d'entrepôts de blé aux Belges en sûreté. Je parlerai
aussi des laboureurs heureux sur l'une et l'autre rive; je dirai comment tes eaux, coulant au milieu des terres travaillées par les
hommes et par les bœufs, pressent les rives et séparent les grasses
campagnes. Le Liger ne pourra se mettre au-dessus de toi, ni la
rapide Axona, ni la Matrona, cette limite placée entre les Belges
et les Gaulois, ni le Carantonus lui-même où refluent les vagues
Santones. Tu lui céderas aussi, ô Duranius, fleuve qui te précipites

L'Ascensiana, la Juntine, l'édit. parisienne de Vinet, l'édit. de Lyon
(1558), Poelmann, l'édit. de Scaliger
(1575), Christ et Bœcking écrivent,
en deux mots, *subter laberis.* —
461) Avantius (1507), la Juntine et
l'Aldine ont *Saxona.*— 462) *finis* est
une conjecture marginale de Poelmann, que Christ, Tross, Bœcking,
Schenkl et Peiper admettent dans
leur texte. Les éditions de Scaliger
et Freher ont *Gallos Belgosque...
fines;* Tollius, Souchay, la Bipontine et Wernsdorf ont *Gallos Belgasque... fines.* — 463) *refluus* est
une correction de l'édit. parisienne
de Vinet (1551). — 464) *concedes* est

une correction de Scaliger, généralement adoptée. Vinet, Christ,
Tross, Bœcking et Schenkl conservent la leçon des manuscrits *concedet.* Ugolet, Avantius et la Juntine
ont *Duraui de;* l'Ascensiana (1511),
durauide; l'Ascensiana (1513, 1517),
l'édit. parisienne de Vinet (1551), la
lyonnaise de 1558, *Duranide.* —
465) Les édit. ont d'ordinaire *Tarnem,* excepté Ugolet et Avantius,
qui ont *tandem,* la Juntine et l'Aldine qui ont *Tagum,* les édit. de
Bâle (1523), de Lyon (1537, 1540 et
1548) qui ont *Tarnim,* et Bœcking,
Schenkl, Peiper qui rétablissent la
leçon de G, B, Rh, *Tarnen.*

·· *Insanumque ruens per saxa rotantia late*
In mare purpureum, dominae tamen ante Mosellae
Numine adorato, Tarbellicus ibit Aturrus.
Corniger externas celebrande Mosella per oras,
Nec solis celebrande locis, ubi fonte superno   470
Exseris auratum taurinae frontis honorem,
Quave trahis placidos sinuosa per arva meatus,
Vel qua Germanis sub portubus ostia solpis :
Si quis honos tenui volet adspirare camenae,

du sommet d'un mont glacé. La Gaule placera après toi le Tarnis
qui roule de l'or ; et ce fleuve insensé qui se rue en roulant au loin
des rocs, l'Aturrus Tarbellique ne se jettera pas toutefois dans
la mer sombre avant d'avoir adoré la divinité de la Moselle, sa
souveraine.

O Moselle, fleuve paré de cornes, toi qui dois être célébrée
dans les contrées étrangères, toi qui ne dois pas être célébrée
seulement dans le pays où, sortant des monts élevés parmi lesquels
est ta source, tu dresses la parure dorée de ton front de taureau ;
et dans les régions où, paisible, tu promènes à travers champs ton
cours sinueux, et à l'endroit où ton embouchure s'ouvre dans les

Cod. — 468) *nomine* cod.; *tarbel-lius* G, B, Rh ; *tarbellus* L ; *aturnus* Rh ; *ibi aturrus* L. — 469) *Corniger* G ; *corniger* B, Rh, L ; *celebranda* G, L ; *moselle... horas* Rh.—470) *celebranda* L ; *supremo* B, Rh, L ; *superno* G. — 471) *taurinthes* Rh.—472) *quaque* cod.; *placido* L. — 473) *portibus* cod.; *hostia* Rh[1]. — 474) *ualet* Rh ; *aspirare* cod. — 475) B a omis *in his.* — 479) *drima* B. — 481) *dextre* G. — 483) Ce vers manque dans L ; *garonnae* G ; *garunnę* B, Rh.

Edit. — 467) Graevius et Heinsius écrivent *domini.* Avantius (1507), l'Ascensiana, la Juntine, l'Aldine, les édit. de Bâle (1523), de Lyon

(1537, 1540, 1548) mettent entre parenthèses *dominae... adorato.*—468) *numine* est une correction de l'édit. parisienne de Vinet (1551). *Tarbellicus* est une correction d'Accurse, généralement adoptée ; la Juntine, l'Aldine, les éditions de Bâle (1523), de Lyon (1537, 1540, 1548, 1558), de Vinet (1551, 1575), de Scaliger et de Christ gardent encore *Tarbellius.* L'Aldine, les édit. de Bâle (1523), de Lyon (1537, 1540, 1548), ont *Aturnus.* — 469) Ugolet, Avantius, l'Ascensiana (1511, 1513), la Juntine, Tollius et Wernsdorf écrivent *celebranda.* — 470) Toutes les édit. ont *supremo.* Ugolet, Avantius, la Juntine, Tollius et Wernsdorf ont encore *celebranda.* — 471)

Perdere si quis in his dignabitur otia musis, 475
Ibis in ora hominum, laetoque fovebere cantu.
Te fontes vivique lacus, te caerula noscent
Flumina, te veteres, pagorum gloria, luci :
Te Druna, te sparsis incerta Druentia ripis,
Alpinique colent fluvii, duplicemque per urbem 480
Qui meat et dextrae Rhodanus dat nomina ripae :
Te stagnis ego caeruleis magnumque sonoris
Amnibus, aequoreae te commendabo Garumnae.

ports de Germanie : si quelque souffle de gloire daigne inspirer ma faible Muse, si quelqu'un veut bien perdre ses loisirs à lire mes vers, tu deviendras célèbre parmi les hommes, et ta gloire sera entretenue par mes chants trop heureux. Tu seras connue des sources et des bassins d'eau vive ; les fleuves azurés te connaî-tront, ainsi que les antiques bois sacrés, orgueil des campagnes. Tu seras honorée par la Druna, par la Druentia, dont le cours est incertain et les rives changeantes. Tu seras honorée par les fleuves des Alpes, et par le Rhône dont le cours divise une ville et donne son nom à sa rive droite. Je te recommanderai aux étangs azurés, aux fleuves qui mugissent à grand bruit, à la Garonne marine.

Tollius, Souchay, Wernsdorf, la Bi-pontine et Tross ont seuls *exseris.* — 472) *quave* est une correction de Bœcking, admise par Schenkl et Peiper.— 473) *portubus* est la leçon vulgaire, à partir de l'Ascensiana. Schenkl et Peiper reprennent la leçon d'Ugolet, d'Avantius, de la Juntine et de l'Aldine. — 474) Poel-mann, Tollius, Wernsdorf, Tross et Peiper écrivent seuls *adspirare.* — 481) *Dextrae* est une correction de Scaliger, admise par les éditeurs postérieurs, excepté Vinet et Christ. — 483) Ugolet et Avantius n'ont pas ce vers. Les édit. en général écrivent *Garumnae;* l'Ascensiana admet *Ga-runnae,* et Bœcking *Garonnae.*

COMMENTAIRE

EXPLICATIF ¶

ERS I. FLUMINE. — Scaliger, qui écrit *flumine* dans ses éditions, dit dans les *Ausonianae Lectiones* (I, 1) : « *Prætermittendum non eſt Auſonium ſcripſiſſe* nebuloſo lumine, non flumine, *in primo verſu. Ait enim a campis Argentoratenſibus ad Niuomagum ſe vſum fuiſſe nebuloſa tempeſtate, propter eius cœli intemperiem. Quod ex ſequentibus apparet, quum ait : Purior hic campis aer,* etc. » Freher et Barth confirment la conjecture de Scaliger au moyen du v. 8 du *Cupido cruciatus : Quorum per ripas nebuloso lumine marcent.* Mais on comprend bien que le cours de la Nava soit assombri par des brouillards, et il ne semble pas utile de changer la leçon des mss.

V. I. NAVAM. — Aujourd'hui la Nahe, qui verse ses eaux rapides dans le Rhin, à *Bingium;* cf. Tacite, *Hist.,* IV, LXX.

V. 2. VINCO. — Scaliger, qui écrit *vico,* suppose qu'il s'agit de Strasbourg *(Argentoratum).* Vinet n'affirme rien : peut-être, dit-il, est-il question de Saverne. Freher identifie ce *vicus* à *Bingium*

¶ Je rappelle que dans ces *Notes* on ne trouvera qu'à titre d'exception des rapprochements entre les vers de la *Moselle* et ceux des autres pièces du poète, et des allusions aux passages des poètes classiques imités par Ausone et aux passages que les poètes postérieurs ont empruntés à la *Moselle.* Pour toutes ces questions, je renvoie à mon travail DE AUSONII MOSELLA, thèse latine pour le doctorat ès lettres.

. (Bingen), qui avait été fortifié par l'empereur Julien en 359.
(Cf. Ammien Marcellin, édit. Gardthausen, Leipzig, 1874, XVIII,
II, 4.) Mais Bingen fut probablement aussi fortifié par Valentinien,
à qui Ausone doit vouloir faire ici une allusion ingénieuse :
Ammien (XXVIII, II, 1) rapporte en effet que Valentinien fortifia
toutes les places de la région du Rhin. (Cf. Montesquieu, *Gran-
deur et décadence des Romains,* chap. XVII : *Valentinien employa
toute sa vie à fortifier les bords du Rhin, à y faire des levées, à
y bâtir des châteaux, y placer des troupes, leur donner le moyen
d'y subsister.*) Mais si Freher a bien vu qu'il s'agit de Bingen, qui
se dit *Vincum (Itin. Anton.,* 371), c'est seulement en 1816 que
Minola, dans son *Uebersicht dess. was sich unter d. Röm. am
Rh. Merkw. ereignete* (2ᵉ édit., Cologne, 1816), a établi la leçon
Vinco adoptée par Tross, Bœcking et Peiper. *Vingo* est une
correction de Mommsen. Je préfère *Vinco,* qui a pu plus facilement
être transformé par les copistes en *vico.* D'ailleurs, si *Vincum*
se trouve dans l'*Itinéraire d'Antonin,* comme *Bingium* dans
Tacite (*Hist.,* IV, LXX) et *Bingio* dans Ammien Marcellin (XVIII,
II, 4), *Vingum* ne se trouve nulle part. — Ausone suit, en sens
contraire, la route XIX de la Table de Peutinger, qui va de Trèves
à Bingen. (Voir Desjardins, *Table de Peutinger,* Paris, 1869,
Hachette, p. 10, col. 2.)

V. 3. CANNAS. — Quelle est cette défaite gauloise comparable
au désastre de Cannes ? Scaliger suppose que c'est la bataille de
Strasbourg (et cela, à cause de l'assimilation qu'il fait de *vicus*
avec Strasbourg), où Julien, en 357, vainquit les Francs Saliens et
les Quades. Mais les Saliens et les Quades n'étaient pas Gaulois,
et la date de 357 ne justifie pas l'emploi de *quondam,* au moment
où Ausone écrit ¶. Freher, suivi par Bœcking, prouve d'une
manière incontestable qu'il s'agit de la bataille de l'an 71 *(quondam),* racontée par Tacite (*Hist.,* IV, LXX), où les Gaulois Trévires
furent écrasés par Sextilius Felix.

V. 4. INOPESQUE. — C'est une correction de Christ que j'adopte
à cause du sens de *super* (au-dessus) qui ne me semble pas
convenir à ce passage, et de la nécessité d'accompagner de
la conjonction *et,* ou de quelque autre synonyme, le deuxième

¶ Dans le travail *de Ausonii Mosella,* un chapitre est consacré aux
questions historiques qui ont rapport à la *Moselle,* et à l'établissement de
la date (370 ou 371 ?) où ce poème fut composé. On se permet de renvoyer
le lecteur à ce travail.

adjectif *inopes,* comme dans les vers de Virgile, d'où celui-ci est imité :

> *Aen.,* XI, v. 372 : *...inhumata infletaque turba.*
> *Aen.,* VI, v. 325 : *...inops inhumataque turba est.*

V. 5. ITER. — C'est la route militaire ainsi indiquée par la Table de Peutinger : *Mogontiaco; Bingium* XII; *Dumno* XVI; *Belginum* VIII; *Noviomago* X; *Aug. Trevirorum* VIII.

V. 8. DUMNISSUM. — *Dumnissus* est une ville sur la route de Bingen à Trèves (*Dumno* de la Table de Peutinger). On ne sait à quelle ville moderne l'identifier. La similitude des noms fait qu'on pense le plus souvent la retrouver dans Densen. Voir Desjardins, *Table de Peutinger,* p. 18, col. 1.

V. 8. TABERNAS. — La ville de *Tabernae* n'est pas marquée sur la carte de Peutinger, où, entre *Dumnissus* et *Noiomagum,* il n'y a que *Belginum,* d'où Bœcking conclut à l'identification de *Belginum* avec *Tabernae.* Il est plus sûr de croire, comme le faisait déjà Freher, que *Tabernae* est *Bern-Castel (Tabernarum Castellum).*

V. 9. ARVAQUE. — Il semble difficile de préciser à quel établissement de colonie sarmate il est fait ici allusion. Freher suppose qu'Ausone parle de cet envoi de tribus barbares aux environs du Rhin dont il est question dans la *Gratiarum actio dicta Domino Gratiano Augusto :* « *Germanicum deditione gentilium, Alamannicum traductione captorum, vincendo et ignoscendo Sarmaticum...* » (édit. Schenkl, VIII, 11, 8). Mais l'*Action de grâces* est de 379, et Ausone y célèbre une victoire remportée en 378, sept ou huit ans après la composition de la *Moselle.* On sait d'autre part que les empereurs ont eu de tout temps la coutume de transporter des barbares sur le territoire romain, où on leur donnait des terres à cultiver. Le Panégyrique de Constance prononcé à Trèves en 296 par un rhéteur inconnu, probablement Eumène (voir Teuffel, *Hist. Litt. Rom.,* § 391, 8), rappelle les « *Sarmaticae expeditiones, quibus illa gens prope omnis extincta est* », et la transportation en Gaule de ceux des barbares qui avaient échappé à la mort : « *Captiua agmina barbarorum... ad destinatos sibi cultus solitudinum ducerentur.* » C'est aux environs de Trèves que ces Sarmates furent établis : « *Neruiorum et Treuirorum arua iacentia uelut postliminio restitutus et receptus in leges Francus excoluit.* » (*Panegyrici latini,* ed. Baehrens; *Lips.,*

1874. V. *Incerti Panegyricus Constantio Caesari dictus;* cap. v, p. 135; cap. IX, p. 138; cap. XXI, p. 147.) Mais le mot *nuper* empêche de voir dans le vers de la *Moselle* en question une allusion à un fait antérieur à l'an 296 : Bœcking pense qu'il s'agit des Sarmates que Constantin fit conduire dans l'intérieur de l'empire, en 334. Or, les *Excerpta Valesiana* (édit. Gardthausen d'Ammien Marcellin, Leipzig, 1874, § 32) disent nettement que ces barbares furent dispersés en Thrace, en Scythie, en Macédoine, en Italie. Il n'est pas parlé de transportation au bord du Rhin. — On sait d'ailleurs qu'il y avait déjà des Sarmates dans l'armée romaine sous Julien, en 363 : comme Ausone s'occupe dans tout le cours de son poème à chercher des allusions élogieuses pour Valentinien, on peut, ce semble, supposer que l'empereur, alors qu'il fortifiait la frontière du Rhin en 368, y établit comme colons militaires quelques-uns de ces Sarmates qui servaient dans son armée. Le v. 9 de la *Moselle* se rapporterait alors tout simplement à un fait historique, peu connu à cause de sa médiocre importance, et rappelé complaisamment par le poète, qui s'attache à mettre en lumière tous les actes du père de son élève.

V. 10. PRIMIS BELGARUM...... ORIS. — Les frontières de la *Belgica prima,* près desquelles se trouvait *Noiomagum.*

V. 11. NOIOMAGUM. — Neumagen *(Noiomagum* ou *Noiomagus),* petite ville du pays de Trèves, qui porte le même nom latin que Nimègue, Noyon, etc. : « On y voit — dit D. Calmet, cité par Corpet (traduction d'Ausone, vol. II, p. 371, n. 10) — des ruines d'un camp romain où l'on croit que le grand Constantin a campé... Ausone, comme on l'a vu, donne à ce lieu le nom de *camp fameux du grand Constantin,* peut-être à cause que c'est en ce lieu que cet empereur eut la fameuse vision de la croix qui lui apparut un peu après midi, rayonnant au-dessus du soleil, avec ces mots distinctement marqués : **EN TOYTΩ NIKA,** *vainquez en ceci* ou *par ceci.* » Mais D. Calmet conclut que les sentiments étant partagés, sinon sur l'apparition de la croix, du moins sur l'endroit où elle se fit voir, aucun auteur ancien ne rapporte que cette apparition ait eu lieu à Neumagen. — Je suppose que le camp n'est *illustre* que parce que le *divin* Constantin y a résidé, de même que Trèves devient *auguste* par le séjour des empereurs.

V. 12. PURIOR HIC CAMPIS AER, etc. — L'enthousiasme gascon du poète doit, pour donner une idée des beautés pittoresques du pays de la Moselle comparables à celles de la région bordelaise, recourir aux termes dont Virgile se servait pour dépeindre les Champs-Élysées :

> *Aen.*, VI, v. 640 : *Largior hic campos aether et lumine vestit*
> *Purpureo...*

Le mépris d'Ausone pour les brouillards germains excite l'indignation affligée de Freher, qui s'écrie : « *Mira & iniqua perſuaſio Italorum & Gallorum, & faſtidium aëris Germanici!* »

V. 18. TUM. — Les mss. ont *cum;* la correction *tum,* que j'adopte, est de Bœcking; *quin,* proposé par Peiper, indiquerait une sorte de mouvement lyrique, qui semble ici déplacé. La phrase (v. 18-22) est toute de transition, et le mouvement ne commence qu'au vers 23 : *Salve, amnis...*

V. 19. BURDIGALAE. — Voir l'éloge de *Burdigala* dans l'*Ordo Urbium Nobilium* (édit. Schenkl, XVIIII, XIIII).

V. 22. MOSELLAE. — La Moselle sort du mont *Vogesus* ou *Vosegus* (v. 470, *fonte superno*), reçoit divers affluents, entre autres la *Sura,* le *Celbis,* l'*Erubris,* la *Lesura,* le *Drahonus,* la *Salmona,* le *Saravus,* l'*Alisontia,* cités par Ausone (voir v. 351-371), et se jette dans le Rhin à *Confluentes* (Coblentz; voir v. 473 ...*Germanis sub portubus ostia solvis*).

V. 24. DIGNATA IMPERIO... MOENIA. — Vinet suppose qu'Ausone fait allusion à Neumagen. Mais, de Freher à Bœcking, tous les commentateurs ont démontré qu'il s'agit de Trèves *(Augusta Treverorum* ou *Trevirorum),* qui, à partir de la fin du IIIᵉ siècle, fut souvent le lieu de résidence des empereurs d'Occident. Ausone célèbre Trèves, résidence impériale, *Trevericaeque urbis solium* (édit. Schenkl, XVIIII, IIII, v. 2); il l'appelle de même *Imperii sedem (Mos.,* v. 380). Cf. Ammien Marcellin, XV, XI, 9, *Treuiros domicilium principum clarum.*

V. 25. IUGA VITEA. — Le vin de la Moselle est célèbre; la culture de la vigne sur les coteaux du fleuve remonte à une haute antiquité. Bœcking cite un travail de Düntzer, *der Weinbau im röm. Gallien u. Germanien (Jahrbücher des Vereins von Alterthumsfreunden im Rheinlande,* Bonn, 1843). — Voir Desjardins, *Géographie de la Gaule romaine,* Paris, 1876, t. I, pp. 443-448.

V. 26. AMNIS VIRIDISSIME. — « Ceux qui ont suivi, comme
notre poète, le cours très pittoresque du beau fleuve qu'il a
célébré, seront frappés de la fidélité de ses descriptions. La vallée
où coule la Moselle est surtout remarquable par une richesse de
verdure vraiment extraordinaire. L'œil la retrouve partout, soit
qu'il s'arrête au sommet des collines, soit qu'il s'abaisse au bord
des eaux. Ausone insiste sur ce caractère de la Moselle, il
l'appelle avec justesse et bonheur fleuve verdoyant, *amnis viridissime;* il montre ses rives vertes de vignobles, et *virides
Baccho colles;* la limpidité et la placidité de ses ondes inspirent
à Ausone quelques vers qui semblent, en reproduisant le calme
du fleuve, imiter son murmure presque insensible. » (Ampère,
Histoire littéraire de la France avant Charlemagne, Paris,
1870, t. I, p. 265, 3e édit.) — On voit que c'est Ampère qui m'a
fourni la traduction du *tacito rumore,* si difficile à rendre en
français. Corpet traduit fort inexactement par « doux murmure ».
— Ces descriptions de la Moselle doivent être rapprochées des
divers poèmes où Fortunat, environ deux siècles après Ausone,
célèbre les beautés du même fleuve. Ce sont les morceaux
intitulés : *De Castello Nicetii super Mosella* (lib. III, carm. XII,
édition F. Leo, *Monumenta Germaniae historica, Auctorum
antiquissimorum tomi IV pars prior,* 1881); *Ad Villicum episcopum Mettensem* (lib. III, carm. XIII); *De navigio suo* (lib. X,
carm. IX). Tross a publié ce dernier poème à la fin de son édition
de la *Moselle.* Corpet l'a publié, ainsi que le poème sur le château
de Nicétius, avec traduction française, dans l'appendice du second
volume de sa traduction d'Ausone (pp. 468-475). Bœcking a
inséré le texte et la traduction en vers allemands de ces trois
poèmes à la fin de son édition de 1845 des « *Moselgedichte des
Decimus Magnus Ausonius und des Venantius Honorius
Clementianus Fortunatus* ».

V. 32. MANAMINE. — Les mss. ont *munimine* dont Vinet
avouait ne pas bien comprendre le sens. « *Quod. hic dicatur
maris munimentum, non satis video.* » (*Comment.,* 244 A.)
Barth, sans s'inquiéter de la quantité, voudrait écrire *refluŭs
undamine* ou *refluŭs unimine.* Ces mots sont l'un et l'autre barbares. Gronovius, se fondant sur la prédilection d'Ausone, d'ailleurs
en cela imitateur de Virgile, pour les mots en *amen* (cf., dans la
seule *Moselle :* v. 228, *simulamine;* v. 320, *decoramina;* v. 444,
libamine), a corrigé *munimine* en *manamine,* correction généralement adoptée. Comme nous n'avons pas d'autre exemple du

mot *manamine,* on s'explique que les copistes, qui ne le comprenaient pas, l'aient changé en un mot qui leur était plus familier. Bœcking juge détestable la correction de Gronovius, et revient à la leçon des mss. qu'il essaie de justifier ainsi : « La mer est la digue qui contient la rotondité de la terre, en même temps que celle-ci est assurée par le flux et le reflux de l'Océan contre le danger de tomber en morceaux, de s'émietter en quelque sorte ; *munimine* est donc une leçon tout à fait correcte. »

V. 34. OCCULTI... LUCTAMINA SAXI. — Ausone ne parle sans doute que des environs de Trèves ; car, du côté de Metz, il y avait, paraît-il, des récifs dangereux. Cf. Fortunat (lib. X, carm. IX, v. 7) :

> *Interea locus est per saxa latentia ripis...*

Grégoire de Tours (*de Mirac. S. Martini,* l. IV, c. 29) raconte l'histoire d'un marchand qui, s'étant endormi avec ses enfants dans sa barque amarrée au pont de Metz, après s'être recommandé à saint Martin, s'estima très heureux de se trouver le lendemain matin devant Trèves, ayant accompli pendant son sommeil, au milieu des récifs *(inter saxa)* de la Moselle, un périlleux voyage que la protection du saint avait rendu sans danger pour lui.

V. 38. INSULA. — La Moselle n'est pas gênée par ces îles qui obstruent le lit du Rhin. Il y en a bien quelques-unes, dit Freher, mais elles sont sans importance : « *Sunt tamen in hoc quoque infulæ paffim quædam, fed minores, nec eo nomine dignæ.* »

V. 42. MALORUM. — Scheffer (*de Militia navali veterum,* p. 326, *Upsalae,* 1654), a proposé *mulorum,* sans doute par souvenir du vers d'Horace (*Satir.,* I, v, v. 18) :

> *...missae pastum retinacula mulae*
> *Nauta piger saxo religat...*

Wernsdorf écrirait volontiers *collo mularum,* à cause de l'usage fréquent des mules en Gaule, usage confirmé par une épigramme de Claudien, *de Mulabus Gallicis (Carmina Minora* XXII [LI] édit. Jeep, vol. II, Leipzig, 1879). Mais, dans cette épigramme, il n'est pas question de mules employées au remorquage. Wernsdorf reconnaît d'autre part qu'un passage d'Ovide (*Trist.,* IV, I, v. 7)

montre bien que les matelots remorquaient eux-mêmes leurs
embarcations :

> *Cantet et, innitens limosae pronus harenae,*
> *Adverso tardam qui trahit amne ratem.*

D'ailleurs, Ausone semble imiter ici Virgile (*Aen.*, II, v. 236) :

> *... et stuppea vincula collo*
> *Intendunt...*

et Stace (*Silv.*, III, II, v. 26) :

> *... vos stuppea tendite mali*
> *Vincula...*

Il n'est donc pas nécessaire de changer la leçon des mss. Dans
une lettre à son fils (édit. Schenkl, *Epist.*, II, v. 9), Ausone fait
encore allusion au remorquage dont on avait coutume de se
servir sur la Moselle :

> *... celerisque remulci*
> *Culpabam properos adverso flumine cursus.*

V. 48. PHRYGIIS... CRUSTIS. — On connaît le goût des Romains
pour ces pavés en dalles de marbre incrustées de pièces rappor-
tées, qui formaient des ornements et des dessins variés. Le marbre
de Phrygie avait grande réputation. Les plafonds des maisons
élégantes étaient divisés en compartiments et panneaux revêtus
d'ornements en stuc ou en briques, appelés *lambris (lacunar)*.
On sait l'abus qui a été fait, en français, dans le style prétendu
noble, des *riches lambris* et des *lambris dorés*. Il est assez curieux
de remarquer que Cicéron (*de Leg.*, II, I, 2) s'exprimait à peu près
comme Ausone, qui doit l'imiter : « *Magnificas villas et pavimenta
marmorea et laqueata tecta contemno.* »

V. 57. INTROITU... OBTUTIBUS. — Les mss. ont tous *intuitu*
et *obtutibus* (ou *optutibus*, simple variation d'écriture). On a vu
une sorte de pléonasme dans ce rapprochement de deux mots qui
viennent du même radical et qui ont à peu près le même sens.
Wernsdorf dit à ce propos : « *Posset reprehendi in his versibus*
περισσολογία τοῦ intuitu *et* obtutibus. » Ausone est assez ami des
redondances, et le fait n'a pas de quoi nous étonner. Si, cependant,
il semble nécessaire de changer l'un des deux mots, c'est évidemment *intuitu* qu'il faut faire disparaître du texte.

Le mot *intuitu* est très rare ; *introitu* se rencontre au contraire assez souvent en poésie (Lucr., II, v. 407; Ovid., *Met.*, IV, v. 774; Sid. Apoll., *Carm.*, XXII, v. 143, etc.); et l'on conçoit que le copiste, préoccupé du mot voisin *obtutibus*, l'ait modifié en *intuitu*. *Aperto introitu* forme un sens très satisfaisant. Quant à *obtentibus*, cette conjecture d'un anonyme (*Heidelberg. Jahrb.*, 1822, p. 400), adoptée par Bœcking et par Schenkl (celui-ci écrit *optentibus*), me semble peu admissible, surtout si la difficulté créée par le voisinage d'*intuitu* cesse avec la disparition de ce mot. Je ne trouve aucun exemple des cas obliques du pluriel d'*obtentus*, alors que j'en trouve d'*obtutibus* dans un passage de saint Jérôme (*In Gal.*, III, *ad* 5, 26, cité par Goelzer, *Latinité de saint Jérôme*, p. 301), dans deux passages d'Ammien (XVII, VIII, 5; XX, III, 12), et surtout dans un vers de Prudence, qui me semble imité de celui d'Ausone (*Hamart*, v. 907; éd. Dressel, Leipzig, 1860) :

> *Nil intercurrens obtutibus impedit ignem.*

V. 65. INGENUIS... FONTIBUS. — Ce n'est pas sans hésitation que je traduis : « Au-dessous des eaux où elles sont nées, les herbes... » Les commentateurs donnent à l'expression *ingenui fontes* le sens de *sources naturelles* qu'elle a dans Lucrèce (I, v. 230) :

> *Unde mare, ingenui fontes, externaque large*
> *Flumina suppeditant?*

Barth dit en effet : « *Scitè* ingenui fontes, *eo loco quo nafcuntur, non adfciti opere aut machinis aliunde.* » (*Advers.*, XIV, 12.) Souchay et Wernsdorf répètent à peu près la phrase de Barth. Mais cette explication ne me semble pas convaincante : c'est une vraie naïveté de faire remarquer que les eaux de la Moselle sont des eaux naturelles, qui n'ont pas été amenées par le travail des hommes dans le lit du fleuve. J'aime mieux me rapprocher de la traduction de Corpet : « Au-dessous de ces eaux qui l'ont vue naître, l'herbe... », et supposer qu'en rhéteur consommé, Ausone a voulu user d'une hypallage, ou même, qu'en imitateur malhabile des anciens, il a, comme cela lui arrive souvent, donné à l'expression du poète dont il s'inspirait un sens qu'elle ne pouvait avoir dans Lucrèce. On trouvera, aux v. 207 et 368 de la *Moselle*, des exemples de la manière maladroite dont Ausone a parfois imité Virgile.

V. 68. TOTA CALEDONIIS TALI SPECIE ORA BRITANNIS. — Ce vers a beaucoup exercé les commentateurs : tous ont donné

h

leur correction, et chacun, cela va de soi, la jugeait définitive. Vinet, dans son admirable bonne foi, avouait ne guère comprendre le passage, et rappelait que certains critiques pensaient résoudre toute difficulté en ouvrant après *tota* une parenthèse qui ne se fermait qu'avec le vers 72. (*Comment.*, 246 A.) Barth proposait une correction, *Nota*, qu'il jugeait admirable : *Nihil verius hac repofitione* (*Advers.*, XIV, 12), et que Tollius, Souchay, Wernsdorf, etc., acceptaient. Heinsius voulait *lota;* l'anonyme d'Heidelberg, *torta.* D'autres essayaient de rendre le passage plus intelligible en changeant non un mot, mais la ponctuation. Christ voulait lire *Tota. Caledoniis...* Ce rejet lui semblait une trouvaille : *Namque hoc* tota *in fine pofitum, ut nihil omnino glareœ lateat, gratiam habet fingularem.* D'ailleurs, longtemps avant Christ, les anciennes éditions (Ugolet, Avantius, l'Ascensiana, l'Aldine, les éditions de Lyon de 1537, 1540 et 1548) avaient fait suivre *Tota* d'un point ou d'un point-virgule. Tross revient simplement à la parenthèse dont Vinet fait mention. Toutes ces corrections semblent stériles: le mot à corriger serait, je crois, *pictura*, qui peut être entré dans le texte par un souvenir que gardaient les copistes de ces mots *picti, virides, caerulei,* devenus comme une épithète de nature des *Britanni,* depuis que César avait dit (*B. G.*, V, XIV, 2): *Omnes vero se Britanni vitro inficiunt quod caeruleum efficit colorem.* Cf. Ovide (*Amor.*, II, XVI, v. 39): *viridesque Britannos;* Properce (III, XI, v. 1, édit. Müller) : *infectos... Britannos;* Martial (XI, LIII, v. 1): *caeruleis... Britannis;* (XIV, XCIX, v. 1): *pictis... Britannis.* C'est donc *pictura* qu'il faut éliminer du texte, ce qu'ont timidement essayé Lachmann en proposant *pictum ora,* et Bœcking, *picta ora;* plus radicalement, en écartant tout souvenir du mot *pictura,* H. Speck, qui propose *tali est specie ora* (*Quaestiones Ausonianae,* Thesis I, *Vratislaviae,* 1874), et Peiper, qui écrit *talis patet ora.* Je préfère, comme plus rapprochée de la leçon des mss., la conjecture de Speck, en supprimant toutefois *est,* et en lisant *tali specie ora.* C'est d'ailleurs ainsi que Schenkl, dans son édition, reproduit, peu exactement comme on le voit, la conjecture de Speck.

Britanni est le nom général des habitants de la Bretagne continentale et de la Grande-Bretagne; la *Caledonia* correspond à l'Écosse septentrionale; il est donc ici question des côtes d'Écosse. Les auteurs anciens parlent très souvent des perles de Bretagne. Par exemple, Tacite (*Agricola,* XII) : « *Fert Britannia aurum... gignit et Oceanus margaritas.* » Ammien Marcellin (XXIII,

VI, 88) : « *Quod genus gemmae etiam in Britannici secessibus maris gigni legique... non ignoramus.* » Pomponius Mela (III, VI, 5) : « *Quaedam [flumina Britanniae] gemmas margaritasque generantia.*» Suétone (*Caes.*, XLVII) : «*...Britanniam petiisse spe margaritarum.*» Pline l'Ancien (*N. H.*, IX, 116, édit. L. Janus) : «*...quoniam divus Iulius thoracem, quem Veneri Genetrici in templo eius dicavit, ex Britannicis margaritis factum voluerit intellegi.*»

V. 74. NON CONCOLOR HERBA. — «L'herbe, par le contraste de sa couleur, etc.» Je ne peux admettre l'interprétation de Corpet, qui traduit : « l'herbe bigarrée ». L'épithète *non concolor* n'est pas prise dans un sens absolu, mais relatif, par rapport à la couleur des cailloux. Je traduis comme si Ausone avait écrit : *herba non concolor (lapillis) detegit admixtos lapillos.*

V. 80. EDERE FAS : HAUD ILLE SINIT. — Les mss. ont *aut;* le Rh seul a *haud,* qui est la leçon ordinairement adoptée dans les éditions. Bœcking écrit *haut,* ce qui est une autre forme de *haud.* Schenkl et Peiper reviennent à la leçon *aut,* sans doute en souvenir d'un vers de Virgile (*Aen.*, II, v. 779 : *Fas aut ille sinit summi regnator Olympi*), qu'ils citent tous les deux dans leurs listes des vers de l'*Énéide* imités par la *Moselle.* Mais il faut bien se rappeler qu'Ausone ne se croit jamais *addictus iurare in verba magistri.* M. Dezeimeris, un des hommes qui connaissent le mieux Ausone et qui sentent le plus délicatement les finesses, parfois trop subtiles, de ce Gascon de la décadence romaine, remarque, justement à propos de ce vers, qu'Ausone « au plaisir de citer les maîtres ajoute une sorte de coquetterie à montrer qu'il est de force à les varier, et que tout en se proclamant leur disciple, il tient à constater qu'il n'est l'esclave de personne, pas même de ses plus chers modèles ». (*Corrections et Remarques sur le texte de divers auteurs,* Bordeaux, Feret, 1883, p. 74.) Cette raison de psychologie intime a bien sa force : mais Ausone prouve trop souvent, quand il imite les anciens, que l'esprit qu'il veut avoir gâte celui qu'il a. Ses imitations en deviennent quelquefois forcées et maladroites. Nous en avons cité et nous en citerons des exemples. J'aime mieux justifier l'emploi de *haud* par une des habitudes du style du poète. Il n'emploie que deux fois *fas* substantivement (édit. Schenkl, XXVII, 3, v. 9 ; 7, v. 1). Le plus souvent *fas* ou *fas est* signifie : *il est permis,* et se trouve suivi d'une proposition infinitive (*Epigr.*, LV, v. 3 ; LXXXXV,

v. 5; *Prof.* [XVI], 21, v. 3; *Epist.*, IIII, v. 95; *Praefat.*, II,
v. 4; *Mos.*, v. 187, v. 443, etc., etc.). Je crois donc qu'il n'y a pas
lieu de s'éloigner de la vulgate et qu'il faut écrire : *Edere fas :
haud ille sinit...*

V. 80. CURA SECUNDAE SORTIS. — Allusion au partage bien
connu du monde que firent entre eux Jupiter, Neptune et Pluton.
Voir *Iliade*, XV, v. 187 et suiv. Tollius et Bœcking citent une
épigramme que Baehrens met au nombre des *Dubia, Suspecta,
Falsa (Poetae latini minores,* vol. V, carm. LXXVI, *de Iove et
Neptuno et Plutone)* :

> *Iuppiter astra, fretum Neptunus, Tartara Pluto
> Regna paterna tenent, tres tria, quisque suum.*

Ausone s'est évidemment inspiré ici de ce passage de Lucain
(*Pharsal.*, IV, v. 110) :

> *... sic sorte secunda
> Aequorei rector facias, Neptune, tridentis.*

V. 84. CATERVAS. — Cette longue énumération des poissons
de la Moselle est un des épisodes les plus fameux du poème.
Dans la lettre qu'il adressait à Ausone pour se plaindre de ne pas
avoir encore reçu la *Moselle,* Symmaque s'en émerveillait et
prétendait que son ami avait trouvé dans sa féconde imagination
bien des poissons qu'il n'avait jamais servis sur sa table :
« *Unde illa amnicorum piscium examina repperisti, quam
nominibus varia tam coloribus, ut magnitudine distantia sic
sapore, quae tu pigmentis istius carminis supra naturae dona
fucasti? Atqui in tuis mensis saepe versatus, cum pleraque
alia, quae tunc in praetorio erant esui obiecta, mirarer,
numquam hoc genus piscium deprehendi. Quando tibi hi pisces
in libro nati sunt, qui in ferculis non fuerunt?* » Cette
plaisanterie de Symmaque a été prise au sérieux par certains
commentateurs, Souchay entre autres, qui reproche gravement à
Ausone ses exagérations (*edit. in us. Delph.*, p. 302, not. 7). La
plupart des éditeurs ont essayé d'identifier les noms des poissons
cités en latin dans la *Moselle* avec les noms modernes. Scaliger,
qui s'en occupe en plusieurs passages de ses *Ausonianae
Lectiones* (I, 3, 26), prétend en effet « *& piſciū agmina illa
explicare & ad noſtras appellationes ea reuocare* ». Mais ses
explications sont souvent peu concluantes, et il doit faire des
aveux, comme celui-ci, avec une modestie qui ne lui est pas

coutumière : « *De* Rhedone *nihil poſſum dicere.* » Le consciencieux Vinet se contente de renvoyer aux ouvrages des savants
de son temps qui ont écrit sur les poissons. Il cite, en particulier
(*Comment.,* 247 A) Pierre Belon, auteur de divers ouvrages
latins et français sur les poissons, publiés en 1551, 1553, 1555, et
Guillaume Rondelet, auteur d'une *Universa piscium historia,*
Lyon, 1554. Freher, dans son édition de la *Moselle,* annonce qu'il
ne s'attardera pas à des dissertations sur les poissons, et se borne
en effet à indiquer aux lecteurs curieux les passages où en ont
parlé les auteurs spéciaux : Rondelet et Belon, puis quelques
autres, parmi lesquels il faut citer F. Bousset, abréviateur de Rondelet, Conrad Gesner, de Zurich (1516-1565), auteur des *Historiae
Animalium,* dont le quatrième livre est consacré aux poissons,
et Paulus Jovius (Paolo Giovio), qui publia à Rome, en 1527, un
traité *De piscibus marinis lacustribus et fluviatilibus.*

La science contemporaine, elle aussi, s'est occupée des poissons
de la Moselle. Demogeot a beau s'écrier : « Quel amateur
d'ichtyologie ne serait fatigué par cette revue de tous les poissons
de la Moselle qui viennent défiler en bon ordre, au son d'une
harmonieuse versification, pendant une centaine de vers ?...»
(Études historiques et littéraires sur Ausone, p. 66, Bordeaux,
1837): les amateurs d'ichtyologie ont mis à profit la revue d'Ausone
et en ont tiré les éléments de travaux sur les poissons de la
Moselle. Témoin les ouvrages cités et utilisés par Bœcking
dans son *Commentaire :* Schaefer, *Moselfauna,* Trèves, 1844,
1re partie. — Chassot de Florencourt, *die Moselfische des Ausonius*
(*Jahrb. des Vereins von Alterthumsfreunden im Rheinlande,*
Bonn, 1844). — Oken, *die Ausonius Fische in der Mosel* (*Isis,*
fascicule I, Leipzig, 1845). Les savants ont rendu justice à
l'exactitude des descriptions d'Ausone. (Voir Humboldt, *Kosmos,*
traduct. Galusky, Paris, 1848; note à la page 21 du tome II.)
Ampère a dit : « Les détails sont d'une telle exactitude que
M. Cuvier s'est servi du poème d'Ausone pour déterminer
plusieurs espèces de poissons. » (Ampère, *Hist. litt. de la
France avant Charlemagne,* 3e édit., 1870, vol. I, p. 265.) Le
dernier traducteur français d'Ausone, Corpet, a eu recours pour
celles de ses notes qui concernent les poissons « aux lumières de
M. A. Valenciennes, professeur au Muséum d'histoire naturelle,
au nom duquel de savantes recherches sur l'histoire naturelle des
poissons ont acquis une autorité imposante ». — C'est principalement d'après Bœcking et Corpet que je rédige les notes qui se
rapportent aux poissons de la Moselle.

V. 85. CAPITO. — Ce poisson (*Cyprinus dobula* de Linné)
se nomme en français, d'après Valenciennes, le *Meunier*, la
Dobule, le *Vilain*, la *Chevaine*. Vinet a soin de le distinguer
d'un autre poisson à grosse tête, nommé aussi *Cephalus* ou
Capito. Celui-ci est un poisson de mer, le *Muge* ou *Chabot*.

V. 87. BINA TRIHORIA. — « ...deux fois trois heures. » Ausone
emploie ailleurs la même expression, dans un passage semblable
à celui-ci (édit. Schenkl, *Epist.*, IIII, v. 62) :

> *Nec duraturi post bina trihoria corvi.*

Le mot *trihorium*, qu'on lit encore dans le *Liber Eglogarum*
d'Ausone (édit. Schenkl, V, 10, v. 5: *super trihorio*), ne se
trouve dans aucun autre auteur latin.

V. 88. SALAR. — La *truite* (*Salmo fario* de Linné ; remarquer
que Linné emploie le mot *fario* au lieu de *sario* : on verra, au
v. 130, qu'à partir de la Juntine, le texte vulgaire de la *Moselle*
adopte *fario*, au lieu de *sario*, leçon de tous les mss.). Sidoine
Apollinaire parle de la pêche du *salar* (*Epist.*, II, 2, édit.
Savaron, Paris, 1598, p. 33, lignes 17-22) : « *Hinc iam fpeɛtabis,
vt promoueat alnum pifcator in pelagus, vt ftataria retia
fuberinis corticibus extendat, aut fignis per certa interualla
difpofitis, traɛtus funium librentur, hamati fcilicet, vt noctur-
nis per lacum excurfibus rapacifſimi falares in confanguineas
agantur infidias.* » Vinet (*Comment.*, 247 B) dit qu'à sa connaissance Ausone et Sidoine sont les seuls auteurs latins anciens qui
aient parlé du *Salar* : « *Nefcio, an falaris ueterum Latinorum
quifpiam meminerit alius præter Aufonium hoc loco & Apol-
linarem Sidonium in epiftola fecunda libri fecundi.* » Les
dictionnaires, en effet, ne donnent pas d'autre exemple du mot
salar. Matthias Martinius, auteur d'un *Lexicon Etymologicum*
(Utrecht, 1698), rattache le nom de ce poisson au verbe *salio*,
sauter : « *Nomen verò, ut falmonis, ita falaris, à faliendo duco.* »

V. 89. RHEDO. — Ce poisson (*Cobitis barbatula* de Linné) est
la *loche*, d'après Valenciennes ; telle était déjà l'identification de
Robert Ceneau, mentionnée par Vinet. Scaliger avoue ne rien
connaître sur le compte de ce poisson. Freher, Souchay, etc., se
bornent à constater cette ignorance qu'ils partagent. Bœcking dit
que le *rhedo*, d'après Schaefer, est la *lamproie*, et, d'après Oken,
la *gadus lota*, en français, la *lotte*.

V. 90. UMBRA. — L'*ombre* (*Salmo thymallus* de Linné) est un poisson de rivière que Vinet, et les commentateurs d'Ausone qui le copient, confondent à tort avec l'*umbra, sciaena* ou *sciadeus* (σκίαινα, σκιαδεύς), poisson de mer cité par Varron (*de Ling. Lat.*, V, XII, 23), Columelle (VIII, XVI, 8), Ovide (*Halieut.*, v. 111, édit. Merkel, Leipzig, 1881, *corporis umbrae Liventis*). Gesner donne du nom de l'*Ombre* une explication qui semble empruntée au vers d'Ausone : « *Umbra vocatur... quia celeri fuo natatu oculos effugiens, umbra pifcis potius quam verus pifcis intuentibus appareat.* »

V. 91. SARAVI. — Voir, sur ce fleuve, la note du v. 367.

V. 92. QUA BIS TERNA. — Allusion à un antique et célèbre pont sur la Sarre (*Saravus*) près du village de Conz. C'est là que la Sarre se jette dans la Moselle, en face du bourg d'Igel.

V. 93. FAMAE MAIORIS. — C'est la leçon de tous les mss., à l'exception du Reg qui a *maiores,* faute de copie, et du G qui a *melioris,* sans doute à cause d'une distraction du copiste, amenée par le *melior* du v. 95. Bœcking reprend *melioris* en se fondant sur le vers de Virgile (*Aen.*, IV, v. 221 *...famae melioris amantes*). Mais *maioris* se justifie aussi par une imitation évidente de Lucain (I, v. 400 *...famae maioris in amnem*). •

V. 94. BARBE. — Le *barbeau* (*Cyprinus barbus* de Linné). Freher renvoie au sujet de ce poisson à Rondelet, cap. XIX, *de fluviatilibus piscibus.* Le mot *barbus* semble ne se trouver que dans Ausone; on lit, dans Cicéron, *barbatulos mullos* (*Parad.*, V, II, 38) et *barbati mulli* (*ad Attic.*, II, 1).

V. 97. SALMO. — Le *saumon* (*Salmo salar* de Linné). Fortunat (*de Navigio suo*, v. 71) parle des saumons de la Moselle que l'on prend dans des filets et dans des rets d'osier :

> *Denique, dum praesunt reges in sedibus aulae,*
> *Ac mensae officio prandia festa colunt,*
> *Retibus inspicitur quo salmo fasce levatur.*

V. 102. DUBIAE... CENAE. — « ...des festins où l'abondance rend le choix difficile. » Térence qui, à notre connaissance, est le premier à employer cette expression, la fait expliquer par

Phormion (*Phorm.*, II, II, v. 28 *vulgo;* III, I, v. 28, édit. Fleckeisen, Leipzig, 1881) :

> PHORMIO... *cena dubia adponitur...*
> GETA. *Quid istuc verbist ? —* PH. *Ubi tu dubites quid sumas potissimum.*

Horace (*Sat.*, II, II, v. 76) a employé aussi la même expression :

> *Vides, ut pallidus omnis*
> *Cena desurgat dubia ?*

V. 106. PER ILLYRICUM. — « ... en Illyrie. » Corpet traduit : « dans les mers d'Illyrie ». Mais il ne semble pas qu'*Illyricum* pris absolument ait ce sens. (Cf. Virg., *Aen.*, I, v. 243 : *Illyricos... sinus;* Horat., *Carm.*, I, XXVIII, v. 22 : *Illyricis... undis.*) On sait, d'autre part, que l'*Illyricum* est le nom de la contrée d'Illyrie. Au IVᵉ siècle, l'*Illyricum* oriental et l'*Illyricum* occidental comprennent toutes les contrées riveraines du Danube : Pannonie, Dacie, Mœsie, etc. — L'*Hister* au double nom est le Danube qui s'appelle en grec ὁ Ἴστρος. On désigne quelquefois, d'une manière spéciale, par Hister le cours inférieur du fleuve, le nom de Danube étant particulièrement réservé au Danube supérieur.

V. 107. MUSTELA. — La *lotte* (*Gadus lota* de Linné). Scaliger, dans une longue dissertation (*Auson. Lect.*, I, 26) affirme que la *mustela* est le même poisson que la *lampetra* ou *lamproie*. Telle est aussi l'opinion de Vinet, d'après Rondelet. Bœcking dit que Schaefer assimile la *mustela* à la *gadus lota* de Linné; mais que Oken, qui assimile le *rhedo* à la *gadus lota* (voir note au v. 89), reconnaît dans la *mustela* la lamproie ou *petromyzon fluviatilis*.

V. 108. LATA. — On lit *laeta* dans l'édition de Peiper. *Laeta* est, d'après Bœcking, qui ne l'adopte pas, et d'après Peiper, une conjecture de l'anonyme d'Heidelberg, dont il a déjà été question au v. 57. Tross (je n'ai en mains que son édition de 1824, mais Bœcking assure qu'elle est identique à celle de 1821) prétend être l'auteur de cette conjecture (l'anonyme n'a fait paraître la sienne que dans le *Jahrbuch* d'Heidelberg de 1822). Tross soutient que la Moselle est loin d'être large, qu'Ausone le dit expressément au v. 293 (mais il semble qu'à ce vers Ausone fait allusion à quelque endroit où le lit de la Moselle est plus resserré), et que le poète attribue ailleurs au fleuve cette même épithète de *laetus* (v. 73, 416). On doit cependant remarquer qu'ici, après avoir passé en revue tous les poissons de la Moselle, il va parler du *magnus silurus*. C'est l'épithète de *lata* qui est de saison pour l'opportunisme de notre poète gascon, qui tient à élargir le fleuve qu'il chante, quitte à le rétrécir plus tard, si c'est nécessaire pour les autres agréments de la Moselle qu'il aura à louer ensuite.

V. 109. DEFRAUDARENTUR. — Tous les mss., à l'exception du Reg, ont *defraudarentur,* que conservent tous les éditeurs jusqu'à Bœcking inclusivement. C'est la vraie manière d'écrire le mot (cf. F. Antoine, *Manuel d'orthographe latine,* Paris, 1881, p. 77), et il ne convient pas de suivre le Reg, comme l'ont fait Schenkl et Peiper.

V. 115. PERCA. — La *perche* (*Perca fluviatilis* de Linné). C'est aussi le nom d'un poisson de mer (cf. Pline l'Ancien, *N. H.,* IX, 57; c'est, d'après Littré, dans sa traduction de Pline, la *perca scriba* de Linné; dans un autre passage, *N. H.,* XXXII, 145, Pline met les perches au nombre des poissons qui appartiennent à la fois à la mer et aux fleuves: « *Communesque... amni ac mari... percae* »). Freher, qui renvoie au *cap.* XXII du livre de Rondelet, *de fluviatilibus piscibus,* distingue la perche des fleuves de la perche de mer, et ajoute que la première est, comme aliment, bien supérieure à la seconde.

V. 117. MULLIS. — Le *surmulet* (*Mullus surmuletus* de Linné) est choisi par Ausone pour rehausser les mérites de la *perche* qu'il lui compare. C'était en effet un des poissons de mer que la gourmandise des Romains recherchait le plus. On connaît l'anecdote racontée par Sénèque (*Epist. ad Lucil.,* XCV): Tibère, ayant reçu en présent un surmulet magnifique, le fit envoyer au marché où deux gourmands célèbres, Octavius et Apicius, se le disputèrent. Il devint la propriété du premier, qui le paya cinq mille sesterces. Macrobe (*Saturn.,* II, XII) et Suétone (*Tib. Nero,* XXXIV) parlent de surmulets qui ont été payés six et dix mille sesterces. On ne se délectait pas seulement à manger du surmulet, mais aussi à voir mourir ce poisson : Sénèque nous raconte encore que les gourmands ne trouvaient aucun spectacle plus charmant que l'agonie du surmulet; on le faisait mourir sous les yeux des raffinés qui devaient, aussitôt mort, le donner à accommoder et s'en régaler : « *Nihil est moriente* [*saxatili mullo*] *formosius. Da mihi in manus vas vitreum in quo exsultet, in quo trepidet. Ubi multum diuque laudatus est, ex illo perlucido vivario*

i

*extrahitur; tunc, ut quisque peritior est, monstrat. Vide
quomodo exarserit rubor, omni acrior minio; vide quas per
latera venas agat; ecce sanguineum putes ventrem; quam
lucidum quiddam, caeruleumque sub ipso tempore effulsit! Iam
porrigitur et pallet, et in unum colorem componitur!...»* (Nat.
Quaest., III, XVIII.) J'ai profité de l'occasion qui m'était donnée de
citer ce passage de Sénèque, car il semble que, voulant décrire
la mort du poisson tiré sur la grève (*Mos.*, v. 259 et suiv.), Ausone
ait eu la description des *Questions naturelles* sous les yeux, et
se soit proposé de rivaliser avec Sénèque.

V. 122. LUCIUS. — Le *brochet* (*Esox lucius* de Linné), qui
était, paraît-il, peu estimé des Romains. D'après Bœcking, ce
poisson aurait été d'ordinaire nommé *lupus,* à cause de sa voracité
(cf. Ovide, *Halieut.*, v. 112 : *...rapidique lupi*). Le *loup-marin*
était très recherché quand on le prenait, à Rome, entre les ponts,
où il avait pu s'engraisser des immondices jetées dans le fleuve;
très peu estimé au contraire quand on e pêchait en mer, ou
près de l'embouchure du Tibre (cf. Horace, *Sat.*, II, II, v. 30-33).
Columelle (VIII, XVI) cite une anecdote qui montre le mépris où
l'on tenait les *loups-marins* qui étaient capturés dans le fleuve
où ils avaient remonté. Il fallait, pour qu'ils fussent appréciés,
ne les livrer à la consommation qu'après les avoir au préalable
soigneusement engraissés dans les viviers. On s'expliquerait ainsi
pourquoi le *lucius* de la Moselle, pris dans le fleuve même, était
dédaigné des gourmets et relégué dans les gargotes enfumées.
Mais il n'est pas prouvé que le *lucius* soit le même poisson que le
lupus, le *loup de mer* ou *bars* (*Labrax lupus* de Linné). *Lucius*
n'est pas une traduction de λύκος; le nom du poisson vient probablement de *lux,* comme le prénom romain *Lucius.* D'après
Mathias Martinius, dans son *Lexicon Philologicum,* ce nom
vient « *à luce, id eſt, claritate oculorum* ». D'ailleurs, ce nom est
resté longtemps, sans beaucoup se modifier, celui du brochet dans
le Bordelais : Littré, au mot *Brochet,* dans son *Dictionnaire
de la langue française,* dit, sans donner d'exemples à l'appui :
« L'ancien nom du brochet était *luz,* du latin *lucius.* » Vinet, de
son côté, dit (*Comment.*, 250) : « *In Iulij Cęſaris Aquitania
nomē Romanū adhuc retinuit hic piſcis, ſed cōtractū* Lus, *pro
illo* Lucius. *Sātones mei,* Bequet, *vocāt, ab oblōgo ore, puto,
quod Beccū Galli dicūt... Alij Galli etiā,* Brochet. » Les Bordelais du temps d'Ausone devaient donner au brochet ce nom de
Lucius, qu'aucun auteur latin n'emploie avant le poète de la

Moselle. (Cf. Conr. Gesner, *Histor. Animal.*, p. 599, Zurich, 1558 : *Aufonius primus ex Latinis, quod fciam, Lucii nomine ufus eft.*) Cet emploi à peu près unique du nom de *Lucius* explique que les commentateurs n'aient pas osé décider à quel poisson il se rapportait. Pourquoi a-t-on donné au brochet par dérision un prénom latin ? Vinet avoue ne pas bien comprendre ce que veut dire Ausone : « *Sed cur rifus, parū video, nifi forte, quod ficuti Cicerones, & Fabij, & Pifones, rifui fuere, qui a leguminib' nomē habuerūt, ita rifi fint Lucij, Lupi, Merulę, qui ab animalibus nominati effent.* » Je crois que cette dérision n'existe que dans l'esprit d'Ausone : le vieux rhéteur devait trouver très risible cette communauté de nom entre un poisson méprisé et Lucius Licinius Crassus, le grand orateur, par exemple.

V. 125. VULGI SOLACIA. — Schenkl et Peiper ont raison d'écrire *solacia* sur l'autorité du Reg. C'est la vraie orthographe du mot. (Cf. F. Antoine, *op. cit.*, p. 93.) On lit dans les autres mss. *solatia*, orthographe qui a été adoptée par tous les éditeurs précédents, y compris Bœcking. Le Reg seul a *volgi*, adopté d'ailleurs par la plupart des éditions anciennes et conservé par Schenkl. J'aime mieux *vulgi*, leçon des autres mss. conforme à l'orthographe latine depuis Auguste (cf. Antoine, *op. cit.*, p. 9), et admise par Tross, Bœcking et Peiper.

V. 125. TINCAS. — La *tanche* (*Cyprinus tinca* de Linné). Freher remarque qu'Ausone est le seul auteur latin qui cite ce poisson ; il pense que si 'es autres auteurs ne font jamais mention de la tanche, c'est qu'ils ne parlent guère que des poissons recherchés par les gourmands.

V. 126. ALBURNOS. — L'*ablette* (*Cyprinus alburnus* de Linné). D'après Schaefer, cité par Bœcking, ce poisson serait l'*Aspius alburnoides*, espèce particulière qu'il faut distinguer du *Cyprinus alburnus* de Linné. Vinet, qui fait observer qu'en Saintonge ce poisson se nomme *auburne*, constate aussi qu'il n'en a trouvé le nom latin dans aucun autre auteur ancien qu'Ausone. L'ablette aura probablement été négligée par les auteurs latins pour le même motif que la tanche.

V. 127. OBSONIA PLEBIS. — Schenkl écrit *opsonia*, et Peiper, *obsonia*. Les deux orthographes du mot se trouvent dans les éditions anciennes ; mais comme les mss. ont tous *obsonia*, à l'exception du L qui a, par erreur, *obsenia,* comme en tout cas aucun d'eux n'a *opsonia,* il semble préférable de garder, comme fait Peiper, *obsonia,* qui sans doute est rejeté par la vulgate, mais repris par Tross et Bœcking.

V. 127. ALAUSAS. — L'*alose* (*Clupea alosa* de Linné). Encore un poisson que les anciens estimaient peu et que les gourmets modernes apprécient davantage. Encore un mot qui ne se trouve que dans Ausone. Pline l'Ancien (*N. H.,* IX, 44) désigne, dit-on, l'alose par le nom de *clupea.* Mais Littré, dans sa traduction de Pline (collection Nisard, Didot, 1860), identifie la *clupea* avec le lamprillon (*petromizon branchialis* de Linné). Quoi qu'il en soit, Ausone, comme le remarque Freher, appelle toujours les poissons dont il s'occupe par le nom que le vulgaire leur donnait. Peut-être aussi, comme Vinet le supposait, *alausa* était-il le nom gaulois de la *clupea.*

V. 130. SARIO. — La *truite saumonée* (*Salmo trutta* de Linné). Le nom de *sario* a subsisté sous la forme de *fario,* que lui donne la Juntine, dans le texte vulgaire des éditions de la *Moselle.* On a vu (note du v. 81) que Linné appelle la *truite, salmo fario* et non *salmo sario.* Comme le mot *sario* est un de ceux qui ne se trouvent que dans Ausone, on comprend quelle influence a eue la mauvaise leçon introduite dans le texte par la Juntine. D'ailleurs, il est probable que l'éditeur de la Juntine n'a pas écrit *fario* par suite d'une mauvaise lecture de son ms., mais parce qu'il pensait le corriger avec le secours d'Isidore de Séville (*Orig.,* XII, VI, 6 : « *Varii a varietate, quos vulgo tructas vocant* »). De *Varius* à *Fario,* la différence est peu sensible. Les anciens croyaient que la *truite saumonée* était une truite prise au moment de sa transformation en saumon. Bœcking cite un passage de Walter Scott (*L'Abbé,* l. II, chap. 9 : *par, wich some suppose infant salmon*), qui prouve que cette croyance a subsisté longtemps en Écosse. Il remarque aussi que le nom allemand *Lachsforelle* (*Lachs,* saumon; *forelle,* truite) fait allusion à cette double nature.

V. 132. MAIOR GEMINIS. — Schenkl et Peiper écrivent *geminis maior.* C'est la leçon du G : mais les autres mss. et toutes les éditions ont *gobio, non maior geminis,* que je préfère, Ausone ayant l'habitude, quand la chose est possible, de ne pas commencer l'hexamètre par deux dactyles suivis d'un spondée.

V. 132. GOBIO. — Le *goujon* (*Cyprinus gobio* de Linné). C'est encore un poisson dont on ne trouve guère le nom que dans Ausone : car les autres auteurs qui citent le *gobio* ou *gobius*, Juvénal (XI, v. 37), Martial (XIII, LXXXVIII, v. 2), Ovide (*Halieut.*, v. 130), à qui Ausone emprunte à peu près textuellement, pour la description du *rhedo* (*Mos.*, v. 89), le vers consacré au *gobius*,

> *Lubricus et spina nocuus non gobius ulla...*

tous ces auteurs désignent le *goujon de mer* : *gobie* ou *paganel*, d'après Littré *(Dictionn. langue franç.).* Pline l'Ancien semble cependant attribuer spécialement le nom de *gobio* au goujon de rivière (*N. H.*, IX, 177), et celui de *cobio* au goujon de mer (*N. H.*, XXXII, 146). Les mots *gobio* et *cobio* viennent l'un et l'autre du grec κωβιός.

V. 135. SILURE. — Le *silure* (*Silurus glanis* de Linné). Le nom de *silure,* en grec σίλουρος, viendrait de σείω, agiter, οὐρά, la queue. Vinet dit que Rondelet fait de grands efforts pour arriver à définir quel est ce poisson. Depuis Paul Jove, tous les commentateurs qui se sont occupés des poissons de la Moselle, de Freher à Bœcking, prétendent qu'il est ici question de l'*esturgeon (acipenser sturio).* Bœcking assure que si Ausone donne au *silurus* le nom de *pecus aequoreum,* c'est que l'esturgeon a une tête pyramidale comme le porc ; s'il le compare au dauphin, c'est que, comme ce poisson, il a un museau pointu. Il fait enfin remarquer qu'il a vu pêcher des esturgeons dans la Moselle. Freher, qui identifiait lui aussi l'esturgeon avec le *silurus,* devait cependant reconnaître, à propos du v. 148, que l'expression *mitis ballena* convenait peu au vorace esturgeon : « *Alias Sturio voraciſſimus, hîc forte cum domicilio & alimento feritatem exuit.* » Juvénal (IV, v. 33 ; XIV, v. 132) parle aussi du *Silurus;* et, à propos de ces passages, les commentateurs ont les mêmes hésitations entre le *silure* et l'*esturgeon.* Corpet, d'après les renseignements fournis par Valenciennes, est très affirmatif : « La description d'Ausone est si claire et si précise qu'on ne peut douter qu'il n'ait parlé du Silure... Notre poisson, connu aujourd'hui comme le Silure, était le γλανὶς d'Aristote ; déjà Pline avait traduit par *Silurus* l'expression d'Aristote, et c'est par suite de diverses confusions depuis Scaliger jusqu'à Schneider que le mot de *Silurus* a été donné comme synonyme de l'Esturgeon. » Pline parle souvent du *Silurus* (cf. *N. H.*, V, 51 ; IX, 44 ; XXXII, 90, etc.), que Littré, dans sa traduction, identifie avec le *Silurus glanis* de Linné.

V. 139. DEFESSA. — Tous les mss. et la plupart des éditions ont *defensa,* qui semble faire ici un contresens, mais que Bœcking préfère garder malgré la conjecture de Cannegieter, *detenta* (*Miscell. Observ.,* vol. X, t. II, p. 177; *Amstelaedami,* M. D. CC. XXXIX : *Lego* detenta *pro* defenſa. *Ea menſura piſcis eſt, ut* agmina folvere, *id eſt ſe totum extendere vix poſſit, quin detine- tur aut a brevibus vadis, aut ab ulvis, certe in Moſella, amne modico...*), et celle de Lachmann, *deprensa,* qu'il cite et qui est adoptée par Peiper et Schenkl, malgré la correction *defessa* qu'il propose lui-même sans s'y arrêter. Lachmann songeait à un pas- sage de Claudien (*In Eutrop.,* II, v. 430) :

> *Iam brevibus deprensa vadis, ignara reverti*
> *Palpitat, et vanos scopulis illidit hiatus.*

Mais le sens n'est pas le même : Ausone ne parle pas, comme Claudien, d'un monstre marin qui va mourir dans les bas-fonds où il s'est engagé; le *Silurus* est seulement fatigué et à peine à se mouvoir *(longi vix corporis agmina solvit); defessa* répond bien à *vix,* et je crois que c'est la leçon à adopter. D'ailleurs, il n'est pas sûr qu'on lise *deprensa* dans le vers de Claudien sur lequel Lachmann, Schenkl et Peiper fondent leur correction : en effet, si le Laurentianus et le Vossianus ont bien *deprensa,* le Vaticanus a *dephensa* et le Bruxellensis, *defensa.* (Cf. l'édition critique de Claudien par Jeep, Leipzig, Teubner, 1876, vol. I, p. 204.)

V. 146. FUNDIT. — Peiper écrit *exundat.* Cette correction inattendue, qui ne s'appuie sur l'autorité d'aucun ms. et que nulle nécessité ne justifie, me semble essentiellement négligeable.

V. 149. MAGNUSQUE HONOR ADDITUR AMNI. — J'adopte le texte de Bœcking; *magnusque honor* est une de ces appositions, si fréquentes dans la *Moselle;* et *additur* constitue une nouvelle proposition, qui est indispensable après *que,* et qui d'ailleurs renforce le sens de *Exitio procul est.*

V. 152. SPECTACULA VITEA. — La vue des vignobles qui bordent la Moselle inspire aussi à Fortunat une longue tirade (*de Navigio suo,* v. 25-44).

V. 157. GAURANUM...IUGUM. — Le *Gaurus* est une montagne, ou plutôt une chaîne de montagnes, située en Campanie près de

Puteoli (Pouzzoles), entre l'Averne et le Lucrin. Les vins du Gaurus sont souvent célébrés par les auteurs anciens, en particulier par Pline l'Ancien, au livre XIV de son *Histoire Naturelle,* et par Stace (*Silv.,* III, 1). La région du Gaurus était volcanique : Ausone fait allusion à ce fait (v. 209), en même temps qu'il rappelle que cette chaîne de montagnes était couverte de vignobles : *Sulphurei... iuga consita Gauri.*

V. 158-159. RHODOPEN...PANGAEA...ISMARIUS COLLIS. — Le Rhodope, le Pangée et l'Ismare sont trois chaînes de montagnes de la Thrace. Le Rhodope se détache de la chaîne du Scomius, vers l'E., et s'étend sur la droite de la rivière Nestus, dans la direction S.-E. vers la côte. La chaîne du Pangée court entre le Strymon et le Nestus, près de Philippes en Macédoine. L'Ismare, qui s'élève entre Maronéa et Stryma, produit un vin qui était célèbre dès la plus haute antiquité : c'est avec une outre pleine de ce vin de l'Ismare, foncé et délicieux, qu'Ulysse enivra le Cyclope. Virgile dit (*Georg.,* II, v. 37) : *iuvat Ismara Baccho conserere.* Pline (*N. H.,* VII, 197) parle des mines du Pangée, et ailleurs (*N. H.,* XXI, 17), des plantations de roses qui couvraient cette montagne. Virgile cite souvent le Rhodope en même temps que le Pangée (cf. *Georg.,* IV, v. 462). On sait que le Rhodope était célèbre dans l'antiquité comme patrie d'Orphée ; mais quant aux vins du Rhodope et du Pangée, on pourrait dire de ces deux montagnes ce que Vinet dit à propos du Rhodope : « *De cuius vitibus aliud non legi.* » (*Comment.,* 252.) C'est sans doute à cause de leur voisinage de l'Ismare, et pour allonger son énumération, qu'Ausone cite ces montagnes dont aucun auteur avant lui ne semble avoir loué les vignobles.

V. 160. VINETA GARUMNAM. — Ce n'est pas seulement sans doute par amour-propre local qu'Ausone met *son* vin de la Garonne à côté des plus célèbres de l'antiquité. Notre vin de Bordeaux devait avoir au IVe siècle la réputation qu'il n'a retrouvée en France qu'au milieu du XVIIIe siècle, alors que le maréchal de Richelieu, gouverneur de Guyenne, le mit à la mode. Mais Ausone est le premier à faire l'éloge des crus du Bordelais : on sait par Pline l'Ancien (*N. H.,* XIV, 18, 43, 68, etc.) que la vigne était cultivée en Narbonnaise et, en remontant la vallée du Rhône, jusqu'à Vienne. Les *Arvernes* (Auvergne), les *Helviens* (Ardèche), les *Séquanes* (Franche-Comté) avaient aussi des vignes et faisaient du vin. Mais Pline, à qui nous devons tous ces renseignements sur la culture de la vigne dans les Gaules, au Ier siècle, ne dit rien des coteaux de la Garonne. — Voir E. Desjardins, *Géographie de la Gaule Romaine*, t. I, *Vignes et vins*, pp. 443-448.

V. 167. PROBRA CANUNT. — Ausone, d'après Accurse, ferait allusion aux injures que, pendant les vendanges, passants et travailleurs échangent sans se lasser. Accurse constate que de son temps, dans le pays de Naples, l'obscénité des vendangeurs n'épargnait la pudeur d'aucune femme ni fille honnête. Horace, dont Ausone se souvient dans ce passage, disait déjà (*Sat.*, I, VII, v. 28) :

> *Tum Praenestinus salso multoque fluenti*
> *Expressa arbusto regerit convicia, durus*
> *Vindemiator et invictus, cui saepe viator*
> *Cessisset, magna compellans voce cuculum.*

Crier *coucou (cuculus)* au vigneron, c'était l'accuser de paresse (cf. *seris cultoribus*), et lui reprocher de ne pas avoir taillé sa vigne au moment où le coucou commence à chanter. Pline (*N. H.*, XVIII, 249) dit que les cultivateurs « qui taillent tard leurs vignes s'exposent à une honteuse dérision par l'imitation du chant de l'oiseau de passage qu'on nomme coucou ; car on regarde comme un déshonneur que cet oiseau trouve la serpe dans la vigne » (traduct. Littré).—Turnèbe (*Advers.*, lib. II, cap. 1, p. 37, *Basileae*, MDLXXXI) rapproche le passage de Pline des vers d'Ausone, et dit : « *Viatores folebāt cultores & vinitores fero colentes, appellare cucullos, in defidiœ probrū.* » L'expression *seris cultoribus* permet donc de voir ici une allusion au *cuculus,* et non aux injures que les passants échangent avec les vendangeurs.

V. 170 *et suiv.* — Tout ce passage est imité de Stace (*Silv.*, II, II, v. 100 et suiv.).

V. 172. PANAS. — Le dieu agreste Pan, divinité nationale des montagnes de l'Arcadie, célèbre par ses pieds et ses cornes de bouc, est le chef des *Pans*, génies champêtres imaginés d'après son type. Quand le culte de Pan fut transporté en Italie, on identifia le dieu grec avec *Faunus*, fils de *Picus* et père de *Latinus*. Faunus était la divinité tutélaire des bergers et des laboureurs : les *Faunes* (cf. v. 177 ...*Faunos*) devinrent alors synonymes des *Pans*. Les *Satyres*, dieux champêtres qui appartiennent au cortège de *Dionysos,* sont la plus ancienne personnification des Pans. D'après Hésiode (*fragment* XCI, édit. Didot,

p. 57), ils ont pour sœurs les nymphes des montagnes (cf. v. 179
...*Satyros vitreasque sorores*).

V. 176. OREIADAS. — Les *Oréades* sont les nymphes spéciales
des pentes et des sommets des montagnes. Sœurs des *Méliades*
et des *Dryades*, elles vivent dans la société de Pan et des Satyres
qui les poursuivent de leurs ardeurs lascives. — PANOPE FLU-
VIALIS. — *Panope* ou *Panopea* est une nymphe de la mer (cf.
Hésiode, *Théogonie*, v. 250, où Panopé est citée parmi les filles
de Nérée; Virgile, *Georg.*, I, v. 437 : *Glauco et Panopeae et
Inoo Melicertae; Aen.*, V, v. 240 : *Nereidum Phorcique chorus
Panopeaque virgo; Aen.*, V, v. 825). Comme Panopé était une
des plus illustres des Néréides, par Panopé fluviale, Ausone veut
indiquer sans doute une des nymphes principales de la Moselle.

V. 178. SOL AUREUS. — *Igneus* est la leçon des mss., excepté
le G, et de toutes les éditions qui ont précédé celle de Bœcking (cf. *Sol igneus*, Virgile, *Georg.*, IV, v. 426; *Aen.*, VIII,
v. 97, etc.). Bœcking a restitué avec d'autant plus de raison
la leçon du meilleur ms. (cf. *Sol aureus*, Virgile, *Georg.*, I,
v. 232; IV, v. 51; Ovide, *Met.*, VII, v. 663, etc.) qu'Ausone a
souvent employé ailleurs l'expression *Sol aureus* (édit. Schenkl,
V, 8, v. 7 et 15; XXXV, v. 5), et qu'il n'a écrit nulle part *Sol
igneus*.

V. 181. FLAGRANTIOR AESTUS. — C'est au moment où la
grande chaleur de midi fait la campagne déserte que les dieux
champêtres prenaient leurs ébats. D'après la tradition, il était alors
dangereux aux mortels de venir imprudemment les déranger.
Lorsque Pan, fatigué de la chasse, ne folâtre pas à midi avec les
nymphes, il profite de ce moment de la journée pour dormir : les
bergers doivent éviter de jouer de la flûte et de réveiller le dieu
vindicatif. (Cf. Théocrite, *Idyll.*, I, v. 15 et suiv.) Ovide (*Fast.*,
IV, v. 761) fait aussi allusion à cette croyance antique : « Puissé-je,
dit-il, ne voir ni les Dryades, ni les bains de Diane, ni Faune,
quand, au milieu du jour, il repose à terre ses membres fatigués ! »

> *Nec Dryadas, nec nos videamus labra Dianae,*
> *Nec Faunum, medio cum premit arva die.*

V. 183-186. — Ce passage est inspiré d'un tableau d'Ovide
(*Met.*, I, v. 705 et suiv.). Demogeot (*op. cit.*, p. 65) remarque

j

qu'Ausone, en traçant cette agréable esquisse, a su éviter de
tomber dans son défaut habituel qui est d'accumuler des détails :
« ... C'est avec goût qu'Ausone ne prolonge pas sa description.
En effet, il ne peint point une scène dont il ait été témoin ; il
raconte ou suppose une tradition... Sa riante mythologie ne se
laisse entrevoir qu'à travers un voile mystérieux ; la curiosité est
plutôt excitée que satisfaite ; ses détails glissants échappent,
comme les Naïades, à la curiosité qui les poursuit. La muse
d'Ausone fait comme la bergère de Virgile : elle désire bien qu'on
l'aperçoive, mais elle s'enfuit derrière les saules. »

V. 192-199. — Cette description est imitée de Stace (*Silv.*, I,
III, v. 17 et suiv.). Ampère (*op. cit.*, p. 265) dit, à propos de ces
vers de la *Moselle* : « Les poètes des époques naïves peignent les
phénomènes les plus tranchés, les objets les plus simples : le lever,
le coucher du soleil, le jour, la nuit, le torrent, la mer, la tempête.
Dans les époques plus avancées, la poésie se plaît aux spectacles
plus compliqués et plus vagues ; elle aime à reproduire en nous
les sentiments confus et mélangés que ces spectacles éveillent.
Ainsi, Virgile peindra le voyageur qui voit ou croit voir la lune
à travers les nuages ; Ovide et La Fontaine, le jour douteux aux
prises avec les ombres, et Chateaubriand versera la lueur de la
lune sur la *cime indéterminée des forêts*. Les temps de décadence
veulent continuer ces conquêtes de la poésie sur ce qu'il y a de
plus fugitif et de plus insaisissable dans la nature. Ils redoublent
toujours d'effort et de recherche ; ils font ressortir le bizarre et
jouent, pour ainsi dire, avec lui. Cette prédilection pour les effets
indécis et compliqués, étranges et quasi fantastiques, se retrouve
dans les vers suivants, qui décrivent les approches du soir descen-
dant sur les rives de la Moselle : *Lorsque le fleuve glauque*, etc...
Ce sont des vers maniérés mais charmants. »

V. 193. PERFUNDIT. — Telle est la leçon des trois meilleurs
mss. et de presque toutes les éditions. Tollius, qui lisait au
v. 192 *protulit*, préfère *perfudit* et met les verbes au même
temps pour marquer la simultanéité des actions qu'ils indiquent :
« *Malim*, perfudit : *præceſſit namque* protulit. » Schenkl est
seul à reprendre la conjecture de Tollius. *Perfundit* me semble
meilleur : car les effets de demi-obscurité qu'Ausone va décrire
(v. 194-199) se produisent au moment même où *Hesperus viridi
perfundit monte Mosellam :* ils ne pourraient avoir lieu plus
tard.

. V. 200. POMPAS. — Freher dit avoir assisté à des joùtes semblables sur la Moselle, entre Trittenheim et Neumagen. Bœcking,
qui a également vu des pêcheurs se livrer à ces jeux, en conclut
qu'il n'y a pas à rechercher de rapprochement factice entre ce
divertissement national des riverains de la Moselle et la *Maiuma*,
grande fête populaire des pêcheurs du Tibre, qui se célébrait au
mois de mai et qui consistait en joutes sur le fleuve; la *Maiuma*
donnait lieu à une licence et à des désordres auxquels le code
Théodosien (lib. V, tit. VI, *Leg.* 1, 2) fait allusion.

V. 206. DUM SPECTAT, TRANSIRE DIES.— Tous les mss., à l'exception du Rh, qui a *spectant*, ont : *dum spectat transire diem*.
Ce vers a, de tout temps, exercé la patience des commentateurs :
on a vu, dans les notes critiques, les principales corrections qui
ont été proposées. Il est utile de revenir sur les remarques de
ceux qui ont avoué ne pas comprendre et de ceux qui ont espéré
corriger; et j'essaierai, ensuite, de justifier la leçon que je propose.
Le texte ordinaire des premières éditions est *Dum spectat
transire diem*. L'Ascensiana (1517), Vinet (1551, 1575), l'édition
de Lyon de 1558, Poelmann, Scaliger (1575, 1588, etc.), Souchay,
Christ, Wernsdorf et la Bipontine ont *Dum spectat, transire
diem*. Vinet ne comprend pas bien et suppose qu'il y a une
lacune, ou que le texte est corrompu : « Dum ſpeĉtat. *Quiſnam?
Aut deeſt hic aliquid, aut corruptum quippiam.* » (*Comment.,*
255.) Scaliger (*Auson. Lect.*, I, 4) dit, sans donner d'autres
explications : « *Lege etiam :* Dum ſpeĉtat tranſire, dein. » Cette
correction, que Scaliger n'admet pas dans le texte de ses propres
éditions, a passé dans celui de Freher et de Tollius. Gronovius,
qui se demande comme Vinet, *quel est le spectateur*, remplace
dum par *qui* : « *Quis ille? Videtur ſcripſiſſe :* Qui ſpeĉtat tranſire,
diem et ſua...» La conjecture de Gronovius est admise par le texte
de Tross. Tollius, reprenant la supposition de Vinet qui soupçon-
nait la possibilité d'une lacune, essaie de suppléer à cette lacune
en imaginant un vers de remplissage, auquel il ne tient pas
d'ailleurs beaucoup lui-même : « *Quum locum corruptum animad-
verterem, animi gratia ita ſupplebam, non quod ita emendandū
cenſerem :*

> *Dum ſpeĉtat, dum porro cupit ſpeĉtare viator,*
> *Non ſentit tranſire diem, ſua feria ludo*
> *Poſthabet, &c.*

Virgilius, Eclog., VII :
> *Poſthabui tamen illorum mea feria ludo.*

» *Quod* τὸ diem *in* dein *Scaliger mutaverit, nefcio an recte.*
Si perfona fpectantis liqueret, fcriberem : Dum fpectat, tranfire
dies; fua feria ludo Pofthabet. *Scil. ille qui fpectat;* tranfire dies,
pro tranfibat. » Cannegieter (*op. cit.,* pp. 184-186) propose de
corriger, au v. 204, *alacres gestire magistros* en *alacris gestire
magister. Gestire* signifierait alors « *toto corpore laetitiam
oftendere* », et pendant que ce gouverneur *(magister)* se réjouit
de voir es jeux des jeunes gens, le jour se passe *(transire diem).*
Au v. 207, Cannegieter suppose, mais sans vouloir rien changer
au texte, qu'Ausone a pu écrire : « *Pofthabuit, clufit* veteres nova
gratia curas, *quia* cludit *pro* claudit *eft in Sapientib.* v. 31. »
Cependant, l'idée d'imaginer un vers supplémentaire a fait son
chemin depuis Tollius; Bœcking s'y est essayé à son tour, sinon
avec plus de succès, du moins avec moins de modestie que
son devancier. Bœcking propose en effet le vers supplémentaire suivant, qui, dit-il, a reçu de la critique l'accueil le plus
flatteur :

> *Dum spectat, viridis qua surgit ripa, colonus,*
> *Non sentit transire diem; sua seria.....*

Schenkl et Peiper n'admettent pas ce vers; mais ils supposent,
comme Bœcking, qu'il y a une lacune, et écrivent :

> *Dum spectat . . . .*
> *. . . . . transire diem, sua seria ludo, etc.*

Enfin, sans ajouter de vers, Knebel, cité par Bœcking, essaie
de donner un sujet à *spectat* en remplaçant *diem* par *sator,* un
moissonneur qui est le spectateur de la scène :

> *Dum spectat transire sator...*

Mais il n'est pas admissible que *sator,* mal copié, ait donné
diem, leçon de tous les mss.
Il semble donc qu'on doive renoncer à cette conjecture.
L'hypothèse d'un vers perdu ne me semble pas meilleure, et je
trouve inutile le changement de *diem* en *dein.*
Tollius paraît dans le vrai quand il dit : « *Si perfona fpectantis
liqueret, fcriberem :* Dum fpectat, tranfire dies. » Souchay explique bien le sens de la phrase : « *Dum fpectat (viator aliquis),
pofthabet huic ludo fua feria negotia.* » Mais pourquoi Ausone
n'indique-t-il pas mieux quel est le spectateur? Wernsdorf nous le
dit : «*Obscuriorem fecit affectata imitatio Virg., Ecl.,* VII, 16. »
C'est évidemment en voulant faire entrer tant bien que mal dans

son vers celui de Virgile qu'Ausone a rendu sa phrase obscure. Nous verrons encore, au v. 368, quels mauvais tours cette imitation indiscrète joue parfois à l'imitateur. Je suppose qu'Ausone a écrit *Dum spectat, transire dies;* les copistes, qui ne comprenaient pas, auront écrit *diem* en faisant de *transire diem* le complément de *spectat*. Mais si *sentit* ou *spectat transire* est peu latin, *dies transire* se comprend bien comme infinitif de narration; et l'on trouve l'expression dans Cicéron (*ad Attic.*, VII, VII, 6): « *Cum legis dies transierit.* » Reste toujours l'obscurité de ce verbe *spectat*, sans sujet; mais l'imitation maladroite du passage de Virgile nous en donne une raison suffisante; à moins que, changeant tout à fait le texte des mss., on ne préfère supposer qu'Ausone se mette en scène, comme le personnage de l'*Églogue* de Virgile, et dise à la première personne :

> *Dum specto, transire dies; mea seria ludo*
> *Posthabeo...*

V. 208. CUMANO... IN AEQUORE. — Par *mer de Cumes* (*Cumanum aequor*), Ausone entend la partie de la mer Tyrrhénienne qui baigne la côte de Cumes. Le Vésuve qui lance la fumée (*vaporifer Vesevus*) avait aussi des vignobles célèbres (cf. Pline, *N. H.*, XIV, 22), que le poète a négligé de citer en même temps que ceux du mont Gaurus (cf. v. 157).

Ausone imagine que Vénus, aïeule de l'empereur Auguste, fait représenter par les Amours, dans les eaux de Cumes, la fameuse bataille d'Actium, où les flottes de l'Égyptienne Cléopâtre (*Niliacae classes*) avaient été mises en fuite par les navires romains d'Auguste, sous les murs de Leucade, capitale de l'île du même nom, où Apollon avait un temple. D'après l'auteur de la *Moselle*, Vénus qui devait se plaire dans cette région délicieuse de l'Italie, et qui d'ailleurs y avait un temple sur les bords du Lucrin (Stace, *Silv.*, III, 1, v. 150: *Lucrina Venus*), aime à faire représenter par les Amours ces *Actiaci ludi*, qu'Auguste lui-même avait institués en souvenir de sa victoire à Actium, auprès du temple d'Apollon. Dion Cassius (LI, v; LIII, 1) et Suétone (*Octav. Aug.*, XVIII; *Tib. Nero*, VI) parlent bien des *Actiaci ludi* qui furent célébrés à Rome : ces jeux consistaient en combats équestres et en luttes gymniques; mais il ne semble pas qu'à Actium plus qu'à Rome il y eût de joutes navales en mémoire de la fameuse bataille. On sait cependant que l'initiative privée de certains riches particuliers avait imaginé des représentations

de la bataille d'Actium : Horace écrit à Lollius (*Epist.*, I, XVIII,
v. 60) :

> *... Interdum nugaris rure paterno;*
> *Partitur lintres exercitus : actia pugna,*
> *Te duce, per pueros hostili more refertur.*

Ausone a bien le droit de supposer que Vénus célèbre, comme
Lollius, la victoire d'Actium.

V. 208. TALES. — Peiper écrit *quales;* c'est une correction qui
a contre elle l'autorité de tous les mss. comme la coutume de
toutes les éditions ; elle semble inutile. *Tales* n'est pas en corrélation avec le *qualia* du vers 212, lequel est simplement amené par
Cum... fera proelia : « Tels *(tales)* sont les jeux que Bacchus
contemple, alors que Vénus fait représenter de terribles combats
tels que ceux *(qualia),* etc. »

V. 209-211. CUM PER IUGA... CUM VENUS. — Tous les mss.
et les éditions ont *cum* aux vers 209 et 211. Schenkl introduit, au
vers 209, *dum* à la place de *cum.* Les deux actions : *alors que
Bacchus marche, alors que Vénus a ordonné de représenter,*
ne sont pas évidemment simultanées : mais, dans un cas, *graditur*
est au présent, dans l'autre, *iussit* est au parfait. La différence des
temps de ces deux verbes suffit pour donner à entendre que, au
moment où Bacchus se promène, il voit un spectacle, résultat
d'un ordre antérieur de Vénus, sans qu'on juge nécessaire de
mettre *dum* devant *graditur,* et de ne laisser *cum* qu'avec *iussit.*

V. 211. TRIUMPHIS. — Poelmann qui admet dans son texte
triumphis, comme tous les éditeurs, écrit en marge : « *Tropœis,*
vide Turneb. lib. 18 cap. 5. » En effet, dans le passage indiqué
Turnèbe cite, à propos des jeux d'Actium, les v. 208-214 de la
Moselle. Il écrit *trophœis,* sans commentaire, comme si c'était
une leçon reçue qui ne demandât aucune justification. — Est-ce
parce que la guerre entre Octave et Antoine était une de ces
guerres civiles qui n'ont pas de triomphes ? (Cf. Lucain I, v. 12:
Bella ...nullos habitura triumphos.) Mais on sait au contraire
qu'Octave triompha trois fois, en août 725, pour les Dalmates,
pour Actium et pour l'Egypte. C'était, il est vrai, pour avoir défait
la flotte égyptienne que le vainqueur d'Actium triompha : le nom
d'Antoine ne fut pas même prononcé. — Mais puisque *triumphis*
se rapporte bien à un triomphe authentique, il n'y a aucune raison
de changer ce mot.

V. 215. POMPEIANI MYLASENA PERICULA BELLI. — « ...*manœuvres navales qui ont précédé la bataille de Myles, dans la
guerre contre Pompée.*» Cette traduction a le défaut d'être une
vraie paraphrase : du moins, elle essaie de donner le sens du
latin. Corpet traduit : « *la bataille de Myles si fatale à Pompée...* »,
ce qui est un vrai contresens ; et le dictionnaire latin-français de
Freund revu par Theil (au mot *pericula*) : « *l'essai* [littéraire] *sur
la guerre de Pompée, près de Myla...* » : ce qui est un non-sens,
dont la responsabilité remonte d'ailleurs au dictionnaire de For-
cellini où le vers de la *Moselle* est cité comme exemple des
passages où le mot *periculum* a le sens de *saggio*, au point de
vue littéraire. Cependant le souvenir des circonstances historiques
qui se rattachent à la bataille de Myles, et les explications données
par les principaux commentateurs au sujet de ce vers auraient dû
mettre en garde Corpet et Theil contre une semblable bévue.
Scaliger déjà (*Aus. Lect.*, I, 4) s'inquiétait du sens du mot *pericula*, et en donnait une interprétation qui, pour ne pas me paraître
exacte, est cependant bien supérieure à celle de Corpet : « *Vfus eft
nomine* periculi *proprie. Nam periculum eft ludicrus* ἀγὼν, *vt
funt eæ naumachiæ, de quibus meminit.*» Freher s'en tient au sens
donné par Scaliger, dont il admire la finesse : « *Imitationes, tyro-
cinia, repræfentationes ludicræ : ut acute notavit Scaliger.*» Or,
Ausone n'entend pas par *pericula* les naumachies célébrées en
souvenir de la bataille, mais bien les manœuvres qui ont préparé
la flotte d'Octave à cette même bataille. Souchay l'a bien compris :
« *Intellige exercitationes illas copiarum, quibus in portu Julio
prælufit Pompeianæ pugnæ Augustus.*» Ce sont ces manœuvres que les barques de Cumes imitent dans leurs jeux sur
l'Averne : il aurait été inconvenant de représenter par manière de
réjouissance la bataille même qui avait eu lieu entre navires
romains, où les flottes du Nil n'avaient joué aucun rôle, et qui
était un fait d'armes d'une guerre civile qui ne devait pas avoir
de triomphe. Quant aux exercices par lesquels Octave prépara le
succès qu'il devait remporter à Myles sur Sextus Pompée, Suétone
(*Octav. Aug.*, XVI) dit qu'il créa le port Julius près de Baïes, en
ouvrant à la mer le lac Lucrin et l'Averne, et qu'après y avoir
exercé à la manœuvre durant tout l'hiver vingt mille esclaves
qu'il avait affranchis, il battit Pompée entre Myles et Nauloque :
« *In quo* (dans le port Jules) *cum hieme tota copias exercuisset,
Pompeium inter Mylas et Naulochum superavit.*» Florus
(*Epitom.*, IV, 8 [édit. O. Iahn II, 18]) parle avec encore plus de
précision que Suétone des manœuvres, image de la guerre navale,

qu'Auguste organisa dans le port Jules : « ... *Lucrinus lacus mutatus in portum, eique interrupto medio additus Auernus, ut in illa aquarum quiete classis exercita imaginem belli naualis agitaret.* » Cette bataille eut lieu le 3 septembre 36. — On a vu, dans les notes critiques au v. 215, les variantes proposées à la place de *Mylasena.* Ugolet écrit *miſſena* et fait sans doute de ce mot un adjectif signifiant *de Messine.* Accurse corrige ce mot en *Meſſana,* qui est le vrai nom latin de Messine. Mais l'adjectif qu'il faudrait ici serait *Messania* ou *Messanica.* D'ailleurs, Suétone dit expressément que le combat eut lieu entre Myles et Nauloque : il ne s'agit pas de Messine, mais de Myles, ville de la côte N. de Sicile, aujourd'hui *Milazzo.* Gronovius sait bien qu'il s'agit de Myles, et c'est justement pour cela qu'il veut écrire *Mylaea* au lieu de *Mylasena* qui lui semble venir de *Mylasa,* ville de Carie, dont les habitants sont en effet désignés dans Tite Live (XXXVIII, xxxix) par le nom de *Mylaseni.* — Quoique Lachmann admette, comme Gronovius, *Mylaea,* il ne semble pas utile d'introduire dans le texte ce mot inusité. Bœcking, qui avait écrit *Mylaea* dans son édition de 1828, y renonce dans celle de 1845, et pense qu'il faut admettre *Mylasena,* sans pourtant faire dériver cet adjectif, comme le voudrait Wernsdorf, du fleuve de Sicile *Mylas,* qui se jette dans le golfe de *Megara Hybla,* au nord de Syracuse, bien loin par conséquent des parages où se livra la bataille navale de l'an 36, à laquelle il ne put évidemment donner son nom. Le fleuve *Mylas* est mentionné par Tite Live (XXIV, xxx).

V. 216. EUBOICAE CUMBAE... AVERNA SONANTIA. — Les barques de Cumes, colonie Eubéenne (cf. *Aen.,* VI, v. 2 : *Et tandem Euboicis Cumarum allabitur oris*). — *L'Averne sonore :* le lac Averne, qui est sans doute le cratère d'un volcan éteint, encaissé entre des collines boisées, était célèbre par ses exhalaisons pestilentielles qui tuaient les oiseaux. (Cf. *Aen.,* III, v. 442 ...*Averna sonantia silvis,* que Benoist explique ainsi : « l'Averne retentissant du bruit des forêts plantées sur ses rives ».)

Bœcking dit que les eaux du lac Averne, qui mugissent sans cause appréciable, justifient cette épithète de *sonantia.* Wernsdorf l'explique autrement : « Averna sonantia *propter immissum mare et molibus inclusum: unde Virgil., Georg.,* II, 162, *de portu Iulio : Atque indignatum magnis stridoribus æquor.* »

V. 218. PELORO. — Le Pélore est un cap situé à la pointe N.-E. de la Sicile : il ne semble guère admissible que les *pericula*

Mylasena, ces manœuvres effectuées dans le port Jules, et les jóutes navales du lac Averne aient pu avoir lieu en vue de ce promontoire. C'est sans doute ce qui aura fait penser que *pericula Mylasena* signifiait les périls de la bataille de Myles qui, elle, s'est livrée en vue du Pélore. Mais il ne faut pas oublier qu'Ausone est Gascon, qu'il exagère ou diminue les distances à sa fantaisie, et qu'au demeurant, si, dans son expédition en Germanie, il avait appris la géographie des contrées que baigne la Moselle, il devait ignorer parfaitement celle de la Sicile et de la Campanie.

V. 221. PUBERTASQUE AMNISQUE ET. — Barth est l'auteur de cette correction au texte des mss. *pubertasque amnis et...* « *Neceſſario ſcribendum* Pubertaſque amniſque &... *Trium enim horum in hoc ludo partes requiruntur, ut id fiat quod vult optimus vates.* » Au point de vue de la correction métrique, *amnis et* aurait de quoi étonner. Ausone est trop scrupuleux pour ce qui touche à l'observation des lois de la métrique, surtout dans la *Moselle,* son poème le plus soigné : on n'y trouve pas un seul exemple de syllabe brève allongée à l'arsis ; et si on lit *quaestor et* (III, v. 35, édit. Schenkl), à l'arsis du quatrième pied, je crois que nulle part Ausone ne fait cet allongement à l'arsis du troisième pied, formant la césure penthémimère. Aussi, la correction de Barth est-elle très vraisemblable, et a-t-elle été généralement adoptée. Souchay, Christ, la Bipontine et Peiper conservent cependant *amnis et.* — Si l'on ne veut pas ajouter *que* après *amnis,* il faut du moins admettre que, dans les mss., cette particule a été transposée, et lire *Pubertas amnisque et.*

Cannegieter remarque que le mot *pubertas* répond mal à l'expression *impubemque manum* (v. 205), et il cherche une explication bien subtile à ce qui semble une simple distraction de la part du poète : « Pubertas, *inquit, atqui antea vs.* 205 impubem manum *dixerat. Num ergo alterum falſum? nequaquam, ſed dubia aetate adoleſcentuli erant, & media inter pueritiam atque adoleſcentiam.* »

V. 222. HYPERIONIO... AESTU. — « Hypérion, — dit Decharme dans sa *Mythologie grecque* (p. 238, édit. de 1886), — dieu solaire dont la personnalité ne s'est pas développée dans la mythologie grecque, et que les poètes théogoniques ont relégué dans la catégorie des Titans, est fils d'Ouranos et de Gaia; il est père d'Hélios, le soleil, avec lequel on l'identifie. Hypérion (*celui qui marche au-dessus,* ὑπὲρ ἰών) est le soleil considéré dans son

k

mouvement ascensionnel au-dessus de l'horizon. » Vinet comprenait bien de cette manière le sens de l'expression d'Ausone :
« *Hyperion fol dicitur* ὑπὲρ ἡμᾶς ἰὼν, *id eſt ſupra nos gradiens,
ait Euſtathius & Suidas.*» (*Comment.*, 256 B.) Je traduis par « les
rayons du soleil qui tombent d'aplomb », ce qui explique la
réduction des ombres des matelots. Tollius dit en effet : « Et redigit
pandas : *id eſt coarĉtat & cogit. Ideo enim* pandas *addidit,
quoniam* umbræ *inverſa reddentes in aquis corporum ſimulacra
in latitudinem ſe extendunt, quum ſol altior in longitudinem
eas minuit.* »

V. 230. SIC, UBI. — Au lieu de *sic, ubi,* Schenkl écrit *sicuti,*
d'après une correction de Speck qui ne semble pas admissible.
Le mot ne se trouve jamais dans Ausone qui, d'ailleurs, suit trop
le bon usage, pour abréger la dernière de *sicuti.* Sans doute, la
phrase est embarrassée : mais notre poète est coutumier du fait;
cum (au vers 232) fait double emploi avec *ubi,* mais on peut le
remplacer, à la rigueur, par *tum,* comme Lachmann le proposait;
ou plutôt, on peut sous-entendre *est,* comme le voulaient Cannegieter et Tross, devant *ostentatura;* ou enfin, remarquer, avec
Bœcking, que l'anacoluthe qui trouble un peu cette phrase est
cependant facilement intelligible et que, par suite, mieux vaut ne
rien changer; il n'est pas même utile de mettre entre parenthèses,
comme fait Peiper, les vers 231-232.

V. 235. METALLO. — Est-il besoin de rappeler que les miroirs
des anciens étaient en métal, étain, argent ou même or? Voir
Pline l'Ancien (*N. H.,* XXXIII, 128; XXXIV, 160.)

V. 240. IAM VERO. — Accurse suppose qu'on pourrait écrire
vere : « *Corrigendum fortaſſe quis putet,* vere. *Tempus certe
vernum, quam ſit his, qui piſcandi ſtudio tenentur aptum
nemo non novit.* » Cette correction semble inutile. D'ailleurs
Ausone se donne comme le spectateur des divers genres de pêche
qu'il décrit; et, dans la *Moselle* même, beaucoup de passages
montrent que le voyage du poète eut lieu après le printemps
(v. 195, *vindemia turget;* v. 203, *attonsis pubentia germina
pratis,* ce qui indique que les prairies ont déjà été fauchées, etc.).

V. 240-275. — Bœcking fait remarquer que cette description
des diverses manières de pêcher est conforme à ce qui se pratique
encore aujourd'hui : constatation d'un fait qui n'a rien que de

naturel. Il est question en effet : (v. 243-244) de la pêche à l'*ever-riculum*, « *quod graece* σαγήνη *dicitur* » (Ulpien, *Dig.*, XLVII, x, 13, § 7), grand filet que l'on traînait au milieu du fleuve, contre le courant, et qui balayait les poissons qu'il rencontrait *(examina verrit);* — (v. 245-246) d'un autre genre de pêche au filet. Le pêcheur laisse flotter dans les eaux tranquilles son filet où sont fixés des morceaux de liège qui le soutiennent et indiquent la place où il se trouve : les poissons viennent s'y prendre peu à peu, dans les mailles. Sidoine Apollinaire (*Epist.*, II, ıı), dans le même passage où il parle du *salar* (voir la note au v. 88), fait aussi allusion à cette pêche au filet *dormant :* « ... *ut flataria retia fuberinis corticibus [pifcator] extendat* » ; — (v. 247-275) de la pêche à la ligne. Le pêcheur à la ligne se plaçait d'ordinaire sur un rocher d'où il dominait le cours d'eau. Cf. le passage d'Ovide (*Met.*, XIII, v. 923), où Glaucus dit de lui-même :

Nunc in mole sedens moderabar harundine linum.

Pétrone fait à cette habitude des pêcheurs à la ligne une allusion bien connue : « *Sic eloquentiae magister, nisi, tanquam piscator, eam imposuerit hamis escam quam scierit appetituros esse pisciculos, sine spe praedae moratur in scopulo.* » (*Satyric.*, III.) Trompés par les mots *scopulis pronus*, Wernsdorf et Tross rapprochent ce genre de pêche du *piscatus saxatilis* dont il est question dans Plaute (*Rudens*, II, ı, v. 10). Mais, justement dans ce passage, Plaute oppose au *piscatus hamatilis*, dont Ausone s'occupe ici, le *piscatus saxatilis*, pêche où l'on va chercher, pour le prendre avec la main, le poisson qui se cache dans les rochers. — Ampère et Demogeot comparent cette description de la pêche à la ligne avec celle de Delille (*L'Homme des champs*, ch. I, v. 295 et suiv.), qui est en partie imitée de la la *Forêt de Windsor*, de Pope.

Ausone imite peut-être Oppien dans toute cette description. L'auteur des *Halieutiques* passe en effet en revue les diverses manières de pêcher (III, v. 72-91) : 1° l'hameçon; 2° les diverses sortes de filets, parmi lesquels la *sagène;* 3° le trident au moyen duquel le pêcheur en bateau, ou même sur le rivage, perce et enlève les poissons.

V. 255. NEC MORA, ET. — Cannegieter veut supprimer *et :* « *In verfu 255. Nec mora, & excuffam, plane languet* τὸ &. *Et fexcenta Poëtarum exempla ei reclamant. Puto intrufum ab iis qui verfum non aliter conftare credebant.* » Le critique trouve une confirmation à la correction qu'il propose, et qui amène un hiatus, dans le v. 312 de la *Moselle,* où il lit *quadro cui in.* Mais il semble qu'il n'y a rien à changer au texte du v. 255. Sans doute, dans les poètes, l'expression *nec mora* n'est pas généralement suivie de *et.* Les exemples d'Ovide, très nombreux, semblent donner force de loi à cet usage de *nec mora* sans *et.* Ausone, d'autre part, imite constamment Stace dans la *Moselle,* en particulier l'*Achilléide* (cf. l'édit. de l'*Achilléide* par Ph. Kohlmann, Leipzig, 1879, *Praefatio,* p. 1) : or, si Stace suit d'ordinaire pour *nec mora* l'usage consacré, on trouve dans l'*Achilléide* (I, v. 27) un passage qui a pu servir de modèle à Ausone :

> *Nec mora, et undosis turba comitante sororum*
> *Prosiluit thalamis...*

Kohlmann, en écrivant ainsi ce vers, rétablit la leçon des mss. que les anciens éditeurs, choqués de l'expression « *Nec mora, et* », modifiaient en : « *Nec mora, ab...* »

V. 257. FRACTIS. — Schenkl propose *tractis,* et Peiper, *raptis.* Les mss. et les éditions ont *fractis :* de même, on lit dans Sidoine Apollinaire, l'imitateur d'Ausone, *fractoque flagello* (*Carm.,* XXII, v. 190). C'est une ellipse pour *fractus sonitus flagellorum* (cf. Virgile, *G.,* IV, v. 72, ...*fractos sonitus... tubarum*) semblable à celle du v. 134 *(propexus barbus)* pour *propexa barba barbi* (cf. Virgile, *Aen.,* X, v. 838, ...*propexam in pectore barbam*) ; le tour elliptique donne à la phrase une vivacité que lui fait perdre la substitution maladroite de *tractis* ou de *raptis.*

V. 261. CUIQUE. — Les mss., à l'exception du B, ont *quique,* conservé par Vinet, Tollius, Souchay, Christ, Wernsdorf, etc., qui est ici peu intelligible ; le B a *quęque,* qui est inacceptable. Depuis l'édit. de Venise (1507) qui a proposé *cuique,* cette correction, qui donne un sens satisfaisant, a été adoptée par Burmann, Cannegieter, Tross, Bœcking, Peiper. Schenkl écrit *quoique;* cette correction se rapproche sans doute de la lettre des mss., mais elle ne me paraît pas acceptable : jamais Ausone n'emploie ces formes archaïques. Et s'il l'avait fait, par manière de plaisanterie, dans quelque lettre familière ou dans quelque pièce de facture, il s'en serait bien gardé dans la *Moselle.* Je sais que Schenkl introduit parfois *quoi* pour *cui* dans son édition (XIII, 2, v. 17 ; XV, 5, v. 8). Mais c'est de sa propre autorité, ou d'après Mommsen, et jamais suivant le texte des mss.

V. 276. GLAUCUS. — Ausone reproduit ici la légende de Glaucus, d'après le récit qu'Ovide (*Met.*, XIII, v. 917-965) met dans la bouche de celui qui en fut le héros. — Voir, pour les diverses traditions du mythe, Decharme, *Mythologie grecque* (édit. de 1886, pp. 316 et suiv.).

V. 283 *et suiv.* — Toutes ces descriptions de villas sont imitées de très près de Stace, en particulier de la *Silve* III du livre I.

V. 287-297. — Ausone décrit, pour les comparer à la Moselle, deux détroits souvent célébrés par les auteurs anciens : l'Hellespont et le Bosphore de Thrace. C'est l'Hellespont qu'il désigne par les noms de mer d'Hellé, fille de Néphélé, et de mer de Sestos et d'Abydos. Il est inutile de raconter tout au long la légende si connue d'Hellé et celle d'Héro et de Léandre. On sait que ces deux amoureux demeuraient, la première à Sestos, ville de Chersonèse, où elle était prêtresse d'Aphrodite, le second à Abydos, sur la côte de Troade. Léandre traversait à la nage le détroit chaque nuit pour aller retrouver sa maîtresse à Sestos ; il périt dans les flots pendant une tempête. Beaucoup d'auteurs anciens ont fait allusion à cette aventure tragique. L'épisode de Léandre et d'Héro est un des plus célèbres que Virgile rappelle, en décrivant les fureurs de l'amour (*Georg.*, III, v. 258-263) :

> *Quid iuvenis, magnum cui versat in ossibus ignem*
> *Durus amor ? Nempe abruptis turbata procellis*
> *Nocte natat caeca serus freta ; quem super ingens*
> *Porta tonat caeli, et scopulis illisa reclamant*
> *Aequora ; nec miseri possunt revocare parentes,*
> *. Nec moritura super crudeli funere virgo.*

Une *Héroïde* d'Ovide est adressée par Léandre à Héro ; une autre, par Héro à Léandre (Ovide, *Epist.*, XVIII, XIX [*vulgo*] ; édit. Merkel, XVII, XVIII). Stace (*Theb.*, VI, v. 542-547 [édit. Kohlmann, v. 520-525]) a encore fait allusion à cette aventure fameuse :

> *... Phrixei natat hic contemptor ephebus*
> *Aequoris et picea translucet caerulus unda ;*
> *In latus ire manus, mutaturusque videtur*
> *Bracchia, nec siccum speres in stamine crinem ;*
> *Contra autem frustra sedet anxia turre suprema,*
> *Sestias in speculis ; moritur prope conscius ignis.*

Enfin, Musée, poète byzantin du VIe siècle, a consacré à la légende de Léandre et d'Héro une petite épopée, assez gracieuse, quoique écrite dans un style affecté. — L'Hellespont est déjà nommé *Sestiaci sinus* par Stace (*Silv.*, I, III, v. 27). Xerxès jeta un pont sur le détroit, entre Sestos et Abydos. Mais les mots *Chalcedonio ab litore* indiquent nettement qu'il ne s'agit pas ici de ce pont, comme le croyait Souchay, qui dit : « *Boſphorum Thracium quem Xerxes ponte junxit ab Aſiatico littore, ubi Chalcedon eſt, Bithyniæ oppidum, ad Europæum littus in quo Byzantium.* » Le grand roi *(regis... magni)* dont il est question dans ce passage de la *Moselle*, n'est pas Xerxès, mais bien Darius qui jeta un pont sur le Bosphore de Thrace, entre Chalcédoine et Byzance. Vinet l'avait déjà fait remarquer : « *Darius, Perſarum rex, Xerxis pater, cōſtrato in nauibus ponte, exercitum in Europā hac traijecit. Hoc ſcribit Plinius libro quarto.* » (*Commentar.*, 261.) Cannegieter, après Vinet, a dit avec raison : « *Intellige Darium, non Xerxem. Ille Boſporum Thraciae ſive Chalcedonium ponte junxit, Herodot. Lib. IV. Plin. IV. cap. 12. Xerxes filius Helleſpontum.* » On lit en effet dans Hérodote (IV, § 5, traduct. Pessonneaux) : « *Darius se rendit de Suse à Chalcédoine sur le Bosphore où l'on avait fait le pont.* » Pline parle à la fois du pont de Xerxès et de celui de Darius : « *... Primas angustias Hellespontum vocant. Hac Xerxes, Persarum rex, constrato in navibus ponte, duxit exercitum... Laxitas Propontis appellatur, angustiae, Thracius Bosporus, latitudine D passuum qua Darius, pater Xerxis, copias ponte transvexit.* » (IIII, 76).

V. 290. EURIPUS. — L'Euripe est le détroit qui sépare l'Eubée de la Béotie. Métaphoriquement, on donnait le nom d'*euripe* à tout détroit, ou même aux canaux et aqueducs. Cf. Cicéron (*de Leg.*, II, I, 2) : « *Ductus aquarum quos isti nilos et euripos vocant,* » et Ovide (*Pont.*, I, VIII, v. 38) :

> *Stagnaque et euripi...*

Suidas explique qu'on donne le nom d'*Euripe* à tout détroit : « Εὔριπος, πέλαγος στένον, ἢ τόπος ὑδατώδης μεταξὺ δύο γαίων. »

V. 293. CAURORUM. — Le *Caurus* ou *Corus* est un vent violent du nord-ouest. Les *Cauri* sont pris ici dans le sens de vents de tempêtes. — Voir la note au v. 316.

V. 298-348. — Ausone cherche, dans une longue et laborieuse énumération, que des allusions peu claires rendent souvent d'une intelligence difficile, à exalter la splendeur des maisons de campagne qui bordent la Moselle. Les bains eux-mêmes rappellent et surpassent la délicieuse station de Baïes, dont l'éloge était devenu un lieu commun familier à la poésie romaine. On peut, à propos de Baïes, consulter la *Lettre LXXXIV* de *Rome au siècle d'Auguste*, par Dezobry (t. III, 4ᵉ édit., Delagrave, 1875, pp. 390-404, *Un voyage à Baïes*), où l'on trouvera l'indication des principaux passages des auteurs latins qui se sont occupés de Baïes. Symmaque a consacré aux bains de Baïes (*Epist.*, I, VIII) quelques vers qui sont peut-être un souvenir de ce passage de la *Moselle;* et on trouve, dans l'*Anthologie*, une jolie pièce qui rapporte l'origine légendaire de ces bains (*Poetae latini minores, recensuit et emendavit Ae. Baehrens,* vol. IV, p. 359, *Lipsiae,* 1882) :

> *Ante bonam Venerem gelidae per litora Baiae ;*
> *Illa natare lacus cum lampade iussit Amorem ;*
> *Dum natat, algentes cecidit scintilla per undas ;*
> *Hinc vapor ussit aquas ; quicumque natavit, amavit.*

V. 300. GORTYNIUS ALIGER. — Cette métaphore de mauvais goût désigne Dédale, le légendaire architecte d'Athènes. On sait que, banni par l'Aréopage à la suite d'un meurtre, il se réfugia en Crète, où il construisit le labyrinthe dans lequel Minos le fit enfermer (d'où *Gortynius,* de *Gortyna,* ville de Crète, prise pour la Crète en général; car Gortyna est au sud de l'île, tandis que le labyrinthe, œuvre et prison de Dédale, est sur la côte nord). On sait aussi comment Dédale s'évada au moyen d'ailes qu'il avait imaginées *(aliger).* Il s'envola en compagnie de son fils Icare, qui tomba dans la mer. Virgile (*Aen.*, VI, v. 15-19, v. 30-33) fait allusion dans des vers bien connus, qu'Ausone démarque, à la douleur de Dédale et au temple qu'il construisit à Cumes, colonie de l'Eubée *(aedis Conditor Euboicae).* Ovide (*Met.*, VIII, v. 166 et suivants) a longuement raconté les aventures de Dédale et d'Icare.

V. 303. PHILO CECROPIUS. — L'architecte Philon d'Athènes est connu par l'arsenal maritime qu'il construisit au Pirée, vers l'an 300 avant Jésus-Christ, et qui fut incendié lors de la conquête d'Athènes par Sylla. — Voir Cicéron (*de Orat.*, I, XIV, 62) : « *Philonem illum architectum qui Atheniensibus armamentarium fecit.* » Cf. Valère Maxime, VIII, XII, 2 ; Pline, *N. H.*, VII, 125 (chapitre où il est question de tous les artistes dont Ausone parle dans ce passage); Vitruve, lib. VII, *Praefatio.*

· **V. 303. NON QUI LAUDATUS AB HOSTE.** — Ausone fait bien clairement allusion à Archimède, dont on connaît le rôle pendant le siège de Syracuse par les Romains.

V. 306. MARCI. — Parmi les mss., le G et le B ont *margei;* le L, *mergei;* dans le Rh, on ne lit que les trois premières lettres, *mar.* Les anciennes éditions ont *margei* ou *mergei*. Poelmann, qui conserve *Margei* dans son texte, écrit dans une note marginale de son édition : « *forte, Marci. nā M. Varronem Hebdomadôn libros fcripfiſſe ex Nonio palam eſt.* » Ces *Hebdomades* de Varron sont souvent citées par les auteurs latins. Aulu-Gelle consacre un long chapitre de ses *Nuits Attiques* à des particularités sur le nombre sept qui se trouvent consignées « *in primo librorum qui inscribuntur hebdomades vel de imaginibus* » (*Noct. Attic.*, III, x). Pline l'Ancien (*N. H.*, XXXV, 11) dit que Varron avait inséré à l'aide d'un certain moyen les images de sept cents personnages illustres (d'où le double titre de *Hebdomades* et de *de imaginibus*) : « *M. Varro benignissimo invento, insertis voluminum suorum fecunditati, septingentorum inlustrium, aliquo modo imaginibus, non passus intercidere figuras, aut vetustatem aevi contra homines valere*, etc. » Littré, dans les notes de sa traduction de Pline l'Ancien, renvoie, à propos de cette invention *(benignissimo invento)* de Varron, à un mémoire de Deville (*Examen d'un passage de Pline relatif à une invention de Varron*, dans le *Précis analytique des travaux de l'Académie royale des sciences, belles-lettres et arts de Rouen*, année 1847), mémoire qu'il résume en ces termes : « D'après ce savant, les portraits de Varron étaient gravés en relief sur une planche de métal ou autre matière, dans le système de notre gravure sur bois, dont les traits et le dessin sont réservés en relief. Les graveurs de médailles qui existaient à Rome à l'époque où écrivait Varron, et qui ont produit de si beaux types de monnaies que nous admirons encore, étaient tout trouvés sous sa main pour réaliser son invention. Ces portraits étaient figurés au simple trait ; c'est le moins qu'on puisse admettre. On peut croire, en s'autorisant de l'exemple du monnayage qui s'opérait, au temps de Varron, par la percussion au marteau ou à la main, que ce procédé était appliqué à la reproduction de ces images. A raisonner par analogie avec nos cachets antiques, la matière employée pour cette gravure devait être du bronze. Quant à la matière colorante servant à l'impression, M. Deville incline à croire qu'elle n'était autre que le minium, tant cette couleur était affectionnée par les anciens. »

Teuffel, qui réunit et discute les témoignages des anciens sur cet ouvrage de Varron, dit : « Les écrits les plus importants de Varron sur l'histoire littéraire sont les XV livres d'*Imagines* ou *Hebdomades,* recueil de biographies, publié vers 715-39, contenant sept cents portraits de célébrités grecques et romaines (rois et généraux, hommes d'État, poètes, prosateurs, techniciens, artistes, divers) avec autant d'*Elogia* (en vers). Le premier livre formait une introduction avec les quatorze ancêtres des catégories établies dans les livres ultérieurs; les quatorze livres suivants (ou sept dyades, les nombres pairs étant réservés aux étrangers, spécialement aux Grecs, et les impairs aux Romains) contenant sans doute chacun sept *Hebdomades* ou quarante-neuf *Imagines* (14 fois 49 = 686 + 14 = 700). » (Traduct. franç. de l'*Hist. de la Litt. Rom.* de W. S. Teuffel, tom. I, § 166, 5; Paris, Vieweg, 1879.)

Ce livre de Varron a eu une grande réputation; il était très connu du temps d'Ausone. Une lettre de Symmaque, l'ami du poète bordelais, où les *Hebdomades* sont citées, en est une preuve. On sait d'autre part (voir Teuffel, *ibidem*) que Varron avait fait faire une édition populaire et moins chère de son ouvrage; cet abrégé n'eut pas moins de succès que l'œuvre complète, puisqu'il en est encore question dans Saint Jérôme. Peut-être en usait-on pour l'enseignement, et Ausone, professeur à Bordeaux, a-t-il proposé à ses élèves des sujets empruntés aux *Hebdomades.* Quoi qu'il en soit, il me semble évident que la conjecture de Poelmann est définitive, et je n'hésite pas à traduire : « ... la réunion des sept architectes que célèbre le dixième volume de Varron ». Il s'agit de sept architectes grecs puisque, comme dit Teuffel, les livres pairs sont réservés aux étrangers, spécialement aux Grecs; et ces sept architectes sont : Dédale *(Gortynius aliger),* Philon *(Philo Cecropius),* Archimède *(qui laudatus ab hoste,* etc.), Métagène *(Metagenis artes),* Ctésiphon *(Ephesi spectata manus),* Ictinus et Dinocharès.

La conjecture de Poelmann n'a pas cependant été adoptée par tous les critiques : Scaliger, furieux sans doute qu'un autre que lui eût eu le mérite d'une explication aussi simple, la trouve stupide et imagine, pour les besoins de sa cause, un certain *Margeus,* architecte grec, dont personne n'a jamais entendu parler : « *Meminit [Auſonius] veterum quorundā, qui architecturæ laude floruerūt, Dedali, Philonis, Archimedis, Margei, Menecratis Epheſij, Ictini et Dinocharis, ſeu Dinocratis. Qui omnes ſunt notiſſimi ex Vitruuio in prœmio lib. VII, preter Margeū. Quem qui putant in Marcum mutandum eſſe, minus*

l

*prudenter facere puto. Nam solo prænomine non potuit
designare vnum Varronem. Quot enim alij Marci præter Varronem intelligi poffent? Denique quæ hæc confidentia eft,
mutare quæ non intelligas? An* Μαργεὺς *Grœcum purum putum
tibi non videtur? Sed nimirum hæc eos impulit caufa vt
Varronem intelligi putarent: quia Aufonius dicat Margeum
celebraffe Hebdomada: Varronem verò certum erat libros de
Hebdomadibus fcripfiffe. Sed toto cœlo errare puto. Nam
Aufonius vult dicere, decimo libro operis fui celebraffe hebdomadem operum mirabilium, hoc eft, vt vulgo loquebantur,
feptem miracula mundi, vt & Vitruuius: qui decimo operis fui
volumine tormentorum, & machinarum rationes docet.* » (*Aus.
Lect.*, I, 4.) Ce petit morceau de Scaliger méritait d'être cité dans
son intégrité. Il montre bien les procédés « hypercritiques » de
l'érudit qui croyait que toute découverte philologique, due à un
autre que lui était autant d'enlevé à sa gloire. « Au travers de son
masque on voit à plein le traître. » Est-il permis de soutenir qu'il
est absurde de désigner Varron par son seul prénom? Ausone
parle familièrement de l'auteur des *Hebdomades* comme d'une
vieille connaissance. Mais Scaliger n'admet pas qu'il soit question
de Varron, puisque ce n'est pas lui qui s'en est avisé le premier.
Scaliger veut du nouveau, n'en fût-il plus au monde : et il invente
de toutes pièces cet architecte Margeus, uniquement pour ne pas
avouer que Poelmann a eu raison de supposer qu'Ausone faisait
allusion à Varron. Quant à cette critique, juste en elle-même,
mais au moins bizarre, quand c'est Scaliger qui la formule *« denique quæ hæc confidentia eft, mutare quæ non intelligas? »*, il
n'y a, pour la réfuter, qu'à répéter une fois de plus avec Juvénal :

> *Quis tulerit Gracchos de seditione querentes ?...*
> *Clodius accuset moechos, Catilina Cethegum...*

Au demeurant, la critique a fait justice des prétentieuses absurdités de Scaliger : si le modeste Vinet, quelque peu intimidé par
l'assurance de Scaliger, se borne à dire : « *Ego de ifto Margeo,
feu Mergeo, vt aliter fcribitur, nihil comperi, neque de eius
Hebdomade, & feptimana. Marci pro Margei legendum effe, funt
quidam fufpicati, et Marcum Terentium Varronem accipien-
dum, qui libros fecit, quos infcripfit* ἑβδομάδας *vel de Imaginibus,
ab Aulo Gellio citatos libro Noɛtium Atticarum tertio, a Nonio
Marcello & alijs : fed reprehendit Iofephus Scaliger.* » (*Comm-
ment.*, 262.) — Si Freher se borne à dire : « *Margei, Vitruvio
& aliis veteribus, quorum fcripta proftant, ignoti* », Saumaise

traite de haut les imaginations de Scaliger : « *Lege :* Marci, *pro quo codices fcripti vitiofe* Margi *vel* Marges *prœferunt* (ce en quoi Saumaise fait erreur : on peut voir, aux pp. 28 et 29 de notre appareil critique qu'aucun manuscrit, qu'aucune édition ne porte *Margi* ou *Marges*), *ex quo nefcio quem* Μαργέα *fibi hariolatus eft* Scaliger. *Quot enim, inquit, alii* Marci *prœter Varronem? Sane. Sed celeberrimi* Hebdomadum *libri a Varrone fcripti faciunt, ut de alio* Marco *non poſſit intelligi.* » Thomas Reinesius a également soutenu contre Scaliger (dans ses *Variae Lectiones,* lib. II, cap. 1, p. 129, *Altenburgi,* 1640), qu'il s'agissait de Varron. Cannegieter est du même avis : « *Sentio cum Salmaſio & Reineſio, Marcum hic accipientibus Marcum Varronem, invito Scaligero, qui nefcio quem Margum aut Margea confingit.*» (*Op. cit.,* p. 194.) Si tous les critiques ont adopté *Marci,* les deux derniers éditeurs allemands, qui, eux aussi, veulent du nouveau, Schenkl et Peiper, imaginent de lire *Marcei,* et fondent cette conjecture sur des inscriptions où on lit *Margei* et *Marcei.* Assurément, dans les inscriptions, on trouve *Vergiliei* (*C. I. L.,* nᵒ 1013), *Conlegei* (*C. I. L.,* nᵒ 1108), mais c'est pour *Vergilii, Conlegii. Marcei* ne pourrait être que pour *Marcii.* Pourquoi imaginer un *Marcius* latin, aussi problématique que le *Margeus* grec de Scaliger, alors que *Marci* et *hebdomas* se rapportent évidemment à Varron et à un ouvrage dont le dixième volume pouvait être consacré en partie aux sept célèbres architectes grecs? D'ailleurs Schenkl et Peiper voient bien qu'il s'agit de Varron (cf. édit. Schenkl, *Index* II, p. 284, col. 1; édit. Peiper, p. 132 : « 300-315 *ex Varronis hebdodomadum* l. X, Ritschelius *Opusc.* III, 512 *sq.;* p. 462 : *Marcei:* Varronnis hebdomadem ex vv. 298 sqq. posse restitui Bernays vidit). Pourquoi alors supposer qu'Ausone change le prénom *Marcus* de Varron en *Marceus* ou *Marcius?*

V. 307. METAGENIS. — Les mss. ont tous *menecratos.* A partir de l'édition parisienne de Vinet (1551), on a adopté *Menecratis,* correction de Vinet, que Schenkl et Peiper attribuent à Scaliger. Ce dernier (*Aus. Lect.,* 1, 4) pense qu'il s'agit d'un Ménécrate d'Ephèse, auteur d'ouvrages d'histoire naturelle et d'agronomie dont Varron parle dans le *de Re Rustica.* Vinet, quoiqu'il soit l'auteur de la correction, trouve que ce n'est ici la place d'aucun des Ménécrates que l'on connaît par Plutarque, Elien et Suidas : un Ménécrate, médecin de Syracuse, d'autres, poètes peu célèbres. A la rigueur, conclut Vinet, un certain Ménécrate, que Varron cite comme poète agronomique, au premier livre de son *de Re*

Rustica (I, 1, 9), aurait pu parler des édifices rustiques. Pline
(*N. H.*, XXXVI, 34) cite un sculpteur nommé Ménécrate, mais
aucun architecte de ce nom. Bœcking (édit. de 1845, p. 84) dit
qu'il n'en connaît pas. Le nom de Ménécrate est peut-être venu
dans ce vers, par suite d'un souvenir du copiste se rapportant au
Ménécrate, gendre de Pollius Felix dont il est question dans
Stace, p. ex. *Silv.*, IV, VIII, v. 3 ...*genus ecce Menecratis auget*,
où ce nom occupe dans le vers la même place que les manuscrits
lui donnent dans le v. 307 de la *Moselle*. Or, au vers suivant,
Ausone rapproche de ce prétendu Ménécrate *Ephesi spectata
manus :* il fait allusion aux architectes du temple de Diane, qui
étaient Ctésiphon et son fils Métagène. (Cf. Vitruv., lib. VII,
Praefat. : « ...*primumque aedes Ephesi Dianae Ionico genere
a Ctesiphonte Gnossio et filio eius Metagene est instituta.* » Je
pense qu'Ausone désigne ici ces deux architectes : *Ctésiphon*
(nommé aussi *Chersiphron*) et *Métagène*. Je remplace donc *Menecratis* par *Metagenis* en admettant que le poète a profité de ce
que ce nom n'avait jamais été employé en vers (voir le *Thesaurus*
de Quicherat), pour faire *a* long. Ausone n'écrit-il pas, au v. 303,
Phĭlŏ, qui vient du nom grec Φίλων? Je dois d'ailleurs reconnaître
que si Vitruve parle de Ctésiphon et de son fils Métagène, Pline
l'Ancien ne cite que Ctésiphon (ou Chersiphron) comme architecte
du temple de Diane à Éphèse : « *Laudatus est et Chersiphron
Gnosius, aede Ephesi Dianae admirabile fabricata.* » (*N. H.*,
VII, 125; cf. XXXVI, 95.)

V. 309. ICTINUS. — On sait que Callicrate et Ictinus furent
les architectes du Parthénon, sous la haute direction de Phidias.
Scaliger et Vinet font observer que l'on ne trouve dans les auteurs
anciens aucune mention de cette chouette magique, que l'auteur
des *Ausonianae Lectiones* rapproche de la colombe merveilleuse,
œuvre d'Archytas de Tarente

V. 312. DINOCHARES. — Les mss. ont *Dinochares*. Déjà, du
temps de Vinet, on ne savait s'il fallait lire *Dinochares, Dinocrates,
Democrates* ou *Chirocrates*. L'édition Tollius (p. 398, not. 190)
mentionne les hésitations d'Accurse, de Scaliger, de Freher et
de Saumaise, mais elle admet *Dinochares,* comme l'ont fait à
peu près tous les éditeurs qui ont suivi, excepté Tross qui écrit
Dinocrates, orthographe de ce nom dans les anciennes éditions
de Pline. Le dernier éditeur de Pline l'Ancien, Ludovicus Janus
(Leipzig, Teubner, édition posthume revue par son fils, Carolus

Janus, 1870 et années suivantes), dans le texte du passage d'où ces vers d'Ausone sont tirés, admet *Timochares* (*N. H.*, XXXIV, 148) d'après le Toletanus et le Parisiensis, n° 6,797, où on lit *Tymochares* (d'autres mss. ont *Timocrates;* les anciennes éditions, *Dinocrates* et *Dinochares*), et réserve le nom de *Dinochares* à un autre architecte plus ancien : « *Dinochares metatus Alexandro condenti in Aegypto Alexandriam* » (*N. H.*, VII, 125; cf. V, 62). Si on accepte la leçon *Timochares* au livre XXXIV de Pline, il faut évidemment l'accepter ici, puisqu'il s'agit du même personnage. Mais, je crois que les mss. de la *Moselle* reproduisent la vraie leçon du poète, qui semble avoir confondu *Timochares* et *Dinochares*. (Voir la note de M. Tannery, p. 96 de ce *Commentaire*.)

Pline l'Ancien mentionne ce temple et cette pyramide que Dinocharès ou mieux Timocharès éleva par ordre de Ptolémée II Philadelphe. Timocharès avait commencé à faire au temple d'Arsinoé une voûte d'aimant, de façon que la statue de la reine semblât suspendue dans l'air : mais la mort du roi et celle de l'architecte lui-même auraient empêché l'achèvement de cette œuvre. « *Magnete lapide architectus Timochares Alexandriae Arsinoes templum concamarare inchoaverat, ut in eo simulacrum e ferro pendere aere videretur. Intercessit ipsius mors et Ptolemaei regis qui id sorori suae iusserat fieri.* » (Plin., *N. H.*, XXXIV, 148.) Ausone suppose que ce temple fut achevé; d'après lui, c'est à Pharos (cf. v. 315, *Pharii... templi*), et non à Alexandrie même, que le temple aurait été édifié. On sait que Pharos, célèbre par son *phare* (cf. v. 330... *Pharos ut Memphitica turrim*), est une petite île voisine d'Alexandrie, et réunie au continent par une jetée de sept stades ('Επτασταδιον). Du moment qu'au v. 330 Ausone donne à Pharos l'épithète de *Memphitica*, qui signifie *Egyptienne*, en général, on peut supposer que l'épithète de *Pharium*, attribuée au temple construit par Timocharès, n'a pas un sens plus rigoureux, et que le poète veut simplement dire le temple d'Égypte. — J'ai traduit textuellement l'expression du v. 315 : «... dans les hauteurs aériennes du temple de Pharos. » Saint Augustin (*de Civit. Dei*, XXI, VI) parle d'une statue de bronze qui se trouvait dans le temple de Sérapis, à Alexandrie, suspendue grâce à un aimant qui, de la voûte, l'attirait. On connaît la tradition semblable qui s'est formée plus tard à propos du tombeau de Mahomet. — Il se pourrait qu'en faisant allusion à la merveilleuse statue, œuvre de Timocharès, Ausone eût en vue quelque merveille comparable à celle du temple d'Alexandrie, et existant à Trèves. On lit en

effet dans les *Annales Treverensium* la description d'une statue
en fer de Mercure qui rappelle ce qu'Ausone dit du chef-d'œuvre
de Timocharès : « *Audi praeterea quod mireris. Treberis est
ciuitas Galliae nobilis, ubi Senecio quidam cuius hospitio usus
sum per 12 dies, in suburbio ciuitatis ferream imaginem
Mercurii uolantis magni ponderis ostendit in aere pendentem.
Erat autem magnes, ut hospes idem mihi ostendit, supra in
fornice itemque in pauimento, quorum naturalis uis e regione
sua [sibi ferrum asciuit sicque] ferrum ingens quasi dubitans
in aere remansit...* » (Annal. Treuerensium continuator, Pertz
S. S. VIII, 146, 12-17.)

V. 312. QUADRO CUI IN FASTIGIA CONO. — Le Rh a *quadro
cui*, leçon généralement adoptée.

Le G a *quadra cui*, le B, *quadrę cui*, et le L, *cedro* (*cui* est omis).
Beaucoup de corrections ont été proposées pour éviter l'hiatus
admis par tous les éditeurs qui adoptent la leçon du Rh. Turnèbe
(*Advers.*, XIX, XII) propose *cuui ;* Saumaise (*Plin. Exercit. ad
Solin.*, p. 575), *cubi ;* Tollius, *cuji* (il est à remarquer qu'il propose
sa correction en note, mais qu'il écrit *cui* dans son texte). Christ
admet l'hiatus, ou propose :

> ... *quadro cuius fastigia cono*
> *Urget...*

Bœcking :

> ... *cui quadrata in,*

correction qui se rapproche de celle de Goropius Becanus, citée
par Poelmann : *cui quadrato.*

Schenkl reprend la correction de Tollius, *cuii* (ou *cuji*, comme
Tollius écrit) étant regardé comme un datif archaïque.

Il faudrait lire alors *quādr|ō cūii| īn...*

Peiper préfère *quādr|ătă cŭi| īn...*

La conjecture de Peiper a le tort de s'éloigner de la lettre des
mss. (*quadrata* pour *quadro*) ; celle de Schenkl se fonde sur
un passage de L. Müller (*de R. M.*, p. 271) qui admet ce datif
insolite de *qui* dans ce vers d'Ausone et dans un autre de Prudence
(*Hamart.*, v. 104... *sua cuique iura*). Mais cela me semble peu
convaincant. Ausone attríbue diverses quantités au datif *cūī*
(édit. Schenkl : *cŭī*, XV, 9, v. 3 ; XXIII, v. 6 ; *Epist.*, XVI, 2,
v. 59 ; *cŭī*, IIII, 1, v. 15 ; XV, 29, v. 2), mais jamais il n'en fait,
comme il faudrait l'admettre ici, un trochée ou un spondée. Le

Thesaurus de Quicherat, qui mentionne toutes les quantités de *cui*, même *cui̯*, ne note aucun exemple de celle que ce mot devrait avoir ici, d'après Schenkl. Je préfère écrire *quadro cui,* comme les anciens éditeurs, et admettre l'hiatus.

V. 313. SURGIT, ET IPSA SUAS CONSUMIT PYRAMIS UMBRAS. — Pline parle d'un obélisque que Ptolémée fit élever dans le temple d'Arsinoé : « *Hic* (cet obélisque) *fuit in Arsinoeo positus a rege supra dicto* (Ptolémée Philadelphe), *munus amoris in coniuge eademque sorore Arsinoe.*» (*N. H.,* XXXVI, 68.) Les auteurs latins de la décadence ont souvent rapporté avec admiration que les pyramides absorbent leurs ombres. On lit dans Ammien Marcellin (XXII, xv, 29): «...*quae* [*pyramidum*] *figura apud geometras ideo sic appellatur, quod ad ignis speciem... extenuatur in conum. Quarum magnitudo, quoniam in celsitudinem nimiam scandens gracilescit paulatim, umbras quoque mechanica ratione consumit* »; — dans Solin (cap. 35) : *Itaque mensuram umbrarum egressae* [*pyramides turres*] *nullas habent umbras* »; — dans Cassiodore (*Var.* VII, xv) : «*Pyramides in Aegypto, quarum in suo statu se umbra consumens ultra constructionis spatium, nulla parte respicitur.*» C'est sans doute pour donner plus d'importance au monument de Timocharès qu'Ausone a fait de l'obélisque, dont il est question dans Pline, une pyramide qui absorbe son ombre : aussi bien l'Égypte est le pays des pyramides.

Cette pyramide qui absorbe ses ombres a beaucoup inquiété les commentateurs. Vinet avoue qu'il ne comprend guère ce qu'Ausone veut dire : « *Quam autem Aufonius Pyramidem hic fignificet vmbras fuas confumentem, compertum non habeo.*» (*Commentar.,* 262 F.) Il rappelle, au contraire, que Thalès de Milet a pu mesurer la hauteur des Pyramides d'après l'ombre qu'elles portaient; mais il doit reconnaître qu'Ammien Marcellin, Solin, Cassiodore, et Lucien, dans son *Toxaris,* parlent de ces Pyramides qui n'ont point d'ombre. Il donne d'ailleurs une démonstration mathématique qui prouve qu'en hiver la pyramide pouvait absorber son ombre : « *Quare potuit Alexādrię fieri pyramis feu obelifcus, cuius vmbra cōfumeretur diei etīā hiberni magnā parte.* » Tollius aurait, lui aussi, voulu démontrer mathématiquement la possibilité du prodige mentionné par Ausone. Il s'est donc adressé à Jean Blaeu, son éditeur, homme très versé dans les sciences mathématiques; mais comme Blaeu « *aliis gravioribus negotiis occupatus* » faisait attendre trop longtemps la solution demandée, il a dû avoir recours à *Longomontanus Junior* (qui était sans doute un fils ou parent de l'astronome Christian Longomontanus (1562-1647), auteur de l'*Astronomia Danica*); Tollius a inséré dans son édition la démonstration, avec figures, de Longomontanus, qui conclut ainsi : « *Igitur non mirum fi Alexandriæ et in aliis Ægypti ditionibus, magna ex parte circa Solſtitium æſtivum in Pyramide tali umbra conſumatur.* » Wernsdorf renvoie pour cette question aux spécialistes : « *Quod quare ita fiat, et quo in genere pyramidum, harum rerum consulti definiant.* » Bœcking confesse également son incapacité à résoudre ce problème. — Nous n'aurions pas non plus de solution à donner et nous ne pourrions que renvoyer à la démonstration de Vinet ou à celle de Longomontanus, si M. Paul Tannery, ingénieur des manufactures de l'État, bien connu par ses savants travaux sur les mathématiques chez les anciens, n'avait eu l'obligeance de rédiger à l'intention de ce *Commentaire* de la *Moselle* la note qu'on va lire :

« Les pyramides de Gizeh sont, comme on sait, à base carrée, orientées, et l'angle de leurs faces avec le plan de base est d'environ 52°. Il en résulte que, quand le soleil se trouve à midi à plus de 52° de hauteur au-dessus de l'horizon, les rayons frappent directement les quatre faces et les pyramides n'ont point d'ombre. La latitude de Gizeh étant d'environ 30°, la hauteur méridienne du soleil y varie, en nombres ronds de 36° à 84°, et la condition indiquée se trouve remplie pendant plus de sept mois de l'année. Il est à peine utile d'ajouter que l'ombre immense projetée par la pyramide au lever du soleil, décroît successivement à mesure que l'astre monte à l'horizon, qu'elle arrive ainsi à rentrer peu à peu dans l'espace couvert par le monument (c'est ce que veut exprimer Ausone en disant : *et ipsa suas consumit pyramis umbras*), et qu'enfin la durée de l'absence de l'ombre est chaque jour d'autant plus grande que l'on se trouve plus près du solstice d'été. Ainsi, tandis qu'à la date où l'ombre disparaît pour la première fois, une vingtaine de jours avant l'équinoxe du printemps, l'éclairement total ne dure qu'un moment, il se prolonge au solstice d'été pendant deux heures et demie environ avant midi et autant après.

» Ces phénomènes, dont l'explication est très simple, et qu'on n'a certainement pas cherché à produire, n'en sont pas moins de nature à frapper vivement le voyageur qui les contemple, et il semblerait, d'après ce qu'en dit Lucien dans le *Toxaris,* que c'était là surtout le spectacle qui, dans l'antiquité, attirait les touristes au pied des pyramides et que leurs récits célébraient comme la plus grande singularité. Avant Ausone, Solin, et après lui, Ammien Marcellin et Cassiodore en ont également parlé en termes plus ou moins pompeux. C'était donc un lieu commun.

» Parmi les commentateurs, Vinet et l'astronome Longomontanus, dans l'édition de Tollius, se sont attachés à montrer longuement la possibilité du fait en question. Mais ils ne l'ont pas rapporté aux monuments de Gizeh, et Vinet, en particulier, a pensé à une pyramide élevée à Alexandrie et dont les faces auraient été assez inclinées pour ne pas donner d'ombres « même une grande partie d'un jour d'hiver ». Il est beaucoup plus probable qu'Ausone, ayant puisé dans Varron, par exemple, la notice courante relative aux pyramides de Gizeh, l'aura simplement accolée au nom du plus célèbre architecte de l'Égypte des Ptolémées, sans se soucier si ce Grec avait ou non jamais érigé de pyramide. Il semble d'ailleurs avoir fait une confusion entre celui qui dirigea la construction d'Alexandrie (Dinocratès, suivant Strabon, Vitruve, etc.) et l'architecte de Ptolémée Philadelphe, chargé du tombeau d'Arsinoé.

» Paul TANNERY. »

V. 316. CAERULA CAUTES. — C'est ici le passage de la *Moselle* qui a été l'objet du plus grand nombre de discussions, et sur lequel on n'a jamais rien pu affirmer de certain. Il s'agit évidemment d'un aimant qui tient suspendue dans l'air, par un de ses cheveux de fer, une statue d'Arsinoé. Mais les mss., s'ils laissent deviner le sens, ne présentent que des leçons absurdes. Le G, le B et le L ont *chorus achates;* le Rh, *totus achates. Chorus,* qui ne signifie rien (à moins qu'on ne le prenne dans le sens de *chœur,* et alors ce mot fait le vers faux), n'a été adopté que par Ugolet, Avantius et la Juntine; beaucoup d'éditions, l'Aldine, l'édition de Bâle (1523), les éditions de Lyon, celle de Vinet (1575), qui met un signe de doute (*), et celle de Tross conservent *totus.*

A partir de l'Ascensiana et du premier *Ausone* de Vinet (1551), presque toutes les éditions admettent *Corus,* leçon que Scaliger (*Lect. Aus.,* I, 4) approuve : le Corus, dit-il, est ici pour le Zéphyre; Arsinoé était surnommée *Zephyritis,* ayant été ensevelie dans le temple de « Venus Zephyritis ». Quant à Achate, c'est « *quidam quem in delitiis habuerit Arsinoe* ». Cette explication ne satisfait pas Vinet, qui se demande ce que le Corus vient faire

ici. Mais la leçon de l'Ascensiana est adoptée par Freher, Souchay, Christ, Wernsdorf, Bœcking et Schenkl. Gronovius (*Observ.*
lib. I, cap. xix) propose *vĕrā mǎgnētĭs* (ce qui fait le vers faux),
conjecture admise par l'édition de Tollius. Saumaise (*Plin.
Exercit.*, p. 575) admet *Dorus*, Barth (*ad Claudiani Magnetem,*
v. 22), *torvus*, et Cannegieter (*op. cit.*, p. 195), *curvus Achates* :
« *Forte noſter* curvus Achates, *a forma convexa, ut in teſtudine,
ſic nominatus. Achatem autem dicens magnetem intellexit,
ſpeciem pro ſpecie uſurpans... Veriora tamen ab aliis hic doceri
puto.* » Wernsdorf, qui discute toutes les opinions de ses devanciers
(*Poet. latin. min.*, édit. Lemaire, vol. I, Excurs. II *ad Ausonii
Mosellam*, p. 279-281), propose *Chloridos ales*, à cause du vers
de Catulle (LXVI, v. 54), déjà cité par Vinet :

Obtulit Arsinoes Chloridos ales equus.

Or L. Muller a fait remarquer qu'après l'âge d'Auguste aucun
poète n'imite les pièces de Catulle, composées en hexamètres
ou en distiques ; dans l'édition qu'il a donnée de Catulle, le savant
métricien lit d'ailleurs ainsi ce vers :

Obtulit Arsinoes Locridos ales equos.

Quant à la conjecture de Peiper, *virus achates*, elle me paraît
peu intelligible. Peiper la fonde sur ce passage de Pline (*N. H.*,
XXXIV, 147) qu'il cite : « *Sola haec materia* [*ferrum*] UIRUS
ab eo lapide [*magnete*] *accipit, retinetque longo tempore, aliud
adprehendens ferrum, ut anulorum catena spectetur inter-
dum*... etc. »

Corus, comme le trouvait Vinet, me semble ici, inexplicable.
Si les mss. avaient *Corus achates*, ce serait une corruption de
Corus Argestes (cf. Pline, *N. H.*, XVIII, 338 : « *Corus, Graecis
dictus Argestes* »; Sénèque, *Nat. Quaest.*, V, xvi : « *Corus
qui apud quosdam Argestes dicitur* »; Aulu-Gelle, II, xxii, 12 :
« *Corus quem solent Graeci* Ἀργεστήν *vocare* »), corruption qui se
trouve dans un calendrier romain du ive ou du ve siècle (Bibl. nat.,
Nouv. acquisit. latines, nᵒ 1523) reproduit par G. Boissier dans la
Revue de Philologie de janvier 1884. On lit en effet dans ce calendrier, au mois de mai : « *flat ventus Agrestis* »; *Agrestis* est pour
Argestes (Ovide, *Fast.*, V, v. 161). Peut-on admettre qu'Ausone
ait écrit *Corus agrestis* comme l'auteur du calendrier ? Je ne le
crois pas.

Si les mss. ont *chorus* pour *Corus*, je pense que *Corus* a été
amené à cause du voisinage de *spirat*, peut-être par souvenir

du vers de Virgile (*G.*, III, v. 356) : *Semper hiems, semper spirantes frigora Cauri.* Mais ici ce qui souffle, ce qui aspire *(spirat),* c'est l'aimant, ce n'est pas le vent; il nous faut donc un mot signifiant aimant, et ce mot ne peut être *achates.* Je crois que Pline, constamment imité dans ce passage par Ausone, nous donne ce mot : il appelle l'aimant *lapis magnes* (*cautes* est synonyme de *lapis*), et il dit : « *Conpertum tanto meliores esse quanto sint magis caerulei.* » (*N. H.*, XXXVI, 128.) Je propose donc de lire :

> *Spirat enim tecti testudine caerula cautes.*

V. 330. ALTAM, PHAROS UT MEMPHITICA, TURRIM. — Souchay fait observer avec raison qu'ici *memphitica* est employé par synecdoche pour *aegyptia* (voir v. 315 ...*Pharii templi*). Freher dit que l'on voit sur les sommets des collines, aux bords du Rhin et de la Moselle, beaucoup de hautes tours rondes, qui datent de l'époque romaine, et qui sont devenues le centre d'édifices construits plus tard.

V. 331. CLAUSOS CONSAEPTO GURGITE PISCES. — Freher constate que l'on pratique avec succès ce genre de pêche près de Neumagen, à l'embouchure de la Drohne et ailleurs. Tollius dit de son côté : « *Nota illa piscandi ratio, qua obstructis angustiarum aditibus, inter scopulos vel vada prominentia pisces conclusi capiuntur.* »

V. 337-348. — Cette description de l'établissement de bains, situé sur les bords de la Moselle, est imitée de plusieurs morceaux de Stace, en particulier de la IIIᵉ *Silve* du *Livre* I. Sidoine Apollinaire, à son tour, s'est inspiré d'Ausone dans la *Lettre* IIᵉ du *Livre* II, dans ses distiques « *de Balneis villae suae supra lacum positae* » (*Carmen* XVIII), et dans son quatrain sur une piscine (*Carmen* XIX).

On peut se rendre compte que la description d'Ausone est exacte et complète en se reportant à la *Lettre* XII de *Rome au siècle d'Auguste* (t. I, p. 138 et suiv., *Les bains privés et les bains publics*), et aux passages des auteurs anciens cités par Dezobry.

Freher s'étonne qu'Ausone ne parle pas des eaux minérales abondantes dans toute la région : « *Miror quod nihil de fontibus acidis, magno ejus regionis & præcipuo commodo, Ausonius tetigerit : qui & apud Confluentes, & Augustam ipsam Treve-*

*rorum magno & palati & stomachi bono bibuntur : & passim
etiam in media via.* » Mais Ausone prétend ne parler que de
ce qu'il voit sur son chemin : il ne décrit les bains qu'en tant
que monuments, et, s'il montre les ébats des baigneurs qui nagent
en plein fleuve, c'est qu'il y trouve un joli motif à tableau
de genre. Il est probable que les établissements où l'on prenait des eaux minérales pour le plus grand bien de l'estomac
n'avaient rien de monumental; et il eût été difficile de trouver,
dans la vue de gens qui boivent de l'eau, un sujet de description
gracieuse. Enfin, et cette raison a bien son prix, si Stace a
fait des descriptions de bains et de nageurs, descriptions dont
on pouvait s'inspirer et avec lesquelles il était intéressant de
lutter, le poète des *Silves* ne s'est pas occupé des buveurs d'eaux
minérales.

Ausone termine sa description des bains en leur faisant l'honneur de les comparer à une Baies en petit; cette Baies gauloise
a même, sur la véritable, l'avantage appréciable qu'on peut y
goûter des plaisirs qui n'entraînent à aucun faste. Et la licence
et le faste proverbiaux de la vie mondaine à Baies sont attestés
par bien des auteurs latins, depuis Varron qui les raille dans une
Satire dont il reste quelques fragments, et Cicéron qui y fait de
nombreuses allusions, dans le *Pro Caelio,* jusqu'à Ammien
Marcellin et Symmaque. (Voir les renvois au texte des auteurs
anciens qui ont parlé de Baies, dans *Rome au siècle d'Auguste,*
lettre LXXXIV, t. III, et dans les *Mœurs romaines du règne
d'Auguste à la fin des Antonins,* par Fried aender, traduct. franç.
de Ch. Vogel, t. II, pp. 397 et suiv., Paris, 1867.)

Cette comparaison, si flatteuse pour les bains de la Moselle, a
cependant attiré à Ausone de la part de Cannegieter une critique
assez bizarre. Voici, en effet, comment s'exprime cet érudit (*op.
cit.* pp. 196 et suiv.) : « *Quod simulacra exilia dicit, admodum
exile est hoc epitheton, nec credo id voluisse Ausonium, qui
invidendis laudibus celebrat Mosellam, & quem Symmachus,
Lib. I. epist.* magna narrasse *scribit. Neque ullus Poëtarum unum
hominis unius privati balneum ita laudavit, ut Bajanis non
aequiperaret. Non certe Statius, non Sidonius. Ille de Balneo
Etrusci Silv. I. vs. 60 :*

> *Non si Bajanis veniat novus hospes ab oris
> Talia despiciat...*

» *Intelligis ab hoc Poëta laudes balneorum Mosellanorum
mutuatum esse nostrum, quod & animadvertit Freherus.*

Sidonius balneum villae fuae carm. 18. poene Bajis prae-fert :

> *Aemula Bajano tolluntur culmina cono,*
> *Parque cothurnato vertice fulget apex.*
> *Garrula Gauranis plus murmurat unda fluentis,*
> *Contigui collis lapfa fupercilio.*
> *Lucrinum dives ftagnum Campania nollet,*
> *Aequora fi noftri cerneret illa lacus.*
> *Illud Puniceis ornatur littus echinis,*
> *Pifcibus in noftris hofpes utrumque vides.*

» *Quis ergo credat, Aufonium omnia riparum Mofellanorum balnea (in quibus forte Imperatorum, quos inde a tempore Conftantini imperii domicilium Auguftae Trevirorum habuiffe novimus) cum illis Bajanis comparans ¶ exilia dixiffe? aut faltem dicere debuiffe? Nam aut Poëta hoc loco, aut librarius culpandus.* » Tross trouve que Cannegieter a bien raison de blâmer l'emploi de ce mot *exilia;* il ne lui reproche que de n'avoir pas proposé une correction lui-même, et il hasarde *eximia.* La conjecture de Tross a le tort grave d'être déplacée, d'abord, et ensuite de faire le vers faux *(ēxĭmĭă).* D'ailleurs *exilia* est bien l'épithète convenable. Quoi qu'en dise Cannegieter, elle concorde avec le sens de Stace; on lit en effet dans le second hémistiche du v. 61 de la *Silve* v du livre I, dont le critique ne cite que le premier :

fas sit componere magnis

Parva...

Parva est synonyme d'*exilia.* Quant à l'autre autorité de Cannegieter, le *Carmen* XVIII de Sidoine « *de Balneis villae suae supra lacum positae* », on ne peut, à la lecture de ces exagérations bien dignes du manque de goût d'un poète de décadence, que savoir bon gré à Ausone de n'y être pas tombé, quoique gascon.

V. 354. PROMEAE NEMESAEQUE ADIUTA MEATU SURA. — Vinet avoue ne rien connaître au sujet des deux cours d'eau qui se jettent dans la *Sura :* « [*Pronea*] & *Nemefa in Suram delabentes mihi prorfus incogniti.*» (*Comment.*, 265.) Scaliger ne dit pas qu'il les ignore; mais, remarquant qu'Ausone passe sous silence les fleuves de moindre importance (*fluuii minorum*

¶ Je copie textuellement : on s'attendrait à lire *Ausonium... comparantem.* Aut Cannegieter hoc loco, aut typographus culpandus.

gentium, comme il les appelle), et comme il n'est ici question que d'affluents de la Sura qui se jette elle-même dans la Moselle, l'auteur des *Ausonianae Lectiones* ne daigne pas s'en occuper : « *De Pronea, & Nemoſa, quia eos faſtidit Auſonius, neque Moſellæ, ſed Suræ immiſcentur, non magnopere curaui inueſtigare.* » (*Aus. Lect.,* I, 2.) Freher, qui fait observer que la *Pronea* et la *Nemesa,* qui se nomment de son temps *die Pruim* et *die Nymss,* se jettent dans la *Sura* auprès du bourg d'*Eerel,* non loin du monastère d'*Echternach,* ajoute philosophiquement : « *Omnia enim iſta fluuiorum nomina, abrogata alias toto iſto traĉtu Latina lingua, integra apud Germanos manſerunt, non minus quam flumina illa Aquitanica, in fine Operis. Adeo nec alveos nec nomina facile fluvii mutant.* » Le nom de ces deux rivières est aujourd'hui, d'après Desjardins (*Géographie historique et administrative de la Gaule romaine,* Paris, 1876, t. I, p. 132), la *Prüm* et la *Nims* ¶. La Prüm prend sa source dans les collines de Schneifel, près du village d'Olsheim, passe devant la petite ville de Prüm, célèbre par son abbaye fondée en 721, à laquelle elle donne son nom, reçoit l'Alf en amont de Lunebach, la Dinz près de Schanzweiler, et se réunit à la Nims, après un cours d'une dizaine de lieues. Les deux rivières se jettent dans la *Sura,* une lieue environ après leur confluent, près du petit village de Stenèn.

La *Sura* se nomme aujourd'hui, d'après Desjardins, *Sauer, Saure, Sure* ou *Sour;* d'après Bœcking, en allemand *Sauer* ou *Sour;* en français, *Sure.* Vinet dit de cette rivière : « *Sura nomen priſcum adhuc retinens, Germaniæ inferioris fluuius eſt, niſi me fallunt, qui has regiones nuper deſcripſerunt, inter Treueros & Mediomatrices, ſed propius Treueros in Moſellam exiens.* » (*Comment.,* 265.) Scaliger : « *Sura nulla controuerſia eſt ille qui hodie dicitur ab accolis Moſellae, Saur, & Moſella excipitur ad vicum Billich.* » (*Aus. Lect.,* I, 2.) Navigable pour les petits bateaux — dit Bœcking — à partir de l'endroit où elle reçoit la Prüm grossie de la Nims, la Sauer sortie des Ardennes et grossie de divers ruisseaux, se jette dans la Moselle après un cours d'une vingtaine de lieues, deux lieues au-dessus de Trèves et près du bourg de Wasserbillig.

¶ Desjardins commet, à propos de ces rivières, une singulière inadvertance : après avoir cité « les deux tributaires [de la Sura] qui n'en font qu'un, la *Pronaea* et la *Nemesa* », il ajoute en note explicative : « La Nims se jette dans la Prüm qui se jette à son tour dans la Moselle » (page 132, note 5).

V. 359. CELBIS... ERUBRIS. — On a vu, aux notes critiques
concernant le v. 359, les diverses orthographes du nom de ces
deux fleuves qu'on trouve dans les mss. et dans les éditions.
Scaliger dit : « *Celbis hodie cauda nominis ſui truncatus eſt.
Dicitur enim Kehl. Is non longe ab oppido Eringio fluit in
Moſellam... ſequitur Erubris. Is eſt plane, qui hodie Rouer,
& ad cognominem ſui vicum Moſellæ immiſcetur.* » (*Auson.
Lect.*, I, 2.) Freher répète, à peu près dans les mêmes termes :
« *...hodie* die Kyl, *a quo nomen habet* Kylburg, *prope vicum*
Erang *Moſellae infunditur... Hodie* die Rouver, *apud vicum
cognominem Moſellae illabitur.* » Suivant Desjardins, ces cours
d'eau se nomment aujourd'hui *Ruver* et *Kyll;* du second vient
Celbisburgum (Kyllburg), d'après la remarque de Valois (*Notit.
Gall.*, p. 141). La Kyll — dit Bœcking — prend sa source aux
environs de celle de la Prüm, près du village de Loossheim, et,
après un cours d'une vingtaine de lieues, se jette dans la Moselle
auprès du bourg d'Erang. Jacques Schneider a publié à Trèves,
en 1843, une description de la vallée de la Kyll. La Ruver prend
sa source près de Kell et, après un cours de sept lieues, se jette
dans la Moselle, à une lieue de Trèves ; c'est un affluent de la rive
droite. Bœcking ajoute qu'on s'explique facilement les moulins
établis sur le cours de la Ruver, et dont il est question au v. 362 ;
mais plus difficilement les scieries de marbre dont il est parlé au
v. 363 : car, dit-il, on exploite sur les bords de la Ruver, non des
marbres, mais une excellente ardoise bleue, qu'il n'est pas besoin
de scier, tant elle se divise facilement en feuillets. Chassot de
Florencourt (*Jahrbücher des Vereins von Alterthumsfreunden im
Rheinlande,* VI, 208 ff.) prétend, sans autre autorité que le passage
de la *Moselle* en question, qu'il y avait sur la Ruver au temps
d'Ausone des moulins pour scier le marbre. Bœcking pense au
contraire que le poète se souvient d'un passage de Pline l'Ancien :
« *Mollitiae... praecipua sunt exempla in Belgica provincia
candidum lapidem serra qua lignum faciliusque etiam secan-
tium ad tegularum et imbricum vicem.* » (*N. H.*, XXXVI, 159.)
Mais il semble peu probable qu'Ausone ait confondu l'ardoise avec
le marbre, et surtout qu'il ait vu des scieries destinées à travailler
une ardoise qui n'a pas besoin d'être sciée. Desjardins (*op. cit.*,
p. 133, note 1) confirme l'assertion du poète : « C'est mal à propos
qu'on a cité, relativement à ce passage, la pierre blanche et facile
à tailler dont parle Pline, comme étant en Belgique, puisque le
marbre dont les carrières se trouvent sur les bords de cette rivière,
près du village de Ruver, lequel est situé à son confluent avec la

Moselle, est bleuâtre, semblable à l'ardoise, et sans veines. Voy. Forbiger, III, p. 126, renvoi** à la note 92. »

V. 365. LESURAM... DRAHONUM. — La *Lesura*, au moyen âge *Ligeris* ou *Legura*, au XIIe siècle *Lisere*, nommée *Leser* par Scaliger et Freher, et *Lieser* par Bœcking et Desjardins, est un affluent de gauche ; ce cours d'eau de médiocre importance prend sa source dans l'Eifel et se jette dans la Moselle au-dessous de Trèves, près du bourg de Lieser.

Le *Drahonus*, nommé *Draon* ou *Dron* par Scaliger et Freher, *Drohn* ou *Dhron* par Bœcking, et *Trohn* ou *Drohne* par Desjardins, est une rivière de très médiocre importance qui prend sa source dans le Hunsrück, près du village de Dhronecken ou de Thronecken, et qui, après un cours d'environ cinq lieues, se jette dans la Moselle au-dessous de Neumagen. Bœcking dit, sans preuve, que ceux qui identifient cette rivière avec le *parvulus Rhodanus*, dont parle Fortunat, commettent une erreur. Desjardins, au contraire (*op. cit.*, p. 133), dit que, dans la *Moselle* et dans la poésie « *ad Nicetium, Treverensem episcopum* », le même cours d'eau est désigné sous les deux noms différents de *Drahonus* et de *Rhodanus*.

V. 366. SALMONAE. — La *Salm*, affluent de la rive gauche, prend sa source au village de Meisburg, à une lieue au Sud de Geroldstein et se jette dans la Moselle après un cours de six lieues au-dessous du village de Clüsserath (que Scaliger nomme *Klufrat*).

V. 367. SARAVUS. — Le *Saravus*, qui porte aussi ce nom dans la Table de Peutinger (*Segm.* II, B, 1 : poutesaraui), qui est appelé *Sarvix* dans l'itinéraire d'Antonin, *Saruba* par l'anonyme de Ravenne (IV, 26), *Sara* par Fortunat (*de Navig. suo*, v. 20), *Sarra* au moyen âge, *die Sahr* en allemand au temps de Scaliger et de Freher, *die Saar* en allemand moderne, et la *Sarre* en français, est le plus considérable des affluents de la Moselle. Scaliger fait remarquer qu'il ne faut pas confondre cette rivière avec la *Sura* dont il a été question au v. 356 ; il ajoute que le nom de *Sarra*, donné à la Sarre dès l'époque romaine, est attesté par une inscription de Saarbrück transportée à Trèves, où on lit ces mots : CASTRA. SARRAE FLV... Cette inscription citée, après Scaliger, par Freher et d'autres, et admise par Gruter (p. 225, no 4), est fausse, comme Desjardins le fait remarquer (*op. cit.*, p. 132, note 7).

Le cours de la Sarre est trop connu pour qu'il soit nécessaire d'en parler. Il a déjà été dit (note au v. 92) que la Sarre se jette dans la Moselle près du village de Conz, qu'on appelle d'ordinaire en français Consarbrück. C'est ce village qu'Ausone désigne pompeusement par les mots *Augustis... muris,* que je traduis par « *les murs d'un palais Auguste* ». Cette expression d'Auguste appliquée à ce village paraît étonnante et fait, au premier abord, penser à *Augusta Trevirorum.* Desjardins prétend même, à propos de ce vers, qu' « Ausone dit aussi qu'elle [la Sarre] se jette à Trèves dans la Moselle » (*op. cit.,* p. 132, note 8). Ce n'est pas Ausone qui le dit : il connaissait assez Trèves pour savoir que ce n'est pas sous les murs de cette ville que les deux rivières se réunissent. Ce sont quelques commentateurs qui l'affirment d'une manière plus ou moins formelle. Vinet croit qu'Ausone désigne Trèves et voit dans ce passage une inexactitude de poète : « *Poterat spatio longe breuiori, & sic minori labore, longius à mœnibus Augustæ Treuirorum, de qua est carmen inter claras vrbes, Mosellæ se iungere Sarauus, sed sub ipsis muris vrbis nobilissimæ, id maluit facere. Aliquanto tamen interuallo supra Augustam Treuirorum in Mosellam exit Sarauus.* » (*Comment.,* 266 C.) Mais, dans le petit poème des *Clarae Urbes* consacré à Trèves, Ausone parle de la position de cette ville sur la Moselle et ne dit rien de la Sarre. Scaliger affirme qu'il s'agit de Trèves : « [*Sarauus*] *& nauigiorum patiens, & aliorum amnium hospitio, quos in se recipit, clarus : &, quod caput omnium esse dicit Ausonius, sub mœnia Augustę Treuerorum Mosellam conuenit, non longe à Kontherbruk.* » (*Auson. Lect.,* I, 2.) C'est l'inverse qu'il fallait dire : sous les murs de Consarbrük, non loin de Trèves. Le géographe Abraham Ortelius d'Anvers (cité par Hontheim p. 240, not. X du *Prodromus* de son *Historia Trevirensis*) indique bien qu'il s'agit de Consarbrük : « *Ad vicum Guntzium, à quo pons ille Sarræ antiqui operis, nomen habet Cuntzerbruke.* » Par une contradiction curieuse, Souchay, qui, dans ses notes, résume l'indication d'Ortelius : « *Ad oppidum Contzerbruk, paulo supra Augustam Trevirorum* », écrit dans le passage de l'*Interpretatio* qui correspond à ce vers : « *propè mœnia Augustæ* Treverorum ». Bœcking, après Tross, se range à l'opinion d'Ortelius et admet d'autant plus facilement l'existence à Conz d'un palais d'été des empereurs qu'on trouve dans le code Théodosien plusieurs ordonnances datées de cette localité, nommée en latin *Concionacum, Contionatum, Concionatum* ou *Contionacum.* Corpet traduit encore « les remparts de la cité impériale ». Mais, dans leurs Index, Schenkl et Peiper écrivent tous deux : « Augusti muri (Concionatum, *Conz*). »

Malgré l'autorité des manuscrits et des éditions où on lit *volveret ostia*, expression au moins fort rare, si elle se trouve autre part qu'ici, et en tous cas peu intelligible, je préfère admettre la conjecture de Christ et de Tross, *solveret ostia :* le sens est clair, et, d'ailleurs, Ausone lui-même dit, au v. 473 de la *Moselle, ostia solvis*, et au v. 5 de l'*Epigr.* V, *Scythico solvo ostia ponto.*

V. 371. ALISONTIA. — « Reste l'*Alisontia*, — dit Desjardins, — sur laquelle les géographes allemands et français n'ont pu se mettre d'accord. » (*Op. cit.*, p. 134.) Scaliger pense qu'il s'agit de l'Alf : « *Alifontiam non dubito effe eum quem Alf vocant. Et fortaffe non male legeretur, Alifontia. Alij vocant Die Alb. In vico cognomine communicat aquas fuas ipfi Mofellæ.* » (*Auson. Lect.*, I, 2.) Mais Scaliger est seul de son opinion. Freher dit qu'il ne peut s'agir de cette rivière. Tross fait remarquer que l'Alf, cours d'eau chétif, ne peut pas être celui qu'Ausone compare à la Sarre (v. 370: *Nec minor hoc...*). Bœcking trouve aussi que l'opinion de Scaliger ne supporte pas l'examen.

Vinet suppose que l'*Alisontia* est l'Elz, rivière qui traverse le Luxembourg ¶ : « *Hic fluuius putatur effe, qui Lucemburgenfibus*, Elz, *dicitur, per quos in Mofellam delabitur.* » (*Comment.*, 266 C.) C'est aussi l'opinion de Freher : « *Hodie contraĉtius* Eltz, *ut ipfe vicus* Eltz *olim* Elifatia *fcriptus... [eft]* Eltz *fluuius apud vicum cognominem Mofellæ exceptus.* » La phrase de Freher est reproduite par Souchay, et son opinion adoptée par Brower, Hontheim, Bœcking, Schenkl et Peiper. « Cette Elz — dit Bœcking — qui prend sa source environ sept lieues à l'ouest de son embouchure, non loin des sources de l'Alf et de la Lieser, un peu à l'ouest de Kelberg, dans l'Eifel, et qui, dans les documents à partir du Xe siècle, se nomme d'ordinaire *Elza, Elze, Helze, Alcia* (Gunther, Cod. Dipl. Rh.-Mosell., tom. I), est aussi appelée *Alisontia*, comme le prouve la chronique de Gottwich (Prodr., cap. IV, p. 750): « *Versus meridiem pro limite erat fluvius Mosella usque trans fluvium Alisontiam vel Elzam, versus fluvium Leguram, qui nonnunquam etiam Ligeris appellatur.* » Cette identification de l'*Alisontia* avec l'Elz semble donc probable. On peut faire sans doute à Bœcking la même objection qui a été faite à Scaliger : pas plus que l'Alf, l'Elz n'est comparable à la Sarre.

. ¶ Bien entendu le duché de Luxembourg, tel qu'il était au temps de Vinet.

Mais Bœcking répond que tous les autres cours d'eau qu'on peut essayer d'identifier à l'*Alisontia* sont également de très peu d'importance, et que d'autre part Ausone connaissait mieux sans doute les environs de Trèves que le cours de l'Elz.

Enfin, on a proposé de voir dans l'*Alisontia* l'Alsitz ou Alzig, Alzette en français, qui passe à Luxembourg. Freher rejette cette hypothèse sans s'y arrêter, car l'Alzette est un affluent de la Sauer, et non de la Moselle : « *Neque etiam* [*eſt fluvius*] *qui Lutzelburgum prælabitur* Alsitz: *is enim Suram, non Moſellam influit.* » Valois cependant (*Notit. Gall.*, p. 13) prétend démontrer, d'après des lettres des années 786, 803 et 876, où l'Alzette est appelée *Alsuntia, Alsontia, Alsantia,* qu'il s'agit bien de ce cours d'eau. D'Anville (*Notice de la Gaule*, p. 56) reprend l'argumentation de Valois et donne à l'appui un autre texte de l'an 963 : « C'est la rivière d'Alsetz qui passe à Luxembourg et qui tombe dans celle dont le nom est *Sura* dans Ausone, aujourd'hui *Sour,* laquelle se joint à la Moselle au-dessus de Trèves. Marquard Freher a mieux aimé l'entendre d'une petite rivière qui se rend dans la Moselle, mais beaucoup plus près de Coblentz que de Trèves, ce qui paraît contraire à cette opinion, parce qu'Ausone affecte en quelque manière de se renfermer dans les environs de Trèves. D'ailleurs il est décidé qu'*Alisontia* est la rivière qui passe à Luxembourg par des lettres d'un comte Sigifrid de l'an 963 : *Castellum Lusilinburch, in pago Metingauw, super ripam Alsuntiæ fluminis.* Il n'y a guère moyen de douter qu'*Alsuntia* et *Alisontia* ne soient le même nom. » A. Wiltheim (*Luxenb. Rom. Mss.* lib. II, cap. VI), Tross, Ukert (*Geogr.*, II, 2ᵉ partie, p. 167) et Desjardins (*op. cit.*, p. 134) se rangent à l'avis de Valois. Desjardins trouve à fait concluants les textes du moyen âge cités par Valois et résout sans peine « les objections [qui] sont que l'Alzette n'est pas un affluent de la Moselle, mais de la Sauer, et qu'Ausone, qui a mentionné plus haut la *Sura,* avec deux de ses tributaires, aurait dû nommer l'*Alisontia* en même temps. Mais le poète ne suit aucun ordre, nous l'avons déjà fait remarquer; il ne dit pas non plus qu'il ne s'astreigne à nommer que les affluents directs de la Moselle, puisqu'il donne, dans son énumération poétique, d'autres sous-affluents de cette rivière, la *Pronaea,* recevant elle-même la *Nemesa.* » L'argumentation de Desjardins ne paraît pas irréfutable : c'est justement, pourrait-on lui répondre, parce que le poète ne suit aucun ordre qu'il n'y a rien d'étonnant à lui voir citer l'Elz immédiatement après la Sarre; si Ausone ne s'astreint pas à ne nommer que les affluents directs de la Moselle, dᵘ moins quand

il parle de sous-affluents, comme la *Pronaea* et la *Nemesa,* il a
soin de ne les citer qu'à propos de l'affluent direct dont ils sont
tributaires; et il serait curieux qu'après avoir cité ces deux
affluents de la Sauer, il revînt plus tard, sans aucune raison, et en
lui donnant une importance que rien ne justifie, à un autre affluent
de cette même rivière, en n'indiquant pas, comme il a eu soin de
le faire pour la *Pronaea* et la *Nemesa,* que l'*Alisontia* se jette
dans la *Sura.* — Enfin Desjardins cite sans la résoudre une objection qui a trait au changement d'*Alisontia* en *Alzette :* « Il a dû
exister toutefois entre *Alizontia* et *Alzette* une forme germanique
intermédiaire, qui est sans doute *Alz;* car *Alizontia* eût donné,
en roman, *Alzonce* ou une forme voisine et n'a pu produire directement *Alzette,* qui semble être le diminutif de *Alz.* » (Note de
M. L. Havet.) Cette objection ne se présente pas si nous admettons l'identification de l'*Alisontia* avec l'*Elz,* identification que
le passage de la chronique citée par Bœcking *(Alisontiam vel
Elzam)* légitime parfaitement. A se change facilement en E : *Elz*
est la forme germanique qui vient naturellement d'*Alisontia;* ce
n'est pas un diminutif plus ou moins hypothétique, c'est le dérivé
germanique naturel du nom latin que nous fournit le mot *Elz :*
raison de plus de nous rendre à l'opinion défendue par Bœcking.

V. 372. MILLE ALII. — Scaliger cite quelques-uns de ces
« mille autres » affluents que l'imagination d'Ausone attribue à la
Moselle : « *Mofella… Rhenum ingreditur exceptis intra fe
prœter eos fluuios, quorum meminit Aufonius, Ru, Mofa (alius
eft à Mofa illo magno fluuio) Sella, Iaro, Siero, Bifero, & Kuten-
bacho.* » (*Auson. Lect.,* I, 2.) Freher cite en outre l'*Orna* qui se
jette dans la Moselle devant Metz, la *Sallia* ou *Sella,* citées
toutes les deux par Fortunat. Bœcking énumère par ordre tous
les affluents nommés ou omis par Ausone : *Madon, Meurthe,
Seille, Orne, Saur, Saar, Ruwer, Kyll, Salm, Dhron, Lieser,
Elz.* Desjardins (*op. cit.,* p. 132) dit que les affluents de la
Moselle, anciennement nommés et dont il n'est pas question
dans Ausone, sont la *Salia* (Seille) et l'*Orna* (Orne), citées pour
la première fois par Fortunat, au VIᵉ siècle. Quant au *Rhodanus*
qui, d'après ce dernier poète, baigne le château-fort de Nicetius,
évêque de Trèves, à son confluent avec la Moselle, c'est *Dro-
nanus,* dit Desjardins, qu'il faut lire : «… Sa description [la
description du château-fort] s'applique en effet à Neumagen, située
au confluent de la Moselle et de la Trohn ou Drohne, qui repré-
sente bien certainement le *tenuis Drahonus* d'Ausone. » Le der-

nier éditeur de Fortunatus, F. Leo (*Monum. Germ. Hist.*, t. IV, pars I) semble ignorer la correction de Desjardins, dont, en tout cas, il ne tient aucun compte. Il écrit *Rodanus*.

V. 375-377. SMYRNA... MANTUA... SIMOIS... THYBRIS. — Il n'est pas utile d'expliquer ces allusions très claires à Smyrne, l'une des sept villes qui se disputaient l'honneur d'être la patrie d'Homère, à Mantoue, patrie de Virgile, au Simoïs et au Tibre, fleuves que l'*Iliade* et l'*Énéide* ont rendus célèbres. Chantée par un Homère ou par un Virgile, la Moselle serait plus illustre que le Simoïs ou le Tibre.

V. 378-380. — On a vu, dans les *Notes critiques,* que ces trois vers ont fort embarrassé les commentateurs qui ont supposé une lacune, s'ils conservaient le v. 380 tel qu'il est dans les mss., et qui, s'ils ne supposaient pas de lacune, ont essayé diverses corrections. Corpet, qui conserve la leçon des mss., traduit ainsi : « Pardonne-moi, Rome puissante ; repousse, je t'en conjure, et l'envie, et Némésis qui n'a point de nom dans la langue latine : les pères de Rome eux-mêmes ont placé là le siège de l'empire. » Et il explique sa traduction : « Il [Ausone] prie Rome de lui pardonner, s'il préfère la Moselle au Tibre ; car les pères de Rome eux-mêmes, c'est-à-dire les empereurs, ont transporté à Trèves, sur les bords de la Moselle, le siège de l'empire. » Il me semble difficile de rendre *Imperii sedem... tenuere* par « ont placé là le siège de l'empire ». J'aime mieux lire au v. 380 : « *Imperii sedem Romamque tuere parentem* » : *imperii sedem* se rapporte à Trèves, siège actuel de l'empire, ville qu'Ausone appelle au v. 24 *Dignata imperio... moenia; — Romamque parentem,* car Rome est la mère de l'empire. Le poète demande à Némésis d'unir ces deux villes dans une commune protection. — Quant à la phrase « *Latiae Nemesis non cognita linguae* », c'est une allusion un peu pédante à deux passages de Pline l'Ancien : « ... *Nemeseos, quae dea Latinum nomen ne in Capitolio quidem invenit* » (XI, 251), et « *Nemesim, cuius... Romae simulacrum in Capitolio est, quamvis Latinum nomen non sit* » (XXVIII, 22). Ausone a d'ailleurs coutume d'invoquer Némésis : cf. édit. Schenkl, VI, v. 40 : ...*mitibus audi Auribus hoc, Nemesis...;* XIII, 2, v. 85 : *Absistat Nemesis.*

V. 382. BELLO EXERCITA PUBES. — Le courage des habitants de Trèves et surtout la qualité de leur cavalerie sont souvent l'objet des louanges des auteurs latins, en particulier de César : « *...equites Treviri, quorum inter Gallos virtutis opinio est singularis.* » (*De Bell. Gall.*, II, XXIV.) « *Haec civitas* [*Treviri*] *longe plurimum totius Galliae equitatu valet, magnasque habet copias peditum.* » (*Ibid.*, V, III.) L'auteur du VIIIe livre des *Commentaires* emploie même à propos des Trévires une expression dont Ausone s'est peut-être souvenu : « [*Treviros*] *quorum civitas, propter Germaniae vicinitatem cotidianis exercitata bellis...* » (*De Bell. Gall.*, VIII, XXV.)

V. 383. AEMULA... LATIAE... FACUNDIA LINGUAE. — Souchay croit qu'il s'agit de la langue nationale des habitants de Trèves, et rend ainsi ce passage dans son *Interpretatio* : « ... *eloquentia linguae propriae, conferenda cum* eloquentia *Latina.* » Corpet semble comprendre de la même manière, quand il traduit : « ...un langage rival de la langue du Latium. » Mais on sait qu'au temps d'Ausone la culture des lettres latines était répandue dans toute la Gaule ; Trèves, en particulier, avait ses écoles et ses rhéteurs ; c'est à Trèves que furent prononcés, en 289 et en 291, les deux plus anciens panégyriques latins que l'on connaisse après celui de Pline le Jeune. (Voir Teuffel, *Hist. litt. Röm.*, § 391.) C'est à Trèves encore que furent prononcés, en 296 ou 297, le *Panegyricus Constantio Caesari dictus*, attribué à Eumène, le *Panegyricus Constantino Augusto dictus* (310), et la *Gratiarum Actio Constantino Augusto dicta* (311), œuvres d'Eumène. A Trèves enfin, un rhéteur gaulois inconnu débite un discours à l'occasion du mariage de Constantin (307), et un autre inconnu prononce le panégyrique de l'empereur, à son retour de l'expédition de 313 en Italie. (Voir Teuffel, *op. cit.*, § 401, 5 et 6.) C'est à ces discours qu'Ausone fait sans doute allusion, et je traduis ainsi le v. 383 : « ...une éloquence qui rivalise avec celle des orateurs du Latium. »

V. 384. MORES ET LAETUM FRONTE SERENA INGENIUM. — La leçon *serena* est justifiée par le passage de Stace (*Silv.* I, III, v. 91-92), imité ici par Ausone :

. . . . *virtusque* serena
Fronte *gravis* . . . .

Ausone emploie une expression semblable à propos des habitants de Milan (édit. Schenkl, XVIIII, v. 36) :

. . . . *facunda virorum*
Ingenia; et mores laeti . . . .

V. 386-388. CATONES... ARISTIDES. — C'est un lieu commun, familier aux poètes, de vanter Caton et Aristide et de les prendre comme types de vertu. Ausone lui-même dit ailleurs (édit. Schenkl, XV, 24, v. 3-4) :

> *Nec solus semper censor Cato, nec sibi solus*
> *Iustus Aristides his placeant titulis.*

V. 387. IUSTI SERVATOR ET AEQUI. — Au lieu de *spectator* qui se trouve dans toutes les éditions, mais qui n'a nulle part le sens qu'on lui attribuerait dans ce passage, je préfère conjecturer *servator* à cause de deux vers, l'un de Virgile (*Aen.*, II, v. 427... *servantissimus aequi*), l'autre de Lucain (II, v. 389... *servator honesti*), que celui d'Ausone semble imiter.

V. 391. NERVIS. — Je conserve la leçon vulgaire. On sait que *nervi*, dans le sens de cordes de la lyre, se trouve très fréquemment chez les poètes. C'est à tort, semble-t-il, que Schenkl et Peiper admettent *netis*. *Nete* (νήτη) est la dernière corde de la lyre, la plus aiguë : si la lyre a plusieurs *nervi*, elle ne peut avoir plusieurs *netae*. Le mot *nete* est d'ailleurs fort rare et ne se trouve guère que dans Vitruve (V, IV).

V. 392. TEMPUS ERIT. — Le temps n'est jamais venu de cet ouvrage à la louange des Belges, de ces panégyriques de tant de personnages marquants qu'Ausone annonce dans ces vers, et de ce poème plus développé qu'il se promet (v. 448-460) de composer en l'honneur de la Moselle, dès qu'il sera rentré à Bordeaux, après avoir terminé l'éducation de Gratien. Les auteurs des *Gesta Trevirorum* n'ont pas bien compris le sens de ces vers, et ont, sans autre autorité, conclu à l'existence d'un grand ouvrage d'Ausone sur la région de la Moselle : « *Ausonius uero libellum qui dicitur* Mosella *metrice composuit et postea reuersus in patriam grande uolumen composuit ad honorem huius patriae, quod qui scire uoluerit, in Burdegala reperire poterit.* » (*Gest. Trev.* Waitz ed. in Pertz. S. S. VIII, c. 20, p. 156, 4.) Bœcking fait remarquer que *huius patriae* signifie *huius nostrae terrae*, de notre pays, du pays de Trèves puisque c'est un habitant de Trèves qui rédige les *Gesta*.

V. 394-395. VIRITIM... MORES. — Cannegieter veut remplacer ces deux mots par *Quiritum* et *muros* : « *Dicit se celebraturum facta Romanorum, Belgarum & Viros fortiſſimos defenſoresque patriae ſuae, id eſt, Burdigalae ſeu Aquitaniae, quos muros patriae dixit Ovid. Metam. XIII, 281 :* Quo Grajum murus Achilles Procubuit. » La première conjecture est inutile. Ausone ne parle ici que des Belges; c'est à partir du v. 398 qu'il commence à faire allusion aux autres personnages dont il se propose de chanter plus tard la gloire. La seconde me semble inadmissible : Ovide appelle Achille, par apposition, *murus,* comme Homère l'appelle ἕρκος. Mais Ausone ne cite ici nommément aucun héros belge à qui appliquer cette apposition, qui serait singulièrement compliquée par cette autre apposition, *decora inclita.*

V. 398. PURPURA. — Freher a tort de rapprocher ce vers de celui du *Griphus* (édit. Schenkl, XXVI, 2, v.11): *Ter nova Nestoreos implevit purpura fusos,* où il est fait allusion aux fils de pourpre et d'or dont la Parque a tissé les jours de Nestor. Je comprends ce passage de la *Moselle,* comme l'éditeur *in usum Delphini :* « *Id eſt : accedent quoque ad noſtram poëſin ornamenta grandiora, & digna Heroïbus. Vel inter eos quos celebrabo Gallos, erunt etiam purpurati non pauci, Conſularibus aliiſque funčti honoribus.* » Cannegieter dit aussi : « *Oſtendit ſe ſcripturum aut de Imperatoribus aut de Conſulibus... Purpura namque modo imperium, modo Conſulatus dicitur.* » Pour tisser d'agréables panégyriques de ces personnages, le poète a besoin que les Piérides fournissent ses fuseaux de fils de pourpre.

V. 399-414. — Tollius voit dans cette tirade une preuve de l'immense orgueil d'Ausone : ces quinze vers seraient uniquement consacrés à chanter la gloire du poète et de sa famille : « *Quam fuerit vanæ, ac inanis gloriæ affectator Auſonius, cum aliunde tum hinc præſertim perſpici poteſt. Tota namque hac, quam longa eſt, circumlocutione nonniſi trium, ſi quid rečte video, virorum laudes complečtitur : quas ſi modeſtior paulo fuiſſet, nec attigiſſet quidem, aut ita certe attigiſſet, ut non ſe ipſe tam effuſe laudaret.* » Les trois hommes loués ici outre mesure sont Julius Ausonius, père du poète, qui vivait à la campagne *(quietos agricolas),* le rhéteur Arborius, oncle d'Ausone *(legumque catos, fandique potentes),* et enfin le poète lui-même; à qui s'appliquent tous les autres éloges contenus dans ce morceau. Bœcking explique ces vers d'une manière plus scientifique :

1º QUIETOS AGRICOLAS (v. 399). — Ces mots, dit Bœcking, s'appliquent aux possesseurs de biens-fonds *(possessores)* distincts

,des petits cultivateurs *(coloni)*. — Je pense qu'Ausone fait particulièrement allusion aux *possessores* des environs de Trèves à qui les campagnes de Valentinien ont assuré la tranquillité, comme aux simples colons (voir au v..458, *felices ripa ex utraque colonos*).

2º LEGUMQUE CATOS, etc. (v. 400). — Bœcking montre qu'il est question des *defensores civitatum*. (Voir Cod. Theod., lib. I, tit. XI, *de Defensoribus civitatum;* Lenain de Tillemont, *Histoire des Empereurs...,* seconde édition, Bruxelles, 1732, t. V, art. XIII, p. 13; Savigny, *Geschichte des Rom. Recht im Mitt. Alt.,* 2e édit., t. I, p. 88 et suiv., et les auteurs qui y sont cités.)

3º CURIA... PROPRIUMQUE SENATUM (v. 401-402). — Ce sont les titres généraux qui s'appliquent aux conseils de toutes les villes de l'Empire au IVe siècle. Godefroy (Cod. Theod., lib. XII, tit. 1, *de Decurionibus*) dit : « *Civitates feu urbes, oppida, municipia, quin & vici, manfiones etiam quædam, item caftella... fuum quendam Senatum habuere quæ curia dicebatur.* »

. 4º QUOS...FACUNDIA (v. 403). — Il s'agit des rhéteurs. Ausone fait peut-être allusion aux édits de Valentinien *de Medicis et Professoribus litterarum.* L'édit qui confère l'immunité de toutes. les charges publiques aux médecins et professeurs de Rome a été promulgué en 370, à peu près au moment de la publication de la *Moselle.* (Cf. Cod. Theod., lib. XIII, tit. III, *Lex* 10). Je suppose qu'Ausone annonce dans ce passage les poèmes qu'il compte écrire sur les rhéteurs. Il devait, en effet, une quinzaine d'années plus tard (vers l'an 385), consacrer une série de pièces aux seuls professeurs bordelais.

5º QUIQUE SUAS REXERE URBES (v. 405). — Bœcking pense qu'il est question des gouverneurs de province, *consulares,* comme en avaient les deux Belgiques et les deux Germanies, et des *praesides,* qui résidaient dans la capitale de la province, avaient la juridiction, le droit de punir, et par conséquent un tribunal et des faisceaux; et il renvoie pour ce qui concerne l'*officium Praesidis,* au *Digeste,* I, XVIII, et, pour ce qui concerne l'*officium Rectoris Provinciae,* au Cod. Theod., lib. I, tit. VI. Mais *suas rexere urbes* ne peut se rapporter au *rector provinciae. Rector* est, au IVe siècle, synonyme de *iudex,* et Ausone emploie ici le verbe *regere* dans son sens propre : il parle de ces magistrats municipaux qui rendaient la justice au civil et qui ne pouvaient juger d'affaires capitales. Ces magistrats semblent avoir porté à Bordeaux le nom de préteurs. (Voir C. Jullian, *Inscriptions romaines de Bordeaux,* Bordeaux, 1887, t. I, nº 30, pp. 114-117.) Il paraît évident qu'Ausone ne fait pas allusion ici à un honneur dont il aurait été titulaire ;

o

ce passage n'est nullement consacré à sa glorification indiscrète, comme le prétendait Tollius. Que signifie le fameux consulat d'Ausone à Bordeaux sur lequel on a tellement disputé ? Le poète a dit (édit. Schenkl, XVIII, v. 167-168) :

> *Diligo Burdigalam, Romam colo. Civis in hac sum,*
> *Consul in ambabus : cunae hic, ibi sella curulis.*

Vinet a fort bien expliqué le sens de ces deux vers : « *Qui Conful fuit Romæ, Conful quoque Burdigalæ fimul fuit, fi Burdigala Romano parebat Imperio. Sed poteft Burdigalenfis ciuitas.... fimiliter ac Roma fuiffe conftituta, aliqua faltem ex parte : Confulatumque annuum magiftratum habuiffe.* » (*Comment.*, 210 F.) Graevius veut écrire *consul in hac sum, Civis in ambabus*, en se fondant sur ces deux arguments, d'abord qu'Ausone ne se vante jamais de ce consulat de Bordeaux, et ensuite que les magistrats des villes des provinces ne portaient pas le titre de consuls : « *Confulem fe Romæ fuiffe ubique jaĉlat Aufonius, nufquam Burdigalæ. Ne nunc dicam Reĉlores primos urbium provincialium, coloniarum, & municipiorum nunquam Confules appellatos effe, ut pulchre docet vir fummus Thomas Reinefius in Epiftolis ad Rupertum.* » Au XVIII⁰ siècle, Corsini (*De Burdigalensi Ausonii Consulatu, Pisis,* 1763) a voulu démontrer qu'Ausone avait été consul à Bordeaux, démonstration qui a été réfutée, peu d'années après, par une *diatribe* de Püttmann (*De epocha Ausoniana, fictoque Ausonii consulatu Burdigalensi diatribe, Lipsiae,* 1776). Adrien de Valois (*Valesiana,* p. 231) reprend en partie l'explication de Vinet : « *Qui était* consul ordinaire, *était nommé et reconnu* consul par tout l'Empire romain, *et non seulement à Rome, mais dans toutes les villes et places de l'Empire.* » En tous cas, ces deux vers, si souvent discutés, « ne nous apprennent rien sur la magistrature suprême de Bordeaux au IVᵉ siècle, ni sur son vrai nom, ni sur le nombre de ses titulaires. Car, évidemment, *consul* est une simple expression poétique ». (Jullian, *op. cit.,* p. 117.) Ces deux vers ne viennent pas non plus à l'appui du v. 405 de la *Moselle* pour prouver, comme le voulait Tollius, qu'Ausone parle de lui, conjecture d'autant moins probable que rien dans la longue énumération des titulaires de dignités à qui des éloges futurs sont annoncés ne peut se rapporter à Ausone.

6⁰ PRAEFECTURARUM... (v. 408). — Bœcking remarque avec raison que les vers 407-408 s'appliquent aux fonctionnaires qui ont administré la Bretagne et l'Italie comme *praefecti* du second ordre. On sait en effet que, depuis Constantin, il y avait dans l'Empire quatre préfectures : I. *Oriens*. — II. *Illyria Orientalis et Thracia*. — III. *Italia, Illyria Occidentalis et Africa*. — IV. *Hispania, Gallia et Britannia*. — Les *vicarii* ou *praefecti* du second ordre, subordonnés au *praefectus* de la IVᵉ *praefectura*, étaient au nombre de trois, ainsi que les *vicarii* de la IIIᵉ *praefectura*. Ausone veut parler ici de deux *vicarii* qui ont administré en sous-ordre, l'un l'Italie, l'autre la Bretagne. Bœcking conjecture aussi avec vraisemblance que, si le poète parle de chanter les *vicarii* de ces deux provinces, c'est qu'il veut faire une gracieuseté à quelque parent ou ami. En effet, le vicaire d'Italie était, en 370, un certain Cataphronius (cf. Lenain de Tillemont, *op. cit.,* note XXXVIII au règne de Valentinien). Ce Cataphronius n'était pas évidemment le fils de la tante d'Ausone, Cataphronia, qui mourut vierge (cf. Ausone, édit. Schenkl, XV, 28 [*Cataphronia*] *innuba devotae... virginitatis amorem... coluit*). Mais l'identité du nom permet de supposer des liens de parenté entre ce vicaire d'Italie et la tante du poète, et par suite entre Cataphronius et Ausone. Lenain ne cite pas le nom du vicaire de Bretagne parmi ceux des « Officiers de l'an 370 » : mais Ammien Marcellin parle (XXVII, VIII, 3) d'un Théodose, qui était le plus illustre capitaine de son temps, et qui, vers 370, remporta de nombreuses victoires dans la Grande-Bretagne (Amm. Marcell., XXVIII, III). Ce Théodose est le père de l'empereur Théodose qui devait plus tard donner à Ausone le nom de *père* et lui rappeler les liens d'*amitié privée* qui les unissaient (cf. édit. Schenkl, p. 1, *Epist. Theod. ad Auson.* : *...illius privatae inter nos caritatis... parens iucundissime*). Ausone était-il l'ami du père comme du fils : le père fut-il vicaire de Bretagne? Aucun document ne le prouve; mais ces vers de la *Moselle* permettent peut-être de le supposer. En tout cas, on ne connaît pour cette époque le nom d'aucun vicaire de Bretagne, et Ammien ne cite aucun autre personnage que Théodose qui se soit illustré dans cette province.

Scaliger prétend qu'Ausone se désigne lui-même, *au pluriel,* il est vrai : mais il n'y a pas là de quoi gêner l'hypothèse de l'auteur des *Lectiones* : « *Sic de se ipso loquès in Mosella scribit, numero tamen plurali :* Aut Italum populos... etc. » (*Auson. Lect.,* II, 17.) Cette hypothèse de Scaliger a été généralement admise; Souchay, en particulier, dit: « *De ipso Ausonio procul dubio intelligendus est hic locus, is enim utramque obtinuerat, licet Italiæ præfecturam non diu tenuerit.* » Ausone rappelle bien, dans le « *Liber protrepticus ad nepotem* », qu'il obtint deux préfectures (v. 91...

præfecturam duplicem), mais il n'a jamais été vicaire de Bretagne ou d'Italie : Gratien le fit, en 377, préfet d'Italie, d'Illyrie occidentale et d'Afrique, et, en 378, préfet d'Espagne, de Gaule et de Bretagne (cf. Lenain de Tillemont, *op. cit.*, note VIII au règne de Gratien); et le poète n'obtint ces deux préfectures que sept et huit ans après la publication de la *Moselle.*

Il faut enfin citer une interprétation bizarre des mots *titula secundo,* donnée par Gronovius : « *Dicit Aufonius… fe largiter dicturum laudes Belgarum… Sic etiam qui ex iis Italiam & Britannias tenuere* Præfecturarum titulo fecundo : *hoc eft, felici, non falfis judiciis eligentium.* » (*Observat.*, lib. II, cap. XVII).

7° (v. 409-414.) — On a beaucoup discuté pour établir quel était l'important fonctionnaire de l'Empire désigné par ces vers peu intelligibles. Vinet pense qu'Ausone veut parler des consuls (tantum non primo sub nomine : [*confules*] *primis illis* [*regibus*] *nulla re difpares nifi folo illo nomine primo*), puis des empereurs : la Fortune a commis une erreur en chassant les rois et en créant les consuls, et l'a réparée en remplaçant les consuls par les empereurs : « *Ita Valetiniano & reliquis fuis principibus adulatur Aufonius.* » (*Comment.*, 269.) Cette explication ne soutient pas l'examen. Scaliger prétend encore qu'Ausone parle de lui et de la dignité de préfet du prétoire qu'il obtint sous le premier consulat de Valentinien et de Valens : « *Nam illud* Tantum non, *hoc eft* μονουχὶ *oftēdit non diu eam tenuiffe, & tamen fe parem primis fuiffe : hoc eft, tam illi imputari hanc præfecturam, quam fi ea plene perfunctus effet. Nam primi præfecti funt præfecti prætorio Italiæ. Nam eam non diu tenuiffe ipfe poft declarat, quum eam præfecturam vocet, libata præmia. Eamque præfecturam rexit Valentiniani & Valentis confulatu primo, ut ego ex veteribus Principum Conftitutionibus odoratus fum.* » (*Auson. Lect.*, II, 17.) Mais le premier consulat de Valens et de Valentinien est de l'an 365; le préfet du prétoire, en 365, était Sallustius Secundus; le vicaire d'Asie, qui fut préfet du prétoire en 368, se nommait Auxonius. (Cf. Lenain de Tillemont, *op. cit.*, t. V, *L'empereur Valens*, art. II, p. 34, et art. VIII, p. 39.) D'où la confusion que fait Scaliger entre Ausone et Auxone. (Voir à propos de cette erreur de Scaliger la note F à l'article *Ausone*, dans le Dictionnaire de Bayle.) D'après Freher aussi, Ausone parle d'une dignité qui lui a été accordée; cette dignité, c'est le consulat : « *Confulatus nimirum titulo, qui adeo accedit ad ipfum Principis faftigium, ut folo nomine differre videatur.* » *Par fuerit primis* désigne le pouvoir égal que chacun des deux

consuls possède. Quant à l'erreur réparée par la Fortune, c'est
celle qui consistait à ne donner le consulat qu'aux Romains :
désormais, cette distinction est accessible aux provinciaux;
l'exemple de leurs honneurs excitera leurs descendants à les égaler
(Nobilibus repetenda nepotibus). Cette explication de Freher est
peu probante. — Gronovius lit ainsi ce passage :

> *Quique caput rerum Romam populumque Patrefque*
> *Tantum non primo rexit fub nomine, quamvis*
> *Prœfuerit primis, feftinat folvere tandem*
> *Errorem, fortuna, tuum, libataque fupplens*
> *Prœmia jam, veri faftigia reddet honoris,*
> *Nobilĭbus repetenda nepotibus.*

Il commence par admettre, comme les critiques ses prédécesseurs, qu'Ausone parle de lui : « *Nemo dubitat auƈtorem hic
defcribere & circumloqui fe ipfum.* » Mais l'expression *par fuerit*
choque Gronovius : dire, comme Freher, que ces mots indiquent
l'égalité des deux consuls, c'est avouer implicitement que le consul
auquel on les applique est inférieur à celui dont on le proclame
l'égal pour lui faire honneur. Ces mots sont en contradiction avec
ce qui précède : « Tantum non primo nomine, *eft Confulis prioris
nomine, quod proximum à primo Imperatoris.* » Il faut donc
écrire *praefuerit :* allusion au temps où Ausone commandait,
comme précepteur, au premier de l'Empire, à Gratien. Quant à
errorem, Gronovius raille les explications qu'on a données de ce
mot avant lui : « *Hic incipit loqui de fe ipfo Aufonius, &* errorem
*appellat fuum, quod non citius fe contulerit ad Galliœ Belgicœ
heroës prœdicandos.* » Et il paraphrase en prose le sens qu'il
attribue aux vers d'Ausone modifiés par ses corrections conjectu-
rales : « *Et ille, qui Romam, Senatum & populum, tantum non
primo fub nomine rexit, quamvis olim prœfuerit primis domi-
nus dominorum* (hoc eft ipfe Aufonius) *feftinat luere fuum, ô
fortuna, errorem : quod nempe in tam ferum diu debitam cele-
berrimœ ac per hofpitia junƈtœ genti pietatem diftulerit: &
libata nunc prœmia virtutis eorum fupplens, faftigia veri
honoris, prœftantibus nepotibus repetenda, illis apud pofteri-
tatem reddet.* » Plus loin, il propose sa correction, *tuum :* « *Si
malis* tuum, *non valde repugnabo : ut Fortunœ errorem appellet,
quod ipfe forte, non confilio, peccaverat... Ego, inquit, Aufonius
errorē Fortunœ, quœ ad alia argumenta lyram meam detulit
corrigere feftino, & illam mercedem virtutis, quam jam libavi,
illas laudes, quas parce & obiter & modice tribui, fupplebo,
abundanterque & pleno ore tribuam, & reddam cuique honorum*

fuorum faſtigia. » (*Observ.*, lib. II, cap. XVII.) Cette explication témoigne de beaucoup d'ingéniosité ; mais elle est peu vraisemblable, elle a le tort de bouleverser le texte pour être possible, et de supposer qu'Ausone a déjà été consul au moment où il écrit ces vers. L'auteur de l'*Editio in usum Delphini* adopte les idées de Gronovius et se borne à blâmer sévèrement pour son propre compte le manque de modestie d'Ausone : « *Seipſum hîc haud obſcurè deſignat. Quâ in re mirum quam ſuperbè modeſtiæ excedat fines qui proprias ſe laudes prædicaturum jaEtet.* » Cette note au v. 409 (note 8, p. 326) est contredite dans les *Editoris Animadversiones* (p. 652) par Souchay ¶ qui a déjà établi (*Editoris Dissertatio*, p. XXX) que la Moselle a été composée vers 368, et qui repousse absolument l'hypothèse suivant laquelle, dès 368, Ausone parlerait du consulat qu'il n'a obtenu qu'en 379. Il ne faut donc pas, continue Souchay, supposer qu'il est ici question du consulat d'Ausone : « *Quo autem paEto verſus illi* Quique caput rerum Romam, *&c. exponendi, haud ita facile eſt pronuntiare. Hæc profeEto intelligenda de ſummo aliquo viro, qui Conſul, Patriciuſve cum fuiſſet, depulſus eſt magiſtratu, cujus tamen poſteri ea ætate quâ Moſellam ſcriberet Auſonius, ad honores eveEti fuere, ut fortuna ſuppleret libata à majoribus præmia. Poëtam ſuſpicor in animo habuiſſe Optatum quem, poſtquam à Conſtantino Magno Patricii dignitatem conſecutus fuiſſet, interfici juſſit Conſtantius, uti docet Zozimus lib. 2. Certe poſt hac extitere Optati variis honoribus inſignes.*» Souchay assurément fait preuve de saine critique en rejetant l'idée, acceptée par ses devanciers, d'après laquelle Ausone ferait allusion à son consulat. Mais je ne vois pas sur quoi il se fonde pour trouver dans ces vers une allusion à quelque disgrâce subie par un consul ou un patrice qui n'aurait fait que goûter à des dignités dont ses successeurs auraient eu plus tard une jouissance plus complète. Je crois être dans le vrai en traduisant : « ...mais la fortune se hâte de réparer son erreur, et, complétant les distinctions qu'il a à peine effleurées, elle l'élèvera réellement, comme elle le doit, au faîte de ces honneurs qui reviendront un jour à sa noble descendance. » Disgrâce, à la rigueur, si on veut, mais disgrâce dont le personnage en question se relèvera bientôt lui-même : le texte du poète ne permet pas de songer à quelque fonctionnaire précipité sans retour des honneurs

¶ Il faut se rappeler que l'Ausone *in usum Delphini* a été commencé par Fleury et terminé par Souchay.

auxquels ses descendants parviennent plus tard. D'autre part les mots *Quique caput rerum Romam,* etc., s'appliquent-ils à un consul ou à un patrice ? Nous verrons plus loin qu'ils ne peuvent désigner un consul; mais ici, Souchay a en vue un patrice, Optatus : l'expression d'Ausone se rapporte-t-elle au patriciat ? Mais le patriciat était un simple honneur auquel aucune fonction n'était attachée : « Conſtantin eleva au deſſus d'eux (des préfets) pour le rang [mais non pour les fonctions], ceux à qui il donna le titre de Patrices, parce qu'ils eſtoient conſiderez comme les peres de l'Empereur; ce fut une nouvelle dignité qu'il inſtitua, mais qui n'eſtoit qu'un simple honneur, ſans aucun exercice particulier. » (Lenain de Tillemont, *op. cit.,* t. IV, p. 118, *L'empereur Cons-tantin,* art. LXXXIV.) Le titre honorifique de patrice ne concorde donc aucunement avec les fonctions de celui « *qui... Romam... populumque patresque... rexit* ».

Aucune des explications données par les anciens critiques ne semble satisfaisante : les modernes ont-ils mieux réussi ? Il faut examiner maintenant l'argumentation du dernier traducteur français d'Ausone, Corpet, et celle de Bœcking. Voici d'abord le raisonne-ment de Corpet: « Tollius et Fleury pensent avec raison que ces vers [v. 409 et 410] et ceux qui précèdent s'appliquent aux dignités dont les parents d'Ausone, dont ses amis et lui-même furent honorés. Plusieurs fois déjà, le poète a rappelé ces dignités, et à peu près dans les mêmes termes, dans les *Parentales,* les *Professeurs,* etc. Les mots *tantum non primo rexit sub nomine* désignent évidem-ment un consul. Souchay repousse cette conjecture, parce que, selon lui, le v. 426 semble indiquer que ce poème fut composé vers la fin de l'année 368, et qu'Ausone ne fut consul qu'en 379. Mais Ausone nous apprend lui-même, dans son *Action de grâces,* que le consulat lui avait été promis, et dans la Moselle même qui nous occupe, il parle bien clairement de son consulat, puisqu'il dit (v. 451) que les empereurs doivent le renvoyer à Bordeaux *fascibus Ausoniis decoratum et honore curuli.* Il faut donc en conclure qu'Ausone, en chantant la gloire de ses maîtres, profitait de cette circonstance pour leur rappeler leur promesse, ou que le poète a retouché son œuvre après coup, et qu'une fois consul, il n'a pu résister au désir d'ajouter quelques vers, afin de constater dans le meilleur de ses ouvrages l'insigne honneur qu'il venait de recevoir, et dont il parle si souvent avec une complaisante vanité... Ce vers [v. 411] et les trois suivants présentent quelque obscurité, et les commentateurs ont plutôt réussi à les embrouiller qu'à les éclaircir. Ils renferment, selon moi, une allusion au consulat du

poète et à celui de Gratien qui le suivit. Pour mieux les comprendre, il faut relire l'idylle VIII [édit. Schenkl, VI]. Il dit ici *quamvis
præfuerit primis,* comme au v. 43 de cette idylle, *nostros præ-
cedere fasces;* ou comme dans l'idylle IV [édit. Schenkl, XIII, 2],
v. 86, *præsedi imperio;* les mots *libataque supplens præmia*
s'expliquent par *tunc ero bis consul* du v. 52 de l'idylle VIII;
enfin *veri fastigia reddet honoris Nobilibus repetenda nepotibus*
par les vingt derniers vers de la même pièce, où il demande à
Janus, au soleil, à toute la nature de hâter le jour où César lui
succédera dans le consulat. » (*Ausone,* traduct. Corpet, t. II,
pp. 383-384, notes 68 et 69.) Corpet traduit conformément au sens
qu'il attribue au texte : «... celui enfin qui gouverna Rome, la
capitale du monde, et le peuple et le sénat, sous un nom qui n'en
avait qu'un avant lui dans l'empire : celui-là, bien qu'il ait été au-
dessus des princes, il se hâte, ô Fortune, d'abjurer ton erreur; ces
honneurs qu'il a goûtés à peine, il n'en jouira pleinement qu'en
les rendant à leurs vrais maîtres, à ces nobles héritiers des empereurs qui remonteront au faîte des dignités suprêmes. » Cette
interprétation paraît, au premier abord, avoir le mérite de la
simplicité et de la vraisemblance; mais elle s'appuie sur des
arguments qui n'ont rien de solide :

1º Ausone, dit Corpet, parle bien clairement de son consulat
au v. 451. — Nous verrons, dans la note à ce vers, qu'il n'en est rien.

2º Ausone, dit Corpet, a retouché son œuvre après coup. C'est
une supposition gratuite qui n'est confirmée par aucun passage de
la *Moselle.*

3º Les mots *tantum non primo rexit sub nomine,* dit encore
Corpet, désignent évidemment un consul. — Cette désignation ne
me paraît pas évidente, loin de là.

Bœcking, au contraire, a démontré que ces mots s'appliquent
au *Praefectus urbis Romae,* et qu'ils désignent un homme important, qui se trouve enfin dans une haute position, après être resté
longtemps sans obtenir les honneurs qu'il méritait. Bœcking a
proposé d'entendre ainsi ce passage dans sa première édition de
la *Moselle* (1828); et, dans l'édition de 1845, il constate que son
interprétation a été accueillie avec une faveur marquée. Le préfet
de Rome auquel Ausone ferait allusion serait S. Anicius Sextus
Probus, homme considérable de son temps. Il est certain qu'Ausone était en relations d'amitié avec Probus : nous avons une
lettre « *Ausonius Probo Praefecto Praetorio* » (édit. Schenkl,
Epist. XVI, p. 174), suivie d'un poème dont le v. 20 fait allusion
au consulat de Probus et de Gratien, qui est de l'an 371, et fixe,

comme Schenkl le fait remarquer (*Prooem.*, p. XV) la date de cette
lettre et de cette poésie à cette même année 371. Bœcking voit
dans la lettre une confirmation du passage de la *Moselle* qui nous
occupe : « *Fors fuat, ut si mihi vita suppetet, aliquid rerum
tuarum, quamvis incultus, expoliam...* » Cette promesse d'un
ouvrage qui sera consacré à la gloire de Probus ressemble bien
à l'annonce du poème que l'auteur de la *Moselle* se propose de
composer en l'honneur du personnage désigné par les v. 409-414.
Les termes mêmes de la poésie (en particulier aux v. 25-26 : *Nam
primus e cunctis erit Consul secundus principi*) s'accordent
avec le : *Tantum non primo rexit sub nomine*. Telle est l'argumentation de Bœcking. J'y trouve plusieurs points faibles :
1º Comment, si l'on admet qu'il s'agit ici de Probus, expliquer
l'erreur de la Fortune (*Errorem, fortuna*, etc.)? Avant les honneurs obtenus en 370 et 371, avant sa préfecture et son consulat,
Probus était-il oublié par la Fortune, avait-il à se plaindre que les
dignités obtenues par lui ne répondissent pas à son mérite?
Lenain de Tillemont, qui donne de nombreux renseignements
sur Probus (*op. cit.*, t. V, *L'empereur Valentinien*, art. XVIII,
pp. 18-20, note XXXII, pp. 9-10), dit que ce personnage, né vers 330,
fut proconsul d'Afrique dès 358, vers l'âge de vingt-huit ans, puis
qu'il fut, à partir de 368, quatre fois préfet d'Italie ou des Gaules,
et consul en 371 avec Gratien. « Ainſi il fut preſque toujours en
charge juſques à ſa mort. » Quelle erreur la Fortune avait-elle à
réparer à l'égard d'un fonctionnaire dont le *cursus honorum* était si
brillant ? — 2º Probus a-t-il été préfet de Rome, comme Bœcking le
prétend, l'année qui précéda son consulat? Lenain dit qu'Olybrius,
nommé préfet de Rome en 368, occupa cette charge environ deux
ans, que Principius est qualifié préfet de Rome dans une loi du
29 avril 370, et qu'Ampélius succéda bientôt après à Principius
(*op. cit.*, t. V, p. 23). Il ne parle nulle part de la préfecture urbaine
de Probus.

Malgré l'autorité de Bœcking, dont l'opinion est adoptée en
une certaine mesure par Schenkl (édit. Schenkl, *Index* II, p. 281, on
lit : S. *(Anicius) Petronius Probus, praefectus praetorio, consul
a. p. Chr. n.* CCCLXXI, XVIII, 2, 409 sqq. [c'est-à-dire, *Moselle*,
v. 409 et suiv.]; Schenkl suppose donc que Probus est désigné
dans ce passage de la *Moselle*, mais il lui donne le titre de préfet
du prétoire, indiqué par la suscription de l'*Epist.* XVI, déjà citée,
et non celui de préfet de la ville, comme fait Bœcking), il me
semble qu'il ne peut être question de Probus. Je dirai plus :
l'expression qui désignerait le préfet de Rome serait, je crois,

p

primo rexit sub nomine, etc. Le préfet de Rome administrait en premier la ville, le peuple et le Sénat. *Tantum non primo* ne peut se rapporter qu'à un vicaire : or, si les vicaires du préfet de Rome ont été assez rares, nous savons que justement Ampélius avait un vicaire nommé Maximinus. (Cf. Amm. Marcell., XXVIII, 1, 22 : *Ampelio urbi praefecto et Maximino uicario.* Voir, au sujet de Maximinus, Lenain de Tillemont, t. V, *L'empereur Valentinien,* art. XXIV, p. 25; Ammien Marcellin, XXVIII, 1.) On trouve dans Ammien et dans Lenain l'histoire extraordinaire de ce Maximinus qui, parti de très bas, averti par des prédictions qu'il s'élèverait aux plus hautes charges de l'empire, eut, en effet, une très brillante carrière, fut préfet des Gaules après avoir été vicaire du préfet de Rome, vit ses honneurs revivre dans la personne de son fils Marcellianus, qui était, dès l'an 374, quoique tout jeune, duc de la province de Valéria, en Illyrie (cf. Amm. Marcell., XXVIII, VI, 3 ...*si paruo suo Marcelliano deferretur potestas per Valeriam ducis*), quand Gratien, lassé des crimes de Maximinus, fit égorger l'ancien favori de la Fortune (376). J'explique donc ainsi les v. 409-414 : « Le vicaire de Rome, Maximinus, qui était égal aux premiers de l'empire, qui a administré Rome, le peuple et le Sénat en sous-ordre, la Fortune se hâte de corriger l'erreur qu'elle a commise en le faisant naître si bas; elle lui donnera un commandement en premier qu'elle lui doit (Maximinus sera en effet préfet des Gaules); les honneurs du père seront reversibles sur sa noble descendance (ce qu'Ausone pouvait prévoir d'après le *cursus honorum* que l'ambition de Maximinus ouvrait déjà devant le jeune Marcellianus). »

V. 419. SPATIUMQUE NOVI METARE FLUENTI. — Freher fait remarquer que le lit du Rhin, encaissé depuis Bingen, s'élargit à Coblentz, à partir de l'endroit où il reçoit la Moselle : « *Id quod facit, cum à Bingio inter altissimos & continuos montes angustiori alveo lapsus, prope Confluentes amplius spatium sibi sumit, quasi novo hospiti accipiendo.* »

V. 422. TRIUMPHOS. — La Moselle a vu à Trèves le triomphe célébré par Valentinien et Gratien, après leur rapide campagne contre les *Alamanni,* en 368. (Voir, pour l'histoire de cette campagne, Ammien Marcellin, XXVII, x, et Lenain, *op. cit.,* *L'empereur Valentinien I,* art. XX, p. 21 : *Valentinien renvoya ensuite ses troupes en quartier d'hiver, & luy s'en revint à Treves, où il entra avec Gratien comme en triomphe.*)

V. 423-424. — La victoire remportée aux abords du *Nicer* (aujourd'hui le Neckar) est probablement celle qui fut gagnée, d'après Ammien, « *prope locum cui Solicinio nomen est* » (XXVII, x, 8). Car Lenain (art. xx, déjà cité) dit que *Solicinium* est, à ce qu'on croit, la ville de Sultz sur le Neckar. C'est à cette victoire que Symmaque fait allusion quand il dit, dans son panégyrique de Valentinien, que le *Nicer* jusqu'alors inconnu est devenu célèbre, grâce aux succès de l'Empereur : « *Vates... Nicrum... siluerant : nunc primum victoriis tuis externus fluvius publicatur; gaudeat servitute, captivus innotuit.* » (*Monum. Germ. Hist., Symmachi opera* edid. O. Seeck, p. 328.) Le Nicer n'est en effet mentionné, dit Freher, que par les écrivains latins de la décadence : « *Rara hujus apud Romanos ſcriptores mentio, nec niſi poſteriores, Vopiſcum, Marcellinum, Panegyriſtas, & hunc Auſonium.* »

La victoire de *Lupodunum* n'est citée ni par l'historien Ammien Marcellin, ni par le panégyriste Symmaque. Beatus Rhenanus et Cluwer pensaient que *Lupodunum* est le nom ancien de la ville forte de *Lupff*, qui fut rasée en 1416 par ordre de l'empereur Sigismond et du concile de Constance. Freher a écrit une dissertation pour établir qu'il s'agit de la ville de *Ladenburg*, qui se nommait *Loboduna* au moyen âge. L'opinion de Freher a été généralement adoptée : en effet Bœcking montre que la ville de Ladenburg nommée, au commencement du moyen âge, *Lubodunum* avant de s'appeler *Lobendenburc*, puis *Lobdenburg*, peut parfaitement être la même que *Lupodunum*. Comme Ladenburg est sur le Neckar, il est probable qu'Ausone fait allusion à une victoire remportée, comme celle de Sultz, sur les bords du Neckar, victoire trop peu importante pour que l'histoire en ait fait mention. La ville de Lupff était voisine des sources du Danube : si l'on identifie Lupff avec Lupodunum, la victoire de Lupodunum serait la même que celle qui a été remportée « aux sources de l'Hister inconnues dans les annales du Latium » (v. 424). Ammien et Symmaque ne mentionnent pas de victoire aux sources du Danube : encore quelque succès sans importance exagéré à plaisir par les flatteries du poète. Comment Ausone a-t-il pu dire que les sources de l'Hister étaient inconnues dans les annales du Latium? Cluwer (*Germ. Ant.*, III, IV) dit ne pas comprendre pourquoi Ausone affirme que les sources du Danube étaient inconnues aux Romains. Bœcking cite une phrase de Gibbon qui reproche à Ausone d'avoir dit dans ce vers une ineptie; Valois et Tross s'ingénient à chercher des explications subtiles de ce passage bien simple : le poète ne dit pas que les Romains ne connaissent pas les sources de l'Hister, mais bien que les annales du Latium ne les connaissent pas, n'en ont jamais fait mention, qu'elles n'ont jamais eu à enregistrer aucune victoire remportée près de ces sources, avant celle de Valentinien. Il est vrai que l'histoire semble ne pas avoir connu ce succès de Valentinien, puisque l'historien Ammien n'en dit mot. Mais un autre panégyriste de l'Empereur, Symmaque, a bien dit que le Nicer n'était connu que depuis les victoires de Valentinien. Ausone avait déjà montré dans deux épigrammes (édit. Schenkl, *Epigr.* IIII et V), que Schenkl rapporte à l'année 368, le Danube saluant les Augustes et les félicitant de cette victoire dont l'histoire ne parle pas. — Freher a bien compris le sens du v. 424 : « *Neque simpliciter Ausonius dicit,* Fontem ignotum, *sed* Latiis ignotum, *id est, nullius antehac Romani principis victoria cognitum et in annales relatum.* »

V. 425. LAUREA. — Une lettre couronnée de lauriers (cf. *laureatas litteras,* Tit. Liv., XLV, 1 ; *Ipse lauream gestae prospere rei…misit,* Tacit., *Hist.,* III, LXXVII) est venue de Trèves annoncer que la guerre était heureusement terminée. Le poète compte bien que d'autres lettres semblables viendront annoncer de nouveaux succès. Ausone devait être mauvais prophète : en 369, les Romains éprouvent une sanglante défaite, et, en 374, Valentinien est forcé de demander la paix au roi des *Alamanni.* (Voir Lenain de Tillemont, *op. cit., L'empereur Valentinien I,* art. XXI et XXX.)

V. 428. NEU VEREARE MINOR, PULCHERRIME RHENE, VIDERI. — « O beau fleuve du Rhin, ne redoute pas de sembler amoindri ! » C'est-à-dire de sembler moins important que la Moselle qui passe à Trèves où elle a vu le triomphe des Augustes, où elle a appris la fin glorieuse de la guerre. Freher voit, mal à propos, dans le mot *minor* une allusion au *Reno,* petit fleuve d'Italie qui sort des Apennins et que l'on nommait *Rhenus minor* ou *Bononiensis amnis* (cf. Pline, *N. H.,* III, 118; XVI, 161 : *Rheno, Bononiensi amne…* Sil. It., VIII, v. 599…*parvique Bononia Rheni*), parce qu'il passe près de *Bononia,* aujourd'hui Bologne : « *Rhenus Magnus. Est enim & parvus in Italia.* » Tollius, qui remarque l'erreur de Freher, croit que *Neu vereare minor* signifie « *nomen scilicet tuum amittendo recepto Mosella* », crainte qui serait détruite par le v. 429 …*potiere perenni Nomine.* D'après Souchay et Wernsdorf, *minor* serait expliqué par ce fait que le Rhin n'occupera plus seul son lit, et devra le partager avec la Moselle. Mais Ausone a déjà dit au Rhin : *spatiumque novi metare fluenti* (v. 419).

Enfin, Corpet traduit : « Ne crains pas, ô Rhin majestueux, de paraître affaibli. » *Affaibli* est contredit par *Accedent vires* (v. 434). Il s'agit évidemment du prestige du Rhin qui pourrait être amoindri par l'admission d'un hôte si illustre ; mais le Rhin doit rester *« famae securus »*.

V. 433. Diversa per ostia. — Ausone sait que le Rhin a plusieurs embouchures. Le v. 437 *(dicere bicornis)* pourrait faire supposer que, comme Virgile à qui il emprunte cette expression (*Aen.*, VIII, v. 727, ...*Rhenusque bicornis*), il fait allusion au Rhin propre et au Wahal. — (Voir sur les opinions des auteurs anciens, au sujet du nombre des embouchures du Rhin, Desjardins, *op. cit.*, t. I, pp. 116-128, *Le Rhin. Variation de ses embouchures.*) Comme, d'autre part, *bicornis* est d'ordinaire une épithète générale qui s'applique à tous les fleuves dont les dieux étaient représentés avec des cornes de taureaux (cf. *Georg.*, IV, v. 371 : *Et gemina auratus taurino cornua vultu Eridanus*), et que cette épithète semble prise par Ausone dans un sens tout particulier (voir la note au v. 436), rien n'empêche de penser avec Bœcking qu'Ausone fait allusion aux trois branches du Rhin dont l'existence avait déjà été signalée par Pline (*N. H.*, IIII, 101).

V. 434. Accedent vires. — « Vires *à Romanis* », dit Vinet. « *A captis & deditiis, à subjugatis populis, qui deinceps legiones nostras delectu suo juvabunt & instruent...* », dit Freher, dont la phrase est reproduite par Souchay et Wernsdorf. Corpet traduit à peu près de même : « Arriveront sans peine alors des forces... » J'aime mieux voir, comme Bœcking, une corrélation entre ces mots et *verus habebere limes* (v. 435) : grâce aux eaux de la Moselle qui se réunissent aux siennes, le Rhin devient assez important pour former une limite réelle, capable d'arrêter les tribus turbulentes qui se trouvent sur sa rive droite.

V. 434-435. Francia... Chamaves... Germani. — Par *Francia,* dit Bœcking, on entend, au temps d'Ausone, le pays compris entre le Rhin, la Lahn et la Lippe. Les *Chamaves* ou *Chamavi* habitaient, d'après Tacite (*Annal.*, XIII, LV), au nord de la Lippe, entre le Rhin et le Weser. Ce peuple a souvent changé de contrée ; Bœcking dit qu'au IVe siècle il devait se trouver à l'ouest du Rhin dans la région du Wahal. D'après Lenain de Tillemont (*op. cit.*, t. V, *L'empereur Théodose I,* art. LXXVI), au temps de Théodose (393), le pays des Bructères et des Chamaves

correspondait au duché de Berg et au comté de la Marck. — Par
Germani, Ausone entend toutes les peuplades germaines, hostiles
aux Romains, qui se trouvaient sur la rive droite du Rhin.

V. 435. VERUS... LIMES. — C'était, semble-t-il, au temps d'Ausone, une préoccupation des empereurs de donner le Rhin comme
barrière à l'empire. Le poète parle plusieurs fois du fleuve
considéré comme la limite du monde romain. (Cf. édit. Schenkl,
Epist., XVI, 2, v. 75 : *Ab usque Rheni limite...* VIII, II, 7 [*Grat.
Act.*] : *Danuvii limes et Rheni... Epigr.* IIII, v. 8 : *Nec Rhenum
Gallis limitis esse loco.*) On sait que cette barrière devait être
franchie facilement par les invasions barbares. Tacite *(Germ.,*
XXVIII, *...quantulum enim amnis obstabat)* et Eumène *(Incerti
Pan. Constantin. Aug.* édit. Baehrens, XI, p. 168 : *Sciunt posse
se Franci transire Rhenum... magis ornant limitem castella
quam protegunt...)* avaient déjà dit combien le Rhin défendait mal
l'empire. — (Voir Desjardins, *op. cit.,* t. I, pp. 114-115, *Le Rhin.*)

V. 436. GEMINUM... NOMEN. — Corpet traduit : « Tu recevras
de l'union d'un si grand fleuve un double nom. » Je ne vois pas
quel est le second nom que l'union de la Moselle donne au Rhin,
à moins que d'admettre l'explication peu satisfaisante de Souchay :
« *Quia diceris* Rhenus & bicornis. » J'aime mieux adopter l'interprétation de Wernsdorf : « *...non duplex nomen, sed tale quod
geminum amnem indicet.* » Ce mot qui indique que le Rhin est
double est *bicornis,* pris dans un sens plus spécial que celui qu'il
a d'ordinaire, puisqu'il a déjà été rappelé (note au v. 433) que
cette épithète s'applique aux fleuves en général, et non à ceux
seulement que double l'apport des eaux d'un affluent important.
— On peut, il est vrai, justifier en quelque mesure l'explication
de Souchay par un passage des *Geographici minores* (ed. Riese,
p. 81), que Peiper rapporte, et où l'on trouve *Bicornius* synonyme de *Rhenus;* mais le Rhin ne pourrait devoir ce second nom
à la Moselle que s'il le portait seulement à partir de l'endroit où
il a reçu cet affluent. D'autre part, comme le Mont-Furca, où se
trouve une des sources du Rhin, se nommait *Bicornis* (voir le dictionnaire de Freund-Theil au mot *Bicornis*), le nom de *Bicornius*
pourrait signifier simplement le fleuve qui sort du *Mons Bicornis.*

V. 437. UNUS DE FONTE. — En même temps que l'autorité
des mss., le fait géographique que le Rhin a plusieurs sources
condamne la mauvaise leçon d'Ugolet, *uno de fonte.*

V. 438. VIVISCA. — Les *Bituriges Vivisci*, dont la capitale était *Burdigala*, sont mentionnés par Strabon (IV, II, 2, Βιτούριγες 'Οίσκοι), par Ptolémée (II, VII, Βιτούριγες οἱ 'Ουιβίσκοι), par Pline (*N. H.*, IIII, I, 108, *Bituriges liberi cognomine Vivisci*). (Voir Desjardins, *op. cit.*, t. II, pp. 417 et suiv.) — Pour ce qui est de la fameuse correction, *vivifica* en *Vivisca,* il a déjà été dit, dans l'INTRODUCTION, à propos des éditions de Vinet et de Scaliger, à qui elle doit être attribuée.

V. 439. NON PER NOVA FOEDERA. — Cette expression d'Ausone embarrasse beaucoup Bœcking : « Nous ne savons rien, dit-il, des liens d'hospitalité qui unissaient Ausone aux Trévires. Il n'est pas probable que le poète ait obtenu à Trèves une assez haute considération pour être choisi par les habitants de cette ville comme patron jouissant du droit d'hospitalité. Une alliance ancienne d'Ausone avec les Belges de la Moselle ne pourrait s'expliquer que parce que le poète descendait par sa mère d'une famille séquanienne. » — Ausone dit en effet que son grand-père maternel Arborius était originaire du pays des Eduens (édit. Schenkl, XV, 6, v. 2-3 *...maternum ...avum Arborium, Haeduico ductum de stemmate nomen*), qui correspond à la Bourgogne moderne : des relations d'hospitalité pouvaient sans doute s'être établies entre des habitants de Trèves et des Bourguignons. Mais il semble plus probable qu'Ausone veut dire tout simplement que depuis l'année 364 où il a été nommé précepteur de Gratien, il est bien connu à Trèves, où il a fait avec la cour de fréquents et longs séjours : la vanité gasconne du poète se plaît à supposer que le précepteur du jeune Auguste est un personnage d'importance que tout le monde connaît à Trèves. Je ne crois pas qu'il faille prendre, comme le fait Bœcking, *hospitiis* dans son sens propre. Ausone veut simplement dire que, depuis cinq ou six ans, il est l'hôte des habitants de Trèves.

V. 440. AUSONIUS, NOMEN LATIUM. — Ausone aime à jouer sur le sens de son nom (cf. édit. Schenkl, *Epist.*, XVI, 2, v. 76 *Ausonius, nomen Italum*), qui signifie *Ausonien*. Les *Ausones* ou *Ausonii* étaient un des plus anciens peuples de l'Italie. Ils habitaient au sud du Tibre. On sait que, par extension, les poètes latins, Virgile en particulier, donnent le nom d'*Ausonia* à l'Italie entière, et celui d'*Ausonii* à tous les habitants de la Péninsule. C'est à tort que Wernsdorf explique : « Nomen Latium, i. e. *homo Latinus*, h. e. *civis Romanus.* »

V. 442. AQUITANIA. — Schenkl et Peiper écrivent *Aquitanica* comme le G. Mais l'*Aquitanica* est simplement une partie de l'*Aquitania,* et ce n'est pas celle qui touche aux Pyrénées (v. 441 : *...celsamque Pyrenen).* On lit dans Ammien Marcellin : « *In Aquitania, quae Pyrenaeos montes et eam partem spectat Oceani, quae pertinet ad Hispanos, prima prouincia est Aquitanica, amplitudine ciuitatum admodum culta : omissis aliis multis, Burdigala et Aruerni excellunt, et Santones et Pictaui.* » (XV, XI, 13.) Ce que Desjardins (*op. cit.,* t. III, p. 474) traduit ainsi : « En *Aquitaine,* celle [des provinces de la Gaule] qui regarde les Pyrénées et cette partie de l'Océan qui baigne l'Espagne, la première *province* est l'*Aquitanique* : en passant sous silence beaucoup de villes civilisées, celles qui l'emportent sont *Burdigala* (Bordeaux) et *Arverni* (Clermont), *Santones* (Saintes) et *Pictavi* (Poitiers). » La partie de l'*Aquitania* qui touche aux Pyrénées se nomme pays des *Novem Populi.* Si on admet la division de l'Aquitaine en *Aquitaine première* et *Aquitaine seconde,* sans compter les *Novem Populi,* aucune de ces deux parties de la province ne touche aux Pyrénées. Desjardins dit ailleurs, à ce propos : « Malgré le caractère purement conventionnel de la province de *Novempopulana* au IVᵉ siècle, il faut cependant remarquer que les *Bituriges Vivisci* avec leur ville de Burdigala, dont l'origine gauloise était plus marquée, n'y étaient pas compris, bien que situés sur la rive gauche de la Garonne. Bien plus, *Burdigala* fut la métropole de l'*Aquitania Secunda.* » (*Op. cit.,* t. II, p. 381.) Si donc Ausone dit qu'il est originaire du pays qui se trouve à l'extrémité des Gaules et qui est limité par les Pyrénées, il ne fait pas allusion à l'*Aquitanica* ou *Aquitania Secunda,* dont la métropole était *Burdigala,* sa patrie, mais bien à l'ensemble de sa province, à l'*Aquitaine (Aquitania)* qui comprend les deux *Aquitaniques* et la *Novempopulana.* — C'est pourquoi je crois qu'il faut conserver *Aquitania.*

V. 447. AONIDUM, TOTAMQUE... AGANIPPEN. — Les Muses qui habitent l'*Aonie,* partie de la Béotie où se trouvent le Mont-Hé icon et la source *Aganippe* (cf. Servius, *ad Vergil. Buc.* VI, v. 64, et X, v. 12) sont souvent nommées *Aonides,* en particulier dans un passage de Juvénal (VII, v. 58) qu'Ausone semble imiter ici : « *...aptus que bibendis Fontibus Aonidum.* » — Les poètes parlent souvent de la source inspiratrice d'*Aganippe* (cf. Virgile, *Ecl.* X, v. 12 *...Aonie Aganippe*). Markland (*ad Stat. Silv.,* V, I, v. 167) propose *doctamque... Aganippen* : « *Ita legendum ; vulgo,* totamque, *quod absurdum videtur; nemo enim dici potest* solere haurire totum *aliquod; quippe, qui* semel *hausit* totum, *non potest* iterum *haurire istud* totum; *et consequenter non* solet *haurire* totum.» On pourrait citer à l'appui de ces lourdes arguties de Marckland un vers de Claudien: *Ut tibi Pierides doctumque fluens Aganippe* (édit. Jeep., XL, v. 61); mais l'expression *tenui libamine* (v. 444) s'oppose évidemment à *totam,* qu'il faut par conséquent garder.

V. 450. AUGUSTI, PATER ET NATUS. — La vulgate, depuis l'édition d'Avantius, admet *Augustus pater et natus;* et tous les éditeurs expliquent, comme Vinet : «*Valentinianus & eius filius Gratianus, difcipulus meus.* » (*Comment.,* 272 A.) Les derniers éditeurs rétablissent la leçon des mss.: *Augustus pater et nati.* Valentinien a bien eu d'un second mariage un autre fils nommé comme lui. Mais le jeune Valentinien est né en 371, à un moment où la *Moselle* paraissait, si elle n'avait pas déjà été publiée; et il n'est dit nulle part qu'Ausone ait fait l'éducation de ce second fils de Valentinien. D'ailleurs, le poète ne parle jamais que de son élève. (Cf. v. 422, *natique patrisque triumphos.*) Schenkl, qui repousse une explication trop subtile de Bœcking: « *Vater August'und des Sohns mir theuerste Pflege* », pense qu'Ausone a retouché la *Moselle* pour y introduire cette allusion à Valentinien. (Cf. édit. Schenkl, *Prooemium,* p. XV : *At quid quaeso impedit, quominus putemus Ausonium Valentiniano nato, ut blandiretur imperatori, ac quasi divinaret se ut Gratiani ita Valentiniani quoque curam suscepturum esse, mentionem eius in carmen iam absolutum ac perfectum intulisse.*) Or, rien ne prouve ni que la *Moselle* ait été retouchée, ni que Valentinien ait été, comme Gratien, la *maxima cura* d'Ausone. D'autre part, Ammien Marcellin dit que Gratien fut déclaré Auguste par son père en 367 : cet historien compose même le discours que Valentinien aurait prononcé en donnant ce titre à son fils (XXVII, VI). Lenain de Tillemont (*op. cit.,* t. V, *L'empereur Valentinien I,* note XXVII) fait remarquer comme une innovation extraordinaire que Valentinien ait déclaré son fils Auguste, au lieu de le déclarer César suivant l'usage. Je suppose donc que, gênés par le souvenir du v. 422 *natique patrisque,* les copistes ont écrit *Augustus pater et nati,* en faisant la transposition d'une syllabe, au lieu de

Augusti, pater et natus…

que je propose de rétablir comme étant la leçon primitive.

q

On peut remarquer d'ailleurs, pour confirmer cette correction, qu'Ausone unit constamment Valentinien et Gratien dans cette commune appellation d'« *Augustes, le père et le fils* ». Voir en particulier : *Salvere Augustos iubeo natumque patremque* (édit. Schenkl, *Epigr.*, IIII, 3); *Quaestor ut Augustis patri natoque crearer* (édit. Schenkl, XIII, 2, v. 90). Peiper lui-même écrit dans sa *Praefatio* (p. VI) une ligne : «...*Mosellam urbis Treuericae laudi consecratum, tanquam Augustis patri filioque sacrum...*» qui aurait dû, aussi bien que les passages d'Ausone que je viens de citer et qu'il cite lui aussi, à la fin de son édition, dans ses « *Auctores et Imitatores* » (p. 466), le mettre sur la voie de la correction que je propose.

V. 451. FASCIBUS AUSONIIS DECORATUM ET HONORE CURULI. — Depuis Vinet qui explique « *Fafcibus Aufoniis. Romano confulatu* » (*Comment.*, 272 A), jusqu'à Peiper qui dit, en citant ces vers de la *Moselle* : « *Iam hoc tempore Valentinianus spem consulatus accipiendi fecerat Ausonio* » (*Praefat.*, p. LXXXXVIII), tous les commentateurs sont persuadés qu'Ausone fait allusion à son futur consulat. Corpet, comme on l'a vu dans la note aux vers 409-410, trouve même dans le v. 451 « où il [Ausone] parle bien clairement de son consulat », une preuve pour démontrer que le *Quique caput rerum*, etc., se rapporte à ce consulat. Il ne me semble pas qu'il en soit ainsi. Dans un poème presque officiel, comme l'était la *Moselle*, il y aurait eu une certaine indélicatesse à escompter, pour ainsi dire, ce consulat promis, si tant est que, dès l'an 370, l'Empereur eût fait espérer cet honneur au précepteur de son fils. Dans le v. 451, il y aurait à la fois une vantardise et un procédé habile pour forcer la main à Valentinien. Je sais qu'en fait de jactance et d'habileté peu délicate, les Gascons ont bon dos. Mais, pour être Gascon, Ausone n'en est pas moins un courtisan avisé. Sans doute le consulat lui avait été annoncé avant l'année où il lui fut conféré : une phrase de l'*Action de Grâces* permet même de supposer que Valentinien lui-même le lui avait peut-être promis : « *Sive te pondere conceptae sponsionis exoneras, seu fidei commissum patris exsolvis...*» (Édit. Schenkl, VIII, v, 22.) Mais est-il vraisemblable qu'on ait laissé attendre à Ausone pendant si longtemps l'exécution d'une promesse faite, une dizaine d'années auparavant, dans des termes assez positifs pour qu'il ait pu s'en vanter dans la *Moselle*? Qu'on examine d'ailleurs le sens exact de ce passage. Le poète dit : « Après que les Augustes... m'auront congédié, paré des faisceaux italiens et de l'honneur curule, la charge de mon préceptorat une fois arrivée à son terme...» C'est donc avant d'avoir été congédié, avant d'en avoir fini avec son métier de précepteur, qu'Ausone aura reçu les faisceaux et l'honneur curule dont il reviendra paré dans sa ville natale. Si par les faisceaux et l'honneur curule on entend le consulat, est-il admissible qu'il ait été consul en même temps que précepteur ?

Je crois qu'Ausone ne fait pas allusion au *consulat,* mais à la *consularité;* je crois qu'il n'adresse pas une demande indiscrète aux Augustes, mais qu'il les remercie d'un honneur qui lui a été conféré. En effet, quand il a été nommé précepteur de Gratien, il avait déjà professé la grammaire et la rhétorique à Bordeaux pendant une trentaine d'années. (Cf. édit. Schenkl, III, v. 23-26 : « *Exactisque dehinc per trina decennia fastis, Deserui doctor municipalem operam, Aurea et Augusti palatia iussus adire, Augustam subolem grammaticus docui, Mox etiam rhetor...* ») Or, les 'rhéteurs étaient assimilés aux médecins (*Cod. Theodos.,* lib. XIII, tit. III, *de Medicis et Professoribus*). Le rhéteur qui donnait des leçons à un Auguste devait être assimilé aux médecins de la cour qui étaient mis au rang des *vicaires « viri spectabiles »*, s'ils avaient la *comitive* (dignité de comte) du premier ordre. (*Cod. Theodos.,* lib. VI, tit. XVI, *Lex unica* ¶ : « *Archiatros intra palatium militantes, si comitivae primi ordinis nobilitaverit gradus, inter vicarios taxari praecipimus.* ») Les rhéteurs pouvaient obtenir la *comitive* du premier ordre, après avoir professé vingt ans de suite. (*Cod. Theodos.,* lib. VI, tit. XXI, *Lex unica :* «...*qui in memorato auditorio professorum funguntur officio... cum ad viginti annos iugi ac sedulo dicendi labore pervenerint...* » Ausone obtint la *comitive,* sinon pour avoir été trente ans grammairien et rhéteur public à Bordeaux, du moins comme précepteur de Gratien. (Édit. Schenkl, VIII, II, 11 : « *Tot gradus nomine comitis propter tua incrementa congesti.* ») Comte de second ordre, comme grammairien de Gratien, Ausone fut sans doute nommé comte de premier ordre, à cause des progrès de son élève, quand Gratien passa de la grammaire à la rhétorique. Il obtint ensuite la questure. (Édit. Schenkl, VIII, II, 11 : « *Ex tuo merito te ac patre principibus quaestura communis.* » III, v. 35 : « *Cuius ego comes et quaestor.* ») Une loi de l'an 372

¶ Je dois reconnaître que cette loi est de 413, mais il est permis de supposer que, dès 364, l'empereur accordait au précepteur de son fils, que ce cinquante ans plus tard, tous les rhéteurs obtenaient à l'ancienneté.

(*Cod. Theodos.*, lib. VI, tit. VII, *Lex* 1) dit que le questeur est avant les proconsuls et ceux-ci avant les comtes de premier ordre. (Voir Lenain de Tillemont, *op. cit*, t. V, *L'empereur Valenti-nien I*, art. XXVI, et Jullian, *De Protectoribus et domesticis Augustorum*, Parisiis, 1883, p. 70-71.) Si Ausone fut questeur avant la mort de Valentinien, ce que prouve le passage cité de l'*Action de Grâces*, rien ne nous dit qu'il l'était au moment de la publication de la *Moselle;* en tous cas, vers 370, il devait être comte de premier ordre, et, comme tel *consulaire*, et revêtu des honneurs de la *consularité*. (*Cod. Theodos.*, lib. VI, tit. XXI, *Lex unica*. Voir au lib. VI, tit. XX, *Lex unica*, le commentaire de Godefroy qui prouve que tout comte de premier ordre est consulaire.) Les honneurs de la consularité étaient identiques à ceux du consulat. (*Cod. Theodos.*, lib. IX, tit. XXVI, *Lex 4;* Cassiodor., *Variar. Epist.*, VI, XX; III, V.)—Je conclus donc qu'Ausone fait aux v. 451-452 allusion aux honneurs de la consularité dont il était déjà revêtu, et non à ceux du consulat qu'il aurait été indiscret et prématuré d'annoncer dès 370 ou 371.

V. 453. ARCTOI... AMNIS. — La Moselle est un fleuve du nord par rapport à l'Aquitaine où Ausone se sera retiré quand il s'oc-cupera d'un nouveau poème en son honneur : Lucain donne comme épithète au Rhin et au Rhône ce mot *arctous* dont la force de signification est tout à fait relative. (*Pharsal.*, V, v. 268 : ...*Arctois Rhodano Rhenoque subactis...* Stat., *Silv.*, V, II, v. 133 : *Arctoosne amnes et Rheni fracta natabis Flumina ?*)

V. 454. URBES.—Bœcking constate que nous ignorons quelles pouvaient être au temps d'Ausone les villes situées sur le cours de la Moselle entre Trèves et Coblentz. Il a été question au v. 11 de *Noiomagum*. Tacite (*Hist.*, IV, LXXI) parle d'une place forte « *Rigodulum... montibus aut Mosella amne saeptum* »; mais cette place ne méritait guère le nom de ville. Les exagérations d'Ausone transforment, sans doute, les simples villages en villes.

V. 455. MOENIAQUE ANTIQUIS. — En fait de forteresses anti-ques, on ne peut guère citer que cette même place de *Rigodulum*. Il a été rappelé (note au v. 2) que Valentinien a passé toute sa vie à fortifier la région du Rhin : mais les mots « *antiquis... muris* » ne peuvent s'appliquer à ces forteresses récemment élevées. Je pense que le poète, emporté par le souvenir d'un passage de Vir-gile (*G.*, II, v. 157 : *Fluminaque antiquos subterlabentia muros*), qu'il imite, on le sait, avec plus d'ardeur que de discernement, aura écrit un vers qui ne répond à rien de précis dans la réalité.

V. 457. CASTRA... HORREA. — Sur ces camps retranchés qui servent de magasins à blé, voir Vopiscus (*Fl. Vopisci Probus*, XIV, 1 : «*Agros et horrea et domos et annonam Transrhenanis omnibus fecit, iis videlicet quos in excubiis collocavit.*») Ces *horrea* donnèrent leur nom à plusieurs localités, comme Freher le fait remarquer : « *Ideo plura in Orbe Romano fuere loca quibus nomen* ad Horrea, *ut in Itinerariis videmus.* » C'est ainsi que Cannes (Alpes-Maritimes) se nomme en latin *Ad Horrea.* Ces greniers sont aussi désignés sous le nom de *condita militaria* (cf. *Spartiani Hadrianus*, XI, 1).

V. 458. RIPA EX UTRAQUE. — Freher croit qu'il s'agit des deux rives du Rhin : « *Duæ ripæ Rheni, Romana & Barbara.* » Mais tout le passage se rapporte évidemment à la Moselle.

V. 461. LIGER... AXONA. — Le *Liger* (la Loire) peut facilement, quoi qu'en dise le panégyriste de la Moselle, soutenir la comparaison avec le fleuve qui baigne la résidence impériale de Trèves. (Voir dans Desjardins, *op. cit.*, t. I, p. 142-144, les renseignements que les auteurs anciens donnent sur le *Liger*.) — « L'*Axona, Axuena, Auxenna* (Aisne) ou *Auxunnus*, rivière rapide, dont les bords étaient couverts de pâturages et de moissons. » (Desjardins, *op. cit.*, t. I, p. 140.)

V. 462. MATRONA. — Limite entre la Gaule et la Belgique, au temps de César (*B. G.*, I, 1 : *Gallos ab Aquitanis Garunna flumen, a Belgis Matrona et Sequana dividit),* la *Matrona* (la Marne) l'était encore, en l'an 395 après J.-C., entre le *Lugdunensis IV^A* et les *Belgica I^A* et *Belgica II^A*. (Voir la *Carte de la Gaule* vers 395, par Desjardins, *op. cit.*, t. III, pl. XX.)

V. 463. CARANTONUS. — La Charente semble n'avoir été nommée *Carantonus* que par Ausone; elle est mentionnée sous la forme *Canentelus* (Ptolémée, II, VII, 2 : Κανεντέλου ποταμοῦ ἐκβολαί), et, au moyen âge, elle porte les noms de *Carantonis, Caranta, Charanta.* (Voir Desjardins, *op. cit.*, t. I, p. 145.) Elle se jette dans ce que les anciens appelaient l'Océan de Saintonge (Tibulle, I, VII, v. 10 : *Oceani litora Santonici*); le mascaret se fait sentir à une assez grande distance de son embouchure. Vinet, qui a le

premier corrigé *profluus*, leçon des mss., en *refluus*, fait remarquer
que le grammairien Despautère s'appuyait justement sur ce seul
exemple de *profluus* pour affirmer que la préposition *pro* s'y
abrégeait comme dans *profanus*, *proficiscor*, etc.

V. 464. CONCEDES GELIDO, DURANI, DE MONTE VOLUTUS
AMNIS. — « Tu lui céderas aussi, ô Duranius, fleuve qui te pré-
cipites du sommet d'un mont glacé. » J'adopte la correction de
Scaliger qui la formule en ces termes : « *In fine perperam legitur*
Concedet *pro* Concedes *in illo verfu* :

> *Concedet gelido Durani de monte volutus.*

» *Nam vocandi cafu legendum. Vt & apud Sidonium :*

> *Et tu, qui fimili feftinus in æquora lapfu*
> *Exis, curuata Durani mufcofe faburra.*

» *Ingens fluuius eft, & amœnus, qui in Garumnam exoneratur
ad oppidum Burgum. Vulgo Dordoniam vocamus.* » (*Auson.
Lect.*, I, 5.) Scaliger pense que dans ce vers d'Ausone *Durani*
est le vocatif de *Duranius*, comme il l'est évidemment dans le
passage de Sidoine (*Carm.* XXII, v. 102, sqq.). Vinet qui écrit
Concedet pense que *Durani* est le génitif du nom de la montagne
d'où sort le fleuve *Duranius;* la montagne et le fleuve auraient
alors le même nom ; « *Porro quū fit mons Aufonio, qui Apolli-
nari eft fluuius, hoc fatis arguere videtur, montis nomen fluuio
inde orto inditum fuiffe. Eft autem mons ille, vnum ex Ceben-
nicis iugis.* » (*Comment.*, 272.) La Dordogne sort du mont Dore
dont le nom latin est, paraît-il, inconnu. Le mont Dore pouvait
sans doute se nommer en latin *Mons Duranius;* mais, quoique la
règle « flumen Rhodanus » soit loin d'être absolue, il semble difficile d'admettre *Mons Durani*. Parmi les exemples de « Genetivus
appositionalis » cités par Draeger (*Historische Syntax der Lateinischen Sprache*, § 202), on trouve mis au génitif des noms de
villes (*oppidum Antiochiae*, Cic. *ad Attic.*, V, XVIII, 1 ; *urbem
Patavi*, Virgil., *Aen.*, I, v. 247), de fleuves (*Eridani amnis*, Virgil.,
Aen., VI, v. 659; *Asturae flumen*, Liv. VIII, XIII), de lacs (*ad
lacum Averni*, Liv. XXIV, XII), de caps (*promuntorium Miseni*,
Tacit., *Annal.*, VI, L et XV, XLVI), mais aucun nom de montagne.
— On peut, il est vrai, en conservant *Concedet*, expliquer *Durani
amnis*, comme *Eridani amnis :* mais, en ce cas, le génitif *Durani*
semblant se rapporter à *monte* qui en est moins éloigné qu'*amnis*,
la construction serait embarrassée.

V. 465. AURIFERUM... TARNEM. — Le *Tarnis* (Tarn) roulait des paillettes d'or, « propriété commune avec d'autres affluents de la Garonne, et à laquelle l'Ariège *(Aurigera)* doit son nom ». (Desjardins, *op. cit.*, t. I, p. 148). — Le L a *tandem,* faute de copie évidente ; les autres mss. ont *tarnen,* leçon admise par Bœcking, Schenkl et Peiper. Mais le nominatif *Tarnis* (Sid. Apollin., *Carm.* XXIV, v. 45 : *...citusque Tarnis),* admis par Schenkl et Peiper eux-mêmes dans leurs *Index,* ne peut avoir *Tarnen* pour accusatif. On sait que l'accusatif singulier des noms de fleuves en *is* (génitif *is*) peut, au lieu de *em,* être *im* ou *in,* mais non *en* (Madvig, *Gramm. lat.,* § 42, 1, *Remarque*). D'ailleurs, dans une *Épître* d'Ausone (édit. Schenkl, *Epist.* XXII ; édit. Peiper, *Epist.* XXVI, v. 32), les deux derniers éditeurs admettent bien *Tarnim.* Je crois donc qu'il faut écrire ici *Tarnim* ou *Tarnem,* et je préfère cette dernière leçon, comme se rapprochant davantage de la lettre des mss.

V. 468. ATURRUS. — L'Adour se nomme en latin *Atur* (Tibulle, I, VII, v. 4), *Atyr* (Vibius Sequester : *Atyr Tarbellae civitatis Aquitaniae in Oceanum fluit...*), *Aturus* (Lucain, I, v. 420 : *Qui tenet et ripas Aturi*). Ausone écrit ici, et dans les *Parentales* (édit. Schenkl, XV, 6, v. 11), *Aturrus* pour allonger le premier *u.* Ce fleuve, qui a les allures d'un torrent (v. 465 : *Insanumque ruens,* etc.), arrose le pays des *Tarbelli,* peuple d'Aquitaine mentionné par César (*B. G.,* III, XXVII), par Strabon, qui les appelle Τάρβελλοι, et qui dit qu'ils habitaient, au fond du golfe de Gascogne, un pays abondant en mines d'or (IV, II, 1), par Ptolémée qui les appelle Τάρβελοι, et qui place leur pays au-dessous de celui des *Bituriges Vivisci,* jusqu'aux Pyrénées (II, VII, 9), par Pline, etc. Le territoire des *Tarbelli,* ou *Civitas Aquensium,* forma, à la fin de l'empire, les deux diocèses d'*Aquensis* et de *Lapurdensis.* (Voir Desjardins, *op. cit,* t. II, p. 362.)

V. 467-469. DOMINAE... MOSELLAE... CELEBRANDE MOSELLA. — *Mosella* étant masculin, au v. 469, Graevius veut écrire *domini,* au v. 467. Par contre, au v. 469, Tollius écrit *celebranda,* comme les plus anciens éditeurs et justifie ainsi sa leçon : « *Quia omnia fluviorum nomina in* a *exeuntia ab Aufonio fequiore fexu proferuntur. Sic paullo ante* Dominæ Mofellæ : *item* Matrona interfita ; *mox* Druentia incerta, *&c.* » Corpet dit fort justement à ce propos : « Les noms de fleuve, en latin, sont généralement masculins, malgré leur terminaison féminine. Ausone emploie indifféremment les deux genres pour la Moselle, et ne suit en cela que les règles ou les caprices de l'harmonie. Je crois donc que Tollius et Wernsdorf ont eu tort de rétablir ici le féminin, *celebranda Mosella,* parce qu'Ausone a dit, deux vers plus haut, *dominæ Mosellæ*. Ce serait un tort non moins grave, de vouloir rétablir partout le masculin, comme quelques éditeurs, ou comme M. L. Quicherat, qui, dans son *Thesaurus Poeticus,* citant au mot *Druentia* le v. 479, blâme la leçon vulgaire *incerta,* et met de son autorité privée *incerte,* ce qui est une double erreur, puisque le mot *Druentia,* dans ce vers, n'est pas au vocatif. »

V. 470. SUPERNO. — Tous les éditeurs écrivent *supremo* que Freher explique par « *sacro* », et Barth, par « Διιπετεῖ ». Le superlatif *supremus* qui s'emploie en poésie comme synonyme de *summus* a d'ordinaire un sens relatif (cf. Lucr. I, v. 274 ...*montesque supremos,* la cime, la plus grande hauteur des montagnes). *Supernus* veut simplement dire *situé sur une hauteur* (cf. Horace, *Epod.* I, v. 29 ...*superni ...Tusculi*), et convient à la source de la Moselle qui se trouve sur le *mons Vogesus.*

V. 471. TAURINAE FRONTIS. — Le front de taureau, comme les cornes de la Moselle (v. 469, *corniger*), est ici simplement l'attribut commun des fleuves en général. (Voir la note au v. 433.)

V. 473. GERMANIS ...PORTUBUS. — Coblentz. — Schenkl et Peiper écrivent *portibus* comme les mss. Je conserve la leçon vulgaire *portubus,* qui semble être la forme adoptée par les poètes. Si l'on ne trouve pas d'exemples du datif et de l'ablatif pluriel de *portus* dans Virgile et dans Stace, Ovide écrit volontiers *portubus* (édit. Merkel, *Met.,* XIII, v. 710; *Trist.,* III, XII, v. 38; *Epist.,* XVI [XV], v. 125 [passage peut-être interpolé]; par contre on lit *portibus, Met.,* XI, v. 474; *Trist.,* III, II, v. 11). Neue (*Formenlehre der Lateinischen Sprache,* I, 365) cite le v. 473 de la *Moselle* parmi les passages où se trouve *portubus.*

V. 479. DRUNA... DRUENTIA. — *Druna* ou *Druma* est le nom latin de la Drôme, qui ne se trouve pas, semble-t-il, ailleurs que dans ce passage d'Ausone. L'impétuosité et l'inconstance du cours de la *Druentia* (Durance) ont été souvent décrites par les auteurs anciens (cf. Tit. Liv., XXI, xxxi; Sil. Ital., III, v. 468-476). (Voir Desjardins, *op. cit.,* t. I, pp. 164-172 : « La Durance, description, variation de son cours et ses anciennes dérivations ».)

V. 480. ALPINIQUE... FLUVII. — Freher suppose que le poète
fait allusion à tous les cours d'eau qui descendent des Alpes, en
particulier à l'*Addua* (l'Adda), l'*Athesis* (l'Adige), etc. Je pense
qu'Ausone s'occupe plutôt des fleuves gaulois tributaires du
Rhône, dont il va parler : par exemple, l'*Isara* (l'Isère).

V. 480-481. DUPLICEMQUE PER URBEM QUI MEAT ET DEX-
TRAE RHODANUS DAT NOMINA RIPAE. — Le *Rhodanus* (Rhône)
coule au milieu d'une ville double, divise par son cours une ville
qui s'étend sur sa rive gauche et sur sa rive droite. Cette *ville
double* est Arles : d'autres passages d'Ausone l'indiquent nettement
(cf. édit. Schenkl, XVIIII, v. 73 : *duplex Arelate; Epist.* XXV,
v. 81 : *duplex Arelas*). On ne peut évidemment admettre l'opinion
de Freher qui croit que *Rhodanus* désigne la Drohne ou *Drahonus*,
rivière à laquelle Fortunatus (III, XII, v. 7) donne en effet le nom
de *Rhodanus*. (Voir la note au v. 365.) Quel est le sens de *dextrae
dat nomina ripae?* Depuis Scaliger, tous les éditeurs, à l'exception de Vinet et de Christ, écrivent *Dextrae... ripae,* correction
établie par les *Auson. Lect.,* I, 5 : « *Ab eo oftio* [*Furca, Fourques*]
*Rhodani Narbonam vfque totus ille tractus dictus fuit Dextra
Ripa. Hoc patet ex hac infcriptione Narbonenfi...* » Suit une
inscription de Narbonne (*C. I. L.,* t. XII, nº 4398), que je reproduis
d'après le texte que Desjardins en a donné (*op. cit.,* t. I, p. 414) :

D· M·
TIB· IVN· EVDOXI
NAVICVL· MAR·
C· I· P· C· N· M·
TI· IVN· FADIANUS
IIIII VIR· AVG·
C· I· P· C· N· M· ET
COND· FERRAR·
RIPAE· DEXTRAE
FRATRI· PIISS·

D(iis) M(anibus)
Tib(erii) Iun(ii) Eudoxi
Navicul(arii) Mar(ini)
C(oloniae) I(uliae) P(aternae) C(laudiae) N(arbonis) M(artii)
Ti(berius) Iun(ius) Fadianus
Sevir Aug(ustalis)
C(oloniae) I(uliae) P(aternae) C(laudiae) N(arbonis) M(artii) et
Cond(uctor) ferrar(iarum)
Ripae dextrae
Fratri piiss(imo)

r

« Aux dieux mânes de Tiberius Junius Eudoxus, matelot de la
colonie *Julia Paterna Claudia Narbo Martius*. Tiberius Junius
Fadianus, Sévir Augustal de la même colonie, fermier des exploi-
t. tions de fer, à son frère très attaché. » Je ne vois pas comment
cette inscription peut prouver que le pays situé sur la rive droite
du Rhône, d'Arles à Narbonne, se nomme *Dextra Ripa, Rive
Droite*, au lieu de *dextra ripa*, tout naturellement. Dans l'édition
des *Aus. Lect.*, qui a paru à Bordeaux chez Millanges, en 1590,
Scaliger, par inadvertance, semble-t-il, écrit *Maſſiliam vſque* au
lieu de *Narbonam vſque*. Corpet qui paraît ne connaître que
cette variante, qui d'ailleurs est donnée dans les éditions de
Tollius, Souchay, Wernsdorf, etc., où on lit « *ab eo oſtio Maſſiliam uſque* », au lieu de « *Narbonam vſque* », dit avec raison : « Il
est difficile d'admettre cette conjecture, car il serait assez singulier
que le pays situé du côté de Marseille, par conséquent sur la rive
gauche du Rhône, eût reçu précisément le nom de *rive droite*. »
Corpet a raison, mais contre la mauvaise variante de Scaliger,
non contre la première et la bonne, qui désigne bien la *rive droite*
d'Arles à Narbonne. Mais cette rive droite n'avait pas besoin
de l'inscription de Narbonne pour se nommer rive droite. Et
encore, l'inscription trouvée à Narbonne, ville qui est près de
l'*Atax* (l'Aude), et fort loin du Rhône, ne peut-elle pas désigner
la rive droite de l'Aude ? Desjardins fait bien remarquer qu'il n'y
a pas de mines de fer sur la rive droite de ce fleuve, ni sur celle
du *Tetum* ou *Ruscino* (Tet); mais il ajoute que dans le Canigou,
qui se trouve à la droite de ce dernier fleuve, existent les mines de
Valmanya et de Corsavy. Admettons cependant, comme l'auteur
de la *Géographie de la Gaule romaine,* qu'il s'agit « sans doute
de la rive droite du Rhône, chez les *Helvii*, département de
l'Ardèche, où les mines de ce métal abondent ». En quoi l'inscription, même s'appliquant à la rive droite du Rhône, prouve-t-elle
que cette rive droite se nommait *Ripa Dextra?*

Cependant l'interprétation de Scaliger a fait son chemin ; la
critique moderne semble admettre comme un fait acquis que
dextrae... ripae doit s'écrire *Dextrae... ripae*, et que cette expression désigne, non la rive droite du Rhône en général, mais la rive
droite en face d'Arles, c'est-à-dire un nouveau quartier d'Arles
construit en face de la ville primitive qui se trouvait sur la rive
gauche. On lit dans l'édit. Schenkl, *Index* II, p. 275, col. 2 : « *Dextra ripa (Arelatis pars)* », dans l'édit. Peiper, *Index*, p. 513 :
« *Dextra ripa (Arelatensis urbis pars)* », dans la *Grande Encyclopédie* : « ...l'emplacement du faubourg actuel de Trinquetaille,

qu'il [Constantin] désigna sous le nom de *Ripa dextra* ». (L.-G. Pélissier, art. *Arles, Gr. Encycl.*, t. III, p. 971, Paris, 1887).

Mais la partie de la ville d'Arles située sur la rive droite du Rhône ne semble pas avoir jamais porté le nom de *Ripa dextra*. Dans l'article qu'Adrien de Valois (*Notit. Galliar., Parisiis*, M. DC. LXXV., pp. 38-40) consacre à Arles *(Arelatum)*, il dit bien que l'empereur Constantin ajouta à la ville bâtie sur la rive gauche du fleuve un quartier nouveau qui s'éleva sur la rive opposée, et qu'il donna à l'ensemble des deux parties d'Arles le nom de *Constantina*, mais il ne cite aucun auteur qui mentionne la prétendue appellation de *Dextra Ripa*, donnée à la nouvelle ville bâtie par Constantin. Bœcking a beau affirmer que le quartier bâti par Constantin prit le nom de *Constantina* ou *Dextra*, sous-entendu *ripa* ou *urbs*, et donner comme preuves à l'appui la *Constitution* de 418 et l'inscription de Scaliger : il a été montré plus haut que l'inscription ne prouve rien ; quant à la *Constitution (De conventibus in urbe Arelatensi*, cf. G. Haenel, *Corpus legum, Lipsiae* MDCCC LXII, p. 238), Arles y est nommé *Arelatensis urbs* ou *Constantina urbs*. Le nom de *Dextra Ripa* n'est jamais, à ma connaissance, donné au quartier fondé par Constantin.

Admettons cependant, pour un instant, que le nouveau quartier d'Arles ait porté le nom de *Dextra ripa*. Comment le Rhône aurait-il pu lui donner ce nom ? C'est exactement comme si l'on disait que la Garonne, dont le cours divise Bordeaux, donne son nom à La Bastide, située sur la rive droite. Corpet a bien compris l'absurdité de l'opinion qui consiste à prétendre que le Rhône donne son *nom* à un quartier qui ne porte pas ce nom ; il suppose que *nomina* ne signifie pas *nom*, au sens propre, mais réputation, célébrité : « Ausone — conclut-il — veut dire seulement que le Rhône traverse Arles et coupe cette ville en deux, pour donner un nom, une parure à chacune de ses deux rives. Le poète fait ainsi allusion à cette seconde partie de la ville d'Arles, qui venait d'être tout récemment construite par Constantin sur la rive droite du fleuve, et qui prit dans la suite le nom de *Trinquetaille*. Ce faubourg faisait l'ornement de la rive droite, comme l'ancienne ville faisait depuis longtemps la gloire de la rive gauche. » Cette explication est évidemment ingénieuse ; mais *nomen* signifie *nom* encore plus souvent que *célébrité*, et quand Horace, employant une expression semblable à celle d'Ausone, parle d'Icare « *vitreo daturus Nomina ponto* » (*Carm.* IV, II, v. 3), il fait allusion à une mer à laquelle le fils de Dédale ne donnera pas seulement une célébrité, mais bien son propre nom.

. Je suppose donc qu'Ausone veut dire que le Rhône donnait son nom soit à sa rive droite, soit au quartier d'Arles situé sur cette rive, et que cette rive ou ce quartier portait quelque nom dans le genre de *Rhoda* ou de *Rhodanusia*. Pline (*N. H.,* III, 33) parle d'une ancienne ville, *Rhoda,* fondée par les Rhodiens, qui aurait donné son nom au *Rhodanus*. Le nom de *Rhodanusia* se trouve assez souvent. Sidoine Apollinaire (*Epist.,* I, v) désigne ainsi la ville de Lyon, et les géographes grecs parlent d'une *Rhodanusia* qu'il est assez difficile d'identifier avec une ville moderne : « Le passage du Pseudo-Scymnus est assez favorable à l'identification de *Rhodanusia* avec Beaucaire, *Ugernum,* qui était autrefois dans une ile du Rhône : Ῥοδανουσίαν τε Ῥοδανὸς ἦν μέγας ποταμός παρρέι (vers 208-209), et *Rhodanusia* que le grand fleuve traverse. Etienne de Byzance en fait une dépendance de Marseille : Ῥοδανουσία, πόλις Μασσαλίας. Ῥοδανουσία πόλις ἐν Μασσαλία. Rien d'ailleurs n'est moins certain que cette identification, qui a l'inconvénient d'attribuer deux noms anciens à Beaucaire, *Rhodanusia* et *Ugernum.* » (Desjardins, *op. cit.,* t. I, p. 213, note 1.) On a aussi voulu identifier Arles avec *Rhodanusia;* peut-on admettre que, du temps d'Ausone, le nouveau quartier d'Arles ait porté le nom de *Rhodanusia?* Rien évidemment ne le prouve, mais rien ne prouve non plus qu'il se soit nommé *Dextra ripa.*

D'autre part, *Rhodanusia* a évidemment, à une certaine époque, désigné la région du Rhône. On lit dans le *Thesaurus Linguae Graecae* d'Henri Estienne, au mot Ῥοδανουσία : « *Tractus iuxta Rhodanum :* Iren. ap. Epiphan. t. I, p. 236 C, Ἐν τοῖς καθ᾽ ἡμᾶς κλίμασι τῆς Ῥοδανουσίας. » Irénée était évêque de Lyon à la fin du II⁰ siècle; la *Moselle* date de l'an 370 ou 371 : si *Rhodanusia* désignait la région du Rhône vers l'an 200, ce mot pouvait ne plus avoir de sens cent-soixante-dix ans plus tard. Mais du moment qu'Ausone dit que le Rhône donne son nom à sa rive droite, je crois qu'on peut supposer avec vraisemblance que cette rive droite ou le quartier d'Arles bâti sur la rive droite du fleuve se nommait *Rhodanusia,* au moment où le poète écrivait la *Moselle.*

V. 483. AEQUOREAE... GARUMNAE. — «...la Garonne marine». Cette expression revient plusieurs fois dans les œuvres d'Ausone (cf. édit. Schenkl, *Epist.* XIIII, v. 1 : *Aequoream... Garumnam;* XVIIII, v. 139: ...*aequoreos imitata fluenta* [Garumnae] *meatus; Epist.* X, v. 13 : *Aequoris undosi qua multiplicata recursu Garumna pontum provocat*). Longtemps avant Ausone, Pomponius Mela, qui n'est pas Gascon, et qu'on ne pouvait accuser comme le poète bordelais de partialité pour la Garonne, avait déjà comparé à la mer le vaste estuaire du fleuve (III, II, 5). Plus tard Claudien (V, v. 113) et Sidoine Apollinaire (*Carm.* VII, v. 392-395) redisent encore dans leurs poèmes que la Garonne se gonfle des vagues de la mer.

Le dernier mot de la *Moselle* est un éloge de la Garonne; comme, au début du poème, la première louange qu'Ausone ait accordée au pays de Trèves, c'est qu'il lui rappelle les environs de Bordeaux. La Moselle a beau être le fleuve *auguste,* ce sera, d'après le poète, sa suprême gloire d'être recommandée à la Garonne : le panégyrique officiel de la Moselle se termine par un souvenir adressé à la Garonne. Malgré ses promesses, Ausone ne consacrera plus d'œuvres à Trèves et à son fleuve; mais une des dernières préoccupations de sa vieillesse sera de chanter Bordeaux et son fleuve bouillonnant qui imite le flux et le reflux de la mer.

ACHEVÉ D'IMPRIMER

PAR

Gustave GOUNOUILHOU, a Bordeaux

LE XXVIII MAI M.DCCC.LXXXIX.